HEYNE <

CARMEN BELLMONTE

Zeiten des Umbruchs

DIE MALLORCA-SAGA

ROMAN

WILHELM HEYNE VERLAG
MÜNCHEN

MIX
Papier | Fördert gute Waldnutzung
FSC® C014496
FSC www.fsc.org

Penguin Random House Verlagsgruppe FSC® N001967

2. Auflage
Originalausgabe 04/2023

Redaktion: Ingola Lammers
Umschlaggestaltung: Nele Schütz Design unter Verwendung
von Shutterstock.com (Somy Volodymyr,
Maija Luomala, AnastassiaVassiljeva, irin-k, Zoonar GmbH)
und Aobestock (Eléonore H)
Satz: Satzwerk Huber, Germering
Druck und Bindung: GGP Media GmbH, Pößneck
Printed in Germany
ISBN: 978-3-453-42538-5

www.heyne.de

1

Mallorca 1945

Der von Wärme geschwängerte Wind trug Saharastaub vor sich her und überzog Mallorca mit einer zarten terrakottafarbenen Puderschicht. Carla Delgado Ramis legte den mit getrockneten Aprikosen gefüllten Stoffbeutel in den Korb und setzte sich unter den Johannisbrotbaum. Ihr Blick schweifte über ihr Mandel- und Aprikosenfeld. Im Hintergrund verloren sich die sonst so klaren Bergspitzen der Tramuntana in einem orangegelben Himmel.

Die wackelige Sitzbank würde bald zusammenbrechen. Der nach dem Brand auf dem Feld errichtete Holzschuppen, in dem die Trockenfrüchte lagerten, wurde nur noch von der Wand der ehemaligen Bodega gestützt. Dem nächsten Sturm könnte er zum Opfer fallen.

Schon länger überlegte Carla, ob sie das Grundstück nicht wieder in seinen ursprünglichen Zustand zurückversetzen sollte. Eigentlich seit Antonia ihr den hervorragenden Reserva geschickt hatte. Wenn ihre Schwester auf Kuba der kargen Erde einen geschmackvollen Wein abringen konnte, müsste es Carla auf dem fruchtbaren Boden erst recht gelingen.

Der Ertrag wäre höher. Sie könnte einen Arbeiter fest einstellen und bräuchte sich nicht weiterhin auf Saisonarbeiter verlassen. Die Kalkulation hatte sie bereits erstellt. Aber wie sollte sie ihrem Mann Francisco ihren Wunsch schmackhaft machen? Vielleicht gelänge es ihr diesen Abend beim Tanzen. Er würde in guter Stimmung und entsprechend zugänglich sein.

Carla erhob sich, ging zu ihrem fast abgeernteten Gemüsefeld und zog die letzten Möhren heraus. Sie wühlte mit bloßen Händen in der Erde nach Kartoffeln. Mehr als zwei förderte sie nicht zutage. Zusammen mit den reifen Paprikaschoten gab sie das Gemüse zu den Aprikosen in den Korb und kehrte zu ihrem Fahrrad zurück.

Obwohl der Loryc auf dem Hof stand, zog sie es vor, mit dem Rad zu fahren. So konnte sie für einen Plausch im Dorf halten. Zudem genoss sie die Bewegung, trotz der Schlaglöcher im Feldweg, die die Fahrt in ein kleines Abenteuer verwandelten. Sie radelte an verstreuten Weinfeldern mit jungen Pflanzen vorbei. Die Idee, mit anderen Weinbauern eine Kooperative für die Weinernte zu gründen, um sich die Maschinen und damit die Kosten zu teilen, setzte sich in ihren Gedanken fest wie ein Kieselstein im Profil ihrer Schuhe.

In Binissalem angekommen, bremste sie vor dem Haus ihrer Nachbarin Sofía. Das Rad lehnte sie im Hof an eine Viehtränke. Sie nahm die Stofftasche aus dem Korb und ging in die Küche. »Sofía? Wo steckst du?«

»Ich komme schon.«

Carla hörte es auf der Treppe poltern. Wenige Sekunden später betrat ihre Freundin den Raum. »Bon dia, guapa.« Sie küssten sich auf die Wangen.

»Hast du Näharbeiten für mich?« Sie hielt den Beutel in die Höhe. »Oder sind dir Trockenaprikosen lieber?«

»Deine Orellons sind prima.« Sie griff nach der Tasche und gab die Früchte in eine Schale. »Wie viele Eier brauchst du denn?«

»Ein Dutzend, wenn du hast.« Obwohl der Bürgerkrieg vorüber war, tauschten die Dorfbewohner, wann immer möglich, um das hart verdiente Bargeld zusammenzuhalten. Entsprechend karg sah es auf den Marktständen aus, was einen Besuch nur im Notfall lohnte.

»Habe ich.« Sofía ging zur Speisekammer, wo sie die Eier lagerte. »Ich habe Brote gebacken. Möchtest du eines? Quasi als Anzahlung für die nächste Näharbeit.«

»Sehr gerne.« Das sparte ihr Zeit und brachte Arbeit.

Sie plauderten noch ein wenig über die Leute im Dorf. »Sag, kennst du einen Baltasar Servera Font?«

»Nein, wer soll das sein?«

»Er wohnte in Sencelles und ich dachte, vielleicht bist du mit seiner Familie bekannt.« Carla kannte sie nicht, obwohl sie im Ort aufgewachsen war.

Sofía reichte ihr den Brotlaib. Die Eier packte sie in die Stofftasche.

»Stell dir vor, der junge Kerl eröffnet in Porto Cristo einen Souvenirshop.«

»Was ist ein Souvenirshop?« Sofía sah sie irritiert an. »Das hört sich spannend an.«

»Xisca behauptet, dass die Touristen in dem Geschäft mallorquinische Töpferwaren und Püppchen kaufen können oder auch Postkarten. Er hofft auf Ausländer, die die Tropfsteinhöhlen besichtigen. Sie soll zur Eröffnung hinfahren.«

Sofías Augen leuchteten. »Wie aufregend! Du musst sehr stolz auf dein Mädchen sein.«

Das war sie.

»Sie hat es von der Praktikantin zur Journalistin gebracht. Ich lese ihre Artikel immer zuerst! Wie geht es ihr?«

»Ausgezeichnet, sie ist ein wenig nervös wegen dieser Reportage.« Carla legte das Brot auf den Esstisch neben die Tasche. »Wir treffen sie heute in Palma beim Tanzen und fahren zusammen nach Hause. Vielleicht besuchen wir vorher noch Alba.« Ihre Schwägerin hatte sie länger nicht gesehen, und es lagen zwei fertige Kleider für Albas Tochter bereit.

»Dann grüß sie schön, und viel Spaß! Wohin fahrt ihr?«

»Ins Alhambra. Dort soll eine neue Musikgruppe aufspielen.« Carla freute sich auf den Abend. Es kam selten genug vor, dass sie zum reinen Vergnügen einen Ausflug unternahmen.

»Tanzt einen Tango für mich mit!«

Carla nahm ihre Sachen. »Ganz bestimmt.«

Zurück in ihrer eigenen Küche, bereitete sie eine Tortilla zu. Francisco kam zum Essen aus der Werkstatt herüber. Seit Carla heimlich den Entschluss gefasst hatte, auf Wein umzusteigen, trieb es sie um, die Zahlen erneut auf ihre Belastbarkeit zu überprüfen. Es drängte sie fast, ihren Mann wieder in seine Steinmetzwerkstatt zurückzuschicken. Die Einnahmen seines neuen Auftrags würden Carlas Vorhaben ein gutes Stück vorantreiben. Dazu ein Kredit von der Bank, und es müsste gelingen.

Kaum hatte er die Wohnung verlassen, holte Carla ihre Kladde und rechnete, bis es in ihrem Kopf wie in einem Bienenstock schwirrte. Zufrieden klappte sie die Mappe zu. In sieben Jahren wären sie schuldenfrei. Momentan warf das Feld kein Geld ab. Niemand kaufte Mandeln oder Aprikosen. Sie saß immer noch auf der Hälfte der letztjährigen Ernte, die sie zum Tauschhandel benutzte. Ein Wechsel wäre ein Schritt in eine ertragreiche Zukunft.

Ein Blick auf die Uhr ließ sie zusammenfahren. Carla eilte in die Werkstatt. Der feine Steinstaub wirbelte durch die Luft, und das dunkle Haar ihres Mannes sah grau aus. »So nehme ich dich aber nicht mit zum Tanzen.«

Erschrocken fuhr er herum. Er schliff gerade einen Marmorblock in die gewünschte Form. »Wie spät ist es?«

»Vier Uhr.« Carla zeigte zum Wohnhaus. »Beeil dich, sonst suche ich mir einen anderen Kavalier.«

Er legte das Schleifgerät zur Seite. »Das wagst du nicht!«

»Stell mich besser nicht auf die Probe.« Lachend ging Carla über den Hof, direkt ins Badezimmer, um sich frisch zu machen.

Sie zog sich um, steckte ihr Haar am Hinterkopf nach der neuesten Mode fest und schlüpfte in ihre Tanzschuhe. Francisco betrat geduscht das Schlafzimmer. Seinen Anzug hatte sie ihm herausgelegt.

»Ich kontrolliere kurz die Kleider. Wir könnten bei Alba nach dem Tanzen zu Abend essen. Xisca ist bestimmt ebenfalls hungrig.«

»Eine ausgezeichnete Idee. Ich habe dir versprochen, den Auftrag gebührend zu feiern, und das tun wir auch.« Francisco knöpfte sein Hemd zu.

Carla half ihm mit den Manschettenknöpfen, bevor sie zu ihrer Nähecke ging, die Nähte der Sommerkleider kontrollierte und sie in einen Korb legte. So viel würde Lilia in den kommenden Wochen nicht mehr wachsen, und wenn doch, konnte sie die Säume auslassen, ein paar Zentimeter hatte sie einkalkuliert.

Francisco wartete an der Haustür. »Wer muss hier nun auf wen warten?«

Lachend stieg Carla ein. Die Luft wehte kühl in den Loryc. Sie zog ihr geblümtes Tuch enger um die Schultern. Einige Sprungfedern bohrten sich durch den Sitz in ihren Hintern. Sie rutschte an den Rand der Polsterung, wo sie noch fester war.

Die Fahrt ging durch die bezaubernden Straßen Palmas. Der Sonnenuntergang ließ die Sandsteine der Kathedrale in rötlichem Licht erstrahlen, auf der anderen Seite glitzerte das Mittelmeer.

Francisco parkte in der Nähe des Hotels Alhambra, in dem kulturelle Veranstaltungen stattfanden. An diesem Tag spielte eine Gruppe aus Barcelona.

»Was für ein wundervoller Abend. Wollen wir erst ein wenig spazieren gehen?«

Francisco stieg aus und öffnete Carla die Wagentür. »Gerne, wir waren ewig nicht mehr am Meer.«

»Stimmt. Das sollten wir öfter machen.« Versonnen blickte Carla auf die in der Abendsonne glitzernde Bucht hinaus. Arm in Arm schlenderten sie auf das Wasser zu. Ein leichter Wind ließ die Wellen tanzen. Wie Rubine blitzten die Wellenspitzen in der untergehenden Sonne, und die Luft schmeckte nach Salz.

Fast bedauerte Carla, dass sie zurück zum Hoteleingang spazierten. Dort standen einige Paare auf den ausladenden, von Säulen flankierten Stufen und warteten. Seitlich des Eingangs beherrschten hohe Fenster die Fassade. Carla sah in den beleuchteten Salón, in dem die Hotelgäste speisten. Die Kristallleuchter warfen ihr verschwenderisches Licht bis auf die Straße. Was für ein Kontrast zu ihrem dörflichen Leben. Das fiel ihr auch auf, sobald sie Alba besuchte. Hier schienen die Folgen des Bürgerkriegs nur mehr eine üble Mär, ein Gespinst der Fantasie.

Im Obergeschoss führte ein breiter Gang an der Balustrade entlang zu einer gläsernen Doppeltür. Geigenmusik drang leise nach draußen. »Oh, ein Tango.« Carla zog Francisco mit sich durch die Tür.

Die Pracht des Tanzsaals ließ sie kurz innehalten. Aufwendige Stuckarbeiten zierten die Decke. Die Leuchter warfen ein warmes Licht auf das Parkett, auf dem sich Paare im Takt des Tangos bewegten.

Auf der gegenüberliegenden Seite erhob sich die Bühne mit den Musikern. Linkerhand befand sich die Bar mit einer lang gestreckten Holztheke, und in der Ecke nebenan luden rot schimmernde Polstersessel zu einer Getränkepause ein.

»Ist das dort an der Theke Gerado?« Carla kniff die Augen zusammen.

Francisco folgte ihrem Blick. »Offensichtlich. Und wie er gekleidet ist ...«

»Sehr modern. Warum?«

»Vielleicht ein bisschen ... zu modern?«

Bei genauerer Betrachtung gab Carla ihm recht. Diese extravagante und ausgefallene Kleidung bei Männern schickte sich nicht. Es galt als weibisch. »Vermutlich hat es mit seiner Ausbildung zu tun. Er studiert Modedesign und Werbegrafik. Designern sagt man doch Extravaganz nach.«

Francisco legte den Kopf schief. »Dann scheint seine Begleitung den gleichen Studiengang zu besuchen.«

Carla ging voraus, winkte den beiden. »Hola, Gerado. Schön, dich hier zu sehen. Kommt Alba auch?«

»Nein, meine Mutter kann nicht aus dem Hotel fort.« Gerado küsste sie auf die Wangen und klopfte Francisco auf die Schulter. »Das ist Alejandro, ein guter Freund von mir.«

Sie begrüßten sich. »Habt ihr Xisca gesehen? Sie wollte mit einer Arbeitskollegin ebenfalls herkommen.« Carla blickte sich um, konnte ihre Adoptivtochter aber nirgendwo entdecken.

»Leider nicht.« Gerado sah sie bedauernd an.

»Sie wird noch in der Redaktion arbeiten«, mutmaßte Francisco. »Und nun lass uns eine Runde drehen.«

Die Gruppe spielte einen Foxtrott. Carla brauchte einige Takte, bis sie in den Tanz fand, doch dann ließ sie ihren Mann nicht mehr vom Parkett. Den Tango genoss sie mit jedem Schritt. Tangomusik war voller Leidenschaft, und sie beide waren ein eingespieltes Team, obwohl sie sonst nur in ihrer Küche zur Radiomusik tanzten.

»Jetzt brauche ich eine Erfrischung.« Francisco sah sie bittend an, und Carla lenkte ein.

»Also gut.« Er führte sie an die Bar. »Aber glaub nicht, dass ich schon zufrieden bin.«

Francisco bestellte einen Ananassaft für Carla und eine Caña für sich. Er trug das Bier und den exotischen Saft zu den Sitzecken. Nach einem herzhaften Zug stellte er sein Glas auf dem quadratischen Tischchen zwischen ihnen ab.

Xisca kam mit einem dunkelhaarigen Mädchen auf sie zu. »Der Chef hat uns heute festgehalten. Manchmal ist er fürchterlich. Es ist Samstag!«

Carla unterdrückte ein Lächeln. Xisca liebte ihre Arbeit, selbst wenn sie an Tagen wie diesen über ihren Chefredakteur meckerte. »Die Sonntagszeitung will eben auch gelesen werden.«

»Ich weiß.« Sie zeigte auf ihre Kollegin. »Alexia, das sind meine Eltern.«

Francisco reichte ihr die Hand. »Entschuldigt mich, ich gehe zu den Waschräumen und bringe euch einen Saft von der Bar mit. Ananas?«

»Lecker!« Alexia strahlte ihn dankbar an.

Xisca ließ sich in einen der Sessel plumpsen. »Perfekt. Danke.«

Aus dem Augenwinkel sah Carla Gerado mit Alejandro ebenfalls bei den Toiletteneingängen.

Wollte Francisco mit seinem Neffen alleine sprechen?

An der Bar gab er die Bestellung auf, bezahlte und verschwand aus Carlas Blickfeld.

»Alexia wird mich begleiten«, erzählte Xisca. »Wir wissen nur noch nicht, wie wir nach Porto Cristo kommen. Denkst du, Francisco leiht mir das Auto?«

»Das wirst du ihn selbst fragen müssen.« Carla bemerkte einen Tumult. »Was ist denn da los?« Sie stand auf.

Gerado stürmte mit Alejandro, ohne sie eines Blickes zu würdigen, an ihrem Tisch vorbei zum Ausgang.

Xisca hob die Augenbrauen.

Ein fluchender grauhaariger Herr trat mit erhobener Faust aus dem Toilettenbereich. Was er schimpfte, konnte Carla wegen der Musik nicht hören. Es schien jedoch mit Gerado und seinem Begleiter zu tun zu haben. Francisco tauchte hinter dem Mann auf. Er redete auf ihn ein, als wollte er ihn beruhigen. Als er dem Fremden die Hand auf die Schulter legte, schüttelte er sie ab wie eine lästige Fliege. Francisco hob beschwichtigend die Hände in die Luft und ließ den Mann stehen.

Mit den beiden Saftgläsern kehrte er zu ihnen zurück. Er reichte den Mädchen die Gläser.

»Was war los?« Carla konnte ihre Neugierde nicht zügeln.

»Genau weiß ich es nicht. Der Kerl hat was von mental krank geflucht. Und dass man nicht mal in diesem Etablissement vor entartetem Pack geschützt sei und er die Polizei rufen will.« Francisco setzte sich. »Ich bin dazwischengegangen, als der Mann Gerado schlagen wollte. Das geht zu weit. Dann hat er mich beschuldigt, die Schwulen zu verteidigen, obwohl sie ins Gefängnis gehören.« Er schüttelte ungläubig den Kopf. »Auf welche Ideen manche Menschen kommen!«

Carla sah nun plötzlich klar.

Xisca verdrehte die Augen. »Lasst ihn. Gerado tut keinem etwas.«

»Du wusstest das?«

»Man muss ihn sich doch nur ansehen.« Xisca trank von ihrem Saft. »Danke, der ist richtig lecker. Echter Luxus.«

Alexia hielt sich dezent zurück.

Mit der auffälligen Kleidung provozierte ihr Neffe geradezu Auseinandersetzungen. Irgendwie war Carla nun die Lust auf das Tanzen vergangen. »Wenn wir ausgetrunken haben, fahren wir ins Las Rosas. Ich muss Alba die Kleider bringen.«

»Da komme ich gerne mit.« Xisca verabschiedete sich von Alexia, die sich einer anderen Freundin anschloss. Die kurze

Fahrt zum Hotel fragte sie Francisco, ob sie am Mittwoch den Wagen für die Reportage in Porto Cristo haben könnte. »Mit dem Zug ist es eine halbe Weltreise, da kommen wir erst nach dem Mittag an.«

»Ich habe mir da sowieso etwas überlegt.«

»Was denn?« Carla sah zu ihrem Mann.

»Der Loryc hat uns gute Dienste geleistet, aber er kommt in die Jahre. Sobald ich damit bei Kunden vorfahre, sieht das aus, als wäre ich auf einen Auftrag angewiesen, und sie drücken den Preis.«

»Dann bekomme ich das Auto bald für immer?» Xiscas Stimme vibrierte vor Freude. »Ein eigener Wagen wäre himmlisch!«

Das war Carla neu. Und es passte überhaupt nicht zu den Plänen, die sie für das Feld gemacht hatte. Einen Neuwagen und Rebstöcke konnten sie sich unmöglich leisten. »Das ist noch nicht entschieden. Wir brauchen das Geld anderweitig.«

»Wofür?« Francisco parkte den Loryc.

Sie stiegen aus. Carla nahm den Korb mit den Kleidungsstücken. »Das wollte ich heute mit dir besprechen. Die Aprikosen werfen keinen Gewinn mehr ab. Im Gegenteil, sie verursachen Kosten.« Nun blieb ihr keine Wahl, als das Thema mitten auf der Straße anzusprechen. »Es soll wieder ein Weinfeld werden. Wenn Antonia auf der kargen Erde in Kuba so guten Rotwein herstellen kann, wird er auf unserem Boden noch besser gedeihen.« Sie suchte Franciscos Blick. Sein Gesicht wirkte verschlossen. »Andere Bauern haben angefangen, Wein zu pflanzen. Das wird seine Gründe haben.«

Xisca zog einen enttäuschten Flunsch. »Schade.«

»Lass uns beim Essen darüber reden.« Francisco schritt voraus. An seiner Haltung erkannte Carla, dass es in ihm arbeitete. Sie ließ ihm die paar Minuten.

Bereits von Weitem bezauberte Carla die Außenbeleuchtung des Las Rosas. Die Lampen der Hotelfassade strahlten die Balkone seitlich an. Das Metallgeländer mit Rosenornamenten warf lebendig wirkende Blütenschatten an die Wand.

Gemeinsam betraten sie das Hotel. An der Rezeption fragte sie nach Alba.

»Die Chefin ist im Restaurant.«

»Das trifft sich gut. Danke.« Durch die Glasflügeltür mit dem geschmackvollen Rosenmuster gingen sie hinüber in den Restaurantbereich.

Als Alba sie entdeckte, entschuldigte sie sich bei dem Paar, mit dem sie gerade sprach, und eilte auf sie zu. »Wie schön, euch zu sehen! Was treibt ihr denn hier?«

Nach einer herzlichen Umarmung wies Carla auf einen freien Tisch. »Wir wollten bei dir essen.« Sie zeigte auf den Korb. »Ich habe Lilias Kleider dabei.«

»Setzt euch«, bat sie Xisca und Francisco. »Carla bringe ich gleich wieder zurück. Ich möchte mir ihre Arbeit ansehen.« Und schon zog sie Carla mit sich hinaus.

»Ob Lilia die jemals tragen wird?« Alba hob ihre Augenbraue. »Sie ist lieber auf dem Feld als hier im Hotel oder bei irgendwelchen Veranstaltungen.« Sie öffnete ihre Bürotür. »Wenigstens trifft sie auf Leos Weinfeld keine jungen Männer.«

»Sie ist doch erst sechzehn.«

»Und frühreif, wenn ich unsere Auseinandersetzungen betrachte.« Alba nahm ein Sommerkleid heraus. Ein dunkelblauer Organzastoff mit großen weißen Blättern. »Das ist wundervoll geworden. Das wird ihr ausgezeichnet stehen.«

Carla drehte das Kleid auf links. »Ich habe Platz gelassen.« Sie zeigte auf die Nähte. »Da kann ich den Stoff problemlos herauslassen.«

»Was würde ich nur ohne dich tun?«

»Ich helfe gerne.« Mit den von Carla geänderten Kleidungsstücken beeindruckte Alba die Gäste nachhaltig. Es wirkte, als besäße sie eine neue Kollektion. Damit Lilia sich bei der erneuten Umarbeitung nicht beschwerte, änderte Carla heimlich die Schnitte und mischte die Muster.

Alba zog das beige-braun gestreifte Sommerkleid heraus. »Darin wird sie sehr erwachsen aussehen. Das wird sie zur Zehnjahresfeier tragen. Ihr müsst kommen. Und ihr verbringt hier die Nacht. Einverstanden?«

»Da sage ich mit Vergnügen zu.« Carla freute sich aufrichtig über die Einladung. Ob ihr Bruder Leo sich begeistert zeigte, bezweifelte sie.

»Und heute seid ihr eingeladen.« Sie ging voraus. »Das ist das Mindeste.«

»Lieb von dir.« Carla war es ein wenig unangenehm. Sie schneiderte mit Freude für ihre Schwägerin und ihre Nichte. Sie waren ihre Familie. »Das ist nicht nötig.«

»Ich weiß, aber ich möchte es gerne.« Alba hakte sich bei ihr unter. »Gönn mir den Gefallen, ja?«

Zurück am Tisch verabschiedete sich Alba. »Ich muss mich um die Gäste kümmern. Immerhin sollen sie wiederkommen.« Sie zwinkerte ihnen zu und flanierte weiter.

»Ich habe uns Wein und Wasser bestellt«, sagte Francisco. Der Kellner servierte gerade die Getränke.

Xisca reichte ihr die Speisekarte. Carla wählte einen Fleischeintopf mit Kartoffeln. Francisco und ihre Adoptivtochter schlossen sich an.

Kaum war der Angestellte verschwunden, beugte sich ihr Mann ein wenig zu ihr. »Du willst Wein anbauen. Woher nimmst du die Reben? Was kosten sie?«

»Ich kreuze kalifornische Stöcke mit unseren heimischen.« Eine aus der Zeit ihres Vaters übrig gebliebene Reihe Weinstöcke begrenzte weiterhin ihr Grundstück wie eine Art natürlicher Zaun. Sie besaßen damit ausreichend Mutterpflanzen, um einen Großteil des Felds mit eigenen Stöcken zu pfropfen. »Ich bitte Antonia, mit diesem Kalifornier zu sprechen. Meiner Kalkulation zufolge fahren wir nach sieben Jahren Gewinne ein, selbst wenn wir die Pflanzen auf Kredit kaufen.« Sie tätschelte Xiscas Hand. »Dann hinterlassen wir unserem Mädchen ein ertragreiches Weingut.«

»Mir? Der Loryc wäre mir lieber.« Xisca schmollte. »Was soll ich mit einer Bodega? Ich bin Journalistin.«

Carlas Enttäuschung über die Ablehnung verschlug ihr den Appetit. Damit hatte sie nicht gerechnet. »Du könntest sie bewirtschaften lassen.«

»Vielleicht will ich nach Barcelona oder Madrid zu einer großen Zeitung.« Xisca zog die Hand weg und verschränkte ihre Arme vor der Brust. »Wenn du ein Weingut möchtest, dann sag es, behaupte aber nicht, dass du es für mich machst.«

Francisco lehnte sich zurück. »Du willst einen Kredit beantragen?«

»Sobald ich mit Antonia telefoniert habe und die genauen Kosten kenne.« Carla kam ein Gedanke. »Wir könnten eine höhere Summe aufnehmen für ein neues Fahrzeug. Dann dauert es eben zwei Jahre länger, bis die Schulden abbezahlt sind.«

»Lass mich darüber nachdenken.« Damit war für Francisco das Thema erledigt. »Und am Mittwoch kannst du das Auto für deine Reportage haben.«

»Vielen Dank! Ich kann auch vorerst mit dem Zug fahren«, lenkte Xisca nach ihrer ersten Enttäuschung ein. »Ich verdiene gut und kaufe mir irgendwann selbst einen Wagen.«

Carla freute das Angebot. Trotzdem wollte sie die kommenden Tage alles so in die Wege leiten, damit jedes Familienmitglied sich seinen kleinen Traum erfüllen konnte. Es musste gehen. Irgendwie.

Von Montagmorgen bis Dienstagabend sprach Carla mit den Weinbauern aus der Region. Viele hielten die Idee, eine Kooperative zu gründen und sich die Kosten zu teilen, für eine großartige Möglichkeit, Geld zu sparen. Nur kümmern wollte sich niemand darum. Das würde augenscheinlich an ihr hängen bleiben. Aber diesen Preis zahlte sie gerne. Das Ergebnis ihrer Arbeit würde sie ihrer Familie vor dem Abendessen verkünden.

Francisco arbeitete in der Werkstatt, und Xisca war bei Sonnenaufgang zu ihrer Reportage aufgebrochen. Der Gedanke daran, dass ihre Adoptivtochter das Weinfeld ablehnte, setzte ihr zu. Was sollte sie in zehn Jahren mit dem Grundstück anfangen? Auch den Punkt wollte sie mit ihrer Schwester besprechen. Die Poststelle öffnete in wenigen Minuten.

Mit klopfendem Herzen verließ sie das Haus, nahm ihr Fahrrad und radelte los. Als sie dort ankam, stand sie vor verschlossener Tür. Sie sah Cati auf sich zukommen. »Carla, bin ich zu spät aus der Mittagspause zurück?«

»Nein. Die Zeitverschiebung. In Kuba ist es früh am Morgen, und zu der Zeit erreiche ich Antonia am besten.«

»Dann komm rein.« Cati sperrte auf und wies Carla den Telefonplatz zu. »Die Nummer liegt auf meinem Pult. Ich stelle die Verbindung her und sortiere die angelieferte Post. Du brauchst mich ja nicht.«

»Danke. Lieb von dir.« Carla setzte sich auf den Hocker, vor ihr befand sich ein am Tisch befestigtes Telefon. Nervös rieb sie etwas Schmutz vom abgewetzten Holztisch, den zwei braune Kaffeeränder zierten. Sie schreckte hoch, als der Apparat klingelte. »Antonia? Hörst du mich?«

»Klar und deutlich. Was für eine Überraschung!«

»Geht es euch gut?« Obwohl das Gespräch teuer werden würde, wollte sie nicht direkt zum Punkt kommen.

»Ja, hier ist alles bestens. Außer, dass ich mich um Rodrigo sorge, sobald ich einen Rennwagen sehe.«

»Das kann ich mir vorstellen.« Ihr Neffe fuhr jedes Wochenende Autorennen, wie sollte ihre Schwester keine Angst um ihren Sohn haben. »Aber sonst seid ihr wohlauf?«

»Ja, danke. Und wie läuft es bei euch?«

»Xisca ist erfolgreiche Journalistin, Francisco bekommt von Alba Aufträge, mit Leo spreche ich immer noch nicht, und das Aprikosenfeld wirft keinen Gewinn mehr ab.«

»Aprikosen«, schwärmte Antonia. »Was würde ich für einen Aprikosenkuchen geben.«

Carla lachte. Was der einen fehlte, besaß die andere im Übermaß. »Und ich vermisse den Wein.«

»Pflanz ihn an.«

»Das habe ich vor. Kannst du bei deinem Kontakt in Kalifornien den Preis für eine Rebstocklieferung für drei Hektar erfragen? Dazu die Transportkosten. Ich muss einen Kredit aufnehmen.« Carla seufzte. »Nach meiner Kalkulation kann ich ihn in sechs bis neun Jahren zurückzahlen. Je nachdem, wie teuer die Stöcke sind.«

»Ich erkundige mich, welche Sorten und Pfropfunterlagen er wie anbieten kann.« Im Hintergrund raschelte es. Offenbar schrieb Antonia mit. »Dann steigt Xisca mit in den Weinanbau ein?«

»Leider nein.« Carla hörte leises Bedauern in ihrer Stimme mitklingen. »Es ist dennoch vernünftig. Die Aprikosen und die Mandeln kosten durch die Helfer fast mehr, als sie einbringen.«

Am anderen Ende der Welt herrschte Schweigen. »Antonia? Bist du noch dran?«

»Ja, entschuldige. Mutter hat zwar dir das Grundstück überlassen, aber was hältst du davon, wenn wir uns das Feld teilen? Du hast die Arbeit, und ich steuere das Geld für die Bepflanzung bei.«

Darüber hatte Carla nicht nachgedacht. Selbstverständlich gehörte Antonia die Hälfte. Nur weil sie nicht auf Mallorca lebte und Carla nun im Grundbuch stand, bedeutete das nicht, dass sie vom Erbe ausgeschlossen blieb.

»Keine gute Idee? Du musst meinen Vorschlag nicht annehmen. Ich will mich nicht einmischen.«

Das Angebot übertraf Carlas kühnste Hoffnungen auf eine Lösung ihrer Probleme. »Natürlich. Das wäre großartig. Ich bin überrascht.«

»Weshalb? So besitze ich einen Zipfel Land in meiner Heimat. Und sobald du Gewinne einfährst, bringt es mir sogar etwas ein.« Antonia lachte leise. »Und vielleicht schickst ja du mir ein Fass nach Kuba. Dann kann ich mit europäischem Rotwein angeben.«

Carla stimmte in ihr Lachen ein. »Ist das dein Ernst?«

»Ja. Warum nicht? Ich erziele mit meinem Wein hier ausgezeichnete Erträge. Das Geld ist gut investiert.«

»Musst du das mit Federico besprechen?« Carla wollte keine Unstimmigkeiten zwischen ihnen auslösen.

»Nein, die Erlöse liegen auf meinem eigenen Konto.« Sie hörte es im Hintergrund wieder rascheln. »Ich werde noch heute mit Peter Fitzgerald sprechen. Wir telefonieren in einer Woche. Und ich verspreche dir ein hervorragendes Weinfeld.«

»Am liebsten würde ich dich umarmen. Du weißt nicht, wie glücklich mich das macht.« Mit so einem Vorschlag hatte Carla nicht gerechnet. Sie würde nur einen weit geringeren Kredit aufnehmen müssen. Für das neue Auto, die Arbeitsgeräte, Holzpfähle und Drähte, um die gepfropften Triebe hochzubinden. Dazu zwei Angestellte, bis die erste Lese Geld brachte. Bis dahin hätte sie eine Kooperative der regionalen Weinbauern ins Leben gerufen. »Du wirst es nicht bereuen.«

»Das weiß ich. Grüß alle. Bis nächste Woche. Gleicher Tag, gleiche Zeit?«

»Sehr gerne. Richte ebenfalls Grüße von mir aus, ja?«

»Hasta pronto.«

Völlig überwältigt hängte sie den Hörer auf die Gabel. Das Telefonat kostete beinahe einen Wochenlohn, aber die Ausgabe hatte sich gelohnt.

Es fiel Carla schwer, sich auf ihre Arbeit zu konzentrieren. Die Überraschung wollte sie Xisca und Francisco zusammen überbringen. Es betraf schließlich die ganze Familie.

Xiscas Hündin Leya lag neben dem Herd, fast, als hoffte sie darauf, dass Carla Holz einlegte und ihn befeuerte. Die zehnjährige Mischlingshündin verlor an Gewicht und fror leicht. Ihr Gang wirkte steif. Sobald die Sonne schien, legte sie sich in den Patio, um sich von den Strahlen aufwärmen zu lassen. War der Himmel bewölkt, hoffte Leya am Ofen auf einen Wärmespender.

Carla nahm die Decke, auf der die Hündin früher in der Ecke hinter dem Esstisch gelegen hatte, und breitete sie vor dem Herd aus. »Bald heize ich an.«

Das Motorengeräusch des Loryc ließ sie beide aufhorchen. Fast als wüsste die Hündin, dass an diesem Tag Xisca mit dem Auto käme. Vielleicht spürte sie es tatsächlich.

Die Fahrertür wurde zugeschlagen, und wenige Sekunden später betrat Xisca die Küche. »Hola!«

Leya erhob sich etwas schwerfällig, ging schwanzwedelnd auf ihr Frauchen zu und ließ sich von ihr kraulen, was sie ihr dankte, indem sie ihr die Hände ableckte.

»Wie war es in Porto Cristo?« Carla sah sie neugierig an.

»Gut. Sehr gut.« Xisca wich ihrem Blick aus.

»Nun lass dir nicht alles aus der Nase ziehen.« Carla setzte Kaffee auf. »Setz dich und erzähl.«

Ihre Adoptivtochter nahm Platz. Leya legte ihren Kopf in Xiscas Schoß. »Der Besitzer des Souvenirshops ist ausgesprochen freundlich.« Xiscas Augen leuchteten begeistert. »Er verkauft Postkarten, Püppchen mit roten Sevillanakleidern, Töpferarbeiten, Gemälde und diese Kissen mit dem Bezug aus Zungenstoff.«

»Und das kaufen die Leute?«

»Heutzutage schon. Er verteilt zu Beginn der Führung durch die Drachenhöhlen Handzettel mit seiner Adresse, und die Touristen gehen tatsächlich dorthin.« Sie wies auf ihre Kamera. »Das wirst du auf den Bildern sehen. Ich hätte es nicht geglaubt, wenn ich es nicht gesehen hätte.« Leya ließ sich weiterhin den Kopf streicheln. »Er öffnet mittwochs und sonntags, also nur an den Konzerttagen in der Höhle.«

Carla drehte sich überrascht um. »Er arbeitet zwei Tage in der Woche und kann davon leben?«

»Nein.« Xisca lachte. »Samstags kellnert er, unter der Woche lädt er am Hafen Boote aus, putzt oder streicht sie.« Xisca beschäftigte sich mehr als sonst mit Leya und sah nicht auf. »Um seinen Traum zu verwirklichen, ist er sich für nichts zu schade.«

»Das ist bestimmt besser für ihn, denn eine Zukunft hat er mit diesem Geschäft nicht.«

»Von wegen. Das behaupten die Leute aus seinem Heimatdorf auch. Und weißt du, was er seinen Eltern darauf antwortet?«

»Nein.« Carla lächelte. Der Mann gefiel Xisca offensichtlich, und sie wollte es nicht zugeben.

»Sag den Nachbarn, wir werden nicht nur Brot, sondern Langusten essen. Jeden Tag!«

Die Begeisterung, mit der sie über Baltasar sprach, konnte sie nicht verhehlen, obwohl sie sich ihrer Blickrichtung nach mit dem Fußboden unterhielt. Carla füllte zwei Kaffeetassen und setzte sich zu Xisca.

»Ich muss diese Woche nochmals hinfahren«, erklärte Xisca und bestätigte Carlas Verdacht. »Für die Reportage soll ich ihn zu den anderen Arbeiten befragen und fotografieren.«

»Natürlich musst du das.« Amüsiert beobachtete sie Xisca über den Rand ihrer Tasse hinweg. Ihre Adoptivtochter interessierte sich zum ersten Mal für einen Mann. Einen aus Sencelles, der nun am östlichen Ende der Insel lebte. Aber eine harmlose Schwärmerei bedeutete noch lange keine Liebe. Xisca würde nicht leichtsinnig ihre Karriere als Journalistin aufgeben, so gut kannte sie ihr Mädchen. Und sie wusste ebenso, wie Xisca und Francisco auf Antonias Vorschlag reagieren würden. Mit großer Begeisterung. So bekäme jeder seinen Wunsch erfüllt.

2

Über Palmas beeindruckendste Prachtstraße flanierten viele Passanten. Hochgewachsene Platanen beschatteten den vom Meer in die Stadt hoch führenden Paseo del Borne. Alba Colom Pons hakte sich bei ihrer Freundin Marisol unter und ging zwischen den beiden steinernen Sphinxen durch, die den Anfang der Straße bewachten.

»Warum willst du Matías nicht mehr sehen?« Marisol sah sie fragend an. »Er ist ein toller Mann, und er vergöttert dich.« Sie verzog das Gesicht, als ein Pferd, das mit dem Kutscher auf Touristen wartete, Pferdeäpfel auf den Asphalt abließ.

»Ich bin mit Leo verheiratet.« Albas Herz schlug bei der Erwähnung seines Namens dennoch schneller. Ein Umstand, der sie weiterhin um Fassung ringen ließ. »Ich kann das nicht. Nicht mehr. Wir haben eine wundervolle Zeit miteinander verbracht. Die ist nun vorbei.«

»Leo achtet dich nicht, er schert sich nur um seinen Weinbau. Alles andere interessiert ihn nicht. Dein Hotelbetrieb nicht, und du auch nicht.«

»Jetzt bist du ungerecht.« Alba sah sich bemüßigt, ihren Ehemann zu verteidigen, obwohl sie Marisol hätte zustimmen müssen. Für Leo zählte nur die Arbeit mit seinem Geschäftspartner Fernando auf dem gemeinsamen Feld in

Binissalem. In Fernandos Bodega brachte Leo zusätzlich die Lese seines Weinfelds an der Westküste. Das Grundstück über der Klippe besaß die perfekte Lage für ein Hotel, aber Weinbau? »Leo gibt sich Mühe.« In Bezug auf die Bemühungen um den Wein stimmte die Aussage.

»Du lässt den falschen Mann ziehen.« Marisol wies auf die sonnenbeschienene Terrasse der Bar Bosch. »Wollen wir einen Kaffee trinken, oder musst du zurück?«

Marisol scheute sich nicht, ohne Begleitung in ein Café zu gehen und die Menschen zu beobachten. Sie wagte es sogar, Hosen zu tragen, machte auch bei der Frisur keine Kompromisse und trug sie kurz wie ein Bursche. Die weit ausgestellte beigefarbene Leinenhose stand ihr ausgezeichnet. Dazu kombinierte sie eine dunkelblaue Bluse, die ihre schmale Taille betonte.

»Ich sollte an die Arbeit. Die Frühstückszeit bei dir musste ich mir schon abringen.« Alba arbeitete gern, mit Leos Unterstützung hätte sie öfter freinehmen können.

»Matías tut mehr für dich, als du ahnst.« Sie zeigte auf einen unbesetzten Tisch. »Dann muss ich mich wohl allein in die Sonne setzen.«

»Was tut er denn?« Marisols Andeutung weckte ihre Neugierde. »Sag es mir.«

»Ich habe ihm versprochen zu schweigen. Frag Gerado.« Sie drehte die Finger vor ihrem Mund, als würde sie ein Schloss abschließen. »Ich verrate kein weiteres Wort.«

Daran hegte Alba keinen Zweifel. »Genieße deinen freien Tag.«

»Das werde ich. Die Arbeit in der Schule ist fürchterlich. Diese neuen Regeln von Franco, nach denen wir unterrichten sollen, gefallen mir nicht. Ich wünschte, ich hätte eine andere Tätigkeit.« Marisol zuckte die Schultern. »Aber welche? Zur Zeit ist es aussichtslos.«

Alba überlegte kurz. »Du könntest zwei Tage die Galerie betreiben.«

»Ich? Ernsthaft? Ich habe von Kunst ebenso wenig Ahnung wie ein Bauarbeiter.« Marisol sah sie entsetzt an.

»Das hat der Großteil der Kundschaft auch nicht. Du bist eloquent, freundlich und hilfsbereit. Mehr ist nicht notwendig, um Bilder zu verkaufen. Überleg es dir.« Sie küsste ihre Freundin auf die Wangen und begab sich auf den Weg zurück ins Las Rosas.

Erneut erfüllte sie die helle Fassade im Kolonialstil mit den filigranen Rosenverzierungen an den Balkonbrüstungen mit Stolz. Das Rosenmuster mit kleinen Ranken wiederholte sich überall im Hotel, und sobald die Einnahmen stiegen, wollte Alba den Teppichboden mit dezentem Muster verlegen. Hatten der Bürgerkrieg und die damit einhergehenden Nazi-Flaggen die Front verschandelt, erstrahlte sie seit Kriegsende von Neuem erhaben, als hätte es die ungeliebten Gäste niemals gegeben.

Endlich konnte Alba wieder so handeln, wie es ihr gefiel, und musste nicht aus Furcht vor politischen Konsequenzen ihre wahren Gefühle verbergen.

An der Rezeption standen zwei Männer in teuren Anzügen. Sie unterhielten sich mit ihrem Angestellten Eduardo, dessen Gesicht sich bei Albas Anblick merklich aufhellte. Sie näherte sich und begrüßte die Fremden. »Kann ich helfen?«

»Ich hoffe. Wir suchen ein Notariat.« Der Engländer reichte ihr die Hand. »McGregor, sehr angenehm.«

»Alba Colom Pons, die Eigentümerin des Hauses.« Alba nickte dem anderen Herrn zum Gruß zu. »Mein Notar spricht Ihre Sprache und genießt mein vollstes Vertrauen.«

»Was für ein Segen.« McGregor zeigte auf seinen Begleiter. »Ich unterstütze Mr. Brown, sein Geld in rentable Immobilien zu investieren.«

Ein Wink des Schicksals. Schon lange überlegte sie, ob sie ihr Elternhaus sowie zwei weitere Wohnungen in bester Lage verkaufen sollte, um für den Bau des Hotels in Cala Mayor flüssig zu sein. »Ich kann Ihnen nicht nur meinen Notar empfehlen, sondern sogar drei Immobilien provisionsfrei anbieten.«

»Interessant. Häuser?« Die Augenbrauen von Mr. Brown schossen in die Höhe.

»Nicht nur.«

»Können wir Ihre Liegenschaften besichtigen?«

»Jetzt?«

Albas Küchenchef Pep wartete auf ihre Anweisungen. Sie zögerte kurz. Sollte der Maître an diesem Tag zeigen, ob er den Chefposten zu Recht innehatte und in der Lage war, einen brauchbaren Wochenplan zusammenzustellen. »Gerne. Ich gehe nur rasch die Schlüssel holen.« Auf dem Weg in ihr Büro gab sie in der Küche Bescheid und überlegte, wie Leo reagieren würde, wenn sie das Haus ohne seine Zustimmung verkaufte. Er schlief meist in Binissalem in einem Häuschen, das zu Fernandos Bodega gehörte, oder in der kargen Hütte auf dem Weinfeld. Für sie lohnte es sich nicht, ihr Elternhaus zu halten. Sie könnte sich im Hotel einrichten. Ebenso Lilia und Gerado. Vielleicht irrte sie sich, und der Investor bevorzugte ganz andere Wohnobjekte.

Trotz ihrer Unsicherheit schien das Glück Alba an diesem Tag zu begleiten. Der Mann investierte in Immobilien im großen Stil. Preislich einigten sie sich so schnell, dass sich Alba mit den Herren bereits am späten Nachmittag bei ihrem Notar einfand. Mithilfe ihres Anwalts Oscar Munar, dessen Kanzlei im gleichen Stockwerk gegenüberlag, besprachen sie das weitere Vorgehen. Alba benötigte Zeit für die Organisation des Umzugs. »Lassen Sie uns heute im Las Rosas zusammen abendessen.« Sie suchte den Blick ihrer Geschäftspartner. »So ein Entschluss sollte gefeiert werden.«

Mr. Brown dankte ihr. »Mit Vergnügen. Um alles abschließen zu können, muss mein Anwalt die Verträge sehen, bevor wir notariell den Immobilienwechsel beglaubigen.«

»Selbstverständlich. Kein Problem.« Alba würde ebenso wenig Geschäfte ohne rechtlichen Beistand tätigen.

Mr. Brown und Mr. McGregor erhoben sich. »Wir verabschieden uns, wenn Sie erlauben. Begleiten Sie uns zurück?«

Da Alba bei ihrem Rechtsanwalt saß, verneinte sie. »Ich habe zwei weitere Punkte zu klären.« Sie stand auf, reichte den Herren die Hand und lächelte. »Neunzehn Uhr?«

»Herzlichen Dank.«

»Alba, was kann ich noch für Sie tun? Sollen wir nach nebenan in meine Kanzlei wechseln?«, fragte Oscar Munar, nachdem die Kaufinteressenten das Büro verlassen hatten.

»Das ist nicht nötig.« Alba sah zum Notar. »Es betrifft Sie beide. Ich will mit einem Teil des Geldes ein Küstengrundstück erwerben. Aber ich möchte namentlich nicht in Erscheinung treten. Wie geht das?« Alba wollte Leo besänftigen, sollte er wegen des Hausverkaufs ungehalten sein. Er suchte seit Monaten nach einem Abnehmer für das Weinfeld. Mit dem

Erlös könnte er in Binissalem Weinland erstehen und seinen Traum erfüllen.

»Das ist unproblematisch. Wir gründen eine Gesellschaft, unterbreiten eine Offerte im Namen der Firma, und niemand erfährt, wer dahintersteckt, wenn ich als bevollmächtigter Vertreter auftrete.« Der alte Freund ihres Vaters stand auf und trat ans Fenster. »Das ist einfach.«

So hörte es sich an. »Gut, dann regeln Sie das für mich. Machen Sie meinem Ehemann ein Angebot, das er unmöglich ablehnen kann.« Um ihren langjährigen Anwalt nicht zu verwundern, führte sie ihre Motive aus. »Er wünscht sich eine Bodega in der Inselmitte. Mit dem Kauf kann ich ihn sehr diskret in seinen Plänen unterstützen. Ich will vermeiden, dass er glaubt, er würde es ohne meine Hilfe nicht schaffen.«

»Alba, Sie sind eine weise Frau.« Er wandte sich vom Fenster ab und lehnte sich an den Stuhl, der ihrem gegenüberstand. »Sie lassen Ihrem Mann die Ehre.«

Und ich bekomme ein perfektes Küstengrundstück, dachte Alba. Somit war allen geholfen. Auch ihrer Tochter Lilia, die wie Leo verrückt nach Wein war. Irgendwann würde sie die Weinfelder erben, wenn sie in einigen Jahren weiterhin Interesse daran hatte, was Alba sehr bezweifelte. Sie ging nur aufs Feld, um ihrem Vater zu schmeicheln. Mit körperlicher Arbeit sollte Lilia nicht für ihren eigenen Unterhalt sorgen und unabhängig von einem Ehemann sein.

»Dann erledigen Sie das, sobald der Verkauf meiner Immobilien abgeschlossen ist.« Alba erhob sich. »Ich muss nun wirklich zurück. Sonst verpasse ich das Abendessen mit den Investoren.«

»Vielen Dank, Alba.« Oscar Munar sah zum Notar. »Wir kümmern uns um alles.«

Zufrieden mit dem Verlauf des Tages spazierte sie zurück ins Hotel, wo sie sich direkt in die Küche begab. Der Chefkoch hatte ohne Albas Instruktion improvisiert und einen Wochenmenüplan erstellt, der sie angenehm überraschte. Künftig wollte sie Pep öfter die Zusammenstellung allein überlassen. Zu ihrer Entlastung und für mehr Abwechslung im Restaurant. So bliebe ihr genügend Zeit, um die Jubiläumsfeier vorzubereiten.

Das Las Rosas sollte erstrahlen. Alba jagte tagelang die Hausmädchen von Zimmer zu Zimmer, überließ nichts dem Zufall, und manchmal wusste sie kaum, wie ihr geschah. Unerklärlicherweise kamen weitere Buchungen von frisch vermählten Paaren aus Großbritannien. Für Hochzeitspaare stellte sie eine neue Zimmervorbereitung zusammen. Ein Obstkorb. Eine Flasche Wein von Leos Feldern und Rosenblätter auf dem Bett, um dem Namen des Hotels mit einer romantischen Note Nachdruck zu verleihen. Ob sie rote Rosen auftreiben könnte? Sie musste mit ihrem Blumenlieferanten sprechen.

Alba gab das ihrem Rezeptionisten in Auftrag und fragte nach Gerado.

»Er wollte gleich wieder hier sein.« Mit leuchtenden Augen stand Eduardo vor ihr. »Señora, Sie werden es nicht glauben. Wir sind zum Jubiläum ausgebucht.«

»Du meinst, die Hotelzimmer sind alle belegt?« Hoffentlich meinte er nicht nur die Reservierungen im Restaurant.

»Ja!« Er zeigte auf das Reservierungsbuch. »Eine Reiseagentur aus England hat die letzten Zimmer gebucht. Für frisch Vermählte.«

»Das sind großartige Nachrichten!« Albas Verwunderung wuchs weiter. Zeit, mit ihrem Sohn zu sprechen.

Gerado kam auf sie zu. Wie üblich kleidete er sich extravagant. Sein königsblauer Seidenanzug besaß einen edel schimmernden Glanz. Das helle Hemd harmonierte mit den hellbeigen Gamaschen über den schwarz polierten Lederschuhen. Die Krawatte zierte ein Jacquardmuster, das Gerado für Kleidung nutzte, obwohl Alba solche Stoffe bisher hauptsächlich als Bezug von Sitzmöbeln kannte. Zu ihm passte das Muster, erregte jedoch auch Aufsehen. Die Abschlussarbeit an der Schule für Modedesign und Werbegrafik stand unmittelbar bevor, und sie wusste, dass er für das Meisterstück dieses Material benutzen würde.

Trotz seiner Modebegeisterung engagierte Gerado sich zu Albas Freude sehr im Hotel. Vielleicht steckte er hinter den neuen Gästen.

Ihr Sohn kam Alba manchmal vor wie ein halbwüchsiger Junge, weil er seine Vorlieben wechselte wie Kinder ihre Lieblingsspielzeuge. Nur selten spielte er Geige oder Klavier. Meist für die Hotelgäste im Restaurant, wenn Alba ihn darum bat, doch freiwillig? Dabei gab es eine Zeit, in der er den Geigenbogen am liebsten nie aus der Hand gelegt hätte. »Hast du kurz Zeit?«

»Ja, in zehn Minuten muss ich aber los.« Gerado klemmte sich die Zeitung unter den Arm und folgte ihr nach nebenan ins Büro.

Alba setzte sich auf die Schreibtischkante. »Kannst du dir die vielen Buchungen aus Großbritannien und vom Festland erklären?«

»Freu dich doch einfach darüber.« Gerado wich ihr aus.

»Das tue ich. Trotzdem möchte ich erfahren, warum sie bei uns buchen.« Alba blickte ihn fest an. Sie kannte ihren Sohn. Wenn er zu Boden sah und ihrem Blick auswich, versuchte er, etwas vor ihr zu verbergen.

»Nun sag schon. Wem verdanke ich das?«

Gerado schnaubte. Er reichte ihr die Tageszeitung. »Schau im Anzeigenteil nach.«

Alba blätterte und fand eine ansprechend gestaltete Annonce für ihr Hotel. Die Anzeige wandte sich ausschließlich an Flitterwöchner und bot Sonderpakete an. Stolz brandete in Alba auf wie ein loderndes Feuer. »Deine Idee ist großartig! Der Kurs in Werbung hat sich gelohnt!«

»Sie ist nicht von mir.«

»Sondern?«

»Von Matías. Er kam darauf. Wir haben das zusammen umgesetzt.« Gerado nahm die Zeitung wieder an sich. »Er wollte erst sehen, ob es funktioniert. Es sollte eine Überraschung werden.«

»Die ist euch gelungen.« Vermutlich hatte Marisol das vor einigen Tagen gemeint, als sie zu Alba sagte, Matías täte viel für sie. Nun blieb ihr fast kein Ausweg mehr. Sie musste mit ihm sprechen. Alles andere wäre unhöflich. »Ich danke euch. Weißt du schon, welche Lieder du zur Feier spielen wirst?«

»Ich gebe dir heute Abend die Liste. Jetzt muss ich wirklich gehen.« Gerado küsste sie auf die Wange und verließ ihr Büro.

Nachdenklich sank sie auf den Stuhl. Warum ließ Matías sie nicht in Ruhe? Wie sollte sie ihn vergessen, wenn er sich immer wieder in ihr Leben einmischte? Sie liebte ihn. Aber sie konnte ihren Mann nicht verlassen. Das Gerede würde sie nicht ertragen. Außerdem würde sie Leo verletzen und ihre Familie zerstören.

Das Klingeln des Telefons riss sie aus ihren Gedanken. »¿Diga?«, meldete sie sich.

»Oscar Munar. Der Kauf ist erfolgt und notariell beglaubigt. Sie sind nun Besitzerin des Küstengrundstücks hinter Magaluf. Wenn Sie wünschen, können Sie die Unterlagen abholen. Oder ich bewahre sie bei mir auf.«

»Ja, tun Sie das.« Sie wollte nicht riskieren, dass Leo die Firmenunterlagen zufällig entdeckte und ihre List aufdeckte. »Das Geld ist auf dem Konto?«

»Ja. Und das Grundstück in Cala Mayor habe ich auch in die Firma eingebucht.«

»Ausgezeichnet.« Alba verabschiedete sich und lehnte sich im Stuhl zurück. Nun konnte sie einen Anruf nicht mehr hinausschieben. Nicht nur, um Matías zu danken, sondern um ihn zu bitten, ihr neues Hotel in Cala Mayor zu entwerfen.

Leo würde an diesem Abend in gelöster Stimmung sein. Der perfekte Zeitpunkt, um beim Abendessen mit ihm über ihre Pläne zu sprechen. Ihr Mann kam ihr sogar noch zuvor. Zusammen mit seinem Partner Fernando brachte er die Weinlieferung für den Weinkeller. Alba überflog den Lieferschein und kontrollierte die Liefermenge. Sie durfte keine Engpässe zur Zehnjahresfeier riskieren. »Früher als versprochen!« Leo steckte den Kopf ins Büro und sah sie selbstzufrieden an. »Ich komme mit ausgezeichneten Neuigkeiten.«

Alba ahnte, was er ihr nun berichten wollte.

»Das Grundstück ist verkauft. Das Angebot lag weit über dem Verkehrswert. Was der arme Trottel da anbauen will, ist mir schleierhaft. Mehr als den von mir platt gefahrenen

Zufahrtsweg gibt es dort nicht.« Leo zuckte die Achseln. »Mit so viel Glück habe ich nicht gerechnet. Oscar Munar ist ein toller Anwalt. Er wusste von meinen Verkaufsplänen und hat einem Interessenten davon erzählt.«

Alba gab sich überrascht. »Und die Rebstöcke?«

»Die nehme ich mit. Ich habe mir perfektes Weinland in Sencelles reserviert.« Leo zwinkerte ihr verschwörerisch zu. »Es ist das Nachbargrundstück von Carla. Die wird Augen machen, das kann ich dir versprechen.«

»Willst du den alten Zank nicht endlich beilegen?« Sie mochte ihre Schwägerin. »Jetzt, wo ihr Nachbarn seid?«

Leo fuhr sich über das Kinn. »Warum? Sie hat mich um mein Erbe gebracht.«

»Es war die Entscheidung deiner Mutter.« Alba kannte die ganze Wahrheit. Leo hatte sich mit den Eltern zerstritten, weil er damals Weinreben anbauen wollte. Sein Vater setzte auf Trockenfrüchte, da der mallorquinische Wein nach Erholung der Reblausplage kein Brot auf den Tisch brachte. Leo hatte daraufhin mit der Familie gebrochen. »Es war ihr Land, also war es ihr gutes Recht zu bestimmen, was angebaut wird.« Alba verstand den Starrsinn ihres Mannes nicht. Man hatte nur eine Familie. Und der sollte man vergeben. Sie vergab Leos Fehlentscheidungen schließlich ebenfalls regelmäßig.

»Ich will nicht streiten«, lenkte Leo ein. »Lass uns heute Abend feiern, ja? Oder bist du mir böse, weil ich jetzt nur noch sonntags im Hotel helfen kann?«

Den Großteil der Zeit verbrachte ihr Mann in Binissalem. Der Grundstückswechsel würde nicht viel daran ändern. »Nein. Wenn der Wein dich glücklich macht, dann bin ich es auch.« Alba hielt den passenden Moment für gekommen.

»Ich habe einen Käufer für mein Elternhaus. Gerado und Lilia können mit uns im Las Rosas wohnen. Ich werde einen Bereich umbauen. Gerado geht eigene Wege, und Lilia ist fast erwachsen. Du arbeitest auf dem Feld, schläfst meistens dort, und ich gehe nur noch ins Haus zum Saubermachen. Wir brauchen es nicht. Mit dem Erlös beginne ich mit dem Hotelbau in Cala Mayor.« Sie lächelte ihn an. »Einen Teil kann ich für deine Weinfelder abzweigen, damit du schneller Erfolge erzielst. Wie denkst du darüber?«

Leos Miene verfinsterte sich abrupt. »Verkaufen? Unser Zuhause?«

»In dem niemand wohnt.« Alba ging auf ihn zu. »Ich dachte, du freust dich, wenn du Bargeld zur Verwirklichung deiner Träume bekommst. Mit der Summe wärst du gleichberechtigter Partner mit Fernando. Und es bliebe Geld für den Baustart einer Bodega in Sencelles. Das wolltest du doch immer.« Alba gab vor, gekränkt zu sein, und senkte den Blick, weil Leo ihr Entgegenkommen nicht würdigte. Ihr war klar, dass sie ihn längst in der Tasche hatte. »Aber ich muss das nicht tun. Das Hotel in Cala Mayor kann warten.«

»Nein. Du hast recht.«

Alba hob den Kopf. »Du bist einverstanden? Es ist unser Zuhause.«

»Solange das Angebot gut ist. Du darfst dein Erbe nicht verschleudern.« Leo sah sie forschend an. »Wie hoch ist es denn?«

»Vierhunderttausend Peseten«, log Alba. Sie rundete die Summe großzügig ab. Den Verkauf der beiden Wohnungen, von denen Leo nichts ahnte, verschwieg sie ihm ohnehin. Er musste nicht alles erfahren.

Ihr Mann schien zu überlegen.

»Ich kann dir vierzigtausend geben. Um das Hotel fertigzustellen, werde ich einen Kredit aufnehmen müssen.« Alba gingen die Lügen leicht über die Lippen. »Sobald es Gewinn abwirft, unterstütze ich dich, solltest du das überhaupt nötig haben.« Albas Schmeichelei stimmte ihn milde.

»Ich würde es sogar ohne die vierzigtausend Peseten schaffen, aber mit geht es schneller.« Leos Augen funkelten begeistert. »Und weißt du was? Ich benenne unseren ersten Rotwein nach dir. Wie findest du Albas Rosas?«

»Du bist der wundervollste Mann auf der Erde.« Alba meinte in dieser Sekunde auch jedes Wort so. Seine Begeisterungsfähigkeit steckte sie an. In die und in Leos Tatkraft hatte sie sich verliebt. Und in jenen seltenen Momenten, in denen das alte Feuer in ihm loderte, liebte sie ihn.

»Ich sortiere die Weinflaschen und komme dann hoch zum Abendessen.« Leo küsste sie zum Abschied und verließ, ein Lied pfeifend, das Büro.

Alba setzte sich hinter den Schreibtisch. Seit Leo mit Fernando ein großes Weinfeld bewirtschaftete, ließ er sich kaum noch im Hotel sehen. Er fuhr von der Küste nach Binissalem. Die Fahrt zwischen den Grundstücken fiel nun weg, was ihm seine Arbeit erleichterte. Vielleicht schaffte er es tatsächlich, irgendwann gewinnbringend Wein anzubauen. Seine Rotweine kamen bei ihren Hotelgästen an. Die Rebstöcke würden auf fruchtbarem Boden mehr einbringen. Fernando und er kultivierten Prensal Blanc, dessen Traube einen frischen Weißwein hervorbrachte. Die Lese des Mantonegro bauten sie mit Syrah zu einem kräftigen Rotwein aus. Sie hoffte für Leo, es möge ihm gelingen. Solange er mit dem Weinbau beschäftigt war, mischte er sich nicht in ihre Geschäfte ein.

Selbst zum Bau des Strandhotels hatte er zu ihrer großen Verwunderung geschwiegen.

Zeit, dem Koch ihr Abendessen in Auftrag zu geben. Sie zog den Handspiegel aus der Schreibtischschublade, zupfte ihre blonden Locken zurecht, zwischen denen die ersten grauen Strähnen nicht auffielen. Alba stand auf und strich gewohnheitsmäßig ihren wadenlangen Bleistiftrock aus grüner Wolle glatt. Der Großteil ihrer Garderobe war drei Jahre alt. Sie kombinierte die von Carla umgenähten Kleidungsstücke neu. Wenn sie an die Unbekümmertheit ihrer Jugend zurückdachte, in der sie sich ausschließlich nach der neuesten Mode gekleidet hatte, fiel ihr auf, wie viel Geld sie früher verschwendet hatte. Nun gab es wichtigere Dinge als Kleider. Rücklagen bilden. Eine gute Ausbildung für die Kinder. Wobei völlig unklar war, was Lilia nach der Schule studieren wollte. Ihr Mädchen zeigte keine Begeisterung für Albas Hotelgeschäft oder die Galerie. Dafür nutzte sie jede freie Minute, um mit Leo zum Weinfeld und zur Bodega in Binissalem zu fahren. Ihre Tochter zog es vor, wie eine gewöhnliche Bäuerin in der Erde zu wühlen, sich den Rücken krummzuarbeiten, anstatt sich für Schickliches zu begeistern.

Gerado bewies trotz künstlerischer Ader lobenswertes Engagement im Hotelgewerbe, obwohl Alejandro wie ein Schatten nie von Gerados Seite wich. Wenn Alba nicht achtgab, würde seine Neigung irgendwann bekannt werden. Er könnte im Zuchthaus enden. Sie überlegte, wie sich das vermeiden ließe. Vielleicht sollte er heiraten. Was hinter verschlossenen Türen ablief, blieb im Verborgenen, und solange er eine Frau vorwies, würde es keiner wagen, einen solchen Verdacht auszusprechen. Am besten erschien er zur großen

Feier in weiblicher Begleitung. Darüber musste sie mit ihm sprechen.

Gedankenverloren schlenderte sie rechts durch die mit Rosendekor verzierten Glasflügeltüren, die in den Speisesaal führten. Weder von innen noch von außen konnte man erahnen, dass es einmal zwei Häuser gewesen waren, die sie mühevoll zu diesem Hotel ausgebaut hatten. Als sie vor zwölf Jahren das Eckhaus mit der ausladenden Fensterfront erwarben, lag es auf der Hand, dort das Speiselokal einzurichten. Tatsächlich hatten sich im Laufe der Zeit die Fenstertische als die begehrtesten Plätze erwiesen.

Alba hielt sich links, ging an dem durch eine Schiebewand abgetrennten Bühnenbereich mit dem schwarzen Klavierflügel vorbei in den Servicebereich vor der Küche. Dort herrschte geschäftige Betriebsamkeit. Jeder ihrer Angestellten wusste, was er zu tun hatte. Ihr Küchenchef Pep putzte gerade einen Hilfskoch herunter, weil er eine Soße hatte anbrennen lassen. Der eigenwillige Geruch überlagerte alle anderen Düfte. »Wenn du es wagst, jetzt umzurühren, brauchst du morgen nicht wiederzukommen.«

Das Gesicht des Kochs brannte feuerrot vor Scham. Er griff sich einen frischen Topf, schüttete die Flüssigkeit um und gab ein Stück Weißbrot hinein. Pep nickte. »Na, wenigstens das weißt du und verschwendest nicht noch eine Kartoffel.«

Als er sich umdrehte, entdeckte er Alba. »Was kann ich für Sie tun?« Er eilte auf sie zu. »Haben Sie Gäste zum Abendessen?«

»Heute nur die Familie. Wir werden zu viert sein.« Sie bedachte den neuen Hilfskoch mit einem nachsichtigen Blick. »Wie macht er sich?«

»Eigentlich gut.« Pep sprach leise. Er polterte gerne herum, um sich Gehör zu verschaffen, war im Grunde jedoch eine Seele von Mensch. »Ich stelle morgen das Menü für die Jahresfeier zusammen. Es wird reichhaltig aus dem Meer geben.«

»Eine Fleischspeise müssen wir aber anbieten.« Alba wusste, wie schwierig es war, größere Mengen Fleisch zu bekommen. »Hat Felipe kein Rind mehr?« Er gehörte zu den vier Bauern, die sie regelmäßig mit Fleischwaren aus den Hausschlachtungen versorgten, und lieferte am zuverlässigsten.

»Ich habe bereits vor drei Wochen vorbestellt. Er wird liefern.« Pep schmeckte die angebrannte Soße ab. »Mit einem Schuss Wein ist sie genießbar.«

Seit sie ihrem Chefkoch freie Hand ließ, fühlte sich Alba entlastet, gerade jetzt, wo für die Feier so viel getan werden musste. »Danke. Wir essen um zwanzig Uhr.«

Pep konnte aus Resten ein hervorragendes Mahl zaubern, was ihnen schon zu Kriegszeiten durch die härteste Zeit geholfen hatte, um ihre deutschen Besucher zu verköstigen.

Im Büro fertigte sie eine Liste für die Zimmermädchen an. Alles musste perfekt sein. Die Hotelzimmer, das Restaurant, jeder Winkel, selbst dann, wenn ihn die Gäste nicht zu sehen bekämen. Aus der Kunstgalerie wollte sie Bilder holen, die Zimmer neu dekorieren und die Gemälde mit Preisen versehen. Vielleicht verkaufte sie auf diese Weise ihre Kunst, da in der Galerie kaum Kunden vorbeischauten.

Nun musste sie mit Matías sprechen. Länger konnte sie das Gespräch nicht aufschieben. Sie nahm den Hörer ab, bat um eine Verbindung durch die Zentrale in Palma und hoffte, ihn nicht zu erreichen, um eine Schonfrist zu erhalten. Überraschenderweise ging er beim zweiten Läuten an den Apparat.

»Ich bin es, Alba.«

»Alba! Wie geht es dir?« Die Freude in seiner Stimme war unüberhörbar.

»Ausgezeichnet. Inmitten der Festplanung.« Sie räusperte sich. Die Nervosität kroch ihr die Kehle hoch. »Ich möchte die Planung für das Hotel in Cala Mayor vorantreiben. Kann ich mit deiner Hilfe rechnen?«

Ein leises Lachen drang zu ihr durch. »Ich habe aus den groben Plänen längst Skizzen gefertigt. Sie liegen seit vielen Wochen auf meinem Schreibtisch.«

»Wann können wir uns besprechen?« Alba konnte kaum glauben, dass Matías weiter entworfen hatte. Immer wieder überraschte er sie.

»Jetzt? Ich kann in zehn Minuten bei dir sein.«

Ihr brach der Schweiß aus. Auf eine so frühe Begegnung war sie nicht vorbereitet. »Gut. Ich bin im Büro.«

Matías legte auf.

Alba nahm den Handspiegel aus der Schreibtischschublade. Die Frisur saß. Zum Umziehen blieb ihr keine Zeit. Sie zog die Lippen nach. Ihre Hand zitterte unmerklich. Über sechs Monate hatten sie sich nicht mehr gesehen. Und nun würde er gleich vor ihr stehen. Die Schonfrist verstrich viel zu schnell.

Es klopfte.

»Herein.« Alba stand auf und stützte sich am Schreibtisch ab.

Die Tür schwang auf.

Matías.

Augenblicklich durchflutete Alba eine kribbelnde Hitze. Sie konnte in den ersten Sekunden kein Wort sagen. Zu sehr nahm sie der Mann gefangen. Sie blinzelte einige Male, um sich zu konzentrieren. »Matías. Komm, tritt näher.«

Die Papierrollen trug er unter dem Arm. Mit einem strahlenden Lächeln schloss er die Tür und kam auf sie zu. »Umwerfend schön, wie immer.«

»Schmeichler.« Dennoch freute sie das Kompliment. »Wie geht es dir?«

»Jetzt gut.« Er deponierte die Entwürfe auf dem Schreibtisch, umrundete ihn und zog Alba in eine feste Umarmung, bevor er von ihr abrückte, um sie im Anschluss hingebungsvoll zu küssen.

Wie gewöhnlich wurde sie zu Wachs in seinen Armen. Die Leidenschaft, die Wärme und die erneut auflebende Liebe hielten sie gefangen.

Er löste sich von ihr. »Du hast mir gefehlt.«

»Du mir auch. Aber ...«

Matías legte seinen Zeigefinger auf ihre Lippen. »Kein Aber. Ich weiß nicht, ob ich eine weitere Zurückweisung überstehe.«

Alba seufzte und lehnte ihren Kopf an seine Brust. »Mach es uns nicht noch schwerer.«

»Es ist ganz leicht. Lass dich scheiden.« Matías strich ihr sanft über den Rücken. »Te quiero. Das weißt du.«

»Und ich liebe dich.« Dieses Eingeständnis kostete Alba viel Kraft. Nichts hatte sich geändert. Eine Sekunde in seinen Armen ließen die Monate der Abwesenheit schmelzen wie Butter in der Sommersonne. »Gib mir etwas Zeit.«

Matías rückte von ihr ab. »Darum bittest du mich seit Jahren.«

»Ich weiß. Es tut mir leid, was ich dir zumute.« Alba sah ihm in die Augen. »Sobald Lilia und Gerado ein eigenes

Leben führen. Bis dahin hat Leo auch Erfolg mit seinem Wein. Dann sind wir frei füreinander.«

Matías schenkte ihr ein trauriges Lächeln. »Es hat sich also nichts verändert?«

»Doch, ich habe mich entschieden.« Alba verstand seinen Einwand. »Wirst du warten?«

»Ja. Natürlich.«

»Um eines bitte ich dich.« Alba fiel es schwer, noch ein Zugeständnis einzufordern. »Komm mit Marisol zur Feier. Leo ahnt etwas, und ich möchte nicht, dass es Gerede gibt.«

»Ich denke darüber nach.« Er wirkte gekränkt. »Lass uns die Skizzen ansehen.«

Alba bestaunte die Entwürfe. Matías musste jedes Detail, das sie zu ihren Wunschvorstellungen des Strandhotels geäußert hatte, aufgeschrieben haben. »Du bist wundervoll. Ein großartiger Architekt.«

»Freut mich, dass sie dir gefallen.« Er rollte die Pläne wieder zusammen. »Dann soll ich sie detailliert ausarbeiten?«

»Und die Kosten kalkulieren. Du hast deine Leute, um das Hotel zu bauen.« Albas Begeisterung schien an Matías' Enttäuschung abzuprallen. »Wann fangen wir an?«

»Erst müssen wir das Grundstück einzäunen, reinigen und ebnen, bis dahin habe ich die Baupläne für die Genehmigung eingereicht. Nach Weihnachten kann es losgehen.«

»So schnell? Das sind ja nur noch acht Wochen!«

»Ich verfüge über Beziehungen ins Rathaus.« Matías wirkte fast geschäftsmäßig.

Alba ging auf ihn zu. »Danke.« Sie küsste ihn. Sein Widerstand schwand. »Wir werden viel Zeit zusammen verbringen.«

Matías brummte.

Selbstredend wünschte er sich mehr, das tat Alba ebenfalls. Trotzdem musste sie Rücksicht auf ihre Familie nehmen. Zwei Jahre. Vielleicht drei. Die Uhrzeit mahnte sie zur Vorsicht. Leo könnte jederzeit hereinkommen, und er würde nicht anklopfen. »Aber nun solltest du gehen.«

»Natürlich.« Matías nahm die Rollen und öffnete die Tür, die Leo gerade öffnen wollte. Beide Männer hielten die Türklinke in der Hand. »Buenos días, Leo.«

»Matías? Du hier?«

Er tippte auf die Pläne. »Wir haben das Projekt besprochen.«

Leo sah zu Alba. »Du verlierst keine Zeit.« Sein Blick verfinsterte sich.

»Ich muss los.« Matías drückte sich an Leo vorbei. »Ich habe eine Verabredung und will die Dame nicht warten lassen.«

Leos Miene hellte sich potenziell zu Albas Stimmungsabfall auf. »Das ist klug. Frauen verzeihen einem selten, wenn man sich verspätet. Adiós.«

Ohne sich umzudrehen, verließ Matías das Hotel. Es wirkte fast, als würde er fliehen. Albas Stimmung kippte. Am liebsten wäre sie hinter ihm hergelaufen, doch das verbot der Anstand. Und ihre Ehe.

»Die Kinder erwarten uns im Restaurant.« Leo bot Alba seinen Arm an. »Wie sind die Pläne?«

»Beeindruckend. Es wird den Touristen gefallen.« Sie ließ sich von Leo an ihren Tisch geleiten. »Die Strandlage ist ideal.«

»Was wird Pep servieren?« Leo setzte sich.

»Fideuà. Er kochte für uns heute zur Probe, da wir das Gericht bisher nicht auf der normalen Speisekarte führen.« Alba nahm Platz.

Gerados Augen weiteten sich. »Mein Lieblingsgericht.«

Alba liebte die Nudelvariante der Paella ebenfalls. Als Mädchen hatte sie das oft gegessen, doch seit dem Krieg zählte sie zu den seltenen Köstlichkeiten. Aus diesem Grund wollte Alba sie bei der Zehnjahresfeier anbieten. Pep bereitete eine Variante mit Rindfleisch und eine zweite mit Fisch und Muscheln zur Verkostung.

Lilia trank einen Schluck Wasser. Sie schien geistesabwesend. »Ist alles in Ordnung?« Alba musterte ihre Tochter.

»Sí, todo bien.« Der Tonfall verhieß das Gegenteil davon.

»Ich …« Alba blickte zu Leo. »Wir haben euch heute etwas mitzuteilen.«

Ihr Mann sah Lilia an. »Ich konnte das Grundstück verkaufen. Bald pflanzen wir auf unserem neuen Feld in Sencelles an.«

»Das ist ja großartig.« Ihre Augen leuchteten vor Begeisterung. »Ich helfe dir.«

»Am Wochenende«, wandte Alba ein. »Du hast Schule.«

»Ich werde die Schule dieses Jahr beenden. Und ich möchte ab kommender Woche an einem Schulprojekt teilnehmen. Das Landpraktikum findet in Binissalem statt. Wir lernen alles, was mit Landwirtschaft zu tun hat. Es geht über die Herbstferien.« Lilia schürzte die Lippen. »Davon hältst du mich nicht ab.«

Alba atmete tief durch. Sie kannte den Starrsinn ihrer Tochter. Vielleicht war es eine gute Idee, sie Feldarbeit am eigenen Leib spüren zu lassen. Ein schmerzender Rücken und rissige

Hände würden ihre Meinung ändern. »Ich will dich gar nicht davon abhalten. Allerdings bestehe ich darauf, dass du das Abitur machst.«

»Warum? Für den Weinanbau benötige ich keine Reifeprüfung!« Lilia sah hilfesuchend zu ihrem Vater.

»Da muss ich ihr recht geben.« Er fing Albas warnenden Blick auf. »Wobei, zwei Jahre gehen schnell vorbei.«

»Vergeudete Zeit!« Lilia verschränkte die Arme vor der Brust. »Ich lerne bei dir alles, was ich brauche.«

»Darüber sprechen wir noch.«

Der Kellner servierte die Fideuà. Er stellte die Pfanne auf einen Beistelltisch und legte vor.

Lilias Lippen bebten. Sie wartete nur darauf, bis die Servicekraft den Tisch verließ. »Mutter. Das ist meine Entscheidung. Ich bin alt genug.«

»Du bist sechzehn.« Alba nahm das Besteck auf und begann zu essen.

»Gerado durfte auf die Modeschule.« Sie funkelte ihren Bruder wütend an. »Dabei wird er dein Hotel übernehmen. Wozu also Zeit verschwenden?«

»Es ist keine Zeitverschwendung! Neben Mode habe ich auch Grafikdesign studiert!« Gerado schob die Nudeln auf dem Teller hin und her. »Vielleicht bringe ich meine eigene Modelinie heraus.«

»Eine Ausbildung ist wichtig.« Alba ließ nicht locker. Lilia sollte das Bachillerato machen, um studieren zu können, sobald sie ihre Idee vom Weinbau verwarf. Landwirtschaft und ihre verwöhnte Tochter, das passte nicht zusammen.

»Die bekomme ich doch.« Die Sturheit hatte Lilia von ihrem Vater geerbt.

»Du machst mehrere Praktika.« Alba schnaubte. »Von mir aus beginnst du mit dem Landwirtschaftsprojekt. Aber in den nächsten Ferien wirst du eines im Hotel absolvieren.«

»Ich will aufs Land.«

»Dann stört es dich auch nicht, dass ich unser Haus verkauft habe. Wir leben künftig hier im Las Rosas.«

Gerado sah sie staunend an. »Du hast unser Zuhause verkauft?«

»Das darfst du nicht!«, heulte Lilia auf.

»Du möchtest doch aufs Land ziehen.« Diesen Konter konnte Alba nicht unterdrücken. »Also wird es dich nicht stören, wenn wir hier enger zusammenrücken.«

»Und du bist damit einverstanden?« In Lilias Augen standen Tränen. »Wir sollen im Hotel wohnen?«

»Durch den Verkauf haben wir Geld für den Bodegaaufbau.« Leo schöpfte sich Nudeln aus der Pfanne nach und reichte seiner Tochter das Vorlegebesteck.

Lilias Lamentieren stoppte augenblicklich. »Oh, das ist natürlich gut. So kommen wir schneller voran.«

Alba traute ihren Ohren nicht. Täuschte sie sich womöglich in ihrem Mädchen? Würde sie die Arbeit mögen? Sie hoffte auf eine jugendliche Laune, die sich rasch wieder legte. Ihre Tochter eine Bäuerin? Was würden die Leute sagen? Wenn ein Mann wie Leo Wein anbaute, war das eine Sache, aber eine zarte Hotelerbin?

Nachdenklich aß Alba weiter. Lilia besprach mit Leo das zukünftige Vorgehen. Gerado schien zufrieden, nicht darin involviert zu werden. Als er aufgegessen hatte, verabschiedete er sich mit der Begründung, er müsse noch ein Kleidungsstück fertigstellen.

»Geh ruhig zu deinen Entwürfen.« Es musste einen Weg geben, Lilia von diesem unpassenden Vorhaben abzubringen. Sie sollte Sprachen lernen, sich im Tourismus engagieren, ihr mit den Hotels helfen. Damit wäre sie finanziell abgesichert.

Alba kam Carla in den Sinn. Vielleicht könnte die ihrer Tochter vermitteln, wie hart man arbeiten musste, um Erfolg zu haben. Auf der Jahresfeier sollte sie mit ihrer Nichte sprechen. Erleichtert über ihren Einfall schöpfte sie wieder Hoffnung.

Die Tage vergingen viel zu schnell. Die Gemälde aus der Galerie zierten die Wände der Hotelzimmer. Die Hausmädchen erledigten zuverlässig ihren Job, und auch Pep hatte seine Köche im Griff.

Alles lief perfekt.

Alba trug ein neues smaragdgrünes Kleid, das ihre Augen leuchten ließ. Lilia hatte eingewilligt, das von Carla Umgenähte mit den Streifen zu tragen. Nur Gerado bestand darauf, mit Alejandro am Fest teilzunehmen. Ihren Vorschlag, mit einer Frau aufzutauchen, lehnte er kategorisch ab.

Es blieb ihr keine Zeit, lange darüber nachzudenken. Sie begrüßte die Gäste, den Bürgermeister mit Familie, die Presse. Xisca schoss Fotos für einen Artikel. Das Restaurant war bis auf den letzten Platz gefüllt, die Besucher lobten die gehobene Küche und klatschten nach jedem Lied, das Gerado am Klavier spielte. Leo wich an diesem Abend nicht von ihrer Seite, mimte den perfekten Gastgeber.

Alba war stolz auf das bisher Erreichte. Bis sie Matías entdeckte. In Begleitung von Marisol. Obwohl er nur ihrem Vorschlag folgte, versetzte es ihr einen schmerzhaften Stich, die beiden zusammen lachen zu sehen. War es ein Fehler gewesen, ihn darum zu bitten?

3

Lilia rutschte unruhig auf ihrem Sitz herum. Der Zug zuckelte in gemächlichem Tempo durch das Inselinnere ihrem Ziel entgegen. Ana und Sebastiana musterten sie amüsiert. »Du bist wie eine Bäuerin angezogen«, neckte Ana sie.

»Wieso du dich auf die vier Wochen freust, kann ich beim besten Willen nicht nachvollziehen.« Sebastiana sah sie finster an. »Wenn es nicht meine schlechten Noten beeinflussen würde, wäre ich gar nicht hier.«

»Das sieht man.« Lilia fand die Kleidung ihrer Freundinnen viel zu auffällig und städtisch. Sie hatte auf das alte Wollkleid und die derben Schuhe bestanden, was selbst ihre Mutter mit einem verzweifelten Seufzer quittierte, als sie so gekleidet durch die Hotellobby gehen wollte. Um die vornehmen Gäste nicht zu erschrecken, hatte sie ihr neues Zuhause durch die Hintertür verlassen. In dem Kleid arbeitete sie oft mit ihrem Vater auf dem Weinfeld. Da machte es nichts, wenn ein Ast sich verhedderte und Fäden aus dem Stoff zog. Das ließ sich mit einem sanften Zug des Gewebes glätten. Und die Farbe war unempfindlich. »Ihr werdet in eurem Aufzug frieren. Ich freue mich auf die kommenden Tage.«

»Was ich nie nachvollziehen kann. Ausgerechnet du?« Ana grinste. »Sonst nur im feinsten Zwirn, das beste Essen, und nun begeisterst du dich für Ackerarbeit? Wie passt das zusammen?«

»Für mich schließt das eine das andere nicht aus.« Warum das so war, wusste Lilia selbst nicht so genau. Sie tanzte zwischen den Welten: Meist in der vornehmen Hotelwelt, in die ihre Mutter sie zwängte, aber dann wieder in der rustikalen Feldarbeit, wo sie sich mit ihrem Vater zu den Mahlzeiten auf den blanken Boden setzte und mit schmutzigen Fingern aß. Ihre Mutter glaubte immer noch, sie würde dort nur arbeiten, um ihrem Vater zu gefallen, doch das stimmte nicht. Sie liebte es auf dem Land. Die Weite der Ebene, der Blick auf die Tramuntana, zusehen, wie ihre Mühe Früchte trug und diese anschließend zu einem köstlichen Wein heranreiften. Es gab kaum Befriedigenderes als das zu erleben. Was sollte sie in der Galerie? Sich die Beine in den Bauch stehen und mit reichen Ehefrauen sprechen? Da zog sie die körperliche Tätigkeit vor. Was nicht bedeutete, ihr Aussehen zu vernachlässigen. Sie liebte ihre hübschen Kleider, sich herauszuputzen, Komplimente von jungen Männern zu bekommen, sich hofieren zu lassen. All das stellte für sie keinen Widerspruch zum einfachen Leben auf dem Land dar. »Ob wir Kühe melken müssen?«

»Kühe?« Ana sah sie entsetzt an. »Ich hoffe nicht. Ich habe Angst vor ihnen.«

Sebastiana kicherte. »Wie kann man Angst vor Kühen haben?«

Das wusste Lilia ebenso wenig. »Vielleicht ist es ein Schweinebauer. Und vor diesen Biestern habe ich großen Respekt.« Auch den Gestank im Schweinestall mochte Lilia nicht. Ein Kuhstall war in Ordnung, ein Pferdestall ebenfalls.

»Stallarbeit? Ehrlich?« Ana schüttelte sich. »Ich dachte mehr an Aprikosenernte, Früchte naschen, Eier suchen.«

»Zu dieser Jahreszeit?« Lilia brach in schallendes Lachen aus und erntete dafür von Ana einen unverständigen Blick.

In einer Kurve zeigte sich der unverkennbare Kirchturm von Binissalem. »Wir sind gleich da.« Lilia drückte ihre Nase fast ans Fensterglas, um den Bahnhof zu erspähen und damit die Familie, bei der sie für vier Wochen arbeiten würden.

Vereinzelt warteten Menschen in Arbeitskleidung am Bahnsteig. Das machte Lilia eine Einschätzung schwer. Sie ließ Ana und Sebastiana den Vortritt. Ein junger Mann knuffte einem älteren in die Seite. Der zog abschätzig die Augenbrauen nach oben, als er die Mädchen betrachtete. Daran erkannte Lilia ihre Gastgeber. Sie warf sich ihren Stoffbeutel mit dem Mittagessen über die Schulter, überholte ihre Freundinnen und reichte dem Bauer die Hand. »Lilia Delgado Colom. Encantada.«

Das abgetragene Hemd des Mannes spannte am Bauch, ein Knopf fehlte, sein Schnauzbart war dicht und zu lang, was ihm ein etwas wildes Aussehen verlieh. Er quetschte ihre Finger. Lilia unterdrückte einen Schmerzenslaut und drückte so fest zurück, wie es ihr möglich war. »Die Freude ist auf meiner Seite.« Sein Gesichtsausdruck strafte seine Worte Lügen. »Álvaro Gamundi Forteza.« Er zeigte auf den jüngeren Burschen. »Mein Sohn Marco.«

Marco nahm ihre Hand. Sein Händedruck war sanft, seine großen Augen freundlich. »Ich kümmere mich um euch.« Sein Blick wirkte amüsiert, vermutlich trauten Vater und Sohn ihnen nichts zu. Lilia wollte ihnen das Gegenteil beweisen.

»Bon dia.« Ana schrie kurz auf, bevor sie sich die Hand ausschüttelte.

»Vater, sei nicht so grob zu den Stadtmädchen.«

Der brummte, drückte bei Sebastiana offenbar weniger fest zu, da die ihr Gesicht nicht verzog.

»Dann wollen wir mal.« Die beiden gingen voran.

Ana deutete unauffällig auf Marco. »Ich glaube, wir werden viel Spaß hier haben.«

Obwohl Ana das unverfänglich sagte, wusste Lilia, wie sie es meinte, und verdrehte die Augen. Ihre Freundin hatte aber recht. Marcos attraktives Aussehen war auch ihr beim ersten Blick aufgefallen. Schokobraune Augen, ein vergnügtes Blitzen darin, das lockige Haar etwas ungeordnet, hochgewachsen und durch die Feldarbeit muskulös. Er unterschied sich sehr von den Stadtburschen aus ihrer Klasse. Lilia zuckte gleichmütig mit den Schultern. Sie war nicht wegen Jungenbekanntschaften hier, sie wollte lernen, arbeiten, andere Bereiche neben dem Weinanbau kennenlernen.

Sebastiana rümpfte die Nase. Sie schien Anas Begeisterung für Marco nicht zu teilen. Ihr Gesichtsausdruck verfinsterte sich weiter, als Señor Gamundi vor dem Pferdewagen stehen blieb und ihnen bedeutete, auf die Ladefläche zu klettern. Lilia warf ihren Stoffbeutel darauf, zog sich hoch und half ihren Freundinnen hinauf.

Marco beobachtete Lilia, was sie zur Seite blicken ließ. Er stieg auf den Kutschbock zu seinem Vater, als alle drei saßen und ihre Beine über das Ende der Ladefläche baumelten. »Festhalten, nicht, dass ihr uns herunterfallt.« Gamundi schnalzte mit der Zunge, und das Gespann setzte sich in Bewegung.

»Die haben nicht mal ein Auto«, flüsterte Ana. »Wie rückständig.«

»Sei nicht so hochmütig«, mahnte Lilia. »Vielleicht wollen sie uns nur zeigen, was auf uns zukommt.« Und sie lag richtig. Auf dem Hof am Dorfrand stand ein dunkelblauer Wagen, in dem sie alle bequem Platz gehabt hätten. Der Betrieb wirkte klein, aber sauber.

»Absteigen«, befahl Señor Gamundi. »Marco, wir hatten ja besprochen, was zu tun ist.«

»Ja, Vater.« Marco wies auf die Scheune, schlenderte voraus und deutete auf einen Heuballen. »Dort könnt ihr eure Sachen ablegen.« Er ging weiter und zeigte auf drei Eimer. »Die nehmt ihr. Der Hühnerstall muss sauber gemacht werden.«

»Immerhin keine Schweine«, flüsterte Sebastiana. »Oder Kühe.«

Sie griffen sich je einen Holzeimer und folgten Marco zum Stall. Der eingezäunte Bereich war weitläufig und schmutzig. Es passte nicht zum Rest, was Lilia auf den Gedanken kommen ließ, man wolle sie auf die Probe stellen. Das konnte sie den Gamundis nicht verdenken.

»Hier sind Schaufeln.« Marco wies auf die Hühnerhaufen. »Sauber machen, auch das Stroh muss entfernt werden. Sobald alles sauber ist, meldet euch. Ich kümmere mich um die Kühe.«

Ana rümpfte die Nase. »Hühnerkacke entfernen? Und was soll ich dabei lernen?«

Lilia nahm die Schaufel und begab sich an die Arbeit. Es würde nichts ändern, sich darüber zu beklagen. »Was machen wir, wenn wir Eier finden?«

»Werdet ihr nicht«, sagte Marco. »Die habe ich heute Morgen eingesammelt. Und falls doch noch eines gelegt wurde«, er zeigte auf einen Korb am Eingang, »dann gebt es da hinein.«

Ana und Sebastiana begannen widerwillig mit der Arbeit. Im Grunde standen sie nur nutzlos herum, schoben mit der Schippe die Häufchen hin und her, obwohl sie kaum Geruch abgaben. Lilia schippte sie in eine Ecke, hinauf auf das Schaufelblatt und schüttete sie in den Holzeimer. Sobald er voll war, leerte sie ihn an der Stelle aus, die Marco ihnen gezeigt hatte. Sie spürte erneut seinen Blick auf sich ruhen. »Ihr solltet mithelfen, sie beobachten uns.«

»Und? Was wollen sie tun? Uns die Hühnerscheiße zusammenkratzen lassen?« Ana gab lustlos eine Schaufel in den Eimer. Sebastiana streckte den Rücken, als hätte sie bereits Stunden gearbeitet. Lilia kannte diese Seite an ihren Freundinnen nicht. »So eklig ist es auch wieder nicht. Ihr esst Eier und Hühnchen. Alle Lebensmittel kommen von irgendeinem Bauern.«

Ana arbeitete wenigstens ein wenig mit, während Sebastiana keinen Finger rührte. Sie packte erst an, als es darum ging, neues Stroh auszulegen.

Marco kam zu ihnen. »Das sieht gut aus. Danke.« Er lächelte Lilia an. »Nachdem du hier so geschickt bist, nehme ich dich mit, um die Schafe auf die Weide zu treiben. Warte hier.«

Er wies auf Ana und Sebastiana. »Ihr zieht in der Zeit das Unkraut aus dem Gemüsegarten hinter der Scheune.« Er schlenderte voraus und verschwand aus Lilias Sichtfeld.

Waren die Hühner bisher gackernd aus dem Weg gegangen, verstreuten sie sich nun zufrieden scharrend auf dem frisch gereinigten Hof. Eier hatten sie keine entdeckt. Lilia setzte sich auf einen Strohballen, zog einen Halm heraus und spielte damit, bis Marco zurückkam.

»Ich habe noch nie Schafe getrieben. Was muss ich tun?« Sie hüpfte vom Ballen.

Marco lächelte. »Freut mich, dass du fragst. Es ist leicht. Wir haben einen Hütehund, der erledigt das meiste. Du gibst acht, dass er keines aus der Herde übersieht.«

Das erschien Lilia deutlich angenehmer, als in gebückter Haltung Unkraut zu rupfen. »Gut. Und ich soll nur darauf aufpassen?«

»Ja. Auf der Weide kontrollieren wir die Absperrung. Das zeige ich dir dann.« Marco schloss den Schlag auf und ließ den Schäferhund ein, der ohne Kommando seine Arbeit verrichtete.

Lilia ging neben Marco her. »Warum macht ihr bei diesem Projekt mit?«

»Ich will Winzerin werden. Mein Vater baut mit Fernando Fiol Nadal auf einem Feld Wein an, den sie in Fiols Bodega ausbauen. Kennst du ihn?«

Marco bejahte. »Ich bin mit seinem Sohn zur Schule gegangen.« Er überholte mit ihr zusammen die Schafherde, öffnete das Gattertor, und der Hund trieb sie auf die Viehweide. »Was wir hier tun, unterscheidet sich vom Weinanbau.«

»Das mag stimmen. Mein Vater sagt, um die Leute auf dem Land zu verstehen, muss man auch ihre Tätigkeit kennenlernen.«

»Ein kluger Mann.«

Die Tiere hoppelten auf die Weide. Ein ausgewachsenes Schäfchen wurde von der Herde abgetrieben, stolperte und fiel zur Seite. Marco wartete, bis alle Schafe im eingezäunten Bereich waren, schloss das Gatter und zeigte auf das im Gras liegende Tier. »Nun lernst du doch noch was.«

Verwundert sah Lilia ihn an. »Warum steht es nicht auf?«

»Siehst du den Körperbau?«

Sie wusste, wie Schafe aussahen, verstand dennoch nicht, was Marco meinte. Kurze und dünne Beinchen und ein runder, mit dickem Fell bekleideter Leib. »Und?«

Das Schaf zappelte blökend mit den Beinen durch die Luft. Es sah aus, als würde es rennen, bewegte sich jedoch keinen einzigen Zentimeter.

»Je nachdem, wo sie fallen, können sie nicht ohne Hilfe aufstehen. Wann immer du ein liegendes Schaf auf dem Land entdeckst, geh hin und hilf ihm hoch, sonst stirbt es.« Marco zog Lilia an der Hand mit sich.

Die Berührung fühlte sich völlig natürlich an. Die Haut an seinen Fingern schien etwas rau von der Arbeit, doch das empfand Lilia angenehm. Marco blieb vor dem Tier stehen, ließ ihre Hand zu ihrem großen Bedauern los und positionierte sich mit den Beinen am Rücken des Schafs. Damit gab er ihm Halt. Mit den Armen stützte er zusätzlich den Tierrücken. Das Schaf nahm die Hilfestellung an, stemmte sich kurz dagegen, und der Schwung stellte es auf die dünnen Beine. Blökend eilte es zu seinen Herdenkameraden.

»Ich wusste gar nicht, dass Schafe nicht aufstehen können.«

»Deshalb bevorzugen sie hügelige Gebiete, da fällt es ihnen leichter als auf einer platten Ebene.« Er ging zurück zum Gatter und drehte ihr den Rücken zu.

Ein durchdringendes Pfeifen erklang.

Lilia zuckte zusammen. »Was ist das?«

»Das ist ein Siruell. Kennst du das nicht?«

Sie betrachtete die kleine weiße Tonfigur mit roten und grünen Streifen. »Ein Mensch mit Hut auf einem Esel?« Seitlich am Boden ragte eine Pfeifenöffnung heraus. »Wofür ist das denn?«

»Man pfeift den Hütehund heran. Aber abergläubische Alte glauben, man könnte damit böse Geister vertreiben.«

»Und? Kann man das?« Lilia wollte sehen, ob er selbst daran glaubte.

»Wer weiß?« Marco steckte den Siurell zurück in seine Jackentasche. »Und nun gehen wir die Zäune ab.«

Lilia folgte ihm. An manchen Holzpfosten rüttelte er, um ihre Standfestigkeit zu überprüfen. »Dein Vater baut hier also Wein an. Wieso wohnt ihr dann in der Stadt?«

Marco schien sich für sie zu interessieren, was Lilias Herzschlag beschleunigte und sie gleichzeitig schüchtern werden ließ. »Meine Mutter betreibt in Palma ein Hotel.«

»Allein?« Erst bei Marcos Frage bemerkte sie, wie außergewöhnlich es wohl war, ein Geschäft ohne den Ehemann zu betreiben. »Und sie besitzt eine eigene Galerie. Sie ist Malerin.«

»Wie ungewöhnlich.«

»Mein Vater kommt aus einer Winzerfamilie. Meine Tía hat in der Gegend eine Kooperative ins Leben gerufen, da sie wieder auf Wein umsteigt.«

»Carla ist deine Tante?«

»Ihr kennt euch?«

»Ja, durch die Kooperative. Sie hat uns vor ein paar Monaten befragt, und wir fanden die Idee großartig. Ich baue auch Wein an.« Er blieb stehen und sah sie an. »Du könntest auf euren Weinfeldern arbeiten. Warum ziehst du es vor, bei uns Hühnerställe auszumisten?«

Lilia lachte. »Na, das nicht unbedingt, ein wenig mehr erhoffe ich mir vom Schulprojekt schon.« Ihre Blicke verhakten sich. Schüchtern nagte sie auf ihrer Unterlippe und sah zu Boden. »Meine Mutter will, dass ich ins Hotel einsteige. Das liegt mir aber nicht.«

Marco setzte sich auf die Latte eines Holzzauns. »Du rebellierst?«

Im Grunde lag er richtig. »Ein bisschen.«

Er schmunzelte. »Du gefällst mir. Ich will meinen Vater vom Weinanbau überzeugen.« Er zeigte auf die Schafherde. »Mit den Tieren hat man viel Mühe, ohne etwas erwirtschaften zu können. Ich sehe die Zukunft im Wein.«

»Im Gegensatz zu deinem Vater?«

»Genau. Wir sind uns ähnlicher, als ich gedacht hätte.«

Offenbar war das so, was Lilia aber für sich behielt. Dennoch betrachtete sie ihn nun mit anderen Augen. Sie interessierten sich für die gleiche Arbeit.

»Meine Großeltern besaßen Weinfelder. Dann ging alles den Bach hinunter. Die Pflanzen in Europa erholten sich, und Vater baute Kartoffeln an und hielt sich Nutzvieh.« Er hüpfte vom Zaun. »Das bringt heute nichts ein.« Er riss einen trockenen Gräserhalm ab, kaute auf ihm herum. »Es hat uns während des Bürgerkriegs ernährt, aber die Zeiten ändern sich. Vater will das nicht einsehen.«

»Mein Vater wollte schon immer Wein anbauen.« Lilia nahm auf einem Felsbrocken am östlichen Ende der Wiese Platz. »Er hat sich deshalb mit seinen Eltern zerstritten. Und meine Mutter ist ebenfalls nicht begeistert davon.«

Er setzte sich zu ihr.

Für einen Moment hing er seinen Gedanken nach. »Das darfst du deiner Mutter nicht verübeln. Sie bietet dir ein Hotel, und du wählst freiwillig die schwere Feldarbeit.«

»Die hat sie im Hotelgewerbe auch.«

Marco legte seine Hand auf ihren Unterarm. »So habe ich das nicht gemeint. Entschuldige. Ich meinte harte körperliche Tätigkeit.«

»Ich weiß.« Ihr Arm kribbelte. Sie zog ihn weg. »Von mir aus soll mein Bruder die Hotels übernehmen. Ich will sie nicht.«

»Du bist ein außergewöhnliches Mädchen.«

Lilia ging nicht darauf ein. Marco brachte sie durcheinander. Eine Gefühlsregung, die sie nicht kannte, brannte in ihrem Inneren, verwirrte sie, ließ sie wegsehen, wenn er sie ansah. »Was liegt an Arbeit vor uns?«

Marco stand auf und zeigte auf die Umzäunung. »Wir sind hier noch nicht fertig.«

Erleichtert, diesen merkwürdigen Gefühlen zu entkommen, half sie Marco, den Zaun zu prüfen. Fast froh, ihm nicht mehr so nahe zu sein, unterstützte sie im Anschluss ihre Freundinnen auf dem Kartoffelacker, bis sie zum Bahnhof mussten.

Marcos Vater brachte sie allein zur Bahnstation, bedankte sich für die Hilfe und versprach, sie am nächsten Morgen wieder abzuholen.

»Was für ein schrecklicher Tag.« Ana stieg in den Zug, rieb sich den Rücken und stöhnte auf. »Das halte ich nicht durch.«

Sebastiana schüttelte sich. »Ich gehe in die Ferien, dann bekomme ich eben schlechte Noten. Ich werde sowieso heiraten und kein Studium beginnen.«

»Ihr hört auf?«

Ana zögerte, während Sebastiana klar absagte. »Ich möchte studieren. Aber das hier? Ich weiß nicht.«

Lilia freute sich dagegen, die kommende Zeit mit Marco verbringen zu können. »Ich bleibe.«

»Ich lasse dich nicht alleine.« Ana beugte sich zu ihr vor. »Außerdem finde ich diesen Marco interessant.«

»Er ist nett.« Lilia fühlte ein warmes Gefühl in ihrem Inneren, als sie von ihm sprach. »Er will wie ich Weinbauer werden.«

Sebastiana kicherte. »Wir haben ein neues Traumpaar!«

»Blödsinn«, widersprach Lilia. »Ich werde dort viel lernen.«

Ihre Freundin schürzte die Lippen, schwieg jedoch.

Ana sah sie prüfend an. »Er gefällt dir. Sehr sogar.«

»Das tut er nicht.«

Amüsiert lehnte sich Ana zurück. »Dann kann ich ihn mir ja schnappen.«

Lilia warf ihrer Freundin einen warnenden Blick zu.

»Wusste ich es doch!« Ana pulte sich ein paar Erdkrümel unter den Fingernägeln hervor und schnipste sie auf den Fußboden. »Ich lass ihn dir.«

»Wie großzügig. Marco ist kein Kleidungsstück, das du weiterreichen kannst. Er wird eigene Entscheidungen treffen.«

»Nun streitet doch nicht«, mischte sich Sebastiana ein.

»Wegen eines Jungen?« Ana blies die Wangen auf. »Im Leben nicht.«

Davon war Lilia weit weniger überzeugt. Marco gefiel ihr. Sehr sogar. Und sie würde ihn keinesfalls Ana überlassen. Zumindest nicht kampflos.

Einen Kampf sollte es nicht geben. Ana hörte einen Tag nach Sebastiana auf, was sie in Marcos Achtung deutlich fallen ließ, nachdem sie sich auch am zweiten Tag ungeschickt und unwillig benahm. Während Lilia der Tanz zwischen den Welten gelang, scheiterten ihre Freundinnen grandios. Sie blieben Stadtmädchen, durch und durch, wie es sich Lilias Mutter von ihr erträumte. Diesen Wunsch konnte sie ihr nicht erfüllen. Die Tage mit Marco auf den Feldern genoss sie jede Sekunde. Sie vergingen viel zu schnell. Die zufälligen Berührungen an ihrem Arm, oder wenn er ihr auf den Pferdewagen half, brachten sie mehr durcheinander, als es ihr lieb war. Bald wäre die Zeit auf dem Hof vorbei. Ob sie sich danach jemals wiedersahen? Ihr Vater besaß nun Weingrundstücke in Sencelles und Binissalem. Doch lief man sich deshalb über den Weg? Vielleicht durch Carlas Kooperative. Bei den Ernten.

»Du wirkst nachdenklich.« Marco sah sie forschend an und legte eines der Hühnereier in den Weidenkorb.

»In wenigen Tagen geht die Schule wieder los. Damit ist das Schulprojekt hier vorüber, und ich kann nur am Wochenende bei meinem Vater helfen.« Lilia sammelte die Eier im hinteren Bereich des Hühnerstalls ein. Wenn sie ehrlich war, würde ihr die Hofarbeit nicht fehlen, aber Marco. »Zeigst du mir euer Weinfeld?«

»Da wollte ich heute sowieso hinfahren. Die Lese ist zwar fertig, doch den restlichen Rückschnitt muss ich noch erledigen.« Er nahm ihr den Korb ab. »Den bringe ich rasch Mutter. Anschließend brechen wir auf.«

Lilia war es inzwischen gewohnt, mit Marco auf dem Pferdewagen zu fahren. Zweimal hatte er sie lenken lassen. Es beeindruckte sie, mit welcher Kraft die Pferde den Karren zogen, selbst voll beladen mit Kartoffeln. Sie ging zum Wagen. Marco hatte die Tiere nicht abgespannt, nachdem er Lilia vom Bahnhof abgeholt hatte. Sie setzte sich auf den Kutschbock.

»Irgendwann mache ich den Führerschein.« Leichtfüßig sprang er zu ihr hinauf. »Ich komme mir vor wie in einem alten Film.«

Lilia lachte. »Ich finde es schön.«

»Noch. Sobald es regnet, ist es das nicht mehr.«

Die milde Herbstsonne wärmte sie. Lilia hielt ihr Gesicht in Richtung Sonne. Spätestens im Januar würde es häufiger regnen. Die Zeit vor Weihnachten blieb es meist sonnig und freundlich. Sie sah die scharf gezeichneten Bergkämme der Tramuntana, die nach den ersten Regennächten in sattem Grün leuchteten. »Baust du euren Wein selbst aus?«

»Ja. Unser kleines Feld ergibt nur zehn Fässer pro Jahrgang, in der Scheune ist Platz. Die Menge kann man mit der Hand erledigen.« Marco schnalzte mit der Zunge, als die Pferde ihr Tempo verlangsamten. Umgehend legten sie wieder an Geschwindigkeit zu. »Der Crianza schmeckt ausgezeichnet. Obwohl sich der Verkauf bei dreitausend Flaschen kaum rechnet bei den niedrigen Weinpreisen. Um rentabel zu arbeiten, muss ich Vater davon überzeugen, ganz auf Wein umzustellen.«

»Vielleicht sollten wir ihn mit meinem Vater zusammenbringen.« Die Idee gefiel Lilia. So bliebe sie in Kontakt mit Marco. »Er kann dir einiges beibringen.«

»Deine Tante auch. Sie hat innerhalb weniger Tage ihr komplettes Weinfeld bepflanzt.«

»Allein?« Lilia hatte von der Lieferung aus Amerika gehört und das Feld inzwischen begutachtet. Es sah hervorragend aus.

»Nein, sie hat viele Arbeiter bezahlt.« Marco bog in einen schmalen Feldweg ab. »Und jede Pesete war gut investiert. Wie ich gesehen habe, sind vom Cabernet Sauvignon kaum Pflanzen eingegangen. Die gepfropften Triebe wachsen auch beim Prensal Blanc saftig. Und selbst die trockenen Importstöcke treiben im nächsten Jahr vielleicht neu aus.«

Marcos Herz schien für den Weinanbau zu schlagen.

Und ihr Herz schlug zusätzlich für Marco. Der Gedanke, ihn nicht mehr täglich sehen zu können, setzte ihr zu. »Ich kann dir auch Tía Carla vorstellen.«

Er hielt den Wagen an, stellte die Bremse fest und befestigte die Zügel am Bock. »Wir sind da.«

Ein Weinfeld von etwa einem Hektar breitete sich vor ihr aus. »Wie lange gibt es das?«

»Wir bauen den Mantonegro im vierten Jahr an.«

Lilia überlegte, wie alt Marco sein mochte, wenn er bereits vier Jahre Wein anbaute.

Als hätte er ihre unausgesprochene Frage gehört, sprach er weiter. »Mein Onkel ist Winzer. Ich habe ihm die Trauben vom Stock weggegessen. Er überzeugte meinen Vater, dass es bei meinem Appetit eine gute Idee wäre, mir beizubringen, wie viel Arbeit hinter ein paar genaschten Früchten steckt.« Marco sprang vom Wagen. »Das behauptet er zumindest gerne.«

»Ist es nicht wahr?«

»Nein, er sieht die Zukunft im Wein und wollte sehen, ob ich daran Interesse und auch Begabung dafür habe.« Marco reichte ihr die Hand.

Lilia gab sie ihm, obwohl sie problemlos allein absteigen konnte. »Und? Hast du?« Sie blieb nur wenige Zentimeter vor ihm stehen. Hitze stieg in ihr auf, als sie so dicht beisammen standen.

Marco sah ihr tief in die Augen.

Instinktiv neigte sie sich leicht vor, um ihm die Erlaubnis zu einem Kuss zu signalisieren. Er verstand. Behutsam näherte er sich an, bis seine Lippen die ihren sanft berührten und mit ihnen in einem Kuss verschmolzen. Lilia schloss die Augen.

Als Marco sich zurückzog, öffnete sie sie wieder.

Er lächelte und strich ihr eine Haarsträhne zurück. »Durchaus«, beantwortete er ihre Frage, die sie beinahe vergessen hatte.

»Du bist bestimmt ein hervorragender Winzer.«

Marco zog sie in seine Arme, küsste sie auf den Haaransatz und seufzte. »Danke, dass wenigstens du an mich glaubst.«

»Ja«, sagte sie mit fester Stimme. »Das tue ich.«

»Dann sollten wir eine Abschiedsfeier geben. Nur unsere Familien.« Er schob sie ein wenig von sich fort. »Was hältst du von der Idee?«

»Großartig.« Sie klatschte begeistert in die Hände. »Gleich am Wochenende!«

Händchenhaltend schlenderten sie durch die Weinreihen. Lilia betrachtete den Rückschnitt. »Das sieht gut aus.« Sie berührte behutsam eine abgeschnittene Ranke. »So hat es mir mein Vater beigebracht. Du machst alles richtig.« Lilia strahlte ihn an. »Und du wirst der beste Winzer im ganzen Tal.«

Mühelos überzeugte Marco seine Eltern von der Notwendigkeit, ein kleines Dankesfest zu organisieren. Leo und Alba versprachen zu kommen. Carla konnte nichts versprechen, da Francisco zwei Großaufträge abzuarbeiten hatte und selbst die Feiertage im Steinmetzbetrieb verbrachte. Señor Gamundi lud noch seine direkten Nachbarn ein.

Leo stellte den Wagen auf dem Hof ab, öffnete Alba und Lilia den Wagenschlag. Señor Gamundi riss verwundert die Augen auf, als er Lilia erblickte. Sie trug das braun gestreifte Kleid, das sie auch zur Jahresfeier im Hotel getragen hatte und das dort weit besser hinpasste als auf eine Feier auf dem Land.

»Man erkennt dich kaum wieder!« Er klopfte Lilia auf die Schulter, lüpfte den Hut, um Alba zu begrüßen, und reichte Leo seine Pranke für einen herzhaften Händedruck. »Herzlich willkommen.« Er zeigte auf Albas zartgelbes Etuikleid. »Ich hoffe, Sie machen sich bei uns nicht schmutzig. Wir leben auf einem Hof.«

»Kleidung kann man waschen«, antwortete Lilias Mutter pragmatisch.

Señor Gamundi führte sie hinter das Wohnhaus, wo auf der Wiese drei zusammengestellte Tische standen und ein buntes Durcheinander an Stühlen. Kurz deutete er zu seiner Frau, die in zwei Pfannen, groß wie Wagenräder, auf offenem Feuer eine Paella kochte. »Das ist meine Frau Agata.«

Die Nachbarsfrau stand neben ihr, sie tratschten. Beide trugen einfache Wollkleider. Lilia kam sich einen Wimpernschlag falsch angezogen vor. Im Grunde freute sich Lilia Marco als Stadtmädchen gegenüberzutreten, um ihm zu zeigen, wie sie noch aussehen konnte. Marco brachte mehrere Bierkrüge aus dem Haus. Bei ihrem Anblick blieb ihm der Mund offen stehen. Sie unterdrückte ein amüsiertes Lachen.

»Lilia!«

Leo trat auf Marco zu. »Und du musst der ehrgeizige Weinbauer sein, von dem meine Tochter gesprochen hat.«

Alba musterte Marco argwöhnisch. Er warf Lilia einen hilfesuchenden Blick zu.

»Ja, das ist Marco. Er hat mir vieles über den Hof erzählt, und ich habe hier einiges gelernt.«

Ihre Mutter verkniff sich einen Kommentar.

Marco stellte die Krüge auf dem Tisch ab, nickte leicht, um Lilias Mutter zu begrüßen und reichte Leo die Hand. »Ein eigenes Weinfeld. In dem Alter!«

Lilia hörte den Stolz in der Stimme ihres Vaters und freute sich. Wenn nur ihre Mutter nicht so zurückhaltend wäre. »Mama, jetzt sag doch auch was.«

»Herzlichen Dank für die freundliche Einladung.« Alba neigte den Kopf und schlenderte zu den zwei Frauen an den Paellapfannen. »Kann ich den Damen helfen?«

Marcos Mutter verneinte. »Setzen Sie sich, bedienen Sie sich an den Getränken. Das Essen dauert noch ein wenig.«

»Ja, eine gute Paella benötigt ihre Zeit. Verraten Sie mir Ihr Geheimrezept? Jede Familie besitzt eines.«

Lilia achtete nicht weiter auf ihre Mutter. Sie wandte sich Marco und ihrem Vater zu.

Señor Gamundi reichte Leo ein Bier. »Sie sind Winzer?« Er wies auf seinen Sohn. »Mein Junge sagt, im Wein liegt die Zukunft.«

»Dann haben Sie einen klugen Sohn.«

Lilias Lippen umspielte ein Lächeln. Auch Marco strahlte sie an. Ihren Vater hatte er bereits von sich überzeugt. Hoffentlich brachte ihre Mutter keine Argumente vor, die gegen eine Beziehung zu Marco sprachen. Keinesfalls wollte sie ihn verlieren. In den letzten Tagen war ihre Verbindung gewachsen.

»Ich muss dir kurz was zeigen.« Marco ging voraus, überließ die Väter ihrem Gespräch. Ihr die Hand zu reichen, wagte er nicht. Er führte sie um die Hausecke. »Du siehst umwerfend aus.« Er zog sie in seine Arme und küsste sie. »Wie gut, dass du für das Landpraktikum in einem Wollkleid hier aufgetaucht bist. In der Aufmachung hätte ich in der Stadt niemals gewagt, dich anzusprechen.«

»Das ist nur Kleidung. Ich bin dieselbe.« Sie sagte es leichthin, obwohl sie die Wahrheit kannte. Es war nicht ausschließlich ein Stück Stoff. Es zeigte, wie vermögend sie waren. Dabei spielte Geld für Lilia keine Rolle. Was sollte sie mit einem Stadtjungen, der jeden Tag in eine Bank zur Arbeit fuhr? Lilia zog Marco vor. Ihn. Das Landleben. Sie hatten gemeinsame Ziele.

»Lilia.« Er räusperte sich. »Ich will dich nicht gehen lassen.«

Das wollte Lilia ebenso wenig. Das Fest wäre der letzte Tag, an dem sie sich geplant treffen konnten.

»Ich gehöre nicht in die Stadt. Ich gehöre aufs Land.« Er meinte es ernst. »Was sollen wir tun? Ich liebe dich.«

Diese Worte ließen einen Damm in ihr brechen. Sie warf jegliche Zurückhaltung über Bord. »Ich liebe dich auch. Wir finden einen Weg, um zusammenzusein.«

»Du bist erst sechzehn. Du gehst zur Schule.«

»Die werde ich beenden.« Das hatte sie sowieso schon vorgehabt. »Ich ziehe mit meinem Vater nach Binissalem. Dann können wir uns jederzeit sehen.«

»Du darfst die Schule nicht abbrechen.« Marco schob sie von sich. »Schulbildung ist wichtig.«

»Ich werde eine Ausbildung haben. Als Winzerin.« Lilia küsste ihn. »Zusammen bauen wir ein Weingut auf, wie es die Insel noch nicht gesehen hat.«

»Das geht nicht.« Marco schüttelte den Kopf. »Tut mir leid. Ich werde nicht zulassen, dass du dir meinetwegen deine Zukunft verbaust.« Er drehte sich um und ging zurück zu den Gästen.

4

Havanna 1945

Havannas Bewohner gehörten zu den Frühaufstehern. Ein Umstand, der sich durch die ausgiebige Siesta zur Mittagszeit erklärte. Tätigkeiten, die sich in den frühen Morgen- oder späten Abendstunden erledigen ließen, legte man auf diese Zeit, um der flirrenden Sommerhitze zu entfliehen.

An diesem Tag lag genug Arbeit vor Antonia Delgado Ramis. Dennoch widerstand sie nicht der Verlockung, im Morgengrauen die Küstenstraße zu nehmen.

Der Paseo de Martí führte sie am Capitol vorbei. Die Beleuchtung des imposanten Gebäudes erhellte den Gehweg. Wenige Hundert Meter meerwärts traf Antonia auf den Malecón. Von der Schönheit der Promenade sprach man über die Landesgrenzen hinaus. Auf der einen Seite das Meer, auf der anderen die bunt gestrichenen, herrschaftlichen Herrenhäuser im Kolonialstil.

Für Antonia bedeutete der Boulevard weit mehr als einen reizvollen Umweg. Hier hatte Federico sie zum ersten Mal in ein exklusives Restaurant ausgeführt und ihr im Anschluss einen Heiratsantrag gemacht. Diesen Tag würde sie nie vergessen. Auch die Kutschfahrt über Havannas Küstenpromenade behielt sie in wärmender Erinnerung. Seither verband sie mit der Straße das Gefühl, in ihrer Wahlheimat angekommen zu sein.

In der aufsteigenden Sonne zeichnete sich der Leuchtturm an der Hafeneinfahrt ab. Das Castillo de los Tres Reyes del Moro wirkte durch die Schatten noch mächtiger. Antonia verharrte einige Minuten, setzte sich auf eine Bank und genoss das Spektakel, das die Natur ihr bot.

Der Himmel verfärbte sich eingangs rot, wechselte zu Orange, und die Sonnenstrahlen verwandelten die karibische See in ein leuchtendes Flammenmeer. Erst als die Farben verblassten und der Tag die Macht über die Nacht übernahm, löste sich Antonia von dem hinreißenden Anblick und begab sich zum Markt.

Im Gegensatz zur bereits hellen Meeresseite lag die Morgendämmerung noch immer wie ein graues Tuch über der Stadt. Dennoch wuselten die Einwohner geschäftig an den Marktständen zwischen Malecón und der Straße San Lázaro. Ein verlockender Duft von frisch gebratenem Fisch drang Antonia in die Nase. Selbst zur frühen Morgenstunde aßen die Pescaderos, die von der Arbeit zurückkehrten, einen Teil ihres Fangs.

Dieser Geruch erleichterte ihr die Entscheidung für das Abendessen: Pescado a la Santa Bárbara. Dafür erstand sie Red Snapper. Die Gewürze für die Kokossoße lagen in der Speisekammer. Bis auf frischen Koriander. Antonia kaufte Eier, Gemüse und Obst, verstaute alles im Bambuskorb und schlenderte nach Hause, um Luisa beim Frühstück zur Hand zu gehen. Rühreier mit Zwiebel, etwas Chili und Tomaten, dazu frisch gebackenes Brot, und ihre Familie wäre gerüstet für den Tag.

In der Küche traf Antonia auf ihre Haushälterin. »Buenos días.«

»Ah, du bist zurück?« Luisa nahm ihr den Korb ab und legte die Zutaten für das Desayuno neben den Herd.

»Ich helfe dir. Dann geht es schneller.« Die verlorene Zeit durch den Umweg konnte Antonia so wieder einholen. »Wir haben heute Abend Gäste.« Sie zeigte auf den in Zeitungspapier eingewickelten Fisch. »Red Snapper. Den Rest für Pescado a la Santa Bárbara haben wir zu Hause.«

Luisa überlegte kurz. »Möchtet ihr Tostones dazu? Oder soll ich die Platanos nur kochen?«

Antonia bevorzugte die Kochbananen gekocht statt frittiert, ihre Kinder jedoch liebten die knusprige Variante, die an Pommes frites erinnerte. Da spielte es keine Rolle, welche Zubereitungsart besser zur Kokossoße passte. »Tostones. Und Gemüse.«

Luisa grinste. »Ach, ich bereite für dich und Federico separat eine zu, einverstanden?«

»Das ist nicht nötig. Aber danke.«

»Wie du willst. Wer kommt denn?«

»David mit Familie. Und vermutlich bringen sie Adrianas Bruder José mit, da er zurzeit bei ihnen lebt.« Seit der Heirat ihres Sohnes David mit Adriana vor zwei Jahren wohnten sie in einem kleinen Stadthaus in der Nachbarschaft. Victor, Antonias Enkelsohn, vervollkommnete das Familienglück. Warum Adrianas Bruder kurzerhand eingezogen war, obwohl ihre Eltern in Havanna ebenfalls ein Ferienhaus besaßen, entzog sich ihrer Kenntnis. Vielleicht wollte er nicht allein dort leben, nachdem alle weiteren Familienmitglieder in den Vereinigten Staaten ihren Lebensmittelpunkt hatten. Mit Adrianas Angehörigen verband Antonia die Liebe zum Wein. Davids Frau schwärmte von Kalifornien. Das Klima ähnelte sich, nur schenkte die Natur der Insel mehr Abwechslung als Adrianas alte Heimat.

Mit geübten Handgriffen bereiteten sie die Speisen vor. Federico und Antonias Tochter betraten zeitgleich die Wohnküche. »Oh, Eierfrühstück.« Isabel nahm sich eine Tasse Kaffee, goss auch ihrem Vater ein und setzte sich an den Tisch.

Luisa schöpfte das Rührei auf die Teller, stellte die Pfanne zurück auf den Herd und zog sich einen Stuhl heran.

Mit dem gemeinsamen Frühstück in der Küche begannen die meisten Tage bei den Guerreras. Das Speisezimmer benutzten sie hauptsächlich abends. Oder zum Mittagessen, sollten sie das zu Hause einnehmen.

»Was steht heute an?« Isabel schob sich eine Gabel Ei in den Mund.

Antonia reichte ihrem Mann das Brot. »Die Weinabfüllung wird angeliefert. Wir können diese Woche die Bestellungen fertig machen.«

»Wann gehen wir wieder aufs Feld?«

Das Mädchen hielt es in Havanna nur schwer aus. Viel lieber arbeitete Isabel auf dem Weinfeld, führte ihr altes Pony Nieve an der Leine spazieren oder scherzte mit den Kindern aus dem Dorf, wenn die ihren Vätern das Mittagessen brachten. Isabel schlug völlig aus der Art. Sie erinnerte Antonia ein wenig an ihren Bruder Leo. Nicht so sehr im Charakter, jedoch in der Leidenschaft zum Wein. »Sobald die Lieferungen auf dem Weg zu den Kunden sind.«

»Nur ich bekomme abermals keinen Reserva für meine Zigarrenläden.« Federico wischte den Frühstücksteller mit einem Stück Brot sauber. »Dann hoffe ich, die Weinkisten der Fitzgeralds kommen in Kürze an. Meine Vorräte sind fast aufgebraucht.«

Federicos knurrige Bemerkung amüsierte Antonia. »Die Ernte ist doch jedes Jahr vor der Abfüllung verkauft.« Ihre Weinflaschen schafften es seit der ersten Verkostung in Gegenwart der kubanischen Upperclass in kein Ladengeschäft mehr. Die Bestellungen übertrafen die Menge, die Antonia liefern konnte, was sie mit Stolz erfüllte. »Und was steht bei dir an?«

»Nichts Außergewöhnliches.« Federico stellte sein Geschirr in das Spülbecken. »Ich werde die Qualität der Blätter überprüfen, mir die Berichte von den Tabakfeldern ansehen und ein paar Lieferungen auf den Weg bringen.« Er küsste sie auf die Stirn. »Bis heute Abend.«

Antonia beendete ebenfalls ihr Frühstück. »Wollen wir los?«

Isabel räumte die Teller in die Spüle.

»Lass mich das erledigen.« Luisa deponierte die Tassen auf ein Tablett. »Sonst glaubt deine Mutter bald, ich wäre überflüssig.«

»Wo denkst du hin?« Antonia suchte Luisas Blick.

Isabel umarmte Luisa. »Ohne dich wären wir hier verloren.« Ihr Leben lang hatte sich ihre Angestellte um die Familie gekümmert, die Kinder versorgt und ihnen vorgelesen. Luisa war nicht nur für Isabel ein weiteres Familienmitglied. Das sollte so bleiben, obwohl Antonias Sprösslinge inzwischen eigene Wege gingen.

»Abendessen um zwanzig Uhr?«

»Ja, danke, Luisa.« Antonia wusste, ihre Haushälterin würde ihre Hilfe ablehnen, also unterließ sie das Angebot, brachte nur den zum Fisch und Nachtisch passenden Wein in die Küche. Bei informellen Mahlzeiten verzichteten sie auf eine Vorspeise.

Isabel begleitete Antonia über den Patio in ihr Büro, das ihr Federico im Erdgeschoss der Zigarrenfabrik eingerichtet hatte. Gemeinsam arrangierten sie die Weinlieferungen, versahen sie mit Lieferscheinen und gaben den Auftrag zur Auslieferung. Bezahlt waren die Bestellungen bereits. Die Zeit verging wie ein Wimpernschlag. Selbst das Mittagessen versäumten sie.

Antonias Magen grummelte. Sie sah auf die Uhr. Noch zwei Stunden bis zum Abendessen. »Bist du denn gar nicht hungrig?«

»Jetzt schon, nachdem dein Bauch so laut knurrt wie ein tollwütiger Hund, will meiner auch Nahrung.« Isabel rieb sich die Hände. »Mal sehen, was Luisa abgeben kann. Bis zur Cena halte ich es jedenfalls nicht aus.«

»Ich habe Bananen neben dem Kühlschrank gesehen.«

Isabel ging an die Bürotür. »Die werden nicht mehr lange dort liegen.« Mit eiligen Schritten verließ ihre Tochter den Raum.

Antonia heftete die Duplikate der Lieferscheine in einen Ordner, kontrollierte, ob sich alles am rechten Ort befand, und verschloss das Büro.

Die Küche lag verwaist da. In den Töpfen köchelte etwas verlockend. In einer Pfanne schwamm Öl. Die Vorbereitungen für das Abendessen.

Zwei Essbananen verblieben noch in der Schale. Antonia schälte eine und aß sie mit Genuss. Eine musste allerdings ausreichen, schließlich stünde nach dem Duschen und Umziehen die Cena kurz bevor.

Luisa kam in die Wohnküche. »Das glaube ich nicht! Nun habt ihr das Dessert gegessen.«

Antonia zog die Augenbrauen hoch. »Du wolltest gebackene Bananen zubereiten?«

»Jetzt nicht mehr. Nun gibt es Obstsalat mit Sahne.«

»Auch lecker.« Sie zwinkerte Luisa zu und überließ ihr die Küche, um sich für das Abendessen frisch zu machen.

Federico betrat das Schlafzimmer. Sein Blick fiel auf die Uhr an Antonias Schminktisch. »Ich bin spät dran. Besser, ich beeile mich, sonst köpft mich Luisa, weil ihr Essen verkocht.«

»Das könnte passieren. Isabel und ich haben ihr schon versehentlich den Nachtisch gestohlen.« Antonia steckte die losen Haarsträhnen fest. »Ich gehe vor. Bis gleich.«

Im Esszimmer traf sie auf ihre Tochter, die am Tisch saß und an einer Brotscheibe knabberte. »Ich halte es kaum noch aus.«

»Hoffentlich kommen David und Adriana zeitig.« Sie setzte sich auf ihren Stammplatz.

Die Wanduhr schlug achtmal.

Federico betrat den Raum beim vorletzten Glockenschlag. Als der letzte Klang verhallte, läutete das Telefon. »Ich nehme es an.«

Isabel seufzte. »Müssen die sich ausgerechnet heute verspäten?«

Das war ungewöhnlich. Wie die ganze Familie legte David Wert auf Pünktlichkeit. Das zählte bei ihnen im geschäftlichen wie im privaten Bereich.

Federico kam zurück. »Wir sollen anfangen. Ein Zwischenfall in der Familie.«

»Geht es Victor gut?«

»Ja, unser Enkelsohn ist wohlauf. David wird uns anschließend alles erklären. Er kommt, sobald er kann.« Federico wandte sich ab. »Ich sage Luisa Bescheid.«

Mit einer Platte Tostones kehrte er zurück. »Luisa bringt den Rest.« Er stellte sie auf den Tisch und setzte sich.

Isabel aß doppelt so viel wie gewohnt. Das Mädchen schien förmlich ausgehungert. Auch Federico genoss das Abendessen. Nur Antonia sorgte sich, was sich in der Familie ihrer Schwiegertochter abgespielt hatte. Trotzdem leerte sie ihren Teller, allerdings mit weniger Appetit als gewöhnlich.

Die Uhr schlug halb zehn. Luisa räumte die Dessertschalen auf das Tablett. »Soll ich das Essen warm halten?«

Antonia verneinte. Sie kämen an dem Abend nicht mehr.

Das Klopfen an der Tür strafte sie Lügen. Federico sprang vom Stuhl auf, eilte zum Eingang.

Aus dem Flur klang Davids aufgebrachte Stimme zu ihr. »Komm, lasst uns in die Bibliothek gehen.« Isabel ließ sich das nicht zweimal sagen. Gemeinsam verließen sie das Esszimmer. Auf dem Weg dorthin stießen sie auf David und Federico. »Was ist geschehen?«

»José ist tot.« David stand völlig neben sich. »Wir wollten gerade los, als die Polizei uns die Nachricht überbracht hat.«

»Ein Unfall?« Antonia kannte den jungen Mann kaum, doch für Adriana musste es ein schwerer Verlust sein.

»Er wurde erschossen.« Davids Gesicht schien jegliche Farbe verloren zu haben. »Ein Zeuge sagt aus, dass José regelrecht hingerichtet geworden ist.«

Isabels Augen weiteten sich. »Hingerichtet?«

Antonia verschlug es die Sprache.

»Die Mafia soll dahinterstecken. Genauer muss das erst untersucht werden.« David folgte ihr in die Bibliothek.

Sie nahm eine Flasche Bacardí und goss vier Gläser ein. Zwei reichte sie David und Federico. Ihrer Tochter gab sie ein Zeichen, sich selbst zu bedienen.

Isabel setzte sich in einen Ohrensessel. »Hatte er mit der Mafia zu tun?«

David trank einen Schluck. »Natürlich nicht. Vielleicht hat er Freunde in diesen Kreisen. Er neigt zum Glücksspiel. Er hat Adriana versprochen, damit aufzuhören.«

»Was er wohl nicht getan hat«, kommentierte Federico.

David bemerkte offenbar den Blickwechsel zwischen seinen Eltern. »Was?«

Antonia schwieg. Federico ebenfalls.

»Jetzt redet endlich. José ist tot. Hingerichtet. Er hatte keine Spielschulden. Dazu ist er zu vermögend. Er hatte so wenig Verbindungen zur Mafia wie wir!« David ging in der Bibliothek auf und ab.

Antonia nahm ihr Glas Rum, sah zu ihrem Mann und seufzte. »Wir müssen es ihm sagen. Es ist Zeit.«

»Es hat mit diesem Vorfall nichts zu tun. Gar nichts.« Federico stürzte sein Getränk hinunter.

Isabel lehnte sich in ihrem Sessel zurück, verschränkte die Arme vor der Brust und musterte ihre Familie aufmerksam.

»Was geht hier vor?« David blieb stehen.

Federico kapitulierte. Antonia sah es ihm an. So hatte er auch ausgesehen, als sie Cunningham trotz aller Versuche hatten nachgeben müssen.

»José hat zwangsläufig mit der Mafia zu tun, wenn er ein Spieler ist. Die Casinos sind im Besitz von Chicagoer Clans. Vielleicht hat er etwas gesehen, was er nicht hätte sehen sollen.«

»Die erschießen doch nicht ihre beste Kundschaft!« David goss sich einen weiteren Fingerbreit Bacardí ein.

»Wer weiß?« Federico zögerte. »Jeder hat mit diesen Leuten zu tun. Sogar wir.«

»Wir?« David starrte seinen Vater fassungslos an.

»Ja, auch wir.« Federico setzte sich, stützte den Kopf auf die Hände, bevor er sich streckte und aufsah. »Seit Valentina mit William verheiratet ist, geht ein großer Teil unserer Zigarren an die Hotels der Cunninghams.«

»Ja, und? Was hat William mit diesen Verbrechern zu tun?«

»Nicht er, sein Vater. Der erpresst uns. Nicht offensichtlich, aber doch deutlich genug, um nachzugeben. Ich muss euch schützen.«

»Davon hast du mir kein Wort gesagt!« David funkelte ihn angriffslustiger an als ein spanischer Stier die feuerrote Mulata.

Antonia verstand die Verärgerung ihres Sohnes. Er fühlte sich hintergangen.

»Was hätte das geändert?« Federico stand auf. »Solange wir uns ruhig verhalten, geht wie in den vergangenen Jahren alles seinen Gang. Wir haben unser Auskommen, der Verkauf läuft, und letzten Endes ist es egal, an wen wir die Ware liefern.«

»Ist es nicht«, schimpfte David. »Oder denkst du, ich möchte unter diesen Umständen die Firma übernehmen? Ich hätte Adrianas Vorschlag nachgeben und in Kalifornien bei ihren

Eltern auf dem Weingut einsteigen sollen. Wein liegt mir sowieso mehr als Tabak. Und Isabel sollte ich gleich mitnehmen.«

»Mich? Warum?« Isabels Stimme klang unsicher. »Wir sind hier doch sicher.«

»Das dachte Adrianas Bruder ebenfalls.« David schritt im Raum auf und ab. »Und jetzt ist er tot. Wissen Will und Valentina vom falschen Spiel des Seniors?«

Antonia verneinte. »Ich habe mit deiner Schwester gesprochen. Wills Hotel dient nicht der Geldwäsche. Mit der Führung der Hotelcasinos in Havanna hat er nichts mehr zu tun.«

»Und trotzdem liefern wir auf Druck seines Vaters die Zigarren an dessen Firmen.« David leerte sein Glas und ging auf Isabel zu. »Wir sollten nach Kalifornien gehen. Dir liegt der Weinanbau wie mir. Hier kommst du nicht weiter.« Er sah zu Antonia. »Dein Wein ist gut, aber er wird weder Isabel noch mir die Zukunft absichern. Und auf den Tabakhandel verzichte ich unter diesen Voraussetzungen. Wie soll ich das vor meiner Frau rechtfertigen?«

Federico sackte in sich zusammen. »Aus dem Grund habe ich es euch nicht gesagt. Eure Mutter würde euer Fortgehen nicht ertragen.«

Deshalb hatte er geschwiegen? Hatte ihr Mann befürchtet, David und seine junge Familie mit der Wahrheit zu vertreiben?

»Valentina in Chicago. Rodrigo in Las Vegas. Wenn ihr geht, was bleibt ihr dann?«

David strich sich über das Kinn und schien zu überlegen. »Ihr könntet mitkommen. Verkauft die Fabrik. Mamá liebt den Weinanbau. Was denkst du, warum sie sich mit den paar Weinstöcken abmüht? Auch Isabel hat null Interesse am Tabak.«

»Das geht nicht.« Federico sollte sein Lebenswerk aufgeben? Antonias Kraft schwand mit jedem Wort. Würde sie ihre Kinder nun verlieren? Sie ging zum Sekretär, setzte sich auf die Schreibtischkante. »David, bitte überdenke diese Entscheidung noch mal.«

David sah sie an. »Du musst mich verstehen. Ich kann nicht hierbleiben. Adriana würde verrückt werden vor Sorge. Es ist nicht von der Hand zu weisen, dass wir unseren Sohn in Gefahr bringen.«

»Victor ist hier so sicher wie in Kalifornien«, beharrte Federico auf seiner Meinung. »Solange wir an die Cunninghams verkaufen, stehen wir unter ihrem Schutz.«

»Ach ja? Und wieso wurde José dann hingerichtet? Gehört Adrianas Bruder nicht zur Familie?«

»Du weißt doch überhaupt nicht, was genau dahintersteckt. Ich sehe da keinen Zusammenhang. Jahrelang hat man uns in Ruhe gelassen, warum denkst du, sollte sich das ändern?« Federico ging auf David zu. »Ich konnte es sogar all die Zeit vor dir geheim halten.«

»Verwerflich genug.« Davids Augen verengten sich, bevor er sich räusperte. »Wir wissen nicht, was bei denen im Hintergrund läuft. Es reicht, wenn wir zusammen auf eine Familienfeier gehen und es dort Ärger gibt.« David lehnte sich mit dem Rücken an eines der Bücherregale. »Vater, versteh doch. Es ist ein trügerischer Frieden. Dem will ich meine Familie nicht aussetzen. Nicht nachdem José auf offener Straße erschossen wurde. Ob der Fall je aufgeklärt wird, ist fraglich. Die Mafia regelt das mit Geld.«

»Du übertreibst.« Federico sah trotz seines Widerstands geschlagen aus.

»Ich kann das nicht riskieren.«

Antonia verstand ihren Sohn. Aber deshalb gleich das Land verlassen?

»Mein Entschluss steht fest: Wir gehen. Isabel nehme ich mit.«

»Das hast du nicht zu bestimmen.« Isabels Augen funkelten wütend. »Ich bin klug genug, um eigene Entscheidungen zu treffen.«

»Dann denk an deine Zukunft.« David sah zu Antonia. »Und ihr solltet ebenfalls mitkommen, bevor es zu spät ist.«

Die Überzeugung, mit der ihr Ältester diese Worte aussprach, schmerzte sie. Hatte sie etwas übersehen? Natürlich verabscheute sie es, mit Cunningham Geschäfte zu tätigen. Doch für ihre Familie und Isabels Schutz würde sie weit mehr von sich aufgeben als ein wenig ihres Stolzes. Darin waren sich beide Eheleute einig.

»Ich gehe nach Hause. Adriana braucht mich.« David küsste Antonia zum Abschied auf die Wangen, schenkte Isabel ein unsicheres Lächeln und hob die Hand, um sich auch von seinem Vater zu verabschieden.

Isabel nagte auf ihrer Unterlippe.

Ihre Jüngste schien zu überlegen, was Antonia wunderte. Sie liebte das Weinfeld in Viñales. Und Kuba. »Du ziehst einen Umzug in Betracht?«

»Die Weine in Kalifornien sind ausgezeichnet. Die Güter riesengroß. Das hast du selbst gesagt. Dein Freund Peter hat dir Stöcke geschickt, mit denen du hier nun erfolgreich Rotwein kultivierst.« Isabel zog ihre Beine wenig damenhaft in den Schneidersitz. »Es wäre eine einmalige Möglichkeit, dort zu lernen. Findest du nicht?«

Diesem Argument vermochte sich Antonia nicht zu verschließen. Es war eine Chance, wie man sie nur selten bekäme. Vielleicht sollte sie Peter fragen, ob Isabel nach einer gewissen Zeit bei David und Adriana bei ihm unterkommen könnte, bis sie auf eigenen Füßen stünde oder zurückkäme.

»Du bleibst hier, bei Mutter.« Federicos Tonfall erlaubte keine Widerrede. »Sie braucht dich hier.«

Isabel sah zu Boden.

Antonia nahm ihrem Mann den Befehlston nicht übel. Er wollte ihr Glück. Und wählte dabei einen verkehrten Weg. »Cariño, was ich brauche, sind glückliche Kinder.« Antonia stieß sich vom Sekretär ab und ging zu ihrem Ehemann. »Auf dem Feld komme ich zurecht. Da kann mir Raymundo einen der besseren Arbeiter zuweisen.« Sie betrachtete Isabels Gesichtsausdruck, der sich nun etwas aufhellte. »Wäge deine Entscheidung gut ab. Mache sie nicht von mir abhängig, das wäre falsch.« Sie legte den Arm um Federicos Taille, zog ihn an sich. Mit ihm an der Seite hatte Antonia alles, was sie sich wünschen konnte. Ihre Kinder mussten ihre eigene Zukunft gestalten. »Wir besuchen uns zu den Feiertagen.«

Federicos Blick besänftigte sich. »Dann wirst du es mit mir allein hier aushalten?«

»Ich werde es immer genießen, mit dir zusammen zu sein, du alter Dudoso.«

5

Isabel lag schlaflos in ihrem Bett. Der Gedanke, nach Kalifornien zu gehen, erschien ihr verlockend. Sehr sogar. Wie oft riet sie, die Felder zu vergrößern. Jedes Mal lehnte ihre Mutter mit der gleichen Begründung ab: Die Erde auf Kuba gäbe nicht mehr her. Sie besaßen das beste Stück Land der Region. Ein erweiterter Anbau würde einen minderwertigeren Wein hervorbringen. Der Weinbau mit seinen vielen Facetten befeuerte Isabels Leidenschaft. Die akkuraten Reihen der Weinstöcke, die prallen Trauben am Stock, die unendliche Weite, die überbordende Natur, all das zog sie einem Leben in Havanna vor. Sie müsste ihre Freundinnen zurücklassen. Das ja, aber sie konnte jederzeit zu Besuch kommen. Immerhin lebten ihre Eltern hier.

Isabel träumte sich nach Kalifornien. In eine Gegend, die sie nie gesehen hatte. Wie benahmen sich die amerikanischen Männer? Auch so versnobt wie in ihrer Heimat? Mit dieser konservativen Rollenverteilung, die die Upperclass für Frauen von Stand vorsah, kam sie nicht zurecht. So wenig wie ihre Mutter. Niemals würde sie sich wie ihre Schwester in einem Hotel einsperren lassen, das in einer Großstadt wie Chicago lag. Warum Valentinas Mann mit ihr in die Staaten gezogen war, konnte sie nie ganz nachvollziehen. Nur an den

Streitereien zwischen Vater und Sohn konnte es nicht liegen. Oder doch? War die Mafia inzwischen auf Kuba so mächtig, dass sich sogar Will zu einem Umzug verpflichtet gefühlt hatte, um Valentina zu schützen?

Je länger sie darüber nachdachte, desto deutlicher festigte sich ihr Entschluss, David zu begleiten. Isabel vertrug sich gut mit ihrer Schwägerin. Mit ihr hatte sie mehr gemein als mit Valentina. Adriana liebte den Weinanbau. Wie sie ihr anvertraut hatte, beschäftigte sie sich nur David zuliebe mit dem Tabak. Genau wie ihre Mutter das viele Jahre getan hatte. Wie würde es mit der Tabakmanufaktur weitergehen? Keiner wollte sie übernehmen.

Vielleicht wies Davids Vorschlag in die Zukunft. Ihre Eltern sollten mit nach Kalifornien kommen. Mit dem Verkauf der Fabrik könnten sie in den Ruhestand gehen und das Leben genießen.

Über diesen Ideen schlief Isabel ein. In jener Nacht träumte sie vom Napa Valley, von Weinfeldern, so weit das Auge reichte, begegnete Menschen, die sie nie gesehen hatte. Ein bekanntes Gesicht mogelte sich unter all die fremden Personen.

Der Traum begleitete sie nach dem Aufstehen. Er beschäftigte sie, obwohl sie sich selbst eine dumme Gans schalt. Der Mann ihrer schlaflosen Nächte würde sich nie für sie interessieren.

Ihr Tagwerk erledigte Isabel routiniert. Im Verlauf der Stunden festigte sich der Gedanke, ihren Entschluss beim Abendessen ihren Eltern mitzuteilen. Wie sie David kannte, zögerte er die Abreise nicht lange hinaus. Vater konnte die Fabrik alleine führen. Adriana würde ebenfalls zur Beerdigung ihres

Bruders nach Oakville fahren. Wie viel Zeit dauerte es, die Leiche von José zu überführen? Zwei Wochen? Weniger?

Besser, sie plante zeitnah ihr Abschiedsfest mit ihren Schulfreundinnen. In ihre Überlegungen versunken, betrat sie die Küche. Luisa rührte in einigen Töpfen. »Guten Abend.«

»Buenas tardes, guapa.« Sie reichte ihr einen Brotkorb. »Stell den bitte auf den Tisch.«

Luisa würde ihr fehlen. Das stand fest. »Es gibt die Reste von gestern?«

»Da liegst du richtig. In diesem Haus wird nichts verschwendet.«

Isabel grinste. Das stellte einen weiteren Umstand dar, den sie schätzte. Bei ihren Freundinnen galt ein Resteessen undenkbar. Entweder die Hausangestellten verspeisten sie, oder sie landeten im Müll. Da Luisa mit der Familie in der Küche aß, gab es kein Personal, dem man das Essen hätte reichen können. Die seltenen Tage, an denen sie Gäste bewirteten, aß Luisa die gleiche Mahlzeit wie sie alle. Ausnahmslos. Genauso wollte es Isabel halten, sobald sie ihren eigenen Haushalt führte.

Zusammen deckten sie den Tisch. Nervös sah sie zur Wanduhr. Wie würde Vater reagieren? Und Mutter? Sie gab sich immer so stark, dabei ahnte Isabel, wie schwer es ihr fallen würde, wenn sie auch nach Amerika ginge.

Die Tür schwang auf. »Na, das riecht ja verführerisch.« Vater nahm Platz.

Ihre Mutter folgte ihm, küsste Isabel auf die Stirn, begrüßte Luisa und setzte sich ebenfalls.

So verlockend der Red Snapper in Kokossoße mit Platanos duftete, den Luisa auf die Teller gab, so sehr schlug Isabel das bevorstehende Gespräch auf den Magen. Sie schob die Kochbananenscheiben von einer Ecke in die andere und zwang sich, wenigstens den Fisch zu essen.

»Jetzt rede schon.«

Ihrer Mutter konnte sie nichts verheimlichen. Das war ihr nie gelungen. »Ich will mit David gehen.« Nun platzte dieser Satz ohne einleitende Worte aus ihr heraus. So hatte sie die Unterredung nicht beginnen wollen.

»Das verbiete ich dir!« Ihr Vater legte das Besteck beiseite und funkelte sie zornig an.

»Das Kind ist erwachsen«, mischte sich ihre Mutter ein. »Sie darf tun und lassen, was sie möchte.«

Er schob den Teller von sich. »Nicht, solange sie nicht verheiratet ist. Wer soll auf sie achtgeben?«

Obwohl Luisa ihre Mahlzeit noch nicht beendet hatte, stand sie auf, räumte ihr Geschirr weg und flüchtete aus der Küche.

»David passt auf. Ich gehe mit ihm.«

»Ich frage Peter Fitzgerald, ob er Isabel Arbeit und Unterkunft gibt.« Ihre Mutter aß in aller Seelenruhe weiter.

»Nein, Mamá. Ich ziehe mit David zu Adrianas Familie.« Sie wollte keinem Fremden zur Last fallen. »Die Fitzgeralds wohnen in der Nähe. Wenn du jemanden beauftragen willst, der neben David ein Auge auf mich hat, kannst du sie darum bitten. Aber dort leben möchte ich nicht. Sie sind nur Freunde von euch.«

»David wird auf sie achten«, stand Isabels Mutter ihr zur Seite. »Es ist gut für beide, Havanna zu verlassen. Wer weiß, wie sich die Lage hier entwickeln wird. Ich möchte sie in Sicherheit wissen.«

»Ach, Papá. Sorge dich nicht, ja?« Isabel legte ihre Hand auf die ihres Vaters. »Wir können jederzeit telefonieren. Außerdem können wir uns gegenseitig besuchen.« Sie sah seinen Blick weich werden. Er gab nach. Sie bekam seinen Segen. Das bedeutete ihr viel. Unter gar keinen Umständen wollte sie ihren Vater enttäuschen. Seine Zustimmung erleichterte ihr den Aufbruch in die Fremde.

Er seufzte. »Dann wird das Haus leer sein.«

»Wir füllen es weiterhin mit Leben.« Ihre Eltern blickten sich zuversichtlich in die Augen.

»Ich danke euch.« Isabel erhob sich, holte eine Flasche Reserva und öffnete sie. »Lasst uns auf eine aufregende Zeit trinken. Auf geschmackvolle Weine. Ich verspreche dir, Mamá, ich werde jede Woche berichten, was ich dazugelernt habe.«

Die kommenden Tage erlebte Isabel wie ferngesteuert. David übernahm die komplette Reiseplanung, obwohl sich alles mehrmals verzögerte. Josés Beerdigung hatte in Kalifornien ohne Adrianas Beisein stattgefunden.

Am Tag der Abreise stand Isabel mit gepackten Koffern in ihrem Zimmer und überlegte, ob sie sich von all ihren Freunden hatte verabschieden können. Joaquín Bacardí reiste extra aus Santiago de Cuba an, um sie mit seinem Touristenbus an den Flughafen zu bringen. Darin fanden sie und ihr Gepäck genug Platz.

Ihre Mutter wollte sie zum Aeropuerto begleiten. Isabel graute davor. Sie hätte einen schnellen Abschied bevorzugt.

Den bekam sie von ihrem Vater, der in seinem Büro auf sie wartete. Es blieben ihr zehn Minuten bis zur Abholung. Sie hüpfte die Treppe hinunter, begegnete im Eingangsbereich Luisa, die sie nochmals herzlich in die Arme schloss. »Ich werde dich vermissen. Vielen Dank für alles.«

»Niña, aber nicht doch, du kommst uns bald besuchen. Dann brate ich dir die leckersten Tostones aller Zeiten. Abgemacht?« Luisa sah sie aus feuchten Augen an.

»Versprochen!« Isabel küsste sie auf beide Wangen und eilte weiter. So schnell würde es bei ihrem Vater nicht gehen.

Mit festem Schritt marschierte sie den langen Gang entlang. Den vertrauten Geruch nach Tabak sog sie tief in ihre Lungen. Der würzige Duft würde ihr ebenfalls fehlen. Wie Luisa, ihre Freunde, ihre Eltern. Dennoch fieberte sie auf das hin, was vor ihr lag. Wenn sie sich dort nicht wohlfühlte, blieb ihr jederzeit die Rückkehr. Dieser Gedanke beruhigte sie sehr.

Sie klopfte kurz an und betrat das Büro. »Nun ist es so weit.«

Vater sah von ihr auf die Uhr. »Ja, das ist wohl so.« Er erhob sich und ging auf sie zu. »Und du bist dir sicher?«

»Das bin ich. Ich besuche euch bald. Versprochen.« Isabel warf sich in seine ausgebreiteten Arme. »Ich vermisse dich jetzt schon, Papá!«

Er drückte sie fest an sich. Für einige Sekunden standen sie eng umschlungen beisammen, bis er sie an den Schultern fasste und sie wenige Zentimeter abrückte, um sie anzusehen. »Wenn du Sorgen hast, ruf an. Hörst du? Und falls du es dort nicht erträgst, komm nach Hause.«

Isabel wuchs ein Kloß im Hals, der sie nur zustimmend krächzen ließ. Sie räusperte sich. »Du wirst noch stolz auf mich sein.«

»Das bin ich bereits.« Er küsste sie auf die Stirn. »Mein großes Mädchen.« Ihr Vater wies auf eine Versandkiste neben dem Schreibtisch. »Nimm sie mit. Als Gastgeschenk eignet sich die Cleopatra zu jeder Einladung.«

»Danke. Das ist eine ausgezeichnete Idee.« Eine kleine Kiste würde sie behalten, daran riechen, sollte sie das Heimweh hinterrücks überfallen wie ein Dieb in der Dunkelheit.

»Ich lasse sie in die Eingangshalle bringen.« Ihr Vater blinzelte mehrmals. »Und jetzt geh, bevor ich dich hier einsperre.«

Sie umarmte ihn nochmals, drückte ihn und löste sich schnell, um aufsteigende Tränen zu vermeiden. Bei sich und bei ihrem Vater. »Te quiero.«

»Ich liebe dich auch, mi pequeña.«

Isabel wandte sich ab und flüchtete regelrecht aus dem Büro.

Im Foyer warteten ihre Koffer auf sie. David musste zwischenzeitlich eingetroffen sein. Ihre Mutter stand daneben. »Bist du so weit?«

»Ja, ich habe mich von Papá verabschiedet, er lässt noch eine Kiste bringen.« Isabel eilte die Treppe hoch, um einen letzten Kontrollblick in ihr Zimmer zu werfen. Es sah aus wie immer. Bis auf die leeren Schränke und ihre eingepackten persönlichen Gegenstände. All das fehlte, um ihrem Schlafzimmer das Leben einzuhauchen, das einen Raum bewohnt aussehen ließ. Mit einem wehmütigen Seufzer schloss sie die Tür von außen.

David und Joaquín luden ihr Gepäck ein, als sie nach unten kam. »Können wir los?«

»Ist Vaters Zigarrenkiste verladen?«

»Ja. Ich war bei ihm, habe mich auch verabschiedet.« David klopfte ihr auf die Schulter. »Nun schau nicht so erschrocken. Wir sind nicht aus der Welt.«

Isabel rang sich ein Lächeln ab. Die Reise in ihre Zukunft ging los. Ob sich ihre Mutter wohl ebenso unsicher gefühlt hatte, als sie damals von Mallorca nach Kuba gereist war? Diese Frage beschäftigte sie auf dem Weg zum Flughafen. Der Blick ihrer Mutter ruhte immer wieder auf ihr, obwohl sie mit Adriana sprach und Victor auf ihrem Schoß saß.

Der Aeropuerto de José Martí de La Habana lag nördlich der Stadt. Mit jedem Kilometer, den Joaquín fuhr, steigerte sich Isabels Nervosität. Ihr erster Flug stand bevor. Nach Miami. Und von dort aus nach San Francisco. Ob ihr schlecht werden würde? Sie hoffte es nicht. Allerdings hatte eine Freundin von ihr über schlimme Übelkeit bei ihrer Flugreise berichtet.

Joaquín parkte vor dem Eingang. »Wer hierbleiben will, hat jetzt die Chance.«

»Netter Versuch«, scherzte Adriana. »Ich freue mich auf meine Familie.« Sie warf Antonia einen Blick zu. »Dich und Federico werde ich vermissen. Ihr solltet bei uns wohnen. Überlegt es euch.«

Antonia seufzte.

»Ja, Mamá.« Isabel hielt das noch immer für eine sehr vernünftige Idee. Sie stieg aus dem Bus. David lud das Gepäck aus, während Joaquín Gepäckträger heranwinkte. »Kommt uns besuchen, und entscheidet nach eurem Aufenthalt.« Als sie das Flughafengebäude betraten, blieb Isabel dicht bei ihrer Mutter. »Wie war das bei dir damals? Warst du nervös?«

Ein Lächeln umspielte ihren Mund. »Nervös? Ich hatte eine Heidenangst, das Schiff zu verpassen. Aber trotz der

Aufregung wusste ich auch, dass wir gehen müssen, wenn wir eine Zukunft haben wollen. So wie du jetzt, obwohl die Situation eine andere ist. Ihr hättet hier euer Auskommen.«

»Das stimmt.« Der Grund für Isabels Auswanderung und die ihrer Mutter unterschied sich so elementar voneinander wie sie sich von ihrer Schwester. Ein wenig packte sie die Abenteuerlust. Zum ersten Mal verließ sie Kuba. »Vielleicht komme ich ja zurück, sobald ich von den Kaliforniern gelernt habe, wie sie den Wein herstellen.«

Ihre Mutter strich ihr über das Haar. »Dir stehen alle Wege offen.«

»Und ihr wollt wirklich nicht mitkommen?« Noch einen letzten Versuch wagte Isabel.

Antonia beugte sich zu ihr. »Würde ich tun, aber dein Vater liebt die Fabrik.« Sie schenkte Isabel ein Lächeln.

Ihre Eltern mussten sich sehr lieben, wenn ihre Mutter ihrem Mann zuliebe in Havanna blieb, obwohl sie es vorgezogen hätte umzuziehen. »Vielleicht will Papá ja irgendwann gehen.«

David kam auf sie zu. »Es ist so weit. Wir müssen los.« Er wies zu einer Tür. »Das Gepäck ist aufgegeben, die Formalitäten erledigt.«

Sie küssten sich zum Abschied. Isabel löste sich, um für ihren Bruder Platz zu machen. Sie ging einige Schritte zurück. Auch sie sollten eine Minute für sich haben.

Adriana hielt ihren Sohn auf dem Arm, drückte Antonia zwei Küsse auf die Wangen, selbst Victor gab seiner Großmutter einen dicken Schmatz.

Isabels Augen schwammen in einem Meer aus Tränen. Nun verstand sie, warum ihr Vater nicht mit zum Flughafen gewollt hatte. Es war ein trauriges Adiós.

Joaquín legte den Arm um Antonia. »Angenehme Reise! Und auf bald!«

Alle winkten zum Abschied, bevor sie durch die Tür traten und Mutter aus ihrem Blickfeld verschwand.

Sie durchquerten einen kleinen Raum, von dem eine breite Glastür auf das Rollfeld führte. Das Flugzeug wartete abflugbereit, die Gangway war heruntergelassen, und andere Fluggäste stiegen bereits ein.

David zeigte einer Flugbegleiterin die Tickets, und sie wünschte ihnen freundlich einen angenehmen Flug. Adriana und David gingen zielstrebig voraus. Ehrfürchtig betrachtete Isabel die Propellermaschine. Ihr Gepäck verlud ein Cubano in Uniform.

Auf der Treppe ins Flugzeug drehte sie sich nochmals um, entdeckte an der Absperrung ihre Mutter sowie Joaquín und winkte den beiden zum Abschied zu. Antonia riss die Arme in die Höhe und fuchtelte damit in der Luft, was Isabel auflachen ließ. Sie warf ihr eine Kusshand zu und betrat die Maschine.

Die Stewardess wies ihr einen Fensterplatz zu. David saß neben Adriana, die Victor auf dem Schoß hielt. Der Gangplatz seitlich von Isabel blieb frei.

Aufgeregt beobachtete sie, wie sich die Rotorblätter zu drehen begannen, bis es wie ein wild tanzender Kreisel wirkte, bei dem man keine Details mehr erkennen konnte. Das Motorengeräusch schwoll an. Die Flugbegleiterin schloss den Einstieg, und der Cubano, der zuvor das Gepäck eingeladen hatte, zog die Gangway beiseite.

Das Flugzeug setzte sich sanft in Bewegung und nahm Kurs auf die Startbahn. Isabels Herz klopfte schnell. Wie die Welt wohl von oben aussah?

Die Beschleunigung drückte sie in den Sitz. Ein atemberaubendes Gefühl. Ihr entwich ein erstaunter Laut.

Die Maschine hob ab, die Entfernung zur Erde steigerte sich. Der Pilot flog eine Kurve, was eine Schräglage schuf. Unter sich sah sie die Häuser kleiner werden, bis sie an Kinderspielzeug erinnerten. Fasziniert blickte Isabel aus dem Fenster.

Der Weg führte sie Richtung Norden hinaus aufs Meer. Die unterschiedlichen Blautöne begeisterten sie. So schön hatte sie die karibische See noch nie gesehen. Überhaupt wich ihre Nervosität freudiger Neugierde.

Die Stewardess servierte auf einem Tablett Getränke. Isabel bediente sich mit einem Wasser. Wenig später brachte eine andere Flugbegleiterin appetitlich aussehende Brote. »Danke.« Ihre Aufregung verflog, und ihr Magen knurrte leise beim Anblick der fremd duftenden Mahlzeit. Hungrig biss sie hinein. Sie schmeckte Senf, Speck und Schinken, eine Art Krautsalat, den sie nicht kannte, und Röstzwiebeln. Dazu für ihren Geschmack zu viel Mayonnaise und eine ihr unbekannte säuerliche Gurkenart.

Adriana sah zu ihr hinüber. »Magst du dein erstes amerikanisches Sandwich?«

Isabel schluckte. »Es ist lecker. Sehr sogar. Dieser Krautsalat wird wohl mein Leibgericht werden.«

Ihre Schwägerin lachte. »Warte ab, bis du unser Barbecue kostest. Du wirst es lieben.« Sie wandte sich an David und sagte etwas, das Isabel wegen der lauten Motorengeräusche nicht verstand.

»Wie ich höre, hat dir David das anstehende Weinfest verschwiegen.« Sie verdrehte die Augen. »Typisch Männer. Hauptsache, er weiß Bescheid.«

»Ein Fest?« Das klang toll. Da würde sie bestimmt einige Leute kennenlernen und vielleicht erste Freundschaften schließen.

»Ja, übermorgen.« Adriana widmete sich wieder ihrem Imbiss.

Hoffentlich verpassten sie die Feier nicht. In Miami würden sie die Maschine wechseln. Ein größeres Flugzeug flog sie bis San Francisco. Dort wollten sie übernachten, bevor sie ihr Weg ins Napa Valley nach Oakville führte.

Isabel überlegte, wie ein Weinfest wohl ablief. Sie hatte nie eines besucht. Was trug man da? Irgendwie konnte sie sich nicht vorstellen, jemanden auf einem Weingut im Abendkleid anzutreffen. Nachdenklich beendete sie ihre Mahlzeit.

Die Landung in Miami verlief sanft. Victor weinte, was vermutlich am Druck lag. Isabel hatte selbst kurz Probleme mit den Ohren.

Der Maschinenwechsel ging zügig. Sechzig Minuten später befanden sie sich auf dem Weg nach San Francisco. Wieder saß Isabel auf einem Fensterplatz. Bald verschwanden die Häuser unter einer dicken Wolkendecke. Es wirkte auf sie wie ein weiches Bett aus Baumwollbällen, in das sie sich am liebsten hätte hineinfallen lassen.

Auch hier überbrückten sie die Flugzeit mit Essen und Trinken, die Männer rauchten ihre Zigarren, manche Frauen Zigaretten. Am Nachmittag landeten sie in San Francisco.

»Die Flüge waren weit pünktlicher, als ich dachte.« David sah auf seine Armbanduhr. »Wir sparen uns die Übernachtung. Die Fahrt dauert drei Stunden. Maximal.« David entschied, was getan wurde, Adriana stimmte zu, und Isabel fragte man nicht. Ihr war es einerlei. Von der Stadt würde sie im Hotel ebenso wenig sehen, als wenn sie gleich weiterreisten. Im Grunde gefiel ihr der Gedanke, an ihrem neuen Wohnort anzukommen, San Francisco sähe sie sich irgendwann mit mehr Zeit an.

David besorgte ihnen ein Taxi und organisierte zusätzlich noch einen Pritschenwagen, der ihr Gepäck transportieren sollte.

Müde von der Reise gähnte Isabel, setzte sich auf die Rückbank und freute sich auf alles, was sie in den kommenden Tagen erwartete. Adriana lächelte. Das tat sie seit ihrem Aufbruch in ihre Heimat. Es ließ sie augenscheinlich die Trauer um ihren Bruder besser verkraften.

Isabel fühlte mit ihrer Schwägerin. Bestimmt würde sie selbst bald ihre Eltern vermissen. Und ihre Freunde.

Die Fahrt durch die Stadt hielt Isabel bemüht ihre Augen offen. Ab und zu erhaschte sie einen Blick auf die Bucht von San Francisco.

»Wenn wir die Oakland Bay Bridge überqueren, sollten Sie nach links schauen. Von der Brücke hat man eine wundervolle Aussicht auf Alcatraz Island. Die Gefängnisinsel sehen Sie gut, sobald wir die Westküste von Berkeley in Richtung Norden entlangfahren.«

Isabel hatte Mühe, den Zungenschlag des Fahrers zu verstehen. Den Sinn erfasste sie, obwohl sie nicht jedem Wort zu folgen vermochte. Dazu war sie in der englischen Sprache zu ungeübt. Die Vorstellung, auf einer Insel weggesperrt zu sein, das Festland vor der Nase, und zu wissen, dass dort die eigene Familie lebte, die aufgrund der Lage nicht zu Besuch kommen dürfte, empfand sie als doppelte Strafe.

Sie wandte den Blick ab.

Bei Einbruch der Dämmerung passierten sie Richmond. Isabel schloss die Augen und dämmerte weg. Als sie erwachte, herrschte dunkle Nacht. Aus dem Fenster sah man nur diffuse Schatten am Straßenrand. »Wo sind wir?«

»Gerade durch Napa gefahren. In fünfzehn Minuten erreichen wir Oakville. Unser Weingut liegt etwas außerhalb.« Ihre Schwägerin wiegte Victor hin und her. Er wurde langsam unruhig. Vermutlich hatte er Hunger. Adriana hatte ihm zuletzt auf der Flughafentoilette in San Francisco die Brust gegeben, doch das lag mehrere Stunden zurück. Der Kleine wollte essen.

Auch Isabels Magen knurrte, als sie an eine Mahlzeit dachte.

David drehte sich grinsend vom Beifahrersitz zu ihr um. »Sobald wir da sind, wird gegessen. Ich könnte ein Rind verdrücken.«

Nur schemenhaft erkannte Isabel die Reihen der Weinstöcke. Die Dunkelheit ließ keine Einschätzung über die Größe der Anbaufläche zu. Auf einem sanften Hügel lag ein hell erleuchtetes Haus. Eingeschossig, weitläufig. So sah es aus der Entfernung aus.

Das Taxi hielt davor. Adriana verließ es vor David. Zeitgleich schwang die Haustür auf. »Wie schön.« Eine blonde Frau hastete die Verandatreppe hinunter, umschloss Adriana in einer innigen Umarmung, bevor sie Victor herzte. »Ein Tag zu früh!«

Isabel stieg aus und sah über das Dach des Wagens. Jetzt erkannte sie Adrianas Mutter July Fuster, die sie bei Davids Hochzeit kennengelernt hatte.

»Good afternoon.« Isabel ging um das Fahrzeug und reichte Mrs. Fuster die Hand. Ihr Haar trug sie praktisch und kurz geschnitten, die schlanke Figur ihrer Tochter besaß sie immer noch.

Der kahlköpfige Hausherr folgte ihr aus dem Haus.

»Daddy!« Adriana eilte die Treppe hoch und umarmte ihren Vater. Victor hielt sie auf dem Arm.

»Bitte sag July.« Die Frau ergriff Isabels Hand. »Auf der Straße hätte ich dich nicht wiedererkannt.« Sie sah von ihr zu David. »Deine Schwester ist eine Schönheit geworden, das hast du vergessen zu erwähnen. Sie wird beim Fest die Männer von Napa County ordentlich in Wallung bringen.«

Isabel spürte die Röte in ihr Gesicht steigen. Eine so unverblümte Aussage hätte sie direkt bei der Ankunft nicht erwartet. Hier schien es sehr unkonventionell zuzugehen. »Ich freue mich, hier sein zu dürfen, doch ich bin wegen des Weins hier und nicht wegen Männerbekanntschaften.«

July überging ihre Bemerkung. »Selbst das hellbraune Haar ist gleich, du hast aber die hübscheren Augen. Mandelaugen. Hier sind die meisten Frauen blond und blauäugig.« Sie ließ Isabels Hand los.

David und sie umarmten sich zur Begrüßung. »Ach July, wenn du so weiter redest, wird meine Schwester eingebildet. Lass das besser.«

»Also, so wie du?«, neckte sie ihn und lachte. »Nun kommt rein. Liam kümmert sich um die Bezahlung und euer Gepäck.«

Adrianas Vater drückte Isabel herzlich die Hand, bevor er dem Fahrer des Pritschenwagens Anweisungen gab. Er bezahlte den Taxifahrer und plauderte mit beiden, als würden sie sich persönlich kennen. Isabel bemerkte eine angenehme Leichtigkeit im Umgang, was ihr sehr gefiel.

Die weitläufige Veranda schien um das gesamte Wohnhaus zu verlaufen. Bequeme Sessel und Schaukelstühle sowie eine Art Schaukelbank boten über die Holzveranda verteilt Sitzmöglichkeiten mit freier Sicht auf das Weinfeld.

Der Eingangsbereich des Hauses strahlte eine Behaglichkeit aus wie ein offenes Kaminfeuer. Warm. Gemütlich. Isabel fühlte sich augenblicklich wohl. Der Eindruck verstärkte sich beim genaueren Hinsehen. Verschiedene Stiefel reihten sich an einer Wand auf. Darüber Haken, an denen Arbeitsjacken hingen.

July führte sie ins Esszimmer. »Oh, möchtet ihr euch frisch machen?«

David suchte Isabels Blick. Sie waren sich einig. »Nach dem Essen. Wir sind am Verhungern. Händewaschen in der Küche muss ausreichen.«

»Du kennst den Weg. Sag Lizzy, sie kann auftragen.«

July goss ungefragt allen ein Glas Rotwein ein. Eine Karaffe mit Wasser stand auf dem Esstisch.

Die Wohnküche war ebenso praktisch eingerichtet wie die in ihrem Elternhaus in Havanna. Eine Ausnahme bildete der Tisch. Der maß die doppelte Größe und reichte für ein Dutzend Leute aus. Auch in dieser Familie schien man manche Mahlzeiten in der Küche einzunehmen.

»Hallo Lizzy, schön, dich zu sehen. Wie das hier wieder duftet.« David gab Lizzy zwei Wangenküsse. »Das ist meine Schwester Isabel. Sie wird bei uns leben.«

»Very welcome«, begrüßte Lizzy sie und hielt ihr die Hand hin.

»Thank you.« Das ergraute Haar der Frau ließ sie älter wirken, als sie es mit ihrer fast faltenfreien Haut offenbar war.

Lizzy strahlte eine Gemütlichkeit aus, die einer Großmutter gerecht wurde.

»Dann mache ich mich mal an die Arbeit. Gut, dass ihr vorher angerufen habt. Sonst hättet ihr warten müssen.« Lizzy nahm eine Suppenterrine und begab sich auf den Weg ins Esszimmer.

»Sie sind alle sehr nett hier.« Isabel trocknete sich die nassen Hände an ihrem Rock.

»Habe ich nicht gesagt, dass es dir hier gefallen wird? Du wirst staunen, wenn du das Anwesen tagsüber siehst.« David legte den Arm um sie, und gemeinsam schlenderten sie zurück zu den anderen.

Adriana fehlte. Sie stillte vermutlich Victor.

»Setzt euch«, bat Liam. Er hob sein Weinglas. »Auf euer Eintreffen! Wir freuen uns unbeschreiblich, euch hier zu haben.«

Isabel nahm Platz und erhob ebenfalls das Glas. »Vielen Dank für das herzliche Willkommen, obwohl ich eine Fremde bin.«

»Du bist Familie.« July prostete ihr zu. »Wir freuen uns sehr, dich bei uns zu haben.«

Lizzy schöpfte die Suppe in die Teller.

Frisches Brot stand auf dem Tisch.

Isabel nippte am Rotwein. »Meine Güte, ist der köstlich.« Sie trank einen weiteren Schluck, ließ ihn im Mundraum kreisen, bevor sie hinunterschluckte.

»Das ist unser Zinfandel. Ein ausgezeichneter Tropfen, nicht wahr?«

»Am liebsten würde ich sofort erfahren, wie er angebaut wird.«

»Das hat Zeit. Jetzt wird gegessen. Lasst es euch schmecken.« July nahm den Löffel und begann zu essen, obwohl Adriana noch fehlte. »Gurkensuppe. Sie kühlt also nicht aus.« Sie zwinkerte Isabel über den Tisch zu.

Sie wünschten sich gegenseitig guten Appetit. Eine kalte Gemüsesuppe kannte Isabel nicht. Neugierig tauchte sie ein Stück Brot in die Suppe. Der unvergleichliche Geschmack begeisterte sie: frisch nach Gurken, und doch cremig mit ihr unbekannten Kräutern. »Was ist das Grüne?«

»Dillspitzen.« July sah sie amüsiert an. »Ist das neu für dich? Passt hervorragend zu allen Gerichten mit Gurken, zu Fisch, aber auch zu Braten. Ohne Dill geht hier nichts.«

»Ich habe viel zu lernen.« Isabel aß lächelnd weiter. Die kommende Zeit hielt noch einige Überraschungen für sie bereit. Davon war sie überzeugt.

Nach ein paar Minuten stieß Adriana wieder zu ihnen und setzte sich. »Der Kleine ist satt und schläft jetzt.«

Der Hauptgang bestand aus kalten Truthahnscheiben mit frittierten orangefarbenen Kartoffelsticks. Dazu der Krautsalat, den sie aus dem Flugzeug kannte. Verhungern müsste sie hier jedenfalls nicht.

Die Müdigkeit übermannte sie, bevor sie beim Nachtisch angelangten. Der Wein, das herrliche Essen und die lange Reise forderten ihren Tribut. Sie unterdrückte ein Gähnen. Die Tischgespräche auf Englisch überforderten sie an diesem Abend. Ihre Konzentration ließ nach, und sie bekam höchstens die Hälfte der Gespräche mit.

»Du bist müde.«

Erst als July die Aussage wiederholte und alle Isabel ansahen, konzentrierte sie sich und fragte nach.

David lachte. »Meine Schwester ist völlig erledigt. Sonst ist sie gesprächiger.«

Adriana stand auf. »Ich zeige dir dein Schlafzimmer.«

»Danke, und entschuldigt bitte.« Isabel legte ihre Serviette auf den Tisch und verabschiedete sich.

Vor dem Esszimmer bedankte sie sich bei ihrer Schwägerin. »Es tut mir leid. Geh schnell wieder zurück, ich komme zurecht.«

»Kein Problem.« Adriana ging in den hinteren Trakt des Hauses und öffnete eine Zimmertür. »Hier sind wir schon.« Sie zeigte auf Handtücher. »Das Bad liegt deinem Zimmer gegenüber. Du teilst es mit David und mir.«

»Und deine Eltern?«

»Die haben sich vor Jahren ihr privates Badezimmer gegönnt. Seit meine Brüder ihre eigenen Familien haben, nutzen das Bad nur ich oder David, wenn er zu Besuch ist.« Adriana küsste sie auf beide Wangen. »Und nun schlaf gut.«

»Danke. Für alles.« Isabel betrat ihr neues Reich. Vor dem Fenster hing eine weiße Gardine. Das Grün und das Gelb der Seitenschals verliehen dem weiß gestrichenen Zimmer ein frisches Ambiente. Ein Raum, in dem sie sich umgehend wohlfühlte. Der Bettüberwurf schien selbst genäht zu sein. Unterschiedlich gemusterte und aneinandergenähte Vierecke mit hübschen Motiven fesselten ihren Blick. Die Herstellung so einer Decke bedeutete viele Arbeitsstunden. Sie strich mit der Hand darüber, bevor sie die Patchworkarbeit faltete und auf einen Stuhl legte. An den Wänden standen eine Kommode, ein Kleiderschrank und ein Schminktisch aus Eichenholz. Gegenüber vom Bett hing das detailgetreue Gemälde eines Weinbergs.

Aus ihrem ersten Koffer nahm sie ihr Nachthemd, ihren Morgenmantel und ihre Pantoffeln heraus. Seife, Zahnbürste und Creme befanden sich in ihrem *Neceser de higiene.* Sie zog sich um, ging ins Bad und machte sich bettfertig. Das Badezimmer verfügte über eine Badewanne, was Isabel freute. Sich nach harten Arbeitstagen in eine heiße Wanne zu legen, entspannte nicht nur ihre Muskeln.

Isabel schlüpfte unter die Bettdecke, löschte das Licht und fiel wenige Sekunden später in einen tiefen Schlaf.

Am kommenden Morgen weckte sie die ins Zimmer scheinende Sonne. Erst wusste sie nicht, wo sie war, bis es in ihr Bewusstsein drang. Oakville, Kalifornien. Isabel schlug die Decke zurück und tapste barfuß zum Fenster. »Por Dios!« Vor ihr breitete sich ein nicht enden wollendes Weinfeld aus. In sanften Hügeln erstreckte sich ein sattgrünes Feld, akkurate Reihen, so weit das Auge reichte. »Das gibt es doch nicht!« Es übertraf all ihre Vorstellungen von einem Weingut.

Sie schlüpfte in ihren Bademantel, ging ins Bad und bereitete sich für den Tag vor. In Windeseile packte sie ihre Koffer aus. Egal, was ihr Bruder vorhatte, sie würde zuerst eine Erkundungsrunde über den Besitz unternehmen. Deshalb wählte sie eines ihrer einfacheren Arbeitskleider aus.

In der Küche hörte sie Stimmen: David und Adriana saßen beim Frühstück.

»Good morning.« Lizzy wies auf einen Stuhl. »Dann serviere ich dir mal dein erstes American breakfast.«

»Good morning.« Isabel sah Spiegeleier, gebratenen Speck, Toast und Würstchen vor David stehen. Adriana bevorzugte offenbar kleine Pfannkuchen mit einer karamellfarbigen Masse. »Was ist das?«

»Pancakes mit Ahornsirup.«

»Das kenne ich nicht.«

Lizzy gab ihr einen auf den Teller. Eine Schale mit Sirup stand vor ihr. »Wenn du sie nicht magst, bringe ich dir Rührei.«

Isabel träufelte einen Klecks auf den Pancake und stach mit der Gabel ab, während Lizzy ihr Kaffee servierte. Der süße Teig wurde durch den Sirup noch klebriger.

»Und?«

Isabel schluckte den letzten Bissen hinunter. »Sehr lecker, aber eher als Nachtisch. Zum Frühstück ziehe ich dann doch die herzhafte Variante vor.«

Lizzy zögerte nicht. Sie klopfte zwei Eier in die Pfanne und gab Speckscheiben sowie Würstchen dazu. Das verlockende Zischen und der Duft von gebratenem Speck regten Isabels Magensäfte mächtig an. »Danke, Lizzy.« So ein Frühstück war der perfekte Start in den Tag.

»Wie hast du geschlafen?« Adriana nahm sich einen weiteren Pancake.

»Wie ein Manati in warmem Wasser.« Isabel nippte an ihrem schwarzen Kaffee. Das weniger kräftige Aroma unterschied sich von kubanischen Bohnen, dennoch schmeckte er ihr.

Adriana lachte. »Ich kenne keine Frau, die sich freiwillig mit einer Seekuh vergleicht. Du bist herrlich.«

»Herrlich ist, dass man Manatis vom Meeresgrund aus nicht schnarchen hört.« David blinzelte seiner Frau zu.

Isabel grinste.

»Willst du ernsthaft behaupten, ich schnarche?« Adriana drohte ihm mit der Gabel.

»Das würde ich niemals wagen.« David stippte mit der Brotscheibe den Teller sauber. »Soll ich dir nachher die Weinfelder zeigen?«

»Das wäre großartig.«

Lizzy brachte Isabels Frühstückseier. »Danke. Ich beeile mich.«

»Iss langsam, ich hole mir noch eine Tasse Kaffee.« David sah seine Frau auffordernd an.

»Ich kümmere mich um Victor und besuche mit ihm das Grab meines Bruders, nachdem ich die Beerdigung verpasst habe.«

»Soll ich euch begleiten?«

»Ein anderes Mal.« Adriana küsste David zum Abschied. »Ma und Pa sind auf dem hinteren Weinfeld, falls du dort vorbeifahren willst. Viel Spaß euch beiden.«

»Danke.« Isabel genoss das Essen. »Lizzy, das ist der beste Speck, den man mir jemals serviert hat.«

Lizzy strahlte sie an. »Das freut mich. Da ihr zu Liam und July aufs Feld fahrt, nehmt bitte ihr Mittagessen mit, so spare ich mir den Weg.«

»Sehr gerne.« David nippte an seinem Kaffee. »Wir sollten für uns auch Sandwiches mitnehmen.«

»Ich bereite ausreichend zu und packe einen Picknickkorb.« Lizzy machte sich ans Werk.

Isabel beendete ihr Frühstück, räumte die Teller zusammen und trug sie zum Spülbecken. »Wenn du den Proviant vorbereitest, mache ich den Abwasch.«

»Dann ziehe ich mir rasch Arbeitskleidung an. Ich war nicht sicher, was du heute unternehmen möchtest.« David leerte die Kaffeetasse, stellte sie in die Spüle und verschwand.

»Du musst nicht abspülen.« Lizzy belegte routiniert die Sandwiches: Putenaufschnitt, Krautsalat, kleine eingelegte Gurkenscheiben, die Isabel schon von dem Flugzeugsandwich kannte, Mayonnaise und Senf. Ein Weidenkorb stand auf dem Boden. Darin lagerten mehrere Flaschen Wasser, Coca-Cola und Orangensaft. Lizzy wusste offenbar um die Vorlieben der Hausbewohner.

Isabel wusch dennoch ab. Noch blieb Zeit. Warum sollte sie untätig herumsitzen?

David betrat die Küche. »Wie schaut es aus? Können wir los?«

»Alles bereit.« Lizzy legte ein Tuch über den Korbinhalt und reichte ihn David.

Da ihr Bruder ein Kurzarmhemd trug, verzichtete Isabel darauf, sich eine Jacke zu holen. Sie trocknete sich die Hände ab. »Ich bin so neugierig.«

»Du wirst begeistert sein.« David bedankte sich bei Lizzy, und gemeinsam verließen sie das Haus.

In einem Geländewagen fuhren sie kleine Feldwege durch die Weinfelder. Die Weite fesselte Isabel. Die Luft roch anders als in Havanna. Der Meeresgeruch fehlte. Dafür duftete es intensiv nach Erde, jedoch nicht wie in Viñales, sondern fremdartig für Isabel. An einigen Reihen entdeckte sie Rosenstöcke. Sie blühten herrlich in Gelb, Weiß und Rot. »Sind die schön! Aber wieso pflanzen sie die Rosen hier und nicht beim Haus?«

David überquerte in gemächlichem Tempo den Napa River. »Die Rosenstöcke sind viel empfindlicher als Wein. Sollten sie von Ungeziefer befallen werden, ist das ein frühes Alarmzeichen, um einen Schaden der Weinstöcke verhindern zu können.«

»Clever.« Isabel sah nun das Ende der Weinfelder. Sie grenzten an einen bewaldeten Hügel mit hoch aufragenden Bäumen. Die stattlichen Eichen verliehen Oakville seinen Namen. Praktisch, wenn das Holz für die Eichenfässer unmittelbar vor der Tür lag. »Gehört der Wald zum Besitz?«

»Ja.« David zeigte auf eine Senke. »Von dort«, er beschrieb einen großen Bogen, »bis zur Hügelkette ist alles Eigentum der Fusters. Sie haben den Namen Jackson Wine Cellar übernommen, da ihr Zinfandel über die Landesgrenzen hinaus bekannt war.«

»Und wo ist das Weingut der Fitzgeralds?«

»Das wirst du morgen sehen. Auf ihrem Land findet das jährliche Weinfest statt. Ihr Haus hat Blick auf den Lake Hennessey. Es liegt weiter im Norden. Sie sind die erfolgreichsten Winzer im Tal.«

Das hörte Isabel zum ersten Mal. Peter hatte sie oft gesehen, denn er ging in ihrem Heim ein und aus. Sie schätzte ihn als vermögend ein, das ja. Aber reich? Peters lockere Art besaß nichts von dem affektierten Gehabe, das Isabel bei den Betuchten in Havanna feststellte und verabscheute. Ob Christopher und Aaron ebenso mit dem Erfolg des Weinguts umgingen? Bisher hatte sie Peters Söhne nur selten gesehen. Es hatte ihr einen leichten Stich versetzt, als sie von Christophers Hochzeit vor drei Jahren hörte. Obwohl es sie nicht wunderte. Mit fünfundzwanzig heirateten die meisten Männer. Als Teenager hatte sie ihn zuletzt getroffen. Und für ihn geschwärmt. Eine Mädchenschwärmerei. Trotzdem klopfte ihr Herz beim Gedanken, am kommenden Abend ihn und seine Frau zu treffen. Wie sie wohl war?

Isabel entdeckte einen Wagen. David parkte dahinter.

»Weit können sie nicht sein.« Ihr Bruder stieg aus.

Sie folgte ihm.

»Liam«, rief er ins ausladende Feld.

Ein Kopf schoss fünf Reihen entfernt in die Höhe. »Ah, ihr seid hier. Wie schön.« Er kam auf sie zu. »Und? Wie gefällt es dir?«

»Absolut fantastisch. Ich will jeden Trick von euch lernen.« Isabel strahlte vor Begeisterung. »Es ist so viel größer als alles, was ich im Weinanbau je gesehen habe.«

Liam pfiff durch die Finger. Julys Schopf tauchte vier Rebenreihen hinter seinem auf. Sie winkte und begab sich auf den Weg zu den beiden. »Hilfe ist immer willkommen.«

»Was soll ich tun?« Isabel freute sich darauf, ein aktiver Teil dieser Winzerfamilie zu werden.

»Wir prüfen den Fruchtstand der Rebstöcke. David, du weißt Bescheid.«

Ihr Bruder ging an die Arbeit. Liam spazierte ebenfalls zurück in seine Zone. Isabel schlenderte July entgegen. »Wie macht ihr das? Nur beobachten, ob die Trauben gleich gereift sind?«

»Genau. Wir gehen durch die Reihen und nehmen regelmäßig Stichproben einzelner Weinbeeren, überprüfen die Hautdicke und die Prallheit. Wie es aussieht, ernten wir dieses Jahr Anfang September.«

Isabel betrachtete eine Beere. Auf Kuba hätte sie weitere zwei Monate benötigt, um zur vollen Reife zu gelangen, hier schien es nur noch vier Wochen zu dauern, wenn sie die Färbung und alle anderen Anzeichen richtig deutete, obwohl die Beeren klein wirkten. Sie kannte die Zinfandel-Traube nicht. Vielleicht wuchs sie nicht so groß wie beim Cabernet. Das könnte erklären, warum July von einer Ernte Anfang September sprach. Das würde sie spätestens zur Lese sehen.

Die Blätter wiesen keinen Befall auf, das kontrollierte Isabel, wie sie es aus Viñales gewohnt war.

Sie arbeiteten sich die kommenden Stunden durch das Feld. Isabel hörte einen Pfiff und hob den Kopf. Liam fuchtelte mit seinem Hut in der Luft. Das Zeichen für das Mittagessen. Sie begutachtete die verbleibende Reihe, wechselte in die nächste und überprüfte sie auf dem Rückweg zum Jeep.

Alles sah bestens aus.

Isabel setzte sich zu den anderen auf die nackte Erde. Im Schatten der Reben aßen sie zu Mittag, bevor sie sich erneut an die Fruchtstandkontrolle begaben.

Die Zeit bis zur Abenddämmerung verging schnell, Liams Pfiff rief sie zurück zum Fahrzeug. Die gebeugte Haltung ließ Isabel ihre Rückenmuskeln spüren.

Sie entdeckte David, wie er sich den Rücken rieb. Er verrichtete diese Arbeit sonst nicht, höchstens bei den Aufenthalten in Kalifornien.

Schweigend stieg sie in den Geländewagen. Sie näherten sich dem Wohnhaus. »Geh du zuerst ins Badezimmer.« Seine Muskeln würden mehr schmerzen als ihre. »Ich bleibe draußen auf der Terrasse und sehe mir den Sonnenuntergang an.«

»Danke.« Er parkte den Wagen am Haus und ging hinein.

Isabel setzte sich in einen Schaukelstuhl. Die Sonne stand tief. Am Ende des vor ihr liegenden Weinfelds löschte die Erde den glühend untergehenden Feuerball. Die Reststrahlen verwandelten den Himmel in ein brennendes Firmament.

»Störe ich?« July musste unbemerkt herausgekommen sein. Sie hielt ihr ein Weinglas entgegen.

»Nicht doch. Setz dich bitte.«

July nahm neben ihr Platz. »Zinfandel mit Syrah. Achtzehn Monate im Fass ausgebaut. Die Trauben sind von dem Feld, auf dem du heute gearbeitet hast.«

»Danke.« Der Rotwein im Glas schimmerte kirschrot, fast purpurn. Isabel roch daran. Fremde Aromen, die sie nicht einordnen konnte, mit einem Hauch Vanille. »Nach welcher Frucht riecht das?«

»Oh.« July sah sie peinlich berührt an. »Die kannst du nicht kennen. Es sind Johannis- und Waldbeeren. Die gibt es bei euch nicht. Koste mal.«

Isabel nippte, ließ ihn über die Zunge rollen und schluckte mit Genuss. »Vollmundig und intensiv, würzig, aber fruchtig zugleich. Ich muss lernen, wie man diesen Wein herstellt.«

July lachte. »Danke für das Kompliment. Ob dir Liam jedoch seine Geheimnisse verrät, wage ich zu bezweifeln.«

»Womit lässt er sich bestechen?«, scherzte Isabel. »Ich versuche, sie ihm zu entlocken.«

»Wenn du das herausgefunden hast, sag es mir.«

Sie stimmte in Julys Lachen ein. Gemeinsam genossen sie den herrlichen Tropfen und den atemberaubenden Sonnenuntergang, der Isabel an ihrem ersten Abend in der neuen Heimat geschenkt wurde.

Zur Mittagszeit brachen sie zum Weinfest bei den Fitzgeralds auf. Isabel hoffte, in ihrem zartgelben Kleid mit roten Klatschmohnblumen angemessen gekleidet zu sein. Die knallroten Sandalen mit leichtem Absatz sollten selbst auf einer Rasenfläche für bequemen Halt sorgen. Ihre schwarze Mähne fiel ihr in Locken über die Schultern. Die Augen betonte sie nur dezent, dafür legte sie einen farblich passenden Lippenstift auf.

July machte ihr Komplimente, als sie in den Wagen stieg. Auch sie trug ein buntes Sommerkleid. David und Liam hatten einen grauen Anzug gewählt, Adriana ein mintgrünes Etuikleid, das ihr blondes Haar leuchten ließ. Dazu flache Schuhe. Isabel hatte ihre Kleidung passend ausgesucht.

Sie setzte sich auf die Rückbank. Dort saß sie allein mit ihrer Nervosität. »Wie lange werden wir brauchen?«

»Etwa eine halbe Stunde.« David startete den Motor und wartete, bis Liam und July vorfuhren.

Isabel fielen die Zigarren ein. »Moment, wir wollten ihnen eine Kiste von unseren Cleopatras schenken. Deswegen haben wir sie schließlich mitgebracht.«

David zog die Handbremse an, und Isabel öffnete die Wagentür. »Bin gleich wieder da!«

»Das hoffe ich, sonst fahren wir ohne dich.«

Undamenhaft rannte sie in ihr Zimmer, nahm eine der Holzkisten aus dem Gepäck und eilte zum Wagen. »Schon zurück.«

David hielt ihr den Wagenschlag auf, und wenige Sekunden später begaben sie sich auf den Weg. An der ersten Kreuzung warteten Liam und July auf sie, damit sie gemeinsam ankamen.

Isabel verrenkte sich den Hals, um vorn durch die Windschutzscheibe zu sehen, als Adriana beiläufig sagte, sie befänden sich auf dem Grund der Fitzgeralds. Weitläufige

Weinfelder lagen rechts und links vom Weg. Vor ihnen ragte die Front eines mächtiges Anwesen auf. Dreistöckig, mit Gauben auf dem schiefergrauen Dach, was die Fensteröffnungen wie verzauberte Vogelnester wirken ließ. Die Fassade des Gebäudes bestand aus beigem Stein, der um die Fenster dunkler abgesetzt war, weswegen die weiß gestrichenen Sprossenfenster im Sonnenlicht leuchteten. Bereits die Vorderseite beeindruckte mit der rund umlaufenden Terrasse, gesäumt von einer hellen Balustrade.

Als die Straße in eine Kurve mündete, sah Isabel auch die Seiten. Die quadratische Form des Weinguts glich einem großen Kloster. Die Fitzgeralds residierten in einem Palast. »Du meine Güte. Hier lebt die Familie?«

David sah in den Rückspiegel. Ihre Blicke trafen sich. »In diesen Gemäuern befinden sich mehrere Weinkeller, die Büroräume, und unter dem Dach wohnt das Personal. Jeder der Fitzgeralds verfügt über einen eigenen Flügel im Haus. An Christopher und Aaron erinnerst du dich?«

»Natürlich.«

»Ihre Schwester Cate ist nie nach Kuba mitgeflogen, wenn sie uns besucht haben. Aber du wirst sie mögen.«

Ein livrierter Mann wies ihnen einen Parkplatz zu. Auf den Terrassen der Seitenflügel entdeckte Isabel plaudernde Gäste, beschattet von Schirmen an Stehtischen.

Zum Haupteingang führten breite Stufen nach oben. Isabel blieb hinter David und Adriana. July und Liam schritten voran. In der Eingangshalle wartete Peter Fitzgerald, neben ihm seine Frau Caroline. »Ah, da kommt ihr ja!« Er öffnete die Arme, um July zu begrüßen. »Und wen haben wir denn hier? David und Isabel. Ihr seid in Kalifornien? Wie schön!«

Augenblicklich fühlte sich Isabel wohl und willkommen. »Ihr besitzt ein eindrucksvolles Haus.«

Eine hölzerne Treppe ging in den ersten Stock, teilte sich im oberen Drittel nach rechts und links, um in die jeweiligen Bereiche zu gelangen. Schwere Lüster hingen von der dunkelbraunen Holzdecke. Trotz des dunklen Holzes wirkte das Foyer aufgrund der Höhe luftig.

»Danke. Ich werde Cate bitten, dich Gästen in deinem Alter vorzustellen, damit du schnell Anschluss findest.« Peters Frau küsste sie auf die Wangen. »Das machen wir.«

»Eine kleine Aufmerksamkeit.« Isabel überreichte Peter die Zigarrenschachtel.

»Cleopatras, meine Lieblingszigarren!«

»Gerne.«

»Damit hast du meinen Mann glücklich gemacht. Wie lange bleibst du?« Caroline zog sie mit sich.

»Ich bin nicht nur auf Besuch. Ich will hier leben.« Isabel folgte ihr durch mehrere prächtige Räume auf die rückwärtige Terrasse. Auch hier führten geteilte Treppen hinunter in einen parkähnlichen Garten. Es verschlug ihr die Sprache. Seitlich von den nach unten führenden Stufen befanden sich akkurat in Form geschnittene Büsche und Hecken, bevor sich die weiten Weinfelder vor dem angelegten Grundstück ausbreiteten.

»Ein Schluck Wein für dich? Wir verkosten unsere neuesten Tropfen. Am frühen Abend gibt es ein Barbecue, um dem Alkohol etwas entgegenzusetzen.« Caroline stoppte einen der Kellner und nahm zwei Weingläser vom Tablett. »Herzlich willkommen auf Fitzgeralds Vineyard.«

Isabel stieß sanft gegen Carolines Glas. »Vielen Dank.«

»Schau, dort stehen ja meine Kinder beisammen.« Caroline ging voran.

Isabel erkannte Christopher auf den ersten Blick. Er sah noch besser aus, als sie ihn in Erinnerung hatte. Aaron stand neben einer dunkelblonden Schönheit. Daneben eine weitere Frau mit blondem Haar. »Schaut, wen ich euch mitbringe.«

Aaron runzelte die Stirn. »Hilf mir auf die Sprünge.«

»Isabel Guerrera. Sie lebt nun hier.« Caroline sah von einem zum anderen. »Ich muss wieder zu eurem Vater. Wer weiß, was er in meiner Abwesenheit mit unseren Gästen anstellt.«

»Ich bin Cate«, übernahm die Blondine die Vorstellungsrunde. »Aaron und seine Verlobte Mary, und Christopher.«

»Freut mich.« Isabel hob ihr Glas zum Toast. »Auf einen amüsanten Abend.«

Die Fitzgeralds erhoben ebenfalls ihre Weingläser.

»Wie die Zeit vergeht. Ich habe noch das Bild von dir als pubertäres Mädchen mit dicken Zöpfen im Kopf.« Aaron grinste, bevor er trank.

»Und ich habe dich als uncharmanten Rüpel in Erinnerung behalten. Daran scheint sich wenig geändert zu haben.«

»Guter Konter.« Christopher sah sie an. In seinem Blick lag Anerkennung. »Aus dem kleinen Mädchen ist offenbar eine schlagfertige Frau geworden.«

Augenblicklich verschlug es Isabel ihr sonst so schnelles Mundwerk. »Tut mir leid, ich wollte dich nicht beleidigen.«

Mary hakte sich bei ihrem Verlobten ein. »Das überlebt er schon. Schließlich hat er angefangen. Willkommen in unserer Runde.«

Cate lehnte sich leicht am Stehtisch an. »Und du bleibst hier? Gefällt es dir auf Kuba nicht mehr?«

Isabel wollte nicht mit der ganzen Wahrheit herausrücken, also griff sie zur geschönten Teilwahrheit, die keine weiteren Erklärungen benötigte. »Ich will vor Ort möglichst viel über den kalifornischen Weinanbau lernen. In Viñales bewirtschaften wir zwar ein kleines Feld, aber es ist Zeit, über den Tellerrand hinauszusehen.«

»Dann solltest du dich an Christopher halten. Er kümmert sich hier um alles, was den Anbau betrifft. Aaron übernimmt den Vertrieb und die Werbung.« Cate lachte. »Nur ich schlage aus der Art und studiere Kunstgeschichte.«

Isabel sah unsicher zu Christopher. »Ich will mich nicht aufdrängen.«

»Das tust du nicht.« Ihre Blicke verhakten sich. »Wenn es dich wirklich interessiert, wie wir hier wirtschaften, lasse ich dir ein Zimmer herrichten, und du verbringst ein paar Tage vor Ort.« Er schenkte ihr ein spitzbübisches Lächeln. »Ich habe nur eine Bedingung.«

Isabel runzelte die Stirn. »Die wäre?«

Er zwinkerte ihr zu, was sie erleichterte. Er scherzte lediglich. »Unter gar keinen Umständen darfst du unsere Geheimnisse an Liam weitergeben.«

Isabel stieg darauf ein. »Niemals würde ich das tun. Nicht mal unter Folter.«

Christopher amüsierte das Wortgefecht offenbar. Das sah sie in seinen funkelnden Augen.

»Wenn ich es recht bedenke, würde es ihnen nicht viel nützen, oder baut ihr seit Neuestem Zinfandel an?« Isabel kannte die beiden Trauben, die ihre jetzigen Gastgeber anbauten. Zinfandel und Shiraz, um einen vollmundigen und fruchtigen Rotwein auszubauen. Von ihrer Mutter wusste sie, welche

Stöcke die Fitzgeralds anpflanzten. Bei den roten handelte es sich um Cabernet Sauvignon, Merlot und Pinot Noir, bei den weißen um Chardonnay, Pinot Blanc und Sauvignon Blanc. Die Weingüter standen nicht in unmittelbarer Konkurrenz zueinander.

»Pech für dich.« Aaron lachte seinen großen Bruder aus. »Da hat jemand seine Hausaufgaben erledigt.« Er hielt einen Kellner auf, der Canapés reichte. Aaron griff sich das ganze Tablett und stellte es in die Mitte des Tisches. »Wer trinkt, sollte auch essen. Greift zu.«

Isabel nahm ein dekorativ angerichtetes Häppchen. Cracker mit Frischkäse und Tomate. Sie aß, so konnte sie schweigen. Christophers Anwesenheit löste eine Unruhe in ihr aus, die sie ablegen musste. Der Mann war verheiratet, also durfte sie seine ungezähmte blonde Mähne nicht anziehend finden. Wo steckte nur seine Frau?

»Dann muss ich dich doch nicht in unserem Weinkeller einsperren.« Christopher bediente sich ebenfalls vom Tablett.

»Es gibt durchaus schlechtere Orte«, scherzte Isabel und griff sich ein weiteres Canapé mit dunklen Oliven, damit ihre Hände eine Beschäftigung fanden.

»Da gebe ich dir recht.« Christopher schien zu überlegen. »Soll ich dir unseren zeigen?«

»Jetzt?«

Aaron und seine Schwester wechselten einen Blick, den Isabel nicht einordnen konnte.

»Warum nicht?«

Um Zeit zu gewinnen, nippte Isabel an ihrem Rotwein.

»Das Weinglas kannst du mitnehmen.« Er zeigte auf das Tablett. »Und Wegzehrung ebenfalls.«

Wenn sie ihn nicht vor den Kopf stoßen wollte, blieb ihr nichts anderes übrig, als die Einladung anzunehmen. »Gerne.« Mit der freien Hand griff sie nach einem Cracker mit Gurkenscheiben. »Wollen wir?«

Die Geschwister tauschten weiterhin undefinierbare Blicke miteinander, was Isabel verunsicherte, als sie den Tisch verließ.

»Viel Spaß!« Aaron zwinkerte seinem Bruder zu, der ihn finster ansah.

Isabel gab Christopher gegenüber vor, nichts davon bemerkt zu haben. Sie biss in den Cracker und folgte ihm ins Haus, durch verschiedene Räume, bis eine Treppe ein Stockwerk tiefer führte.

Den Rest des Snacks spülte sie mit einem Schluck Wein hinunter. Am unteren Treppenabsatz öffnete sich ein riesiger Gewölbekeller mit imposanten Stützen und halbrunden Trägern. An den Kellerwänden entlang sowie in zahlreichen Doppelreihen lagerten aufeinander gestapelte Eichenfässer. Wenn Isabel hätte schätzen müssen, hätte sie auf weit über fünfhundert Fässer getippt, eventuell sogar tausend. In den Wänden eingelassene Erker zierten Gemälde. Dieser Weinkeller übertraf jegliche Vorstellung, die Isabel jemals von einem großen Weingut gehegt hatte. »Das ist unglaublich.« Fassungslos blieb sie stehen.

»Hier lagern all unsere Weine. Sie sind nach den Jahrgängen sortiert.« Er ging durch die Halle. »Dort hinten können wir eine kleine Weinprobe vornehmen. Komm mit.«

»Vielleicht ein oder zwei Sorten, mehr schaffe ich nicht, ohne betrunken zu werden.« Keinesfalls wollte sie sich angetrunken blamieren.

Christopher lachte. »Du kannst sie alle kosten, und den Wein in einen Eimer spucken. Also keine Sorge. Ich habe dich nicht hierhergebracht, um dich abzufüllen.«

Isabel folgte ihm in einen der seitlichen Erker. Ein aufrecht stehendes Fass diente als Tischersatz für Weinproben. Probiergläser, Spuckeimer und Brotstücke befanden sich darauf. Christopher füllte zwei Gläser mit einem Weißwein.

»Unser Sauvignon Blanc.«

Sie roch daran, kostete, ließ ihn im Mund kreisen und spuckte ihn wie Christopher in einen Bottich.

»Welche Noten erkennst du?«

Einige Sekunden schmeckte sie dem Wein nach. »Fruchtig, leicht, aber mit Körper. Die Eiche lässt sich nur erahnen.«

»Sehr gut.«

Sie aßen Brot, um den Geschmack zu neutralisieren.

»Nun unser Pinot Blanc.«

Sie wiederholte den Vorgang. »Kräftiger im Abgang, dezent blumig. Auch die Säure einer Frucht schmeckt man.«

»Apfel.« Christopher überlegte und fasste sich an den Kopf. »Hast du jemals einen Apfel gegessen?«

Sie verneinte. Dieses Obst wuchs auf Kuba nicht.

»Johannisbeeren? Waldbeeren? Beeren überhaupt?«

»Tut mir leid. Ich habe nur davon gehört.«

»So macht eine Weinverkostung wenig Sinn. Noch nicht.« Christopher griff sie bei der Hand und zog sie mit sich. »Du besitzt einen feinen Gaumen, aber dir fehlt der Vergleich.«

Fast bedauerte sie, als er sie losließ. Dann schalt sie sich eine dumme Gans. Der Mann war verheiratet, wobei ihr kein Ehering auffiel. Vielleicht legte er ihn bei der Arbeit ab. Das musste nichts bedeuten.

Die Weinprobe schien beendet.

Er ging voraus, sie folgte ihm, ohne zu wissen, wohin er wollte. Bis sie in einer großen Küche landeten, in der mehrere Köche werkelten. Zielstrebig steuerte er auf einen Kühlschrank zu. »Johannisbeeren, Himbeeren, auf Waldbeeren müssen wir verzichten.« Er nahm ihr Weinglas, stellte es auf ein Regal und reichte ihr beide Schalen. »Apfel und Birne hole ich aus dem Vorratsraum. Komm mit.«

Isabel ließ sich von seiner Begeisterung mitreißen. Nun wusste sie wieder, warum sie damals Gefallen an ihm gefunden hatte. Diese Energie und die Art, wie er über Wein sprach und seine Augen vor Leidenschaft leuchteten, hatten sie schneller eingefangen als die Katze eine Maus.

Nachdem er hatte, was er wollte, führte er sie in eine Bibliothek und bat sie, in einem Sessel Platz zu nehmen. »Und nun schließ die Augen.«

Isabel tat, wie ihr geheißen.

Sie hörte, wie er die Früchte anschnitt. »Mund auf.«

Nach und nach fütterte er sie mit den Obststücken. Völlig fremde Geschmacksnuancen berührten ihren Gaumen. Als er ihr eine runde Beere gab, weckte der Geschmack eine Erinnerung. »Das ist das fruchtige Aroma des Zinfandels der Fusters. Was ist das?« Sie öffnete die Augen. Der Ausdruck, mit dem Christopher sie ansah, ließ eine Gänsehaut über ihren Körper wandern. Der Blick drückte weit mehr aus als bloße Begeisterung.

»Das ist eine Johannisbeere. Nun fehlt nur die Himbeere, damit kannst du einige Nuancen im Wein besser bestimmen. Pfirsiche haben wir zurzeit nicht im Haus. Sie haben keine Saison.«

»Die kenne ich, aber das hier?« Sie nahm ihm die Frucht aus der Hand, steckte sie in den Mund und schloss beim Kauen erneut kurz die Augen, um den Geschmack ohne äußere Einflüsse in sich aufzunehmen. Köstlich süß und eigenwillig. »Danke für dieses einmalige Erlebnis.«

»Ich habe dir zu danken. Mehr, als du denkst.« Christopher wandte seinen Blick ab. Er sah auf die Uhr. »Das Barbecue geht gleich los. Lass uns zu den anderen hochgehen.«

Seine Frau würde ihn vermissen. Zumindest ginge es Isabel an ihrer Stelle so.

Als sie ankamen, spielte eine Musikkapelle, die Leute lachten und redeten miteinander, die ersten Gäste setzten sich an die Tische neben dem Grillbereich. Die Sonne wärmte, der azurblaue Himmel schien kein Ende zu kennen. Es herrschte eine ausgelassene Stimmung. Dennoch sehnte sich Isabel kurz zurück in die Blase der Zweisamkeit, die eben zwischen ihnen geherrscht hatte. Sie kamen zum Stehtisch der anderen. Eine Frau sprach mit Cate. Vermutlich Christophers Ehefrau.

»Ihr kommt gerade rechtzeitig. Das Fleisch brutzelt schon«, wandte sich Cate an sie. Die Fremde musterte sie argwöhnisch. »Das ist Olivia.«

Isabel reichte ihr die Hand. »Freut mich, Olivia.«

»Gleichfalls.« Ihr Gesichtsausdruck strafte sie Lügen.

»Christopher. Schön, dich zu sehen.« Ihr Blick wechselte von frostig zu warm. Bei der Art, wie die Frau Christopher begrüßte, konnte es sich definitiv nicht um seine Angetraute handeln. Allerdings hegte Olivia großes Interesse an ihm, was sie offen demonstrierte. Lebte Christopher getrennt? So etwas kam vor, obwohl es gesellschaftlich nicht anerkannt war. Das wollte sie noch am selben Abend herausfinden.

Um ihre Gefühle für Christopher zu verschleiern, unterhielt sich Isabel während des Essens mit allen im gleichen Umfang. Sie fühlte, dass er sie ansah, wohingegen Olivia sie kühl taxierte.

Das gebratene und in einem würzigen Dip servierte Fleisch fand Isabel sehr lecker.

Die Soße stippte sie mit Brot auf. Dieses Mal schmeckte sie die geraspelten Apfelstücke aus dem Weißkrautsalat heraus. Als sie im Salat zu stochern begann, um die kleinen Stückchen zu separieren, lächelte Christopher sie an. »Du hast sie erkannt.«

»Dank dir.«

»Wie?«, mischte sich Olivia ein. »Du kennst keinen Apfel?«

»Nein, bis heute nicht.«

Olivia betrachtete sie dermaßen abschätzig, als wäre es eine Sünde, in den heimischen Obstsorten nicht kundig zu sein.

»Stell dir vor, ich kannte auch Birne nicht, oder Johannis- und Himbeeren.« Isabel schämte sich nicht dafür.

»Wie kann man nur so aufwachsen?« Affektiert tupfte sie sich die Mundwinkel.

»Bist du mit Mangos, Papayas, Kochbananen oder Bananen vertraut?« Christopher lächelte sie nachsichtig an.

Olivia sah ihn perplex an. »Nein, woher? Wie du weißt, bin ich wie du im Valley auf dem Familienweingut großgeworden.«

»Dann solltest du nicht über unseren Gast aus Kuba urteilen.« Die Strenge in seiner Stimme ließ Olivia zusammenzucken.

»Ich habe es doch nicht böse gemeint.« Eine leichte Röte überzog ihr Gesicht.

»Isabel«, wandte er sich nun an sie. »Wie ich sehe, hast du fertig gegessen. Möchtest du mit mir tanzen?«

Olivia zuckte zusammen, als hätte sie eine Ohrfeige erhalten.

»Gerne.« Isabel stand auf und hängte sich in den von Christopher angebotenen Arm ein.

»Nimm es Olivia nicht übel. Sie neigt dazu, ihr Gift zu verspritzen.« Er legte seine Hand an ihre Hüfte. Sie sah zu ihm hoch. Er maß trotz ihrer Absätze fast einen Kopf mehr als sie. Seine stahlblauen Augen besaßen eine widersprüchliche Wärme.

»Ich trage es ihr nicht nach. Freundinnen werden wir wohl nicht, fürchte ich.« Sie ließ sich von Christopher führen. Seine Nähe zu spüren, fühlte sich gut an. Egal, was kommen sollte, diesen langsamen Walzer wollte sie genießen.

Ein Tanz folgte dem nächsten, bis er mit ihr zur Gruppe zurückging. »Ich besorge uns etwas zu trinken.«

»Wasser für mich.« Sie blieb am Tisch stehen.

Olivia trat neben sie. »Ich lasse nicht zu, dass du ihn mir wegnimmst. Dafür habe ich zu viel Geduld aufgebracht.«

Ihr Herz hüpfte freudig. Er war ein freier Mann. So deutete sie Olivias Drohung. »Wenn er zu dir gehört, kann ich ihn dir nicht nehmen.«

Olivia funkelte sie böse an und wandte sich ab. Isabel vermutete, um Christopher zu suchen.

Nun stand Isabel mit Cate allein am Stehtisch. Verlegen sah sie auf die weiten Weinfelder hinaus. Die Dämmerung brach langsam an. »Mach dir nichts draus. Olivia glaubt immer noch, Christopher würde sie irgendwann heiraten. Der Familie Davis gehört das angrenzende Weingut. Wir sind zusammen aufgewachsen. Olivia geht bei uns ein und aus, wie wir bei ihrer Familie. Sie war Christopher eine gute Freundin nach Janes Tod. Er hat eine harte Zeit durchlebt.« Cate schenkte ihr ein Lächeln. »Heute ist er wie ausgewechselt. Das ist dein Verdienst.«

»Seine Frau ist tot? Das ist schrecklich!« Wie verkraftete man den so frühen Tod der Ehefrau?

»Das liegt zwei Jahre zurück. Sie starb bei einem Reitunfall.« Cate nippte an ihrem Wein. »Nun schau nicht so traurig. Nur das Jetzt und die Zukunft sind wichtig.«

Innerlich stimmte sie Cate zu, empfand dennoch tiefes Mitleid mit Christopher.

»Hast du meine Gemälde im Weinkeller gesehen?«, wechselte Cate das Thema.

»Die sind von dir? Ich habe sie mir nicht genauer angesehen. Hätte ich das gewusst, hätte ich sie mehr gewürdigt.« Isabel hatte nur zwei Landschaftsbilder eingehender betrachtet, dann hatte sie der Weinkeller zu sehr gefangen genommen, um den Bildern noch große Beachtung zu schenken.

Den weiteren Abend ignorierte sie Olivia, wann immer sie in ihre Nähe kam. David suchte sie auf, um zu vermelden, dass sie in einer halben Stunde aufbrechen würden.

Christopher stand neben ihr. »Ich kann dich bringen, wenn du hierbleiben möchtest.«

»Willst du bleiben?« David musterte sie interessiert. »Adriana und der Kleine müssen sich ausruhen.«

»Das verstehe ich, und ich fahre mit euch.« Isabel wäre gerne geblieben, doch schien es ihr unangemessen, nach einem ersten Kennenlernen bereits Christophers Angebot anzunehmen.

»Gut, dann in dreißig Minuten beim Auto.« David verabschiedete sich von Christopher und ging zurück zu seinem Tisch.

»Schenkst du mir einen letzten Tanz?« Er bot ihr den Arm an.

»Mit dem größten Vergnügen.«

Schweigend genossen sie den Foxtrott. Danach führte er Isabel die Treppenstufen in den Garten hinunter. »Darf ich dich etwas fragen?«

»Was denn?« Jede Faser in ihrem Körper kribbelte.

»Möchtest du für einige Tage unser Gast sein?« Er stand dicht vor ihr. »Und damit meine ich nicht nur wegen des Weinanbaus.« Er hob mit dem Zeigefinger ihr Kinn an. »Dir kann mein Interesse an dir unmöglich entgangen sein.«

Isabel schwieg, sie versank im Blau seiner Augen. Unbeabsichtigt hielt sie die Luft an.

»Wirst du mich ohrfeigen, wenn ich dich küsse?«

»Probier es aus.«

Ein zartes Lächeln umspielte seinen Mund, als er sich zu ihr beugte und ihre Lippen sich sanft berührten. Isabel schloss die Augen, um diesen ersten Kuss für immer in ihrem Gedächtnis festzuhalten.

Christopher löste sich von ihr. »Wirst du kommen? Zu mir?«

»Ja, das werde ich.« Isabels Herz fühlte sich leicht wie ein Heliumballon an. Alles schien unbeschwert, luftig. So musste sich ein glückliches Ende im Märchen anfühlen.

6

Die ins Zimmer scheinenden Sonnenstrahlen ließen die feinen Staubpartikel in der Luft wie tanzende Fantasiewesen wirken. Schon lange fühlte sich Valentina zu müde, um im Jackson Park, der sich vor dem Hotel ausbreitete, spazieren zu gehen. Die Schwangerschaft laugte sie aus und verleidete ihr den warmen Frühherbst, in dem Chicagos Laubbäume ihre Farbenpracht entfalteten. Die immerwährende Übelkeit, das Erbrechen, der Schwindel. Ihr Körper verlor an Gewicht, anstatt dazuzugewinnen. Und ihre Angst, auch dieses Kind nicht halten zu können, wuchs täglich. Seit zwei Tagen spürte sie keine Tritte mehr im Bauch. Diesen Umstand verschwieg sie William. Er sorgte sich viel zu sehr um sie.

Die Sonne stand hoch. Zeit für das Mittagessen. Wenn sie nicht aufstand, brächte Will ihr das Essen ans Bett. Das wollte sie verhindern. Er kümmerte sich rührend um sie. Valentina setzte sich auf, verharrte einige Sekunden, bis der Raum nicht mehr um sie kreiste, und griff nach ihrem Morgenmantel. Mühevoll stemmte sie sich auf die Beine. Ein leichtes Ziehen in ihrem Unterleib mahnte sie, große Anstrengungen zu vermeiden. Sie schlüpfte in die Pantoffeln und den Morgenmantel, zog den Gürtel locker zu und begab sich auf den Weg ins Esszimmer.

Der widerliche Geruch von Bratensoße hing in der Luft. Die Hotelangestellten hatten das Mittagessen bereits nach oben gebracht. Valentina hatte sie nicht gehört. Ihre Übelkeit steigerte sich potenziell zum ansteigenden Aroma des Essens. William zuliebe würde sie etwas davon in sich hineinzwängen.

»Oh, wie schön, du bist auf.« Will richtete einen Teller her, als sie die Tür öffnete.

Der Schwindel kehrte zurück. Sie krallte sich am Türrahmen fest, um nicht zu stürzen, weil ein heftiger Schmerz wie ein stumpfes Messer in ihren Bauchraum schnitt. Valentina krümmte sich. Nur mit Mühe fiel sie nicht auf den Parkettboden.

»Darling!« Williams Aufschrei hörte sie lediglich aus der Ferne. Die schneidenden Krämpfe überlagerten alles andere, als risse sie in der Mitte entzwei.

Will fing sie auf, bevor sie auf die Knie sank. »O mein Gott.« Er hob sie hoch, trug sie ins Schlafzimmer und legte sie auf ihr Bett. »Ich rufe Johnson. Er ist im Hotel bei einem Gast. Bleib ruhig liegen. Beweg dich nicht.«

Sie kauerte sich zusammen, hielt sich den Unterleib. Der Schmerz kam in krampfhaften Schüben. Fühlten sich so Wehen an? Das Baby durfte noch nicht kommen. Es war zu klein. Die Schwärze vor ihren Augen löste sich auf wie Hochnebel in der Sonne. Beim Blick auf das viele Blut heulte sie auf. Es klebte an ihren Händen. An ihren Schenkeln. Durchnässte den Morgenmantel. Die Bettlaken. Die Schmerzwellen rollten über sie hinweg.

Will eilte zu ihr. »Johnson ist auf dem Weg nach oben. Er ist gleich hier. Halte aus.«

Valentina jammerte. Der Druck ließ sich nicht zurückhalten. Sie presste. Und schrie. Bis ihr Kind aus ihr herauskam. Tot. Niemand musste ihr das sagen. Tränen liefen ihr über die Wangen.

Williams blasses Gesicht zeigte seine Überforderung mit der Situation. Es klopfte. Er rannte zur Wohnungstür, sprach mit dem Arzt.

Doktor Johnson betrat das Schlafzimmer. Er schloss die Tür, bevor Will eintreten konnte. »Mrs. Cunningham, hören Sie mich?«

»Ja. Das Baby ist tot.«

Er trat auf sie zu, nabelte ab und untersuchte die Totgeburt. »Die Blutung hat gestoppt. Das Kind starb vor der Frühgeburt. Der abgestorbene Fötus hätte Sie vergiftet. Ihr Organismus hat sich erfolgreich gewehrt.« Er ging ins angrenzende Badezimmer, holte Wasser, Handtücher. »Ich werde Sie nun säubern, damit ich Sie untersuchen kann. Es darf nichts zurückbleiben.« Er machte sich an die Arbeit. »Haben Sie noch starke Schmerzen?«

»Nein.« Ihr Leib schmerzte nicht sehr, ihre Seele loderte jedoch vor Pein. »Warum?«

Er sah sie an. »Sie sind zu dünn, zu schwach. Ihr Körper musste sich entscheiden: Sie oder das Kind.«

Wieso hatte nicht ihr Baby überlebt? Dieser Gedanke hallte in ihr wider, bis Doktor Johnson seine Tasche packte und ihr einige Medikamente auf den Tisch legte. »Ich hole nun Ihren Mann. Einverstanden?«

Valentina antwortete nicht.

Sie hörte, wie der Arzt Will die Medikation erklärte. Den Fötus wickelte er in eines der blutgetränkten Laken. »Ich kümmere mich darum. Bringen Sie frische Bettwäsche und Kleidung. Ich habe der Hebamme Bescheid sagen lassen, sie muss jeden Moment eintreffen, um Ihre Frau zu versorgen.«

Valentina vernahm die Worte, verstand sie jedoch nicht. Sie waren bedeutungslos. Ebenso gleichgültig ließ sie sich von der Geburtshelferin waschen, für den Bettwäschewechsel auf die Seite schieben, sich anziehen, zudecken und die Medikamente verabreichen. Eines davon zog sie in einen traumlosen Schlaf.

Die kommenden Tage verbrachte sie in einem Dämmerzustand. William brachte ihr die Mahlzeiten, die sie verschmähte, er zwang sie, etwas zu trinken. Trotz seiner Sorge um sie, fand sie nicht die Kraft, gegen ihre Antriebslosigkeit anzukämpfen. Die Trauer hielt sie zu sehr in ihren gierigen Klauen.

An diesem Morgen schien sie das sonnige Wetter noch zusätzlich zu verhöhnen. Sie stand auf und zog die Gardinen zu. Was erdreistete sich die Sonne, hell zu scheinen, obwohl sie ihr Baby tot geboren hatte? Alles in ihr fühlte sich taub, geradezu abgestorben an. Das Frühstück, das Will ihr gebracht hatte, deckte sie mit einem Handtuch ab. Der Gedanke an Essen verursachte ihr Übelkeit, der Anblick des Obstsalats verstärkte ihren Brechreiz.

Sie rollte sich in Embryostellung zusammen, zog mit den Armen die Beine fest zum Körper. Warum behielt sie kein Kind? Die ersten beiden hatte sie im vierten Monat verloren. Dieses im sechsten.

Wills Augen hatten jedes Mal geleuchtet, wenn er liebevoll über ihre Kugel gestreichelt hatte. Sie war so überzeugt gewesen, dass es diesmal klappen würde. Aber sie hatte sich geirrt. Noch mehr schonen konnte sie sich nicht. Die letzten Wochen hatte sie fast ausschließlich im Bett verbracht, um eine Fehlgeburt zu verhindern. Vergeblich.

Valentina entglitt das Gefühl für Zeit. In ihrer Trauer mochte sie niemanden sehen. Ihre Mutter vielleicht. Doch die lebte auf Kuba. Enge Freundinnen in Chicago gab es nicht. Mit einigen Stammgästen pflegte sie freundschaftlichen Umgang, jedoch erzählte sie denen nichts von ihren Problemen oder Sorgen. Wozu? Es würde sie kaum interessieren.

»Darling, du musst etwas essen.«

»Ich kann nicht.« Warum verstand William das nicht? Sie versagte auf ganzer Linie. Noch hielt er zu ihr, aber irgendwann würde er sie für eine fruchtbare Frau verlassen. Er brauchte einen Nachfolger für das Hotelimperium. Dieser Gedanke fraß sich wie ein hungriges Tier durch ihre Eingeweide. »Ich bin zu nichts zu gebrauchen.«

»Du musst wieder zu Kräften kommen. Sonst verliere ich dich auch noch.« Er setzte sich auf das Bett, streichelte ihr über den Rücken.

»Vielleicht wäre das am besten.«

»Sag so was nicht. Das tut mir weh.« Er legte sich zu ihr, umarmte sie von hinten. »Ich habe doch nur dich.«

»Ja, und das ist meine Schuld. Wer wird die Hotels übernehmen?«

»Johns Söhne? Was schert es uns?«

Will versicherte ihr regelmäßig seine Treue und Liebe. Gerade in diesen Situationen tat er alles in seiner Macht Stehende, um Valentina Halt zu geben. Niemand konnte ihm das Wasser reichen. Deshalb verdiente er eine bessere Frau. »Es kümmert mich. Ich weiß, wie sehr du dir Kinder wünschst.«

»Wenn Gott uns keine schenkt, dann wird das einen Grund haben.«

Stille Tränen liefen ihr die Wangen hinab. Williams Körper wärmte sie ein wenig. Ein Hauch von Zuversicht wehte durch ihre Leere. »Warum ist Gott so grausam?«

»Das ist er nicht.« Er setzte sich auf.

Sie hörte, wie William sich am Tablett zu schaffen machte. »Komm, setz dich auf. Trink wenigstens einen Tee.«

Sie tat ihm den Gefallen, lehnte sich müde ans Kopfende des Betts.

Er reichte ihr die Tasse. »Und vielleicht ein paar Bissen Toast?«

»Kein Essen. Eventuell nachher.« Artig trank sie vom Tee.

»In Ordnung.« Er beobachtete jede ihrer Bewegungen, schien mit sich zu kämpfen. »Valentina, willst du nicht aufstehen?«

»Ich kann nicht.«

»Was wird meine Schwiegermutter zu mir sagen, wenn sie dich so sieht?«

Die Frage stellte sich Valentina nicht, selbst wenn sie noch zwei Wochen in ihrem Schlafzimmer bleiben würde. Niemand würde sie sehen. »Das ist mir egal.« Obwohl sie William liebte, konnte sie ihm diesen Wunsch nicht erfüllen. Er gab sein Bestes. Immer. Dass er ihre Mutter erwähnte, zeigte seine Verzweiflung. »Vielleicht morgen.«

Er küsste sie auf die Stirn. »Ich muss nach unten, einiges erledigen.«

Froh, wieder allein zu sein, ließ sie ihn gehen. Seit sie in Chicago lebten, bewohnten sie einen Teil der obersten Etage des Hotels. Aus den Zimmern blickte man auf den Lake

Michigan. Abseits ihres persönlichen Dramas fühlte sich Valentina hier wohl. Die Theater, Kinos und die Feste beeindruckten sie regelmäßig, auch wenn sie schon Monate nicht mehr ausgegangen war. Vor allem die Theatervorstellungen liebte sie sehr. Ihre Flitterwochen lagen lange zurück.

Ihre glücklichste Zeit.

Will hatte mit seinem Vater gebrochen. Die genauen Gründe kannte sie nicht. Dieser Bruch hatte zu ihrem Umzug nach Chicago geführt. Die Casinohotels auf Kuba gehörten nun Cunningham senior. William hatte die Situation mit unterschiedlichen Vorstellungen der Hotelführung erklärt, und Valentina hatte nicht genauer nachgebohrt. Selten pflegten sie privaten Umgang, obwohl sie sich in den letzten Monaten wieder etwas annäherten.

William Cunningham senior. Ein harter Mann. Mit Sicherheit verurteilte er Valentina, weil er nach drei Jahren Ehe ohne Enkelkinder blieb. Niemals sprach er es laut aus, das würde Will ihm unter keinen Umständen verzeihen, doch Valentina las es in seinem Blick. Jetzt würde er sie noch abschätziger mustern. Sie stellte die Tasse auf den Nachttisch und zog sich die Bettdecke über den Kopf.

Irgendwann schlief sie ein.

»Cariño, meine Süße, steh auf. Dein Leben muss weitergehen.« Valentina träumte. Von ihrer Mutter. Sie war gekommen. Zu ihr. Um sie zu trösten. Um sie aufzurichten.

»Ach, Mamá«, flüsterte sie. »Du fehlst mir so.«

»Ich bin ja da.«

Valentina spürte eine Hand, die ihr das Haar aus dem Gesicht strich. Sie öffnete die Augen. Rieb darüber, weil sie ihnen nicht traute. »Du bist kein Traum?«

»Nein, ich bin hier. Will hat angerufen, und ich habe mich in das nächste Flugzeug gesetzt, um zu dir zu kommen.« Sie sah sie voller Liebe an.

Valentina warf sich in ihre Arme. Eine Tränenflut überschwemmte sie. Sie weinte aus Freude, ihre Mutter bei sich zu wissen, und zeitgleich aus Kummer um ihre verlorenen Kinder.

Antonia streichelte ihren Kopf, ihren Rücken. »Wein dich aus. Das ist gut. Lass alles raus. Danach stehst du auf, und wir essen etwas zusammen. Du bestehst ja nur noch aus Haut und Knochen.«

Valentinas Schwangerschaften zehrten an ihr, obwohl sie so viel wie möglich aß. Es setzte nicht an, und nach der Fehlgeburt fehlte es ihr an Appetit. Langsam versiegte der Tränenstrom. Mit dem Handrücken wischte sie sich über die Augen. »Du übertreibst.«

»Wann hast du dich zuletzt im Spiegel betrachtet?«

In ihrem Blick erkannte sie Sorge. »Ist einige Zeit her.«

»Komm mal mit.« Sie stellte ihr die Hausschuhe ans Bett und reichte ihr die Hand.

Valentina zögerte, tat ihr aber den Gefallen. Vor zwei Jahren hatten sie sich zuletzt gesehen. Obwohl die Weinlese bevorstand, war Mutter ihretwegen nach Chicago gereist. Ihr blieb keine Wahl, als ihrer Bitte zu entsprechen. Barfuß schlüpfte sie in die Schuhe. Antonia stand bereits vor dem großen Ankleidespiegel.

Valentina trat neben sie. Das dunkle Haar zerzaust, schwarze Schatten zierten ihre Augen, die Haut fahl, die Wangen eingefallen. »Oh.«

»Zieh das Nachthemd aus.«

Widerwillig gehorchte sie. Sie zog es sich über den Kopf und erschrak bei dem Anblick. Unter dem Hemd verbarg sich ein dürrer Körper.

Ihre Mutter umarmte sie. »William tat gut daran, mich zu holen. Er wusste sich nicht mehr zu helfen.«

Wills Warnung, sie könnte sich erschrecken, hatte sie nicht ernst genommen. Warum sollte sie auch? Aber jetzt?

»Ich lasse dir ein Bad ein und lege dir Wäsche heraus. Anschließend kommst du angekleidet ins Esszimmer. Ich koche dein Leibgericht, und du wirst es essen. Verstanden?«

Valentina bejahte. Wie ein kleines Kind ließ sie sich in das Badezimmer führen. Sie setzte sich auf einen Hocker, während ihre Mutter das Bad einließ. Ein wohliger Lavendelduft breitete sich aus. Folgsam stieg sie in die Wanne.

»Wir sehen uns in einer halben Stunde nebenan.« Antonia verließ den Raum.

Das heiße Wasser wärmte ein wenig ihr Inneres. Ihr eigener Anblick hatte sie erschreckt. Sie musste mehr auf sich achtgeben. Will zuliebe. Aber auch sich selbst gegenüber. In so einem ausgemergelten Körper konnte kein Kind heranwachsen.

Obwohl sie länger als die vereinbarte Zeit benötigte, um gebadet und präsentabel im Esszimmer zu erscheinen, stand das Essen noch nicht auf dem Tisch. Sie ging in die Küche. Ihre Mutter werkelte am Herd, drehte sich zu ihr und lächelte. »So siehst du schon viel besser aus. Will hat mir Fischfilets aus der Hotelküche gebracht. Die Platanos habe ich aus Kuba eingeschmuggelt. Ich bin gleich so weit.«

Valentina erkannte sofort den unverwechselbaren Duft ihres Lieblingsgerichts. Der Geruch von Heimat. »Pescado a la Santa Bárbara mit Tostones. Ach, Mamá! Genau das brauche ich jetzt.« Niemand bereitete diese Speise so lecker zu wie Luisa oder ihre Mamá. Valentina hatte es mehrfach vergeblich versucht, es blieb bei einer farblosen Kopie des Originals.

Ihre Mutter fischte die frittierten Scheiben aus der Pfanne und gab sie in eine Schüssel. »Hier, trag das rüber. Ich komme mit der Fischpfanne.«

Valentina tat wie ihr geheißen. Im Esszimmer goss sie beiden ein Glas Wasser ein und setzte sich.

Antonia servierte den Fisch und nahm ebenfalls Platz. Zunächst erzählte sie, wie es auf Kuba lief, von der Abreise Davids und Isabels. »Erinnerst du dich an Christopher Fitzgerald?«

»Natürlich. Warum fragst du?« Ihr fiel Isabels Brief an sie ein, den sie immer noch nicht beantwortet hatte.

»Deine Schwester hat ihn unmittelbar nach ihrer Ankunft näher kennengelernt, und wenn ich mich nicht täusche, hat sie sich in ihn verliebt.« Sie bediente sich an den Tostones.

»Ich dachte, er ist verheiratet.« Valentina zwang sich, ihre Portion zu essen, obwohl sie keinen Appetit verspürte. Von Christophers Ehefrau hatte Isabel nichts erwähnt.

»Er ist seit zwei Jahren verwitwet. Tragische Geschichte. Seine Frau kam ums Leben.«

Das schlechte Gewissen überkam Valentina. Isabel hatte ihr geschrieben und später sogar versucht, sie telefonisch zu erreichen. Sie hatte nicht zurückgerufen. »Sie wird also dort bleiben?«

»Es sieht so aus.«

»Ach, Mamá, wollt ihr nicht zu uns ziehen? Ihr seid nun ganz allein auf Kuba, das gefällt mir nicht.« Valentina wusste, dass sie den Vorschlag aus egoistischen Gründen unterbreitete. Die Nähe ihrer Mutter schenkte ihr Sicherheit. Eine Geborgenheit, die sie brauchte, um auf die Beine zu kommen.

»Wir haben uns, das ist mehr, als viele andere Menschen besitzen. Außerdem hoffe ich immer noch, dass Rodrigo vernünftig wird und nach Hause kommt.«

»Rodrigo lebt in Las Vegas und fährt Rennen im ganzen Land. Er kehrt nicht zurück.«

Antonia legte seufzend ihr Besteck beiseite. »Und nun erzähl mal, wie es dazu kam, dass dein Will außer diesem Hotel einen Herrenausstatter betreibt.«

Valentina rollte mit den Augen. »Purer Eigennutz. So kann er seine Maßanzüge im eigenen Laden fertigen lassen. Seine Hotelgäste schickt er ebenfalls dorthin, sobald sie eine Empfehlung wünschen. Der Ausstatter wirft bald mehr Geld ab als der Hotelbetrieb.«

»Er hält sich aus den Geschäften seines Vaters heraus?«

»Mamá, jetzt fang nicht wieder davon an. Will hat nichts mit seinem Vater zu tun. Sie haben sich überworfen.« Valentina überlegte, ob sie ihrer Mutter etwas von der erneuten Annäherung erzählen sollte, entschied sich jedoch dagegen. Sie würde weiter behaupten, dass Will sie durch die Verbindung zur Mafia in Gefahr brächte, dabei würde er das niemals tun.

»Und die zwei haben noch Kontakt?«

»Selten«, gab Valentina zu. »Ich kann ihm nicht den Umgang mit seiner Familie verbieten.«

»Arbeitet Williams Bruder John mit seinem Vater zusammen?« Mutter suchte ihren Blick.

Valentina wich ihm aus. »Woher soll ich das wissen?«

»Lüg mich nicht an.« Ihre Stimmlage duldete keinen Widerspruch.

»So weit ich weiß, ja. Aber das hat nichts mit uns zu tun. Versteh das endlich.« Valentina fühlte sich dieser Unterhaltung nicht gewachsen. Sie wünschte sich zurück in ihr Bett.

»Wenn ihr John besucht, bringt Will dich in Gefahr.«

Valentina stand auf, stellte die leeren Teller ineinander und ging auf die Tür zu. »Er ist sein Bruder. Was erwartest du von mir?« Ohne die Antwort abzuwarten, verließ sie das Zimmer und trug das Geschirr in die Küche.

Antonia folgte ihr mit der Schüssel und der Fischpfanne. »Ich meine es nicht böse. Das weißt du. Ich sorge mich um euch. Die Mafiaclans aus Chicago haben Havanna im Griff, es gibt Tote.«

Valentina gab sich geschlagen. »Ich werde ihm aus dem Weg gehen. Den Kontakt gänzlich vermeiden kann ich nicht.« Trotz ihrer Versicherung wich der angstvolle Blick nicht aus dem Gesicht ihrer Mutter. »Ist sonst noch was?«

Antonia verneinte.

Valentina sah ihr an, wie sie mit sich kämpfte. Sie wollte ihr etwas sagen, tat es jedoch nicht. Darauf zu drängen, würde nichts nützen. So gut kannten sie einander.

»Zeigst du mir den Herrenausstatter?«

»Gerne.« Valentina wusch die beiden Teller und das Besteck ab. Als sie nach der leeren Pfanne greifen wolle, schob ihre Mutter sie beiseite.

»Lass mich das machen.« Sie ließ Wasser hineinlaufen und begab sich an die Arbeit.

»Möchtest du eine Tasse Kaffee?«

»Eine hervorragende Idee.«

»Wie lange bleibst du?« Ihre Mutter hatte es geschafft, sie aus dem Bett zu treiben. Sie wollte Valentina zweifellos aus dem Haus locken. Deshalb der Besuch beim Ausstatter. Was sollte sie sonst dort wollen?

»Ein paar Tage. Ich habe keinen Rückflug gebucht.« Sie trocknete die Pfanne und die Schüssel ab, stellte beides zurück. »Warum fragst du? Willst du mich schon wieder loswerden?«

»Wo denkst du hin?« Valentina fühlte sich durch die Fürsorge ihrer Mutter besser. »Aber ich weiß, wie viel Arbeit du auf dem Feld hast.«

»Die kann Raymundo erledigen. Er hat genug Männer, die ihm dabei helfen.« Sie setzte sich zu ihr an den Küchentisch. »Ich möchte dir einen Vorschlag unterbreiten. Du erinnerst dich an deine Tante Carla? Ich habe oft von ihr erzählt.«

Natürlich wusste sie von einer Tante in Europa. »Ja, was ist mit ihr?«

»Sie litt als junge Frau an der Spanischen Grippe. Das schwächte sie sehr. Sie hat sie damals nur knapp überlebt. Die Nachwirkungen trafen sie hart. Es handelte sich um ein Wunder, dass sie schwanger wurde und ein gesundes Baby gebar. Ihr Glück schien vollkommen. Dann starb es im Kindbett. Weitere Nachkommen gab es nicht.« Antonia drehte ihre Kaffeetasse in den Händen. »Sie haben ein Mädchen adoptiert. Das könntet ihr auch tun. Einem Waisenkind ein Zuhause schenken.«

»Das ist schlimm. Aber ich werde eines Tages ein Kind bekommen. Einen Erben für Will.« Valentina bedauerte das schwere Schicksal ihrer Tante, es hatte jedoch nichts mit ihr zu tun. Die Situation unterschied sich.

»Ihr sollt nur darüber nachdenken. Mehr nicht. Und wer weiß, vielleicht klappt es tatsächlich, wenn du dich nicht so unter Druck setzt. Das wäre ein doppeltes Geschenk.« Antonia leerte ihre Tasse. »Und jetzt lass uns eine Runde um den See drehen. Die frische Luft wird uns guttun.«

Widerwillig ließ sich Valentina überreden. Sie wollte ihre Mutter nicht enttäuschen, und mit etwas Glück verbesserte sich ihre Stimmung durch einen Spaziergang durch den Jackson Park.

Gemeinsam schlenderten auf den Pfaden des Parks am Inner Harbor vorbei. Die Blätter der Bäume schillerten in herbstlichen Rot- und Goldtönen. Eine sanfte Brise trieb trockenes Laub über den Weg.

»Ist das herrlich hier.« Die Augen ihrer Mutter leuchteten. »Es ist eine Ewigkeit her, dass ich eine solche Menge an Laubbäumen gesehen habe. Zuletzt auf dem Paseo del Borne in Palma. Ich wusste gar nicht, wie sehr mir die Herbstfarben fehlen.«

Valentina lächelte zum ersten Mal seit langer Zeit. Es fühlte sich fremd für sie an. »Das verstehe ich gut. Ich hätte viel früher aus dem Haus gehen sollen. Ich liebe den Herbst! Dafür ist der Winter trist. Da fehlt mir das immergrüne Kuba.«

»Hat dir deine Schwester geschrieben?«

»Ja, hat sie.« In ihrem Brief schwärmte Isabel in den höchsten Tönen von Christopher. Es gab keinen Zweifel daran, wie verliebt sie in diesen Mann war. Sie hatte in ihrem Brief erwähnt, dass sie nun Valentinas Dickkopf in Bezug auf Will nachvollziehen konnte. Ein Umstand, der damals zu Streitereien geführt hatte, als Isabel ihre heimlichen Treffen herausgefunden hatte. »Sie hat dir von Christopher erzählt?«

»Sie geht mit ihm aus. Das hat sie mir am Telefon gesagt.« Ihre Mutter suchte ihren Blick. »Hat sie dir mehr verraten?«

»Nein. Sie scheint ihn gern zu haben.« Erleichterung durchflutete sie. Valentina hatte befürchtet, ihre Schwester würde sich auf einen verheirateten Mann einlassen.

Antonia zeigte auf eine Parkbank. »Setz dich zu mir. Der Ausblick hier ist schön.«

Valentina setzte sich zu ihr und blinzelte in die strahlende Sonne. »Magst du Christopher?« Mit leichter Bitterkeit erinnerte sie sich an den Widerstand ihrer Eltern gegen ihre Verbindung zu Will. Isabel wünschte sie deren Zustimmung. Ein Drama in der Familie reichte, obwohl sie sich letztlich mit Valentinas Entscheidung abgefunden hatten.

»Ich kenne ihn kaum. Die Fitzgeralds sind wundervolle Menschen, also hoffe ich auf die gleichen Eigenschaften bei ihren Kindern.« Antonia warf ihr einen argwöhnischen Blick zu. »Weißt du etwas, das ich wissen sollte?«

Valentina überlegte. Ihre Schwester schwärmte von Christopher, wie es nur eine verliebte Frau konnte. Alles, was er tat, schien ihr ein Geschenk. Die Ausflüge nach San Francisco, das Weinfest, seine Küsse. »Nein. Isabel ist glücklich mit ihm.«

»Das genügt mir zur Antwort. Momentan wohnt sie bei den Fitzgeralds im Haus. Ich vermute, das liegt nicht nur an deren Winzerkunst.« Ihre Mutter lächelte verträumt. »Auch wenn es schwer vorstellbar für euch ist, ich war mal so jung und verliebt wie ihr. Das ist das Gefühl, das einem später durch die harten Zeiten hilft. Man sollte den Grund seiner Eheschließung nie vergessen, solange er aufrichtige Liebe war.«

So romantisch kannte sie ihre Mutter gar nicht. »Du meinst, ich sollte zufrieden sein mit dem, was ich habe?«

»Zum Beispiel. Will liebt dich. Er möchte dich glücklich sehen, so wie dein Vater alles getan hat, um mich zu einer glücklichen Frau zu machen. Dieses Wissen wird dir durch finstere Tage helfen.«

Für einige Minuten saßen sie schweigend nebeneinander, die Augen geschlossen, das Gesicht der Sonne zugewandt. Valentina dachte über die Worte nach. Ihr Will holte sogar ihre Mutter hierher, obwohl sie ihn nicht darum gebeten hatte. Er wusste, was sie brauchte. Und er handelte, sobald es notwendig war. Dafür sollte sie dankbar sein. Für ihre Ehe. Für ihre beiderseitige Liebe. Dennoch wog der Verlust schwer auf ihrer Seele. Vielleicht könnte sie sich ehrenamtlich in einem Kinderheim engagieren. Spenden sammeln. Den Heimkindern dort schöne Weihnachten bescheren. Dieser Gedanke munterte sie auf. Sie fasste einen vagen Plan, wie sie ihre freie Zeit sinnvoll für Kinder nutzen konnte. »Danke, Mamá. Das habe ich gebraucht.«

»Freut mich, dass ich helfen kann.« Sie schloss Valentina in die Arme. »Zeigst du mir nun euren Herrenausstatter? Ich möchte deinem Vater ein Geschenk kaufen.«

Valentina stand auf. »Gerne. Ist nur vier Blocks vom Hotel entfernt.«

Antonia erhob sich ebenfalls. Hakte sich bei ihr unter. »Dann mal los.«

Sie flanierten durch die Straßen, verharrten an diesem oder jenem Geschäft, bis Valentina vor dem Laden stehen blieb. Der Name prangte in geschwungenen Lettern von der Hauswand. »Valentinos?«

»Genau, Mamá.« Sie lachte. »Erst wollte er ihn nach mir benennen, doch einen Frauennamen für einen Herrenausstatter zu verwenden, konnte ich ihm ausreden. Also hat er aus Valentina eben Valentino gemacht.«

»Verrückter Kerl.« Ihre Mutter bestaunte das Schaufenster. Vier Anzüge in unterschiedlichen Farben lockten die Käufer in den Innenbereich. Ansprechend dekoriert präsentierten sich auf dem Boden der Auslage farblich abgestimmt Oberhemden und Schlipse. Sie zeigte auf ein cremefarbenes Hemd mit seidigem Glanz. »Das würde deinem Vater gut stehen. Dazu eine passende Krawatte. Komm, lass uns hineingehen.«

Valentina freute sich über ihre Begeisterung. Endlich ließ sie das Thema der illegalen Geschäfte mit der Mafia ruhen. Nun sah ihre Mutter, womit sie ihr Geld verdienten. Mit dem Hotel und dem Laden.

Ausgerechnet an diesem Tag befanden sich zwielichtige Gestalten im Verkaufsraum. Die vier Männer hätten einem Schurkenstück entsprungen sein können. Alle trugen neben ihren schwarzen Anzügen finstere Mienen zur Schau. Zwei verbargen ihre Augen hinter dunklen Sonnenbrillen. Die Wange eines Kerls zierte eine rot leuchtende Schnittwunde. Wenn sich Valentina nicht sehr täuschte, zeichnete sich am Hosenbund die Wölbung einer Schusswaffe ab. »Hi, James, wir gehen in den Lagerraum, hol uns, sobald du mit deiner Kundschaft fertig bist.«

»Natürlich, Mrs. Cunningham.«

Die Männer taxierten sie mit einer Kaltschnäuzigkeit, die Valentina unangenehm war. Um dem etwas entgegenzusetzen, strafte sie die Kunden mit Nichtachtung und stolzierte in den hinteren Geschäftsbereich.

Sie schloss die Tür. »Was für ungehobelte Zeitgenossen!«

Ihre Mutter sah sie forschend an.

»Man kann sich die Kunden nicht aussuchen«, versuchte sie sich an einer Entschuldigung. Wieso kauften an diesem Tag nicht normale Herren ein? Warum ausgerechnet windige Typen?

»Du verschließt deine Augen, Cariño.« Sie zeigte auf die geschlossene Tür. »Das sind Kriminelle. Sie tragen Waffen. Und sie gehören zur Mafia.«

»Ach, Mamá. Nur weil sie hier einkaufen, tätigt Will noch lange keine Geschäfte mit ihnen.« Wie sollte sie ihrer Mutter die Wahrheit näherbringen? Es handelte sich bei den Männern um Kunden. »Was soll Will deiner Meinung nach tun? Sie hinauswerfen? Danach hätten wir möglicherweise tatsächlich Probleme mit ihnen.«

Ihre Mutter schien nicht überzeugt. »Wenn Will dich in Gefahr bringt, gnade ihm Gott. Das werde ich ihm heute beim Abendessen begreiflich machen.«

Valentina verdrehte die Augen. »Wieso vertraust du mir nicht?«

»Weil es sehr schwerfällt, daran zu glauben, dass Will nichts mit den Geschäften seines Vaters zu schaffen hat, solange solche Verbrecher in eurem Laden einkaufen.«

James öffnete die Tür. »Wie kann ich den Ladys helfen?«

»Meine Mutter möchte das cremefarbene Hemd aus dem Fenster und eine passende Krawatte dazu.« Valentina begab sich auf den Weg in den Verkaufsraum. »Was waren das für Leute?«

Der Angestellte zuckte zusammen. »Kundschaft.«

»Kriminelle?«

»Das kann ich nicht beurteilen. Sie haben vier Anzüge abgeholt, sie bezahlt, und die gelieferte Ware entsprach ihren

Vorstellungen.« James ging zu einem Regal. »Welche Kragengröße?«

Valentina warf ihrer Mutter einen triumphierenden Blick zu.

»Einundvierzig. Dein Vater mag es nicht, wenn der Kragen zu eng anliegt.« Sie hielt dem Blick stand, und ihr Gesichtsausdruck besagte klar, wie sehr sie James' Aussage anzweifelte. »Dazu eine Krawatte, die gut zu einem dunkelblauen Anzug passt.«

James zeigte verschiedene Schlipse, Antonia wählte zwei aus. »Ich nehme sie beide. Danke, James.«

Als ihre Mutter zahlen wollte, winkte Valentina ab. »Darf ich Papá die Sachen schenken? Ich habe Weihnachten verpasst und seine Geburtstage.«

»Wenn du das möchtest.«

»Ja, das will ich.« Für ihre Mutter müsste sie in den kommenden Tagen noch ein passendes Geschenk finden. Vorher würde sie sie nicht gehen lassen. Da spielte es keine Rolle, ob sie in einigen Punkten unterschiedliche Ansichten besaßen. Valentina wollte jeden Augenblick des Besuchs genießen. Obwohl es galt, die übertriebene Sorge ihrer Mutter zu beruhigen.

7

Mallorca 1947

Carla betrachtete ihre Nichte, die vor ihr kräftig in die Pedale trat. In ihrem Wollkleid und den dicken Strümpfen erinnerte nichts mehr an das herausgeputzte Stadtmädchen, dem sie die Kleider umgenäht hatte. Das Haar trug sie modisch kurz, was für die Arbeit auf dem Feld praktisch war. Die Sonne stand noch tief am Himmel und beleuchtete die im Dunklen liegenden Berge der Tramuntana mit rötlichen Akzenten. Der herrlich friedliche Anblick entlohnte Carla für das zeitige Aufstehen, das ihr gar nicht lag. Es stellte sie jedes Mal vor eine Herausforderung, wenn Francisco sie so früh weckte.

Bis vor wenigen Monaten hatte ihr Tagesablauf noch ganz anders ausgesehen. Das neue Weinfeld brauchte viel Pflege. Lilia half ihr manchmal. Das Mädchen arbeitete abwechselnd auf Leos oder Marcos Feld in Binissalem, seltener auf ihrem. An zwei Tagen die Woche besuchte sie eine Handelsschule in Palma – ein Zugeständnis an ihre Mutter, nachdem Lilia sich geweigert hatte, Abitur zu machen. Dabei sollte jedes Mädchen die Möglichkeit dazu nutzen.

Lilia schien glücklich, zumindest sah sie so aus. Carla gegenüber wirkte sie zeitweise schweigsam, obwohl sie seit über einem Jahr in der im ersten Stock gelegenen Wohnung wohnte, die seit Samuels Tod ungenutzt blieb.

Sie erreichten das Weinfeld. Carla lehnte ihr Rad gegen den Zaun, öffnete das Gatter und stellte den Korb mit dem Mittagessen in den neuen Geräteschuppen, den sie neben den Gärbecken errichtet hatte. Unter dem alten Johannisbrotbaum stand eine frisch gezimmerte Holzgarnitur für die Pausen. Carla holte eine Schere und eine Harke aus dem Schuppen. »Kümmerst du dich um die Rosen?«

Lilia bejahte, ging zum Brunnen und begann zu pumpen. Das quietschende Geräusch hallte über die Ebene.

Ein paar der Rosenstöcke hatten den Transport nicht überlebt, sie blieben dürr, so sehr sich Carla auch um sie bemühte. Andere zeigten ihre Schönheit schon im ersten Jahr nach dem Einpflanzen. Weitere in diesem Frühjahr. Zarte Knospen ließen Carla hoffen.

Lilia beobachtete Carlas Bemühungen um ihre Weinstöcke mit Argusaugen. Aufmerksam sog sie jedes Wort auf. Und auch auf die Antwort ihrer Frage, warum sie den Rückschnitt übermäßig stark vornahm, wollte das Mädchen wissen, ob es klug war, auf einen Teil der möglichen Ernte zu verzichten.

Antonia und Carla folgten dem Rat von Christopher Fitzgerald, die Stöcke extrem zurückzuschneiden, was zwar eine geringere Lese bedeutete, aber eine höhere Qualität. Beim Cabernet Sauvignon hielt Carla sich eisern daran. Beim Prensal Blanc wagte sie einen Versuch. Eine Hälfte schnitt sie weniger zurück, als von Christopher empfohlen. Die nächste Ernte würde zeigen, ob es Qualitätsunterschiede gäbe. Der

Rotwein würde dieses Jahr sowieso noch keinen brauchbaren Ertrag einbringen.

Lilia holte sich ebenfalls Schere und Harke, nachdem sie die Rosen gewässert hatte. Sie betrat die parallele Reihe, kürzte wild wuchernde Ästchen, lockerte die Erde auf und näherte sich Carla. »Ich finde, du begehst einen Fehler.«

»Warum?« Carla hatte sich an die manchmal altkluge Art Lilias gewöhnt. Das Mädchen gab ungefragt Ratschläge oder ihre Meinung ab, obwohl sie nicht über ausreichend Wissen verfügte.

»Du wirst nie rentabel arbeiten.«

In diesen Worten hörte sie die Überzeugung ihres Bruders. »Das wird sich zeigen. Wenn die Qualität besser ist, wird auch der Preis ansteigen.«

Lilia wirkte nicht überzeugt.

»Durch die Gründung der Kooperative spare ich mir die Anschaffung der teuren Geräte. Der Abfüllpreis bleibt gering, egal, wie viele Flaschen meine Lese bringt. Das wird sich irgendwann auszahlen.«

Manchmal fragte sie sich, ob Leo seine Tochter dafür benutzte, um zu erfahren, was Carla auf dem Weinfeld unternahm. Die pflegeintensiven Rosenstöcke hatten ihr schon ausreichend Spott eingebracht. Blumen pflanzen. Und dann noch welche, die auf der Insel gar nicht heimisch waren. Carla gab nichts auf das Gerede der Bauern. Sie wussten es nicht besser. Zumindest tröstete sie sich mit diesem Gedanken. Sollte Leo auf dem Nachbargrundstück kultivieren, wie er wollte. Solange er bei sich blieb, kümmerte es Carla wenig.

»Kommt ihr nächste Woche zum Fest?« Die Frühlingssonne und die Arbeit trieben ihr den Schweiß aus den Poren.

Carla wischte sich Schweißperlen von der Stirn. »Marcos Vater hat zugesagt.«

»Wir werden da sein.« Lilia sah etwas betreten aus. »Tía Carla?«

»Ja?« Der Ton in der Stimme ihrer Nichte ließ sie aufmerksam bleiben.

»Darf Marco mich besuchen?«

»Natürlich.« Carla wickelte einen Zweig um das Drahtgeflecht, um ihn in die richtige Richtung wachsen zu lassen. »Solange ihr draußen bleibt. In der Wohnung oben kann ich es nicht erlauben.«

Lilias Miene verfinsterte sich. »Aber warum nicht?«

Carla erinnerte sich noch gut an ihre heimlichen Treffen im Schafschuppen außerhalb des Orts. Francisco und sie hatten zu Beginn nur Küsse ausgetauscht. Dabei war es nicht lange geblieben, und sie war ungewollt schwanger geworden. »Ihr seid nicht verheiratet. Es geht nicht. Deine Eltern würden es nicht gutheißen.«

»Und wenn ich dir ein Geheimnis verrate?« Lilia schob ihre Unterlippe nach vorn.

Carla konnte es ihr nicht gestatten. Sie schwieg.

»Nächste Woche bohren wir einen Brunnen«, platzte sie heraus. »Papa hat die Genehmigung bekommen.«

Diese Nachricht raubte Carla den Atem. Sie wollte so wenig wie möglich mit ihrem Bruder zu schaffen haben. Würde er ihr das Wasser abgraben? Zutrauen würde sie es ihm. Er hasste sie. Sie hatte es geahnt. Ihn als Nachbarn zu haben, bedeutete Ärger. Dennoch gab sie sich desinteressiert. »Das ist sein gutes Recht, wenn er das Geld dazu hat.«

»Was ist jetzt mit Marco?«

»Ihr könnt euch bei mir in der Wohnung treffen, wenn ich zu Hause bin. In der Küche.« Zu mehr Zugeständnissen war Carla nicht bereit.

Das Mädchen schnaubte. »Und sobald wir verheiratet sind?«

»Dann könnt ihr oben wohnen. Zusammen.« Carla begab sich zurück an die Arbeit. Der Gedanke an Leo schlug ihr auf die Stimmung. »Hilfst du mir bei den Festvorbereitungen?«

Lilia überlegte. »Mit Marcos Pferdewagen können wir die Stühle und Tische bringen. Du musst nur sagen, bei welchen Nachbarn wir sie abholen sollen.«

Es wäre einfacher gewesen, die Feier auf dem Gelände der Kooperative zu veranstalten. Der letzte Wintersturm hatte jedoch das Dach abgedeckt und den Hof verwüstet. Deshalb gab Carla das Fest auf ihrem Grundstück. Die Kooperative feierte ihr zweijähriges Bestehen, und im Herbst würden die ersten Lesen eingefahren. Carla hielt es für eine gute Idee, den Zusammenhalt weiter zu stärken. Teile der Trauben waren im vergangenen Jahr eingebracht worden. Ohne Preisliste hatte es zwangsläufig zum Streit geführt. Durch die in diesem Jahr festgelegten Preise für Ernte und Abfüllung, mit der sich jeder Weinbauer einverstanden erklärte, konnte der Streit beigelegt werden.

Marco brachte die Sitzgelegenheiten, Lilia saß auf dem Kutschbock und strahlte, als hätte ihr Freund ihr einen Wein gewidmet. Das Verhalten der beiden erinnerte Carla an ihre

Anfangszeit mit Francisco, der nun mit Baltasar zum Pferdewagen ging, um beim Abladen zu helfen. Xisca schoss ein paar Bilder. »Verschwende nicht deinen Film.«

»Fürs Familienalbum ist nichts verschwendet.« Xisca lachte. »Die für den Artikel kommen später.«

Xisca und Baltasar waren seit neun Monaten verheiratet. Ihr Hund Leya war kurz vor der Hochzeit verstorben, was Xiscas Stimmung sehr gedrückt hatte. Die Hündin hatte sie in die Zeremonie einbeziehen wollen, nachdem Leya Xisca mehr als ihr halbes Leben eine treue Begleiterin gewesen war. Nun blieben ihr nur noch einige Aufnahmen aus glücklichen Tagen.

Wenigstens konnte Xisca in der Zweigstelle in Manacor weiterhin für die Zeitung arbeiten. Sie nur als Verkäuferin im Souvenirshop zu sehen, hätte Carla nicht gefallen. Die journalistische Begabung des Mädchens durfte nicht hinter einer Ladentheke vergeudet werden.

Xisca rief: »Hola, schaut mal her!« Lilia winkte, die Männer hielten inne und drehten den Kopf zu ihr. »Danke!« Xisca legte die Kamera auf dem Tisch unter dem Johannisbrotbaum ab und half mit den Stühlen. »Schade, dass die Weinstöcke im Moment nur so wenige Blätter haben. Ein Weinfeld als Titelbild wäre herrlich. Da werde ich wohl eines aus dem letzten Jahr auswählen, auch wenn es nicht aktuell ist.«

Carla gab ihr recht und koordinierte, wohin die Möbelstücke sollten, bis sie zufrieden war.

»Lasst uns zu mir fahren.« Francisco sprang auf die Ladefläche. »Dann könnt ihr dort die Pferde abschirren, und wir nehmen das Auto.«

»Gute Idee.« Marco schnalzte mit der Zunge, und die Rappen setzten sich in Bewegung.

Lilia hüpfte vom Kutschbock. »Dazu braucht ihr mich nicht. Ich helfe hier.«

Carla wollte Lilia mahnen, nicht so leichtsinnig zu sein, vom fahrenden Wagen abzuspringen, unterließ es aber. Sie wollte ihr die ausgelassene Stimmung nicht verderben.

Die ersten Gäste trudelten ein. Die Fahrzeuge parkten dicht gedrängt an den Zäunen, um die Zufahrt nicht zuzustellen. Einige Nachbarn kamen mit den Fahrrädern. Bald ging es auf Carlas Weinfeld zu wie auf einem Rummelplatz. Zwei Männer aus dem Dorf spielten Gitarre und sangen. Andere schenkten Wein aus, und alle gaben zu den ausgeschenkten Tropfen ihre Meinung ab.

Das mitgebrachte Essen stand auf einem langen Tisch. Besteck und Teller brachte jeder selbst mit. Carla spazierte zu Francisco, der sich mit Marco und Lilia unterhielt. »Ein schönes Fest, findet ihr nicht?«

Marco goss ihr aus seiner Flasche ein. »Probiere. Unser Mantonegro. Drei Jahre alt.«

Carla schwenkte ihr Glas, sog den Duft ein, bevor sie probierte. Es fehlte ihm an Körper. Vor allem, wenn sie ihn mit Antonias Wein verglich. Hier zeigte sich, wie recht ihre Schwester beim Rotwein mit dem Rückschnitt hatte. Ob Carla mit ihrer Eigenwilligkeit die Qualität ihres Weißweins riskierte?

»Und?« Marco sah sie neugierig an.

Sie mochte den Jungen. Er war fleißig, aufrichtig und freundlich. »Er ist gut.«

Er ließ sie nicht aus den Augen. »Du magst ihn nicht.«

»Doch, doch.« Carla suchte nach den richtigen Worten. »Ich bevorzuge nur kraftvollere Sorten. Das sagt nichts über die Güte deines Mantonegro aus.«

»Sag ich doch.« Lilia hängte sich bei ihm ein. »Du wirst ihn erfolgreich verkaufen können.«

Carla schwieg. Der Rotwein schmeckte durchschnittlich. Sie vermisste die besondere Note. Es fehlte ihm an Seele. Sie wollte durch ihre ehrliche Meinung Marco nicht verletzen. Er musste selbst die Unterschiede erkennen. Dazu benötigte er Erfahrung. Die würde er bekommen, nachdem in der Region nun vermehrt wieder Wein angebaut wurde.

»Schneidest du deshalb deine Stöcke unverhältnismäßig kräftig zurück?« Marco ließ nicht locker.

»Ja.« Carla zeigte auf den hinteren Teil des Feldes. »Den Prensal Blanc habe ich normal zurückgeschnitten. Ich spiele noch herum, um herauszufinden, wie es ideal ist.« Sie hoffte, ihn mit dieser Aussage zu beruhigen. Carla mochte keine Diskussion anstoßen.

»Außerdem spart sie so bei der Flaschenabfüllung.«

Lilia wollte sie provozieren.

»Aus dem Grund mache ich es nicht. Aber ja, es stimmt, es ist günstiger, wenn ich pro Hektar weniger Flaschen abfülle.«

»Papá sagt, es sei ungerecht.« Lilia suchte bei Marco nach einer Bestätigung, doch der verzog keine Miene. »Ich habe ihm davon erzählt.«

Das wunderte Carla nicht. Leo spionierte, wann immer es ihm möglich war. Er schien eine kleine Bodega bauen zu wollen.

Vermutlich hatte er nur deshalb Albas Vorschlag zugestimmt, Lilia im Obergeschoss bei Carla wohnen zu lassen. Im beengten Elternhaus von Marco ging es nicht. Und Leo wohnte in einer Kammer von Fernandos Bodega. Auch dort konnte Lilia nicht bleiben. Was lag also näher, sie bei Carla und Francisco unterzubringen? Carla hatte sich damit eine Spionin ins Haus geholt. Das sagte sie scherzhaft zu ihrem Mann, obwohl ein Fünkchen Wahrheit daran war. »Die Preisliste wurde gemeinsam von der Kooperative vereinbart.«

»Da wusste aber noch niemand, dass meine Schwester mit ihrem Rückschnitt versuchen würde, sich Vorteile zu verschaffen.« Leo stand wie aus dem Nichts hinter Carla.

Francisco verdrehte die Augen. »Kannst du nicht mal zur Jahresfeier der Kooperative aufhören herumzustänkern?«

»Lass ihn.« Mit einem flehenden Blick bat Carla ihren Mann inständig, keinen Streit zu beginnen.

Leo stemmte die Ellbogen in die Hüften. »So einfach ist das nicht. Ich werde das mit der Kooperative besprechen. Der Preis sollte auf den Hektar gerechnet werden und nicht auf die Menge des Ertrags. Dann ist es jedermann selbst überlassen, wie viele Tonnen er erwirtschaften möchte.«

»Bist du völlig verrückt geworden?« Carla konnte diesen Vorschlag nicht unkommentiert lassen. »Jeder Weinbauer, der ein neues Feld anlegt, soll genauso viel für den Hektar bezahlen wie einer, der bereits im fünften Jahr erntet?«

»Das wäre wahrhaft nicht in Ordnung«, mischte sich Marcos Vater ins Gespräch, der eben hinzugetreten war. »Damit wäre jeder Fortschritt unterbunden.«

Leo errötete. Dennoch blieb er ruhig. »Es ist aber auch nicht fair, dass der Abfüllpreis gleich bleibt, wenn jemand bei voller Stockreife nur dreitausend Flaschen abfüllt statt sechstausend. Die Maschinen zahlen dann die ab, die mehr pro Hektar abernten.«

»Das ist wahr.« Álvaro rieb sich das Kinn. »Dazu müsste eine Regelung getroffen werden.«

»Eine Staffelung nach Flaschenanzahl und Erntejahr«, schlug Marco vor. »Wobei die Größe vom Land berücksichtigt werden müsste. Sonst ist es für die Kleinbauern ungerecht.«

»Der Preis ist festgelegt«, wandte Carla ein. »Wieso soll sich das jetzt ändern? Leo will auf Masse gehen und versucht nun, sich dadurch einen Preisvorteil zu verschaffen. Marco fühlt sich mit seinem kleineren und jüngeren Weinfeld benachteiligt. Und ich soll mehr für die Flasche zahlen, weil ich auf höhere Qualität setze?« Carla glaubte, nicht richtig gehört zu haben. »So erzielen wir nie eine Einigung.«

Marcos Vater stimmte Carla zu. »Aber es muss eine faire Regelung gefunden werden. Heute sind alle anwesend. Es wäre also der rechte Zeitpunkt, darüber zu sprechen.«

Carla wurde übel. Ihr Plan, mit einem Fest die teilweise zerrütteten Verhältnisse zu glätten, scheiterte grandios. Genau das Gegenteil war der Fall.

Und wer trug die Schuld?

Leo.

Wie immer konnte er sich nicht zurücknehmen, und etwas Gutem seinen Lauf lassen. Wieder mal fühlte er sich benachteiligt.

Alba kam mit Xisca auf sie zu. In ihrer hochwertigen Kleidung wirkte sie beinahe exotisch zwischen all den Weinbauern. »Was ist denn hier los? Streitet ihr etwa?«

»Nein«, brummte Leo. »Wir diskutieren.«

»Aha, das sieht aber anders aus. Dabei wollten wir euch von unserer tollen Idee erzählen.« Xisca suchte Carlas Blick. Es war der falsche Zeitpunkt für weitere neue Ideen. Hoffentlich verstand Xisca, was Carla ihr mit dem unmerklichen Kopfschütteln mitzuteilen versuchte.

»Alba will ihren Gästen Ausflüge zu den Drachenhöhlen anbieten und sie im Anschluss bei Baltasars Laden vorbeibringen.« Xisca hatte Carlas Mahnung nicht bemerkt. »Ist das nicht großartig?«

Keiner reagierte.

»Ihr streitet also doch.« Xisca verdrehte die Augen. »Komm Alba, lassen wir sie allein weiterstreiten. Der Tag ist zu herrlich, um ihn schimpfend zu verbringen.« Sie zog Alba mit sich.

Carla fing Albas Blick auf, den sie Leo zuwarf.

»Xisca hat recht.« Leo schien eine Auseinandersetzung mit Alba vermeiden zu wollen. »Wie wäre es, wenn wir uns nächsten Samstag auf dem Gelände der Kooperative treffen und dort in Ruhe das weitere Vorgehen besprechen? Jeder soll sich Gedanken machen.« Er hob sein leeres Weinglas. »Möchte noch jemand Wein?«

Marco goss ihm ein. »Gut, einverstanden.«

Obwohl in diesem Punkt Einigkeit herrschte, war für Carla die Jahresfeier verdorben. Jeder gab vor, sich wohlzufühlen. Leo plauderte mit Fernando, Lilia und Marco tranken am selben Tisch. Alba saß mit Gerado bei Xisca und Baltasar. Carla nirgendwo. Dazu war sie viel zu aufgewühlt. Die Kooperative war ihr Einfall gewesen. Und nun glaubte Leo, alle Mitglieder negativ beeinflussen zu können. Das konnte sie sich nicht gefallen lassen. Vielleicht hatte Antonia eine Idee, wie man diese Situation lösen konnte.

Das Fest rauschte an Carla vorbei wie die kommende Woche. Sie sprach mit ihrer Schwester, die ihr eine Staffelung vorschlug, um Leo einen Etappensieg zu gönnen, ihm jedoch nicht ausschließlich in die Karten zu spielen.

Leo würde akzeptieren, da er im Vorjahr das Nachbarfeld bepflanzt hatte. Die ersten Jahre würde er keinen Hektarpreis bezahlen wollen. Auch andere würden dem Vorschlag nicht zustimmen, den Preis unabhängig vom Anbau zu veranschlagen.

Antonia lag mit ihrer Annahme richtig. Die Mitglieder stimmten einer Staffelung zu, die sich auf Menge, Alter und Größe ergab, die Faktoren unterschiedlich gemischt. Leo setzte sich nicht vollständig durch, das hätte ihm mehr geschadet als Carla. So trug sie einen kleinen Sieg davon, der letztlich trotzdem einen höheren Flaschenpreis betrug.

Seit dem Fest verhielt Lilia sich Carla gegenüber merkwürdig. Sie beaufsichtigte die Brunnenbohrung und den Bau eines kleinen Hauses neben dem Bodegafundament auf Leos Grundstück. Woher er das Geld besaß, in diesem Tempo zu expandieren, entzog sich ihrer Kenntnis.

Von Alba jedenfalls nicht, wie ihre Schwägerin ihr in diesem Augenblick bei einer Tasse Kaffee bestätigte. »Was ist denn bei euch los?«

Carla seufzte. »Mein Bruder versucht mir zu schaden. Das tat er schon immer.« Sie goss Kaffee nach. »Er kann wohl nicht anders.«

»Wundert dich das?«

»Natürlich.« Carla schnitt ein Stück der Ensaïmada ab und gab es auf Albas Teller.

Alba biss in das Gebäckstück, kaute nachdenklich und räusperte sich. »Nun muss ich dich etwas fragen.«

Carla lehnte sich abwartend zurück.

»Warum hast du Leo um sein Erbe gebracht?« Sie tupfte sich mit ihrem Taschentuch den Zucker von den Mundwinkeln.

»Ich erinnere mich genau, wie Leo und ich nach unserer Hochzeit zum Grundstück gefahren sind. Er war so stolz auf das Land. Schon da träumte er von einer Rückkehr zum Wein.« Alba hielt einen Moment inne.

Carla schweifte in die Vergangenheit. An dem Tag war sie mit Francisco zwischen den Bäumen spazieren gegangen, um in Ruhe ihre Hochzeitsfeier zu planen. Leo und Alba hatten unter einem Aprikosenbaum im Schatten auf einer Picknickdecke gelegen, verliebt, sich zugewandt. Streit brach aus. Leo glaubte, Francisco vom Gelände verweisen zu können. Er nahm an, ihm würde das Land nach Vaters Tod gehören. Carla hatte sich zum ersten Mal gegen ihn durchgesetzt. Beinahe wäre es zu Handgreiflichkeiten gekommen. »Ich erinnere mich. Und es tut mir heute noch leid, wie unser Kennenlernen stattgefunden hat. Leo hat sich selbst um sein Erbe gebracht.«

»Wie meinst du das?«

Carla überlegte, ob sie die alte Geschichte erzählen sollte. Sie kämpfte mit sich.

Alba erkannte ihr Zögern. »Rede schon, wir sind Familie, und wir sind Freundinnen.« Sie wartete einige Sekunden. »Ich bin euch wohlgesonnen, das weißt du. Vor einer halben Stunde haben wir im Detail besprochen, wie mein genauer Plan aussieht, die Hotelgäste bei Xisca und Baltasar vorbeizuschicken, um ihren Souvenirshop voranzutreiben. Und nun vertraust du mir nicht?«

Ein tiefes Seufzen entrang sich Carlas Kehle. »Mir scheint, du kennst die wahren Hintergründe nicht.«

»Lilia behauptet, du hättest Leo mit einem Trick das Erbe abgenommen.« Alba sah sich in der Küche um. »Hast du was Kräftigeres als den Kaffee hier?«

Carla stand auf. »Hierbas.« Einen Kräuterschnaps könnte sie ebenfalls gut vertragen. Sie holte die Flasche aus dem Küchenschrank und goss zwei Gläser ein.

»Salud!« Carla stieß mit Alba an und nippte. Der würzige und scharfe Schnaps wärmte ihren Magen. »Leo hat unseren Vater auf dem Gewissen.«

»Er hat was?« Alba hustete.

»Ja, Leo hat unser Aprikosenlager angezündet. Vater wollte die Jahresernte retten, hat sich zu viel zugemutet und einen Herzinfarkt erlitten.« Carla leerte ihr Glas. »Das Grundstück war im Besitz unserer Mutter. Sie überschrieb es auf mich. Obwohl Antonia die Hälfte gehört. Aber sie ist in Kuba. Leo trägt die Schuld am Tod unseres Vaters. Er hat damit den Anspruch auf ein Erbe verwirkt.«

Alba drehte ihr Glas in Händen.

Schweigend saßen sie am Tisch.

»Dieser Mistkerl«, brach es aus Alba heraus. »Nicht ein Wort davon hat er mir gegenüber erwähnt.«

»Es war nicht ehrenvoll, was er in seiner Verzweiflung getan hat. Er wollte Vater nicht umbringen.« Carla nahm ihren Bruder auch jetzt noch in Schutz. »Er war ein dummes Bürschchen, das nicht wusste, was es tat.«

»Er war zweiundzwanzig und kein Junge mehr.« Alba schenkte sich nach. »Dazu hat er mich all die Jahre belogen.«

»Es tut mir leid.« Carla überkam ein schlechtes Gewissen, obwohl sie nur die Wahrheit sagte. Eine Wahrheit, die über viele Jahrzehnte verschwiegen worden war, um keinen Skandal zu provozieren.

»Das muss es nicht. Dir nicht. Meinem Mann allerdings schon.« Alba leerte ihren zweiten Schnaps und straffte die

Schultern. »Und nun lass uns in die Werkstatt gehen und die Steinmetzarbeiten für das Hotel in Cala Mayor besprechen. Deshalb bin ich schließlich hergekommen.«

8

Alba betrachtete vom Restaurantfenster des Las Rosas das geschäftige Treiben auf Palmas Straßen. Die Frühsommersonne lockte die Bewohner der Stadt auf die Terrassen der Cafés. Alba überlegte, ob sie ebenfalls Bistrotische entlang der Hotelfassade aufstellen sollte, um ihren Hotelgästen das Frühstück draußen servieren zu können. Viele der Hochzeitspaare zogen den Frühstücksservice auf dem Zimmer vor, um ihre Privatsphäre zu genießen. Die anderen Gäste würden das Angebot gerne annehmen.

Sie riss sich von dem Ausblick los und begab sich auf die Suche nach ihrem Sohn. Gerado wäre vermutlich noch in seinen Privaträumen. Leo arbeitete mit Lilia auf dem Feld. Beide sähe sie erst am Wochenende bei einem gemeinsamen Abendessen in Palma. Das kam nicht nur Gerado entgegen. Solange Lilia und Leo dem Hotel fernblieben, konnte Alejandro sich mit Gerado das Schlafzimmer teilen.

Vor Gerados Zimmertür blieb sie stehen. Leise klopfte sie an. Sie hörte Schritte. Ihr Sohn öffnete die Tür einen Spalt. »Ach, du bist es. Komm rein.«

Alba schlüpfte ins Innere. Zwei Frühstückstabletts standen auf dem Beistelltisch. Alejandro saß im Bademantel auf dem Bett und biss in ein Brötchen. »Buenos días, Alba.«

»Ebenfalls einen guten Morgen.« Sie wies auf die Teller. »Ich müsste dich anschließend sprechen. Im Büro.« Der Master Domo wusste über die Beziehung der beiden Bescheid. Er brachte das Frühstück persönlich und behielt alles, was er zu sehen bekam, für sich. Dafür entlohnte sie Eric großzügig. Ihr Rezeptionist Eduardo war zu geschwätzig und für diesen Posten ungeeignet. Eric kümmerte sich um die Spezialwünsche der Gäste. Alba wollte nicht wissen, welche Etablissements er den alleinreisenden Herren empfahl.

»Bin gleich auf dem Weg.« Gerado war bereits angekleidet. Er trug einen flaschengrünen Anzug aus schillernder Seide, ein blaues Hemd mit passendem Einstecktuch, dazu die beigen Gamaschen, ohne die ihn Alba schon lange nicht mehr gesehen hatte. »Alejandro geht im Anschluss zur Universität.« Gerados Stimme klang stolz. »Er gibt einen Kurs. Sie haben ihm einen Lehrstuhl angeboten.«

»Umso wichtiger ist, dass ihr wachsam bleibt.« Alba mochte Alejandro. Er liebte ihren Sohn, war fleißig und strebsam, der Lohn zeigte sich nun in der Universitätsanstellung. »Es darf keinen Klatsch geben.«

»Sei nur selbst vorsichtig.«

Alba wünschte, Gerado hätte sich auf eine repräsentative Ehefrau eingelassen, um Gerede zu unterbinden. »Auf meine Affäre steht nicht das Zuchthaus.«

»Ein Skandal wäre es dennoch.« Alejandro stellte den Teller auf das Tischchen, küsste Gerado ungeniert und ging ins Bad.

»Das stimmt wohl. Wir müssen alle achtsam sein.« Ihr Sohn schlief mit einem Mann. Alba mit Matías. Beide verheimlichten ihr Tun vor der restlichen Familie. »Ich erwarte dich im Büro.«

Alba verließ das Zimmer. Sie konnte von Matías ebenso wenig lassen wie Gerado von Alejandro. Damit waren sie eine Art Komplizen in ihrem konspirativen Tun.

Das Geld für die teure Ausstattung des Hotels am Strand von Cala Mayor war Alba schneller ausgegangen als Leo für den Bodegaaufbau in Sencelles. Es reichte bei ihm nur für ein kleines Häuschen, das den Namen Haus kaum verdiente. Stall traf es besser. Der Bodegabau kam bisher nicht über das Fundament hinaus.

Somit stieg Matías im Las Mariposas mit ein. Durch die tägliche Zusammenarbeit fanden sie wieder zueinander. Alba verachtete sich auf der einen Seite für ihre Affäre, auf der anderen fühlte sie sich schon lange nicht mehr mit Leo verheiratet. Sie teilten nichts miteinander. Weder Ideen, noch die gleichen Ziele, selbst das Bett nicht mehr. Vermutlich legte sich ihr Mann mit anderen Frauen schlafen. Das erleichterte ihr schlechtes Gewissen etwas. Dazu unterstützte sie die familieneigene Bodega, um Lilia und ihrem Mann den Traum vom Winzerleben zu erfüllen.

Das Telefon im Büro klingelte, sie nahm das Gespräch an. »¿Diga?«

»Spreche ich mit Alba Colom Pons?«

»Ja, worum geht es?«

»Ich bin der Anwalt von Romero Sánchez. Er ist vorgestern überraschend verstorben.«

Beim Namen ihres Erzeugers setzte ihr Herz einen Schlag aus. Die Nachricht seines Todes ließ sie unberührt. Seitdem Alba von der Vergewaltigung ihrer Mutter wusste, verachtete sie den Mann, der es bei der Beerdigung ihres Vaters gewagt hatte, sich ihr zu nähern und seine Hilfe anzubieten. Er hatte genug angerichtet. Kein Wort mehr hatte sie mit diesem Menschen gewechselt. »Und was hat das mit mir zu tun?«

»Er hat Sie als Erbin eingesetzt. Sie sind die einzige Verwandte auf Mallorca.«

Dieser Umstand wunderte sie nicht. Wie sollte ein Mistkerl wie er Freunde auf Mallorca haben? Er war Abschaum.

»Haben Sie mich verstanden?«

»Ja.«

»Darf ich Sie bitten, mich morgen in meinem Büro aufzusuchen?« Die Stimme des Anwalts klang unsicher.

»Nein. Ich will nichts von ihm haben.«

»Wollen Sie sich nicht anhören, was er Ihnen mitteilen möchte? Anschließend können Sie immer noch ablehnen.«

Alba überlegte. Vielleicht sollte sie das Erbe spenden. Oder für die Kinder anlegen. Sie selbst wollte nichts von ihm. Kein Geld. Keine Entschuldigung. Nichts. Was er ihrer Mutter angetan hatte, war unverzeihlich. »Gut, wohin muss ich kommen?«

Der Mann gab ihr die Adresse, und sie verabredeten einen Termin am kommenden Vormittag.

Alba legte auf und versank in ihren Gedanken, bis Gerado sie aufschreckte.

»Was beschäftigt dich?« Er trat auf sie zu. »Ich musste dich dreimal ansprechen. Gibt es im Hotel Probleme?«

Sie verneinte. »Ich wollte dir wegen des Restaurants einen Vorschlag unterbreiten.« Das Thema rückte durch den Anruf in den Hintergrund. »Mein leiblicher Vater ist tot. Er hat mir etwas hinterlassen.«

»Was meinst du? Mein Abuelo ist seit vielen Jahren tot.«

Gerado war damals zu klein gewesen, als Alba davon erfahren hatte. Für ihn gab es nur einen Großvater, und der war schon lange verstorben. »Eine unschöne Geschichte.« Alba fasste sie in wenigen Sätzen zusammen. »Nun kennst du die Wahrheit.«

»Und deshalb willst du das Erbe ausschlagen?« Gerado setzte sich auf die Schreibtischkante. »Es steht dir zu.«

»Er ist ein Schwein.« Alba konnte Gerados Abgebrühtheit kaum fassen. »Von so jemandem nimmt man nichts.«

»Womöglich fällt es an die Kirche.« Gerado spuckte die Worte fast aus. Er verachtete die katholische Kirche, die ihm verbot, so zu leben, wie Gott es für ihn vorgesehen hatte. Ihr Junge glaubte an den Herrn, aber nicht an die Institution und ihre Pfarrer. »Diesen bigotten Leuten kannst du es nicht überlassen.«

»Er hatte Familie.« Alba überlegte. Das Erbe auszuschlagen, wäre in der Tat eine Torheit. »Dann verschenke ich es anderweitig.«

»Du könntest davon das Hotel auf der Klippe finanzieren, wenn die Hinterlassenschaft groß genug ist.« Gerado rutschte vom Schreibtisch. »Oder eine Sommerfrische für arme Stadtkinder ins Leben rufen. Bezahlte Schulferien auf dem Land. Oder du zahlst Leo aus und lässt dich scheiden. Es gibt viele Möglichkeiten.«

Ihr Sohn schlug ihr ernsthaft die Scheidung vor? War es so weit gekommen?

»Das war aber nicht der Grund, warum du mich sprechen wolltest, richtig?« Er steckte sich eine Zigarette an, sog den Rauch ein und ließ kleine Kreise in die Luft aufsteigen.

»Nein, es geht um die Erweiterung des Restaurants. Die Bar Bosch ist stets gut besucht. Die Leute sitzen gerne draußen. Wir sollten unterhalb der Panoramafenster auf der Straße

Tische aufstellen. Das bringt uns auch Gäste von außerhalb.« Alba schob den Gedanken an das Erbe beiseite. »Was denkst du?«

»Das ist eine großartige Idee! Wenn wir dort Werbung platzieren, um die Städter in die Höhlen zu fahren, könnten wir bald weitere Ausflugsziele ins Programm aufnehmen.« Gerado drückte die Zigarette im Aschenbecher aus. Manchmal rauchte Alba. Meist, um ihrem Sohn Gesellschaft zu leisten und wenn sie gemeinsam Pläne fürs Hotel schmiedeten. »Ich bin immer noch überrascht, dass die Besucher diese kitschigen Sachen aus Baltasars Laden kaufen.«

»Erinnerungen an einen schönen Urlaub. An Flitterwochen.« Alba lächelte. »Xiscas Mann ist ein Mann mit Weitblick. Das gefällt mir. Er sollte hier in Palma eine Zweigstelle eröffnen. Wir müssen mit ihm sprechen.«

»Und wer soll die betreiben?« Gerado zündete sich eine weitere Zigarette an, ging zum Fenster und öffnete es.

Ihre Freundin überwarf sich fast täglich mit dem Schuldirektor. Ihre Stunden hatte sie bereits reduziert, um drei Nachmittage in der Galerie zu arbeiten. »Vielleicht ist Marisol interessiert. Sie klagt oft über ihre Stelle. Was sie den Kindern nun beibringen soll, entspricht nicht ihren Wertvorstellungen.« Regelmäßig beschwerte sich Marisol darüber, wie rückständig der Unterricht jetzt gestaltet werden musste. National-katholisch, sexistisch in der Rollenverteilung, was Marisol mit Hosen und Kurzhaarfrisur zu wenig repräsentierte. Die Schule glich ihrer Meinung nach einer Kaserne. Mit jedem Monat, der verging, haderte Marisol zunehmend mit ihrem Beruf. Erst vor Kurzem hatte sie sich beklagt, wenn sie noch einmal den Film *Raza* aus der Feder von General Franco sehen müsse, werde sie ihre Übelkeit nicht unterdrücken können und in den Unterrichtsraum brechen. »Sie würde annehmen. Wie du weißt, schicken sie immer mehr Gelehrte in die Verbannung.«

»Oder sie erschießen sie heimlich. Da ist eine Entlassung weniger radikal. Dennoch weiß ich nicht, ob du ihr so viel anvertrauen solltest.« Gerado blieb am Fenster stehen und blies den Rauch hinaus.

»Wieso sagst du das?« Niemals würde Marisol sie hintergehen.

»Nur ein Gefühl.«

Gerados Sensibilität beeindruckte Alba regelmäßig. Ihr Sohn beobachtete aufmerksam und zog die richtigen Schlüsse. Aber bei ihr täuschte er sich. Eine engere und loyalere Freundin konnte sich niemand wünschen.

»Ich bestelle die Tische.« Gerado legte die Hand auf ihre Schulter. »Sonst noch etwas, worum ich mich kümmern soll?«

»Nur um die täglichen Belange.« Sie tätschelte seine Hand, ehe er sie fortnahm und ihr Büro verließ.

Den restlichen Tag verbrachte Alba tief in Gedanken. Was sollte sie mit dem Erbe anstellen? Sie spielte die Möglichkeiten immer wieder durch und gab schließlich auf. Ohne die genaue Summe zu wissen, drehte sie sich nur im Kreis. Sie übte sich in Geduld und lenkte sich mit Arbeit ab. Die Einweihungsfeier des Strandhotels stand kurz bevor. Francisco wollte bald die ausstehenden Badezimmerarbeiten anliefern. Die Zimmer wären in einem Monat für die Gäste vorbereitet. Qualifizierte Leute aus dem Las Rosas beförderte sie in höhere Positionen nach Cala Mayor, um die neuen Angestellten einzuweisen und zu überwachen. Gerado würde die letzten drei Wochen vor der Eröffnung seine Eigentümerwohnung im Las Mariposas beziehen. Alejandro würde ihn unterstützen. Da sie zwei Schlafzimmer in der Wohnung eingeplant hatten, gäbe es kein Gerede. Die Presse war eingeladen. Das Hotel fast ausgebucht mit Hochzeitspaaren. Seitdem sie nicht nur Urlaub in der Stadt, sondern auch direkt am Meer anboten, gingen die Buchungen schneller ein, als Eduardo sie bestätigen konnte. Er wies den Rezeptionisten für das Mariposas ein, was Eduardo noch zusätzliche Arbeit bescherte.

Alba arbeitete bis in die Nacht, und fiel erschöpft in traumlosen Schlaf.

Am nächsten Morgen galt ihr erster Gedanke dem Termin bei Romeros Anwalt. Was er ihr wohl berichten würde? Die Neugierde trieb sie aus dem Bett. Das Frühstück nahm sie im Restaurant ein. Dort ließ sie ihren Überlegungen wieder freien Lauf, bis sie endlich das Hotel verließ und zehn Minuten später vor der Kanzlei des Abogados ankam.

Die Stunde der Wahrheit war gekommen. Regelmäßig hatte sie die Briefe ihres leiblichen Vaters ungelesen verbrannt. Ein Mann, der aus Macht über die Frau eines anderen herfiel, hatte seine Rechte verwirkt. Und dennoch war sie nun hier, weil das Verwandtschaftsrecht sie auf eine Weise verband, die Alba gerne vergessen hätte.

Am Empfang stellte sich Alba vor, ehe sie ins Büro des Nachlassverwalters geführt wurde. »Bitte, setzen Sie sich. Enrique Bonet ist gleich bei Ihnen. Kaffee?«

»Danke«, lehnte sie ab und nahm Platz.

Eine Verbindungstür vom Nachbarzimmer schwang auf. »Sehr erfreut, Sie kennenzulernen. Romero hat mir viel von Ihnen erzählt.«

Alba verzog das Gesicht zu einem gequälten Lächeln.

»Er war betrübt über Ihre Entscheidung, ihm kein Gehör zu schenken.« Er schüttelte Alba zur Begrüßung die Hand.

»Dann hätte er sich anders verhalten sollen.« Sie ging nicht weiter darauf ein. »Könnten wir anfangen? Ich möchte diese Angelegenheit schnell hinter mich bringen.«

Señor Bonet setzte sich. Aus einer Schreibtischschublade zog er eine Akte. »Er hat Ihre Mutter und Sie sehr geliebt.«

»Romero hat sie vergewaltigt«, spie Alba aus. »Meine Mutter hat diesen Umstand aus Rücksicht auf meinen Vater verheimlicht. Mein Erzeuger ist ein Schwein.«

Enrique Bonets Augenbrauen schnellten nach oben.

»Der Mistkerl hat nur erzählt, was ihm gefiel.« Alba presste ihre Handtasche an sich.

»Romero berichtete mir von einer amourösen Liaison, von der seine Familie nichts erfahren solle.« Er schlug den Aktendeckel auf.

»Eine Liaison setzt Freiwilligkeit voraus.« Alba wusste, wovon sie sprach, immerhin führte sie selbst eine. »Keine Erpressung oder Gewalt.«

Der Anwalt enthielt sich eines Kommentars. »Wie dem auch sei. Romero Sánchez hat seinen Besitz auf Mallorca durch mich veräußern lassen, um es Ihnen zu hinterlassen. Es handelt sich um fünfhunderttausend Peseten.«

Alba riss die Augen auf. Mit vielem hatte sie gerechnet, jedoch nicht mit einem Vermögen dieses Ausmaßes. Mit der Summe könnte sie nicht nur Leo und Lilia den Weiterbau der eigenen Bodega bezahlen, sondern sich den Traum vom Hotel auf den Klippen ermöglichen. Um ihr schlechtes Gewissen wegen des Geldes zu beruhigen, würde sie Gerados Idee von

Ferien auf dem Land für benachteiligte Stadtkinder in die Tat umsetzen.

»Einen Punkt muss ich erwähnen. Es bestand ein Kreditverhältnis zwischen dem Verstorbenen und Leo Delgado Ramis. Romero gewährte ihm einen Kredit in Höhe von dreißigtausend Peseten. Die ersten Raten sind eingegangen, der Rest fällt ins Erbe und erfordert keine Rückzahlung.«

»Mein Ehemann hatte Schulden bei Romero?« Alba schnappte angesichts dieser Nachricht nach Luft. Leo wusste, was Romero ihrer Mutter angetan hatte und wie sehr Alba ihn dafür verachtete. Vor Enrique Bonet bewahrte sie ihre Fassung, innerlich brodelte es in ihr wie in einem kurz vor dem Ausbruch stehenden Vulkan.

»Ja. Aber die sind nun hinfällig.«

Hinfällig schien ihr die Ehe mit Leo. Er belog sie wegen des Grundstücks seiner Eltern, dem Tod seines Vaters, und er wagte es, sich einen Kredit bei dem Mann zu besorgen, der ihre Mutter geschändet hatte? Was würde noch ans Licht kommen?

Der Anwalt sah sie an. »Sie nehmen das Erbe an?«

Kommentarlos nickte Alba. Ihr fehlten die Worte.

»Dann werde ich das Testament an den Notar weitergeben, damit er die Dokumente beurkundet. Dazu müssen wir einen zweiten Termin vereinbaren.« Er erhob sich und reichte ihr die Hand. »Meine Sekretärin meldet sich bei Ihnen, sobald alles vorbereitet ist.«

Alba stand ebenfalls auf. »Danke. Guten Tag.« Sie floh regelrecht aus dem Büro. Ihre Wut kochte im Treppenhaus über. Wenig undamenhaft stampfte sie mit dem Fuß auf. »Dieser elende Mistkerl!«

Eine Frau kam die Treppenstufe nach oben, musterte sie und drückte sich eilig und grußlos an ihr vorbei.

Unmöglich konnte sie in ihrem Zustand zurück ins Hotel. Mit ausholenden Schritten, die ihre Aufgebrachtheit zeigten und nicht ihrem Stand entsprachen, eilte sie zu Matías' Stadthaus. Sie durchschritt das Portal im Erdgeschoss und flog förmlich die Stufen hinauf in den ersten Stock, in dem seine Arbeitsräume lagen. »Bon dia.« Sie nickte seiner Sekretärin zu. »Ist Matías im Büro?«

»Bon dia, Señora Colom. Bedaure, er ist nebenan.«

Das war Alba noch lieber. »Danke, ich suche ihn auf. Vielleicht hat er Zeit für mich. Es ist dringend.«

Ohne die Frau weiter zu beachten, verließ sie das Vorzimmer und überquerte den Flur zu Matías' Wohnbereich. Sie klopfte so heftig an, dass die Glasscheibe, die in der oberen Hälfte der Tür eingelassen war, stark vibrierte.

Die Haustür schwang auf. »Was ist geschehen? Ich fürchtete schon, dass die Scheibe herausspringt.« Er breitete die Arme aus, versuchte sie zu küssen.

Alba schob sich an ihm vorbei, ging ins Wohnzimmer, wo sie die Handtasche und ihren Hut auf einen Sessel warf. »Leo. Was er getan hat, ist unverzeihlich.«

»Nun beruhige dich.« Er blieb im Türrahmen stehen. »Setz dich, ich koche uns einen Kaffee.«

»Ich will keinen Kaffee!« Alba trat auf Matías zu, stürzte sich in seine Umarmung, küsste ihn und dirigierte ihn ins Schlafzimmer.

Verwundert ließ er es geschehen.

Nachdem Albas Wut in Matías' Armen verpufft war, kuschelte sie sich an ihn und seufzte leise.

»Erzählst du mir nun, was passiert ist?«

»Ich habe den falschen Mann geheiratet, das weiß ich jetzt.« Alba löste sich von ihm, stützte sich auf ihre Ellbogen und erzählte von einem Mann, in den sie sich verliebt und den es nie gegeben hatte. »Leo war immer nur am Weinfeld interessiert. Schon als Junge. Für ihn gibt es nichts anderes. Einzig das liebt er.«

Matías hörte schweigend zu, bis sie endete. »Und was bedeutet das für uns?«

Er stellte die Frage, vor der sich Alba am meisten fürchtete, weil sie darauf keine Antwort wusste. Sie stand auf, kleidete sich unter Matías' aufmerksamen Blicken an.

»Es ändert also nichts?«

»Es ändert alles. Für mich zumindest.« Sie schloss die letzten Knöpfe ihrer Bluse. »Mit dem Erbe kann ich Lilia mit der Bodega absichern. Leo wird sie dort unterstützen. Und ich werde das Küstengrundstück bebauen.« Sie sah Matías an. Sein dunkles Haar durchzogen graue Streifen. Mit den verstrubbelten Strähnen wirkte er dennoch wie ein junger Mann. »Hilfst du mir dabei?«

Matías erhob sich, verließ nackt das Schlafzimmer und kehrte mit eingerollten Papierbögen wieder. Er reichte sie Alba. »Ich habe grobe Skizzen gefertigt, nachdem du mir vom Kauf erzählt hast. Ich werde dir immer zur Seite stehen. Versprochen. Auf mich wirst du dich dein Leben lang verlassen können.«

Alba setzte sich aufs Bett, entrollte die Pläne und betrachtete sie. Der Gebäudeentwurf auf dem Grundstück wies einen sanft geschwungenen Halbkreis auf. So verfügte jedes Zimmer über einen herrlichen Blick auf das Meer. Vor dem dreigeschossigen Gebäude plante Matías eine mediterrane Gartenanlage, in deren Mitte ein Pool eingezeichnet war. Ein Spazierweg führte zur offenen Klippe, wo Sitzbänke, ein Pavillon für Hochzeiten oder sonstige Veranstaltungen Platz fanden.

»Das ist alles noch sehr unausgegoren.« Er stand nun angekleidet vor ihr. »Nach der Besichtigung des Küstengrundstücks wusste ich, wie das Hotelgebäude aussehen sollte. Gefällt es dir?«

Alba sah ihn an. Er gab ihr all das, was sie von Leo erhofft hatte. Rückhalt. Bedingungslose Liebe. Unterstützung. Von ihren Gefühlen überwältigt, liefen ihr die Tränen über die Wangen, obwohl sie lächelte. »Te quiero.« Sie erhob sich, umarmte ihn. »Ich liebe dich mehr als mein Leben.«

Matías schwieg. Hielt sie fest an sich gedrückt. Nach einigen Sekunden löste er sich von ihr. »Was hältst du davon, wenn wir die Pläne bei der Eröffnungsfeier des Hotels in Cala Mayor präsentieren? Die Presse wird anwesend sein. Es wird deine Position als erfolgreiche Hotelbetreiberin festigen.«

Nun brachen bei Alba die letzten Dämme. Sie weinte hemmungslos. Um ihre gescheiterte Ehe, um die vergeudeten Jahre, ihre Liebe, die sie mit Matías nicht offen ausleben durfte, den Verrat, den Leo und Alba aneinander begingen, um den drohenden Zerfall ihrer Familie. »Es tut mir leid, dass du mich so sehen musst.«

Matías reichte ihr sein Taschentuch. »Das muss es nicht. Niemand ist nur stark. Bei mir darfst du sein, wie du bist. Immer.«

Alba tupfte sich die Augen trocken. Ihre Nase lief. Es blieb ihr nichts anderes übrig, als das Damasttaschentuch dafür zu benutzen. Anschließend steckte sie es in ihre Handtasche. »Ich wasche es und gebe es zurück.«

»Ich besitze mehrere.« Er streichelte ihr über die Wange. »Geht es wieder?«

»Ja, danke.« Alba schämte sich für ihren Ausbruch.

»Wirst du dich scheiden lassen?« Der hoffnungsvolle Ton in seiner Stimme schnitt ihr ins Herz.

»Ich werde mit Leo sprechen.« Alba wusste, wie er diesen Satz werten würde. Ob sie es tatsächlich schaffte? »Nun muss ich gehen. Leo kommt heute ins Las Rosas.«

»Du sprichst mit ihm? Versprichst du es?«

»Ich verspreche es.« Sie küsste ihn zum Abschied.

Auf dem Weg ins Hotel überlegte sie, welche Konsequenzen eine Scheidung für sie hätte. Sie wollte den Punkt mit ihrem Sohn besprechen. Marisol würde ihr zureden, das wusste sie. Ihre Freundin würde die Auswirkungen für die Hotels außer acht lassen. Sie war impulsiv. Deshalb auch ihr stetiger Zwist mit der Schulleitung.

Alba fand Gerado in ihrem gemeinsamen Büro. »Gut, dich zu sehen.«

»Du siehst etwas derangiert aus.« Er runzelte die Stirn. »Hast du dich mit dem Anwalt geprügelt?«

Ihr Sohn brachte sie immer wieder zum Lachen. »Nein. Ich komme von Matías.« Bei einer Tasse Kaffee erzählte sie ihm, was sie erfahren hatte und wie ihre Pläne nun aussahen. »Ich habe ihm versprochen mit Leo zu sprechen. Nur was geschieht, wenn herauskommt, dass ich als geschiedene Frau Flitterwochen für frisch vermählte Paare anbiete? Verliere ich dadurch nicht jegliche Glaubwürdigkeit? Die Presse wird sich darauf stürzen.«

Gerado schenkte sich nach. »An den Punkt habe ich noch gar nicht gedacht.« Er legte seine Beine auf den Schreibtisch. Die Gamaschen verdrückten sich zu einem unförmigen Überzug der Schuhe, was Gerado in diesem Augenblick gleichgültig zu sein schien. »Du hast aber recht. Es würde einen Skandal geben. Die Zeitungen suchen nach jeder Meldung, um darüber zu berichten. Ein Eklat käme ihnen gelegen.« Die letzten Worte sprach er fast flüsternd. »Sie könnten meine Neigung herausfinden, wenn sie sich heimlich einmieten und herumschnüffeln.«

»Das darf nicht geschehen.« Alba sickerte ins Bewusstsein, was sie durch ihren Egoismus riskierte. Das Ansehen der Familie, den Erfolg ihrer Hotels und ihren Sohn, dem das Gefängnis drohte, sollte die Beziehung zu Alejandro entdeckt werden. Der soziale Abstieg wäre unausweichlich. »Ich kann mich nicht scheiden lassen.«

Gerado sah sie niedergeschlagen an. »Tu das nicht meinetwegen. Ich komme zurecht.«

Alba würde für ihre Kinder alles opfern. Selbst ihre Liebe zu Matías. Nachdenklich sortierte sie auf ihrem Schreibtisch einige Dokumente.

»Was wirst du Vater sagen?«

»Das überlege ich mir bis heute Abend.« Alba stand auf. »Ich gehe spazieren. Bestellst du bei Pep ein Abendessen für uns vor? Ich teile ihm telefonisch mit, sobald es serviert werden kann.« Seit dem Umzug besaßen Alba und Leo eine kleine Wohnung im obersten Geschoss. Wohn- und Esszimmer, Schlafzimmer und Badezimmer. Eine Küche brauchten sie nicht. Entweder sie speisten im Restaurant oder sie ließen sich das Essen nach oben bringen.

»Was möchtest du?«

Alba lachte hilflos auf. »Am liebsten, dass der Albtraum vorüber ist.« Sie ging zu Gerado und küsste ihn auf den Haaransatz. »Danke. Du bist der beste Sohn, den sich eine Mutter wünschen kann.«

Die Stunden bis zum Abendessen spazierte Alba planlos durch Palma, um eine Lösung zu finden, die nicht ihr aller Leben ruinierte.

Ohne Erfolg.

Zurück in ihrem Wohnbereich wartete sie auf Leo. Was sie ihm sagen sollte, wusste sie immer noch nicht. Die Tür schwang auf. Ausnahmsweise fand sich ihr Ehemann pünktlich ein.

»Alba, Liebling.« Er eilte auf sie zu. »Wie geht es dir?« Er versuchte sie zu küssen, doch Alba drehte sich zur Seite. »Was ist geschehen?«

»Lass uns heute hier essen. Ich sage der Küche Bescheid, dass sie servieren können. Geh duschen.« Er roch nach Erde, Schweiß und trug schmutzige Kleidung. »Wir müssen reden. Allein.«

Leo folgte ihrer Bitte.

Alba fing dennoch seinen verwunderten Blick auf, den er ihr zuwarf, bevor er im Schlafzimmer verschwand. Wenig später hörte sie das Wasser im Badezimmer rauschen. Sie rief in der Küche an, stellte einen Wasserkrug auf den Tisch und setzte sich.

Das Klopfen an der Tür riss sie aus ihren Grübeleien. »Ja, bitte.« Sie erhob sich, ging José entgegen, der einen Servierwagen vor sich herschob. »Danke, ich stelle ihn anschließend vor die Tür.«

»Soll ich auftragen?«

»Nein. Danke. Ihr habt unten genug Arbeit.« Obwohl alle ihre Angestellten waren, kam es ihr merkwürdig vor, einen Kellner das Abendessen bringen zu lassen, während im Restaurant die Gäste auf Bedienung warteten. Außerdem verschlug das bevorstehende Gespräch ihr gewaltig den Appetit.

Mit noch nassem Haar, aber frisch gekleidet und nach Sandelholz duftend, betrat Leo das Wohnzimmer. »Oh, das Essen ist schon da.« Er schnupperte und sah zufrieden aus. »Worüber möchtest du mit mir reden?« Er lüpfte eine der silbernen Abdeckhauben. »Ich weiß, ich habe versprochen, dir mehr im Hotel zu helfen. Im Moment ist so viel auf dem Feld zu tun.«

»Darum geht es nicht.« Alba stand inmitten des Zimmers.

»Worum dann?«

»Du hast mich von Beginn an angelogen. Du bist schuld am Tod deines Vaters und hast deshalb dein Erbe eingebüßt. Niemand hat es dir gestohlen!«

»Wer sagt das?« Leo verlor seine frische Gesichtsfarbe. Die Haut wirkte plötzlich fahl.

»Ist es wahr?«

Leo ließ die Haube auf den Teller krachen. »Das ist eine infame Lüge!«

Alba glaubte ihm nicht. Carlas Version war weitaus plausibler im Vergleich zu den Märchen, die Leo ihr als wahre Geschichte auftischte.

Er starrte sie an. Alba hielt seinem Blick wortlos stand. Bis er zur Seite sah. »Es war ein Unfall.«

Alba schwieg.

»Ein tragisches Unglück. Der Ernteschuppen fing Feuer, Vater wollte löschen, hat sich übernommen und einen Herzinfarkt erlitten. Sie gaben mir die Schuld.« Leo strich sich das nasse Haar zurück.

»Ein Unfall?« Alba setzte sich auf die Sessellehne und verschränkte abwehrend die Arme vor der Brust.

»Ja.«

»Du lügst. Du hast den Schuppen angezündet, um Wein pflanzen zu können.«

Leo streckte den Rücken durch und starrte sie an. »Das traust du mir zu?«

Wieder hielt sie seinem Blick stand. »Sag endlich die Wahrheit.«

»Ich wollte das alles nicht. Ich war jung, verzweifelt, wollte dir etwas bieten können. Das hätte ich mit Aprikosen und Mandeln nie gekonnt.« Leo ging im Zimmer auf und ab. »Ich habe das für dich getan!«

»Wie du auch für mich geschmuggelt hast, bis du im Gefängnis gelandet bist?« Alba mühte sich, den Impuls, ihren Mann zu schlagen, zu unterdrücken.

Leo stoppte in seiner Bewegung. »Das trägst du mir immer noch nach?«

»Es war nie für mich. Immer nur für deinen Wein.« Albas Wut ließ ihr die Tränen kommen.

Leo sah sie, eilte zu ihr, kniete sich nieder. »Es war immer für dich.«

»Lügner.«

»Ich lüge nicht, ich hatte damals Angst, dass du mich nicht heiratest, wenn du die Wahrheit kennst.«

Das glaubte Alba ihm. »Ich hätte dich nicht geheiratet.«

Leo sah sie aus flehenden Augen an. »Ich habe es nur für dich getan. Für uns.«

In diesem Moment erkannte sie, wie schwach ihr Mann tatsächlich war. Er würde sie nie unterstützen, ihr stets lediglich die Halbwahrheiten präsentieren, um selbst noch sein Spiegelbild ertragen zu können. »Wie du auch für uns bei Romero einen Kredit aufgenommen hast?«

Leo zuckte wie unter einem Peitschenhieb zusammen. »Woher weißt du davon?«

»Romero ist tot. Er hat mir etwas hinterlassen.« Die Höhe der Summe behielt sie für sich.

Leo stand auf. »Ich wollte dich nicht um Geld für das Weinprojekt mit Fernando bitten, das ich für Lilia aufbaue.«

Albas Respekt für ihren Mann zerbröselte wie ein morsches Holzstück. Nun behauptete er noch, den Kredit für ihre Tochter erbeten zu haben. Dabei ging es immer ausschließlich um ihn und den Wein. Selbst Lilia schien Alba nur ein Werkzeug für Leo zu sein, um seinen Ehrgeiz durchzusetzen, irgendwann ein angesehener Winzer zu sein. »Du hast mich mehrfach hintergangen.«

Leo sah sie traurig an. »Sag, wie kann ich es wiedergutmachen?«

»Indem du dich von mir fernhältst. Ich will dich hier nicht mehr sehen. Wir sind keine Eheleute mehr und gehen getrennte Wege.« Die Worte sprudelten nur so aus Alba heraus.

Leo eilte auf sie zu, fasste sie an den Schultern. Sein Griff war fest. »Du willst die Scheidung?«

Alba sah zu ihm auf. »Nein, das mute ich unseren Kindern nicht zu. Aber wir werden genau so leben, als wären wir geschieden.«

»Das lasse ich nicht zu.« Er begann erneut im Zimmer auf- und abzugehen. »Ich liebe dich.«

Sie lachte trocken auf. »Du liebst nur dich und den Wein.« Alba erwartete nichts mehr von diesem Mann. Sie kam ohne ihn besser zurecht. Leo stand am Fenster und sah hinaus. »Was kostet es, damit du mich in Ruhe lässt?«

Er fuhr zu ihr herum. »Eine Abfindung? Einfach so? Nach all den Jahren?«

»Wenn du mich liebst, dann geh.« In Albas Innerem herrschte eine überraschende Ruhe. Mit jedem Wort fiel eine Last von ihr ab. »Bau für Lilia eine Zukunft auf. Ein erfolgreiches Weingut. Lass sie deinen Traum leben. Und ich sorge für unseren Sohn.«

Auf Leos Gesicht las Alba blankes Entsetzen. Er erkannte, wie ernst es Alba war. »Du willst mich loswerden?«

»Ja. Du hast nichts mit dem Mann gemeinsam, den ich zu kennen glaubte.« Alba stand auf, um zu zeigen, wie chancenlos Leo in Bezug auf eine Meinungsänderung war. »Wie viel brauchst du, um neben der notdürftigen Hütte eine moderne Bodega auf dem neu gekauften Grundstück zu errichten?«

Geschlagen ließ Leo die Schultern hängen. »Fünfzigtausend Peseten.«

»Ich gebe dir sechzigtausend. Damit bekommst du alles, wonach du dich je gesehnt hast.« Alba öffnete die Tür. »Und nun geh. Deine gepackten Sachen kannst du morgen abholen. Romeros Geld bekommst du, sobald es auf meinem Konto gutgeschrieben ist.«

»Du gibst mir das komplette Erbe?« Leo ging auf die Tür zu. »Nur, um mich loszuwerden?«

Sollte er glauben, sie hätte nicht mehr geerbt. »Du wolltest mich nie. Ich war nur Beiwerk.« Alba hörte die Bitterkeit in ihrer Stimme.

»Das ist nicht wahr. Du bist der wichtigste Mensch in meinem Leben. Und ich werde es dir beweisen.« Leo trat zwei Schritte auf sie zu.

Alba hob abweisend die Hände. »Es ist zu spät, Leo. Bitte geh.«

Ohne ein weiteres Wort verließ Leo ihre Wohnräume.

Vielleicht tat sie ihm unrecht in seinen Gefühlen für sie. Dennoch konnte sie ihm die Lügen und den Verrat nicht verzeihen. Sie hatte allen Respekt vor ihm verloren. Alba ging zum Barfach, öffnete es, goss sich einen Hierbas ein. Mit diesem Ausgang des Gesprächs hatte sie nicht gerechnet. Ob eine solche Trennung Matías ausreichte? Alba hoffte es. Sie würde ihr Leben für Matías geben, aber ihn gleichfalls für das Glück ihrer Kinder opfern.

Die Zeit bis zur Eröffnungsfeier des Las Mariposas in Cala Mayor am Strand arbeitete Alba mehr denn je. In manchen Momenten dachte sie daran, wie sie auf den Hotelnamen gekommen war. Es handelte sich um die Erinnerung des Tages auf der Rennbahn. An dem Nachmittag hatten Matías und sie auf einige Pferde gewettet. Und eines davon hatte den Namen Mariposa getragen. An jenem Abend erwachten die Schmetterlinge in ihrem Inneren zum Leben. Seither wusste sie, wozu ein Mann imstande war, wenn er liebte.

Matías stellte es mit den Entwürfen für das Klippenhotel

erneut unter Beweis. Sie besaßen die gleiche Lebendigkeit wie Albas Gemälde. Auf Staffeleien, wie sie auch Maler benutzten, standen sie im Bereich der Lobby des Las Mariposa an einer Wand. Das Ergebnis sah fabelhaft aus. Zu gerne hätte sie Matías für seine Leistung an Ort und Stelle dankbar geküsst, doch sie waren längst nicht mehr allein. Die Gäste des ausgebuchten Hotels tummelten sich auf der Poolebene, andere genossen die Frühsommersonne auf den hoteleigenen Strandliegen, die von aus Palmblatt gedeckten Sonnenschirmen beschattet wurden. Kellner servierten gekühlte Getränke und Tapas.

Der zweistöckige, lang gezogene Bau schmiegte sich an die Felsen der sandigen Bucht. Alba blickte über den Pool hinaus aufs offene Meer, hoch zum imposanten Gebäude Marivent. »Hier hat alles begonnen.« Sie sah zu Matías und hakte sich bei ihm unter. »Hier habe ich die ersten Touristen gesehen, als ich mit meiner Mutter und den Kindern an den Strand gefahren bin. Sie konnten nicht schwimmen. Heute ist Schwimmunterricht fast normal. Damals war es das nicht.«

Marisol eilte auf sie zu. »Was ihr hier geschaffen habt, ist unbeschreiblich! Ich muss meine nächsten Schulferien in deinem Hotel verbringen.« Sie küsste Matías auf die Wangen und herzte Alba. »Machst du mir einen Sonderpreis? Ohne dein Entgegenkommen kann ich mir unmöglich eine so luxuriöse Unterkunft leisten.«

»Dann arbeite alle Nachmittage in der Galerie. Ich könnte Hilfe gebrauchen.« Alba freute sich über die Komplimente. »Ach, da fällt mir ein, Gerado und ich haben davon gesprochen, ob es nicht eine tolle Idee wäre, wenn Baltasar in Palma eine Niederlassung für seine Souvenirs eröffnet. Unter deiner Leitung? Was denkst du?«

»Ja.« Marisol schürzte die Lippen. »Das traue ich mir selbstverständlich zu.«

»In dir steckt eine patente Geschäftsfrau.« Matías nickte zustimmend.

Für einen Moment kam es Alba so vor, als würde Marisol mit Matías kokettieren. Dann verwarf sie den Gedanken. Zwischen ihnen gab es eine Abmachung: Den Mann der Freundin behandelte man wie einen Bruder. Sie sah Gespenster.

»Darf ich Sie für einen Augenblick sprechen?« Ein Reporter der *Última Hora* stand vor ihr. »Ist es richtig, dass Sie kurz vor dem Bau eines dritten Hotels stehen?«

»Ja, das stimmt.« Alba zeigte auf die Ausstellungswand mit den Skizzen. »Dort können Sie die Planung sehen.«

»Wie schaffen Sie das alles?«

Alba wollte mit einer Antwort ansetzen, als sie Leos Stimme hörte. »Sie hat eine tatkräftige Familie. Ich unterstützte meine Frau in sämtlichen Belangen.«

Vor Erstaunen blieb Alba die Sprache weg.

»Unser Sohn Gerado hilft ihr bei der Leitung. Er ist ein fähiger Werbeprofi.« Er stellte sich neben Alba und legte den Arm um sie. »Unsere Tochter Lilia liebt mehr den Weinanbau. Das hat sie von mir. Wir kultivieren die köstlichen Weine, die Sie in unseren Hotels verkosten können.«

Alba stand daneben wie eine Marionette, an der Leo die Fäden zog. Sie suchte den Blick von Matías. Offensichtlich gekränkt hielt er sich im Hintergrund, an seiner Seite Marisol, die so fassungslos schaute, wie sie sich fühlte. »Ohne meinen Architekten Matías Alberti Rotger wäre es unmöglich gewesen.« Sie winkte ihn zu sich. »Er hat alle Entwürfe erstellt, auch für das Hotel auf den Klippen.«

Leo zwinkerte ihr amüsiert zu. Wieso sah er nicht verwundert aus? Er hatte bis eben weder etwas vom Plan des Las Brisas auf seinem ehemaligen Weingrundstück gewusst, noch dass sie es damals gekauft hatte.

»Ohne Matías' ausgezeichnete Arbeit und seine finanzielle Beteiligung stünden wir heute nicht hier.« Leo durfte keinesfalls erfahren, woher sie das Geld für den Bau des dritten Hotels hatte. »Wir sind Partner.«

»Respekt!« Der Reporter schrieb fleißig mit. »Sie haben eine erfolgreiche Frau«, wandte er sich erneut an Leo, was Alba ärgerte.

»Das habe ich. Und ich bin ausgesprochen stolz auf sie. Das können Sie mir glauben.« Leo hielt Alba immer noch im Arm. Er verhielt sich, als hätte es das vergangene Gespräch nicht gegeben. Um vor der Presse keinen Skandal zu provozieren, lächelte Alba, während der Fotograf einige Bilder schoss, bevor beide sich wieder entfernten und zu den Plänen gingen.

Alba packte Leo an der Hand. »Mitkommen.« Sie zog ihn mit sich in ihr Büro, schloss die Tür und funkelte ihn zornig an. »Was machst du hier?«

»Ich feiere mit meinem Eheweib die Eröffnung ihres zweiten Hotels.« Leo sah in seinem schwarzen Anzug sehr attraktiv aus. Er grinste siegessicher, was Alba wunderte. »Hast du tatsächlich geglaubt, ich gebe dich auf?«

»Du hast das Geld bekommen.« Alba hatte es ihm vor fünf Tagen überwiesen. »Was willst du?«

»Dich. Das weißt du.«

Alba stemmte die Hände in die Hüften. »Du hintergehst mich schon wieder. Wir hatten eine Abmachung. Ich erspare dir die Scheidung, aber wir gehen getrennte Wege.«

»Das lasse ich nicht zu.« Leo sah immer noch amüsiert aus. »Wir sind quitt. Findest du nicht? Du hast heimlich mein Grundstück erstanden und baust nun darauf. Du hast mich nicht weniger hintergangen als ich dich.«

Diese verquere Logik passte zu den anderen Aussagen, alles nur für sie getan zu haben. »Keineswegs. Ich habe mit einer Firma offiziell gekauft. Und ich habe dir mehr bezahlt, als der nutzlose Acker wert ist.« Sie wollte sich auf keinen Fall von Leo unter Druck setzen lassen. »Ein rechtmäßiges Geschäft. Unsere Abmachung gilt, oder ich lasse mich scheiden.«

»Das gibt einen Skandal, der dich vernichten würde. Dich und deine Hotels.« Leo setzte sich in Albas Bürostuhl und legte die Füße auf ihren Schreibtisch.

Diese Arroganz und seine Siegessicherheit weckten eine Seite in Alba, die sie bisher selbst nicht an sich kannte. »Nicht, wenn ich sage, du hättest deinen Vater getötet und mir das all die Jahre verschwiegen. Das verzeiht mir jeder.«

»Das wagst du nicht!« Leo sprang auf die Beine und stürmte auf Alba zu. Kurz vor ihr blieb er stehen.

»Fordere mich heraus.«

Leos linkes Augenlid zuckte nervös. Alba wusste, sie hatte gewonnen.

»Ich werde dich niemals aufgeben.« Leo leckte sich über die Lippen.

»Das wirst du müssen, sonst landest du erneut im Gefängnis.« Alba wies zur Tür. »Nun geh, lass dich nie wieder in einem meiner Hotels blicken.«

Leo schloss die Tür von außen.

Alba stützte sich erschöpft auf dem Schreibtisch ab. Die Spannung wich aus ihrem Körper, ihre Knie zitterten, und sie hielt sich fest, um nicht zu stürzen. Was hatte sie getan? Sie atmete mehrmals tief ein und aus.

Die Tür schwang auf.

Vor ihr stand Gerado.

»Alles in Ordnung, Mutter?« Er ging auf sie zu. »Du siehst blass aus. Vater ist eben gegangen, ich habe ihn aus dem Büro kommen sehen. Was hat er hier gewollt?«

Alba schüttelte den Kopf. Es war die falsche Zeit, um über ihren Mann zu sprechen. »Wir müssen zu den Gästen.«

»Xisca wartet mit einem Arbeitskollegen auf dich. Sie hat die Fotos im Kasten, nun fehlt ihr noch das Interview mit der Hotelbesitzerin.« Gerado kniff ihr rechts und links leicht in die Wangen. »Besser, du bekommst jetzt wieder etwas Farbe. Bist du bereit?«

»Es muss ja gehen.«

Gerado wich nicht von ihrer Seite. Er ging auf die geladenen Gäste ein und schirmte Alba, so weit es ihm möglich war, vor lästigen Nachfragen ab. Die Besucher amüsierten sich, es war ein rauschendes Fest. Die Musikband spielte temperamentvolle Musik. Die Menschen tanzten. Vom Meer wehte eine milde Brise. Alba lächelte gezwungen, bis sie glaubte, es würde ihr im Gesicht auf ewig stehen bleiben.

Matías schien gegangen zu sein. Zumindest vermisste Alba ihn in den vergangenen zwei Stunden. Auch Marisol sah sie nicht. Beide hätte sie gebraucht, um diesen unleidigen Tag zu überstehen. Er sollte einer der besten in ihrer Karriere sein und doch fühlte es sich für sie wie das pure Versagen an. Leo hatte den Tag ruiniert. Mit seinem Starrsinn. »Bald ist es vorüber.«

»Danke, Gerado.« Alba liebte ihren sensiblen Sohn. »Auf dich kann ich immer zählen.«

»Fast immer«, scherzte er. »Sobald ich wieder eine Schlange auf dem Hotelgelände entdecke, bin ich weg.«

Alba lachte. Seine Furcht vor Schlangen würde sich wohl nie legen. Sie erinnerte sich an die Albträume, nachdem er auf Leos Weinfeld beim Fußballspielen eine Hufnatter entdeckt und sich zitternd versteckt hatte. »Dann muss sich Eric um die Beseitigung kümmern.« Albas Master Domo unterstützte Gerado in Cala Mayor. »Es gibt Schlimmeres.«

»Nicht für mich. Lass uns an der Bar etwas trinken.« Er führte sie mit sich. »Alejandro wird dort auf uns warten.«

»Einen Rotwein habe ich bitter nötig.« Albas Inneres vibrierte nicht mehr wie eine Gitarrensaite, ein Wein würde sie weiter beruhigen.

Neben dem Pool befand sich eine von den Hotelgästen gut frequentierte Cocktailbar. Auf einem Sofa im Schatten saßen Marisol und Matías, vor sich ein halb volles Glas Weißwein. Marisol flüsterte Matías etwas ins Ohr, wobei es fast so aussah, als würde sie an seinem Ohrläppchen knabbern. Noch hatten die beiden sie nicht bemerkt.

Alba unterhielt sich mit einer jungen Frau, frisch in den Flitterwochen, deren Mann ebenfalls die Getränke besorgte. Von dem Stehtisch aus hatte sie freie Sicht auf die Sitzgruppe. Marisol kicherte angetrunken, flirtete mit Matías, und ihm schien das sehr zu gefallen. Wie lange ging das bereits zwischen ihnen? War sie so blind? Kurz versuchten Tränen die Oberhand über Albas Fassung zu gewinnen. Musste sie am Tag ihres größten Erfolgs tatsächlich drei Menschen, die ihr nahestanden und denen sie bisher bedenkenlos vertraut hatte, aus ihrem Leben streichen?

9

Lilia bummelte durch die Straßen von Palma. Die Handelsschule, die sie an zwei Tagen die Woche besuchte, bereitete ihr zwar Spaß, dennoch sehnte sie sich nach einem Schultag zurück aufs Land.

Zu Marco.

Seit Kurzem deutete er an, wie ihre gemeinsame Zukunft aussehen könnte. Obwohl Carla ihnen verbot, sich in ihrer Obergeschosswohnung allein zu verabreden, fanden sie Wege zu Treffen, die über zarte Küsse und Umarmungen hinausgingen. Dabei gingen sie nicht bis zum Äußersten. Trotzdem fürchtete sie sich vor einer Schwangerschaft.

Ob sie doch den Zug nach Binissalem nehmen sollte, um Marco zu überraschen? Die Aussicht, ihn zu sehen, ließ sie schneller gehen. Ihre Mutter wäre dagegen, weil sie sie kaum noch zu Hause sah.

»Hola, Mamá«, begrüßte sie ihre Mutter, die an der Rezeption mit Eduardo etwas besprach. »Ich fahre nachher nach Binissalem, dann kann ich morgen länger schlafen. Vater braucht mich in der Früh auf dem Weinfeld.«

»Das besprechen wir oben. Das Essen steht bereit. Ich komme gleich hoch, ja?« Eduardo nickte ihr lächelnd zum Gruß zu und vertiefte sich erneut in die ausgebreiteten Unterlagen.

Lilia warf ihre Schulmappe aufs Bett, zog ihre Landkleidung an und setzte sich an den gedeckten Esszimmertisch. Unter der Servierhaube befand sich ein großer Topf mit Tumbet. Die Art, wie ihr Koch Pep den Gemüsetopf mit gebratenen Kartoffeln zubereitete, mochte sie lieber als die Zubereitungsart ihrer Mutter. Mit Appetit aß sie. Normalerweise begleitete sie ihre Mutter, um mit ihr zu sprechen, außer, sie hatte viel zu erledigen. An diesem Tag war es Lilia recht, so konnte sie problemlos einen Zettel hinterlassen und sich davonstehlen. Bis sie wieder nach Hause kam, wäre der kurze Ärger ihrer Mutter verpufft.

Die Zimmertür schwang auf. »Du hast bereits gegessen?« Alba setzte sich zu ihr an den Tisch. »Ich bevorzuge es, wenn du heute hier bei mir bleibst. Wir könnten etwas Schönes unternehmen. Kino?«

»Fürchterlich gern, aber ich habe mit Papá vereinbart, morgen ganz früh auf dem Feld zu helfen, weil der Brunnenbohrer kommt.« Lilia ging die Lüge leicht über die Lippen. Es stimmte zwar, dass er kam, allerdings hatte er sich für mittags angekündigt. »Es war meine Idee, den Brunnen zu bohren, also will ich dabei sein.«

Ihre Mutter sah enttäuscht aus. »Ich verstehe. Gut. Dann ein anderes Mal.«

»Bald, versprochen.« Lilia schenkte ihrer Mutter ihr schönstes Lächeln, und es war ehrlich gemeint. Sie hatte gewonnen. »Weißt du, wir sparen durch den Brunnenbau jede Menge. Bisher hat ein Tankwagen das Betonbecken gefüllt. Sobald wir den Brunnen haben, ist das kostenlos.« Lilia tupfte sich die Mundwinkel ab und legte die Stoffserviette auf den Tisch. »Anschließend kann Papá die Casita ausbauen.« Ihr Vater lebte in dem kleinen und spartanischen Steinhäuschen auf dem Feld. Komfort gab es nicht. Es wurde Zeit, dort aufzubauen. Ausreichend Geld besaßen sie. Für den Brunnen, eine eigene Bodega und ein Haus direkt am Weinfeld. Ihr Vater musste einen Kredit aufgenommen haben, um ihre Wünsche voranzutreiben. Dafür liebte sie ihn noch mehr. »Ich geh dann.«

»Schon gut, mein Mädchen. Bringst du Marco nächstes Mal mit? Er könnte ein Hotelzimmer bewohnen. Ich möchte ihn gerne besser kennenlernen.« Ihre Mutter stand ebenfalls auf.

»Ich frage ihn. Und wenn er vom Hof fortkann, kommen wir zusammen. Versprochen.« Sie küsste ihre Mutter auf die Wangen.

»Grüße Carla und Francisco von mir.« Sie drückte Lilia an sich. »Und deinen Vater und Marco natürlich.«

»Mach ich.«

Lilia packte ihre Tasche und verließ das Stadthotel. Auf dem Weg zum Bahnhof grübelte sie über die Beziehung ihrer Eltern nach. Irgendetwas stimmte nicht mehr zwischen ihnen. Ihre Verbindung war nie innig gewesen. Nicht so weit sie zurückdenken konnte. Ihr Vater verbrachte immer viel Zeit auf den Weinfeldern, während ihre Mutter das Hotel in Palma leitete, nun kamen zwei weitere hinzu. Vermutlich lag es an den unterschiedlichen Zielen. Ein Ehepaar sollte ähnliche Vorstellungen haben. Bei Carla und Francisco spürte sie die Liebe zueinander, die sie bei ihren Eltern vermisste. Sie gingen seit einigen Wochen allerhöchstens noch höflich miteinander um. So wollte Lilia nicht leben. Marco und sie verfolgten die gleichen Interessen: Familie, gemütliches Landleben, ein eigenes Weingut.

Im Zug verscheuchte die Vorfreude, Marco zu sehen, ihre trüben Gedanken. Die zogen vorbei wie die Landschaft an Lilias Zugfenster. Je mehr sie sich von Palma entfernte, desto ferner schienen die elterlichen Probleme oder die gediegene Hotelwelt. Wenn Mutter Lilias Vater für zwei Tage auf dem Feld erleben würde, verstünde sie, was für ein Mann er war. Ein Winzer. Er gehörte auf das Weinfeld, in die Bodega, in die Natur. Nicht in ein Hotel. Vielleicht sähe sie ihn dann mit anderen Augen.

Der Zug fuhr in Binissalem ein. Lilia eilte zu Marcos Hof und hoffte, ihn auf der Schafwiese anzutreffen. Sie hatte Glück. Am Gatter ließ sie die Tasche fallen und rannte zu ihm. Die Schafe sprangen blökend zur Seite. Marco drehte sich um. Auf seinem Gesicht erschien ein freudiges Strahlen. Er breitete die Arme aus und fing Lilia auf. »Was machst du denn schon hier?«

»Ich hatte Sehnsucht.« Sie küssten sich innig.

Marco wirbelte sie um ihre eigene Achse. »Nicht so sehr wie ich nach dir.«

»Dann ist meine Überraschung gelungen?«

»Und wie!« Er verharrte und wirkte plötzlich ernst. »Ich muss dich etwas fragen.«

Marco zupfte einen Grashalm, flocht daraus einen Kreis, ging auf die Knie und reichte ihr den zum Ring geflochtenen Halm. »Lilia Delgado Colom, willst du mich heiraten?«

Lilias Herz hüpfte vor Freude. Marco hielt um ihre Hand an, wenn auch nur mit einem Ringersatz. Sie fiel zu ihm auf die Erde. »Und ob ich will!«

Er streifte ihr den Halmring über den Finger. »Ich habe einen Ring gekauft, der liegt zu Hause.«

»Der hier ist perfekt.« Sie blickten sich tief in die Augen, bevor sie sich küssten. Lilias Inneres zersprang fast vor Glück. Ihr Traum erfüllte sich.

»Mamá will dich besser kennenlernen. Kommst du mal mit mir nach Palma?« Sie lagen halb aufeinander im Gras zwischen den Schafen. »Dann erzählen wir ihr von der Hochzeit.«

»Dein Vater hat eingewilligt.«

Lilia fuhr hoch, stützte sich auf die Ellbogen und sah ihn an. »Du hast mit Papá gesprochen?« Die Geste rührte sie. Es musste Marco große Überwindung gekostet haben, ihn zu fragen. Marcos Familie war im Vergleich zu den Delgados arm. Er würde nur den unrentablen Hof erben. Ihre Mutter würde ungern einer Heirat zustimmen, davon war Lilia überzeugt. Sie hielt nichts vom Landleben. Deshalb unterstützte sie den Bau der Bodega nicht und investierte jede Pesete in die Hotels. Ein Punkt, der sie entzweite. Gerado lebte im Luxus. Tat mit Unterstützung der Mutter, was er wollte. Und sie? Lilia fühlte sich gegenüber ihrem Bruder oft zurückgesetzt.

»Natürlich. Er ist einverstanden.«

Lilia ließ sich zurück ins Gras sinken. »Was hältst du von einer Trauung auf eurem Hof?« Das kostete wenig. Lieber steckte Lilia das gesparte Geld in die Bodega.

»Das ist für mich in Ordnung.« Er zog einen weiteren Grashalm aus der Erde und spielte damit. »Ob aber deine Eltern das gutheißen?«

»Warum nicht?«

»Du bist ihre einzige Tochter. Eine Hotelerbin. Da feiert man Hochzeiten in einem anderen Stil.«

»Ich bin eine Winzerin. Zumindest möchte ich das sein.« Lilia setzte sich auf. »Für meine Eltern lasse ich mir was einfallen.« Eines der halbwüchsigen Lämmer gesellte sich zu ihnen. Lilia streichelte über das knubbelige Fell. »Na, du?«

»Freunde dich nicht zu sehr mit den Tieren an.« Marco stand auf und reichte ihr die Hand.

Das tat sie nicht, trotzdem fand sie die Wollknäuel niedlich. Zudem war den verbleibenden Schäfchen auf der Wiese das Schicksal des Osterlamms erspart geblieben. Sie würden auf der Weide leben, selbst welche gebären, von denen manche Glück hatten und andere im Ofenrohr endeten. Das war der Kreislauf der Natur.

Die Dämmerung brach herein und tauchte die Berge der Tramuntana in dunkle Schatten. Auf den Gipfelspitzen leuchteten die letzten Sonnenstrahlen und erweckten den Eindruck, als würde der Bergkamm rot glühen. »Ich muss los. Sonst bekomme ich Ärger mit Carla.« Ihre Tía hielt immer noch an ihrer Regel fest, was intime Treffen unmöglich machte. In Tía Carlas Küche saßen sie wie zwei Großeltern beisammen, unterhielten sich, ohne sich zu berühren, geschweige denn sich zu küssen. Ihr kam eine Idee. »Kannst du dich morgen Nachmittag davonstehlen?«

»Das kann ich einrichten, warum?« Händchen haltend gingen sie den Weg entlang. »Ich bringe dich mit dem Wagen.«

»Danke.« Seit Marco den Führerschein besaß, blieben die Pferde für solche Fahrten auf der Weide. »Auf dem Feld ist viel Arbeit. Carla wird nicht vor dem Abendessen nach Hause kommen. Wir hätten die Wohnung oben für uns.«

»Und wenn sie früher zurückkommt?«

Sie kamen auf dem Hof an. »Das wird sie nicht.«

»Gut. Ich nehme das Fahrrad. Ich sollte sowieso bei der Kooperative vorbeifahren und ein paar Dinge besprechen.« Marco öffnete ihr den Wagenschlag. »Ich hole kurz die Schlüssel. Bin gleich wieder da.«

Lilia betrachtete ihren geflochtenen Ring. Sie würde ihn trocknen und aufbewahren. Er sollte sie immer an diesen Tag erinnern.

Wenig später kehrte Marco zurück. »Ich soll dich von Vater grüßen.«

Mit Àlvaro verstand sie sich inzwischen sehr gut. Er hatte wie seine Frau Agata schnell bemerkt, dass sie aufs Land passte und nicht wie die üblichen Stadtmädchen agierte. Seit dem Gespräch mit Lilias Vater zeigte er auch größeres Interesse am Weinbau. Er räumte Marco mehr Anbaufläche dafür ein. Bei Weitem nicht genug, aber es stellte einen Anfang dar. Mit Bedacht würde er die Viehwirtschaft gegen den Weinanbau tauschen.

»Sie sind zu Hause. Der Admiral steht vor der Tür. Möchtest du kurz mit reinkommen?«

»Admiral? Das ist ein schwarzer Opel Kapitän.« Er fuhr auf den Hof.

»Carla nennt ihn so.«

»Warum?«

»Du kennst die Geschichte nicht?« Ohne Marcos Antwort abzuwarten, begann Lilia zu berichten. »Tío Francisco wollte vor zwei Jahren einen neuen Wagen. Ich war frisch oben eingezogen. Den Loryc sollte Xisca bekommen.«

»Das weiß ich.«

»Hey, lass mich erzählen.«

Marco presste amüsiert die Lippen zusammen.

»Na also. Meine Tía fand das Fahrzeug zu teuer. Tío Francisco kam mit dem pechschwarzen Auto und bat Tía Carla einzusteigen. Die Sitze des Wagens sind orangerot und todschick.« Lilia zeigte zum Opel Kapitän. »Tía Carla stieg ein, bewunderte die bequemen Polster und in derselben Sekunde landete ein prächtiger Admiral am Rand der offenen Wagentür. Du weißt, wie der Schmetterling aussieht?«

Marco bejahte.

»Seine Flügel sind schwarz, wie das Fahrzeug von außen, und orangerot an den Flügelspitzen, wie die Polsterung des Wagens.« Lilia amüsierte immer wieder die Reaktion ihrer Tante, die das Auto zuvor nicht haben wollte. »Tía Carla sah das als gutes Zeichen und stimmte dem Kauf zu. Seither heißt der Kapitän eben Admiral. Sie hat ihn quasi befördert.«

Marco lachte. »Das passt zu deiner Tante.«

Lilia schwieg. Sie konnte ihre Tía nicht einschätzen. Lilia gegenüber verhielt sie sich freundlich und zuvorkommend, doch mit ihrem eigenen Bruder herrschte offene Feindschaft. Bisher verschwieg ihr Lilias Vater die Gründe. Irgendwann würde sie die Wahrheit erfahren. »Kommst du mit rein?«

»Ein anderes Mal. Ich muss die Schafe zurück in den Stall treiben.« Marco küsste sie zum Abschied.

»Und danke, dass du uns den Brunnenbohrer empfohlen hast. Er ist morgen Mittag hier, falls du Zeit findest. Anschließend gehen wir hierher.« Der Gedanke, einen Nachmittag mit Marco in ihrer Wohnung zu verbringen, trieb ihr die Hitze ins Gesicht.

»Abgemacht! Ich bin zur Mittagszeit auf eurem Feld.« Er stieg aus, umrundete den Wagen und öffnete ihr die Beifahrertür.

»Ein vollendeter Kavalier.« Lilia ließ sich aus dem Sitz helfen, sank in seine Umarmung und flüsterte ihm ins Ohr: »Ich freue mich sehr auf morgen.«

»Du bist dir sicher?«

»Das bin ich. Jetzt, wo wir verlobt sind.«

Nach einem letzten Kuss schloss er die Wagentür, stieg ein und drückte zum Abschied kurz auf die Hupe, bevor er davonfuhr.

Lilia betrat das Haus, ging die Treppe hoch und deponierte den Grasring auf ihrem Nachttisch. Solange sie keinen echten Ring am Finger trug, würde der Antrag ihr süßes kleines Geheimnis bleiben.

Ob sie hinuntergehen sollte, um guten Abend zu sagen? Hungrig war sie nicht. Es gab keinen Grund, die beiden zu stören. Sie brühte sich einen Tee auf, wusch sich und legte sich aufs Bett, um zu lernen. Ihre Gedanken schweiften zu Marco. Wie würden sie leben? Wo? Ob Tía Carla sie hier wohnen ließe? Dann besäßen sie eine gemütliche Wohnung in der Nähe der Felder, abseits der Eltern. Der Nachteil an diesem Arrangement wäre der Wunsch ihres Vaters. Er forderte genaue Informationen, was ihre Tía plante oder auf dem Weinfeld tat. Andererseits führte sie alle Arbeiten ohne Heimlichtuerei aus. Trotzdem fühlte es sich für Lilia unangenehm an, sie auszuhorchen.

Nachdem sie sich nicht konzentrieren konnte, löschte sie das Licht und überließ sich ihren Träumereien. Ihr Kleid sollte eine A-Linie haben: eng anliegend am Oberkörper mit bauschigem und langem Rock. Passte das zu einer Landhochzeit? Wenn nicht, wäre es ihr einerlei. Mit einem zufriedenen Lächeln schlief sie ein.

Das Lächeln und die gelöste Laune begleitete sie beim Aufstehen. Für das Frühstück ging sie hinunter. Francisco saß bei einer Tasse Kaffee, Tía Carla wünschte ihr ebenfalls einen guten Morgen, und bat Lilia, sich zu setzen. »Das Pa amb oli ist fertig.« Sie brachte ihr den Teller mit den Tomatenbroten. »Wir haben erst am Vormittag mit dir gerechnet und waren überrascht, als Marco dich gebracht hat.«

»Es gibt viel zu tun auf dem Feld.« Lilia aß mit Appetit.

Carla goss ihr Kaffee ein. »Das ist wahr. Der Prensal Blanc bereitet mir ein wenig Sorgen. Die Trauben sind zu klein. Ich habe den Boden noch nie so trocken erlebt. Da werde ich wohl mehr wässern müssen.«

»Geht uns genauso mit dem Prensal. Deshalb bohren wir den Brunnen. Die Wasserlieferungen sind teuer.« Lilia pustete in die Tasse, bevor sie daran nippte.

»Das ist vernünftig«, kommentierte Francisco. »Warum Geld ausgeben?«

»Wenn die Trockenheit anhält, muss ich das Becken erweitern, um mir notfalls Wasser liefern zu lassen. Das Brunnenwasser wird kaum ausreichen, wenn der Regen ausbleibt.« Carla trank ihren Kaffee im Stehen.

»Dann sollte es bald ordentlich regnen. Zeit wäre es dafür.« Lilia erinnerte sich noch gut an die Dürre der vergangenen zwei Jahre. Zwar hatte es im Frühjahr endlich geregnet, doch wog das die Trockenperiode keinesfalls auf.

»Du weißt, die Sommergewitter sind Fluch und Segen zugleich. Bleiben sie aus, werden die Trauben nicht prall, regnet es zu viel, verfaulen sie, weil die Erde das viele Regenwasser nicht aufnimmt.« Carla seufzte. »Irgendwie hatte ich diese Erinnerung verdrängt, als ich erneut Wein anbauen wollte.«

Lilia schluckte das letzte Brotstück hinunter. »Das regelt sich schon wieder. Solche Dürrephasen sind selten. Sagt Vater.«

Tía Carla drehte sich um und stellte ihre Kaffeetasse in die Spüle. So verhielt sie sich immer, wenn Lilia über ihren Vater sprach. Er schien ein unbeliebter Geist im Haus zu sein.

Francisco erhob sich. »Ich bin in der Werkstatt.«

»Wir sehen uns am Abend.« Carla wusch die Tassen ab.

Lilia freute sich über die Bestätigung und brachte ihr das restliche Geschirr. Francisco würde ihr Stelldichein nicht bemerken. Oftmals nahm er sich nur einen Kanten Brot und Sobrasada mit, das er mittags im Steinmetzbetrieb aß.

Zusammen radelten sie zu den Weinfeldern. »Bis heute Abend!«

Carla hob zum Abschied die Hand.

Lilia schob ihr Rad zum Schuppen.

Ihr Vater saß davor, trank Kaffee und sah finster zum Feld seiner Schwester. »Und? Was gibt es im anderen Lager?«

»Bon dia.« Sie ging zu ihm, küsste ihn auf die Wange und setzte sich auf einen umgelegten Baumstumpf. »Das Wasser ist knapp, aber das ist nichts Neues.«

»Du hast ihr vom Brunnenbau erzählt?« Leo sprang auf. »Was hat sie gesagt?«

»Tío Francisco fand es eine gute Idee.« Lilia verdrehte die Augen. »Ist es ja auch. Warum wundert dich das?«

Ihr Vater blieb ihr eine Antwort schuldig. »Wir werden sehen. Ich traue dem Frieden nicht.«

»Ach, Papá, vertragt euch endlich.« Das wünschte sie sich für ihre Hochzeitsfeier. Sie wollte Tía Carla und Tío Francisco einladen. Immerhin hoffte sie, mit Marco nach der Hochzeit in die obere Wohnung ziehen zu dürfen.

Ihr Vater schwieg. »Lass uns an die Arbeit gehen.«

Lilia goss die Stöcke. Eine mühsame Tätigkeit, die viel Kraft und Mühe bereitete. Für jeden Eimer musste sie zurück zum Becken. Nach der Brunnenbohrung plante Vater, mittels einer benzinbetriebenen Pumpe das Wasser direkt an die Stöcke zu bringen. So sparten sie weite Wege. Wobei? Leitungen verlegen kostete ebenfalls Geld. Eventuell wusste Marco Rat.

Marco kam nur wenige Minuten vor Pau an. Die beiden begrüßten sich herzlich. »Pau, das sind Leo und seine Tochter Lilia.«

Etwas enttäuscht bemerkte Lilia, dass er sie weder als Freundin noch seine Verlobte vorgestellt hatte. Aber vielleicht war es auch gut, solange Marcos Eltern nichts vom Antrag wussten. Der Dorfklatsch verbreitete sich schneller als Graufäule im Spätsommer.

»Wohin soll der Brunnen?« Pau sah sich auf dem Feld um. »Gehört das ganze Areal zu euch?« Er wies bis ans Ende von Carlas Weinfeld.

»Nein, siehst du den Johannisbrotbaum?« Lilias Vater zeigte auf den ausladenden Baum. »Er steht etwa im ersten Drittel des Grundstücks, das nicht in unserem Besitz ist.«

Lilia deutete auf die steinerne Casita. »Da sind das Wasserbecken und das Wohnhaus. Er soll dort in die Nähe.«

Pau zog einen Zweig mit einer Gabelung aus seinem Hosenbund. »Das ist ein frischer Olivenzweig.« Er marschierte über das Gelände, hielt die Zweiggabel vor sich. »Ich muss die Wasserader finden.«

Ihr Vater beobachtete das Vorgehen interessiert.

»Das war bei uns auch notwendig.« Marco folgte Pau. »Wir brauchen die ergiebigste Stelle, sonst kann der Brunnen versiegen. Besser man verlegt die Rohre über eine längere Strecke und schließt eine stärkere Pumpe an, als an einer unergiebigen Stelle zu bohren.«

»Vollkommen richtig«, bestätigte ihr Vater. »Das bekomme ich hin. Das können wir außer Acht lassen.«

Lilia wusste nicht, wie ihr Vater das bewerkstelligen sollte, hielt jedoch den Mund. Sie wollte nicht als unwissendes Mädchen dastehen. »Gut, das ist geklärt.«

Sie sah zu ihm. »Ich muss nun los, Papá, für die Schule lernen. Wir haben das nächste Mal eine Prüfung.«

»Fahr ruhig, Lilia. Ich wässere die Stöcke, und der Fachmann braucht keine Unterstützung.« Er blickte Marco an. »Kümmere du dich um dein Weinfeld. Da wirst du ausreichend Arbeit haben. Danke dir fürs Kommen.« Er klopfte Marco freundschaftlich auf die Schulter.

»Gut, dann gehe ich auch.«

Lilia freute sich über ihre kleine List, gab Marco zum vermeintlichen Abschied ein Küsschen auf die Wange und radelte voraus. Sie trat schneller in die Pedale als gewöhnlich und schenkte ihrer Umgebung keine Beachtung. Sonst erfreute sie sich an den Feldern, die zu jeder Jahreszeit anders aussahen und rochen. Im Moment wirkte alles trocken von der heißen Sommersonne, doch genau diese bestimmte am Ende die Qualität des Weins.

Bei Carla angekommen, lehnte sie ihr Rad gegen die Hauswand, eilte nach oben, machte sich frisch und zog sich ein einfaches Hauskleid an. In Feldkleidung wollte sie ihren Verlobten nicht empfangen. Sie fuhr sich mit der Bürste durch ihr kurzes Haar, als es klopfte. Eilig ging sie zur Tür. »Hat dich jemand gesehen?«

»Nein. Das Fahrrad steht hinter dem Haus.« Marco strahlte sie an. »Ich wollte den Ring mitbringen, hatte aber Angst, dass er mir beim Radfahren aus der Hosentasche fällt.«

»Ist nicht schlimm.« Lilia zeigte auf den Herd. »Möchtest du einen Kaffee?«

»Sehr gerne.« Marco setzte sich an den Küchentisch.

Lilia spürte seine Blicke auf sich ruhen.

»Ich freue mich darauf, hier mit dir zu wohnen.« Marco sah sich um. »Die Wohnung ist perfekt.«

»Sie hat sogar zwei Schlafzimmer. Eines für uns und eines für Nachwuchs.« Die Idee, bald eine eigene Familie zu haben, weckte zwiespältige Gefühle in ihr. Nächsten Sommer beendete sie die Handelsschule, dennoch wäre sie mit neunzehn Jahren eine junge Mutter. Dazu käme die Arbeit auf dem Feld. Ihr Leben würde sich komplett ändern. Trotzdem konnte sie sich kaum Schöneres vorstellen, als Marcos Kind in ihren Armen zu halten. Sobald sie zusammenlebten, ließe eine Schwangerschaft bestimmt nicht lange auf sich warten.

»Du wirst eine gute Mutter werden«, sagte Marco, als hätte er in ihren Gedanken gelesen.

»Das hoffe ich.« Lilia füllte Kaffeepulver und Wasser in die Blechkanne und stellte sie auf den Herd. »Komm, ich zeige dir die anderen Zimmer.« Bisher hatte Marco nur einen kurzen Blick in den Wohnraum werfen können. Ihre Tía unterband jegliches Treffen im oberen Geschoss. Lilia öffnete eine Tür. »Hier das Kinderzimmer.« Ein paar alte Möbel und Kisten standen verloren im Raum. Bisher diente er als Abstellkammer.

»Fehlt nur ein Anstrich.« Er umarmte sie von hinten. »Ich kann es vor mir sehen.«

»Ich auch.« Sie löste sich und ging zum Badezimmer. »Es ist nicht neu, aber alles vorhanden, was nötig ist.«

»Nicht modern? Im Vergleich zu dem in unserem Haus ist es geradezu brandneu.« Marco drehte sie zu sich. »Können wir uns die Miete überhaupt leisten?«

Bislang wohnte Lilia kostenlos hier. Irgendwie regelte sich das. Nachdem sie nicht im Hotel lebte wie Gerado, würde sie ihre Mutter um eine monatliche Unterstützung für ihre Wohnung bitten. Das würde sie nicht ablehnen. »Natürlich. Zusammen schaffen wir das.«

Die Kaffeekanne brodelte laut.

Lilia eilte in die Küche und zog die Blechkanne vom Herd. »Fehlt nur noch das Schlafzimmer.« Sie ging zur letzten geschlossenen Tür, öffnete sie und machte ihm Platz. Marco blieb im Türrahmen stehen. »Trau dich. Es ist unser Zimmer.«

Etwas schüchtern trat er zu ihr. Lilia bedeutete ihm, zu ihr zu kommen. Sie schloss ihn in die Arme, küsste ihn und ließ sich von seinen Küssen davontreiben. Marcos Hände auf dem Rücken streichelten sie zärtlich. Ihr entwich ein wohliger Seufzer.

»Lilia?« Es klopfte an der Tür, bevor sie die quietschenden Angeln hörte, als sie aufschwang. »Möchtest du mit uns mittagessen?«

Ehe sich Lilia und Marco voneinander lösen konnten, entdeckte Tía Carla die beiden eng umschlungen im Schlafzimmer. Sie starrten sich überrascht an. »Marco, es ist besser, du gehst nun.« Lilia sah die Ernüchterung im Gesicht ihrer Tante. »Ich habe dir vertraut. Und du missbrauchst das?«

Marco drückte sich an Carla vorbei. »Es tut mir leid.«

»Das sollte es auch.«

»Marco!« Lilia sah ungläubig hinter ihm her. Er ging und entschuldigte sich sogar? Dabei war nichts geschehen.Sie hatten sich geküsst, aber mehr nicht.

»Du enttäuschst mich sehr. Wir hatten eine klare Vereinbarung.« Tía Carla strich sich eine lose Haarsträhne zurück.

Lilia wollte sich das nicht bieten lassen. »Wir sind verlobt! Damit ist die Abmachung hinfällig.«

»Das höre ich zum ersten Mal.« Ihre Tante sah zum Bett. Es war unberührt. »Wenigstens bin ich rechtzeitig gekommen, um Schlimmeres zu verhindern. Was hätte ich deiner Mutter sagen sollen?«

»Hörst du denn nicht zu?«, brüllte Lilia. »Marco hat mir einen Antrag gemacht.«

»Dann zeig mir deinen Ring.« Tía Carla hielt ihr auffordernd die Hand hin.

Lilias Verzweiflung wuchs. »Den habe ich noch nicht.«

»Nun lügst du mich an?« Ihre Tante wandte sich ab. »Schäm dich. Das hätte ich nicht von dir gedacht.«

Sie schloss die Tür.

Leise.

Fast unhörbar.

Hätte ihre Tante mit der Tür geknallt, wäre sie eine ebenbürtige Gegnerin gewesen. Lilia wäre ihr nachgelaufen, hätte ihr ihre Wut entgegengeschleudert, doch so? Lilias Zorn suchte nach einem Ventil. Sie fand keines.

In ihrer Ratlosigkeit rannte sie die Treppenstufen hinunter und radelte zu ihrem Vater. Er würde sie verstehen.

Ihr Vater vermaß gerade die Strecke zwischen dem Wunschplatz des Brunnens zum Wasserbecken. »Ich dachte, du lernst?«

Nachlässig stellte sie ihr Fahrrad an einen Baum. »Ach, Papá!« Es kippte um.

»Was ist passiert?« Leo legte das Metermaß beiseite.

»Carla!«

»Was hat sie getan?«

Lilia wusste nicht recht, wie sie ihrem Vater die Wahrheit sagen sollte, und griff zu einer Lüge. »Marco ist mir nachgefahren, um mir einen Antrag zu machen.«

Er sah sie irritiert an. »Komm, setz dich.« Er ging voraus zu seiner Behelfswohnung und holte zwei alte Stühle heraus. »Ich dachte, du möchtest ihn heiraten? Habt ihr nicht darüber gesprochen? Sonst hätte ich doch nicht zugestimmt.«

»Selbstverständlich will ich das.« Sie setzte sich auf einen Holzstuhl, dessen Farbe durch die fast vollständig abgeplatzte Lackfarbe kaum noch zu erkennen war. »Carla ist dazugekommen. Sie hat uns eine Riesenszene gemacht, weil wir bei mir oben waren.«

Leos Augenbrauen zuckten in die Höhe. »Er hat dich aber nicht angefasst, oder?«

An der Reaktion ihres Vaters erkannte sie, wie wenig Verständnis sie von ihm bekommen würde. Er fürchtete um ihre Ehre. An diesem Nachmittag hätte sie es zugelassen. Sogar gewollt. »Natürlich nicht! Was denkst du nur?«

»Gut. Und warum hat sie sich dann eingemischt?« Erleichtert lehnte er sich auf seinem Stuhl zurück. »Wohl kaum wegen des Antrags.«

»Nein, sie war sauer, weil ich die Abmachung gebrochen habe.« In diesem Punkt hielt sie sich an die Tatsachen. »Aber hätte ich Marco in diesem Augenblick wirklich rauswerfen sollen?«

Leo verneinte. »Die Frau ist eiskalt und herzlos. Das habe ich dir doch stets zu erklären versucht.«

Lilia witterte die Chance, nun endlich den Grund für den Zwist herauszufinden. »Was hat sie dir denn angetan? Sie wirkt immer so freundlich, so gutherzig.«

»Gutherzig?« Ihr Vater spuckte beinahe aus. »Wenn ich es dir erzähle, darf es niemand erfahren. Selbst deine Mutter weiß es nicht. Sonst würde sie kein Wort mehr mit meiner Schwester wechseln. Euch Kindern zuliebe habe ich die Wahrheit für mich behalten. Carla ist die einzige Familie, die ihr außer uns habt. Die wollte ich euch nicht nehmen.«

Lilia erinnerte sich, wie spät sie ihre Tante und ihren Onkel kennengelernt hatte. Der Zwist lag also noch länger zurück. »Ich schwöre.«

»Auch Marco gegenüber.« Sein strenger Gesichtsausdruck ängstigte Lilia. »Kannst du das einhalten?«

Marco etwas zu verheimlichen würde ihr schwerfallen. Sie zögerte. Der Grund des Streits musste sehr ernst sein, wenn ihr Vater ein solches Versprechen von ihr verlangte. Lilia überlegte, was für sie schwerer wog, die Wahrheit nicht zu erfahren oder vor Marco ein Geheimnis zu bewahren, das ihre Familie betraf.

Lilias Neugierde siegte. »Versprochen. Kein Sterbenswort zu niemandem.«

Ihr Vater atmete lautstark aus. »In Ordnung. Hol deinem Vater ein Bier aus der Casita.«

Lilia tat, wie ihr geheißen. Sie zog den Stuhl in den Schatten und wartete.

Ihr Vater trank einen tiefen Zug. »Also gut, du bist erwachsen, und ich verlasse mich auf dich.« Er zupfte am Etikett der

Flasche. »Ich war damals noch jung, auf Freiersfüßen unterwegs, um deine Mutter zu beeindrucken.«

Es war das erste Mal, dass Lilia etwas über ihre Eltern erfuhr. Er musste sehr verliebt gewesen sein, wenn er bei ihrer Mutter hatte Eindruck schinden wollen.

»Unsere Familien unterschieden sich so, wie sich nun deine von Marcos unterscheidet. Deshalb konnte ich Marcos Angst nachvollziehen, von mir abgelehnt zu werden. Ich war so arm wie er, deine Mutter hingegen so reich wie wir jetzt. Wüsste ich nicht um Marcos Not, wie schlecht sich das für einen Mann anfühlt, hätte ich eurer Verbindung niemals zugestimmt.«

Eine bisher unbekannte Zuneigung flutete Lilias Körper. Ihr Vater gab seine tiefsten Geheimnisse preis. Nie sprach er über die Beweggründe, wenn er Entscheidungen fällte. Dies war das erste Mal. Er musste sie unglaublich lieben, um ihr so zu vertrauen. »Danke, Papá.«

Er winkte ab. »Ich will nur, dass du glücklich wirst.« Er trank einen Schluck. »Meine Eltern waren Winzer. Ich bin als Weinbauer aufgewachsen, ich brenne für diese Arbeit.« Sein Gesichtsausdruck wirkte abwesend, er schien weit zurück in die Vergangenheit zu reisen. »Die Zeiten waren hart. Unser Wein wurde nicht mehr gekauft. Mein Vater verkaufte die Trauben an einen Brandyhersteller. Der wollte sie später ebenso wenig. Meine Eltern setzten auf Trockenfrüchte und Mandeln, rissen die Weinstöcke heraus. Ich konnte es nicht verhindern, ich war damals vierzehn Jahre alt und besaß kein Mitspracherecht.«

»Tía Carla hat das ja bis vor Kurzem noch auf dem Feld angebaut.« Lilia überlegte, warum ihr Vater das als Fehler ansah, fragte jedoch nicht nach, um ihm nicht ins Wort zu fallen.

»Mit Geduld wäre alles gut gegangen, aber sie haben den Kopf verloren und damit die Bodega. Mit Qualitätswein hätten wir unser Auskommen gehabt, mit dem Wechsel auf Aprikosen hatten wir selten genug zu essen.« Ihr Vater knibbelte erneut an dem Flaschenetikett, zog es vom Glas und drückte es wieder fest.

Lilia regte sich nicht, um ihren Vater nicht in der Erzählung zu unterbrechen. Wer konnte wissen, ob er anschließend weitersprach.

»Das bedeutete für mich, dass ich zwei Jahre später in der Stadt mein Glück suchen musste. Das Land ernährte uns nicht. Ich lernte deine Mutter kennen, arbeitete am Hafen.« Er sah seine Hände an. »Die Haut platzte mir regelmäßig wegen des Salzwassers auf. Aber ich hielt durch. Ich wollte meinen Eltern nicht weiter zur Last fallen. Deine Tía Antonia ging sogar nach Kuba, weil das Essen nicht reichte.«

Lilia wusste nur wenig von ihrer entfernt lebenden Tante. Die Not schien groß gewesen zu sein. Und das wegen einer einzigen falschen Entscheidung.

»Das waren Zeiten, wie du sie dir nicht vorstellen kannst.« Er sah ihr in die Augen. »Ich habe gefleht, zum Weinbau zurückzukehren, damit ich das Land bestellen konnte, um für deine Mutter und alle zu sorgen. Vergeblich.«

In dem Fall hätte ihre Mutter mithelfen müssen. Lilia fiel es schwer, sich ihre Mutter arbeitend auf einem Weinfeld vorzustellen. »Mamá wäre mit dir gegangen?«

»Ja.« Ein bitterer Zug ließ sein Lächeln misslingen. »Wir haben uns mal sehr geliebt.« Er seufzte. »Meine Schwester hat unsere Eltern bestärkt, bei den Trockenfrüchten und den Mandeln zu bleiben, weil sie dafür keine Erntehelfer benötigten. Es reichte mit Mühe für die Tomaten auf dem Brot.« Er leerte die Bierflasche. Das Etikett lag zur Hälfte in kleinen Fetzen vor seinen Füßen. »Letztlich überwarf ich mich durch mein Drängen und Betteln mit meinen Eltern. Ich wollte ihr Bestes. Doch es war nicht genug.«

Wie grausam. Tía Carla verhinderte durch puren Egoismus die Rückkehr ihres Vaters auf das Land, das ihm als Erben zustand.

»Der Ernteschuppen war aus Holz. Niemand weiß, wie er damals Feuer fing. Die komplette Ernte verbrannte. Das kostete deinen Großvater das Leben. Er starb vor dem brennenden Schuppen.«

Ihr Vater wischte sich über das linke Auge.

Lilia hatte ihn noch nie weinen sehen. Es musste ihm schwerfallen, vom Tod seines Vaters zu sprechen, mit dem er sich zu Lebzeiten nicht mehr hatte versöhnen können. »Und was geschah dann?«

»Aus altem Groll erbte Carla den Besitz. Wir hatten uns nicht versöhnt. Deine Tía hat mich um mein Erbe betrogen.« Leo stellte die Flasche weg. »Nun kennst du die Wahrheit. Ich kann ihr das nicht verzeihen. Niemals.«

»Hast du nicht darum gekämpft?« Lilia verstand nicht genau, es kam ihr unrecht vor. Das Grundstück stand ihm zu, es war sein rechtmäßiges Erbe.

»Doch. Deine listige Tante hat alles vor dem Tod unserer Eltern auf sich überschreiben lassen.« Er zuckte hilflos die Schultern. »So bin ich leer ausgegangen. Das Recht lag damit auf ihrer Seite. Ich konnte nichts tun.«

Lilia schluckte mehrfach. Was bildete sich ihre Tante ein? Sich unrechtmäßig zu bereichern und dann die Wohltäterin spielen, indem sie ihre Nichte kostenlos im Obergeschoss wohnen ließ? »Ich ziehe auf der Stelle aus!«

»Das wirst du nicht tun.« Die Zornesfalte auf seiner Stirn zeichnete sich ab. »Sonst weiß sie, dass du es weißt. Bleib dort, halte die Augen offen, berichte mir, was vor sich geht. Unsere Stunde wird kommen.«

Endlich verstand sie den Hass ihres Vaters gegen die Schwester. Sie hatte ihn, während er sich als junger Mann den Lebensunterhalt in Palma verdienen musste, um nicht zu verhungern, um das Erbe gebracht. Ihre Tante. Ein hinterlistiges Biest. Sie durfte ihr nicht mehr trauen. Was immer sie sagte, diente nur dazu, ihr Sand in die Augen zu streuen. »Ja, unsere Stunde wird kommen.« Lilias Gedanken überschlugen sich. »Irgendwann.« Und so lange würde sie ihren Vater informieren, obwohl es ihr schwerfiel.

Die Zeit, die Lilia nun bei ihrer Tante und ihrem Onkel verbrachte, schürte ihre Abneigung. Jeder Tag, an dem sie in deren Haus lebte, wurde ihr zur Qual. Besonders, wenn sie in Kleinigkeiten unterschiedlicher Meinung waren, kostete es Lilia viel Kraft, ihrer Tante die Wahrheit nicht um die Ohren zu schleudern. Vor allem, als Tía Carla begann, sich wegen des Brunnens zu beschweren, und ihren Bruder bat, weniger abzupumpen, um ihr nicht das Wasser abzugraben. Lilias Vater erfreute sich an Carlas Unmut, den Lilia gut verstehen konnte. Ihr Brunnen war tiefer gebohrt, als es die Lizenz erlaubte, was ihnen längeren Wasserzugang gewährleistete. An manchen Tagen versuchte Lilia auf ihren Vater einzuwirken, es mit dem Wasserpumpen nicht zu übertreiben, um nicht das Dorf gegen sich aufzubringen, wenn es herauskam. Er wiegelte regelmäßig ab.

Lilia wünschte sich auszuziehen.

Bald.

Seit dem Brunnenbau und den Streitereien baute ihr Vater nicht nur seine Casita auf dem Feld aus, sondern zusammen mit Marco auch den Anbau in dessen Elternhaus. Ob die karge Unterkunft den Ansprüchen ihrer Mutter genügte, bezweifelte Lilia. Sie selbst bevorzugte die Annehmlichkeiten, die die obere Wohnung bot. In ihr kämpften zwei Mächte. Die eine zerrte sie aus der Bequemlichkeit fort, damit ihre Seele Frieden fand, die andere wollte den Komfort behalten, obwohl es ihr zusetzte, dort zu wohnen. Ihr Vater sagte, es sei klug, dem Feind nahe zu sein, so könne man ihn besser in Schach halten.

Dabei wollte Lilia nicht mehr streiten. Der Zwist mit ihrer Mutter reichte ihr vollkommen. Die bestand auf einer großen Hochzeitsfeier im Hotel, mit Presse, Geschäftspartnern und festlichem Bankett. Ebenfalls wünschte sie keine baldige Heirat. Der hatte sie erst zugestimmt, als Lilia behauptete, schwanger zu sein. Danach drängte sie sie förmlich zur Hochzeit. Wenn sie an die Wortgefechte mit ihrer Mutter zurückdachte, umspielte ein amüsiertes Lächeln ihre Lippen. Sie standen sich in nichts nach. Und nun saß sie in ihrem Schlafzimmer, die Friseurin steckte den Schleier fest, und ihre Mutter würde ihr anschließend helfen, ins Brautkleid zu kommen. »Wir wären fertig.«

Lilia betrachtete sich im Spiegel. Ihr Gesicht war dezent geschminkt, ein Kranz aus geflochtenen Weinblättern schmückte ihren modischen Pagenschnitt, und sie rutschte nervös in Unterwäsche auf ihrem Stuhl herum.

Es klopfte an der Tür. Carla sah ins Zimmer. »Deine Mutter möchte dir mit dem Kleid helfen. Seid ihr so weit?«

»Ja.« Lilias Aufregung steigerte sich ins Unermessliche. »Wenn ich noch lange warten muss, falle ich in Ohnmacht.«

»Dann wäre die Hochzeit wenigstens verschoben.« Ihre Mutter zwinkerte ihr zu. Sie hatte sich damit abgefunden, ihrer Tochter ihren Willen zu lassen. »Wenn ich auch nie verstehen werde, warum du eine Dorfhochzeit wählst, wo ich keine Kosten und Mühen gescheut hätte, dir einen Mädchentraum zu erfüllen.«

»Weil wir hier leben. Inmitten der Weinbauern. Es ist wichtig, in die Dorfgemeinschaft aufgenommen zu werden und zu zeigen, dass ich eine von ihnen bin.« Lilia wiederholte den Grund regelmäßig, sobald ihre Mutter davon anfing. »Und mit dem gesparten Geld renovieren wir unser neues Zuhause.«

»Du hättest hier bei Carla eines.« Ihre Mutter zog das Brautkleid vom Bügel. A-Linie, wie Lilia es sich gewünscht hatte.

»Das weiß ich auch zu schätzen. Marco muss seinem Vater helfen, da ist ein Umzug bequemer für uns.« Lilia ließ sich alle Optionen offen. Ihr Vater bat darum, bei Carla zu bleiben. Sie selbst hielt die Spannung kaum aus. Sie schlug ihr aufs Gemüt.

»Eure Entscheidung.«

Lilia schlüpfte in ihr Kleid. Ihre Mutter zog es hoch bis zu den Schultern und begann es zuzuknöpfen. »Immerhin sieht man noch nichts.«

Für eine Sekunde schämte sie sich für die Ausrede ihrer Mutter gegenüber. Doch wozu sollte sie die Hochzeit hinauszögern?

Carla steckte erneut den Kopf herein. »Die Pferdekutsche ist da.«

Lilias Herz hüpfte aufgeregt. »Warst du auch so nervös?«

»Natürlich.« Ihre Mutter schloss den letzten Knopf und trat einen Schritt zurück. »Du siehst bildschön aus.«

»Danke, Mamá.« Sie drehte sich vor dem Spiegel. »Ob es Marco gefallen wird?«

»Daran zweifelst du?« Ihre Mutter zupfte ein Blatt des Kranzes zurecht. »Ich nicht.«

»Dann lass uns fahren.«

Die mit Blumen geschmückten Pferde wetteiferten mit den Blumenkränzen der Kutsche. Álvaro saß in seinem Sonntagsanzug auf dem Kutschbock. Tío Francisco half ihr hinein. »Wir fahren vor.« Ihre Mutter begleitete ihren Tío und ihre Tía im Admiral. Ihr Vater wartete vor der Dorfkirche. Marco drinnen.

Die Herbstsonne strahlte an diesem Samstagmorgen vom stahlblauen Himmel. Der perfekte Tag für Lilias Hochzeit. Marcos Vater ließ die Pferde traben. Erst in Binissalem wechselte er ins Schritttempo. Der sandsteinerne Kirchturm leuchtete fast golden im Licht der Sonne. Nur Lilias Vater stand noch wartend vor dem Kirchenportal. Er kam auf sie zu, half ihr aus der Kutsche. Tränen schimmerten in seinen Augen. »Du bist wunderschön.«

»Danke, Papá.«

»Das habe ich ihr ebenfalls gesagt. Mein Sohn ist ein Glückspilz.« Álvaro lenkte die Brautkutsche in den Schatten, band die Pferde fest und zeigte ins Innere. »Dann will ich mal.«

Das Eintreffen des Schwiegervaters bedeutete dem Orgelspieler das Aufspielen des traditionellen Hochzeitsmarsches. Lilia hörte die Musik nicht mehr, als sie den Kirchgang betrat. Sie sah nur noch Marco. Der schwarze Frack stand ihm hervorragend. Ihre Mutter hatte darauf beharrt. Das Eingeständnis machte sie gerne, nachdem Lilia sonst ihre Wünsche durchgesetzt hatte. Die Zeremonie drang wie durch einen Nebel zu ihr. Auch die Glückwünsche vor der Kirche nach der Trauung. Das Getuschel der Gäste wertete Lilia als Komplimente für ihre Ausstaffierung, was für eine Landhochzeit unüblich war. Deshalb hatte sie auf den Kranz aus Weinblättern bestanden, um dem Kleid ein wenig Eleganz zu nehmen.

Marcos Vater brachte die Kutsche. Marco half ihr hinein, bevor er sich zu ihr setzte. Die Gäste forderten einen Kuss. Dem kamen sie umgehend nach. Der Weg führte sie in die Dorfschenke. Tische und Bänke reihten sich auf. Die Dorfbewohner folgten zu Fuß, nahmen ihre Plätze ein, und die Bedienungen eilten durch die Reihen, um die Bestellungen aufzunehmen.

Lilia suchte unter den Besuchern ihren Vater und fand ihn bei einer Gruppe von Männern. »Was geht dort vor sich?«

Marco zuckte die Schultern. »Lass uns den Tag genießen. Sie werden sich beruhigen.«

»Das hoffe ich sehr.« In Lilias Magen breitete sich ein diffuses Unwohlsein aus, als sie zum Brauttisch gingen. Ihr Platz war zwischen den Brauteltern. Ihre Mutter saß bereits. Rechts von ihnen sollten die Eltern des Bräutigams sitzen. Lilias Schwiegermutter saß ebenfalls. Álvaro folgte ihnen.

Lilia zögerte. Ihr Vater diskutierte immer noch. »Jetzt will ich wissen, was los ist.« Sie raffte ihr Hochzeitskleid und eilte zu ihrem Vater. »Wollt ihr euch nicht setzen und mit uns feiern?«

»Gleich, Cariño.« Leo versuchte sie abzuschirmen. »Das ist eine Männerangelegenheit.«

Dies animierte Lilia erst recht, stehen zu bleiben. »Worum geht es denn so Wichtiges?« Marcos Nachbar reichte ihr eine umgeschlagene Samstagszeitung. Die Überschrift brüllte ihr förmlich den Grund für die Diskussion entgegen: *Mitglieder der Wein-Kooperative von Sencelles und Binissalem graben sich gegenseitig das Wasser ab.*

Lilia überflog den Artikel. Obwohl Xisca keine Namen nannte, blieb kein Zweifel, wer wem das Grundwasser durch die Brunnenbohrung abgrub. Wie konnte ihre Cousine ihr das nur am Tage ihrer Hochzeit antun? Sie war ihre Hochzeitsfotografin! Und warum musste ein solcher Streit öffentlich ausgetragen werden? »Wir graben niemandem das Wasser ab!« Wütend drückte sie dem Mann die Zeitung in die Hand. »Wir haben das Brunnenrecht vom Ministerium erhalten.«

»Dann stimmt es nicht, dass der Brunnen tiefer gebohrt wurde?«, fragte Marcos Nachbar, dessen Name Lilia entfallen war.

»Wir pumpen nicht mehr aus der Erde als die anderen.«

»Das habe ich bereits erklärt.« Ihr Vater griff sich Lilias Hand. »Ärgere dich nicht über das Missverständnis. Das klärt sich alles auf.«

Keiner könnte die Vorwürfe, zu tief gebohrt zu haben, beweisen, solange sie ab jetzt weniger Wasser pumpten.

Trotzdem schäumte Lilia vor Wut. Ihre Tía Carla scheute nicht davor zurück, Lilia ihren Hochzeitstag zu verderben und ihre Familie öffentlich in den Schmutz zu ziehen. Irgendwann musste sie für diese Freveltat büßen.

10

Havanna 1947

Antonia betrat das Büro ihres Mannes, um ihm eine Tasse Kaffee zu bringen. Federico saß mit finsterem Blick über den Buchhaltungsbüchern. »Was ist los?«

»Cunninghams Handlanger hat uns die besten Grüße seines Chefs überbracht. Dazu überreichte er mir die neue Bestellung.« Er reichte den Auftrag über den Schreibtisch.

Antonia stellte die Kaffeetasse ab, nahm das Papier und las. »Er will fast alle Cleopatras?«

»Ich werde ihm kein einziges Stück mehr liefern als im Vorjahr.« Federico nippte am Kaffee.

»Wird er uns Ärger machen?« Antonia traute es ihm durchaus zu. Ein Vater, der seinen Sohn in schmutzige Geschäfte hineinzog, schien ihr zu allem fähig.

»Was soll er tun? Uns erschießen lassen? Die Eltern seiner Schwiegertochter?« Er stieß ein verächtliches Schnauben aus. »Das würde selbst er nicht wagen.«

»Warum musste Valentina ausgerechnet diesen Mann wählen?« Seit zwei Jahren telefonierten sie häufig. Es vermittelte ihr einen Hauch von Sicherheit, obwohl sie trügerisch war.

Die Prophezeiung blieb ihr stets präsent. Nachdem Valentina Kuba verlassen hatte, steigerte sich Antonias Angst täglich. Mit Federico konnte sie darüber nicht sprechen. Er glaubte nicht an die Santería, Antonia erst nach ihrem Besuch bei Magdalena zu Hause. Die kubanische Religion vermischte das Katholische mit dem Afrikanischen. An die befremdlichen Bräuche war sie längst gewöhnt. Angelica besaß das zweite Gesicht. Sie sah Dinge, die der Mensch nicht sehen sollte.

Auch Fernanda hielt wenig davon. Überhaupt gefiel Antonia deren Veränderung nicht. Seit der Hochzeit ihrer Schwägerin mit Enrique verwandelte sie sich immer mehr in eine der Frauen, über die sie früher gespottet hatten. Sticken, den Haushalt führen, die Kinder erziehen, langweilige Dinner oder den Lunch im Country Club mit anderen gelangweilten Müttern einnehmen. Die Entfremdung schmerzte Antonia. Sie vermisste ihre Freundin, obwohl sie in derselben Stadt wohnten und sich regelmäßig trafen. Die Gespräche verliefen oberflächlich, nichts ähnelte der wilden und unkonventionellen Fernanda, die sie auf dem Schiff kennengelernt hatte. Dieser trauerte sie in solchen Momenten nach.

Wie Antonia auch Magdalenas Umzug betrauerte. Vor fünf Jahren hatte sie einen Mann aus ihrem Heimatort geheiratet und Havanna verlassen. Sie gönnte ihr das neue Glück von Herzen. Doch manchmal fühlte sie sich ohne ihre früheren Freundinnen einsam. Ihr fehlte eine Gesprächspartnerin. Eine Frau.

Magdalena besuchte sie wegen der Entfernung nur selten.

Antonia blieb somit mit ihrer Angst um Valentina allein. Den Inhalt der Weissagung enthielt sie ihr vor. Das Ereignis geriet in das kindliche Vergessen ihrer Tochter. Wie sollte man so etwas seinem Mädchen beibringen? Es würde Valentinas ganzes Leben beeinflussen. Sinnvoller war es, sie trug diese Last für sich. Besser, Valentina belächelte ihre überbesorgte Mutter.

Antonia seufzte.

»Mach dir keine Sorgen. Es ist, wie es ist.« Pragmatisch wie immer ging Federico mit der Situation um. Er tat, was er für richtig hielt, und Cunningham akzeptierte es zähneknirschend. »Immerhin konnten wir deinen Rotwein vor ihm retten.«

Bevor er ihren Reserva bekäme, würde sie mit dem Weinanbau aufhören. So sehr sie ihr kleines Weingut liebte. Das hatte sich Antonia geschworen. Bei ihrer letzten Lieferung an Carla hatte sie eines der großen Fässer mit ihrem Dos Corazones befüllt. Ihre Schwester sollte selbst schmecken, wie gut sich die alten Stöcke auf dieser Erde entwickelt hatten. Das Ergebnis kannte sie. Die Weinlieferung hatte Carla dazu verleitet, wieder auf Wein umzustellen. Hoffentlich mit dem gleichen Erfolg wie sie. Noch immer verkaufte sie ihre Weinflaschen an ausgewählte Stammkunden. »Ich wünschte, wir könnten Valentina vor ihm schützen.«

»Du machst dir zu viele Sorgen um unsere Kinder.«

»Und du dir zu wenig.« Antonia setzte sich auf die Armlehne des Bürostuhls.

Das Klingeln des Telefons beendete ihre Unterhaltung.

Federico hob ab. Sein Gesicht verlor jegliche Farbe. »In welcher Klinik ist er?«

Ein heißer Schmerz fuhr ihr wie ein glühendes Eisen durch den Leib.

Rodrigo!

»Danke für Ihren Anruf. Wir übernehmen die Kosten. Kümmern Sie sich gut um ihn.«

Antonia versuchte, etwas zu verstehen, doch die Stimme am anderen Ende sprach zu leise.

»Auf Wiedersehen.« Federico legte auf. »Rodrigo ist in Las Vegas verunglückt. Er liegt im Krankenhaus. Die inneren Verletzungen haben sie behoben. Er könnte jedoch sein linkes Bein verlieren. Sie tun alles in ihrer Macht Stehende.«

»Ich muss zu ihm. Sofort.« Antonia sprang von der Lehne auf. »Fährst du mit?«, fragte sie, obwohl sie die Antwort kannte. Er konnte die Fabrik nicht unbeaufsichtigt lassen.

»Ich rufe am Flughafen an und buche dich auf den nächstmöglichen Flug nach Miami oder New York. Von dort kommst du weiter nach Las Vegas.« Schon hielt er den Telefonhörer in der Hand. Seine zupackende Art liebte sie. Federicos Verlässlichkeit. Wie er mit schwierigen Situationen umging.

Las Vegas.

Rodrigo lag in dieser Stadt allein im Krankenhaus. Vielleicht könnte eines ihrer Kinder hinfahren. »Ruf Isabel an. Und David. Napa liegt in der Nähe. Sie wären schneller bei ihm.«

»Geh du packen. Ich kümmere mich um alles.«

Antonia warf die notwendigsten Sachen in einen Koffer. Eventuell bestünde im Anschluss die Möglichkeit, ihre Kinder in Napa zu besuchen, zu sehen, wie sie wohnten.

Je nachdem, wie es Rodrigo ging und wann sie ihn nach Havanna verlegen lassen konnte. Ihr Junge sollte sich zu Hause erholen.

Sein Bein.

Hoffentlich ließ es sich retten.

Federico betrat das Schlafzimmer, als sie den Deckel zuklappte.

»In zwei Stunden geht dein Flug. Christopher und Isabel sind auf dem Weg.« Federico trug den Koffer zum Auto. »Er lebt. Das ist das Wichtigste.«

»Stimmt. Aber was geschieht, wenn er das Bein verliert? Das wird er nicht verkraften.« So gut kannte sie ihren Sohn.

Federico schloss sie in die Arme. »Denk nicht daran. Sie operieren ihn gerade und leisten ihr Bestes, um es zu erhalten. Die Ärzte schaffen heute viel.«

Antonia hörte seine Worte, sie prallten jedoch an ihr ab wie ein Gummiball an einer Wand. »Lass uns fahren.«

Der Abschied am Flughafen verlief knapp, Antonia durfte keine Zeit verlieren, um die Maschine nach Miami nicht zu verpassen. Die Sorge überwog ihre Aufregung, obwohl sie selten flog.

Den Flug legte sie in tiefe Gedanken versunken zurück. Sie saß am Gang und starrte vor sich hin, bis das Flugzeug landete. Der Anschlussflug ging wenig später. Sie zwang sich, ein Schinkensandwich zu essen, um bei Kräften zu bleiben. Es nützte ihrem Sohn nichts, wenn sie schwach und verzweifelt bei ihm ankam. Stärke und Hoffnung. Das musste sie ausstrahlen. Ihm Gewissheit schenken, alles käme in Ordnung. Egal, wie die Operation verlief.

Stunde um Stunde verging.

Die Weiterreise nach Las Vegas zog sich. Antonia fragte sich, ob Rodrigo inzwischen den Operationssaal verlassen hatte. Waren Isabel und Christopher bei ihm, sobald er aufwachte? Oder musste er dieses Drama allein durchstehen?

Antonia verließ das Flughafengebäude. Die Hitze, die sie empfing, ließ ihr die Kleidung am Körper kleben. Innerhalb weniger Minuten war sie durchgeschwitzt.

Vor dem Gebäude bat sie einen Taxifahrer, sie zum Memorial Hospital zu bringen.

Am Hospitaleingang stand Christopher Fitzgerald. Er rauchte. Antonia näherte sich, doch er sah durch sie hindurch. »Guten Tag, Christopher.«

»Antonia!« Er löschte die Zigarette und streckte ihr die Hand hin. »Ich habe dich noch nicht erwartet. Tut mir leid.«

»Ist Isabel bei ihm?«

»Ja, es darf nur die Familie zu ihm. Er liegt auf der Intensivstation. Isabel kam raus. Sie sagte, er sei kurz aufgewacht und habe sie nicht erkannt. Er dachte, sie wäre du.«

Es bestand eine große Ähnlichkeit zwischen Isabel und ihr, als sie jung gewesen war. Rodrigo schien die vergangenen Jahre vergessen zu haben, was sie erschreckte. Sie musste zu ihm. »Wo ist die Station?«

»Ich zeige dir den Weg.« Christopher nahm ihr Gepäck und marschierte voraus.

Schweigend folgte sie ihm.

Vor der Tür zur Pflegestation befand sich ein Schalter. Dahinter saß eine Krankenschwester. Christopher übernahm die Vorstellung.

»Es darf nur eine Person zu ihm.«

»Dann holen Sie Isabel Guerrera heraus.«

»Gerne. Moment, bitte.« Die Frau erhob sich und ging durch eine hinter ihr liegende Tür, auf der die Besuchszeiten standen. Viel Zeit bliebe ihr nicht mehr.

Wenig später trat Isabel durch die Zugangstür.

»Mamá! Du bist hier.« Ihre Tochter warf sich in ihre Arme. »Gott sei es gedankt. Rodrigo hält mich für dich, er wollte mir nicht glauben, dass ich seine Schwester bin.«

»Wie geht es ihm?«

»Er ist wach. Sie haben die Milzverletzung behandelt, die Schnittwunden ebenfalls. Aber das Bein bereitet allen Sorgen. Sollte er Wundbrand bekommen, amputieren sie es oberhalb des Knies.« Tränen schimmerten in ihren Augen.

»Er kannte die Gefahr«, versuchte Antonia, ihre Kleine zu beruhigen. Sie wusste nicht, woher sie die Kraft für tröstende Worte nahm. Sie handelte instinktiv. »Rodrigo wird das überstehen.«

Isabel wischte sich mit dem Handrücken über die Wange. »Das wird er. Ganz bestimmt.«

Antonia schob ihr Mädchen in Richtung Christopher. Ein einziger Blick genügte. Er würde sich liebevoll um ihre Tochter kümmern. Daran hegte sie nicht den geringsten Zweifel. »Ich gehe rein.«

Die Schwester stand im Türrahmen. »Bitte, hier entlang. Achten Sie darauf, dass er sich nicht aufsetzt.«

Sie führte Antonia drei Türen weiter. Von einem Vorhang verdeckt, lag Rodrigo in einem Krankenbett. Den Kopf verbunden, mehrere Schnittwunden im Gesicht, auf der flachen Matratze, kein Kissen, das Bein dick bandagiert, die Decke lose über ihn gelegt. Der Anblick ihres Sohnes schnitt ihr ins Herz. Sie setzte sich auf den Stuhl neben dem Bett und ergriff seine Hand. »Junge, was treibst du nur für Sachen?«

Rodrigos Augenlider flackerten. Er schien ihre Anwesenheit zu bemerken. »Schlaf. Ich bin ja hier.«

»Mamá? Wo warst du?«

»Nur kurz draußen, um mit deiner Schwester zu sprechen.« Sie ließ ihn im Glauben, zuvor bei ihm gewesen zu sein.

Rodrigo öffnete die Augen. »Sehe ich sehr schlimm aus?«

»Nein.« Antonia betrachtete die tiefen Schnittwunden in seinem Gesicht. »Du wirst ein paar Narben behalten. Dazu eine spannende Geschichte. Mädchen lieben das.«

»Was ist mit meinem Bein?« Er versuchte sich aufzusetzen. »Kann ich weiterhin Rennen fahren?«

»Bleib liegen. Du darfst nicht sitzen. Hab Geduld.« Selbst in diesem Zustand sehnte er sich bereits wieder danach, in einen Wagen zu steigen.

»Ist jemand aus meinem Stall hier?«

Antonia konnte sich nicht erinnern, noch eine Person gesehen zu haben. »Da muss ich fragen. Ist das von Belang?«

»Sponsoren sind elementar. Ohne den Rennwagen bin ich ein Niemand. Und du willst wissen, ob das wichtig ist? Natürlich ist es das!« Rodrigo erhob seine Stimme und funkelte sie an. Sein Gesicht leuchtete hellrot.

»Ich erkundige mich, beruhige dich, ja?« Antonia ahnte jedoch, wie die Antwort ausfallen würde.

Sie ging zurück in den Wartebereich. Christopher und Isabel saßen auf einer Bank. »War jemand vom Rennteam hier?«

Beide verneinten.

Christopher fragte die Krankenschwester.

Die Frau überlegte. »Er wurde mit dem Rettungswagen gebracht, unmittelbar nach dem Unfall. Bei jedem Rennen steht ein Krankenwagen zur Verfügung. Ein paar Leute von der Presse mussten wir abwimmeln. Es war ein grauhaariger Mann hier, der Mr. Guerreras Zustand erfahren wollte und ohne Information gehen musste. Er hinterließ uns Ihre

Anschrift und Telefonnummer. Aber sonst?« Sie schüttelte den Kopf. »Niemand. Ach ja, doch, ein junges Mädchen tauchte auf. Sie gab sich als Verlobte aus, was wir nicht glaubten. Oder haben wir uns geirrt?«

»Nein.« Zumindest wusste Antonia nichts von einer Partnerin. »Wie sah sie aus?«

»Hübsch, blond, mittelgroß, mit kalifornischem Akzent.« Die Schwester zuckte die Schultern. »Ihren Namen habe ich vergessen. Sie wird wiederkommen, wenn sie tatsächlich seine Freundin ist.«

Davon ging Antonia aus. »Danke, sagen Sie mir bitte Bescheid, sollte sie wiederauftauchen?«

»Natürlich.«

»Wartet ihr auf mich?«, wandte sie sich an ihre Tochter und Christopher.

»Ich nehme an, du hast kein Hotel gebucht?« Christopher sah sie fragend an.

»Noch nicht.« Antonia rang sich ein Lächeln ab. »Ihr?«

»Ja. Ich werde dir ein Zimmer dort reservieren, einverstanden?«

»Gerne.« Antonia freute sich für Isabel, einen tüchtigen Mann an ihrer Seite zu haben. Er wirkte besonnen, ruhig und empathisch.

Zurück im Krankenzimmer setzte sie sich wieder an Rodrigos Bett. Er sah seine Mutter erwartungsvoll an. »Du bist verlobt?«

»Nein. Wie kommst du darauf?«

»Ein Mädchen hat das angegeben, um zu dir vorgelassen zu werden.« Antonia strich über seine Hand. »Du musst ihr viel bedeuten, wenn sie so etwas behauptet.«

»Marilyn. Ihr traue ich so etwas zu. Wir gehen seit ein paar Wochen aus.« Zum ersten Mal umspielte ein Lächeln seinen Mund. »Und sonst?«

»Ein grauhaariger Mann. Er hat unsere Adresse weitergegeben. Und die Presse, man hat sie fortgeschickt.« Antonia hoffte, die Nachricht würde ihn beruhigen.

»Das muss Owen gewesen sein. Er ist wieder weg?« Rodrigos Gesichtsausdruck verfinsterte sich.

»Die Schwestern haben ihn weggeschickt.« Ob das die Wahrheit war, spielte keine Rolle. Ihr Junge sollte sich nicht aufregen. Er brauchte Ruhe. »Du bist sehr lange operiert worden. Es darf nur die Familie zu dir, außer du willst jemanden unbedingt sehen. Dann gibt es eine Ausnahme. Dieser Owen konnte hier nichts für dich tun.«

Er glaubte ihr nicht. Das sah sie ihm an. »Mamá, ich bin müde. Ich werde schlafen.«

Seine Worte bekräftigten ihren Verdacht. »Sicher?«

»Ganz sicher.«

»Ich komme morgen früh wieder. Soll ich dir was mitbringen?«

»Ein neues Bein.« Die Art, wie er es sagte, zeigten erste Spuren der Verbitterung. Es handelte sich nicht um einen Scherz. Dazu neigte ihr Sohn nicht.

»Das wirst du nicht brauchen«, versuchte sie ihm Mut zuzusprechen. »Hast du sonst einen Wunsch?«

Rodrigo schloss die Augen. In wenigen Minuten wäre die Besuchszeit vorüber, also ging Antonia zurück in den Wartebereich.

»Er schläft. Ich werde morgen wiederkommen. Wie lange bleibt ihr?« Antonia bedankte sich bei der Krankenschwester und griff nach ihrem Koffer, was Christopher erfolgreich verhinderte.

»Lass mich den tragen. Wir bleiben so lange, wie du es für nötig hältst.«

Isabel hakte sich bei Antonia unter. »Er sieht wirklich schlimm aus.«

»Die Schnitte verheilen, und mit etwas Glück verblassen die Narben.« Bis auf eine Schnittwunde, die quer über die rechte Wange verlief, schienen die anderen oberflächlich. Um sein Bein sorgte sie sich mehr. Ob es heilte? Sie hoffte es für ihn. Obwohl er dann sein Leben erneut bei jedem Rennen riskieren würde. Davon konnte ihn nichts abbringen. So viel hatte sie verstanden.

Christopher hielt ein Taxi an. »Ins Fabulous Flamingo.«

»Mamá, das Hotel ist der Wahnsinn. Mit Shows, und jeden Abend gibt es ein neues Programm. Sie haben sogar ein eigenes Casino.« Isabels Augen leuchteten vor Begeisterung. »Kein Wunder, dass sich Rodrigo hier wohlgefühlt hat. Langeweile kam hier offenbar nicht auf.«

Antonia seufzte. »Also wird das Haus von der Mafia betrieben.« Überall schienen die Gangster ihre Finger im Spiel zu haben.

»Sei nicht so misstrauisch.« Isabel drückte ihre Hand.

»Deine Mamá hat recht. Das Hotel gehört der jüdischen Mafia. Gus Greenbaum hat es fertiggestellt. Gäbe es andere komfortable Unterkünfte in Las Vegas, hätte ich die genommen. Das Flamingo hat nun einmal klimatisierte Zimmer, was wichtig in dieser Wüstenstadt ist.«

»Das wusste ich nicht.« Isabel sah Antonia mit aufgerissenen Augen an. »Woran erkennt man kriminelle Leute?«

An den Waffen im Hosenbund, dachte Antonia, unterließ es jedoch, den Gedanken laut auszusprechen. Sie hatte die Mafiosi in Valentinas Herrenausstatter sofort erkannt. Ihre Jüngste kannte sich nicht aus. So sollte es auch bleiben.

Der Fahrer hielt vor einem prächtigen, mehrstöckigen Haus. Ein livrierter Angestellter eilte zum Wagen, nahm dem Taxifahrer den Koffer ab. Eine opulente pinkfarbene Leuchtreklame prangte an der Fassade. Selbst bei einbrechender Dämmerung schien an jedem Gebäude bereits die Werbung zu leuchten. Casinos, ein Westernsaloon, kleinere Hotels, Bars, alles heischte nach der Aufmerksamkeit möglicher Kundschaft.

Der Page geleitete sie zum Empfangstresen.

Nach den Formalitäten pries der Herr an der Rezeption das hauseigene Casino an und überreichte Antonia einige Jetons. Sie gab die bunten Spielchips Isabel. »Falls ihr spielen möchtet. Wo kann ich telefonieren?«

»Von Ihrem Zimmer aus. Sie werden weiterverbunden.«

»Danke.« An so einen Luxus gewöhnte sie sich besser nicht. Das Gespräch kostete vermutlich ein Vermögen.

»Ich reserviere im Restaurant einen Tisch. In dreißig Minuten?« Christopher sah sie fragend an.

»Die Zeit ist für mich völlig ausreichend. Gracias.« Antonia verspürte Hunger. Nachdem sie ihren Sohn gesehen hatte, fühlte sie sich ruhiger. Die Sorge um sein Bein blieb, die nächsten Stunden und Tage brächten die Entscheidung.

Antonia nahm ihren Schlüssel entgegen. Ihr Gepäck würde im Hotelzimmer auf sie warten. Ein Lift fuhr sie in die dritte Etage. Ihr Zimmer lag nur wenige Schritte entfernt.

Die Tür stand offen. Der Page wartete auf sie. »Mrs. Delgado, hier ist das Badezimmer. Die Klimaanlage ist bereits eingeschaltet.« Er zeigte auf eine Regulierungsanzeige an der Wand. »Hier können Sie sie ein- und ausschalten. Ein Bademantel hängt im Schrank.« Die aufgezogenen Vorhänge gaben den Blick in die Ferne frei. »Diese Tür führt auf die Terrasse. Von dort sehen Sie den Pool und in die Wüste Nevadas. Sollten Sie etwas benötigen, rufen Sie an der Rezeption an. Mit der Null erreichen Sie uns immer. Auch, wenn Sie ein Telefonat vermittelt bekommen möchten.«

»Das wünsche ich. Danke.« Sie reichte dem Mann eine Nickelmünze und hoffte, die Summe wäre angemessen.

Der Page bedankte und verabschiedete sich.

Antonia wählte die Null. Das Gespräch kam umgehend zustande. »Federico? Hörst du mich?«

»Klar und deutlich. Wie geht es Rodrigo?«

Antonia berichtete ihm über das Befinden ihres Sohnes. »Ich gehe jetzt mit Isabel und Christopher abendessen.«

»Und ich zu Bett. Es ist spät, und morgen wird ein langer Tag. Ich muss auf die Felder. Es gibt Probleme mit zwei Trockenhäusern. Richte allen meine besten Grüße aus.«

Sie versprach es, wünschte ihm eine gute Nacht und legte auf. In Windeseile packte sie ihren Koffer aus. Anschließend wusch sie sich und zog ein anderes Kleid an. Abendgarderobe hatte sie nicht eingepackt. Ihre normalen Tageskleider mussten ausreichen. Antonia band sich ihren Zopf neu. Noch bevor sie einen Blick in den Spiegel werfen konnte, klopfte es an ihrer Zimmertür.

»Ich komme.« Sie griff nach ihrer Handtasche und dem Zimmerschlüssel, öffnete die Tür und vor ihr stand ein bezauberndes Paar. Christopher überragte Isabel um einen Kopf. »Nehmt ihr mich so mit?«

»Immer!« Isabel lächelte.

»Auch in Arbeitskleidung?«

»Natürlich«, bestätigte Christopher. »So kleiden wir uns nicht täglich.«

Christopher trug einen dunkelblauen Anzug mit Hut, Isabel ein eng anliegendes Abendkleid aus Baumwolle.

»Fühlst du dich unwohl? Soll ich mich umziehen?«

»Auf gar keinen Fall!« Nur weil sie unpassende Kleidung für ein solch extravagantes Hotel eingepackt hatte, sollte ihre Tochter den Abend dennoch in dieser herrlichen Robe genießen. Antonia scherte sich wenig um Konventionen. »Ihr seht großartig aus. Jetzt bin ich auf ein typisch amerikanisches Mahl gespannt.«

»Du wirst es lieben.«

»Du musst die Spareribs kosten, denn beim Fisch hängt ihr Kubaner uns zweifellos ab. Dazu eine Portion Pommes frites und einen Krautsalat.«

»So etwas gibt es hier?« Antonia kannte von Grillfesten Spareribs mit Barbecue-Soße, allerdings ohne die Beilagen. Die blieben bei den heimischen Festen landestypisch.

»Natürlich. Dafür bist du genau passend gekleidet. Wir essen sie mit den Fingern und sehen im Anschluss so verschmiert aus wie Fünfjährige.« Isabel grinste. »Aber vielleicht schaffst du das feiner. Ich kann das nicht.«

»Dann lasst uns gehen.« Christopher bot Antonia den Arm an. Er geleitete sie beide bis zum Fahrstuhl.

In der Lobby ging er voraus und ließ sich an den Tisch führen, den er für sie reserviert hatte. Noch bevor sie saßen, bestellte er Wasser und einen Rotwein, den Antonia nicht kannte. »Von eurem Weingut?«

»Ja, ich muss doch bei meiner künftigen Schwiegermutter Eindruck schinden.«

Antonia zog überrascht die Augenbrauen nach oben. Sie sollten sich besser mehr Zeit lassen. Ihr kam es zu schnell vor. Oder war Isabel schwanger?

Isabel klopfte ihm tadelnd auf den Oberarm. »So weit sind wir noch lange nicht.«

Amüsiert beobachtete Antonia den Schlagabtausch. Christopher wollte ihre Jüngste heiraten, Isabel schien warten zu wollen. Sehr vernünftig. »Ihr seid verlobt?«

»Nein, sind wir nicht.« Isabel verdrehte die Augen.

»Deine Tochter hat mir einen Korb gegeben.« Christopher nahm die Speisekarte und blätterte darin. »Eiskalt.«

»Mir hat der Antrag nicht gefallen.« Isabel wandte sich an Antonia. »Weißt du, wie er mich gefragt hat?«

Antonia schwieg amüsiert, ihre Kleine würde es ihr gleich sagen.

»Wir haben die neuen Jahrgänge verkostet. Ich war bei einem Rotwein der Meinung, er müsse noch ein paar Wochen im Fass reifen. Chris kostete erneut, spuckte den Wein aus und gab mir recht. Anschließend meinte er: Wenn ich dir schon zustimme, solltest du wenigstens meine Frau werden.« Isabel spielte mit ihrer Serviette. »Erst spuckt er aus, und im Anschluss daran folgt ein Heiratsantrag? Ohne auf die Knie zu gehen? Ohne Ring? Da konnte ich nur ablehnen.«

»Du hast eine grausame Tochter.« Christopher tippte auf die Speisekarte. »Sie haben Spareribs. Für alle?«

»Siehst du, das meine ich.« Isabel funkelte Christopher angriffslustig an. »Er macht einen lausigen Antrag, aber ich bin grausam?«

»Da mische ich mich nicht ein. Bestelle jedoch ebenfalls die Spareribs.« Antonia beobachtete amüsiert, wie die beiden sich neckten und wandte sich dann an ihre Tochter. »Ich verspreche dir, den Rotwein hier nicht auszuspucken.«

Christopher stieg auf den Scherz ein. »So übel ist unser Wein nicht.«

Während des Essens erzählte Isabel vom Weinanbau, und sie übermittelte die Einladung von Christophers Eltern, sie im Anschluss für einige Tage im Napa Valley zu besuchen, um sich vor der Rückreise nach Kuba zu erholen. »Das nehme ich gerne an. Ihr solltet zurückfahren. Ich komme hier zurecht. Ihr habt bestimmt viel zu tun.«

»Wir können bleiben. Kein Problem.« Christopher tupfte sich einen Tropfen BBQ-Soße vom Mundwinkel.

Antonia bestand darauf. Es half Rodrigo nicht, wenn sie zu dritt hierblieben. Mehr als eine Person durfte nicht zu ihm, um ihn nicht zu ermüden. »Ich reise später zu euch, einverstanden?«

»Gut«, lenkte Isabel ein. »Dann verabschiede ich mich morgen von ihm, und wir fahren zurück.«

Sie bezahlten, verließen das Restaurant und wünschten sich eine gute Nacht.

Ihre Kleine schien seit ihrem Umzug sehr erwachsen geworden zu sein. Vielleicht lag ihre Veränderung an Christopher, der sieben Jahre älter als ihre Tochter war. Sie strahlte von innen heraus. Die Entscheidung, nach Kalifornien auszuwandern, bekam ihr. Christopher bekam ihr. Isabel wirkte zufrieden mit ihrem Leben.

Zufrieden über Isabels Glück schlüpfte sie unter die Decke und fiel wider Erwarten in einen traumlosen Schlaf.

Ihr erster Gedanke beim Aufwachen galt Rodrigo. Wie es ihm an diesem Tag ging? Eilig sprang sie aus den Federn, machte sich fertig und eilte hinunter ins Restaurant, um zu frühstücken.

Der Kellner brachte Rührei mit Speck und Würstchen sowie Toastscheiben. Das reichte aus. Sie steckte die zuvor servierten Früchte in ihre Handtasche. Für Rodrigo. Einen Apfel und zwei Orangen.

Im selben Augenblick traten Isabel und Christopher an ihren Tisch. »Guten Morgen. Wir saßen dort drüben.« Isabel zeigte auf einen versteckten Erker. »Dein Geheimnis ist bei uns sicher.« Isabel kicherte. »Meine Mutter stiehlt Obst. Wer hätte das gedacht?«

»Deine Mutter hat schon ganz andere Dinger gedreht.« Antonia stand auf und zwinkerte ihnen zu. »Wollen wir los?«

Mit einem Taxi fuhren sie ins Krankenhaus. Auf der Station ging Isabel sich verabschieden. Nach einer Weile kam sie wieder in den Wartebereich. »Dieses Mal hat er mich erkannt. Die Schwester meinte, die Verwirrung könnte von der Narkose gekommen sein. Danach seien Patienten öfter durcheinander.«

Die Nachricht erleichterte Antonia. »Und wie geht es ihm sonst?«

»Gut, denke ich. Er klagt zumindest nicht.« Isabel küsste sie. »Sieh selbst nach ihm. Wir brechen auf. Wenn du uns brauchst, ruf an, ja?«

»Dann sind wir in wenigen Stunden hier.« Christopher drückte ihr ein Küsschen auf die linke Wange. »Wir sind eine Familie, obwohl eine gewisse Dame daran zweifelt.«

»Danke euch vielmals.« Antonia ließ sie schweren Herzens ziehen. »Ich komme, sobald ich es verantworten kann.«

Sie winkten sich zum Abschied.

Antonia blieb allein zurück. Die Krankenschwester saß nicht hinter dem Tresen. Sie musste warten. Außerdem wollte sie sich mit einem Arzt besprechen. Die Frühvisite sollte um zehn Uhr morgens vorüber sein.

»Oh, möchten Sie zu Ihrem Sohn?« Unbemerkt war die Schwester zurückgekommen.

»Ja, zuvor will ich mit dem behandelnden Doktor sprechen. Wäre das möglich?«

»Natürlich. Einen Moment, bitte.« Die Frau verschwand. Wenig später tauchte sie zusammen mit einem weiß bekittelten Mann auf. »Dr. Brown. Mrs. Guerrera.«

Antonia verzichtete in den USA darauf, ihren Namen zu verbessern, da sie ihren Nachnamen bei der Heirat behalten hatte. »Guten Tag. Wie entwickelt sich Rodrigos Bein?«

»Sie kommen gleich zur Sache. Gut.« Dr. Brown nahm seine Brille ab und putzte sie mit dem Kittelärmel. »Wenn es sich nicht entzündet, wird er es mit Einschränkungen behalten. Der Bruch wird verheilen, er wird jedoch ein verkürztes Bein zurückbehalten. Die Wunde sieht gut aus. Rosig, kein Eiter. Die Wade war fast vollständig durchtrennt. Eine Metallstrebe hat sie unterhalb des Knies wie ein scharfes Messer durchgeschnitten. Wir haben den Fleischlappen nach Korrektur des Bruchs zusammengenäht.«

Antonia schluckte hart. Ihr kam beinahe das Frühstück hoch, als sie es sich bildlich vorstellte. »Wann stellt sich heraus, ob es ordentlich verheilt?«

»Wir halten es sauber. Zwei mal am Tag kontrollieren wir die Nähte. Auf Flüssigkeitsaustritt, auf Geruch. In fünf Tagen.«

»Danke. Weiß er Bescheid?«

»Natürlich. Ich habe ihm heute gesagt, dass er keine Rennen mehr fahren wird. Das Bein wird nie wieder so belastbar sein wie früher. Dazu ist zu viel Muskelgewebe in der Wade zerstört.« Dr. Brown setzte seine Brille auf. »Kann ich sonst etwas für Sie tun?«

»Danke. Ich würde ihn nun gerne besuchen.«

Die Schwester öffnete die Tür zur Station. Antonia kannte den Weg. Ihr Sohn lag wie zuvor flach und ohne Kopfkissen auf dem Rücken. »Guten Morgen, Rodrigo.« Sie zog sich den Besucherstuhl ans Bett. »Wie fühlst du dich?«

Er schwieg.

»Es tut mir leid.« Antonia legte ihre Hand auf die seine, er zog sie fort.

»Lass mich in Ruhe.«

Sie holte den Apfel aus ihrer Handtasche und das Messer, das sie ebenfalls aus dem Restaurant entwendet hatte, und schnitt ihn in Stücke. »Hier, iss. Ich werde jeden Tag hierherkommen, bis du mich nicht mehr brauchst. Hast du mich verstanden?«

Widerstandslos aß er einen Apfelschnitz. Schweigend reichte sie ihm Schnitz für Schnitz, bis er ihn gegessen hatte.

Eine Schwester unterbrach das Schweigen. »Eine junge Dame möchte zu Rodrigo.«

»Marilyn«, seufzte er. Dann schloss er kurz die Augen.

»Willst du sie nicht sehen?« Antonia überlegte, ob sie mit ihr sprechen sollte. Immerhin schien sie Rodrigo zu mögen, sonst wäre sie nicht wiedergekommen.

»Doch. Aber was geschieht, wenn sie mich so sieht?« Rodrigos Blick wirkte panisch.

Antonia betrachtete ihren Sohn. Sie sah ihn ohne die Verletzungen, sein Gesicht, wie es zuvor ausgesehen hatte, sie vermochte die Wunden auszublenden, sobald sie in seine Augen blickte. Würde das die Frau, die ihn liebte, nicht ebenso können? »Sie wird dich dennoch lieben.«

Er zögerte für einige Sekunden. »In Ordnung. Lass sie zu mir.«

Antonia erhob sich, ging nach draußen. Im Wartebereich entdeckte sie eine hübsche Blondine, schlank, in einem schwarzen Kostüm und einer cremefarbenen Rüschenbluse. »Ich bin Rodrigos Mutter.«

»Marilyn Cutter. Freut mich, Sie kennenzulernen.«

»Gleichfalls. Sie wollen zu meinem Sohn?«

Marilyn hielt mit beiden Händen ihre Handtasche fest. »Ja. Ich habe den Unfall von der Zuschauertribüne gesehen, und ich dachte, dass er den Aufprall nicht überlebt. Doch das hat er. Wie geht es ihm?«

Sollte sie der Frau die Wahrheit sagen? Oder stand ihr das nicht zu? »Ich gebe Ihnen die Erlaubnis, ihn zu besuchen. Nur kurz. Sie können gerne am Nachmittag wiederkommen.«

Marilyn lächelte dankbar. »Das ist sehr freundlich.«

»Sie haben sich als Rodrigos Verlobte ausgegeben, das wird einen Grund haben.«

Nun sah Marilyn peinlich berührt zu Boden.

»Kommen Sie mit.« Antonia bat die Schwester, zu öffnen. »Ich zeige Ihnen den Weg und ziehe mich dann zurück.«

»Rodrigo?« Antonia sah zu ihrem Sohn. »Marilyn ist hier. Ich lasse euch allein.«

Marilyn trat ein. Antonia bemerkte an ihrer Haltung, wie sie sich versteifte. »O Gott, du siehst schrecklich aus.«

»Danke.«

Nach diesem Auftakt beschloss Antonia, an der Tür stehen zu bleiben, obwohl sie nicht lauschen sollte. Sie wollte Marilyns Absichten nicht hinterfragen, vielleicht war sie nur gedankenlos gewesen. Antonia war unsicher.

»Liebling, wie geht es dir?«

»Ich erhole mich«, scherzte er. »Mit dir an meiner Seite wird es nur halb so langweilig sein. Auch ohne Rennen zu fahren.«

»Keine Rennen mehr? Du wirst doch ganz gesund!«

Antonia hörte die Decke rascheln. Er zeigte Marilyn sein kaputtes Bein.

»Das wird nicht wieder. Mit etwas Glück behalte ich es. Mit viel Pech hast du einen Einbeinigen zum Freund.«

Eine peinliche Ruhe trat ein. Antonia mühte sich, nicht in das Zimmer zu platzen, um die Stille zu zerschlagen.

»Und dein Gesicht?«

»Vielleicht lasse ich mir einen Bart stehen, dann sieht man die Schnitte nicht.«

Antonia fühlte Stolz in sich aufsteigen, wie Rodrigo mit der Situation umging. Sich einen Bart wachsen zu lassen schien ihr eine großartige Idee.

Das Schweigen breitete sich erneut aus.

Bis Marilyn es brach. »Rodrigo. Es tut mir leid. Aber ich will keinen gezeichneten Krüppel zum Mann. Das kannst du nicht von mir verlangen.«

Stuhlrücken drang in den Gang hinaus.

»Warum muss mir das widerfahren?«, fragte Marilyn, als hätte sie den Unfall erlitten. Von einem lauten Schluchzen begleitet, stürmte das Mädchen an ihr vorbei, ohne Notiz von

Antonia zu nehmen. Am liebsten hätte Antonia sie geschlagen. Was dieses unreife Gör mit solchen Aussagen ihrem Sohn antat, schien Marilyn nicht zu interessieren.

Sie betrat das Krankenzimmer. Schweigend setzte sie zu ihm, nahm seine Hand und drückte sie.

Er riss sie weg. »Lass mich allein. Geh!«

Antonia blieb reglos sitzen.

»Hast du nicht gehört? Du sollst verschwinden!«

Die Wut und die Trauer in seinem Gesicht ließen Antonia die Flucht ergreifen. Aber sie käme wieder. Jeden Vormittag und jeden Nachmittag, bis es Rodrigo besser ging und er nicht mehr mit seinem Schicksal haderte. Und sie würde ihn nach Hause holen, sobald die Ärzte einen Transport genehmigten. Auf Kuba würde alles gut werden.

11

Napa Valley – Oakville

Isabel rief täglich ihre Mutter an, um sich nach dem Zustand ihres Bruders zu erkundigen. Auch dieses Telefonat beendete sie mit tiefer Bewunderung. Sie verließ Christophers Büro, das sie für solche Gespräche nutzte, und begab sich auf die Suche nach ihm. Vermutlich fand sie ihn im Weinkeller bei den jungen Weinen. Jeden Abend kostete er den Geschmack. Es zählte das bestmögliche Ergebnis.

Er spuckte wie so oft eine Probe in einen Holzeimer. »Und?«

Sie küsste ihn zur Begrüßung. »Leider keine Veränderung. Er ist depressiv, redet nicht und beschimpft Mamá, sobald sie ihn überreden will, etwas zu essen.«

»Die Verletzungen heilen gut, er wird wieder fast normal gehen können. Dafür sollte er dankbar sein. Wie durch ein Wunder hat er das Bein behalten.« Christopher schüttelte ungläubig den Kopf.

»Er sieht sich als Krüppel. Mamá vermutet, dass seine Ex-Freundin die Schuld daran trägt. Sie war garstig zu ihm.« Isabel nahm ein Probierglas. »Die Frau kann ihn nicht geliebt haben.«

»Du würdest mich also nicht sitzenlassen, wenn ich an seiner Stelle im Krankenhaus läge?« Er sah ihr zu, wie sie den Rotwein kostete.

Da er ihr mundete, schluckte sie ihn hinunter. »Der muss auf die Flasche.«

»Du weichst mir aus.«

»Weil du dumme Fragen stellst.« Wie konnte er glauben, sie würde ihn wegen eines verkürzten Beins und ein paar Schnittwunden verlassen?

»Tu ich das?«

Isabel liebte die Wortgefechte zwischen ihnen. »Was sagst du zum Merlot?« Sie trank einen weiteren Schluck und schloss die Augen, um allen Nuancen nachzuschmecken. Der Rotwein zeigte einen ausgereiften vollmundigen Charakter. »Reife Brombeere, fleischige Pflaume, gemischt mit zart schmelzender Schokolade. Im Abgang ein Hauch der rauchigen Eiche und Vanille. Er ist perfekt.«

Als Isabel die Augen öffnete, kniete Christopher vor ihr. Aus der Hosentasche zauberte er eine Schachtel. »Der Wein ist nicht halb so perfekt wie du für mich.« Christopher ließ das Etui aufschnappen.

Ein geschliffener Brillantring funkelte ihr entgegen. Ihr blieb die Luft weg.

»Isabel Guerrera Delgado, möchtest du um Himmels willen endlich meine Frau werden?«

Für ein paar winzige Sekunden hielt sie ihre Antwort zurück. Dann sprudelte sie aus ihr heraus. »Natürlich will ich das. Ja, ja, ich will deine Frau werden!«

Noch auf den Knien schob er ihr den Verlobungsring über den linken Ringfinger. Geschmeidig stand er auf. »Damit machst du mich zu einem sehr glücklichen Mann.« Er zog sie in seine Arme und küsste sie.

Anschließend drückte er sie fest an sich. »Du schmeckst nach Frucht und Schokolade.«

»Das ist der Wein, der auf die Flasche gehört.« Isabel schmiegte sich an ihn.

»Nein, das bist du.« Christopher rückte sie ein wenig von sich. »Außerdem habe ich dir nun bewiesen, dass ich auch kluge Fragen stellen kann.«

»Das hast du. Und dieses Mal sogar zum passenden Zeitpunkt.« Isabel vibrierte vor Glück. Die Schmetterlinge in ihrem Inneren flatterten wild durcheinander. Bald würde sie seine Frau werden.

Beim letzten Antrag hatte Isabel an dessen Ernsthaftigkeit gezweifelt. Immer wieder bemerkte sie, wie Christopher geistesabwesend ins Leere starrte und sich auf seinem Gesicht Schatten der Trauer ausbreiteten.

Er vermisste Jane.

Sie würde ihm Zeit lassen, obwohl sie nun an eine gemeinsame Zukunft mit ihm glaubte. Hochzeit feiern würde sie aber erst, wenn die Momente dieser stillen Pein wie Nebelschwaden in der Sonne verschwunden waren. Und bis der Nebel sich bei ihm lichtete, würde sie ihm eine ihn liebende Partnerin sein. Isabel konnte nicht gegen eine tote Ehefrau konkurrieren. Das wollte sie auch nicht. Christopher sollte an Jane denken, jedoch nicht in tiefer Qual, die er immer noch empfand. Offenbar verdrängte er den Schmerz. Das sollte er nicht. Er musste abschließen mit der Vergangenheit, seinen Frieden mit dem Schicksal schließen. Nur dann vermochten sie ein Kapitel in ihrem Leben neu zu schreiben.

Christopher löste sich von ihr. »Jetzt werde ich dem zarten Gaumen meiner Verlobten vertrauen und die Flaschenfüllung anordnen.«

»Findest du ihn nicht perfekt?« Nun verunsicherte er sie doch ein wenig. Konnte man aus dem vollmundigen Merlot noch mehr herausholen?

»Natürlich ist er fertig.« Er zwinkerte ihr zu. »Du hast nicht an dir gezweifelt, oder?«

Sie füllte erneut ihr Glas. »Ich? An mir? Höchstens an dir und deinen Geschmacksknospen.«

»Soso.« Christopher holte eine Glaskaraffe. »Ich denke, den sollten wir heute zum Abendessen servieren. Dazu gebe ich einen Champagner in der Küche in Auftrag, um unsere Verlobung im Familienkreis zu feiern.«

»Eine fantastische Idee.« Isabel freute sich auf die Reaktion von Peter und Caroline, die im vergangenen Jahr für sie eine Art Ersatzeltern geworden waren. Erst hatte sie gezögert, Christophers Einladung, in seinem Elternhaus zu wohnen, anzunehmen.

Nachdem sie ihn und seine Familie über Monate hinweg besser kennengelernt und David sich geweigert hatte, sie weiterhin hinzufahren und abzuholen, hatte sie das Angebot doch angenommen. Mit der Auflage, Miete für ihr Zimmer zu bezahlen. Für ihre Arbeit erhielt sie einen großzügigen Lohn, der ihr diesen Stolz erlaubte.

»Cate wird noch nicht zurück sein.« Sie besuchte eine Freundin an der Westküste, nördlich von San Francisco. Jeden Tag verschob sie ihre Heimreise. Isabel vermutete einen Mann hinter dem verlängerten Aufenthalt. Aaron und Mary kämen erst gegen Mitternacht nach Hause. Sie gönnten sich ein Theaterstück in San Francisco. Also wäre es eine kleine Feier, was Isabel nicht störte.

»Vermutlich nicht. Meine Eltern und wir.« Christopher sah auf die Uhr. »Geh vor ins Esszimmer. Ich bringe den Champagner und sage in der Küche Bescheid, damit Loreen das Essen aufträgt.«

Entgegen Isabels Gewohnheiten aß man bei den Fitzgeralds nie in der Hauptküche. Entweder man aß im eigenen Wohnbereich oder im Speisezimmer. Isabel wohnte im Trakt von Cate, bereitete sich dort selbst ihr Frühstück zu, während Cate die Bequemlichkeit des Diningrooms vorzog. Früh am Morgen bevorzugte Isabel ihre Ruhe. Wenn es zu lebhaft zuging, belastete das ihren Tagesbeginn.

Mittags aß sie Sandwiches auf dem Weinfeld, nur abends nahm sie das Dinner mit ihren Gastgebern ein.

Peter und Caroline saßen bereits am Holztisch und begrüßten sie. »Wie geht es Rodrigo?«

»Nicht so gut. Körperlich erholt er sich, psychisch leider nicht. Es ist schwer für Mamá, ihn so zu sehen. Sie will ihn nach Kuba verlegen lassen.«

»Aber sie kommt vorher hierher, nicht wahr?« Caroline legte sich ihre Serviette auf den Schoß.

»Das hoffe ich sehr. Das würde ihr guttun.« Isabel setzte sich Peter gegenüber. Ihre linke Hand versteckte sie unter dem Tisch. Sie wollte Christopher die Überraschung nicht verderben.

»Du nimmst dir für deine Mutter die paar Tage frei. Zeige ihr die Gegend. Besucht David und Adriana.« Caroline goss sich und ihrem Mann Wasser ein, anschließend reichte sie Isabel die Karaffe. »Wir könnten ein Familienfest organisieren.«

Sie griff danach, um sich und Christopher einzuschenken.

»Ihr plant ein Fest?« Christopher betrat mit der Champagnerflasche das Esszimmer. Loreen folgte ihm mit einem Serviertablett und stellte es mit vier Gläsern bestückt ab, bevor sie wieder ging.

Peter runzelte die Stirn, seine Frau musterte ihren Sohn. »Champagner?«

»Wie ihr wisst, hat mir Isabel vor acht Monaten einen Korb gegeben.«

Isabel wollte sich rechtfertigen, ließ es jedoch. Seine Eltern kannten die Geschichte.

»Heute hat sie meinen Antrag angenommen.« Der Korken schoss aus dem Flaschenhals. Christopher hielt die überschäumende Flasche über das Tablett und füllte die bereit stehenden Gläser.

»Wie wundervoll!« Caroline strahlte sie freudig an.

Peter griff sich ein Champagnerglas und streckte es ihr entgegen. »Willkommen in der Familie, zu der du sowieso längst gehörst!«

Christopher servierte Isabel ein Glas, bevor er seiner Mutter ebenfalls eines reichte und sich dann selbst eines nahm.

»Vor zehn Minuten ist euer Sohn auf die Knie gegangen, und er hatte einen Ring dabei.« Isabel hob ihre Hand und zeigte den funkelnden Verlobungsring. »Auf dem Feld werde ich ihn nicht tragen.«

»Und ob du das tust. Du wirst ihn nicht verlieren.«

»Und wenn doch?«

Er stieß an ihr Sektglas. »Dann wird er gegen den Ehering ausgetauscht.«

»Wann ist die Hochzeit geplant?«

Christopher sah sie fragend an. »Das haben wir bisher nicht besprochen.«

»Erst sollte mein Bruder wieder vollkommen gesund sein.« Die Ausrede kam ihr leicht über die Lippen. Es steckte ein Teil Wahrheit darin. Sie wollte Rodrigo bei sich haben. Gut gelaunt und wohlauf. »Wir haben keinen Grund zur Eile.«

»Haben wir nicht?« Christopher sah sie überrascht an. »Darüber sprechen wir in Ruhe. Heute wird gefeiert.«

Dankbar für den Themenwechsel prostete sie erst Christopher zu, dann seinen Eltern.

»Auf das Paar!«, rief Caroline.

»Auf euer Glück!« Peter stieß entgegen der Schicklichkeit gegen die erhobenen Gläser, was Isabel freute. Zeigte es doch die Zufriedenheit ihres zukünftigen Schwiegervaters.

Christopher schloss sie in die Arme. »Auf uns!«

Loreen betrat das Esszimmer. »Ich gratuliere. Darf ich nun servieren? Sonst zieht das Rindfleisch durch.«

»Was eine Schande wäre.« Peter setzte sich wieder. »Danke, Loreen.«

Isabel lachte. Sie fühlte sich in dieser Familie wohl und geborgen. Schon lange.

Sie aßen und scherzten. Christopher servierte den neuen Merlot. Peter nippte mehrere Male. »Isabel liegt goldrichtig. Der muss auf die Flasche, bevor er zu viel vom Eichengeschmack annimmt. Es ist der perfekte Zeitpunkt.« Er hielt seinem Sohn das leere Glas hin. Der goss auf. »Wenn du sie nicht heiratest, werden wir sie adoptieren. Eine so fachkundige Frau möchte ich auf keinem anderen Weingut wissen.«

Isabel spürte, wie sie über das Kompliment errötete. »Danke, Peter.«

»Es ist die Wahrheit. Mich wundert, dass dich die Fusters haben ziehen lassen. Oder ist David ebenso begabt?«

»Das müsst ihr selbst beurteilen, ich mag die Jackson-Weine.« Isabel besaß den feineren Geschmack, das stimmte, David beherrschte dafür die Veredelung besser. Irgendwann würde sie ihn überholen, daran hegte sie keinen Zweifel. Noch war die Zeit aber nicht gekommen. Dazu fehlte es ihr an Erfahrung im Ausbau.

»Stell dein Licht nicht unter den Scheffel«, widersprach Peter. »Antonia ist außergewöhnlich, was ihren Weingeschmack angeht. Du bist ihr ähnlich. Ich freue mich auf ihren Besuch.«

Das tat Isabel ebenfalls. Ihre Mutter wäre über die Weitläufigkeit der Weinfelder begeistert. Vom Haus aus sah man auf den Lake Hennessey, dahinter folgten dichte Wälder. Dorthin wollte sie mit ihr gehen, nachdem sie ihr die Bodega gezeigt hatte. Denn die würde sie am meisten interessieren.

Bis dahin sollten vier Tage vergehen. Der Krankentransport ging am gleichen Tag nach Kuba, an dem Antonia nach Oakville reiste. Christopher holte sie vom Flughafen in San Francisco ab. Isabel half Loreen, ein typisch amerikanisches Barbecue vorzubereiten, an dem auch David samt Familie als Überraschungsgäste teilnahmen. Der kommende Abend war ihre kleine Verlobungsfeier. Aaron käme mit Mary. Selbst Cate hatte inzwischen den Weg nach Hause gefunden und in einem intimen Moment Isabels Vermutung bestätigt. Cate strahlte verliebt, sie konnte ihre gute Laune nur unschwer verheimlichen. Höchstens vor Christopher, der bemerkte so etwas ebenso wenig wie Peter, bis Caroline ihn darauf aufmerksam machte. Isabel lud den fremden Herrn ein, was Cate ablehnte. Der sollte sich weiter um sie bemühen, bis er sich als würdig erwies, alle kennenlernen zu dürfen. Isabel respektierte Cates Entscheidung.

Cate half in der Küche ebenfalls mit. Gemeinsam schnitten sie Gemüsestifte, die mit Kräuter-Sauerrahm gereicht wurden. Anschließend bereiteten sie den Salat Nicoise vor, den Isabel zum ersten Mal bei den Fitzgeralds gegessen hatte. Zuerst schien ihr die Mischung willkürlich, doch servierte man ihn in diesem Haus immer gleich: eingelegter Thunfisch, Ei, Schinken, Bohnen, Käse, Zwiebeln, Sardellen und Kartoffeln, angemacht mit einer Vinaigrette.

Die Barbecuesoße für die marinierten Hähnchenbrüstchen und die Steaks rührte Loreen nach ihrem persönlichen Rezept zusammen. Ihr Geheimnis behielt sie für sich. Dafür verriet sie Isabel, wie sie ihren pikanten Krautsalat mit Buttermilchdressing würzte. Eine Variante, die Isabel liebte.

Zum Nachtisch gab es verschiedene Muffins, Zitronen-Cupcake und Blue Berry Hill – ein Blaubeerdessert aus dem Backofen mit Rum und Vanilleeis.

Mit jeder Minute, die verstrich, steigerte sich Isabels Nervosität und Vorfreude. Auf ihre Mutter, das Fest, ihre Verlobungsfeier. Die Uhrzeiger rückten auf fünf Uhr nachmittags vor. Zeit, sich umzuziehen. Ihre Mutter sowie die Gäste würden in wenigen Augenblicken eintreffen.

Peter heizte bereits den Kohlegrill an. Ein riesiger Rost auf einem eingemauerten Kreis an einer Ecke der weitläufigen Veranda. In der Mitte glühten die Kohlestücke wie Lavaklumpen im Herzen eines Vulkans.

Isabel roch den Rauch der angeheizten Kohle bis in ihr Zimmer. Sie zog ihr geblümtes Sommerkleid an, trat ans

Fenster und sah hinaus. Ein langer, eingedeckter Tisch mit weißer Damastdecke dominierte einen Teil der Terrasse. Er bot Platz für über zwanzig Leute. Peter musste die Nachbarn eingeladen haben. Der Blick in die Gartenanlage verzauberte sie jedes Mal aufs Neue.

Isabel flanierte nach unten. Auf dem Treppenabsatz hörte sie einen Wagen vorfahren. Sie rannte zur Tür, riss sie auf und blieb inmitten der Bewegung stehen. Es waren David, Adriana und Victor. Sie winkte ihnen. »Ich dachte, Mamá ist hier.«

»Sollen wir wieder abfahren?«, scherzte David.

»Quatsch. Kann ich euch helfen?« Sie ging die Treppenstufen hinab. Adriana reichte ihr Victor. Isabel herzte den kleinen Kerl, bis er gluckste. »Dich nehme ich gerne ab. Weißt du, wen du heute siehst?«

»Abuelita.« Victor strahlte sie an und entblößte die schönste Zahnlückenreihe, die Isabel je bewundert hatte.

»Genau. Deine Oma kommt. Hat dich die Mamá deshalb so fein angezogen?« Der Knirps trug eine dunkelblaue Hose und ein blau-weiß-gestreiftes Poloshirt, was ihn sehr erwachsen wirken ließ.

Natürlich erinnerte sich Victor nicht mehr an seine Großmutter. Er hatte sie zuletzt als Säugling gesehen. Isabel stellte ihn auf die Füße. Der Zweijährige erklomm selbstständig die Stufen nach oben, nahm allerdings seine Hände zu Hilfe, bis er den gewindelten Hintern ebenfalls eine Etage höher schob.

Isabel blieb hinter ihm, falls er ins Schwanken geriet.

Adriana eilte zu ihr, schloss sie in die Arme. »Herzlichen Glückwunsch zur Verlobung.«

Ihr gegenseitiger Besuch lag acht Wochen zurück. Sie hatte ihrem Bruder die Neuigkeit per Telefon mitgeteilt. »Danke.«

»Wir haben dir ein Geschenk mitgebracht.« Adriana winkte David zu sich.

»Das sollt ihr doch nicht.«

»Du hast mich gebeten, deine Trauzeugin zu sein, also war es durchaus nötig. So will es der Brauch.« Adriana nahm David den kleinen Karton ab. Noch auf den Treppen öffnete sie ihn. Ein blau-weißer Strumpfhalter lag darin. »Du weißt um unsere Tradition? Etwas Neues, etwas Altes, etwas Gebrauchtes, etwas Blaues. Und traditionell kommt das Strumpfband von der Trauzeugin.«

»Vielen Dank.« Sie fiel ihrer Schwägerin um den Hals. »Das ist so lieb von euch.«

»Für den Rest musst du selbst sorgen.« David grinste sie breit an. »Ich fasse es immer noch nicht, dass du Christopher heiratest. Wer hätte das gedacht?«

»Du jedenfalls nicht. Als ich dich darauf aufmerksam gemacht habe, wie Chris deine Schwester ansieht, hast du mich ausgelacht.« Adriana nahm Victor auf den Arm, um die restlichen Stufen schneller zu erklimmen. Sie wandte sich an Isabel. »Dein Bruder hätte sein letztes Hemd dagegen verwettet.«

Bei ihrer Abreise aus Kuba hätte sie es ebenso wenig vermutet. »Ich bringe das Strumpfband rasch ins Schlafzimmer. Bin gleich wieder bei euch.«

Als Isabel auf die Terrasse trat, stand ihre Mutter vor ihr. »Mamá! Jetzt habe ich deine Ankunft verpasst. Wie war die Reise?« Sie streckte ihr die beringte Hand entgegen. »Das hat dir noch niemand verraten, oder?«

Ihre Mutter nahm sie, bestaunte den Ring, und ihre überraschte Miene sagte alles. Antonia suchte Christophers Blick.

»Da sitze ich über Stunden neben meinem künftigen Schwiegersohn und erfahre kein Wort!«

»Ich hatte es Isabel versprochen.« Christopher reichte Antonia ein Glas Wasser.

»Darauf sollten wir anstoßen, aber nicht damit.« Ihre Mutter strahlte sie an. »Wie schade, dass dein Vater das nicht miterleben kann.«

Isabel überlegte seit Langem, ob es nicht besser wäre, wenn ihre Eltern nach Kalifornien zu ihnen zögen. Sie fehlten ihr. Sehr sogar. Vielleicht ergab sich in den kommenden Tagen der passende Zeitpunkt für ein Gespräch. Nun wollte sie nur ihr Wiedersehen feiern.

Christopher stellte Antonia Aarons Frau vor, einige Nachbarn und seine Schwester Cate, die wie immer zu spät kam. Der Wein stand auf einem Beistelltisch, und sie tranken, aßen und amüsierten sich, bis der Mond hoch über dem Grundstück prangte. Mehrmals wurde auf ihr Wohl getrunken, bis sich die Freunde verabschiedeten und nur noch die Familie zusammensaß.

»Du musst unbedingt zu uns kommen.« David hielt den schlafenden Victor auf den Armen. »Den kleinen Kerl bringe ich besser ins Gästezimmer.« Er erhob sich und verschwand im Haus.

»Danke für den herrlichen Abend und das vorzügliche Essen.« Antonia schloss sich ihm an. »Bleibt ruhig sitzen, ich verabschiede mich auch, wenn es euch nicht stört.«

Caroline stellte ihr Weinglas ab. »Ich zeige dir das Zimmer. Peter hat deinen Koffer hochgebracht.«

»Wir sollten alle zu Bett gehen«, schlug Peter vor. »Morgen ist ein neuer Tag.«

Die Gläser ließen sie stehen. Darum kümmerte sich das Hauspersonal – eine Bequemlichkeit, die Isabel sehr genoss. Die fleißigen Geister des Hauses erledigten die notwendigen Arbeiten.

Sie wünschten sich eine gute Nacht und verabschiedeten sich in die unterschiedlichen Haustrakte.

Christopher legte den Arm um Isabel, als sie in den zweiten Stock hinaufgingen. »Schläfst du heute bei mir?«

Trotz Verlobung scheute Isabel davor zurück. Sollte sie schwanger werden, würden sie heiraten, und sie wollte aus Liebe geheiratet werden, nicht aus Pflichtgefühl. Mehr als Küsse und Zärtlichkeiten austauschen ließ sie nicht zu, so gerne sie das auch täte. »Nicht, solange meine Mutter unter diesem Dach schläft. Es käme mir falsch vor. Wir sind nicht verheiratet.«

Vor ihrer Zimmertür verharrten sie. »Verstehe, schlaf gut.« Sie küssten sich zum Abschied.

»Du ebenfalls.« Isabel huschte in ihr Zimmer. Für leidenschaftliche Nächte blieb ihnen nach der Hochzeit genug Zeit.

Während sie in Gedanken die Pläne für den kommenden Tag durchging, machte sie sich bettfertig. Von draußen hörte sie, wie Stühle gerückt und Gläser zusammengestellt wurden. Das Personal beseitigte selbst zu so später Stunde die Spuren des Fests. Sie schlüpfte unter die weiche Decke und löschte das Licht.

Isabel träumte von ihrer Hochzeitsfeier. Sie konnte ihr Brautkleid nicht finden, ihre Mutter half bei der Suche, bis sie plötzlich auf dem Weinfeld standen. Im Traum vermischte sie die unmöglichsten Szenen, bis sie erschöpft aufwachte und das Gefühl hatte, keine Sekunde geschlafen zu haben.

Müde drehte sie sich auf die Seite, um auf die Uhr zu sehen. Die Sonne schien ins Zimmer, vermutlich saßen die anderen längst beim Frühstück. Halb acht. Höchste Zeit, um aus dem Bett zu kommen. Eilig machte sie sich fertig. Ihr Haar band sie zu einem straffen Pferdeschwanz zusammen. Ein hübsches Sommerkleid passte für diesen Tag. Ausnahmsweise würde sie nicht auf dem Feld helfen, sondern den Tag mit ihrer Mutter verbringen.

Im Esszimmer entdeckte sie den Großteil der Familie. »Guten Morgen«, grüßte sie etwas verlegen. »Wie könnt ihr nach so einem Fest so früh auf den Beinen sein?«

»Senile Bettflucht«, scherzte Peter, und alle lachten.

Christopher stand auf. »Macht euch einen schönen Tag.«

»Das werden wir. Danke.« Isabel nahm sich einen Pancake und strich Butter darauf.

David und Adriana erhoben sich ebenfalls. »Wir brechen auf. Ich kann meinen Schwiegereltern nicht die ganze Feldpflege aufbürden.« Er ging zu Antonia und küsste sie auf die Wange. »Du kommst doch noch zu uns?«

»Natürlich, David. Ich habe hier zwei Tage eingeplant und bei euch, bevor ich zurück nach Kuba fahre.«

Isabel seufzte. Wie sollte sie ihre Mutter in der kurzen Zeit davon überzeugen, die Tabakfabrik zu verkaufen und zu ihnen zu ziehen? Nachdenklich kaute sie auf dem Pfannkuchen.

»Wir bringen euch hinaus und gehen anschließend an die Arbeit.« Caroline legte ihre Serviette auf den Tisch und stand auf. »Ihr beide kommt zurecht?«

»Kann ich den Jeep nehmen?« Isabel kannte sich nur mit diesem Wagen aus, die anderen war sie bisher nicht gefahren.

»Klar.« Christopher reichte ihr den Schlüssel. »Ich nehme den Transporter. Kein Problem.«

Erleichtert lächelte sie ihn an. »Dann kommen wir zurande.« Isabel blieb mit ihrer Mutter allein zurück. »Ich bin gleich so weit.«

»Frühstücke in Ruhe. Ich hole mir noch einen Kaffee.« Sie goss sich aus der Kanne ein. »Was ist dein Plan heute?«

»Ich zeige dir erst den Weinkeller, anschließend fahren wir über die Felder, und unser Mittagessen werden wir am Lake Hennessey einnehmen. Später wandern wir ein kurzes Stück durch die Wälder auf eine Anhöhe, die mir Christopher gezeigt hat. Von dort aus sieht man fast den ganzen Besitz der Fitzgeralds.« Isabel schien das ein lohnendes Ziel. Die Landschaft unterschied sich gänzlich von Kuba. Vielleicht sah Mallorca so ähnlich aus. Das wollte sie von ihrer Mutter erfahren.

»Das hört sich nach einem grandiosen Tag an.« Sie nippte an ihrem Kaffee.

Das hoffte sie. Sie wollte ihrer Mutter das Napa Valley so ansprechend wie möglich präsentieren. Isabel aß einen weiteren Pancake, bevor sie aufstand. »Bereit?«

»Immer.«

»Gut, dann gebe ich unser Mittagessen in Auftrag und hole dich hier ab.« Isabel stand auf und trug einige Frühstücksteller in die Küche, was ihr den Tadel von Loreen einbrachte.

»Du sollst nicht meine Arbeit erledigen.« Loreen nahm ihr die Teller ab, stellte sie in die Spüle und wischte sich die Hände an ihrer weißen Rüschenschürze ab. Loreen wirkte wie eine Frau aus der Ajax-Fernsehreklame. Gestärkte Bluse, im Nacken ein ordentlicher Haarknoten und stets ein Lächeln auf den Lippen.

»Ich bringe neue Arbeit mit, wenn dich das versöhnt.« Isabel betrat nie ohne Geschirr die Küche, sobald sie aus dem Esszimmer kam. Warum sollte sie nicht einen Teil abservieren? »Meine Mamá und ich unternehmen einen Ausflug. Ich möchte bitte Sandwiches und etwas von den Salaten und Kuchen mitnehmen.«

»Reste von gestern?« Loreen sah sie missbilligend an.

»Loreen, es ist eine riesige Menge übrig geblieben.« Sie ging zum Kühlschrank und öffnete ihn. Unzählige Schüsseln stapelten sich darin. »Siehst du.«

»Ich bereite es frisch vor.« Loreen schloss die Tür. »Was die Belegschaft nicht isst, werfe ich weg. So ist die Anordnung von Caroline.«

Isabel wohnte lange genug hier, um zu wissen, wie viel weggeworfen wurde. So reichlich konnten die Hausangestellten nicht essen. »Das mag für Peter und Caroline Fitzgerald gelten, aber nicht für mich. Meine Eltern haben nie Lebensmittel verschwendet. Das will ich gerne hier einführen, und ich fange mit unserem Mittagessen an. Einverstanden?«

Loreen presste die Lippen zusammen. »Wenn die Miss das so wünscht, dann richte ich das so her. Die Sandwiches dürfen frisch sein?«

Ihr entging die Spitze nicht. »Ja, danke, Loreen. Ich schätze dein Entgegenkommen sehr.« Isabel würde nach der Abreise ihrer Mutter mit Caroline sprechen. Vielleicht konnte sie ihre künftige Schwiegermutter davon überzeugen, umsichtiger mit Lebensmitteln umzugehen. »Ich hole den Korb in einer Stunde ab.«

Antonia stand am Fenster und sah in den Garten hinaus. Isabel trat zu ihr. »Opulent wie ein Park.«

»Ja. Ich hatte keine Ahnung, wie die Fitzgeralds leben. Ich dachte, ähnlich wie wir. Mehr täuschen konnte ich mich kaum.«

»Ach, Mamá, warte ab, bis du den Weinkeller siehst.« Isabel zog sie mit sich. »Mich hat die Menge an Weinfässern sprachlos gemacht. Komm mit.«

Hand in Hand spazierten sie die Treppenstufen hinunter. Das Gewölbe mit den unzähligen Erkern und den Kuppeldecken beeindruckte sie jeden Tag aufs Neue.

Ihre Mutter blieb stehen. »Dios mío, das gibt es doch gar nicht. Wie viele Fässer lagern hier?«

»Ich habe bei zweihundert aufgehört zu zählen, und das war nur ein Bruchteil der ganzen Halle.« Isabel zog sie mit zu den Nischen. »Die Bilder hat Cate gemalt. Sie studiert Kunst in San Francisco. Im Augenblick sind Semesterferien.«

»Das Mädchen ist talentiert.« Antonia ging von Erker zu Erker. »Viel zu schade, um sie hier im Keller zu verstecken.«

»Das stimmt. Trotzdem ist Cate damit zufrieden. Für sie ist der Keller der ideale Platz. Der Weinkeller sieht hübscher aus, aber sie muss sich keinem professionellen Urteil stellen wie bei einer Vernissage.«

»Ich könnte Federico eines mitbringen, für sein Büro.«

»Darf ich ihm das schenken?« Die Idee begeisterte Isabel. Sie würde eines der Landschaftsbilder wählen. Vielleicht das, wo die untergehende Sonne die Rebenreihen in rötliches Licht tauchte und die Weinblätter wie Feuerzungen leuchten ließ. Das Grün der dahinter liegenden Hügel gab dem Bild das perfekte Ambiente. »Ich zeige dir mein Lieblingsbild.« Sie gingen in den mittigen Teil. »Das hier. Cate wird einverstanden sein.«

»Wundervoll. Diese Farben! Das wird ihm gefallen.« Sie drehte sich um die eigene Achse. »Diese Bodega übertrifft meine Vorstellungen bei Weitem. Jetzt weiß ich, was Peter mit der Aussage meinte, mein Weinfeld sei zu klein. Im Vergleich hierzu ist es winziger als ein Taschentuch.«

Isabel lachte. »Ich lerne hier so viel, Mamá.«

»Du hast dein Glück hier gefunden. Das freut mich sehr.«

»Ihr könntet das auch. Kommt hierher. Verkauft die Fabrik.« Nun brach es im Weinkeller aus ihr heraus.

»Liebling, das geht nicht. Das würde deinem Vater das Herz brechen.« Antonia wandte sich ab, flanierte zurück zum Eingang. »Und Rodrigo braucht jetzt sein Zuhause.«

An ihren Bruder hatte sie dabei nicht gedacht. »Wird er die Tabakfabrik übernehmen?«

»Er wird seine Berufswahl ändern müssen. Die Manufaktur erlaubt ihm ein sorgenfreies Leben.« Gemeinsam gingen sie die Treppe nach oben. »Die Zeit wird es zeigen.«

Isabel erkannte die Aussichtslosigkeit ihres Vorschlags. Wie sie Rodrigo kannte, würde er die Fabrik nicht wollen. Auch das Weingut ihrer Mutter würde er ausschlagen. Er war kein Fabrikant. Diese Arbeit lag ihm nicht. Obwohl ihre Mutter das glauben wollte. Es stand ihr nicht zu, ihre Gedanken zu Rodrigo in Worte zu fassen. »Komm, lass uns jetzt durch die Weinberge fahren, ja?«

Wenig später fuhren sie über das Feld. Aus dem Augenwinkel sah sie das Leuchten in den Augen ihrer Mutter. Die Weite der sanften Hügel der Weinfelder begeisterte sie ebenso sehr wie sie selbst. Sie hielt auf einer Anhöhe. »Alles, was du erblickst, gehört den Fitzgeralds. Und ich habe schon beim

Anblick der Jackson-Bodega gestaunt. Siehst du die Rosenstöcke?«

»Ja. Peter erzählte mir davon. Rosen sind empfindlicher als Weinstöcke. Sind sie von Parasiten befallen, kann man frühzeitig gegensteuern.«

»Gab es das auf Mallorca auch?«

Antonia verneinte. »Aber es ist schlau. Ich habe Carla den Rat gegeben, sie auf Mallorca zu pflanzen.«

»Sieht es hier aus wie auf Mallorca?«

»Nein. Es ist hier herrlich, das gebe ich gerne zu. Mit Mallorca lässt es sich trotzdem nicht vergleichen. Wir haben dort hohe Berge, das Meer, weitläufige Ebenen, im Grunde gibt es nichts auf meiner Heimatinsel, was es nicht gibt.« Antonia seufzte leise.

Isabel spürte, wie sehr ihre Mutter die Heimat vermisste. »Und wenn ihr dorthin zieht?« Dann wäre sie zwar weit weg, aber glücklich. Seit ihrer Abreise fühlte sich Isabel für ihre Mutter verantwortlich. Nun blieb sie ohne Kinder zurück auf Kuba, was ihr nicht zu bekommen schien. Die grauen Haarsträhnen nahmen schnell zu, und ihre Augen leuchteten nicht mehr so. Vielleicht lag es auch nur an der Sorge um Rodrigo, und Isabel täuschte sich.

Um die Mittagszeit steuerte Isabel den Jeep hinunter zum See. Der tiefblau in der Sonne glitzernde Lake Hennessey strahlte eine gemütliche Ruhe aus. Die Straße führte durch dichte Kiefernwälder, sanfte Hügel und höher aufragende Berge. Die Luft roch frisch und würzig. Ein Geruch, den Isabel nur mit diesem Landstrich verband. »Ist es nicht herrlich hier?«

»Das ist es. Hier erinnert mich vieles an Mallorca. Die Bäume, vor allem der Duft nach Kiefernnadeln, nach Harz.«

Zwischen den Kiefern verfärbten sich die ersten Blätter der Ginkgobäume sowie die der hochgewachsenen Eichen. Sie kündeten den nahenden Herbst an. Die Schönheit des Herbstlaubs blieb Isabel nachhaltig im Gedächtnis. Christopher hatte sie hierher gebracht. Nur für dieses beeindruckende Naturschauspiel hielt der Sommer die Natur noch fest in seinen Armen. »Wachsen auf Mallorca Laubbäume?«

»Die gibt es. Steineichen und Johannisbrotbäume. Hier sind allerdings nicht nur die Weinfelder mächtiger. In diesem Land scheint alles extremer zu sein. Selbst die Größe des Sees. Es ist ein großartiger Platz zum Leben, und ein idealer Ort für eine Familie. Du wirst hier sehr zufrieden sein.«

»Das könntet ihr ebenfalls«, wagte Isabel einen letzten Vorstoß. »Dann müsstet ihr mit dem alten Cunningham keinen Umgang mehr pflegen.«

»Mit dem werden wir fertig. Er ist nur wie ein spitzer Stein im Schuh. Deine Schwester ist glücklich mit Will. Das ist alles, was zählt.«

Ihre Mutter würde das Wohl ihrer Kinder immer höher stellen als ihr eigenes. Das begriff sie in diesem Augenblick. Vielleicht ginge Rodrigo in die Staaten. Dann wäre ein Verkauf eine Option. Auch das würde die Zukunft bringen. Währenddessen konnte Isabel nichts weiter tun, als sich um ihr eigenes Glück zu kümmern.

12

Chicago

Ein bezauberndes Schneegestöber begleitete Valentina auf ihrem Weg von der Änderungsschneiderei zurück ins Hotel. So wenig sie die Kälte mochte, so sehr liebte sie es, wenn der Himmel die Pforten öffnete und Millionen dicker Schneeflocken auf die Erde tanzten.

Valentina beobachtete zwei Jungs, wie sie mit aufgerissenem Mund versuchten, die Flocken zu fangen. Die Häuser der wohlhabenden Bewohner Chicagos leuchteten geschmückt und erhellten den silbergrauen Winterhimmel. Ein Weihnachtsbaum im Garten und die mit Lichterketten umrandeten Fenster ließen die herannahenden Festtage herbeisehnen.

Auch ihr Hotel strahlte im feierlichen Glanz. Außen wie innen. In der Lobby ragte eine acht Meter hohe Tanne auf. Die Belegschaft hatte mehrere Tage damit verbracht, sie zu schmücken. Das silbrige Fadenlametta glitzerte im Licht der Kronleuchter. Neben der Rezeption befand sich eine üppig traditionell dekorierte Krippe mit herrlich gearbeiteten Holzfiguren.

Valentina liebte die geschäftige Vorweihnachtszeit. Erneut organisierte sie die Spendengala in ihrem Festsaal. Ein

Festessen, an dem jeder mit Rang und Namen aus der Großregion Chicagos teilnahm. Die Presse schrieb darüber. Das verlockte die Reichen zu Geldspenden, die sie nicht tätigten, wenn die *Chicago Gazette* nicht die Gästeliste samt Fotos der Veranstaltung abdrucken würde.

Am Samstag des zweiten Advents, wie im letzten Jahr, kämen sie alle. Valentina blieb nur wenig Zeit, sich umzuziehen und die Gastgeberin zu geben. Will stand ihr an diesem Abend zur Seite, dabei hasste er solche Feste. Er unterstützte sie, obwohl er Valentina in der Adventszeit kaum zu Gesicht bekam.

An diesem Tag trafen sie sich im Schlafzimmer ihres Privatbereichs in der obersten Hoteletage. »Gut, du bist da.«

»Und du bist spät.« Er zog sich sein Hemd an.

»Ich finde, ich komme gerade richtig.« Sie nahm ihm die Manschettenknöpfe ab und befestigte sie an den Hemdsärmeln. »Ich muss mir nur das Kleid anziehen und nachschminken. In zehn Minuten bin ich fertig.«

Seit Valentina das Haar schulterlang trug, ließ sie sich für spezielle Anlässe vom Friseur eine Wasserwelle legen.

Mit dem anliegenden Oberteil mit üppigem Kragen, schmal geschnitten an der Taille, dafür mit einem ausgestellten Rock, der ihr bis zum Knöchel reichte, schmeichelte der Schnitt des flaschengrünen Abendkleids aus Rayon-Taft ihrer Figur. Dazu besaß sie die passenden Handschuhe und Schuhe.

Will half ihr mit der Halskette, die er ihr vergangenes Weihnachten geschenkt hatte.

Valentina schminkte ihre Augen nach, legte Lippenstift auf und verstaute ihn in ihrer Clutch. »Fertig. Wir können gehen, bevor die ersten Gäste eintreffen.«

»Du siehst zauberhaft aus.«

»Danke.« Sie fühlte sich auch gut. Zu helfen mobilisierte dauerhaft ihre Kräfte und steigerte ihren Appetit. Das spiegelte sich in ihrem Gewicht wider. Sie wirkte keineswegs mehr fragil. Im Gegenteil. Man könnte sie fast als üppig bezeichnen. Will liebte ihre zusätzlichen Pfunde. Wie hatte er letzten Monat gesagt? Nun habe ich keine Angst mehr, dich bei einer innigen Umarmung zu zerbrechen.

Im Eingangsbereich trafen sie auf das Ehepaar Harris.

Der Cocktail wurde in der Lobby gereicht. »Meine Lieben, ihr habt euch mit dieser bezaubernden Weihnachtsdekoration selbst übertroffen.«

»Vielen Dank, Margarethe. Will hat die neuesten Kugeln und Lichterketten aus New York mitgebracht. Auch ein paar neue Figuren für die Krippe.«

Die Frau zog ein überraschtes Gesicht. »So etwas überlässt du deinem Mann?« Sie kicherte. »Das könnte ich nie. Mein Mat würde mehrere Josefs und Marias mitbringen, und eine Schafherde, aber den Rest vergessen.«

»Dafür würdest du niemals mit dem Wagen zurechtkommen«, donnerte Mat mit lauter Stimme los.

»Lasst uns den Aperitif einnehmen.« Valentina kannte die beiden zu wenig, um zu wissen, ob es sich zwischen ihnen um einen harmlosen Scherz handelte, oder ob sich ein Streit anbahnte, den es zu verhindern galt.

Ein Kellner servierte Champagner-Cocktails und Whiskey. Glücklicherweise trafen weitere Gäste ein, um die sie sich kümmern mussten. Sie begrüßten jeden Besucher persönlich. Irgendwann verlor Valentina den Überblick, ob alle Geladenen eingetroffen waren. Punkt acht Uhr ertönte das Signal zum Abendessen.

Der Restaurantleiter schlug auf einen alten chinesischen Gong. Ein bisher unnütz herumliegendes Geschenk eines Geschäftsfreunds an Will. Seit letztem Jahr besaß der Staubfänger eine Aufgabe: die Leute ins Restaurant zu lotsen.

Lediglich wenige Plätze der zweihundert zur Verfügung stehenden blieben unbesetzt. Das Essen ging auf Hotelkosten. Die Vorspeise sollte nicht nur den Magen öffnen, sondern zusätzlich die Geldbörse. Die Gäste sollten in lockerer Stimmung einen grandiosen Abend verbringen. Erst als der Hauptgang abserviert wurde, standen Will und Valentina auf. Will klopfte mit einem Messer an sein Weinglas. »Meine lieben Freunde.« Er wartete, bis Ruhe einkehrte. »Wir danken euch, dass ihr unserer Einladung gefolgt seid. Meine Frau hat eine wundervolle Tradition begründet. Warum das so ist, wird euch Valentina selbst erklären.«

Sie dankte Will, bevor sie das Wort ergriff. »Wir alle führen ein privilegiertes Leben. Gerade in der Weihnachtszeit sollten wir etwas davon an die Gesellschaft zurückgeben. Unser Vermögen mehrt sich, weil die Einwohner Chicagos ihre Gäste in unseren Hotels unterbringen, sie in unseren Restaurants essen, in unseren Geschäften einkaufen.« Valentina nickte dem Bürgermeister zu. »Oder sie in ein Amt wählen. Bereits letztes Jahr konnten wir mit eurer Hilfe den Waisen in einem städtischen Kinderheim ein besonderes Weihnachtsfest ermöglichen. Ein Baum im Gemeinschaftsraum, Geschenke, ein richtiges Weihnachtsmahl. Dieses Mal möchten wir nicht nur den Kindern eines Heimes ein glückliches Fest schenken. Wir wollen allen Waisenkindern unserer Stadt Freude und Licht in der dunklen Jahreszeit bringen. Vierhundertdreiundvierzig Waisenkindern.

Das bedeutet ebenso viele Träume, Weihnachtsgeschenke und Mahlzeiten. Also zückt die Börsen und Scheckbücher, und helft Santa Claus, sie zu beschenken.« Valentina zog den Korb unter dem Tisch hervor, in dem sie die Wunschzettel der Kleinen aufbewahrte. »Die Kinder haben letzten Sonntag dem Weihnachtsmann geschrieben, nachdem sie zusammen den Baum geschmückt haben, den wir haben anliefern lassen.« Sie nahm einen Brief heraus und las ihn vor. »Mary-Jane ist acht Jahre alt und wünscht sich eine Puppe.« Valentina zeigte auf den Weidenkorb. »Bei George ist es ein Auto, bei James ein Football, Liz wünscht sich sogar nur neue Handschuhe.« Sie spürte, wie ihre Augen feucht wurden. »Jeder Brief trägt eine Hoffnung.« Sie schluckte die Tränen fort. »Ihr hinterlasst euren Nachkommen eure Firmen, schenkt ihnen eine Zukunft. Diese Heimkinder werden irgendwann in euren Geschäften einkaufen, gebt ihnen schon heute etwas zurück.« In der vergangenen Woche hatte sie jeden Wunsch mit Namen notiert und eine Liste erstellt. »Ich werde in den kommenden Tagen alle Präsente besorgen, jedes einzelne einpacken.In erster Linie geht es heute darum, die Geschenke kaufen zu können. Also seid nicht kleinlich.« Sie hob ihr Glas und grinste verschmitzt. »Sonst werdet ihr nächstes Jahr nicht mehr eingeladen.«

Ein amüsiertes Lachen schwappte durch die Reihen.

»Die Kellner servieren in wenigen Minuten die Nachspeise und sammeln zeitgleich eure Spende ein. Steckt das Geld oder den Scheck in das Kuvert, auf dem euer Name steht und aus dem ihr die heutige Menükarte entnommen habt. Ich danke euch. Für euer Kommen. Für eure Großzügigkeit. Und nun genießt den Nachtisch.« Valentina hob ihr Weinglas.

»Auf euch! Auf die Kinder! Auf ein friedvolles Weihnachtsfest!«

Applaus brandete auf. Will sah sie stolz an. »Du warst großartig. Den hier soll ich dir von meinem Vater geben. Er ist geschäftlich verhindert.«

Valentina nahm den Umschlag, legte ihn in den Korb mit den Briefen. Sie wollte nichts mit Cunningham senior zu schaffen haben. Doch er blieb Wills Vater, egal, wie er sein Geld verdiente. Die beiden trafen sich selten. Valentina begleitete ihn zu den Geburtstagen seiner Eltern. Dem konnte sie nicht entkommen, ohne ihren Mann vor den Kopf zu stoßen. In ihr Haus kamen sie nie zu Besuch. Will besuchte sie an seinem Geburtstag vormittags zu einem Frühstück. Diese Regelung konnte sie vor ihrer besorgten Mutter vertreten. Den Scheck zurückzuweisen wäre falscher Stolz. Es drehte sich nicht um sie, es ging um die Kinder. Da war sein Geld genauso hilfreich wie das der anderen Anwesenden.

Die Presseleute schienen genug Fotos zu haben, um ihre Zeitungsseiten zu füllen. Für Valentina bedeutete die Berichterstattung eine weitere Teilnahme der Geladenen im kommenden Jahr. Jeder wollte in einem Artikel als großzügiger Spender erwähnt werden, solange er sich das leisten konnte.

Nachdem der letzte Gast sich verabschiedet hatte, packte Valentina die Umschläge in einen Karton. »Ich bin gespannt, wie viel zusammenkommt.«

»Du warst großartig.« Will trug die Box, Valentina den Korb. Der Fahrstuhl führte sie nach oben in ihren Wohntrakt. »Wollen wir es wie im Vorjahr machen?«

»Gerne.« Sie gähnte. Die Neugierde überstieg jedoch ihre Müdigkeit. »Jetzt?«

»Wenn du magst. Ich bin zu allem bereit.« Er brachte die Kiste ins Schlafzimmer, stellte sie auf das Bett. Die Tagesdecke schützte die Bettwäsche. »Ich hole Block und Stift.«

Valentina zog sich das Kleid aus und schlüpfte in ihren Bademantel. Das Kuvert ihres Schwiegervaters legte sie zu den restlichen Spenden. Sie setzte sich in den Schneidersitz und wartete, bis Will zurückkam. »Zieh dir auch was Gemütliches an.«

Fünf Minuten später öffnete Valentina die Umschläge. Einen nach dem anderen. Sie las den Namen und nannte Will die Summe. Das Bargeld trennte sie von den Schecks. »Dein Vater übertreibt.«

»Das tut er immer.« Will lehnte sich zu ihr hinüber. »Wie viel ist es?«

»Dreitausend Dollar.« Das war das Jahreseinkommen einer mittelständigen Familie. Bei allen anderen lag die Spendensumme bisher zwischen zweihundert und vierhundert Dollar, was für Weihnachtsgeschenke, einen Baum und das Weihnachtsessen mehr als ausreichte.

Gemeinsam arbeiteten sie bis morgens um drei Uhr. Die genaue Summe würde sie nach ein paar Stunden Schlaf errechnen. Valentina überschlug den Betrag. »Das müssen über dreißigtausend Dollar sein. Außer, ich habe mich verschätzt.«

»Hast du nicht. Wir werden darüber liegen.« Er zog sie in die Arme und küsste sie. »Du hast etwas Großartiges ins Leben gerufen.«

Mit diesen Geldern konnten sie die Kinder das ganze Jahr unterstützen. Geschenke zu Geburtstagen, ein Essen zu Thanksgiving und notwendige Arztrechnungen bezahlen. Sie teilte ihre Gedanken mit Will.

Ihr Mann schien zu überlegen. »Wir sollten eine Stiftung gründen. Du brauchst jemanden, der dich bei alldem unterstützt. Das spreche ich mit unseren Finanzberatern durch.« Will räumte die Unterlagen weg. »Und jetzt wird geschlafen.«

Die kommenden Tage verbrachte Valentina mit dem Einkaufen von Geschenken. Die Geschäfte erklärten sich bereit, die gekauften Spielsachen eingepackt und mit Namen versehen ins Hotel zu liefern. Das erleichterte Valentina die Arbeit immens.

Valentina betrat den hübschen Buchladen nahe ihres Hotels. Die Verkäuferin kam auf sie zu. »Guten Tag, kann ich Ihnen behilflich sein?«

»Sehr freundlich. Ich suche ein Kinderbuch.«

Sie führte sie zu den Buchregalen. Valentina nahm eines in die Hand, blätterte durch. Ein bebildertes Märchenbuch. Aber nicht das, was sie suchte. Dennoch brachte sie es auf eine Idee.

»Wie alt ist denn Ihr Kind?«

»Weiß ich nicht genau.« Die Frage versetzte Valentina einen kleinen Stich. »Es ist ein Präsent. Ich habe keine Kinder.«

Die blonde Frau lächelte und überging kommentarlos ihre Kinderlosigkeit, was Valentina angenehm empfand. »Ein Geschenk also. Wir finden das richtige Buch, keine Sorge. Dafür bin ich ja da.« Sie zeigte auf das gut ausgestattete Regal. »Da ist für jedes Alter das Passende dabei.« Sie hielt die Hand hüfthoch. »Ist es so groß?« Sie wanderte etwas höher. »Oder so? Junge oder Mädchen?«

Valentina mochte die geduldige Art der Verkäuferin. »Lassen Sie uns das besser in einer ruhigen Minute besprechen. Ich bin Valentina Guerrera Delgado-Cunningham.«

»Ich bin Hope Snider. Die frisch gebackene Chefin dieses kleinen Geschäfts. Meine Grandma hat sich zur Ruhe gesetzt. Sie hat den Laden von Grandpa übernommen. Meine Großmutter sagte immer, bei einem Kaffee spricht es sich leichter.« Hope ging zum Verkaufstresen. Sie zeigte auf eine Leseecke mit mehreren braunen Ledersesseln. »Nehmen Sie dort Platz, ich bin sofort zurück.«

Valentina zog ihre Handschuhe und den Wintermantel aus. Hope klapperte mit den Tassen, bestückte ein Tablett mit Zucker, Milch, Keksen und brachte es an den Tisch. »Der Rest kommt gleich.« Sie nahm ihren Mantel und legte ihn über eine Sessellehne. »Setzen Sie sich bitte. Ich suche ein paar Bücher heraus, bis der Kaffee fertig ist.«

»Das ist unnötig. Kommen Sie zu mir.«

Hope sah sie irritiert an. »Gut.« Sie nahm im Sessel gegenüber Platz. »Nun machen Sie mich neugierig.«

»Mein Name sagt Ihnen nichts?«

»Müsste er das?«

Valentina lächelte. »Nein. Muss er nicht. Ich habe vor wenigen Tagen eine Spendengala veranstaltet.«

Jetzt dämmerte es Hope offensichtlich. »Ich habe davon gelesen. Doch was hat das mit mir zu tun?«

»Eine Menge, wenn Sie das möchten.«

»Sie verstehen es, Neugierde zu wecken. Ich hole den Kaffee.« Hope kam mit einer Kanne zurück, schenkte ein und setzte sich. »Bitte, bedienen Sie sich.« Ihr interessierter Blick ruhte auf Valentina.

Valentina gab zwei Stück Zucker hinein. Die wärmende Porzellantasse in der Hand, sah sie Hope an. »Sie wissen viel über Kinderbücher?«

»Selbstverständlich. Ich bin in diesem Laden aufgewachsen. Schon als Mädchen habe ich alles verschlungen, was mir zwischen die Finger kam.« Hope nahm ihre Tasse und goss sich Milch ein. »Was benötigen Sie genau?«

»Ich möchte für die drei Kinderheime in Chicago eine kleine Bibliothek einrichten. Passend für jedes Alter. Dafür brauche ich jemanden, der weiß, was Kinder gerne lesen.«

Hopes Mund stand offen.

Valentina gab ihr ein bisschen Zeit, die Worte sacken zu lassen.

»Über wie viele Bücher sprechen wir?« Hope hielt sich an ihrer Kaffeetasse fest.

»Es leben über vierhundert Kinder in den Heimen. Fünfzig pro Haus? Was denken Sie?« Valentin besaß darin keine Erfahrung, aber es schien ihr eine vernünftige Anzahl.

Hope nippte an ihrem Kaffee und schwieg.

»Zu wenig?«

»O nein, das ist eine großzügige Zahl.«

»Würden Sie die Auswahl übernehmen?« Valentina überlegte. »Es gibt doch für die Vorschulkinder Malbücher. Würden Sie da jeweils zehn Stück aussuchen? Samt Buntstiften?«

»Sehr gerne.« Hope runzelte die Stirn. »Ich habe einen weiteren Einfall.«

Valentina sah sie fragend an. Würde sie die Bestellung ausnutzen? Hatte sie Hope falsch eingeschätzt?

»Ich könnte für jedes Heim andere Bücher zusammenstellen. Die könnte man halbjährlich austauschen, dann würde für jede Einrichtung die dreifache Menge zur Verfügung stehen. Denken Sie, die Leitungen lassen sich auf den Vorschlag ein?« Hope griff nach einem Butterkeks.

»Das ist eine hervorragende Idee. Natürlich werden sie zustimmen. Es ist ja zum Vorteil von allen.« Erleichtert, sich doch nicht getäuscht zu haben, trank sie ihren Kaffee leer. Sie reichte Hope die Hand. »Dann haben wir eine Abmachung?«

Hope schlug ein. »Ich schreibe eine Liste. Anschließend können Sie einen prüfenden Blick darauf werfen.«

Valentina lächelte zufrieden. » Der Titel des Buchs und der Preis reichen mir. Bringen Sie mir die Aufstellung ins Hotel, und ich gebe Ihnen den passenden Scheck. Kümmern Sie sich um die Auslieferung?«

»Mit dem größten Vergnügen! Vielen Dank. Muss es vor Weihnachten ausgeliefert sein?«

»Nein. Für die Weihnachtsgeschenke sorge ich. Die Idee zur Erstellung einer Bibliothek ist mir eben erst gekommen. Was ich heute benötige, ist *Der magische Freddy*. Es handelt sich dabei um ein zauberndes Schwein. Haben Sie das hier?«

»Natürlich. Die Reihe ist sehr beliebt.« Hope ging zum Regal, holte und reichte es ihr.

Das Titelbild ließ Valentina schmunzeln. Ein Schwein stand auf zwei Beinen in einer Zirkusmanege vor einem Tisch mit lilafarbener Tischdecke. Es trug ein Jackett und einen Umhang. Aus einem Zylinder zauberte es einen Hasen. Sie blätterte es durch. Eine niedlich illustrierte Kindergeschichte. Caleb würde seinen Wunsch erfüllt bekommen. Einen Hut, einen Umhang und das Buch.

»Danke. Ich sollte nun weiter. Bis Weihnachten muss ich noch viele Geschenke kaufen.« Valentina hielt das Buch in die Luft. »Aber jetzt ist es eines weniger.« Nicht alle Wünsche führten sie in einen Buch- oder Spielzeugladen, obwohl der Großteil dort zu finden war. Speziellere Kinderwünsche dauerten etwas länger, wie der Zylinder für Caleb, doch das störte Valentina nicht.

Hope packte es ihr als Präsent ein, Valentina bezahlte und verließ den Buchladen. Dicke Schneeflocken empfingen sie, erhellten die finstere Jahreszeit und verwandelten die Straßen und Parks in weiße Traumlandschaften. Sie liebte den Schnee. Er verzauberte sie, wie der magische Freddy den kleinen Caleb. Dieses Jahr würde jedes Heimkind den Zauber des Weihnachtsfests erleben. Diese Magie schenkte sie den Kindern – und sich selbst.

13

Mallorca 1948

Die Herbstsonne prangte am Himmel und brannte auf die Weinfelder nieder, als wäre es noch Hochsommer. Die abgeernteten Stöcke warteten auf einen baldigen Rückschnitt, um im Frühjahr in vollem Saft auszutreiben. Carla rieb ihren schmerzenden Rücken und wischte sich mit dem Blusenärmel den Schweiß von der Stirn. Ihr Hut schützte sie nur vor den hautrötenden Sonnenstrahlen, jedoch nicht vor der sengenden Hitze. Obwohl sie Arbeiter eingestellt hatte, packte Carla selbst mit an, nachdem sie die Abbeerung erledigt und die Trauben zu Maische gestampft hatten. Nun folgte die schwierigste Aufgabe; die Temperatur konstant zwischen fünfundzwanzig und dreißig Grad Celsius zu halten. Da durfte ihr kein Fehler unterlaufen, sonst wären der Mantonegro sowie der Cabernet Sauvignon ungenießbar. Carla wusste, dass sie keinen perfekten Reserva würde ausbauen können, dazu waren die Pflanzen zu jung, aber eine fruchtige Cuvée könnte sie gewinnbringend verkaufen.

Carla sah zum Himmel. Der Sonnenstand mahnte sie, nach der Maische zu sehen. Sie ging in ihrer kleinen Bodega zu den betonierten und in die Erde eingelassenen Gärbottichen, nahm einen Holzstab, rührte um und prüfte die Temperatur. Fast dreißig Grad. Zeit, den Generator für die Elektropumpe anzuwerfen. Das kalte Grundwasser kühlte mittels der ins Bassin eingebrachten Kupferrohre das Gemisch aus Traubenschale und Traubensaft.

Carla startete den Generator sowie den Motor. Kein Geräusch erklang. Sie kontrollierte das Gerät, das sie besser kannte als den neuen Gasherd mit Backofen, den Francisco ihr vor einem Jahr gekauft hatte. An der Pumpe schien alles in Ordnung. Warum sprang dieses verdammte Ding nicht an? Sie musste einen Techniker kommen lassen. Bis dahin blieb ihr nur die mühsame Verwendung der alten Handpumpe.

Carla verließ die Bodega. Die Erntehelfer schnitten am anderen Ende des Feldes die Stöcke zurück. Die Männer sahen sie selten als vollwertige Winzerin, da sie die schweren Tätigkeiten ihnen überließ. Wenn sie die beiden um Hilfe bat, würde sie erneut an Achtung einbüßen. Sie beschloss, die Pumpe selbst zu bedienen. Die Sonne verschwand hinter den Bergen, als sich Carla sowie ihre Lohnarbeiter auf den Nachhauseweg begaben. Die Strecke mit dem Rad zu fahren lockerte ihre verspannten Muskeln. Sie sehnte sich nach einem heißen Bad, einem warmen Essen und ihrem Bett. Im Ort stoppte sie beim Techniker. Er versprach, sich die Elektropumpe am kommenden Morgen anzusehen.

Carla lehnte das Rad an die Wand zum Wohnhaus. Seitdem Lilia ausgezogen war, herrschte eine merkwürdige Ruhe, die Carla an manchen Tagen zusetzte. Vielleicht sollte sie sich einen Hund zulegen. Seit Leyas Tod fehlte ihr die freudige Begrüßung, wenn sie nach Hause kam.

Carla nahm die Türklinke in der Hand, drückte sie und hielt inne. Das Geräusch kannte sie gut. Der schnurrende Motor des Loryc. Wenige Augenblicke danach fuhr Xisca auf den Hof. Carla winkte ihr. »Das ist ja eine tolle Überraschung! Was treibt dich zu dieser Uhrzeit zu uns? Hast du dich mit Baltasar gestritten?«

Xisca hüpfte aus dem Wagen. »Nein. Im Gegenteil.« Sie küsste Carla auf die Wangen. »Aber das erzähle ich euch beim Essen. Gut, dass ihr zu Hause seid. Ich habe einen mörderischen Hunger.«

Francisco sprach im Wohnzimmer mit einem Mann. Xisca öffnete die Tür. »Stopp. Draußen bleiben!«

Xisca verharrte in ihrer Bewegung. Carla rempelte sie an, da sie zu spät stehen geblieben war.

»Wir brauchen noch eine halbe Stunde.«

Erst jetzt fiel Carla die Überraschung wieder ein, die Francisco morgens erwähnt hatte. Xisca ließ amüsiert ihre Augenbrauen auf- und abschnellen und zog die Tür zu. »Na, dann kümmere ich mich ums Abendessen.«

»Du bist ein Engel.« Carla drückte ihr einen Kuss auf die Stirn. Damit bliebe ihr nach diesem Tag wenigstens eine Arbeit erspart. »So kann ich mir ein Bad gönnen.«

»Klar.« Xisca verschwand in der Küche.

Nun kam Carla doch zu ihrem Bad. Mit einem Seufzer glitt sie in die Wanne und schloss die Augen. Das heiße Wasser dampfte und umhüllte ihre schmerzenden Rückenmuskeln. Sie dämmerte kurz weg, bevor sie sich wusch und die Wanne verließ. Erfrischt und merklich entspannt ging sie zu Xisca, wo sie der Geruch nach Kohl empfing. »Sopa Mallorquína. Bei diesen Temperaturen?«

»Mir war danach, und du hattest alles dazu im Haus. Ich habe drei Kartoffeln dazugegeben.« Xisca deckte den Tisch. »Es ist gleich fertig.«

Francisco tauchte hinter ihnen auf. »Ich bin auch so weit.«

Xisca drehte den Herd zurück. »Dann können wir essen?«

»Bald. Erst meine Überraschung.«

»Okay. Ich warne euch, wenn ich vor Hunger tot umfalle, trifft dich die Schuld.« Xisca rollte theatralisch mit den Augen, folgte Carla und Francisco aber neugierig ins Wohnzimmer.

Carla sah sich um. Jeder Gegenstand befand sich an seinem Platz. Ratlos blieb sie stehen.

»Ihr habt Telefon?« Xisca sah zwischen ihnen beiden hin und her.

Nun entdeckte Carla den Apparat auf dem Beistelltisch bei der Couch.

»Warum verschweigt ihr mir das?«

»Weil es neu ist.« Seit einigen Monaten überlegten sie, ob sie sich diesen Luxus leisten sollten. Ohne den Umweg zum Postamt mit Antonia sprechen zu können, wäre herrlich. Carla umarmte ihren Mann, drückte ihn an sich und küsste ihn. »Danke, damit erfüllst du mir einen Traum.«

»Es war an der Zeit. Du vermisst Antonia so sehr, da konnte ich nicht länger zusehen. Die zusätzlichen Ausgaben bewältigen wir.« Francisco streichelte ihr über den Rücken. Er rückte etwas von ihr ab. »Willst du deine Schwester anrufen?«

»Es ist dort drei Uhr nachmittags. Ich fürchte, dass ich sie nicht erreiche.« Die Überraschung war ihm gelungen. »Aber einen Versuch ist es wert.«

Xisca setzte sich in einen Sessel und ließ ihre Beine über die Lehne baumeln.

Francisco nahm den Telefonhörer ab und drückte zweimal auf die Gabel. Carla stand dicht bei ihm. Zwischen ihnen die Hörmuschel. »Hola? Was kann ich für Sie tun?« Margas Stimme aus der Poststelle von Binissalem erkannte Carla sofort.

»Marga? So spät bei der Arbeit? Hier sind Francisco und Carla. Wir haben nun einen eigenen Anschluss.«

»Herzlichen Glückwunsch! Ich habe mit Cati getauscht, ihr Sohn ist krank.«

»Hoffentlich nichts Schlimmes.«

»Nein, keine Sorge.«

»Carla möchte mit Antonia sprechen. Hast du die Nummer?«

»Natürlich. Eure notiere ich mir ebenfalls.«

Es gab wenige Privatanschlüsse im Ort. Jeder Apparat bedeutete, im Notfall schneller die Nachbarn informieren zu können.

»Ich stelle die Verbindung her. Buenas Noches.«

Bevor Francisco den Gruß erwidern konnte, verschwand Marga aus der Leitung. Er reichte Carla den Hörer. Die Sekunden vergingen schleppend. »Sie ist nicht zu Hause.«

»Versuchen wir es morgen wieder.«

Ein Knarzen drang durch die Telefonleitung. »Carla? Bist du das?«

»Antonia!« Eine unbändige Freude überkam sie. Sie sprach in ihrem Wohnzimmer mit ihrer Schwester. »Ich hatte nicht damit gerechnet, dich zu erreichen.«

»Warum rufst du dann an?« Antonia lachte. »Sag, ist alles in Ordnung?«

»Ja. Entschuldige, ich wollte dich nicht erschrecken.« Kein Wunder sorgte sie sich, wenn sie zu dieser ungewöhnlichen Uhrzeit einen Anruf bekam. »Seit heute sind wir Besitzer eines Telefons.«

Francisco gab Xisca ein Zeichen. Beide verließen den Raum.

Carla erzählte vom Weinanbau, dass die Rebstöcke hervorragend gediehen und sie eine großartige Ernte erwartete. »Hoffentlich wird der diesjährige Prensal Blanc besser. Letztes Jahr schmeckte er etwas langweilig.« Im ersten Erntejahr hatte Carla eine Hälfte der Pflanzen nur zögerlich zurückgeschnitten, was deutlich die Qualität schmälerte, seither schnitt sie die Stöcke kräftig zurück, wie die Fitzgeralds es empfohlen hatten.

»Das freut mich.« Antonia berichtete, was es in ihrer Familie Neues gab. Isabel blieb stur, was die Festlegung eines Hochzeitsdatums anging. Rodrigo erholte sich nur langsam. »Vor allem seine Psyche bereitet mir Sorgen. Er trägt so viel Hass in sich.« Sie seufzte leise. »Valentina fühlt sich wohl, seitdem sie den Waisenkindern Chicagos schöne Weihnachten und Geburtstage schenkt.«

»Du musst sehr stolz auf sie sein.« Carla fand es großartig, wie ihre Nichte ihre Kinderlosigkeit in wohltätige Kanäle leitete und damit viele Kinder glücklich machte. Carla selbst hatte es damals in eine tiefe Depression gestürzt. »Rodrigo braucht Zeit. Ich kenne das. Es gibt Schicksalsschläge, für die man länger benötigt, um sie zu verarbeiten.«

»Ich hoffe, du hast recht.« Antonia räusperte sich. »Du fehlst mir. Wann nimmst du endlich unsere Einladung an?«

»Das würde ich gerne.« Carla wünschte sich sehnlichst einen Besuch. »Francisco hat mehrere Aufträge für Alba abzuarbeiten. Ich hatte dir geschrieben, dass sie ein drittes Hotel eröffnet. Er muss in ein paar Wochen alles liefern. Und jetzt mit dem Wein ist es auch schwierig.«

»Schade. Aber ich verstehe dich. Bei uns ist es genauso. Lass uns das trotzdem im Auge behalten.«

»Unbedingt.« Sie verabschiedeten sich, und Carla legte auf. Für einige Sekunden blieb sie auf der Sofalehne sitzen. Ob sie sich jemals wiedersahen? Beide Familien arbeiteten hart, kamen ihren Verpflichtungen nach. Vielleicht wäre es ihnen kommenden Winter möglich.

Xisca und Francisco saßen in der Küche, der Topf mit der Sopa Mallorquina stand auf dem Tisch sowie eine Flasche Rotwein. »Na, dann können wir endlich essen.«

Francisco schenkte ein. Xisca hielt ihre Hand über das Weinglas. »Nein, ich fahre noch.« Sie lächelte vielsagend. »Und es gibt einen weiteren Grund, warum ich nun doppelt gut auf mich aufpassen muss …«

Carla erfasste die Situation sofort. »Du bist schwanger?«

Xisca bejahte. »Im vierten Monat.«

Glücklich fiel sie ihrer Adoptivtochter um den Hals. »Was für ein Freudentag! Ich werde Abuela.«

Francisco hob sein Glas. »Auf unser Enkelkind!«

Xisca zeigte auf den Topf. »Verschieben wir die Feier auf später?«

»Natürlich.« Carla schöpfte die Teller voll. »Immerhin isst du jetzt für zwei.«

Xisca lachte. »Das mache ich bereits die ganze Zeit. Bald bin ich so rund wie eure Weinfässer.«

»Das ist egal.« Carla setzte sich. »Das verliert sich, sobald du deinem Kind hinterherläufst.«

Während des Essens berichtete Carla, was Antonia ihr erzählt hatte, bis ihr ein Satz von Xisca einfiel. »Sag mal, du übernachtest nicht hier?« Das hatte sie angenommen. »Fährst du zurück nach Porto Cristo?«

»Nein, nach Sóller.« Xisca schlang geradezu, was Carla mit einem mahnenden Blick quittierte, ihr Mädchen jedoch unbeeindruckt ließ. Ohne eine Pause einzulegen, befüllte sie den leeren Teller.

»Was willst du in Sóller? Der Bergpass ist gefährlich. Vor allem nachts.«

»Ich breche gleich auf. So bin ich vor Mitternacht dort.« Xisca schien das Risiko nicht abzuschrecken. »Ich muss mich auf einem Berg mit ein paar Ufo-Jägern treffen.«

»Glaubst du diesen Blödsinn?« Carla hatte in den Nachrichten davon gehört, dass einige Sollerics in den vergangenen Wochen merkwürdige Lichter am Himmel gesehen hätten und sie Ufos vermuteten.

Francisco lachte. »Die Leute trinken zu viel.«

»Genau deshalb muss ich ja hin. Die Zeitung will über die Hintergründe berichten. Ich soll die Menschen befragen, die sich auf die Lauer legen.« Xisca grinste. »Ach komm, das wird spannend. Ihr wisst schon, Roswell, Außerirdische, Orson Welles' Hörspiel über die Invasion der Marsmenschen, das wollen die Leser doch erfahren. Die Auflage der *New York Daily News* soll sich durch die Berichterstattung dieser Massenhysterie geradezu verdoppelt haben. Stellt euch das mal auf unserer Insel vor! Das lässt sich mein Chef nicht entgehen.«

»Ausgemachter Blödsinn.« Francisco lehnte sich in seinem Stuhl zurück.

»Muss das wirklich sein?« Sie sah zu ihrem Mann. »Du fährst mit. Das ist sicherer.«

»Carla, ich bin eine zweiundzwanzig Jahre alte Journalistin. Wie sieht das aus, wenn ich mit meinem Vater dort aufkreuze?« Xisca hob die Hand. »Auf gar keinen Fall. Ich verspreche dir, vorsichtig zu fahren.«

Xisca würde darauf bestehen, das wusste Carla, also gab sie klein bei. »Auf dem Rückweg schläfst du dich bei uns aus, damit du ausgeruht nach Porto Cristo aufbrichst.«

»Versprochen.« Xisca stand auf. »Ich muss los.«

Carla gab ihr eine Wasserflasche und gute Ratschläge mit auf den Weg.

»Tut mir leid, wenn du meinetwegen eine schlaflose Nacht verbringst.«

»Ich? Wie kommst du auf die Idee? Ich schlafe bestimmt wie ein Bär im Winterschlaf.« Niemals würde sie Xisca gegenüber ihre Sorge zugeben. Natürlich war Carla unwohl beim Gedanken, ihr Mädchen allein über den Bergpass fahren zu lassen. Dennoch rang sie sich ein Lächeln ab und winkte dem abfahrenden Loryc hinterher, bis er in der Dämmerung verschwand.

Obwohl sie von der Arbeit todmüde war, wälzte sie sich im Bett von einer Seite zur anderen. Ständig versuchte sie, sich zu beruhigen, während Francisco neben ihr friedlich vor sich hin schnarchte. Die kurvenreiche Strecke stellte vor allem in der absoluten Dunkelheit eine Herausforderung dar, war aber sicher befahrbar. Xisca schaffte das. Immer wieder betete sich Carla diese Worte vor, bis sie gegen Morgengrauen einschlief.

Francisco berührte sie.

Carla schreckte hoch.

»Bon dia. Es ist Zeit aufzustehen.«

»Ist Xisca hier?« Sie schlug die Bettdecke zurück.

»Nein. Vermutlich hat sie die Nacht in den Bergen verbracht.« Francisco stand fertig für die Arbeit vor ihr. Offenbar hatte er sie länger schlafen lassen.

»Das Frühstück steht auf dem Tisch.«

»Danke.« Carla gähnte.

Ein fremdes Geräusch ließ beide innehalten.

»Das Telefon!« Francisco eilte ins Wohnzimmer. »¿Diga?!«

Carla folgte ihm barfüßig und im Nachthemd.

»Gracias, Cati.«

»Was ist?«

»Cati stellt mir ein Gespräch durch.« Francisco bedeutete ihr, ruhig zu bleiben. »Ja, am Apparat. Worum geht es?«

Carla sah, wie die Farbe aus seinem Gesicht verschwand. Eine eiskalte Hand umklammerte ihr Herz. Stocksteif blieb sie stehen.

»Danke. Wir sind gleich da.« Francisco legte auf. »Xisca hatte einen Unfall. Man hat sie in die Urgencias in Inca gebracht. Wir sollen kommen. Sie ist ohne Bewusstsein.«

Carla rannte in ihr Schlafzimmer, zog sich an, wusch sich in aller Eile und eilte panisch in den Hof.

Der Admiral wartete abfahrtbereit. Die Beifahrertür stand offen.

Schweigend fuhren sie durch die noch ruhigen Straßen von Binissalem. Nur eine Handvoll Menschen befand sich zu so früher Stunde auf dem Weg zur Arbeit. Der Weg schien Carla ewig zu dauern, dabei brauchten sie weniger als zehn Minuten, bis Francisco den Wagen auf dem Parkplatz der kleinen Klinik abstellte.

Am Empfang wurde ihnen schnell weitergeholfen. Sie suchten den Weg zur Station, wo Xisca liegen sollte. Am Stationsempfang saß eine Krankenschwester, die neugierig von ihren Akten aufsah. »Bon dia.«

»Xisca Nadal Delgado. Autounfall in den Bergen.« Carla hielt sich nicht mit Höflichkeiten auf. »Wir wollen zu ihr.«

»Tut mir leid. Sie ist im Intensivbereich.«

»Im Intensivbereich?« Blankes Entsetzen ergriff Carla. »Wird sie es überleben?«

»Sie war bei ihrer Einlieferung bewusstlos. Mehr kann ich nicht sagen. Die Ärzte untersuchen sie.« Sie zeigte auf eine Reihe mit Stühlen. »Warten Sie hier. Der Doktor kommt zu Ihnen.«

Francisco führte Carla zum Wartebereich. »Sie kümmern sich gut um sie. Du wirst sehen.«

Carla ließ den Kopf hängen. Sie sah auf ihre gefalteten Hände. Unwillkürlich begann sie zu beten. Um Xisca, um das ungeborene Baby. Sie zweifelte an Gottes Willen. Warum gönnte er weder ihr noch Valentina eigene Kinder? Er durfte nicht auch noch Xiscas Würmchen zu sich nehmen. Wo blieb dabei seine Gnade? Seine Barmherzigkeit? Tief in diesen Gedanken versunken, verharrte sie, bis Füße in dunklen Schuhen und Beine in weißen Hosen in ihr Sichtfeld traten. »Señores, Sie sind die Eltern von Xisca Nadal Delgado?«

»Ja.« Francisco und sie sprangen zeitgleich auf. »Wie geht es ihr?«

Der Arzt lächelte. »Sie ist bis auf eine Gehirnerschütterung und ein paar Schnittwunden unverletzt.«

»Das Baby?« Carlas Stimme war nur ein Flüstern.

»Ist wohlauf. Kommen Sie mit.« Der Mann ging voran durch eine zuvor verschlossene Stationstür. »Ihre Tochter erlitt einen Schlag auf den Kopf. Deshalb kam sie ohne Bewusstsein zu uns. Wir behalten sie zur Beobachtung hier.« Er wies auf eine Stelle zwischen Haaransatz und Ohr. »Sie hat hier einen Schnitt, den wir genäht haben. Weitere an der Schulter und am Arm. Das wird problemlos verheilen.« Er zeigte auf eine geschlossene Tür. »Sie hatte großes Glück. Die Sanitäter sagten, sie sei mit dem Auto von der Straße abgekommen. Ein Felsblock hat den Sturz in die Schlucht verhindert. Den Aufprall hätte sie nicht überlebt. Und selbst wenn, wäre der Wagen im Abgrund unbemerkt geblieben.«

In Carla kämpften Dankbarkeit und Entsetzen gegeneinander an, bis die Erleichterung die Oberhand gewann. »Gracias.«

Francisco drückte ihre Hand, die er seit dem Auftauchen des Arztes gehalten hatte. »Vielen Dank.«

Der Mediziner öffnete die Tür. »Sollten Sie etwas benötigen, sagen Sie der Schwester am Eingang Bescheid.«

Sie betraten das Krankenzimmer. »Was machst du nur für Sachen?« Carla setzte sich zu ihr aufs Bett. »Du wolltest vorsichtig sein.«

»Das war ich. Bis …« Xisca brach ab. Sie schloss die Augen und sah weg. »Ich bin so dumm.«

»Ach, Cariño.« Carla wusste nicht, worauf sich Xisca bezog. »Du bist alles andere als dumm.«

»Doch.« Xisca drehte ihr Gesicht wieder zu Carla und Francisco, der sich einen Stuhl heranzog.

»Warum glaubst du das?«, fragte er.

Xisca zögerte. »Das Ufo-Ding hat mich gefesselt. Mehrere Sollerics erzählten von Lichtern, die sie über dem Meer gesehen haben. Normale Menschen. Keine Spinner, wie ich erwartet habe. Sie haben mich auf eine Anhöhe mitgenommen, von dem aus man die Bucht gut sieht. Ihre Erzählungen haben mich beeindruckt. Und ich war neugierig.« Xisca leckte sich die Lippen.

»Bist du durstig?« Carla stand auf.

»Ja.«

Sie besorgte bei der Schwester ein Karaffe Wasser und ein Trinkglas. »Hier. Trink.« Xisca glaubte offenbar den Leuten, mit denen sie gesprochen hatte, was Carla verwunderte. Vermutlich beeinflusste sie die Nacht in den Bergen und die aufgeladene Stimmung der Bewohner.

Xisca stöhnte, als sie sich aufsetzte. »Danke.« Sie kniff die Augen zusammen.

Ihr Kopf musste sehr schmerzen. »Möchtest du dich ausruhen?«

»Nein, es geht schon.« Xisca gab ihr das Glas zurück. »Ich hatte gegen drei Uhr morgens alles, was ich brauchte und fühlte mich hellwach. Also beschloss ich zurückzufahren. Der Bergkamm lag hinter mir, und ich war auf dem Weg nach unten.« Xisca wischte sich beschämt über das Gesicht. »Ach ... ich habe Lichter entdeckt und die Situation falsch eingeschätzt. Fasziniert habe ich beobachtet, wie sie mal auftauchten und dann wieder verschwanden.« Sie stockte erneut. »Plötzlich knallte es. An mehr erinnere ich mich nicht.« Xisca kostete es Mühe, weiterzusprechen.

»Du hast Lichter gesehen?« Francisco sah sie ungläubig an. »Und sie für ein Ufo gehalten?«

»Ich war mir unsicher.«

»Du warst dir unsicher?«, fragte Carla. »Bist du es jetzt nicht mehr?«

»Ja. Natürlich weiß ich, dass es die Scheinwerferlichter eines entgegenkommenden Fahrzeugs waren, die in den Kurven mal zu sehen und mal verschluckt wurden. Aber in dem Moment ...« Xisca nagte auf ihrer Unterlippe. »Der Fahrer hat mich aus dem Wagen geholt, in Selva in das Haus seines Chefs gebracht und dort die Ambulanz gerufen. Das sagte mir der Arzt, der meine Schnittwunden versorgt hat.«

»Du hattest Glück im Unglück.« Carla streichelte Xiscas Hand. Es war Zeit, Abbitte zu leisten. Gott hatte über Xisca und das Baby gewacht. Sie schickte ein stummes Danke zu ihm, bevor sie sich wieder Xisca zuwandte. »Wir sagen deinem Mann Bescheid. Ich bringe dir Waschzeug und Kleidung. Sobald du entlassen wirst, kommst du zu uns, damit wir uns um dich kümmern können.«

»Wir werden sehen.« Xisca gähnte.

»Schlaf ruhig.« Carla wollte keinen Zentimeter von ihrer Ziehtochter weichen. »Francisco kauft ein, was du brauchst.«

Xisca schloss die Augen. Ihr Atem ging gleichmäßig. Bald würde sie einschlafen und den Unfall mit viel Ruhe rasch überstehen.

»Besorgst du Zahnbürste, Creme, Haarbürste, ein Handtuch, ein Nachthemd und etwas zu essen und zu trinken?« Viel mehr wäre für den kurzen Aufenthalt unnötig.

Xisca schlief, was Carla beruhigte. Den Verlust ihres Adoptivkinds hätte sie nicht überstanden. Insgeheim hätte sie Gott das niemals verziehen.

Der Arzt sah herein. »Sie schläft. Das ist gut.«

»Wir werden uns abwechseln. Irgendwie schaffen wir das.« Carla hoffte es zumindest. Im selben Moment fiel Carla die Maische ein.

Panik ergriff sie.

Erneut. Sie hatte mit der Handpumpe die Temperatur zwar gedrosselt, aber weit weniger tief, als sie es mit der elektrischen getan hätte. Morgens hatte sie nachlegen wollen. Sie musste in die Bodega. Schnell. Nervös pilgerte sie im Zimmer auf und ab. Wo blieb Francisco? Er sollte doch nur ein paar Sachen besorgen!

Endlich ging die Tür auf. Francisco trug eine Einkaufstasche. »Was ist los? Du siehst aufgewühlt aus. Ist was mit Xisca?«

»Nein. Es ist der Wein. Bleib du bei ihr. Ich muss nach der Maische sehen.« Carla schnappte sich den Autoschlüssel und stürmte aus dem Gebäude. In halsbrecherischem Tempo raste sie über die Straße. Auf dem Feldweg zog sie eine weit sichtbare Staubwolke hinter sich her.

Sie hielt an und rannte zu den Gärungsbecken. Das hohe Aufschäumen der Maische zeigte ihr den Grad der Übergärung. Sie startete den Generator und die elektrische Pumpe. Ohne zu zögern, begann diese mit ihrer Arbeit. Der Techniker hatte Wort gehalten und sie repariert.

Trotzdem kam Carla zu spät. Ungläubig maß sie die Temperatur und las die unbarmherzige Wahrheit: achtunddreißig Grad. Carla sackte auf dem Beckenrand zusammen.

Wie viele Stunden die Maischung übergärte, vermochte sie nicht zu sagen. Jedenfalls deutlich zu lange. Sie griff nach einer gläsernen Karaffe, tauchte sie ins Becken und prüfte die Flüssigkeit. Das Rot schimmerte beinahe durchsichtig, als hätte man sich in den Finger geschnitten und ein paar Tropfen Blut in ein Wasserglas geträufelt. Die komplette Rotweinernte des Jahres durch einen einzigen Fehler verdorben. Carla kamen die Tränen. Wie sollte sie das Francisco erklären? Sie hatte die Arbeiter angewiesen, die Stöcke zurückzuschneiden. Carla gab die verantwortungsvolle Aufgabe der Maischung niemals ab. Nun hatte sie versagt. Zwar aus einem entschuldbaren Grund, aber dennoch war sie gescheitert.

Niedergeschlagen fuhr Carla zurück nach Inca.

Xisca schlief, als Carla das Zimmer betrat. Francisco saß auf dem Stuhl und sah auf. Sein Gesicht wirkte blass. Müde. »Die Rotweinernte ist dahin.« Carla flüsterte die Worte. Trotzdem hallten sie wie ein Brüllen durch den Raum.

»Was meinst du damit?«

Carla fiel es schwer, die Wahrheit auszusprechen. »Die Kühlungspumpe hat gestern nicht gearbeitet. Ich habe von Hand den Wärmegrad im Becken gesenkt und den Techniker für heute Morgen einbestellt.«

Francisco sah sie abwartend an.

»Ich wollte nach dem Frühstück aufs Feld, die Temperatur drosseln, den Rest mit der Pumpe erledigen. Der Anruf ...« Carla brach ab. Es bedurfte keiner weiteren Erklärung.

Francisco fasste sich an die Brust. Sein Mund formte ein stilles O, als wollte er seinem Erstaunen Ausdruck verleihen.

Carla konnte diese Reaktion verstehen. »Es tut mir leid. Ich habe uns damit ins Unglück gestürzt. All die Arbeit. Deine Überstunden.«

Ihr Mann rutschte vom Stuhl wie eine leblose Puppe.

Carla stutzte kurz, bevor sie zu ihm eilte. »Francisco, was ist?«

Seine Augenlider flatterten. Er schien zu kollabieren. Carla bettete seinen Kopf behutsam auf den Boden und hastete auf die Station hinaus. »Ein Arzt. Dringend ein Arzt!«

Die Stationsschwester sprang auf, hetzte den Flur hinab und kam mit dem Doktor zurück, der Xisca versorgt hatte. Er legte seine Finger an Franciscos Hals. »Wir brauchen ein Bett!«

Die eiligen Schritte auf dem Gang, die Rollen des heranfahrenden Krankenbetts, auch das Stimmengewirr drang wie durch einen Nebel zu Carla durch.

»Was ist mit Francisco?« Xisca versuchte sich aufzusetzen, hielt sich die Stirn und zuckte zusammen.

Ihre Worte lüfteten Carlas Nebelschleier. »Ich weiß es nicht.«

Sanitäter hoben ihn auf das Rollbett, fuhren ihn hinaus. Carla rannte hinterher, bis der Mediziner ihr verbot, mit in den Behandlungssaal zu gehen. Sie lehnte sich an die Wand, glitt an ihr zu Boden und blieb zusammengekauert sitzen. »Bitte, lieber Gott, lass ihn mir.« Es schien, als wollte Gott ihr zeigen, was wichtig war. Die Familie. Nicht die Maische. Trauben würde sie auch nächstes Jahr ernten. Ihren Ehemann konnte niemand ersetzen.

Der Arzt verließ das Behandlungszimmer. Er kniete neben Carla nieder. »Nur ein leichter Herzinfarkt. Er kommt wieder auf die Beine.«

Carla warf sich in seine Arme, weinte auf sein Knie, bevor sie sich über die laufende Nase wischte. »Verzeihen Sie. Erst Xisca, dann habe ich die Weinlese verloren und nun die Angst um meinen Mann.«

»Ein wenig viel für einen Tag.« Er zog sie hoch. »Ich werde Ihnen etwas zum Schlafen verschreiben. In ein paar Tagen können Sie alle mit nach Hause nehmen.«

»Danke.« An dieser Aussage klammerte sie sich fest. Das Schlafmittel lehnte sie ab. Es gab niemanden mehr, der ihr beistand, wenn die Medikamente erneut zur Gewohnheit wurden. Eine abermalige Abhängigkeit durfte sie Francisco nicht antun. Nicht in seinem Zustand. Eine Flasche Rotwein würde sie in den Schlaf bringen. Ein Kater wäre zu verkraften. Die Maische war bereits verdorben. Der Rückschnitt hatte Zeit. Die Lohnarbeiter würden die Arbeit übernehmen, solange sie sich um ihre Familie kümmerte. Der Weißwein reifte ohne ihre Mithilfe. Sie musste Alba informieren, sie fragen, ob Francisco die restlichen Aufträge später liefern konnte. Carla wollte ihm den Rücken freihalten. Ihre Sorgen für sich behalten. Sich wieder um die Buchhaltung kümmern.

Carla ging zu ihrem Mann, nachdem sie Xisca informiert und besänftigt hatte.

Francisco lag im Krankenbett, sah fast verlegen aus. »Tut mir leid, dass ich dich beunruhigt habe.«

»Beunruhigt? Ich bin zu Tode erschrocken.« Carla setzte sich zu ihm. »Du wirst kürzertreten, verstanden? Ich brauche dich.«

»Es geht mir gut. Das liegt am Alter und nicht an der Arbeit.«

Diese Aussage ängstigte Carla. »Weniger Aufträge. Oder du stellst noch jemanden ein.«

»Und wovon willst du das bezahlen? Nach dem Verlust der Ernte?« Er tätschelte ihre Hand.

»Es wird gehen. Irgendwie.« Carla wollte ihn nicht weiter beunruhigen. Und wenn sie die Bücher prüfte, würde sie sehen, wie viel der Steinmetzbetrieb abwarf. Vielleicht wäre ein Lehrling eine Möglichkeit. Er könnte zusammen mit dem Gesellen die schweren Tätigkeiten verrichten. Darüber würde sie erst mit ihm sprechen, nachdem sie sich einen Überblick verschafft hatte. »Ich fahre nach Hause und packe eine Tasche. Essen bringe ich euch ebenfalls.«

»Nun mache ich dir Umstände.«

»Du machst mir nie Umstände, hörst du? Also denk nicht so merkwürdige Sachen.« Sie küsste ihn, verließ die Klinik, packte die Tragetasche und fuhr zurück.

Bevor Carla endgültig den Heimweg antrat, sah sie nochmals nach Xisca. »Wen kann ich anrufen, damit jemand Baltasar Bescheid gibt? Sonst macht er sich noch auf den Weg zu uns.«

Xisca gab ihr die Nummer eines Nachbarn, mit dem sie sich gut verstanden.

Zu Hause rief sie dort an, informierte ihren Schwiegersohn, der erleichtert reagierte, weil nur der Wagen hin war. Im Anschluss setzte sie sich an die Buchhaltung des Steinmetzbetriebs. Draußen dunkelte es, bis sie klar sah. Sie überprüfte die Zahlen erneut. Nach einer weiteren Stunde gab es keine Zweifel mehr.

Carla ging ins Wohnzimmer, hob den Hörer ab und ließ sich mit Albas Hotel verbinden. Ihre Schwägerin nahm das Gespräch nach wenigen Sekunden entgegen. »Carla! Wie schön! Wie geht es euch?«

In knappen Worten erzählte sie von ihrem schicksalhaften Tag. »Und dabei ist mir etwas aufgefallen.«

»Was denn?«

»Francisco hat dir nicht alle Lieferungen in Rechnung gestellt, wenn die Lieferscheine und Auftragsbücher stimmen.« Carla war das Thema unangenehm. Arbeiten nach vielen Monaten nachträglich zu fakturieren, stellte ihr Vertrauen sehr auf die Probe. »Wärst du so lieb, deine Unterlagen gegenzuprüfen?«

»Selbstverständlich, Carla.« Alba klang unbekümmert. »Wenn es tatsächlich so ist, dann stell mir eine Rechnung aus. Ich bespreche mich rasch mit meinem Buchhalter und rufe dich gleich zurück, einverstanden?«

»Ich danke dir.« Carla legte auf. Nachdenklich blieb sie auf dem Sofa sitzen. Wie würde Francisco reagieren, wenn er wüsste, dass sie nach Monaten seine Rechnungen kontrolliert hatte?

Nun gönnte sie sich doch ein Glas Wein. Francisco wäre gekränkt. So gut kannte sie ihn. Aber das Geld zu verschenken, war undenkbar. Sie nippte an ihrem Weinglas. Der junge Rotwein aus dem Vorjahr schmeckte leicht und fruchtig. Zwischen die Schlückchen gesellte sich das leise Bedauern des Verlusts der diesjährigen Ernte. Die Arbeiter wollten dennoch bezahlt werden. Auch hier fragte sie sich: Wovon?

Carla kam eine Idee. So könnte es gelingen, ohne ihren Ehemann zu kränken. Hoffentlich ging Alba darauf ein.

Zur Abendessenszeit klingelte das Telefon. Marga stellte ihr Alba durch. »Danke für den schnellen Rückruf.«

»Kein Problem. Du hast genug Sorgen.« Albas Stimme klang weiterhin unbeschwert. Das stimmte Carla hoffnungsfroh. »Und du hattest recht. Dein Mann hat für das Las Brisas zwar fast alle Waschtische geliefert, aber die zweite und vierte Lieferung nicht fakturiert. Die unterschriebenen Lieferscheine liegen uns vor. Bring mir die Abrechnung, und ich zahle dir das Geld aus.«

»Das ist sehr großzügig von dir.« Carla zögerte kurz. »Alba, kannst du uns für die Restlieferung mehr Zeit einräumen? Ich weiß, das Hotel ist beinahe fertig ...«

»Ein paar Wochen gehen. Im Januar ist die Eröffnung geplant. Wann die Tische montiert werden, ist unwichtig, solange kein Bruch entsteht.« Alba lachte. »Und das ist bei Francisco noch nie passiert.«

Wieder kam ihr ihre Schwägerin entgegen. Sie reagierte völlig anders, als Leo es getan hätte. »Kann ich die Rechnung als eine Weinlieferung deklarieren?« So würde es Francisco nicht auffallen.

»Warum das denn?«

Alba konnte sie die Wahrheit anvertrauen. »Ich habe in den Unterlagen meines Mannes gewühlt. Er soll das nicht erfahren. Es wäre mir unangenehm. Ich musste prüfen, ob wir einen Helfer einstellen können.«

Es war ruhig am anderen Ende der Leitung. Alba schien zu überlegen. »Ich möchte mich ja nicht einmischen, aber was hältst du davon, mir die fehlende Abrechnung vorbeizubringen und sie anschließend in Franciscos Ordner abzuheften? Ich kann vorgeben, die Zahlungen vergessen zu haben, und mein Buchhalter hätte mich darüber informiert. Damit wärst du außen vor, und alles hätte seine Richtigkeit.«

Warum war Carla nicht selbst auf diese Idee gekommen? Das hörte sich noch besser an. »Ich tippe die Rechnungen, bringe sie dir und nehme das Geld mit.« Carlas Tag wurde ein klein wenig heller, obwohl draußen inzwischen tiefe Dunkelheit herrschte. »Du bist ein Engel. Wenn ich etwas für dich tun kann, lass es mich unbedingt wissen.«

14

Mallorca 1949

Das Boot segelte in gemächlichem Tempo den Küstenstreifen von Alcúdia entlang. Alba streckte sich und blinzelte in die herrliche Frühsommersonne, bevor sie die Sonnenbrille auf die Nase schob. Die Idee, zwei Tage segeln zu gehen, war zum rechten Zeitpunkt gekommen. Am Vortag kreuzten sie mit günstigem Wind vor der Küste, ankerten in der kleinen Bucht von Alcanada mit Blick auf den Leuchtturm und plünderten den Picknickkorb, den Alba hatte vorbereiten lassen. Die Nähe und neue Vertrautheit tat ihnen gut. Sie genoss die gemeinsame Zeit mit Matías viel zu sehr, um ihn loslassen zu können. »Cariño?«

Matías sah lächelnd zu ihr. »Sollen wir einen Tag anhängen?«

»Eine zauberhafte Idee.« Leider drückte die Verantwortung, um es ernsthaft in Erwägung zu ziehen.

»Dann lass uns in Alcúdia Proviant kaufen und weitersegeln.« Matías meinte es ernst. Wie er aufrecht und mit von der Brise zerzaustem Haar am Steuer posierte, ließ ihre Liebe aufbranden wie der auflandige Wind.

»Unmöglich. Ich muss zurück.« Alba stand auf, ging zu ihm und umarmte ihn von hinten. »Aber bald können wir das tun, wann immer wir möchten. Ich reiche die Scheidung ein.« Auf ihren Satz folgte keine Reaktion. »Glaubst du mir nicht?«

»Du sprichst so lange davon.« Matías korrigierte kurz den Kurs. Die Hafeneinfahrt lag vor ihnen. »Lass uns die herrliche Zeit nicht mit diesem Thema überschatten.«

Alba schwieg, blieb jedoch neben ihm, als sie in den Hafen einfuhren. Wenn sie darüber nachdachte, waren diese beiden Tage die schönsten der letzten Jahre gewesen. Einzig an seiner Seite fühlte sich Alba wie eine begehrenswerte Frau. Nicht nur Geschäftsfrau, Mutter und Geldgeberin für die Träume eines undankbaren Ehemannes. Sie näherten sich der Mole. »Das müssen wir bald wiederholen.« Alba küsste ihn, schmiegte sich erneut an ihn und genoss die gemächliche Einfahrt an den Segelbooten vorbei bis zum Liegeplatz.

»Wollen wir im Jachtklub zu Mittag essen?« Matías sah sie hoffnungsvoll an. »Oder soll ich dich ins Hotel zurückfahren?«

Den Gefallen konnte sie ihm keinesfalls abschlagen. »Sehr gerne. Und es reicht aus, wenn du mich bei Carla in Binissalem absetzt. Ich habe ihr für heute einen Besuch zugesagt und nehme im Anschluss den Zug nach Palma.«

Fachmännisch vertäute Matías das Boot. Jeder Handgriff saß. Schon oft hatte er sie zum Segeln eingeladen, immer hatte sie, aus Angst entdeckt zu werden, abgesagt. Die vergangenen Monate beschlich Alba das Gefühl, dass sich Matías von ihr entfernte. Er drängte weit weniger auf Scheidung, ihre Treffen wurden seltener. Alba musste handeln, wollte sie ihn nicht verlieren. Die Kinder waren erwachsen, gingen ihre eigenen Wege, und mit drei Hotels würde sie auch einen Skandal und die damit verbundenen Stornierungen von Hochzeitsreisenden verkraften.

»Darf ich bitten?« Matías stand am Kai und reichte ihr die Hand zum Aussteigen.

Erst übergab sie ihm den Picknickkorb und ihre Handtasche, bevor sie sich an Land helfen ließ. Die Welle eines vorbeifahrenden Bootes trieb den Ausstieg des Segelboots enger ans Pier. Alba kippte gegen Matías Brust. Sie nutzte die Gelegenheit für einen Kuss. »Vielen Dank für den wundervollen Ausflug.« Sie verdrängte die Angst, von jemandem erkannt zu werden. Vielleicht zeigte es Matías, wie ernst sie es meinte.

»Das war es.« Er löste sich von ihr, nahm den Korb vom Boden und reichte Alba die Tasche. »Lass uns essen gehen. Ich habe Hunger.«

Alba hängte sich bei ihm unter. Arm in Arm gingen sie zum Jachtklub. In gelöster Stimmung schlenderten sie zum Restaurant. Die Schmetterlinge in Albas Bauch flogen hoch wie lange nicht mehr.

Nach dem Mittagessen fuhr Matías sie zu Carla. Der Abschied dort fiel geschäftsmäßig aus. Nicht auszudenken, sollte aus irgendwelchen Gründen Lilia bei Carla vorbeifahren und sie entdecken. Ein Verhältnis mit dem Hotelarchitekten würde Lilia nie verzeihen. »Wir sehen uns in Palma. Gibst du bitte den Korb im Hotel ab?«

»Selbstverständlich.« Er klang verschnupft. »Du kannst unmöglich mit einem Picknickkorb im Zug fahren, ohne dass jemand Fragen stellt.«

»Alles in Ordnung?«

»Natürlich.«

Alba hörte ihm die Lüge an seiner Stimme an. »Vertrau mir.«

Er rang sich ein Lächeln ab, startete den Motor und fuhr vom Hof.

Carla trat aus dem Haus. »Du bist spät.«

»Tut mir leid.« Alba hatte sich um die Mittagszeit angekündigt. »Wir haben in Alcúdia zu Mittag gegessen.«

»Komm rein, ich setze Kaffee auf.« Carla ging voraus in die Küche, deponierte die Kaffeekanne auf den Herd und bat Alba, Platz zu nehmen. »Dich bedrückt doch etwas. Ich sehe es dir an.«

»Matías.« Alba setzte sich. »Wenn ich noch länger zögere, verliere ich ihn. Ich muss die Scheidung einreichen. Es wird mich einiges kosten.«

»Die ausländischen Flitterwöchner oder die vom Festland erfahren davon nichts. Hast du so viele Paare von der Insel, die bei dir absteigen?« Carla füllte Kaffeepulver und Wasser in die Kanne.

»Es sind weniger die finanziellen Verluste.« Alba wog ab, wie offen sie mit Carla sprechen sollte. Neben Marisol betrachtete sie Carla als ihre beste Freundin. Sie vertraute ihr. »Ich habe Angst vor Lilias und Leos Reaktion. Meine Tochter ahnt nichts von eurem Erbstreit. Ich möchte vermeiden, dass sie erfährt, was ihr Vater getan hat. Sie sieht zu ihm auf.«

»Es ist unnötig, das Mädchen hineinzuziehen.« Das Wasser kochte. Carla stellte Tassen auf den Tisch. »Lilia trägt uns immer noch den Zeitungsartikel wegen des Brunnens nach.«

»Es war unglücklich, dass er ausgerechnet am Tag ihrer Hochzeit erschienen ist.« Alba schlug die Beine übereinander. »Um ehrlich zu sein, war ich ebenfalls enttäuscht von euch.«

»Das verstehe ich. Xisca hat ihren Chef darum gebeten, ihn die darauffolgende Woche zu bringen.« Carla lehnte sich an den Herd. »Leider hat sie es nicht begründet. Ein anderer Artikel fiel aus, so suchte ihr Vorgesetzter diesen aus und brachte ihn früher. Das war nicht abgesprochen. Ich würde nie etwas tun, was deiner Tochter schadet.«

»Das weiß ich.« Xisca hatte ihr die Umstände erklärt, was Lilia jedoch nicht versöhnen konnte. Der Groll saß tief, obwohl sich Xisca bei Lilia entschuldigt hatte. »Weißt du, ob Lilia meinen Enkel mit aufs Feld nimmt?«

»Oftmals tut sie das. Warum?« Carla schenkte ein und reichte Alba eine der beiden Tassen.

»Können wir hinfahren?« Alba fiel es schwer, ihren Enkelsohn nur bei den seltenen Besuchen in Palma für ein paar Stunden zu sehen.

»Ich sollte sowieso mit den Arbeitern sprechen. Dann verbinden wir das, bevor ich dich zum Bahnhof bringe.«

Alba nippte an ihrem Kaffee. »Wie wird Leo reagieren, wenn ich die Scheidung einreiche?«

»Leo ist unberechenbar.« Carla sah sie ratlos an. »Ob Lilia dich verstehen wird, ist schwer einzuschätzen.«

»Es geht nicht mehr. Die Kinder haben ihr eigenes Leben, nun bin ich an der Reihe.« Alba leerte ihre Tasse. »Wie würdest du wählen? Liebe oder Frieden?«

»Immer die Liebe. Ich habe damals die Avancen eines reichen Mannes ausgeschlagen, um Francisco zu heiraten, und es keinen Tag bereut.« Carla lächelte verträumt. »Man muss seinem Herzen folgen. Alles andere findet sich.«

Ihrem Herzen folgen. Die Sorge um ihren Ruf, die bisher in ihrem Inneren die Oberhand gewonnen hatte, wich der

Leichtigkeit einer gefällten Entscheidung. Gleich am kommenden Morgen wollte sie die Scheidung einreichen. »Danke, Carla. Nun weiß ich, was zu tun ist.« Sie drehte die Kaffeetasse in den Händen. »Wie läuft es im Betrieb? Macht sich der Lehrling gut?«

»Ja. Er ist Francisco eine große Hilfe. Die Buchhaltung mache wieder ich.« Carla stand auf, stellte ihre Tasse in die Spüle. »Nun geht die Arbeit auf dem Feld los, aber das schaffe ich.«

Alba bewunderte Carla dafür, wie tapfer sie den Verlust der Rotweinernte verkraftete. Sie jammerte nie. Nahm die Tatsache an, schaute nach vorn und schien niemals zu zögern. »Wollen wir fahren?«

»Gern. Ich sag Francisco Bescheid, dass ich den Admiral nehme.« Gemeinsam verließen sie die Wohnung.

Alba rief ihrem Schwager einen Gruß in die Werkstatt und winkte ihm. Carla kam mit dem Wagenschlüssel.

Auf der kurzen Fahrt erzählte Alba von Gerado und wie gut er sich im Hotelgewerbe entwickelte. Sie hatte ihn mit der Erweiterung der Hotelgartenanlage im Las Brisas beauftragt. Seine Idee, einen zweiten Pool samt Palmengarten zu bauen, gefiel ihr. »Er sagt, wenn man darin schwimmt, würde es aussehen, als könnte man ins offene Meer hinausschwimmen.«

»Das will ich sehen.« Carla hielt an ihrem Weinfeld.

Alba stieg aus.

»Komm, ich zeige dir unsere Bodega.« Carla ging voran, erklärte einige Gegenstände, mit denen Alba nicht viel anzufangen wusste. Sie zeigte ihr, wie es zu dem Unglück der Übergärung gekommen war und wo sie die Weißweine kultivierte. »Möchtest du unseren 47-iger Prensal Blanc kosten?«

»Gerne.« Alba wollte nicht unhöflich sein. Die letzten Jahrgänge fand sie fade. Es fehlte ihnen an Bukett, Körper und Spritzigkeit.

Carla entnahm dem Fass zwei Gläschen. »In etwa drei Wochen muss er auf die Flasche.«

Alba roch daran. Ein durchdringender und scharfer Geruch ließ sie das Gesicht verziehen.

Carla lachte. »Er riecht streng, das wahre Aroma bemerkst du erst anschließend.«

Um es hinter sich zu bringen, nahm Alba ein Schlückchen. Überrascht riss sie die Augen auf. »Oh.« Sie kostete erneut. »Fruchtig, frisch.« Es handelte sich um den besten Prensal Blanc, den sie jemals gekostet hatte. »Er ist besser als unserer.« Die Worte flüsterte sie beinahe, als könnte jemand sie belauschen.

»Der Geschmack ist beeriger, weil ich die Reben sehr stark zurückschneide und weniger Trauben erhalte. Die Kraft der Sonne und die Würze der Erde gehen intensiver in die Traubenschale. Das schmeckt man.« Carla strahlte sie an. »Das ist kein Vergleich mit der Plörre aus den Vorjahren.«

»Absolut nicht.« Alba kannte sich mit Weinen nicht gut aus, doch selbst sie erkannte die hohe Qualität dieses Tropfens. »Darf ich eine Bestellung aufgeben?«

Carla leerte lachend ihr Glas. »Dir räume ich einen Sonderpreis ein.«

In gelöster Stimmung verließen sie die Bodega. Carla zeigte nach nebenan, wo Lilia zu sehen war. »Besser, ich bleibe hier und kontrolliere und gieße die Rosen.«

»Bist du damit immer noch zugange? Wenn ich das Lilia erzähle, spottet sie wieder über dich.« Alba verstand ebenso wenig wie ihre Tochter, was Rosen und Wein gemeinsam haben sollten, zumal die mallorquinische Erde kein Boden für Rosenstöcke darstellte.

»Lass sie spotten. Das tun alle.« Carla griff sich einen Eimer mit Wasser. »Ich habe den Ratschlag der Amerikaner mit dem Rückschnitt im ersten Jahr nicht eingehalten, und der Wein war fade. Nun schmeckt er ausgezeichnet, also vertraue ich auf ihr Wort.«

Alba lächelte nachsichtig. »Schön anzusehen sind sie ja.«

»Lilia!«, rief sie. »Überraschung!«

Ihre Tochter sah von der Arbeit auf. Ihr Blick wirkte irritiert. »Was tust du hier?« Die Stimme klang fast wütend.

»Übellaunig?« Alba ging durch die Weinreihe auf sie zu. »Oder ist etwas nicht in Ordnung?«

Lilia drehte sich weg, als Alba sie zur Begrüßung auf die Wange küssen wollte. »Das fragst du mich?«

»Ja. Wen sonst?« Alba sah sich um. »Ist dein Vater hier? Ich müsste mit ihm sprechen.«

»Er ist auf dem anderen Feld in Binissalem.« Lilia zupfte Unkraut aus der Erde. »Seit wann interessiert dich das?«

Die schnippische Art ihrer Tochter schien steigerbar zu sein. Allerdings wusste Alba nicht, womit sie sich ihren Ärger zugezogen hatte. Am besten, sie gab vor, Lilias schlechte Stimmung gar nicht zu bemerken. »Ist Paulino bei dir?«

Lilia schnaubte aus, als trüge sie das Leid der Welt auf ihren Schultern. »Er schläft.« Sie zeigte auf einen schattigen Platz unter einem Olivenbaum. »Weck ihn nicht auf.«

»Keine Sorge.« Alba ging zu ihrem Enkelsohn. Fest eingewickelt in ein Tuch lag er bewegungsunfähig auf einer Decke. Alba sah es mit Missfallen, kannte jedoch die neue Mode, die

Arme und Beine eines Säuglings einzubinden, um zu vermeiden, dass er sich verletzte, während die Mutter arbeitete. Paulino schlug die Augen auf. »Na, aufgewacht?« Sie kniete neben ihn nieder. Zärtlich strich sie ihm über die Pausbacken. Er dankte ihr mit einem zahnlosen Lächeln. Der dunkelhaarige Haarflaum lag dicht am Kopf an. Alba konnte nicht widerstehen, ihn hochzunehmen.

Lilia kam auf sie zugestürmt. »Jetzt hast du ihn doch aufgeweckt!«

Paulino fing an zu quengeln.

Lilia entwand ihr das Baby und wiegte es hin und her, was sie nicht davon abhielt, Alba giftige Blicke zuzuwerfen.

»Er war schon wach.« Alba verstand ihre Tochter nicht. »Ich wollte nur mein Enkelkind im Arm halten.«

»Nie nimmst du Rücksicht!«

»So redest du nicht mit mir, Señorita!« Alba ließ sich das ungehörige Benehmen nicht länger gefallen. »Wo bleibt dein Respekt? So habe ich dich nicht erzogen.«

Lilia sah sie aus zusammengekniffenen Augen an.

»Gibst du ihn mir?«

»Nein.«

Alba glaubte sich verhört zu haben. »Ich darf also nur Geld für die Bodega geben.«

Lilia kaute auf ihrer Unterlippe. Sie schien zu überlegen.

»Achte darauf, wie du mit deiner Mutter umgehst. Du hast nur eine.« Alba wandte sich enttäuscht ab und verließ das Weinfeld.

Carla goss noch die Rosenstöcke, die am Ende einer jeder Rebenreihe wuchsen. »Ich weiß nicht, was mit dem Mädchen los ist.«

»Ich verstehe Xisca auch nicht immer. So ist das mit Kindern.« Carla ging zum Wasserbecken, füllte den Holzeimer erneut.

Alba sah sich nach einem Eimer um. »Soll ich dir helfen?«

»Setz dich unter den Johannisbrotbaum. Ich bin gleich fertig. Du bist für so eine Arbeit nicht passend gekleidet.«

In ihren Absatzschuhen sank Alba tatsächlich in die Erde ein und ruinierte ihre Absätze in dem steinigen Boden. »Gut. Danke.« Der Johannisbrotbaum erinnerte Alba an ihre Flitterwochen mit Leo. Er hatte sie hierhergebracht. Damals schien die Zukunft mit ihm vielversprechend. Ein anpackender Mann. Ehrlich. Anständig. Ehrgeizig. So hatte sie ihn gesehen. Und was war geblieben? Geheimnisse, ein Gefängnisaufenthalt, Schande, weitere Unwahrheiten, die dazu führten, dass Alba ihren Ehemann letztlich betrog. Seine raue Art hatte sie angezogen, zusammengepasst hatten sie nie, und die Anziehung war Abscheu gewichen. Ja, sie verabscheute Leo für das, was er getan hatte, für die Lügen über sein Erbe, die Schmuggelei, die sie ins Unglück gestürzt hatte, die heimliche Kreditaufnahme bei Romero, die mangelnde Hilfe im Hotel. Sie würde sich scheiden lassen. Nur so gab es eine Chance auf ein spätes Glück.

Carla fuhr sie an den Bahnhof. Der Zug stand zum Einsteigen bereit. Hastig verabschiedeten sie sich. »Muchas gracias, Carla.«

»Nichts zu danken.«

Carla winkte ihr vom Bahnsteig zu, als der Zug ausfuhr. Alba fühlte sich erleichtert, endlich eine Entscheidung für ihre Zukunft getroffen zu haben. Mit Gerados Unterstützung konnte sie rechnen. Lilia würde sich irgendwann damit arrangieren. Ihre Tochter hatte eine eigene Familie, seit der Hochzeit war sie fest eingegliedert in die Gemeinde. Es würde Gerede geben, Auswirkungen musste sie keine befürchten.

Die Bahnhofsuhr in Palma zeigte siebzehn Uhr dreißig. Die Galerie wäre noch geöffnet. Marisol würde aus den Wolken fallen, wenn sie ihr von ihren Plänen erzählte. Auf den Straßen der Innenstadt herrschte reger Betrieb. Vielleicht hatte Marisol sogar ein Bild verkauft. Alba wünschte es ihr, da sie ihre Freundin am Gewinn beteiligte und sie sich große Mühe gab nach dem Verlust ihrer Stelle als Lehrerin. Bis es zu einer Filiale des Souvenirshops käme, würden einige Monate vergehen. Baltasar ging mit Bedacht vor, was den Aufbau einer Zweigstelle in Palma betraf. Marisol verdiente dennoch ausreichend durch die Verkäufe. Sie arbeitete täglich, organisierte die Malkurse, die Alba am Samstagvormittag gab, und Alba hoffte, irgendwann wieder Zeit zu finden, selbst mehr zu malen. Das Atelier, das sie sich im Las Rosas eingerichtet hatte, verwaiste zusehends.

Alba drückte an der Tür. Sie gab nicht nach. Geschlossen. Mit an die Scheibe gelegten Händen, um besser ins Innere sehen zu können, sah sie in den Verkaufsraum. Verlassen. Marisol schien den Laden früher abgesperrt zu haben. Verwundert kehrte sie ins Las Rosas zurück, wo sie ihren Anwalt anrief und ihn bat, alles für die Scheidung von Leo vorzubereiten. Ihr Firmengeflecht würde ihr Vermögen vor Leo schützen, dafür hatte sie schon vor Jahren gesorgt. Von ihrem Mann wollte sie keine Pesete. Nur ihre Freiheit. Und die konnte er ihr nicht verweigern.

Gerado war im Hotel auf der Klippe, um den Bau der neuen Poolebene zu überwachen. Es gab keine Menschenseele, mit der sie reden konnte. Niemand, außer Matías. Alba machte sich frisch, zog sich um, richtete ihre Frisur und legte roten Lippenstift auf. Zur Feier des Tages entnahm sie dem Hotelbestand eine Flasche Cava. Alba wollte feiern. Ihre Liebe. Ihre Freiheit. Ihre Zukunft mit Matías.

Alba stieg die Stufen hoch in den ersten Stock. An seiner Wohnungstür klopfte sie an. Es blieb still. Arbeitete er? Alba drückte die Türklinke zu seinem Büro runter. Verschlossen. Enttäuscht setzte sich Alba auf die Treppenstufen. Ob sie warten sollte? Alba saß über eine Stunde auf der Holztreppe, bis sie die Geduld verlor. Wenn er unterwegs war, würde sie die Flasche mit Marisol leeren und auf Albas neues Glück trinken. Alba zog die Tür ins Schloss und schlenderte durch den lauen Abend zu ihrer Freundin. Sie betätigte das Klingelbrett im Erdgeschoss. Keine Reaktion. Vermutlich hatte Marisol das Radio wieder zu laut aufgedreht. Das tat sie gerne, während sie sich fertig machte, um zum Tanzen auszugehen. Alba klingelte bei der Nachbarwohnung. Die Bewohnerin machte ihr auf. Aus Marisols Wohnung hörte sie keine Musik. Es herrschte Stille. Sie klopfte an die Wohnungstür. »Marisol?«

Keiner öffnete.

Nach vielen Jahren traf sie eine Entscheidung für ihr Leben, und niemand war an ihrer Seite, um mit ihr anzustoßen. Alba verließ das Haus. Dann würde sie die Flasche in ihrem Atelier öffnen, sich ihre Malkleidung anziehen und ihre Gefühle auf der Leinwand ausdrücken.

Die Menschen saßen in den Straßencafés, genossen den Abend. Die Terrasse der Bar Bosch war gut besucht, als Alba an ihr vorüberging. Das unverkennbare Lachen Marisols drang zu ihr herüber. Nun würde sie doch noch mit ihrer Freundin feiern können. Alba warf einen Blick in die Carrer de Can Brondo. Marisol stand eng umschlungen in der unbelebten Seitenstraße, lachte und küsste den Mann, der sie zum Lachen brachte. Als sie sein Gesicht erkannte, erstarrte sie.

Entsetzt wandte sie sich ab. Das Bild brannte sich in ihr ein wie ein Stück Holzkohle in eine Tischplatte. Alba hastete durch die Straßen, floh regelrecht in ihre Privaträume.

Im Hotel zog sie sich ihre Malkleidung an, wie sie es vorgehabt hatte. Sie griff sich einen Pinsel, tauchte in die angerührte Farbe und malte. Erst die Carrer de Can Brondo, die aufragenden Häuser, das diffuse Licht der schattigen Gasse, die Schaufenster der Geschäfte, Marisol.

»Ach, du malst?« Gerado betrat das Atelier. »Störe ich?«

»Nein.« Alba wich einen Schritt zurück. Vom Mann fehlte nur noch das Gesicht. »Ich bin fast fertig.«

Gerado trat zu ihr. »Ist das Marisol? Hat sie einen neuen Freund?«

»Ja.« Alba setzte ihre Arbeit fort.

Gerado zog sich einen Stuhl heran, nahm Platz und beobachtete seine Mutter. »Du bist anders. Ist alles in Ordnung?«

»Ich habe heute die Scheidung eingereicht.« Nach einigen Pinselstrichen erkannte man die Gesichtszüge des Mannes.

»Du triffst die richtige Entscheidung.«

Alba malte den Mund und schwieg.

Ungläubigkeit stand in Gerados Gesicht. Er erhob sich und begutachtete das Gemälde genauer. »Ist das ...?«

»Ja. Ich habe sie gesehen.« Alba fühlte sich innerlich tot. Nur Kälte. Sie fraß an ihren Eingeweiden.

»Was hast du nun vor?«

»Tausch die Schlösser der Galerie aus. Marisol wird nie wieder einen Fuß in mein Eigentum setzen.« Alba vollendete das Bild mit den letzten Pinselstrichen. »Anschließend bring das hier zu Matías. Stell es ihm vor die Tür. Mehr ist nicht notwendig.«

Gerado tat wie ihm geheißen. Alba wusch sich die Farbe von den Fingern, öffnete eine Flasche Rotwein und goss sich großzügig ein. Tränen zu vergießen, erlaubte sie sich nicht. Ihre engsten Vertrauten hintergingen sie. Wie lange? Alba verbot sich, darüber nachzudenken. Vielleicht zahlte sie nun den Preis für ihre Untreue an Leo.

Sie trank auf die Ironie des Schicksals. Nach fast zehn Jahren rang sich Alba durch, sich von ihrem Ehemann scheiden zu lassen, und noch am selben Tag überraschte sie den Mann, für den sie es tat, wie er sie betrog. Sollte sie den Scheidungsantrag zurückziehen? Zeit bliebe ihr.

Ein weiteres Glas Wein ließ sie klar denken. Die Scheidung würde weniger Aufsehen erregen, wenn sie nicht umgehend einen neuen Liebhaber an ihrer Seite präsentierte. Alba wünschte sich ihre Freiheit. Nicht nur für Matías. Für sich. Leo hatte sie zu oft hintergangen, um eine Weiterführung der Ehe in Betracht zu ziehen. Um auf ihre Entscheidung zu trinken, goss sie sich erneut ein.

Vor ihrer Tür hörte sie Stimmen.

Gerado.

Und Matías.

Alba wollte ihn nicht sehen, stand von der Couch auf. Die Tür schwang auf. Ihre Flucht ins Schlafzimmer scheiterte. »Verschwinde!«

»Das werde ich nicht tun.«

Gerado betrat zuerst die Wohnräume. »Mamá, es tut mir leid. Ich konnte ihn nicht aufhalten.«

»Schon gut.« Alba streckte ihren Rücken durch. Matías gegenüber vermied sie zu zeigen, wie sehr sein Betrug sie verletzte.

Matías kam auf Alba zu. Sie hob abwehrend die Hand. Er blieb stehen. »Du hast die Scheidung eingereicht?«

»Deshalb bist du hier?« Alba hatte mit Entschuldigungen gerechnet, mit Rechtfertigungen, aber nicht damit.

»Ich habe nicht daran geglaubt, dass du es dieses Mal tatsächlich tust.« Er stand wie ein geprügelter Hund vor ihr.

»Und ich habe geglaubt, meine große Liebe würde mich nicht mit meiner besten Freundin betrügen.« Alba sprach zu ihrer eigenen Verwunderung ruhig. Fast emotionslos. »Wir haben uns beide geirrt.«

»Marisol bedeutet mir nichts.« Er bewegte sich einen Schritt auf Alba zu.

Sie wandte sich ab. »Dann hast du mich wegen nichts verloren.«

Gerado zog sich diskret zurück und schloss die Tür von außen.

»Sie hat mir seit der Hoteleröffnung des Las Mariposas schöne Augen gemacht.« Er zuckte die Schultern. »Nur der Teufel weiß, warum ich darauf eingegangen bin. Ich liebe nur dich.«

Alba schnaubte auf. »Du bist nicht besser als Leo.«

»Du bist ungerecht. Ich habe dir all die Jahre die Treue gehalten, war immer für dich da. Nie habe ich dich hintergangen.« Matías stand unschlüssig im Raum.

»Doch. Hast du. Heute. Und vermutlich seit vielen Monaten.« Alba ging zum Fenster. »Es waren alles Lügen, wenn du nicht zu mir kommen konntest. Wie konntet ihr das tun?« Sie fuhr zu ihm herum. »Was für ein Mensch bist du? Ich kenne dich nicht. Von unserem Segelausflug fährst du umgehend zu Marisol? Sie sperrt sogar die Galerie ab?« Sie zeigte auf sich. »Meine Galerie. In der ich ihr Arbeit gegeben habe, nach ihrem Rauswurf von der Schule.« Marisols Meinung zu den von Franco gewünschten Unterrichtsmethoden hatte vermehrt zu Beschwerden geführt. Die Schulleitung hatte Marisol beim letzten Eklat gebeten, die Schule zu verlassen. Das war nun der Dank für Albas Freundschaft?

»Der lieblose Abschied bei Carla hat mich gekränkt.« Matías trat neben sie, legte seine Hand auf ihre Schulter. »Verzeih mir, ich bin schwach.« Er drehte sie zu sich herum. »Und dumm.«

Seine Berührung brannte auf ihrer Haut. Trotzdem gab sie nicht nach. »Das bist du. Und nun geh. Zu Marisol. Oder wohin du sonst willst. Wir pflegen ab heute nur noch geschäftlichen Umgang. Und sobald ich dich auszahlen kann, werde ich das tun.«

Matías nahm die Hand fort. Sie sahen sich fest in die Augen. In seinen schimmerten Tränen. Ihre blieben trocken. Wie sie die Kraft aufbrachte, wusste sie selbst nicht. Endlich wandte er sich zum Gehen. »Ich hoffe, du verzeihst mir. Irgendwann.«

»Darauf würde ich nicht wetten.«

15

Die sengende Sommersonne ließ die Luft in der Ebene flirren. Die Berge der Tramuntana lagen in einem trüben Nebelschleier. Lilia untersuchte die knochentrockene Erde. Ob das Brunnenwasser ausreichte? Im Osten standen erneut pechschwarze Wolkenwände, die ihren Regen bisher nicht auf Sencelles ergossen hatte. Das dritte Sommergewitter in Folge. Lilia hoffte, die Regenfälle würden das Grundwasser ansteigen lassen. Seit der Schließung ihres zu tief gebohrten Brunnens verstand sie, warum Carla nicht anders konnte, als sich über einen Presseartikel zur Wehr zu setzen. Sie hatten Carla förmlich trockengelegt. Die Kosten für die neue Brunnenbohrung brachten ihren Vater wiederholt gegen ihre Tía auf. Nachvollziehbar zwar, aber nachdem sie ihn um sein Erbe betrogen hatte, wollte Lilia mit dieser hinterhältigen Frau nichts mehr zu schaffen haben.

Ein dunkles Donnergrollen rollte über die Insel. Vielleicht hätten sie diesmal Glück. Bisher war nur ein starker Wind über die Ebene gefegt. Lilia, ihr Vater und die Helfer harkten die Erde, damit sie den Regen auch aufnehmen konnte, sollte er kommen. Marco tat dasselbe auf seinem Grundstück. Lilia sah zu Carla hinüber. Es war ihr unverständlich, weshalb Carla und ihre Arbeiter die Rosen und die Weinstöcke mit Flüssigkeit bespritzten. Ein hilfloses Unterfangen, den Pflanzen Feuchtigkeit zukommen zu lassen. Sie sollten besser ebenfalls den Boden bearbeiten und Furchen ziehen, anstatt das wenige Wasser aus den Becken zu verschwenden.

Ein Mann betrat das Grundstück. »Wohnt hier Leo Delgado Ramis?«

»Ja, das ist mein Vater.«

»Wo finde ich ihn? Ich habe eine Zustellung.« Der schlanke Bote in einfacher Kleidung hätte auch ein Bauer aus der Umgebung sein können.

»Papá!« Lilia schaute, ob er sie hörte. Er drehte den Kopf zu ihr. Sie winkte. »Komm!«

Ihr Vater legte sich die Harke über die Schulter und kam auf sie zu. »Was ist?«

»Eine Briefzustellung für dich.« Neugierig blieb Lilia stehen.

»Für mich?« Leo grüßte den Fremden. »Was haben Sie denn?«

Er reichte ihm einen verschlossenen Umschlag. »Keine Ahnung. Bitte quittieren Sie mir den Erhalt.«

Leo unterschrieb einen Zettel.

»Danke. Ich wünsche Ihnen noch einen angenehmen Tag.«

»Le deseo lo mismo.« Lilia ging zum kleinen Wohnhaus ihres Vaters. Im Schatten lag Paulino in einer grob gezimmerten Wiege. Es war Zeit, ihn zu füttern. Und sie brauchte ebenfalls eine Pause. Seit Tagen zogen sie Furchen. Und ebenso lange war ihr übel. Ihr Rücken schmerzte. Das erste Mal seitdem sie sich für den Weinanbau entschieden hatte, fragte sie sich, ob ihr Bruder Gerado mit den Hotels nicht die bessere Wahl getroffen hatte.

Ihr Vater lehnte die Spitzhacke an die Hauswand und schlitzte mit dem Zeigefinger das Kuvert auf. Lilia nahm Paulino hoch. Er lächelte sie an. »Hast du gar keinen Hunger?«

Er grummelte etwas Unverständliches, schien aber zufrieden.

Ihr Vater warf den Umschlag samt Inhalt auf die Erde. »Das unterschreibe ich niemals! Wie kann sie es wagen?«

»Was ist denn?«

Paulino fing die aggressiven Schwingungen auf. Sein Gesichtchen verzog sich zu einem beginnenden Weinen. Lilia wiegte ihn hin und her. »Schschtt, ist ja alles gut.«

»Von wegen!« Ihr Vater zeigte auf die im Staub liegenden Unterlagen. »Deine Mutter fordert die Scheidung.«

Durch das Gebrüll zitterte erst Paulinos Kinn, bevor er in herzzerreißendes Heulen ausbrach. Er schrie gegen die Wut des Großvaters an. Lilia fühlte sich schwindelig. Sie setzte sich mit ihrem Sohn auf den nächstbesten Stuhl im Schatten. »Schrei nicht so. Du machst Paulino Angst.«

»Der beruhigt sich schon wieder, im Gegensatz zu mir.« Er trat gegen den Holzeimer, der neben der Tür stand und in einer perfekten Flanke wie ein Fußball gegen das betonierte Wasserbecken krachte und dort zerbrach.

»Macht es das besser?« Reichte es nicht, dass ihre Mutter ein Verhältnis mit diesem Architekten unterhielt? Lilia hätte nicht mit so viel Dreistigkeit gerechnet. Musste sie gleich die Scheidung einreichen? Andererseits wusste Lilia nicht, wie lange die Liaison lief. Weder sie noch ihr Vater hielten sich regelmäßig in Palma auf. Wäre sie nicht zufällig wegen eines Treffens mit einem Weinhändler aus Menorca in Port Alcúdia am Jachtklub gewesen, wäre sie selbst ahnungslos. Seit sie die beiden eng umschlungen am Pier gesehen hatte, verachtete sie ihre Mutter. Wie konnte sie sich als verheiratete Frau so schamlos verhalten? Ihren Vater demütigen? Und nun die Scheidungspapiere übersenden, das passte nicht zu ihrer sonst so auf den Ruf der Familie bedachten Mutter.

Leo holte sich eine Flasche Bier. »Wie kann sie mir das antun?«

Lilia wusste nicht, was sie sagen sollte. »Ich muss Paulino füttern.« Sie ging ins Haus und legte ihren Sohn an die Brust. Wenige Sekunden später trank er. Er schniefte nebenbei und schnappte immer wieder nach Luft, bis er weitertrank. »Na also. Dein Abuelo meint es nicht böse. Er ist nur traurig.« Sie streichelte ihm über den Rücken.

Nachdem sie gestillt hatte, trug sie einen Krug Wasser nach draußen, bettete Paulino zurück in die Wiege und setzte sich zu ihrem Vater, der finster vor sich hin brütete. Der aufkommende Wind zerrte an den Dokumenten. Lilia sammelte sie auf. »Ich lege sie drinnen auf den Tisch.«

»Hättest du deiner Mutter das zugetraut?«

Lilia blieb ihm eine Antwort schuldig. Eine echte Ehe führten sie schon lange nicht mehr. Die letzten Jahre kannte sie ihren Vater nur von kurzen Besuchen zu Hause. Die meiste Zeit verbrachte er auf den Feldern. Ob auf dem an der Klippe, wo ihre Mutter nun das Las Brisas gebaut hatte, oder bei Fernando, mit dem er zusammen nach wie vor das gemeinsame Weinfeld bewirtschaftete. Seit dem Kauf des Grundstücks in Sencelles ging er nur noch für Weinlieferungen nach Palma. In den Wintermonaten hatte er bis auf diesen Winter öfter im Hotel geschlafen. Irgendetwas musste zwischen ihnen vorgefallen sein. Lilia wusste jedoch nicht, was. Und nun wollte ihre Mutter einen anderen Mann. Gnadenlos tauschte sie ihn wie ein altes Möbelstück gegen ein neues ein. Dabei hatte sie vor Gott einen Schwur geleistet. Eine geschiedene Frau, die Hochzeitsreisen verkaufte. Wie konnte sie nur?

Ihr Vater leerte die Bierflasche. »Ich liebe deine Mutter, weißt du?«

Lilia sah ihn an. Ihr Vater drückte selten seine Gefühle aus.

»Aber ich ertrage es nicht an ihrer Seite. In Palma. Im Hotel.« Er stand auf, griff sich die Harke und blickte zu Lilia. »Vielleicht ist es besser so.« Er ging zurück in die Reihe, in der er zuletzt geharkt hatte.

Nachdenklich verharrte Lilia. Ihre Familie brach auseinander. Ohne Vorwarnung. Noch vor einer Woche hatte sie nichts vom Verhältnis ihrer Mutter gewusst. Lilia hatte immer zu ihr aufgesehen. Eine starke Frau. Unabhängig. Tatkräftig. Eine Mutter, die ihre Familie schützte und liebte. Bisher hatte Lilia es nicht geschafft, Marco davon zu erzählen. Zu groß schien ihr die Schande. Nun blieb ihr kein Ausweg, als ihn vorzuwarnen, welcher Skandal über ihre Familie hereinbrechen würde.

Ihr Schwindelgefühl verging mit jedem Schluck, den sie trank. Paulino schlief. Es war Zeit, zurück an die Arbeit zu gehen. Der auffrischende Wind versprach Regen.

Die sich nähernde Gewitterwand verdunkelte den Himmel. Bald wäre es so weit. Marco kam mit dem Wagen seines Vaters, um sie abzuholen. Sie verabschiedete sich von ihrem Vater und den Helfern. »Weißt du, was Carla heute gemacht hat?«

Marco zuckte die Schultern.

»Ihre Rosen gepflegt. Und die Tagelöhner haben ein paar Reihen mit Wasser besprüht.« Lilia hielt Paulino auf dem Arm. »Das hätten sie sich sparen sollen.«

»Vielleicht ist deren Erde aufgelockert.«

»Nein. Sie haben mitten in dieser Arbeit aufgehört.« Gegen die Frontscheibe klatschten die ersten dicken Tropfen. »Hoffentlich regnet es genug.«

»Es wird schon reichen. Zu viel darf es auch nicht sein. Sonst verlieren die Trauben den Geschmack.« Marco stellte den Wagen in den Schuppen. Sie erreichten den Anbau von Marcos Elternhaus, bevor das Unwetter richtig loslegte. »Aber ein Sommergewitter schadet nicht, solange es nicht hagelt.«

Lilia sah in den Himmel. Es sah nicht danach aus. »Vater ist auf dem Hauptfeld, er wird wissen, was zu tun ist, sollten unsere Furchen das Wasser nicht halten.«

»Er muss bei Gewitter im Haus bleiben. Sonst erschlägt ihn noch ein Blitz.« In derselben Sekunde zuckte ein grellgelber Lichtblitz quer über den blaubeerschwarzen Horizont.

Lilia legte Paulino in die Wiege in der beengten Küche. Mehr als ein Esstisch für zwei Personen passte nicht hinein. Ihr Vater und Marco hatten den Anbau zwar komfortabler gestaltet, im Vergleich zu ihren bisherigen Unterkünften war er trotzdem karg, klein und einfach. Dennoch zog sie es vor, in Marcos Elternhaus zu wohnen als bei Carla. In zwei oder drei Jahren besäßen sie genug Geld für ein eigenes Wohnhaus. Vielleicht wäre es sogar möglich, die Felder von Marcos Eltern auf Wein umzustellen und darauf ein Haus und eine Bodega zu bauen. In ihren Träumen gefangen, bereitete sie das Abendessen zu.

Das Gewitter tobte die halbe Nacht, erst gegen Morgen hörte der Regen auf. An diesem Tag gab es zu viel auf dem Weinfeld zu tun. Die morgendliche Übelkeit schob sie beiseite. Die Hebamme hatte ihr gesagt, solange sie stillte, könne sie nicht schwanger werden. Es mussten die Anspannung und die Angst um die Ernte sein, die ihr seit Tagen dermaßen zusetzten.

Lilia brachte Paulino zu Marcos Eltern. Sie kümmerten sich gerne um ihren Enkel. Lilia freute sich über die Hilfe, sah es jedoch auch kritisch. Sie achteten nicht so aufmerksam auf Paulino, der inzwischen krabbelte und sich an den Möbeln hochzog. Während Lilia zu ihm ging und darauf aufpasste, dass er nicht umkippte und sich stieß, überließen die Großeltern es der Erfahrung. Sie glaubten, es schade nicht, weil der Junge dann früh lerne, was er könne und was nicht. Trotzdem hatte sie an manchen Arbeitstagen keine Wahl. Je älter er wurde, desto weniger blieb er ruhig in der gezimmerten Wiege an der Hütte. Irgendwann würde er über den Rand klettern und herausfallen. Und wenn sie das aufgrund der Arbeit nicht bemerkte, könnte es böse enden. Auf den Weinfeldern gab es immer wieder Schlangen. Nicht auszudenken, wenn Paulino auf eine zukroch, um mit ihr zu spielen.

An diesem Tag fuhren sie mit den Fahrrädern zu ihren Grundstücken. Ihren Vater fand sie auf dem hinteren Feld. Schon beim Haus sah sie die randvollen Becken. Erleichterung durchflutete Lilia. Das von den Dächern abfließende Wasser der Bodega und dem Häuschen hatte die Bassins gefüllt. Zusammen mit dem Brunnenwasser reichte es aus, um die Traubenernte zu retten. »Papá!« Sie lief auf ihn zu. »Wir haben es geschafft!« In den Furchen stand das Wasser, das die trockene Erde nicht hatte aufnehmen können. Es blieb auf dem Feld stehen, floss nicht hinab in die Senke, die das östliche Ende begrenzte. Sie hatten den Verlust des wertvollen Wassers aufhalten können.

»Es sieht gut aus.« Ihr Vater sah Lilia stolz an. »Du hast großartige Arbeit geleistet. Aus dir wird eine erfolgreiche Winzerin.« Er ging eine Reihe weiter. »Der Wind hat keine Schäden angerichtet. Die Ernte ist sicher.«

»Was hältst du davon, das Weinfeld, das du mit Fernando betreibst, an mich zu verkaufen?« Lilia dachte schon länger darüber nach. »Es liegt nahe genug an unserer Bodega.«

»Die Lese dort ist ertragreich, der Wein beliebt.« Er überprüfte eine zartrote Weintraube, pflückte eine Beere ab und steckte sie sich in den Mund. »Da kann dieser noch nicht ganz mithalten. Hast du hier nicht genug zu tun?«

»Ich möchte auf eigenen Beinen stehen. Solange Fernando die Verarbeitung übernimmt, können wir nicht sagen, es wäre von unserer Bodega. Um uns einen Ruf zu erarbeiten, müssen wir alle Schritte ohne Hilfe schaffen.«

»Ich überlege es mir.« Ihr Vater kontrollierte weiter das Feld. »Fernando wird das nicht gefallen.«

Lilia wusste, wie viel ihr Vater seinem Freund zu verdanken hatte. Doch sie brauchten den Verkaufserlös, um zu expandieren. Die Weinblätter trockneten in der Morgensonne. Sattgrün leuchteten sie. Die Beeren würden praller werden, die Ernte gut. Das Geld aus dem Weinverkauf würde dennoch nicht für den Landkauf ausreichen, den Lilia sich wünschte. »Tu das. Es würde uns voranbringen.«

Lilia hüpfte zurück. Vor ihr sonnte sich eine Hufeisennatter. Beinahe wäre sie auf sie getreten. Lilia holte einen Jutesack aus dem Schuppen. Mit geübtem Griff fasste sie das Tier hinter dem Kopf und steckte es in den Beutel. Ein Schlangenbiss schmerzte höllisch, selbst bei einer ungiftigen Natter. Ihr Vater sah es. »Dein Bruder wäre schreiend davongelaufen.«

»Stimmt.« Sie lachte. »Wurde er als Kind mal gebissen?«

»Nein.« Ihr Vater zuckte ratlos die Schultern. »Niemand weiß, warum er sich davor fürchtet. Er läuft sogar davon, wenn die Schlange kaum größer als ein Regenwurm ist.« Er übernahm den Sack. »Ich werfe sie zu Carla. Das hat sie verdient.«

»Ach, Papá. Das ist doch kindisch.« Sie entwand ihm den Sack. »Ich lasse sie auf dem Heimweg in einem unbestellten Acker frei.«

»Du gönnst mir auch gar keinen Spaß.«

»Mach dich lieber über die Rosenliebe deiner Schwester lustig.« Carla und die Arbeiter besprühten erneut die Rosenbüsche und die angrenzenden Reihen, die Carlas von Lilias Feldgrenzen trennten.

»Vielleicht ist sie verrückt geworden.« Er überprüfte die Blätter und die Weinreben. »Gegen Parasiten sprühen sie nicht.« Ihr Vater grinste. »Diese Art zu gießen ist bestimmt wieder eine merkwürdige Idee der Kalifornier.«

»Da könntest du recht haben.« Dennoch prüfte Lilia wie ihr Vater die Weinstöcke auf Befall.

Ohne Ergebnis.

Gemeinsam arbeiteten sie in der Bodega. Der vorjährige Prensal Blanc sollte auf die Flasche. Ihre kleine Abfüllanlage leistete gute Dienste, obwohl sie sie gebraucht gekauft hatten. Sie rechnete sich auf Dauer und machte sie unabhängig von der Kooperative, die sich überall einmischte. Selbst Tía Carla, die die Vereinigung ins Leben gerufen hatte, rüstete ihre Bodega auf, um autark zu produzieren. Hätte sie nicht die letzte Rotweinernte verloren, stünde sie hervorragend da. Die Leute sagten, ihr Prensal Blanc sei einzigartig im Geschmack.

Leo verbot Lilia, eine Testflasche zu kaufen. Der Ruf ihrer Qualitätsweine reichte über die Inselgrenzen hinaus. Die Verkostung des Weinhändlers aus Menorca hatte zu einem größeren Auftrag geführt. Ihr Vater wollte sich nicht vom Aroma anderer Weine beeinflussen lassen. Lilia kannte die Wahrheit: Er mied nur die Produkte seiner Schwester.

Müde fuhr Lilia nach Hause. Die Hufeisennatter entließ sie auf einem steinigen Grundstück, das seit Jahren unbewirtschaftet war. Ihr Rücken schmerzte. Der Schwindel kehrte wieder. Sie musste sich ausruhen, doch zuvor besuchte sie ihre Schwiegermutter, um Paulino abzuholen.

Agata sah vom Brotbacken auf, als Lilia in die Küche kam. Sie wischte sich die mehligen Hände an ihrer Schürze ab. »Du bist zurück?«

»Mir ist unwohl. Außerdem gab es heute nicht so viel zu tun.« Paulino stand im Laufstall und hielt sich fest. Sie ging zu ihm, um ihn mit einem Kuss zu begrüßen. Eine bläuliche Verfärbung schimmerte an seiner Stirn. »Hat er sich gestoßen?«

»Er ist lebhaft.« Agata gab den Teig auf einem Blech in den Ofen. »Ich glucke nicht den ganzen Tag hinter ihm her.« Sie zeigte auf eine Kaffeekanne. »Álvaro kommt gleich. Der Kaffee ist schon fertig. Möchtest du eine Tasse?«

»Nein, danke.« Der Geruch bereitete ihr Übelkeit. Lilia kannte das aus ihrer vorherigen Schwangerschaft. Da hatte sie den Duft von frischem Kaffee ebenfalls die ersten Monate nicht ertragen. »Ich gehe mit ihm zu uns, das Abendessen vorbereiten.«

»Gut.« Ihre Schwiegermutter stellte die Kanne und zwei Tassen auf den Tisch. »Am Sonntag übernehme ich das Kochen. Einverstanden?«

»Gerne, Agata. Danke.« Sie nahm Paulino hoch und ging in den Anbau. Behutsam strich sie ihrem Sohn über die verfärbte Stelle. »Pobrecito, das muss weh getan haben.«

Ihr Sprössling strahlte sie an. Er schien den Stoß problemlos verdaut zu haben. Dennoch missfiel ihr die Art, wie ihre Schwiegereltern auf Paulino achteten. Marco sah es ihnen nach, nachdem sie ihn genauso aufgezogen hatten, und lachte darüber. Lilia fand es wenig amüsant.

Während sie Kartoffeln schälte und Eier aufschlug, kam Marco von seinem Weinfeld. »Wie war dein Tag?« Er küsste sie zur Begrüßung.

»Unsere Pflanzen sehen gut aus. Und bei dir?« Lilia goss das Kartoffel- und Eiergemisch in die Pfanne.

»Auch alles bestens.«

»Die Tortilla ist gleich fertig. Geh dich waschen.«

Lilia stellte sie auf den Tisch, schnitt die Hälfte ab und gab sie auf Marcos Teller.

»Das duftet lecker.«

Lilia nahm Paulino auf den Schoß und servierte sich ein Viertel. »Ich bin wieder schwanger.«

Marco ließ das aufgenommene Besteck sinken. »So schnell?«

»Mir ist übel, und ich ertrage den Kaffeegeruch nicht mehr.« Lilia stach ein kleines Eierstück ab und steckte es Paulino in den Mund. »Dabei stille ich noch. Die Hebamme sagte, eine Schwangerschaft käme dann selten vor.«

»Gegen mich kommt deine Muttermilch eben nicht an.« Ihr Mann strahlte sie an. »Zur Ernte leisten wir uns eine Hilfe. Mit dickem Bauch lasse ich dich nicht auf dem Feld schuften.«

Seine Fürsorge rührte sie. »Ich schaffe das. Allerdings wäre es mir recht, wenn du den Morgenkaffee bei deinen Eltern trinkst.«

An ihre Bitte hielt sich Marco, was ihr die morgendliche Übelkeit erleichterte. Drei Tage blieb sie dennoch zu Hause, ihr Kreislauf setzte ihr zu, und ihr Vater kam allein zurecht. Der vorangegangene Regen machte ein zusätzliches Gießen überflüssig, und so befreiten die Helfer zusammen mit ihrem Vater wild treibende Zweige, um den Stöcken die nötige Luft zu geben. Am vierten Tag ging es ihr besser. Sie brachte Paulino zu den Schwiegereltern, schwang sich aufs Fahrrad und radelte nach Sencelles. Schon während der Fahrt sah sie auf den Weinfeldern der Nachbarn aufgeregtes Treiben. Auf ihrem Feld zeichnete sich dasselbe Bild ab. Ihr Vater dirigierte die Arbeiter, sein gerötetes Gesicht zeigte die Aufregung. »Gut, dass du kommst. Wir können jede Hand gebrauchen.«

Lilia lehnte ihr Rad gegen das Gatter. »Was ist los?«

»Mehltau. Auf den Blättern. Wir müssen sie abwaschen, sonst gehen sie auf die Trauben über.« Leo trug einen Eimer mit einer milchigen Flüssigkeit, tauchte einen Lappen ein und wischte jedes Weinblatt sorgfältig ab.

Lilia blieb vor Schreck steif stehen. »Sind alle Pflanzen erkrankt?«

»Ja. Ganz Sencelles ist betroffen. Der Wind hat die Ascosporen überall verteilt. Die hohe Luftfeuchtigkeit hat sie auskeimen lassen. Es ist eine Katastrophe!«

Lilia holte sich einen Stofflappen und arbeitete Seite an Seite mit ihrem Vater. Wenn sie den Befall nicht stoppen konnten, wäre die Ernte dahin. Die Weintrauben würden aufhören zu wachsen, die vollen Beeren aufbrechen. Sie aßen nicht, sie tranken wenig, jede Minute zählte. »Können wir Helfer besorgen?« Sie kamen zu langsam voran. Das Feld war zu groß. Erst mussten sie die Blätter abwaschen, dann mit der Mischung die Erde wässern, um einen erneuten Ausbruch einzudämmen. Bei fünfzehntausend Weinstöcken ein unmögliches Unterfangen.

»Nein. Die Dorfbewohner kämpfen um ihre Weinernte.« Ihr Vater sah nicht von seiner Arbeit auf. Er füllte Eimer um Eimer, während Lilia die Pflanzen säuberte.

Lilia hielt inne, streckte den Rücken. »Papá, wir müssen ein Gebiet abgrenzen. Sonst verlieren wir alles.«

Ihr Vater ignorierte Lilias Einwand.

Sie sah zu Carla hinüber. Auch bei ihr arbeiteten die Helfer. Jedoch anders. Sie sprühten wie zuvor die Rebstöcke ein. Ohne Säuberungsarbeiten. Nur gießen und einsprühen. Waren ihre Stöcke nicht erkrankt? Lilia konnte es kaum glauben.

Der Tag neigte sich dem Ende zu. Die Dämmerung brach über die Ebene herein. Keiner hörte auf. Lilia überschlug die Menge an Pflanzen, die sie an diesem Tag gesäubert hatten. Der Befall wäre damit nur eingedämmt. Sie mussten die Arbeit wiederholen. Vermutlich täglich. Mehr als ein Tagwerk vermochten sie nicht zu retten. Und das waren höchstens zweitausend Stöcke. Lilias Rücken schmerzte. Der Schwindel setzte ihr zu. Sie brauchte eine Pause. Wenn sie nicht nach Hause käme, würde Marco sie suchen kommen. Ihre Brote fürs Mittagessen aß sie nun zu Abend. Das Wasser vertrieb zusätzlich das Schwindelgefühl. Gestärkt ging sie zurück zu ihrem Vater. »Wir müssen abgrenzen. Sonst verlieren wir alles. Schau doch, wie wenig wir geschafft haben.«

Die tief in die Stirn ihres Vaters eingegrabenen Falten zeigten den Kampf, den er nicht nur auf dem Weinfeld ausfocht. Bis er die Schultern hängen ließ. »Du hast recht. Besser, wir retten einen Teil.« Er pfiff die Helfer zu sich, gab neue Instruktionen. »Wir grenzen den östlichen Teil ab.« Er wies in die Richtung von Carlas Besitz. »Von dort droht uns kein weiterer Befall. Zumindest nicht unmittelbar.«

Lilia wartete, bis die Arbeiter sich ans Werk machten. »Carlas Feld ist nicht betroffen?«

Ihr Vater zögerte mit seiner Antwort. »Ich habe sie ausgelacht, weil sie die letzten Tage ohne Anzeichen gesprüht hat.« Er deutete auf das Milchwassergemisch. »Damit gegossen hat sie ebenfalls. Eine teure Spinnerei. So habe ich es abgetan. Warum und von wem sie es wusste?« Er zuckte hilflos die Schultern.

»Die Rosenstöcke. Wir sind so dumm.« Lilia mischte sich einen neuen Eimer an. »Sie hatte all die Jahre recht. Ich wette, ihre Rosen haben sie vorgewarnt.«

»Sie hätte es uns sagen müssen!« Ihr Vater fluchte mit unziemlichen Worten. »Das ist hinterhältig.«

Ihr Arbeiter Luis trat zu ihnen, holte einen weiteren Holzeimer. »Sie hat der Kooperative Bescheid gegeben und darum gebeten, alle Weinbauern der Region zu informieren.« Er gab sieben Anteile Wasser hinein, fügte einen Teil Vollmilch dazu. »Die haben nichts unternommen, da alles gegen einen Befall sprach.«

»Woher weißt du das?« Ihr Vater sah Luis misstrauisch an.

»Aus der Dorfschenke. Da war es vor einigen Tagen das Tagesgespräch.« Luis gab etwas Backpulver hinzu und rührte um.

»Das grenzt ja an Fahrlässigkeit. Die Kooperative muss für den Schaden aufkommen«, ereiferte sich ihr Vater.

»Hättest du ihr geglaubt?« Luis eilte zurück an das Weinfeld.

»Nein.« Lilias Vater tat es ihm gleich.

Sie würden die Nacht durcharbeiten, nur wenige Stunden schlafen und vor dem Morgengrauen weiterarbeiten.

Lilia fragte sich, ob sie die Kosten für die Milch in Kauf genommen hätte, wäre Carla direkt zu ihr gekommen, um sie vorzuwarnen. Blatt für Blatt wischte sie ab, goss einen halben Eimer an einen Rebstock, wiederholte es beim nächsten Stock, bevor sie eine frische Mischung holte.

»Lilia, du musst dich schonen.« Marco tauchte neben ihr auf. »Wisch du ab, ich bringe dir die Kübel. Hast du etwas gegessen?«

»Ja. Danke.« Ihr Mann war hier, nahm ihr die Schlepperei der schweren Eimer ab. Hätte sie ihrem Vater von ihrer Schwangerschaft erzählt, hätte er sie nach Hause geschickt. »Ist auf deinem Feld alles in Ordnung?«

»In Binissalem gibt es keinen Befall. Bisher nicht.« Marco ging einen neuen Holzeimer befüllen. »Morgen gieße ich vorsichtshalber zweimal damit, um dem vorzubeugen.«

Lilia zeigte hinter sich. »Wie Tía Carla.«

»Sie hat nichts gesagt?« Marco goss einen halben Kübel an den Weinstock. »Das passt nicht zu Carla.«

»Doch, sie hat das Dorf vorgewarnt.« Ihre ambivalenten Gefühle zu ihrer Tante wechselten stetig. Einerseits brachte sie ihren Bruder um sein wohlverdientes Erbe, andererseits hatte sie Lilia seinerzeit kostenlos in ihrer Wohnung aufgenommen, obwohl sie die auch hätte vermieten können.

Rücksichtslos und fürsorglich der Familie und den Dorfbewohnern gegenüber. Wie hatte Lilia über die Marotte mit den Rosen und die mühevolle Pflege gespottet. Nun hatten diese edlen Blumen Carla die Ernte gerettet.

Eine ganze Woche kämpften sie gegen den Mehltau an, bis sie erkannten, wie aussichtslos der Kampf war. Nur von tausend Rebstöcke konnten sie die Beeren retten, der Rest war verloren. Die Weinblätter wie von Raureif weiß eingesponnen, die Weinbeeren mit einem Grauschleier vertrocknet. Es blieb ihnen nichts anderes übrig, als die Äste zurückzuschneiden, Blätter, Zweige und Trauben zu verbrennen und im kommenden Frühjahr vorsorglich die Felder wieder mit dem Milchwassergemisch vor einem erneuten Befall zu schützen. Lilias Traum von einem eigenen Heim oder dem Kauf von weiterem Weinland platzte wie die am echten Mehltau erkrankten Früchte. Zehn Tage später reichte es aus, die geretteten Pflanzen mit dem Gemisch zu gießen, die Blätter erholten sich, und ob die Weintrauben Geschmack einbüßten, würde die Lese zeigen.

Marco bestand darauf, dass Lilia sich ausruhte und für zwei Tage zu Hause blieb. Lilia gab nach. Sie fühlte sich viel zu erschöpft, um mit ihm zu streiten. Die freie Zeit verbrachte Lilia mit grübeln. Wie sollte es nun weitergehen? Sie brauchten mehr Land und Stöcke, um den Verlust auszugleichen. Früher hätte sie bei ihrer Mutter um Hilfe ersucht. Doch jetzt? Sie wollte sie nicht sehen. Gerado fiel ihr ein. Er saß im gemachten Nest. Ihn könnte sie fragen. Noch nie hatte sie ihren Bruder um einen Gefallen gebeten. Lilia hatte ihm oft mit Alejandro aus der Klemme geholfen, er würde ihr diesen einen Wunsch nach einem Darlehen nicht abschlagen.

Lilia bat ihren Schwiegervater darum, seinen Wagen zu benutzen. Den Führerschein besaß sie, es fehlte Marco und ihr nur das Geld, einen eigenen Gebrauchtwagen zu kaufen. Solange sie bei Marcos Eltern wohnten, ging es auch mit einem Auto. Paulino ließ sie bei ihrer Schwiegermutter. Ihren Plan wollte sie mit ihrem Vater besprechen. Sie konnte schlecht abschätzen, wie viel Mittel sie für das angrenzende Ackerland benötigte. Als Lilia über den ausgefahrenen Feldweg fuhr und vor ihrem Weinfeld hielt, überkam sie eine Welle der Verzweiflung. Dort, wo pralle Weinreben an den Ästen hängen sollten, herrschte harter Rückschnitt. Der kleine Teil, den sie hatten retten können, wirkte wie ein kläglicher Versuch, das Unvermeidliche zu ignorieren. Die paar Trauben mussten sie zu Fernando bringen, um sie zusammen mit dem Feld, das ihr Vater mit ihm betrieb, zu Maische zu verarbeiten. Die Menge lohnte nicht, ihre eigene Bodega damit zu belasten. Mehr als sechshundert Flaschen ergäben sie nicht. Dafür das Maischbecken zu überwachen triebe die Kosten unnötig in die Höhe.

Ihr Vater sah überrascht auf. Er befüllte eine Schubkarre mit abgeschnittenen Ästen und karrte sie zum lodernden Feuer. Überall auf der Ebene stiegen diese Rauchsäulen auf. Keiner außer Carla hatte die Ernte retten können. Und niemand lachte mehr über sie und ihre Rosenstöcke. Im Gegenteil. Alle aus Sencelles behielten Carlas Rosen genau im Auge. Lilia tat das zumindest. »Du solltest dich ausruhen.«

»Ich bin ausgeruht.« Lilia sammelte einige Zweige auf und warf sie in die Flammen. »Ich werde Gerado um ein Darlehen bitten. Hast du Fernando gefragt, ob er mir die andere Hälfte deines Feldes verkauft?«

»Der Wein ist zu gut. Er will es halten.« Ihr Vater gab Steine um das stark rauchende Feuer. Die vertrockneten Weintrauben fachten den Rauch an, schafften es jedoch nicht, die züngelnden Flammen zu löschen. »Ich kann es ihm nicht verdenken. An seiner Stelle würde ich es auch nicht hergeben. Wir haben ihm viel zu verdanken.«

Lilia wusste das. »Schade.« Sie zeigte auf das Nordende ihres Grundstücks. »Dann müssen wir Guillem ein Angebot machen. Er wird den Preis hoch ansetzen.« Die Nachbarschaft zu ihrem Feld ließe er sich bezahlen. So sparten sie Transportwege. Ihre Bodega war noch klein, aber mit den besten Geräten ausgestattet. Sie konnten weit mehr Trauben verarbeiten, als sie anbauten. Und die Masse brachte den Gewinn.

»Er wird gerecht sein.« Ihr Vater rollte die Karre zu den abgeschnittenen Ästen der Weinreben.

»Wie teuer wird es?«

Er hielt in der Bewegung inne. »Das kleine Wohnhaus neben der Bodega kann so bleiben. Ich brauche nicht viel. Für den Acker und die Pflanzung? Fünfzigtausend Peseten.«

Eine Menge Geld. Ob Gerado ihr diese Summe lieh? Sie war unsicher. »Ich fahre zu ihm.«

Ihr Vater zeigte auf einen Jutesack. »Ich habe wieder eine gefangen. Nimm die Treppennatter mit und lass sie irgendwo frei.«

»Mach ich.« Lilia legte den verschlossenen Sack auf den Beifahrersitz und fuhr los. Die Strecke zum Küstengrundstück kannte sie gut. Dort gab es ausreichend Gelände, um die Schlange loszuwerden. Und sollte sie doch aufs Hotelgrundstück gelangen, lernten die Gäste etwas über die Fauna von Mallorca.

Eine Dreiviertelstunde später ließ Lilia den kleinen Küstenort Magaluf hinter sich, bis sie ihr Weg über schlecht ausgebaute Straßen an die Steilküste leitete. Ein eindrucksvolles Werbeschild wies den Weg zum Hotel. Lilia bog auf die neu gepflasterte Zufahrt ein. Als sie das letzte Mal hier gewesen war, standen erst die Grundmauern des halbrunden Baus. Auf den seitlich gelegenen Parkplatz führte ein kunstvoller Bogen. Einige Nobelkarrossen parkten im Schatten von ausladenden Platanen.

Lilia nahm den Sack mit der Schlange und überlegte. So nah an den Autos sollte sie das Tier nicht aussetzen. Sie ging am Grundstücksrand entlang, um für die Natter einen passenden Platz zu finden, der weit genug von den Gästen lag.

Lilia näherte sich den Klippen und dichtem Buschwerk. Sie warf einen Blick auf den einzig verbliebenen alten Baum des sonst mit Palmen bepflanzten Gartens. Die Äste der Aleppokiefer ragten hoch in den azurblauen Himmel. Wie oft hatten Vater und sie darunter gesessen und zu Mittag gegessen?

Unmittelbar unter dem Baum stand Gerado mit einem Mann zusammen. Sein feuerrotes Hemd leuchtete ihr entgegen. Sie spazierte auf die beiden zu.

Ihr Bruder gestikulierte mit weitläufigen Bewegungen und schien dem anderen Mann etwas zu erklären. Das Geräusch der Wellen, die unterhalb des Steilhanges an die Felsen klatschten, verschluckte das Gespräch. Lilia hatte das Grundstück geliebt, wenn es auch ein unmögliches Unterfangen gewesen war, dort schmackhaften Wein anzubauen.

Ob Gerado eine Sitzbank unter der Kiefer bauen lassen würde? Es wäre ein wundervoller Fleck, um die Natur zu genießen.

Mit den letzten Schritten verstand sie, worum es in dem Gespräch ging.

»Dieser Baum muss weg.« Gerado zuckte die Schultern. »So schwer es mir fällt.«

»Er ist wunderschön. Alt.« Der andere Mann klopfte gegen den Stamm. »Solche Aleppokiefern stehen hier kaum. Den meisten Bäumen gibt der Fels nicht genügend Halt.« Er zeigte auf die Palmen. »Ich bin neugierig, wie viele hier beim ersten großen Sturm umfallen. Meinen Sie nicht, man könnte die Kiefer als Begrenzungselement in die Poolplanung mit einbeziehen?«

»Nein.« Gerado wies die Idee rigoros zurück. »Die Besonderheit wird ein Überlaufpool, der sich optisch nahtlos mit dem Mittelmeer verbinden soll. Da passt kein Baum. Vielleicht können wir ihn verpflanzen. Versuchen Sie das.« Gerado steckte die Hände in die Hosentaschen. »Ich erwarte die Entwürfe in spätestens zwei Tagen. Es darf keine Bauverzögerung geben.«

Er redete offenbar mit einem Architekten. Es handelte sich nicht um Matías, was Lilia verwunderte. Bisher kümmerte er sich um alle Skizzen.

Der Architekt ging mit einer knappen Verabschiedung davon, während Gerado an der Klippe zum Meer hinausblickte. Beide schienen sie am Rand der Büsche nicht bemerkt zu haben.

»Du willst Vaters Kiefer versetzen? Sie wird eingehen. Einen alten Baum verpflanzt man nicht.«

»Lilia. Was machst du denn hier?« Gerado drehte sich um und sah sie irritiert an. »Was für eine Überraschung? Soll ich dir das Hotel zeigen?«

»Später gerne. Jetzt bitte ich dich um einen Kredit.« Lilia sagte es geradeheraus. Es gab keinen Grund, ihr Anliegen hinauszuzögern.

Gerado kickte einen winzigen Stein über den Klippenrand. »Ich führe hier nur die Aufsicht. Das weißt du.«

So schnell ließ sie sich nicht abwimmeln. »Du wirst von Mamá gut bezahlt. Das weiß ich auch.« Lilia ließ ihren Blick auf das offene Meer schweifen.

»An welche Summe hast du gedacht?«

»An fünfzigtausend Peseten. Wir wollen das Nachbargrundstück kaufen und es bepflanzen.« Sie legte ihre linke Hand auf den Bauch. »Du wirst noch mal Onkel. Wir müssen unsere kleine Familie absichern.«

»Warum fragst du nicht Mamá?«

»Weil sie uns immer Geld gegeben hat.« Lilia wollte ihm nicht die Wahrheit sagen. Auch ihr Vater wusste nichts vom Verhältnis zwischen ihrer Mutter und Matías. »Ich will sie nicht wieder bitten.«

»So viel Geld besitze ich nicht.« Er zeigte auf seine Garderobe. »Meine Designs sind teuer. Ich arbeite an meiner ersten Modelinie. Die halbe Summe kann ich dir geben.«

Lilia stiegen Tränen in die Augen. Das reichte nicht. »Wir haben die Ernte verloren. Mehltau.«

»Das tut mir leid.« Er trat auf sie zu. »Mehr geht nicht.«

»Kannst du nicht deine Kollektion ein wenig zurückstellen? Ich zahle es dir nächsten Herbst zurück.« Lilia war überzeugt, im kommenden Jahr einen Großteil zurückzahlen zu können. »Mit Zinsen. Lass mich nicht betteln.«

Ihr Bruder wandte sich ab, sah in den Horizont hinaus, der in der Ferne mit dem Meer verschmolz.

»Willst du mich demütigen? Ich schäme mich genug. Glaub mir.«

Er ließ die Frage unbeantwortet. Noch vor ein paar Jahren hätte er ihr den Wunsch nicht abgeschlagen. Nun schien er hochmütig geworden zu sein. Zorn brandete in ihr auf.

»Was trägst du in dem Sack mit dir?«

Nun wollte sie ihn beschämen. Sie band den Sack auf, nahm ihn an einer Ecke und schüttelte die Treppennatter heraus. Nur eine Sekunde später kroch sie auf Gerado zu. Versteinert stand er da. Nach einer weiteren Sekunde bereute Lilia ihre Impulsivität. Die kannte sie schon aus ihrer ersten Schwangerschaft. Ihr Temperament kochte schneller über als ein Topf heiße Milch.

Gerado schnappte nach Luft, als die Schlange seine Fußspitze berührte, und machte einen Satz zurück.

Lilia versuchte, ihn zu fassen zu bekommen. »Nicht! Bleib stehen!«

Gerado taumelte rückwärts, verlor das Gleichgewicht und stürzte mit einem lang gezogenen Schrei in die Tiefe.

Lilia hetzte um die Absperrung der noch im Bau befindlichen Poolebene herum, auf das Gebäude zu und rief lauthals um Hilfe.

Ein Mann in Uniform eilte auf sie zu. »Señora? Was ist geschehen«?

»Gerado. Er ist die Klippe hinabgestürzt. Er braucht Hilfe!« Lilias Wut wich blanker Panik. Das hatte sie nicht gewollt. Ihm den Hochmut ein wenig zurechtstutzen, das ja, aber das sollte der einzige Schaden sein.

Der Uniformierte stürmte ins Innere. Lilia hoffte, er würde die Küstenwache und einen Rettungswagen rufen. Sie rannte zurück zur Unglücksstelle. Die Schlange war fort. Der Jutesack lag noch unter der Kiefer. Den warf Lilia hinter das angrenzende Gebüsch.

Vorsichtig näherte sie sich der steil abfallenden Felsklippe. Unten sah sie einen seltsam verrenkt daliegenden Körper. Auf die Entfernung wirkte er wie eine fortgeworfene Puppe. Entsetzen erfasste sie. Was hatte sie nur getan? Konnte er den Absturz überlebt haben? Lilia starrte in den Abgrund, suchte nach einer kleinen Bewegung, die auf diese Distanz nicht auszumachen war. Niemals hätte sie gedacht, er könnte vor Schreck über die Klippe stürzen. Das hatte sie nicht gewollt.

Lilia weinte.

Sie hörte auch nicht damit auf, als die Polizei und ein Arzt eintrafen. Lilia lag bäuchlings auf der Erde, sah über den Felsvorsprung hinunter zu ihrem zerschmetterten Bruder und niemand vermochte es, sie zu beruhigen. Der Doktor gab ihr eine Spritze, und ließ sie nach Palma in die Klinik transportieren. Dank der Medikamente nahm sie das weitere Geschehen durch einen Nebel wahr. In ihrem Inneren schrie ihr dennoch die Gewissheit entgegen, ihren Bruder getötet zu haben. Auf der Fahrt fiel sie in einen erlösenden Schlaf.

Lilia wachte auf. Sie spürte eine Hand auf ihrer. Ihre Mutter saß an ihrem Bett. »Oh, mein Liebling. Was ist nur passiert?«

Was meinte ihre Mutter? Lilia wusste es nicht, bis die Erinnerung über ihr wie eine sich brechende Welle zusammenschlug. »Eine Schlange.«

»Die Polizei hat eine Treppennatter gefunden. Konntest du sie nicht wegnehmen?« Jeder in ihrer Familie wusste um Gerados Angst vor Schlangen.

»Es ging zu schnell. Sie muss hinter dem Baumstamm hervorgekrochen sein.« Lilias Augen füllten sich mit Tränen. »Ich habe noch versucht, ihn zu halten.«

»Mach dir keine Vorwürfe.« Sie tätschelte ihre Hand.

Übelkeit erfasste Lilia, denn nur sie kannte die Wahrheit ihrer unbesonnenen und tragischen Entscheidung.

Sonst keiner.

Sie waren allein gewesen. Und diese Erkenntnis behielt sie für sich. Niemand musste davon erfahren. Nicht einmal Marco. Er würde sie verachten. Das konnte sie nicht zulassen.

»Was hast du bei ihm gewollt?«

»Ihn besuchen. Ich sollte mich schonen.« Lilia log, um ihre Version aufrechtzuerhalten. »Er wollte mir das Hotel zeigen.«

»Bist du wieder schwanger?«

Ihre Mutter hatte ihre Worte richtig interpretiert. »Warum liegen Glück und Unglück oft so nah beieinander?«

Diese Frage stellte sich Lilia ebenfalls. Eine Antwort darauf erhielt sie nicht.

16

Napa Valley 1949

Isabels Nervosität steigerte sich ins Unermessliche. Endlich verwirklichte sich ihr Traum. So sehr Christophers Eltern auf eine Hochzeit gedrängt hatten, damit das Gerede der Nachbarn aufhörte, so wenig hatte Isabel ihnen diesen Wunsch erfüllt. Sie hatte eisern an ihrem Vorsatz festgehalten, erst dann mit ihm vor den Altar zu treten, wenn er Janes Tod überwunden hätte.

Seit einigen Monaten verlor sich der melancholische Gesichtsausdruck, wenn er sich unbeobachtet glaubte. Seither fühlte sich Isabel nicht mehr wie eine Rivalin, die gegen die Erinnerungen an eine verstorbene Frau ankämpfte. Natürlich sollte er an Jane denken, jedoch nicht in tiefer Trauer, vielmehr in Dankbarkeit für die gemeinsame Zeit. Eine Zeit, die nun der Vergangenheit angehörte.

Es klopfte an der Tür.

»Wer ist da?« Auf gar keinen Fall wollte sie Christopher einen Blick auf ihr Kleid erhaschen lassen.

»Ich bin es.«

Sie öffnete ihrer Mutter. »Sind viele Gäste da?«

»Es wuselt wie in einem Ameisenhaufen.« Sie lachte. »Christopher gibt vor, die Ruhe selbst zu sein, hat aber bereits zwei Gläser umgeworfen und ist die Treppe hinaufgestolpert.«

Diese Aussage beruhigte Isabels flatternde Nerven.

»Du siehst wundervoll aus.«

Isabels anfängliche Unsicherheit, ob eine Hochsteckfrisur ihr gefallen könnte, hatte sich als unnötig herausgestellt. Sie betonte ihren schlanken Hals. Außerdem würde sie bei den hohen Temperaturen nicht so sehr unter der Hitze leiden.

Beim Brautkleid hatte sie sich für eine romantische A-Linie entschieden. Das Oberteil lag eng an, der ovale Ausschnitt zeigte ein hübsches Dekolleté, die Ärmel reichten über den Ellbogen und der weit mit Spitze ausgestellte Rock bauschte sich um ihre Beine. Das blaue Strumpfband von Adriana saß perfekt. Die silberne Schmuckspange, die ihren Schleier hielt, war eine Leihgabe ihrer Mutter. Sie hatte diese Spange bei ihrer Hochzeit getragen. So besaß sie nun auch etwas Altes und Geborgtes. »Wartet Papá unten?«

»Ja, und er ist genauso nervös wie Christopher. Vermutlich beruhigen sie sich mit einem Glas Wein.« Ihre Mutter sah auf die Uhr. »Bist du so weit?«

Sie war bereit. Trotz der sich ausbreitenden Übelkeit. Ihre Finger zitterten.

»Zweifel?«

»Nein. Ein wenig Angst. Es fühlt sich merkwürdig an. Mir gehört hier nichts. Ich bringe nichts in die Ehe ein.«

»Ich verstehe dich gut.« Antonia führte sie zu dem zweisitzigen Sofa beim Fenster. »Doch das ist bei aufrichtiger Liebe unwichtig. Außerdem besitzt du eine Aussteuer, und die

Hochzeitsfeier geht auf unsere Kosten. Das ist weit mehr, als ich bieten konnte.« Sie streichelte Isabels Hand. »Es hat nicht viel gefehlt, und ich hätte die Hochzeit mit deinem Vater platzen lassen.«

»Warum warst du dir unsicher?«

Ihre Mutter lächelte, ihr Blick schien in die Ferne gerückt. »Ich fühlte mich schrecklich. Kurz vor der Trauung erhielt ich ein Telegramm mit der Nachricht, wie krank meine Schwester Carla mit der Spanischen Grippe im Bett lag. Unsere Eltern konnten sich keinen Spezialisten leisen. Es stand schlecht um sie. Mein letzter Besitz war das jetzige Weinfeld. Um einen Arzt zu bezahlen, wollte ich es verkaufen. Ich hätte keine einzige Pesete in die Ehe eingebracht. Im Vergleich zu mir besaß dein Vater ein Vermögen.«

»So wie Christopher. Und das macht mir Angst.«

»Das hat es mir auch. Ich kam nicht aus dem Zimmer. Deine Tante Fernanda versuchte mich zu überreden. Sie schaffte es nicht. Aber dein Vater.«

Isabel sah die Liebe in den Augen ihrer Mutter.

»Er hat unmittelbar vor der Hochzeit Geld nach Spanien transferiert. Das Grundstück war ihm gleichgültig. Es gehört heute noch mir. Er wollte mich zur Frau. Da erkannte ich, wie unwichtig es ist, ob ich etwas besitze oder nicht, solange wir uns aufrichtig lieben.«

Isabel überlegte.

Sollte es so einfach sein? Reichte Liebe aus? Bei ihren Eltern schien es so. Isabel hegte keinen Zweifel an Christophers Gefühlen zu ihr. Und sie liebte ihn. »Danke, dass du mir die Geschichte erzählt hast. Tante Carla ist wieder gesund geworden?«

»Nicht ganz. Aber sie hat überlebt. Das ist alles, was zählt.« Ihr Blick wurde wehmütig. »Ich würde sie gerne wiedersehen.«

»Dann reise nach Mallorca. Wie viel Zeit wollt ihr noch verstreichen lassen?« Isabel erhob sich. Nun konnte sie heiraten.

»Dein Bruder macht mir weiterhin Sorgen. Er hadert sehr mit seinem Schicksal.«

»Er ist vierundzwanzig und für sich selbst verantwortlich. Du solltest ihn nicht so verwöhnen, das bekommt ihm nicht. Arbeitet er inzwischen in Papás Fabrik?«

»Nein.«

Isabel wartete, ob ihre Mutter weitersprach. Sie hatte kurz dazu angesetzt, schwieg jedoch. Rodrigo hatte sich seit dem Unfall in ein launisches Scheusal verwandelt. Der Umstand, wie Marilyn ihn abserviert hatte, spielte dabei eine große Rolle. Das lag zwei Jahre zurück. Er sollte sich langsam fangen und etwas aus seinem Leben machen. Doch über ihren Bruder wollte sie sich nicht den Kopf zerbrechen. Nicht an diesem Tag. Schon gar nicht, da er es nicht für nötig gehalten hatte, ihrer Einladung zu folgen. Er blieb unentschuldigt fern. Kein Anruf. Keine Glückwünsche. Nichts.

Antonia richtete Isabels Schleier. »Papá wird weinen, wenn er dich sieht.«

»Hoffentlich nicht, sonst heule ich mit.«

»Freudentränen gehören zur Hochzeit wie dein blaues Strumpfband.« Ihre Mutter öffnete die Zimmertür und führte sie hinaus. Die Eingangshalle lag bis auf eine Person verlassen da. Am unteren Treppenabsatz wartete ihr Vater auf sie. Mit jedem Schritt, den sie auf ihn zutrat, schimmerten mehr Tränen in seinen Augen. Isabel nagte auf ihrer Unterlippe, um ihre eigenen zurückzudrängen. Sie wollte sich nicht ihr Make-up verderben.

»Du siehst aus wie eine Prinzessin. Christopher weiß gar nicht, wie viel Glück er hat.«

»Das hoffe ich doch, Papá.«

Ihr Vater schloss sie in die Arme, küsste sie links und rechts auf die Wangen.

Antonias Augen glänzten ebenfalls verdächtig. »Ich gehe in den Garten. Den restlichen Weg müsst ihr allein finden. Soll ich das Zeichen für den Hochzeitseinmarsch geben?«

Isabel und ihr Vater bejahten. Sie hängte sich bei ihm ein. »Damit ich nicht stolpere.«

»Das wirst du nicht.«

Der Hochzeitsmarsch von Felix Mendelssohn Bartholdy ertönte. Isabels Herz donnerte gegen den Rhythmus des Lieds an. Sie traten auf die Terrasse hinaus. Gingen die Treppenstufen in den Park hinunter, den weißen Teppich entlang. Schritt für Schritt. Isabels Blick verhakte sich mit dem Christophers. Ihr Vater führte sie bis zur eigens für diesen Anlass aufgebauten Pergola und reichte Christopher feierlich die Hand Isabels. Christophers Augen glänzten, und sie entdeckte ein paar Schweißperlen auf seiner Stirn, obwohl die Nachmittagshitze noch ausblieb.

»Du bist wunderschön«, flüsterte Christopher.

»Du siehst ebenfalls gut aus.« Sie liebte ihn in Arbeitsjeans und einfachem Hemd. Jedoch im Anzug sah er umwerfend aus.

Sie gab ihren Brautstrauß Adriana, die zusammen mit David auf der linken Seite wartete. Rechts stand Cate mit ihrem Freund Michael. Ihre Trauzeugen.

Isabels Vater setzte sich in die vorderste Reihe neben Antonia, William und Valentina.

Der Pfarrer hieß sie willkommen. Die Traurede nahm Isabel wie durch Watte wahr. Erst als sie »Ich will« sagen sollte, hörte sie genauer hin. »Ja, ich will dich lieben, achten und ehren alle Tage meines Lebens. Ich verspreche dir die Treue in guten wie in schlechten Zeiten, in Gesundheit und Krankheit, bis der Tod uns scheidet.«

Christopher wiederholte die Sätze.

Der Geistliche segnete die Eheringe.

»Trage diesen Ring als Zeichen unserer Liebe und Treue.« Christopher schob ihr den goldenen Reif über den linken Ringfinger.

Isabel räusperte sich und legte Christopher das Gegenstück mit denselben Worten an.

»Was Gott verbunden hat, das darf der Mensch nicht trennen«, beendete der Pfarrer die Zeremonie. »Sie dürfen die Braut küssen.«

Das tat Christopher.

Lange. Innig.

Pfiffe der Gäste ertönten.

Sie lösten sich voneinander. »Ich liebe dich, und ich gebe dich nie wieder her«, flüsterte er ihr ins Ohr.

»Das will ich dir geraten haben.« Isabel lächelte und küsste ihn erneut. »Ich liebe dich auch, Christopher Fitzgerald.«

»Jetzt bist du Mrs. Christopher Fitzgerald.«

Zumindest in Kalifornien. Als Spanierin behielt sie ihren vollen Namen. Erst ihre Kinder würden Fitzgerald-Guerrera heißen, wobei ihr Nachname vermutlich nie benutzt werden würde. Aber was machte sie sich nur für unnütze Gedanken.

Die Gäste klatschten und jubelten. Isabel genoss den intimen und doch für alle sichtbaren Moment mit ihrem Mann. Isabels Eltern traten auf sie zu, gratulierten, gefolgt von ihren Schwiegereltern. »Nun ist aus einer alten Freundschaft eine Familie gewachsen.« Peter klopfte Isabels Vater auf die Schulter. »Wer hätte das gedacht?«

Federico grinste. »Ich bin so überrascht gewesen wie du.«

Isabel glaubte es selbst kaum. Aus ihrer Kinderschwärmerei war aufrichtige Liebe erwachsen, die nun sogar in einer Ehe mündete.

»Bella, herzlichen Glückwunsch.« Valentina fiel ihr in die Arme. »Jetzt bist du auch unter der Haube. Ich fürchtete fast, du würdest dich ewig zieren.«

»Diese Befürchtung hegte ich ebenfalls.« Will lachte über Christophers Witz. »Ihr werdet Eltern. Damit seid ihr uns einen Schritt voraus.«

Valentina strahlte. »Ja, sind wir.«

Isabel wusste, wie lange Valentina für eine weitere Schwangerschaft gebetet hatte. Nun schien ihr Traum wahr zu werden. Isabel konnte sich nicht daran erinnern, ihre Schwester jemals so strahlend erlebt zu haben. »Wie geht es dir? Wir haben uns noch gar nicht gesehen.«

»Hervorragend, lass uns nachher plaudern. Eure Freunde wollen euch gratulieren.« Valentina gab den Platz frei.

Cate und Michael gratulierten. So ging es die kommenden Minuten, bis Isabels Schwiegereltern zum Champagnerempfang auf die Terrasse baten.

Ein Kellner brachte ihnen zwei Gläser. Sie posierten im Garten für die Presse und den eigenen Hochzeitsfotografen. Nach einer Viertelstunde hob Christopher die Hand. »Jetzt ist es genug, ich will nun mit meiner Frau feiern. Bitte seien Sie unsere Gäste. Sie sind herzlich eingeladen.« Isabel schüchterten die vielen Pressevertreter ein. Für Christopher schien das Routine zu sein. Die Fitzgeralds gehörten zur kalifornischen Prominenz. Besser, sie gewöhnte sich daran, obwohl sie hoffte, künftig im Hintergrund bleiben zu können.

Isabel stieß mit unzähligen Gratulanten an, wobei sie das Glas nicht mehr an die Lippen führte. Andernfalls könnte sie unmöglich tanzen. Der Brautwalzer unter den Blicken der Presseleute fiel ihr schon ohne Schwips schwer.

Die Musikkapelle spielte einen Tusch. Christopher geleitete sie auf die für den Anlass aufgebaute Tanzfläche. Chris gab ihr die notwendige Sicherheit und das Selbstvertrauen, jede Situation zu meistern. Diese Wirkung hatte er schon immer auf sie gehabt. Als sie ihm gegenüberstand, erfüllte sie eine innere Ruhe. Sie sah ihn an, die Musik setzte ein, und mit der ersten Drehung versank sie in seinen Augen und ließ sich von ihm über das Parkett führen. Isabels Füße berührten kaum den Boden. Leicht und elegant schwebte sie über die Bühne. Die Trauzeugen gesellten sich zu ihnen, und wenig später schlossen sich die restlichen Gäste an. Nach drei Tänzen schnappte Isabel nach Luft. »Gönn mir eine Pause.«

Christopher hielt sie weiter im Arm und führte sie zum Brauttisch, an dem beide Elternpaare und die Geschwister saßen. »Ich hätte gerne deinen Bruder kennengelernt.«

Isabel seufzte. »Vielleicht ist es besser, dass er fortbleibt.« Rodrigo gab den Amerikanern die Schuld an seiner Situation. Dabei lag es nicht am Volk, sondern an den Menschen, mit denen er sich vor dem Unfall umgeben hatte. Oberflächliche Leute. Die ihn wie ein heißes Kohlenstück hatten fallen lassen. Seine Freundin Marilyn hatte ihn nicht weniger schmählich im Stich gelassen als die Sponsoren und angeblichen Freunde. Niemand hatte ihn in der Klinik besucht. Nur Owen, der Chef des Rennstalls, sah zu Beginn nach ihm. Bis sich die Diagnose nicht verleugnen ließ: Rodrigos Bein blieb schwach. Er konnte keine Rennen fahren. Niemals mehr. Ab da blieb er allein zurück. Auf Kuba kamen alte Schulkameraden vorbei. Seitdem hasste Rodrigo die Amerikaner. Er sah die Schuld nicht bei sich selbst, obwohl er den Rennwagen gesteuert hatte und dies sein persönlicher Traum gewesen war. Er suchte einen Sündenbock und hatte ihn gefunden. Er mied alles, was mit den Vereinigten Staaten zu tun hatte. Und wenn er deshalb die Hochzeit seiner Schwester verpasste, nahm er auch ihre Enttäuschung in Kauf. »Vermutlich würde er sowieso unser Fest ruinieren.«

»Das glaube ich nicht.« Christopher verteidigte ihn regelmäßig. »Er braucht nur etwas Zeit, um das Geschehene zu verdauen. Dann wird er uns besuchen kommen.«

Seine Zuversicht stärkte Isabel, dennoch war sie über Rodrigos Fernbleiben enttäuscht. Ihre Mutter hatte ihr Grüße bestellt, doch änderte das nur dürftig ihre Gefühle. Christopher zeigte mehr Verständnis. »Bestimmt kommt er irgendwann.« Ihrem Mann zuliebe lenkte sie ein.

Die Feier dauerte bis weit nach Mitternacht. Anschließend warf Isabel ihren Brautstrauß. Eine blonde Schönheit fing ihn, lachte und reckte ihn triumphierend in die Luft. Es vergingen nur wenige Sekunden, bis Isabel erkannte, wer den Strauß gefangen hatte: Olivia Davis.

Die Frau, die während der vergangenen Jahre immer wieder versucht hatte, sich zwischen Christopher und sie zu drängen.

War das ein gutes oder ein schlechtes Omen bei einer Hochzeit, wenn eine vom Bräutigam verschmähte Frau den Brautstrauß ergatterte?

Nach dem Wurf winkten sie ein letztes Mal ihren Gästen und verabschiedeten sich in ihr Schlafzimmer. »Standesgemäß trage ich dich nun über die Türschwelle in unseren Wohnbereich.«

Isabel ließ sich widerspruchslos auf die Arme nehmen und darüber heben. Seitdem sie das Hochzeitsdatum festgelegt hatten, verbrachte sie ihre gesamte Freizeit dort. Nur wenn Christopher auf Reisen war, wählte sie ihr altes Zimmer.

Da ihr Mann großen Wert auf die romantische Geste legte, erfüllte sie ihm diesen Wunsch. Im Wohnzimmer stellte er sie wieder auf die eigenen Füße. »Möchtest du noch Wein?«

»Gerne.« Sie plumpste in einen Sessel. »Ausgerechnet Olivia Davis.«

Christopher entkorkte den Rotwein, goss ein und brachte zwei Gläser. Eines reichte er ihr. »Sei nicht zu hart mit ihr.«

»Sie versucht, mich regelmäßig bloßzustellen.« Isabel nippte an ihrem Cabernet Sauvignon. »Lecker.«

Christopher trank ebenfalls. »Allerdings. Das ist dir zu verdanken. Ich hätte ihn eine weitere Woche im Fass gelassen. Dann wäre die Spritzigkeit verloren gegangen.« Er deponierte sein Glas auf dem Tisch und setzte sich auf die Sessellehne. »Und gräm dich nicht wegen Olivia. Sie war mir all die Jahre eine gute Freundin. Unser vertrautes Verhältnis hat sie falsch interpretiert. Vielleicht hätte ich ihr gegenüber deutlicher sein müssen.«

Wie gewöhnlich suchte Christopher die Schuld bei sich. Ein liebenswerter Zug, doch unnötig im Fall von Olivia. Ob sie jemals aufhören würde, gegen Isabel zu intrigieren? Vermutlich erst, wenn sie ihr Herz an einen anderen Mann verschenkte. »Lass uns schlafen gehen. Ich bin hundemüde.«

»Ich werde dich schon munter bekommen.«

»Das glaubst nur du.« Isabel rannte ins Schlafzimmer. Christopher jagte hinter ihr her. Lachend kippten sie aufs Bett und genossen ihre Hochzeitsnacht.

Nach wenig Schlaf richtete sich Isabel für den Tag. Ihre Familie saß beim Frühstück. Vor ihren Eltern standen nur noch Kaffeetassen, während Valentina eine Ecke Toast in ihr Spiegelei stippte. Will bevorzugte offenbar die süßen Pfannkuchen. Ihre Schwiegereltern tranken ebenfalls Kaffee, und Cate lag weiterhin in den Federn. Ihr Gedeck sowie das von Michael stand unberührt auf dem Tisch. »Guten Morgen zusammen.« Isabel und Christopher setzten sich auf ihre Stammplätze und bedienten sich am üppigen Frühstücksbüfett. »Fit für einen Ausflug durch die Weinberge?«

»Wir warten nur auf dich.« Ihre Mutter lächelte. »Und auf Valentina.«

Will suchte Isabels Blick. »Ich würde lieber mit Christopher den Weinkeller erkunden, wenn das in Ordnung ist. Ich dachte darüber nach, euren Wein in meinem Hotel auszuschenken.«

»Natürlich.« So hätte Isabel ihre Eltern und ihre Schwester für sich. »Wir nehmen uns ein Picknick mit, ihr könnt also ohne uns zu Mittag essen.«

»Kaum verheiratet, und schon lässt sie mich allein.« Christopher hob spöttisch die Augenbrauen.

Isabel lachte. »Du wirst es überleben.«

Die gelöste Stimmung am Frühstückstisch und die Anwesenheit ihrer Familie erfüllte Isabel mit großer Zufriedenheit. So zusammenzusitzen, miteinander zu scherzen, zu reden, sich nahe zu sein. All das fehlte ihr, was ihr nun erneut ins Bewusstsein sickerte.

»Wir fahren mit dem Jeep.« Isabel räumte ihr leeres Geschirr auf ein Serviertablett. »Bleibt noch, ich kümmere mich ums Mittagessen.«

Loreen bestrich Brote, und ein Picknickkorb stand bereit.

»Guten Morgen, Loreen.« Sie stellte das Tablett auf die Anrichte bei der Spüle. »Woher wusstest du, was wir brauchen?«

»Erfahrung.« Sie gab Obst und Tomaten in den Korb. »Für wie viele soll ich ihn herrichten?«

»Nur vier. Ich helfe dir.«

Loreen rollte ergeben die Augen. »Du sollst das doch nicht.«

»Ich tue es aber gerne.« Isabel belegte die Sandwiches mit kaltem Braten, schmierte Senf darauf und legte eine halbierte Essiggurke dazu. »Der Salat ist im Kühlschrank?«

Sie öffnete ihn. Die Reste des Hochzeitsessens würden für etliche Tage reichen. Außer dem Krautsalat nahm sie aus der Speisekammer acht Stück der kleinen Kuchen, die übrig geblieben waren. Dazu packte sie zwei Flaschen Wasser sowie eine vom Merlot.

Isabel bedankte sich bei Loreen und trug den schweren Korb zum Jeep, bevor sie zurück ins Esszimmer ging, um ihre Familie einzusammeln.

Weniger als zehn Minuten später fuhren sie durch den Weinberg. Isabel steuerte eine Anhöhe an. Auf der Kuppe hielt sie.

Sie stiegen aus.

»Alles, was ihr seht, gehört zum Weingut. Über die doppelte Fläche könnt ihr gar nicht sehen. Hier ist alles so riesig.«

»Wie in Chicago. Die Häuser ragen bis in den Himmel. Wenn du einkaufen gehst, besuchst du nur eine Mall. Dort bekommst du fast jeden Artikel. Die Zentren sind so groß, dass du dich darin verläufst.« Valentina sah von ihren Eltern zu Isabel. »Will überlegt, ob er in einer solchen Ladenzeile ein Eckgeschäft für seine Anzüge anmieten soll.«

»Und du findest das keine gute Idee?« Valentinas Blick verriet ihre Schwester. Isabel kannte diese Art Geschäfte nicht. Die gab es weder auf Kuba noch im Napa Valley.

»Nein, ich ziehe den persönlichen Kontakt vor. Ihr erinnert euch an Hope Snider?«

»Hope Snider?« Ihre Mutter runzelte die Stirn. »Ist das die Frau mit den Büchern?«

Isabel wusste von der Buchhändlerin, die Valentina zweimal im Jahr mit der Zusammenstellung der Neuerscheinungen für ihre Stiftung unterstützte.

»Genau die. In einem großen Laden hätte ich jedes Mal mit einem anderen Verkäufer zu tun. Hope weiß, was ich möchte, und liefert es mir, ohne dass ich ihren Buchladen betreten muss.« Valentina lehnte sich an die Beifahrertür. »Und so geht es mir mit vielen kleinen Geschäften. Mit manchen Inhabern verbindet mich inzwischen eine Freundschaft.«

»Ich bewundere deine Arbeit.« Der Stolz in der Stimme ihrer Mutter klang unüberhörbar mit. »Das sehen die Menschen.

Und das schätzen sie. Ich höre dir gerne zu, wenn du mir von deinen Sprösslingen erzählst. Wer ein neues Zuhause gefunden hat, oder wie es den Neuzugängen ergeht.«

»Dabei verwechselst du immer die Namen.« Valentina lachte amüsiert. »Es sind auch sehr viele Kinder.«

»Und nun kommt ein eigenes dazu.« Antonia strich Valentina über den gewölbten Bauch. »Dir geht es wirklich gut?«

»Ja, Mamá, mach dir keine Sorgen. Mir geht es prächtig. Bald kann man mich rollen.«

Isabel holte eine Wasserflasche aus dem Korb. »Dann solltest du besser beim Wasser bleiben.« Sie streckte ihr die Zunge heraus.

»Die Gewichtszunahme steht dir hervorragend«, mischte sich ihr Vater ein. »Das sind die Worte deines Mannes.«

»Das will ich ihm auch geraten haben.« Valentina griff nach der Flasche und trank daraus. »Er bringt mir ständig etwas zu essen. Hier eine Schachtel Pralinen, nachmittags ein Stück Kuchen. Wenn er so weitermacht, sehe ich nach der Schwangerschaft aus wie ein Manati.«

Isabel bemerkte, wie wenig ernst ihre Schwester die Beschwerde meinte. Sie strahlte glücklich wie nie. Die Schwangerschaft bekam ihr, und dieses Mal würde sie ihr Kind behalten. »So dick bist du nicht.« Isabel nahm ihr das Wasser weg. »Aber fast.«

Valentina schlug nach ihr.

Geschickt wich Isabel aus. »Siehst du, du schlägst sogar ins Leere, weil du zu lahm bist.«

»Warte ab, bis du schwanger wirst, dann lache ich dich aus.«

»Wollen wir weiter?«

Der Winterschnitt der Stöcke verlor langsam an Form. Die ersten Triebe kletterten der Sonne entgegen. Bald würde die Arbeit auf den Feldern wieder beginnen. Die Schösslinge mussten an den Rankhilfen befestigt werden, um optimal zu wachsen. Zartgrüne Blätter sprossen aus den Knospen.

Valentina saß neben Isabel, ihre Eltern auf dem Rücksitz. Im Spiegel beobachtete sie ihre Mutter. Sie sah das Leuchten in ihren Augen, die Begeisterung für die weitläufigen Weinfelder.

Isabel versuchte im Rückspiegel die Stimmung ihrer Mutter zu ergründen. Gefiel es ihr hier besser als auf Kuba? Hielt sie sich nur zurück wegen Papá und Rodrigo?

Sie steuerte den Jeep einen Pfad hoch in die Berge.

Auf einer Aussichtsplattform parkte sie. Von dieser Stelle überblickte man das gesamte Tal: weiche Hügel, mit Weinstöcken bepflanzt, dazwischen kleinere Hütten für das Werkzeug. Am Ende des Tals erkannte man mit bloßem Auge das Wohnhaus der Fitzgeralds.

Die Sonne ließ die zartgrünen Felder leuchten wie eine saftige Wiese. Am Horizont schimmerte der Lake Hennessey. Sie machte ihre Mutter auf den See aufmerksam. »Dort waren wir bei deinem letzten Besuch. Erinnerst du dich?«

»Ja. Wie weit ist es bis zum See?«

»Etwa zwölf Meilen. Also knapp zwanzig Kilometer.«

Ihr Vater staunte. »Und das gehört noch zum Weingut?«

»Fast alles.«

»Respekt.« Federico zeigte auf den Holztisch sowie die beiden Holzbänke. »Bleiben wir hier?«

»Ja.« Um die Aussicht zu genießen, hatte Christopher sie vor zwei Jahren hierhergebracht. Motiviert von Isabels

Begeisterung für die Stelle, ließ er einen Tisch und Bänke montieren. Wann immer Isabel nachdenken musste, fuhr sie an diesen Ort. Die nicht enden wollende Weite beruhigte ihre Gedanken, lenkte sie in die richtigen Bahnen und vermittelte ihr ein Gefühl dafür, was wirklich wichtig war.

Die Stille unterbrach nur das Singen der Vögel.

Nun hoffte sie, der Ort würde auch ihre Eltern verzaubern.

Sie nahm den Korb aus dem Wagen, stellte ihn auf den Holztisch und packte aus. Um sich am Blick ins Tal zu erfreuen, setzten sich alle auf eine Bankreihe nebeneinander.

Schweigend genossen sie die Ruhe und den Frieden, den dieses Stückchen Erde verströmte. »Papá, Mamá, ich möchte euch etwas fragen.«

»Nur zu«, forderte ihr Vater sie auf und biss in ein Sandwich.

»Du bist vierundsechzig. Findest du nicht, es wäre Zeit, die Fabrik zu verkaufen? Ihr könntet hierher ziehen. Mamá gefällt es hier. Stimmt's?«

»Rodrigo ist nicht so weit, die Firma zu übernehmen.«

Mit dem Widerspruch ihres Vaters hatte sie gerechnet, doch von ihrer Mutter?

»Mamá, er ist alt genug. Wenn er sie jetzt nicht übernimmt, dann will er sie nicht.« Sie zeigte auf ihren Vater. »Papá sollte nicht so weiterschuften. Hier könntet ihr euer Leben genießen. Falls euch langweilig wird, gibt es hier ausreichend zu tun.«

»In einem Punkt hast du recht. Euer Vater sollte nicht mehr so hart arbeiten. Darum bitte ich ihn seit Langem.« Antonia sah zu ihrem Mann. »Siehst du? Sogar den Mädchen fällt das auf.«

»Ich gehöre noch nicht zum alten Eisen.« Ihr Vater stand auf. »Ihr tut gerade so, als würde ich jede Sekunde zusammenbrechen.«

»Du bist stark und fit. Möchtest du nicht lieber mit deinen Enkeln spielen?« Valentina sprang Isabel zu Hilfe.

Dankbar sah sie ihre Schwester an. »Eben. Ihr könntet Valentina und Will besuchen. Oder endlich nach Mallorca reisen, um Tante Carla zu sehen. Das wünschst du dir doch so sehr.«

Isabel sah ihre Mutter mit sich kämpfen. Sie verstand, was in ihr vorging. Einerseits ihre persönlichen Sehnsüchte, andererseits die Verantwortung für Rodrigo und die Loyalität zu ihrem Mann. »Denkt wenigstens darüber nach. Hier seid ihr immer willkommen.«

»Bei uns natürlich auch«, schlug Valentina vor. »Wobei es hier vom Klima und von der Landschaft verträglicher für euch wäre. Ich könnte regelmäßig hierherkommen.«

Ihr Vater setzte sich wieder an den Tisch. »Wir werden das zu Hause in Ruhe überdenken. Einverstanden?«

»Einverstanden.« Isabel wusste, wann sie aufhören musste zu insistieren.

»Dann lasst uns den Tag zusammen genießen.« Ihr Vater griff nach der Weinflasche, öffnete sie und goss ein.

17

Valentina sah auf den See hinaus. Die Wasseroberfläche kräuselte sich in der leichten Sommerbrise. Der Blick auf den weitläufigen Park beruhigte sie täglich aufs Neue. Sie stemmte die Arme in die Hüften und streckte sich. Ihr Rücken schmerzte vom Sitzen am Schreibtisch. Je weiter ihre Schwangerschaft voranschritt, desto häufiger musste sie aufstehen, herumgehen, sich hinlegen. Jede Haltungsveränderung tat ihr gut. Der Tag eignete sich hervorragend für einen kleinen Spaziergang. Damit würde sie Arbeit und Vergnügen kombinieren.

Die Tätigkeit für die Guerrera-Stiftung bereitete Valentina viel Freude. Will hatte darauf bestanden, den Nachnamen ihres Vaters zu wählen. Den Namen Cunningham konnte Will zwar nicht ablegen, dennoch wollte er verhindern, die Organisation mit seiner Familie in Verbindung zu bringen. Vater und Sohn pflegten weiterhin ein unterkühltes Verhältnis. Valentinas Mann vermied geschäftliche Verstrickungen mit dem Senior. Trotzdem kauften dessen Männer bei Wills Herrenausstatter ein. Außerdem spendete er jedes Jahr eine stattliche Summe für die Heimkinder. Manchmal kam es Valentina so vor, als wollte er damit seinem Sohn gegenüber etwas gutmachen, das sich nicht gutmachen ließ.

Wäre Wills Mutter nicht gewesen, die unermüdlich versuchte, Vater und Sohn zusammenzuführen, wäre Will seinem Elternhaus ferngeblieben. Valentina wusste nicht, was sie von ihrer Schwiegermutter halten sollte. Sie lebte mehr als gut vom Geld ihres Mannes, ignorierte sein illegales Handeln und bemühte sich, den Schein einer ehrenwerten Familie mit aller Kraft aufrechtzuerhalten.

Valentina blieb fern, wann immer möglich. Dieses Versprechen an ihre Mutter hielt sie ein. Nur an den Geburtstagen der Schwiegereltern, zu Weihnachten und Thanksgiving konnte sie den Familientreffen nicht ausweichen. Will zuliebe ging sie mit, um keinen weiteren Keil zwischen Vater und Sohn zu treiben. Ihrer Mutter verheimlichte sie die Treffen. Antonias irrationale Sorge ließ sich für Valentina nicht nachvollziehen. Auch jetzt nicht, obwohl sie selbst ein Kind erwartete und ihr Leben geben würde, um es zu schützen. Doch vor der Welt konnte niemand geschützt werden.

Seit Valentina schwanger war, bestand ihre Mutter auf tägliche Telefonate. Valentina gewährte ihr diese Irrationalität. Wenn es ihrer Mutter guttat, kurz mit ihr zu sprechen, dann sollte es so sein. Sie verdankte ihrer Mutter viel. Ihre Worte hatten sie dazu verleitet, sich für Waisenkinder einzusetzen, und das erfüllte sie mit einer Liebe, die sie zuvor nicht kennengelernt hatte. Den unglücklichsten Kindern Chicagos ein Lächeln ins Gesicht zu zaubern, entschädigte sie vielfach für die bisherige Kinderlosigkeit. Auch nach der Geburt würde sie die Arbeit weiter fortführen. Seit der Stiftungsgründung arbeitete sie in ihrem eigenen Office, das sie sich auf der Wohnebene des Hotels eingerichtet hatte. Der Blick auf die Uhr mahnte sie, vor ihrem Gang noch das Mittagessen einzunehmen.

Will betrat die Wohnung, als Valentina ihr Büro verließ. »Du solltest dich schonen.«

»Ich kann nicht den ganzen Tag herumliegen.« Valentina küsste ihn zur Begrüßung. »Mir geht es ausgezeichnet. Sobald ich müde werde, ruhe ich mich aus. Mein Körper zeigt mir meine Grenzen auf.«

»Das hoffe ich.« Er ging voraus ins Esszimmer.

Die Haushälterin deckte den Tisch. »Guten Tag, darf ich auftragen?«

»Danke, Abigail.« Will goss Wasser ein und nahm Platz. »Darling, wäre es schlimm, wenn ich heute Abend ausgehe?«

Valentina setzte sich ihm gegenüber. »Ohne mich?«

»Meine Eltern sind dabei. Ich dachte nicht, dass du uns ins Theater begleiten möchtest.« Er griff in seine Jackentasche und zog zwei Theaterkarten heraus. »Sie haben uns selbstverständlich beide eingeladen.«

Valentina betrachtete eine Karte. *Unsere kleine Stadt* von Thornton Wilder. Die Presse lobte das Bühnenstück. Sie hatte die Kritik in der *Chicago Post* gelesen. »Ein weiteres Mal wirst du es dir nicht ansehen wollen.« Will ging nicht oft ins Theater. Nur ihretwegen wie auch seiner Mutter zuliebe.

»Mit dir? Natürlich. Wenn es dich glücklich macht.«

Abigail servierte einen Gemüseeintopf. Das Mittagessen fiel in den Staaten kleiner aus als auf Kuba. Dafür genoss man ein üppiges Frühstück. Valentina hatte sich zwischenzeitlich daran gewöhnt. Währenddessen überlegte sie, ob sie Will zu einem zweiten Theaterbesuch nötigen sollte. »Wenn du für mich noch mal hingehen würdest, dann scheue ich mich nicht, dich heute zu begleiten, obwohl ich deinen Vater nicht mag.«

»John und seine Frau kommen ebenfalls. Du kannst meinen Vater problemlos ignorieren.« Er schob sich einen Löffel der Suppe in den Mund. »So wie ich.«

Valentina mochte John. Er war ihr Trauzeuge gewesen. Auch wenn er sich in die Geschäfte seines Vaters hatte hineinziehen lassen, war er kein schlechter Mensch. Er wollte seinem Vater gefallen. Das konnte sie ihm nicht vorwerfen. Wie weit die Verstrickung reichte, entzog sich ihrer Kenntnis. »Gut. Wir gehen beide. Solange dein Vater uns nicht abholt.«

»Ich werde John bitten, uns abzuholen, er fährt auf dem Weg ins Theater sowieso bei uns vorbei.«

Valentina aß ihren Eintopf. Abigail kochte hervorragend. Sie trug die Schuld an ihrer Gewichtszunahme der vergangenen Jahre. Will hatte sie eingestellt, damit jemand darauf achtete, wie viel Valentina aß. Ein cleverer Entschluss. Sie glaubte, nur aufgrund der Zunahme nun schwanger geworden zu sein. Dabei fühlte sie sich ausgezeichnet. Kein Vergleich zu den anderen Schwangerschaften. »Also gut, ich komme mit.«

»Da wird Vater staunen. Und das geschieht nicht oft.« Will beendete das Mittagessen. »Die Lieferung vom Weingut deiner Schwester kommt nachher an. Ich nehme sie persönlich entgegen.«

Will hatte bei den Fitzgeralds eine große Weinbestellung aufgegeben. Im Hotel sollten die Rotweine der Fitzgeralds verkostet werden. Sein Besuch in Christophers Weinkeller hatte ihn dazu verleitet. Vielleicht lag es aber tatsächlich am außergewöhnlichen Geschmack. Valentina verstand wenig davon. Sie mochte Wein nicht, womit sie innerhalb ihrer Familie aus der Art schlug. »Ich lege mich nach dem Essen hin. Wann holt John uns ab?«

»Um neunzehn Uhr. Die Vorstellung beginnt um acht. Davor ist ein kleiner Empfang im Foyer.« Er verabschiedete sich mit einem Kuss auf die Stirn. »Und ruhe dich bitte wirklich aus, es wird ein langer Abend.«

Valentina lächelte. Ihr Mann wusste, wann sie ihn an der Nase herumführte. Sie fühlte sich nicht müde. Warum sollte sie sich hinlegen? Es gab so viel zu tun. »Nach einem Spaziergang. Versprochen.« Wenn ihr noch Zeit blieb, fügte sie in Gedanken hinzu.

Sie zog sich eine leichte Jacke über, bevor sie das Hotel verließ. Die milde Luft und die wärmende Sonne steigerten Valentinas Laune auf ihrem Weg zum Buchladen. Ein helles Glöckchen klingelte, als sie den Laden betrat.

»Ah, da bist du ja!« Hope trat hinter einem Regal hervor. »Ich bin gleich so weit.« Sie griff einen Stapel Kinderbücher und ihre roséfarbene Spencer-Jacke. »Halte mal. Du siehst übrigens fantastisch aus. Die Schwangerschaft bekommt dir.«

Sie nahm ihr die Bücher ab. Malbücher. Nie schaffte es Hope, ohne Geschenke im Kinderheim vorbeizugehen. »Setze sie bitte auf die Rechnung, ja? Dafür sind die Spendengelder schließlich da.«

Hope verdrehte die Augen. »Wenn du darauf bestehst.« Sie hielt ihr die Tür auf, Valentina verließ das Geschäft und sah zu, wie Hope abschloss. »Und nun los, sonst schließe ich zu spät wieder auf. Das kann ich mir nicht erlauben.«

Zwischen Hope und Valentina hatte sich eine tiefe Freundschaft entwickelt. Gemeinsam überprüften sie die kleinen Bibliotheken und entschieden, wann sie untereinander ausgetauscht werden sollten. Ein Eintragungsregister im Buchdeckel half bei der Entscheidung. Die Kinder zeichneten hinter ihrem Namen eine Sonne, wenn ihnen das Buch gefallen hatte, oder einen Mond, wenn die Geschichte sie nicht begeistern konnte, was nur selten vorkam. Auf diese Weise erfuhren sie auf unkomplizierte Weise die Vorlieben der Heimkinder, was die Auswahl für den Büchernachschub erleichterte. »Wie laufen die Verkäufe?«

»Ich komme zurecht.«

Die fünf Blocks schlenderten sie an Ladengeschäften vorbei, sahen sich die Ausstellungen an und unterhielten sich über die neueste Mode. »Ein Witwer macht mir den Hof.«

»Wie aufregend. Magst du ihn?« Valentina wünschte ihrer Freundin einen Mann an der Seite, der kein Problem damit hatte, dass Hope ein Geschäft führte und nicht nur hinter dem Herd stehen wollte. Ihr Verlobter hatte sie ein Jahr zuvor vor die Wahl gestellt. Hopes Entscheidung hatte dem Buchladen gegolten. Valentina fühlte sich ein wenig schuldig, weil sie ihr geraten hatte, den Laden zu behalten. Ein Mann, der sie zu Hause einsperren wollte, passte nicht zu Hope.

»Ja. Ich mag ihn. Er kommt zweimal die Woche zu mir. Zu Beginn dachte ich, er fördert das Lesen seiner beiden Kinder. Bis er mich gestern zum Dinner eingeladen hat.« Hopes Wangen röteten sich. »Ich habe zugesagt.«

»Ausgezeichnet! Wann geht ihr aus?« Valentina zuckte zusammen. Ihr Baby trat wild um sich. »Das muss ein Junge sein, so wie er um sich tritt. Ein Mädchen würde das nicht tun.«

»Wer kann das wissen?« Sie erreichten das Kinderheim. Hope klopfte an. »Wir gehen morgen aus.«

»Dann komme ich übermorgen bei dir vorbei, um dich auszufragen. Wie aufregend!«

Die Heimvorsteherin öffnete. »Schön, Sie zu sehen. Die Kinder werden sich über Ihren Besuch freuen.«

»Vor allem, da wir Malbücher mitgebracht haben.« Hope reichte Mrs. Dawson die Bücher. Sie würde sie passend verteilen. »Wir wollen nicht stören, sondern nur kurz die Listen durchsehen.«

»Sie stören doch nicht.« Mrs. Dawson rückte ihre Brille zurecht. Valentina nannte die Heimleiterin im Geheimen Frau Holle, weil sie der Figur aus dem Märchenbuch der Gebrüder Grimm so ähnlich sah. Selbst die weiße Haube trug sie über ihrem grauen Haar. Die Kinder mochten sie. Mrs. Dawsons Strenge glich sie mit viel Liebe und Geduld aus. »Sie sind im Speisesaal.«

Valentina und Hope verzichteten an diesem Tag auf eine Begrüßung. Hope musste zurück in den Laden, und Valentina wollte sich vor dem Telefonat mit ihrer Mutter kurz ausruhen.

Routiniert sortierten sie jene Bücher aus, die von fast allen der passenden Altersgruppe gelesen worden waren, um sie wöchentlich mit denen aus einem der beiden anderen Heime auszutauschen.

Auf dem Rückweg hakte sich Valentina bei Hope unter. »Erzähl mir von ihm.«

»Er ist zehn Jahre älter als ich, seit einem Jahr Witwer und hat zwei Mädchen. Neun und elf, was mich nicht stört. Im Gegenteil. Ich mag Kinder.« Hope lächelte. »Meine Arbeit scheint ihn nicht zu stören. Zumindest hat er darüber kein Wort verloren.«

Valentina hoffte es für Hope. Der Großteil der Männer sträubte sich, eine berufstätige Frau zu ehelichen. Das tat man nur in der Unterschicht. Außer, das Geschäft gehörte dem Ehemann. Dann stellte es kein Problem dar.

Am Buchladen verabschiedeten sie sich. »Viel Spaß morgen!«

Der Spaziergang und die frische Luft ermüdeten Valentina nun doch. Im Hotel schlenderte sie in ihre privaten Räume, hing die Sommerjacke an die Garderobe, zog die Schuhe aus und legte sich auf das Sofa. Innerhalb weniger Sekunden schlief sie ein.

Das Klingeln des Telefons riss sie aus dem Schlaf. Sie wankte zum Telefontischchen. »Hola, Mamá.« Sie erzählte ihr vom Theaterbesuch, was sie im Nachhinein bereute. Ihre Mutter wirkte besorgt. Besser, sie verschwieg künftig, wenn sie ausging. Das Leben komplett einstellen, stand für sie außer Frage.

Nach dem Telefonat ging sie in die Küche, holte sich ein Stück Zitronenkuchen, da die Zeit für ein ausgiebiges Abendessen nicht ausreichte. Ein Sandwich vor dem Theater musste ausreichen. Das bereitete sie rasch vor, nahm es mit ins Wohnzimmer und deckte es mit einem Tuch ab. So konnte Will sich umziehen und nebenbei etwas essen. Abigail schrieb sie einen Zettel mit der Bitte, für nach der Vorstellung einige Häppchen vorzubereiten, falls John und seine Frau mit hochkommen wollten.

Die Auswahl ihrer Kleider beschränkte sich sehr. In elegante Abendgarderobe passte sie nicht mehr hinein. Valentina wählte ein Sommerkleid mit Blumenmuster. Der lange Sommermantel würde es verdecken, und in der Loge achtete niemand darauf.

Die Tür zum Schlafzimmer schwang auf. »Tut mir leid, ich bin spät.«

Valentina kannte Will gut genug. Sie hatte bereits seinen Frack sowie ein blütenweißes Hemd aufs Bett gelegt. »Zieh dich in Ruhe um, ich hole dir ein Sandwich.«

»Du bist die beste Frau, die man sich wünschen kann.« Er warf ihr eine Kusshand zu, während er sich die Schuhe von den Füßen streifte.

Valentina reichte ihm das Schinkensandwich. »Nimmst du mich so mit?«

»Soll ich den Frack gegen einen normalen Anzug tauschen?«

Das Angebot wärmte ihr Herz. »Nein, ich will mit dir angeben.«

Er aß das Brot im Stehen.

Auf dem Weg in die Hotellobby erzählte sie ihm von ihrem Tag, von Hopes Verabredung und richtete ihm Grüße von ihrer Mutter aus.

Durch die Glastüren der Lobby sahen sie Johns Wagen vorfahren. »Pünktlich wie immer.«

Sie verließen das Hotel. Johns Frau stieg aus. »Ich setze mich nach hinten, dann hast du es bequemer.«

»Danke, Ava.«

Will setzte sich zu Ava auf die Rückbank. Valentina nahm auf dem Beifahrersitz Platz. »Es kann losgehen.«

Während der Fahrt unterhielten sie sich über das bevorstehende Theaterstück.

»Es soll sich von der Kinoverfilmung unterscheiden. Hast du die gesehen?« Ava beugte sich zu ihr vor. »Sie war mehrfach für den Oscar vorgeschlagen.«

»Nein, wir gehen nicht oft ins Kino.« Sie sah zu Will. »Das sollten wir ändern.«

John lachte. »Will war fürs Kino nie zu begeistern. Er kann nicht still sitzen.«

Valentina stimmte in sein Lachen ein. »Darum schaffen wir es auch nur selten ins Theater.«

»Hackt nur auf mir wie auf einem Stück Holz herum.« Will lehnte sich zurück und verschränkte gespielt beleidigt die Arme vor der Brust.

Das Stadttheater lag zu ihrer Rechten. Vor dem Eingang herrschte reger Betrieb. »Ich lasse euch aussteigen und suche einen Parkplatz in der Seitenstraße.«

Ava zog sich ihre weißen Handschuhe an. »Gute Idee.«

John hielt an.

Valentina öffnete die Beifahrertür. Etwas traf sie an der Schulter. Dann an der Brust. Erst anschließend vernahm sie die Schüsse. Ungläubig sah sie zu John, der in seinem Sitz zusammensank. Hinter ihr kreischte Ava.

»Runter, duck dich!« Sie erkannte Wills Stimme. Er drückte sie zur Seite. Der Schmerz raubte ihr den Atem.

Will kletterte nach vorn. Seine Wange war mit Blutspritzern bedeckt. Er schob John beiseite, stieß die Fahrertür auf. Die Schüsse verhallten. Das Quietschen von Reifen drang an Valentinas Ohr.

»O nein, John, verdammt!« Sie hörte Ava schreien.

Schnelle Schritte, die sich entfernten.

Eine gefühlte Ewigkeit später sah sie Wills Gesicht über sich. Er hob sie aus dem Wagen, brachte sie vom Fahrzeug weg. »Gleich kommt ein Rettungswagen. Alles wird gut.« Er setzte sich auf die Treppe des Theatereingangs, hielt sie eng umschlungen. Valentina konnte seinen Herzschlag spüren. »Bleib bei mir, hörst du mich?«

»Ich höre dich.« Ihre eigene Stimme klang fremd für sie. »Natürlich tu ich das.« Sie sah Will an. Blut quoll aus seiner rechten Schulter. »Du bist verletzt.«

»Es ist nichts.« Williams Gesichtsausdruck wirkte schmerzverzerrt.

»Du hast Schmerzen.« Valentina spürte keine. Nur die Kälte der Straße kroch ihr in den Körper. »Alles wird gut.« Aus der Ferne hörte sie die Sirene eines Krankenwagens. Und das Gebrüll von Wills Vater. Die Worte verstand sie nicht. Sie waren unwichtig.

»Bleib wach.«

Obwohl sie sich bemühte, die Augen offen zu halten, Will anzusehen, schaffte sie es nicht. Dunkelheit hüllte sie ein. Der letzte Gedanke, den sie greifen konnte, galt ihrem Baby. Ihm durfte nichts geschehen. Ihr Kind zu verlieren würde sie nicht überleben.

18

Antonia saß auf dem Sofa und betrachtete Rodrigo. Er las in der Tageszeitung. Auf eine grausame Art und Weise war sie erleichtert, wenigstens ihn bei sich zu haben. Ihr Sohn veränderte sich zusehends. Ob es zum Besseren war? Rodrigo wechselte von einem Extrem ins nächste. Nichts schien ihn lange begeistern zu können.

Wie sehr er sich von seinen Geschwistern unterschied, fiel ihr auf, sobald sie an ihre Kinder in den Vereinigten Staaten dachte. Alle führten ein glückliches Leben. Ob in Chicago oder in Kalifornien.

Das Napa Valley begeisterte Antonia. Es war ein bezauberndes Tal, mit herrlich warmem Klima und den perfekten Bedingungen zum Weinanbau. David hatte sich gut eingelebt. Ihr Sohn passte sich immer leicht an die Gegebenheiten an.

Und Isabel? Sie war verrückt nach diesem Land. Ihre Vorliebe für den Wein bestand ungebrochen. Die Leidenschaft floss in ihrem Blut durch jede Faser ihres Körpers. Sie wirkte reifer. Ihr Glück ließ sie geradezu von innen heraus strahlen. Und sie wollte ihre Eltern bei sich haben. Antonia konnte sich ein Leben dort gut vorstellen. Doch was sollte aus Rodrigo werden? Aus der Fabrik? Würde Federico tatsächlich verkaufen und sich in den Ruhestand zurückziehen?

Der erst kurz zurückliegende Abschied bei Isabel war ihr unendlich schwergefallen. Sie gab sich große Mühe, ihre Sehnsucht nach ihren Kindern vor Federico zu verbergen. Ihr Platz war an der Seite ihres Mannes. Und der war in Havanna. Obwohl ihre Sprösslinge auf einem anderen Kontinent lebten.

Rodrigos Gesicht verfinsterte sich zusehends. Er wirkte verbittert. Die Zornesfalte grub sich wie ein Canyon in seine Stirn. Der Groll ihres Sohnes galt inzwischen nicht nur seinen damaligen Förderern, die ihn ignorierten, sondern allen US-Amerikanern, die auf Kuba Luxushotels besaßen und Havanna als ihr persönliches Wohnzimmer ansahen. Eines, in dem Rodrigo mit der Behinderung nicht willkommen war.

Sein ehemaliges Luxusleben zerschellte mit dem Unfall wie sein Rennwagen an der Wand. Nichts blieb davon übrig.

Für Will wäre es ein Leichtes gewesen, seinem Schwager in einem der Hotels auf Kuba eine Anstellung zu verschaffen. Doch Rodrigo lehnte das Angebot wütend ab und tobte, sein Schwager solle sich die Almosen für die Waisenkinder aufheben und ihn in Frieden lassen.

Das tat er.

Wie Valentina.

Und Isabel.

Je länger Rodrigo seinem alten Leben nachweinte, desto verzweifelter suchte er nach einem Schuldigen. Beinahe täglich lamentierte er über den Niedergang seiner Heimat. Dabei meinte er vielmehr seinen persönlichen Sturz aus der oberen amerikanischen Gesellschaft.

Auch an diesem Tag sah Antonia wieder eine Diskussion auf sich zukommen. Rodrigos Körperhaltung verspannte sich minütlich. Jeden Wimpernschlag erwartete Antonia eine erneute Hasstirade. Anderen die Schuld zu geben, stellte eine bequeme Ausrede für das eigene Versagen dar.

Natürlich litt die Bevölkerung unter dem extremen Einfluss der US-Regierung. Das tat sie seit vielen Jahren. Vor dem Unfall hatte es ihren Sohn jedoch nicht interessiert.

Die Landbevölkerung verarmte zusehends. Alles Geld, das ins Land kam, floss in die tiefen Taschen der Politiker. Jeder wusste, dass die Casinos und Hotels nur der Geldwäsche dienten. Das war seit Langem kein Geheimnis mehr. Havanna glühte wie ein hell leuchtender Stern, während der Rest der Insel in absoluter Dunkelheit versank.

Warum Rodrigo weiterhin diese Hochglanzblätter las, verstand Antonia nicht. Er blätterte in einem Blatt, das nur von Glanz und Glamour berichtete und die Wahrheit über die aktuelle Situation verbannte. Negative Nachrichten passten nicht in das Bild der vergnügungssüchtigen Amerikaner, deren High Society von Miami nach Havanna reiste, um anschließend weiterzufliegen nach Nizza, Paris oder Monte Carlo. Er schlug mit der Faust auf ein Foto. »Owen! Wenn ich den in die Finger bekomme, dann gnade ihm Gott. Wir sollten alle Nordamerikaner rauswerfen.«

Antonia ließ den Ausbruch unkommentiert.

»Sie zerstören Kuba.« Er blätterte weiter in dem Magazin.

Trugen tatsächlich die Ausländer die Schuld? Antonia zweifelte das an. Die einheimischen Politiker bereicherten sich auf Kosten des Volkes. Noch blieb die Missstimmung auf dem Land ungehört. Doch es erinnerte Antonia an die Anfangssituation, die zum Spanischen Bürgerkrieg geführt hatte. Die völlig unterprivilegierte Stellung der Landbevölkerung und der Reichtum der Industriewirtschaft. Die verarmten spanischen Bauern und Handwerker hatten damals ihr Glück in den Städten gesucht, genauso wie jetzt die kubanischen Landarbeiter nach Havanna strebten, um ihr Auskommen zu suchen. Junge Frauen glaubten, in den Casinos und Hotels Arbeit zu finden, und endeten nicht selten barbusig in den Kabarettshows oder als Prostituierte, mit denen sich die reichen Amerikaner vergnügten. Sowenig die spanische Regierung das Militär kontrolliert hatte und sich die oberen Funktionäre wie die Herrscher über das Land aufgespielt hatten, so sehr ignorierte die kubanische Regierung nun, dass Kuba längst von den USA aus regiert wurde. Korruption, Drogenhandel und Verarmung der eigenen Bevölkerung waren die Folge. Irgendwann würde es zu Aufständen kommen. Und wenn sie nicht achtgab, stünde Rodrigo vorn mit dabei. Noch saß er zu Hause und schwang Reden. Doch Antonia erkannte die Vorzeichen. Es ähnelte der Situation damals mit Raymundo. Ihn hatte sie aufs Land schicken können. In Sicherheit. Ihr Sohn hörte nicht auf sie.

Leise seufzte sie auf.

»Fühlst du dich nicht wohl?« Rodrigo schloss die Zeitschrift.

»Ich sorge mich um deinen Vater.« Vielleicht würde sie ihren Sohn auf diese Weise erreichen. »Er ist zu alt, um die Tabakfabrik weiterzuführen. Du bist jung und könntest vieles verändern.«

»Ich will sie nicht. Es liegt mir nicht.«

In dem Punkt schätzte sich Rodrigo richtig ein. Er war kein Geschäftsmann. Eher ein Träumer. Ein Mann mit wenig kaufmännischem Geschick. Obwohl es keinen Nachfolger gab, weigerte sich Federico, die Fabrik und die Felder zu veräußern. »Was soll geschehen? Dein Vater sollte nicht mehr so hart arbeiten. Er hat sich einen ruhigeren Lebensabend verdient. Wir könnten nach Mallorca reisen, meine Schwester besuchen.«

»Vater bricht eines Tages tot auf dem Tabakfeld zusammen.« Er stand auf und humpelte zum Fenster. »Wir werden ihn nie zum Verkauf bewegen, um endlich frei von dieser unsäglichen Vereinbarung zu sein.« Er sah hinaus auf die Straße.

»Sein Herz hängt an der Plantage.« Antonia trat zu ihrem Sohn und legte ihm die Hand auf die Schulter. »Wenn du deinen Vater nicht in der Firma unterstützen möchtest, was willst du dann tun?«

»Wenn ich ihm helfe, wird er nie aufgeben«, wandte Rodrigo ein. »Und die Tabakplantage ist uninteressant für mich, seitdem er alles bei der Mafia abliefern muss. Ich will mit den Amerikanern nichts zu schaffen haben.«

»Sei nicht so hart mit deinem Vater«, bat Antonia. »Wir hatten damals keine Möglichkeit, das Angebot abzulehnen.«

»Weil Valentina blind ist. Sie hat ihren Kopf durchgesetzt, ohne an die Folgen zu denken.«

Da musste ihm Antonia zustimmen. Ihre Hochzeit war unüberlegt gewesen. Doch so war das in der Liebe. Oftmals überlegte man nicht. Man liebte, und das wog schwerer als andere Gefühle. »Sie ist glücklich.«

Antonia rief Valentina jeden Abend vor dem Abendessen an. Sie musste sich vergewissern, dass es ihr und dem Kind gut ging. Valentina ließ sie gewähren, obwohl sie sich über die übertriebene Fürsorge ihrer Mutter lustig machte.

»Das ist mir unverständlich.« Erneut grub sich in Rodrigos Stirn die tiefe Zornesfalte. »Alle Mahlzeiten, die sie in seinem Haus einnimmt, sind mit Blutgeld bezahlt.«

Antonia hörte den Hass in seiner Stimme. »Wirf deiner Schwester nicht vor, was du selbst jahrelang genutzt hast. Oder wie haben deine Förderer ihr Geld verdient?«

Rodrigo wandte sich brüsk ab und verließ das Wohnzimmer. An dieses Kapitel in seinem Leben wollte er offenbar nicht erinnert werden. So endeten die meisten Diskussionen mit ihrem Sohn.

Wie ungezwungen lief es hingegen mit Valentina. Vor zwei Stunden hatten sie über ihren anstehenden Theaterbesuch geplaudert und wie wenig passend sie gekleidet wäre, da sie in kein Abendkleid hineinpasste.

Antonia freute sich für sie, obwohl sie sich zeitgleich sorgte. Sie mischte sich unter eine Menschenmenge. Es wäre besser, bis zur Geburt zu Hause zu bleiben. Valentina fühlte sich gut und hörte nicht auf sie. Antonia schalt sich selbst überempfindlich. Valentina ging es ausgezeichnet. Will achtete auf sie. Was sollte geschehen? Am kommenden Tag würde Valentina ihr von der Vorstellung erzählen. Antonia freute sich darauf.

Die knallende Haustür schreckte Antonia aus ihren Gedanken. Rodrigo schien nicht mit ihnen Abendessen zu wollen. Sie wünschte, er würde sich wenigstens entschuldigen, wenn er nicht zum Essen blieb. Nun hatte sie zusammen mit Luisa für vier Personen gekocht. In Gedanken versunken, deckte sie den Tisch in der Küche. »Vielleicht sollte ich mal wieder zu Magdalena aufs Land fahren. Seit sie umgezogen ist, sehen wir uns zu selten.«

Luisa schnitt das Brot in dicke Scheiben. »Warum nicht? Ihr Sohn ist völlig gesund. Sie sollten sich nach der beschwerlichen Zeit eine Reise gönnen.«

»Reisen ist auch anstrengend.« Antonia gab die Süßkartoffelstücke in eine heiße Pfanne. »Es hat Tage gedauert, bis ich die Rückreise von Kalifornien nicht mehr in den Knochen gespürt habe.«

Luisa lachte. »Das kann man unmöglich mit einer nach La Laguna vergleichen.«

Antonia stimmte in ihr Lachen ein. »Da muss ich dir recht geben. Ich werde das nachher mit Federico besprechen.«

»Kann ich heute früher gehen?«

»Du isst nicht mit uns?« Antonia hatte bereits drei Gedecke aufgetragen.

»Nein, deshalb nur drei Teller.«

»Rodrigo ist ausgegangen.« Antonia räumte einen Teller zurück in den Schrank. »Dann also zwei. Natürlich kannst du los. Wir kommen hier zurecht.«

»Danke. Meine Freundin braucht mich.«

»Geh schon, ich mache hier fertig.« Antonia und Federico beschäftigten Luisa, weil sie die Arbeit brauchte. Den kinderlosen Haushalt könnte Antonia problemlos allein führen. Doch Luisa gehörte zu ihrer Familie, und den guten Geist des Zuhauses vertrieb man nicht leichtfertig.

Luisa verließ die Küche.

Antonia sah auf die Uhr. Federico würde jeden Moment nach Hause kehren. Sie nahm die Süßkartoffeln aus der Pfanne und gab sie auf die Servierplatte. Den Rinderbraten schnitt sie in Scheiben und goss die kräftige Soße darüber. Auch die Schüssel mit Bohnen war vorbereitet.

Die Haustür fiel ins Schloss.

Antonia lauschte in den Gang, hörte Federicos Schritte jedoch nicht. Sonst kam er gleich zu ihr, um sie zu begrüßen. Er musste einen harten Tag hinter sich haben. Antonia stellte die Schüsseln und Platten auf den Tisch und holte eine Weinflasche aus der Speisekammer.

Der würde Federico aufmuntern.

Die Flasche in der Hand ging sie zurück in die Küche.

Sie öffnete sie und blickte hoch.

Federico stand vor ihr.

Sein Gesicht leuchtete kreidebleich.

»Was ist geschehen?« Sein regloser Gesichtsausdruck ängstigte sie. »Nun sprich.« Sie betrachtete ihren Mann. Er selbst schien unversehrt.

»Ich ...«, Federico räusperte sich. Seine Stimme klang brüchig. »Wo ist Rodrigo?«

»Ausgegangen. Warum fragst du?«

»Ich habe einen Anruf bekommen.«

Antonia forderte ihn mit einem Handzeichen auf, weiterzureden. Was hatte der Anruf mit Rodrigo zu tun?

Federico ging zu Antonia und blickte ihr unverwandt in die Augen. Er schluckte hart. Sein Adamsapfel hüpfte auf und ab. »Valentina«, flüsterte er kaum hörbar.

In diesem Augenblick sah sie vor sich, wie Valentina am Boden lag, sich nicht mehr regte, so, wie Angelica es vorhergesehen hatte. Dennoch wollte sie es nicht glauben. »Rede keinen Unsinn. Ich habe vor zwei Stunden mit ihr telefoniert.« Antonia wich vor ihm zurück und wandte sich der Weinflasche zu. Sie ignorierte seine Worte, während sie den Wein in die Gläser füllte.

»Antonia. Sie ist tot.« Federico stützte sich am Tisch ab. Jegliche Kraft schien aus seinem Körper gewichen zu sein.

»Du lügst!« Sie starrte ihren Mann an.

»Es tut mir leid.« Er ging auf Antonia zu.

Sie schüttelte den Kopf. »Unmöglich. Sie ist im Theater. Ich habe, kurz bevor sie das Haus verließ, mit ihr gesprochen.«

Federico umfasste fest Antonias Schultern und zwang sie auf einen Stuhl. Dann setzte er sich selbst. »Sie ist tot.«

»Wie?« In ihrem Inneren zerbrach etwas. Ihr Mädchen. Tot. Und mit ihr das ungeborene Kind. Sie horchte tief in sich hinein und spürte die Wahrheit.

»Auf der Treppe zum Theater.«

Antonia verstand nicht. »Ein Unfall?« War sie die Treppenstufen hinabgestürzt?

»Nein. Diese verfluchten Cunninghams tragen die Schuld daran.« Federico atmete schwer, als wäre er eine weite Strecke gerannt. »Ein Anschlag. Es wurde aus einem Wagen heraus auf die Familie geschossen. Will ist verletzt, sein Bruder John ist ebenfalls tot und ...«, Federico zögerte, »Wills Vater wurde kein Haar gekrümmt.«

Übelkeit stieg in ihr auf. Vor ihrem geistigen Auge tauchten schreckliche Bilder auf. Valentina, wie sie blutüberströmt auf einer Treppe lag, nach ihr rief, bevor sie die Augen für immer schloss. Antonia hielt die Hand vor den Mund, dann würgte sie und griff nach einer Schale auf dem Tisch. In der nächsten Sekunde übergab sie sich auf die Kartoffeln.

Mit einer Serviette wischte sie sich ab. Sie spürte die Tränen ihre Wangen hinunterlaufen. »Ich habe es dir gesagt. Du hast mir nie geglaubt. Angelica hat es vorhergesehen.« Nur nicht wann. Nicht wie.

»Angelica hat das zweite Gesicht.«

Antonia schluchzte.

Er zog sie an seine Brust. Gemeinsam beweinten sie den Verlust ihrer Tochter sowie ihres Enkelkinds. »Was soll nun werden?«

Nach und nach versickerte die bittere Wahrheit in ihr wie frischer Regen in staubiger Erde. Die diffuse Angst wich der Gewissheit. Sie würde es nicht über sich bringen, Angelica nochmals zu begegnen. Niemals wieder würde sie La Laguna besuchen. Es gab Dinge, die wollte sie nicht vor der Zeit erfahren. Den Lauf des Lebens vermochten sie nicht zu beeinflussen. Was brachte also dieses Wissen?

Nichts.

Gar nichts.

»Und Will lebt?« Antonia versuchte zu ergründen, wie es ihm nun ging. Er hatte die Frau und sein ungeborenes Kind verloren. Durch die Schuld des Vaters. »Ist er schwer verletzt?«

»Ich weiß es nicht. Er wird operiert. Der Sekretär von Cunningham senior hat angerufen. Der Senior ist in der Klinik.« Federico streichelte ihr über den Kopf.

Die Geste sollte sie trösten, doch sie tat es nicht.

Nichts vermochte den Schmerz in ihrem Herzen zu lindern.

Jeden Morgen kämpfte Antonia gegen die Versuchung an, im Bett liegen zu bleiben. Die Welt auszuschließen. Rodrigo und sein zunehmender Hass auf die Amerikaner gaben ihr den einzigen Anlass, sich aus den Federn zu quälen. Sie wollte ihren Sohn nicht auch noch verlieren. Wobei sie unsicher war, ob dies nicht längst geschehen war. Ob der Junge, den sie aufgezogen hatte, im Rennwagen gestorben war. Ein Teil von ihm zeigte sich seither nicht mehr. Ob seine Lebensfreude nur verschüttet lag wie nach einem Erdbeben und man die schweren Steine Stück für Stück abtragen konnte, bis sie wieder zum Vorschein kam? Antonia wusste es nicht.

Valentinas Tod hatte Federico ebenfalls in seinen Grundfesten erschüttert. Der fröhliche und tatkräftige Mann verrichtete still und lustlos seine Arbeit. Sie mussten miteinander reden. Es war an der Zeit, die Fabrik und die Plantage aufzugeben.

Antonia ging ins Esszimmer, wo Federico mit einer Tasse Kaffee über der Tageszeitung saß. »Cariño?«

Er sah von der Zeitung auf.

»Ich habe nachgedacht. Wir sollten verkaufen. Williams Vater soll die Firma übernehmen. Das wollte er schon immer. Nun steht er tief in unserer Schuld.« Sie setzte sich zu ihm an den Tisch. »Ich ertrage es hier nicht mehr.«

»Was soll das heißen?« Er faltete die *Diario de La Habana* zusammen und legte sie beiseite.

»Was hält uns hier? Unsere Kinder sind in Kalifornien, Rodrigo will die Fabrik nicht. Stets muss man abwägen, ob diese oder jene Entscheidung überhaupt getroffen werden kann, oder ob es weiterreichende Konsequenzen nach sich ziehen könnte.« Antonia schenkte sich Kaffee ein. »Ich möchte meine Kinder um mich haben. Rodrigo wird mitkommen, wenn wir fortgehen. Was soll er hier alleine? Vielleicht begreift er dann, wie anders die Amerikaner sind, die sich nicht in den Klubs von Havanna vergnügen.«

»Und wenn er nicht mitkommt?«

Antonia sah Federico nachdenklich an. »Solange wir nicht verkauft haben, finden wir das nicht heraus.«

»Ausgerechnet an Cunningham?«

Antonia zuckte mit den Schultern. »Haben wir eine Wahl? Jeder weiß, wer die Hand auf die Firma hält. Es wird keinen Käufer geben.«

Federicos Haut wirkte nun noch fahler. Antonia sorgte sich um ihn. Sie musste auf den Verkauf drängen, sonst würde er vor ihren Augen zugrunde gehen. »Bitte vereinbare einen Termin mit Wills Vater.«

»Das brauche ich nicht. Er hat sich für heute Nachmittag angekündigt.«

»Und das erfahre ich erst jetzt?« Antonia wunderte sich über Cunninghams Dreistigkeit. Bisher hatte er nicht den Mut besessen, sich in ihrem Haus sehen zu lassen. Der Mann wusste um seine Schuld, die ihre Tochter das Leben gekostet hatte. »Gott sei Dank ist Rodrigo über das Wochenende zu Freunden nach Santiago gefahren.« Ihr Sohn hätte die Konfrontation gesucht, davon war sie überzeugt. Obwohl sie William Cunningham senior die Pest an den Hals wünschte, wusste sie sehr wohl, welchen Preis sie für eine offene Anschuldigung bezahlen müssten. Dieser kaltblütige Mistkerl würde niemanden schonen.

Der Zeiger der Wanduhr bewegte sich nur langsam. Antonia fand keine Ruhe. Das Buch lag unbeachtet in ihrem Schoß. Wie würde das Gespräch laufen? Käme der Mann pünktlich? Federico stand am Fenster und sah hinaus. Seit Antonia den Verkauf angesprochen hatte, schien er sich mit dem Gedanken auseinanderzusetzen.

Luisa klopfte an die Tür und öffnete. »Mister Cunningham ist hier. Ich habe ihn ins Büro gebeten.«

Für einen Moment schloss Antonia die Augen, um sich auf die Begegnung vorzubereiten.

»Bist du bereit?« Federico sah sie zweifelnd an.

»Und du? Kannst du es ertragen, ihm dein Lebenswerk zu übergeben?«

»Du bist hier unglücklich. Ich weiß das. Du sehnst dich nach unseren Kindern. Und ich mich auch. Die Zeit ist reif. Du hast lange genug für mich ausgehalten.« Federico erhob sich vom Sofa. »Bringen wir es hinter uns.«

Für diese Entscheidung liebte sie ihn noch mehr. Die Plantage war sein Lebensinhalt. Nun gab er sie für sie auf. Antonia schenkte ihm einen dankbaren Blick und stand ebenfalls auf. Gestärkt betrat sie das Büro.

»Federico.« William Cunningham kam auf sie zu. »Antonia.« Der Mann schien etwas verlegen. »Entschuldigt, dass ich erst heute komme. Es tut mir unendlich leid. Wir haben eine großartige Tochter verloren.« Auf seinem Gesicht lag aufrichtige Trauer.

Dennoch hatte Antonia Mühe, ihm nicht vor die Füße zu spucken. Valentina war ihr Kind gewesen und nicht Cunninghams, obwohl sie durch die Heirat diesen Nachnamen trug.

Schweigend sah sie ihn an.

»Es war ein tragischer Zwischenfall.« Cunningham wirkte nervös. »Die Schuldigen sind gefunden und werden für ihre Wahnsinnstat büßen. Dafür sorge ich persönlich.« Er sah auf seine Schuhe. »Der Angriff galt meinem Sohn John und dessen Frau. Der Himmel weiß, warum!« Seine Wut konnte man mit den Händen greifen. »Meine Schwiegertochter kam mit dem Schrecken davon. Sie hat Valentina den Vordersitz überlassen. Will wird sich vollständig erholen.«

Antonia schwieg. Tragischer Zwischenfall. So konnte man diesen Anschlag natürlich auch bezeichnen, wenn man die Augen vor der Wahrheit verschließen wollte. Was seine Worte zu bedeuten hatten, musste er nicht genauer ausführen. Es würde weiteres Blut fließen.

Federico ließ den Einwand unkommentiert und kam gleich zur Sache. »Wir wollen zu unseren Kindern nach Kalifornien ziehen. Ich biete dir die Firma zum Kauf an.«

William Cunningham wirkte erleichtert. Offenbar hatte er mit Vorwürfen gerechnet. »Verstehe. Die Familie ist das Einzige, was zählt.«

»Bist du interessiert?«

»Selbstverständlich. Die Zahlen sind ausgezeichnet.«

Er kannte die Bilanzen. Seit Jahren kontrollierte er die Produktion und die Herstellung. Cunninghams Aussage nach natürlich ausschließlich, um Federico beratend zur Seite zu stehen. Doch allen Beteiligten waren die wahren Beweggründe bewusst: Es handelte sich um reine Kontrolle. Keine Zigarre sollte ohne seine Zustimmung die Tabakfabrik verlassen.

Federico verbarg seine geballten Fäuste hinter dem Rücken. Antonia legte ihm beruhigend die Hand auf das Schulterblatt. »Dein Interesse freut uns.«

»Die Fabrik und die Ländereien sind zweihunderttausend Dollar wert.« Cunningham ging auf und ab. Er schien zu überlegen. »Um euch einen angenehmen Start zu ermöglichen, verdopple ich die Summe.«

Das Doppelte. Er zahlte weitere zweihunderttausend Dollar für das Leben ihrer Tochter. Und das ihres Enkelkindes.

Antonia drückte Federicos Schulter. Sie spürte, wie es in ihm arbeitete. Aber es war an ihm, darauf zu antworten.

»Das ist großzügig von dir«, presste er letztlich hervor. »Und es wird keine Entlassungen geben. Versprich es.«

»Abgemacht. Du wirst mir einige Zeit beratend zur Verfügung stehen?«

»Natürlich. Noch ein Punkt: Das Grundstück in Pinar del Río gehört nicht dazu. Es ist nicht in der Firma, sondern in Antonias Besitz.« Federico sah ihn mit festem Blick an. »Und so bleibt es auch. Ihr liegt viel an diesem Stück Land.«

»Ihr wollt es behalten?« Verwundert zog Cunningham die Stirn kraus.

»Es wird Rodrigo gehören«, antwortete Antonia. »Er ist hier verwurzelt. Er soll das Haus und das Weingut erhalten.« Falls ihr Sohn nicht mit ihnen käme, wäre er wenigstens versorgt. Raymundo könnte sich weiterhin um alles kümmern. Die Einnahmen bescherten ihrem Sohn ein sorgenfreies Leben.

Cunningham überlegte. »In Ordnung. Wohin soll ich das Geld transferieren?«

Federico entnahm dem Sekretär den vorbereiteten Zettel mit der privaten Kontonummer.

»William möchte Valentina und das Kind in unserem Familiengrab beerdigen. Spricht etwas dagegen?«

Antonia verstand diesen Wunsch. Er wollte das Grab regelmäßig besuchen. Nachdem sie Kuba verlassen würden, schien es ihr die beste Lösung zu sein.

Federico sah sie an. Er überließ ihr die Entscheidung.

»Wir sind einverstanden. Und die Stiftung? Sie hat Valentina viel bedeutet.«

»Mein Sohn wird sie in Valentinas Namen weiterführen.« Cunningham räusperte sich. »Das wurde mir zumindest berichtet. Er redet nicht mehr mit mir.«

Antonia presste die Lippen aufeinander. Worte drängten ihre Kehle hoch. Worte des Hasses, die sie besser unausgesprochen ließ. Sie schluckte schwer. Doch es gelang ihr, sie zurückzuhalten.

Antonia wollte zu ihrem Schwiegersohn reisen. Zur Beerdigung. Von ihm würde sie den Hintergrund über den Anschlag erfahren. Die Wahrheit würde Valentina nicht zurückbringen, mit etwas Glück aber einen gewissen Frieden.

19

Madrid 1951

Carla rutschte unruhig auf ihrem Sitz am Fenster herum und sah hinunter auf die Vororte von Madrid. »Es sieht aus wie eine Spielzeuglandschaft für Zwerge.« Xisca beugte sich über sie, um aus dem Fensteroval zu sehen.

»Bist du nervös?« Xisca reichte der Stewardess ihr Tablett.

Carla nahm das belegte Brötchen herunter, bevor sie ihres zurückgab. »Das ist der spannendste Tag meines Lebens. Mein erster Flug. Ich bin zum ersten Mal auf dem Festland. Gehe als Aussteller auf die Fería de Campo Internacional, um unsere Weine der Konkurrenz gegenüberzustellen. Und ich lerne Antonias Tochter Isabel und ihren Mann kennen. Und du fragst mich, ob ich nervös bin? Ich sterbe fast vor Aufregung.«

»Deshalb hast du auch nichts gegessen.« Xisca zeigte auf Carlas Handtasche, in der sie den Bocadillo hatte verschwinden lassen. »Bei Tía Antonia fällt mir ein, Antonia Capllonch sitzt in derselben Maschine. Wir steigen im gleichen Hotel ab.«

»Ist das die Fabrikantin, mit der du die Reportage über die Ropa de Llengüas gemacht hast?« Carla kannte die Fotos von den bunten Zungenstoffen. Xisca hatte ihr zum Geburtstag sogar ein Sofakissen mit diesem Bezug in den Farben Blau und Weiß geschenkt. »Stellt sie ebenfalls aus?«

»Sie, und einige andere von der Insel. Mit Tonia habe ich vor dem Abflug kurz gesprochen.«

Carla erinnerte sich an eine attraktive junge Frau, die modische Hosen trug.

»Zusätzlich noch eine Keramikmanufaktur und eine Glasbläserei.« Xisca sah sie begeistert an. »Darum schickt mich mein Chef ja mit. Weil ihr alle dabei seid.«

»Du musst sehr stolz auf dich sein. Dein erster Festlandeinsatz.« Carla legte ihre Hand auf Xiscas Arm. »Ich bin es jedenfalls.«

»Ja. Aus lauter Begeisterung übernimmt Baltasar auch María. Ich bin gespannt, wie er sich schlägt.« Xisca strahlte vor Glück. »Ich habe den richtigen Mann gewählt. Oder kennst du jemand, der die Ehefrau drei Tage allein verreisen lässt und Brei für die Kleine kocht und die Nachtwindel wechselt?«

»Du hast einen zukunftsorientierten Mann. Das beweist bereits die Idee, den ersten Souvenirshop von Mallorca zu eröffnen.« Die Zeiten änderten sich, und manche Männer arrangierten sich mit den modernen Frauen, die wählen und einen Beruf ausüben wollten, andere blieben bei den althergebrachten Traditionen. Xisca gehörte hinter die Kamera und nicht an den Kochtopf. »Wann eröffnet ihr die Filiale in Palma?«

»Baltasar sucht einen passenden Laden. Er muss zentral liegen, und die Miete darf nicht zu hoch sein.« Xisca zeigte aus dem Fenster. »Nun sieht es eher nach einer Stadt aus.«

An den Häusern erkannte man zwischenzeitlich schon die genaue Form und die Höhe. Madrid lag wie ein riesengroßer Fleckenteppich ausgebreitet unter ihnen. »Ob wir uns da zurechtfinden?«

»Warum nicht? Wir teilen uns ein Taxi mit Antonia Capllonch zum Hotel.« Die Stewardess bat die Passagiere, die Tischchen hochzuklappen. Xisca folgte der Aufforderung. »Das Casa del Campo ist nicht weit vom Hotel. Dort werden sie uns den Weg beschreiben.«

Carla kam sich neben ihrer Adoptivtochter alt und unbeholfen vor. Wann war ihr Mädchen so erwachsen und mutig geworden, und wann sie so gemütlich und unsicher? Bei der Landung zuckte Carla zusammen, da die Iberia-Maschine hart aufsetzte, einen Satz machte, bevor die Douglas DC4 rollend zum Stillstand kam. Ein Uniformierter schob die Ausstiegstreppe zum Ausgang.

Vor dem Flughafengebäude trat eine junge Frau auf sie zu. »Bereit für die Weiterfahrt?« Sie reichte Carla die Hand. »Verzeihung, ich bin Antonia Capllonch. Alle nennen mich Tonia.«

»Carla Delgado Ramis. Ich freue mich auf ein paar spannende Tage.«

»Mein Mann ließ mich nur gehen, weil er wusste, ich würde mit euch beiden in Madrid sein.« Sie fächelte sich Luft zu. »So eine Reise ist einfach zu teuer, um stur auf die Etikette zu bestehen.«

Der Flug kostete tatsächlich mehr als zwei Monatsgehälter. Die Kosten für den Tisch der Aussteller und die Unterkunft nicht eingerechnet. Trotzdem hoffte Carla auf einen finanziell lohnenden Aufenthalt. Der beste Wein auf internationaler

Ebene sollte ausgezeichnet werden. Die Auflistung der eingereichten Weine würde ihr kleines Weingut bekannter machen. Wenn selbst die Fitzgeralds nach Europa flogen, um an dieser Messe teilzunehmen, dann versprachen sie sich etwas davon. »Wollen wir uns im Hotel zum Abendessen treffen und auf eine erfolgreiche Feria anstoßen?«

»Gerne.« Tonia stieg in das Taxi. »Ich bin ein wenig unsicher.«

Ihre Worte beruhigten Carla. Sie hatte schon gedacht, nur sie fühle sich in der fremden Stadt verloren, nachdem sie die Insel noch nie verlassen hatte. Sie setzte sich neben Tonia auf den Rücksitz. Xisca nahm auf dem Beifahrersitz Platz. »Das ist eine tolle Idee.« Sie nannte dem Fahrer den Namen ihres Hotels.

Die Fahrt über schwiegen sie. Carla bestaunte die mächtigen Gebäude im Jugendstil. Aus dem Wagen konnte sie nicht alle Stockwerke erfassen, so hoch bauten sie in der Hauptstadt. Die hübschen Fassaden waren mit verspielten Ornamenten verziert. Ihr Hotel Reina Plaza in der historischen Altstadt befand sich in genau einem solchen Prachtbau. Carla stieg aus und betrachtete die über dem Eingang wehenden Fahnen. Die karmesinrote Flagge mit den sieben weißen Sternen zeigte das Wappen von Madrid, und die rot-gelb-gestreifte wehte für Spanien.

Ein livrierter Page lud ihr Gepäck aus. Jede von ihnen reiste mit einem kleinen Koffer. Ihre Ausstellungskisten waren längst auf dem Messegelände. Carlas Weine hatte sie in je zehn Kisten mit zwölf Flaschen verschifft. Sie vermutete, Antonia Capllonchs Stoffe hatten denselben Weg genommen. Viel vorzubereiten gab es für Carla nicht. Ihr Magen knurrte.

Xisca lachte. »Nun scheinst du doch Appetit zu haben.«

»Ist es für euch zu früh?« Sie klopfte auf ihre Handtasche. »Ich kann auch mein Brötchen essen.«

»Wir hatten beide keinen Hunger.« Tonia öffnete ihre Tasche und ließ Carla hineinsehen. »Jetzt, wo wir angekommen sind, entspanne ich mich.«

Carla ging es genauso. Tonia zählte einige Jahre mehr als Xisca. Sie gefiel Carla auf den ersten Blick. Eine freundliche und offene Person. »In dreißig Minuten im Restaurant?«

»Gerne.«

Die Anmeldung erfolgte routiniert. Der Rezeptionist half ihnen beim Ausfüllen der Formulare. »Es sind viele Aussteller hier. Selbst Amerikaner sind angereist. Die Messe wird interessant.« Der Angestellte plauderte, als wären sie alte Bekannte.

»Sind die Fitzgeralds schon angekommen?« Carla hoffte, ihre Nichte und deren Mann bald zu treffen, um sich nach all den Jahren persönlich kennenzulernen.

»Ja. Sie sind aufs Messegelände gefahren. Zumindest haben sie sich beim Verlassen des Hotels den Weg zeigen lassen.« Er gab ihnen die Zimmerschlüssel.

»Kann ich eine Nachricht hinterlassen?« Carla wollte ihnen über ihre Ankunft Bescheid geben.

»Selbstverständlich. Auf Ihrem Zimmer finden Sie eine Mappe mit Papier und Stifte.«

»Bis gleich«, verabschiedete sich Antonia Capllonch. Sie nahm ihre Tasche und ging zu den Fahrstühlen.

»Aber warten Sie.« Der Rezeptionist sah sich einige Kuverts durch. »Sie haben eine Mitteilung.« Er reichte Carla einen blütenweißen Umschlag, auf dem ihr Name in schwungvollen Buchstaben stand.

»Vielen Dank.« Carla steckte ihn in ihre Handtasche. »Wo liegt das Restaurant?«

Er wies ihr den Weg. »Es ist durchgehend geöffnet.«

Das kam ihrem Hunger sehr entgegen. Würde es erst um zwanzig Uhr öffnen, müsste sie sich doch mit dem Brötchen behelfen.

Im Zimmer warf Carla ihre Reisetasche auf einen Stuhl, zog das Briefkuvert heraus und schlitzte es mit dem Zeigefinger auf. »Sieh mal.« Sie übergab Xisca den Zettel.

»Oh, das ist ja toll! Sie haben uns ihren Rotwein an der Rezeption hinterlegt.« Sie legte das Papier auf den Tisch und packte ihre Tasche aus.

Isabel hatte die Nachricht verfasst, wie Carla an der Unterschrift erkannte. Sie arbeiteten tatsächlich auf dem Messegelände, um alles für den morgigen Tag vorbereitet zu haben, und schlugen ein gemeinsames Frühstück vor. »Schade, dass es mit dem Desayuno nicht klappt, sonst müssten wir heute noch aufbauen.«

»Du besuchst sie morgen an ihrem Stand, während ich auf deinen achte.« Xisca überprüfte ihr Make-up und ihre Frisur. Sie zupfte an ihren Locken herum. »Ich bin fertig. Die kann ich ohne Brenneisen nicht retten.«

»Bestimmt gibt es einen Hotelfriseur.« Carla trug einen strengen Knoten. Ein frischer Haarschnitt wäre eine Idee. Schon lange überlegte sie, etwas daran zu ändern. »Ich könnte mich frisieren lassen.«

»Das solltest du unbedingt.« Xisca setzte sich auf einen Stuhl.

»So schlimm?« Graue Strähnen durchzogen ihr kohlenschwarzes Haar. »Ob sich das lohnt?«

»Mamá, zeig doch jedem, dass du eine schöne Frau bist. Versteck das nicht.« Xisca sah ihr zu, wie sie ihre Tasche auspackte.

Carla hatte sich für die Reise neue Kleider genäht, um nicht wie eine Landfrau, sondern wie eine erfolgreiche Winzerin zu wirken, die sich nicht mehr selbst auf dem Feld abarbeitete. Ihr Entschluss festigte sich, auch diese Ausgabe zu tätigen, wenn es ihr Ansehen stärkte. »Gut, dann vereinbaren wir einen Termin.«

»Prima. Abgemacht.« Xisca sprang auf die Beine. »Ich gehe vor und mache einen für uns aus. Wir müssen früh aufstehen, aber du bist das ja gewohnt.«

Carla bedankte sich und setzte sich an die Nachricht für Isabel und Christopher.

Ich bedauere, morgen nicht mit euch frühstücken zu können. Wir müssen den Stand aufbauen. Ich komme in der Früh bei euch vorbei. Wollen wir zusammen zu Abend essen? Deine Tía Carla.

Sie gab die Notiz am Empfang ab und fragte nach dem Wein. »Richtig. Es gehörten drei Flaschen Rotwein dazu.«

»Wann soll ich den denn trinken?« Sie nahm die Stofftasche entgegen und sah sich vergeblich nach Xisca um. »Haben Sie meine Tochter gesehen?«

»Sie ist beim Hausfriseur. Unser Coiffeur wird Sie in Ihrem Zimmer aufsuchen.« Das Telefon klingelte. »Kann ich noch etwas für Sie tun?«

»Danke.« Carla wartete in einem der königsblauen Sessel in der Eingangshalle. Ob sie Francisco anrufen sollte?

Bevor sie eine Entscheidung getroffen hatte, trat Antonia Capllonch zu ihr. »Ein tolles Hotel.«

»Meine Nichte hat es empfohlen.« Carla hätte ein günstigeres Haus gewählt. »Wir wollen ja gute Geschäfte tätigen, da lohnt es sich, dort zu wohnen, wo alle vermögenden Aussteller absteigen.«

»Das ist wahr.« Tonia setzte sich zu ihr. »Wo ist Xisca?«

»Sie kommt gleich.«

Den Abend verbrachten sie in geselliger Runde. Tonia erzählte von ihrer Fabrik. »Es ist bereits aufwendig, wenn eine Farbe in Streifen verwebt wird, aber der Zungenstoff ist weit komplizierter. Um das Wassermuster herzustellen, verwendet man die Ikat-Technik.« Sie unterbrach sich. »Wenn ich euch langweile, unterbrecht mich, ja?«

»Nein, bitte, Xisca hat mir ein blau-weißes Kissen geschenkt, und ich würde das gerne wissen.« Das hervorragende Essen hatten sie beendet, eine halb volle Flasche Rotwein wollte noch getrunken werden.

»Gut. Dann erkläre ich es weiter. Man färbt nur wenige Teile der Fäden, um das Muster zu erhalten. Den Rest lässt man weiß oder naturfarben. Die Fäden werden penibel abgebunden, sonst verfärben sie sich bunt. Wenn wir das mit mehr als einer Farbe verarbeiten, müssen wir den Vorgang entsprechend oft wiederholen. Das kann durchaus mal einige Tage in Anspruch nehmen, bis alles passend gefärbt ist.«

»Und erst dann wird gewebt?« Carla hatte sich bisher nie Gedanken darüber gemacht. »Das ist ja aufwendiger als meine Weinherstellung.«

»Es bereitet aber viel Spaß, am Ende das Ergebnis zu sehen.« Tonias Augen leuchteten vor Begeisterung.

»Darf ich das Gespräch im Artikel verwenden?« Xisca machte sich wie immer Notizen in ihrem Heft.

Carla war daran gewöhnt. »Wenn du es interessant findest.«

»Klar, jeder Beitrag ist Werbung für unsere Weberei.« Tonia leerte ihr Glas. »Der ist gut.«

»Du hast unseren noch nicht probiert.« In diesem Jahr war ihr der Cabernet Sauvignon besonders gut gelungen. Ihr bester Reserva, den sie je ausgebaut hatte. »Komm auf Mallorca vorbei, und ich schenke dir ein paar Flaschen.«

Sie beendeten den Abend früh. Der kommende Tag würde anstrengend werden. Carla fiel müde in das weiche Bett. »Ich werde schlafen wie ein Engel.«

»Du wirst bei dem Weinkonsum schnarchen wie der Teufel.« Xisca legte sich auf die andere Seite des Doppelbetts. »Ich vermutlich auch.«

Carla konnte diese Aussage nicht nachprüfen, da sie sehr schnell einschlief.

Ein Klopfen an der Tür weckte Carla. Sie hatte vorsichtshalber an der Rezeption um diesen Service gebeten. »Buenos días y gracias.«

Die Frau, die sie geweckt hatte, erwiderte leise den Gruß.

Xisca streckte sich ausgiebig. »Ist die Nacht wirklich schon vorbei?«

Carla brummte. »Offensichtlich.«

Sie standen auf, richteten sich für den Tag. Der Coiffeur kam zu dieser nachtschlafenden Zeit pünktlich und kümmerte sich erst um Xiscas ondulierte Locken, die er kunstvoll auftürmte. »Du siehst aus wie ein Filmstar.«

Ihre Adoptivtochter strahlte sie glücklich aus. »Sie sind ein wahrer Meister.«

Der Friseur nickte dankbar. »Was wünschen Sie?«

Carlas Haar reichte ihr bis zur Taille. »Was immer Sie für mein Alter passend halten.«

Er fuhr ihr durch die Haarsträhnen. »Ich würde sie schulterlang schneiden und in Wellen legen.« Er zeigte auf Xiscas Haar. »Das hohe Auffrisieren sollten wir den jungen Damen überlassen.«

»Einverstanden.« Carla würde nach all den Jahren ihr langes Haar abschneiden. Sie hoffte, Francisco würde es gefallen.

Dreißig Minuten später bewunderte sie ihr Spiegelbild. Die weichen Wellen umspielten ihr schmales Gesicht. Die Haarfülle ließ sie trotz der grauen Strähnen jünger wirken. »Danke.«

»Du siehst toll aus!« Xisca besah sie sich von allen Seiten. »Perfekt. Die erfolgreiche Winzerin.«

In der Eingangshalle trafen sie auf Tonia. »Ihr seht großartig aus.«

»Es war das Geld also wert?« Carla freute sich. Sie konnte sich nicht an das letzte erhaltene Kompliment erinnern.

»Absolut.« Die wenigen Straßen zur Messe legten sie zu Fuß zurück. »Wann werden die Preise verliehen?«

»Morgen.« Carla rechnete mit keiner Auszeichnung. Dafür war ihr Weingut nicht alt genug. Es fehlte ihr an Erfahrung. Trotzdem hoffte sie auf viele Bestellungen. Auf der Insel trank man lieber den billigeren Wein. Das Geld saß nicht locker. Nur die Oberschicht gönnte sich in den hochpreisigen Restaurants und Hotels die erlesenen Tropfen. Um expandieren zu können, musste sie ihren Kundenkreis erweitern.

»Spannend.« Tonia sah sich interessiert um.

Auf dem Messegelände nahm sie eine Mitarbeiterin in Empfang und brachte sie zu ihren Tischen. Sie lagen nah beieinander. Die Seekisten standen dahinter, bereit zum Auspacken.

Die kommenden zwei Stunden packen Xisca und sie die Weinkisten und die Hefekekse aus, die sie von Jaime Doménech erhalten hatte, um die Galletas María zwischen den Weinsorten verkosten zu lassen. So war seine Manufaktur ebenfalls auf der Messe vertreten, damit neue Kunden sie probieren konnten. Hätte Jaime eine kostenlose Lieferung abgeschlagen, hätte Carla in einer Panadería frisches Brot kaufen müssen, um dem Wein etwas entgegenzusetzen.

Nachdem Carla das weitläufige, im Jugendstil erbaute Gebäude über den Haupteingang betreten hatte, wusste sie nicht, wie das übrige Messegelände aussah. Xisca stromerte über die Ausstellung, ihre Kamera immer bei sich.

Die ersten Besucher strömten auf das Gelände. Für eine Weinprobe schien es den meisten noch zu früh am Tag. Carla stand sich die Beine in den Bauch.

Xisca kehrte in Begleitung einer jungen Frau zurück. »Schau, wen ich dir mitgebracht habe.«

Die Fremde sah sie aus großen Mandelaugen an. Carla erkannte eine Ähnlichkeit mit ihrer Schwester, wobei die Nase anders war. »Isabel!« Carla breitete die Arme aus und drückte ihre Nichte an sich. »Lass dich ansehen.«

»Mamá hat so viel von dir gesprochen, ich habe das Gefühl, dich schon ewig zu kennen.« Isabel küsste sie auf beide Wangen. »Ich soll dich grüßen von ihr.«

»Wie geht es ihr?« Carla wusste nur, was sie telefonisch besprachen. Die Anrufe waren kostspielig, die Briefe immer noch lange unterwegs, und manche gingen verloren. »Haben sie sich gut in Kalifornien eingelebt?«

»Ja.« Isabel begutachtete den Tisch ihrer Bodega. »Das sieht toll aus. Darf ich probieren?«

»Gerne.«

»Ich lass euch allein.« Xisca hob die Kamera in die Höhe, schoss ein Bild und tauchte in der Menge unter.

»Alle. Von weiß nach rot.«

Carla goss ihr aus der aktuellen Abfüllung des Prensal Blanc ein. »Unser Jüngster.«

»Mamá will dich bald besuchen. Ich versuchte sie zu überreden, aber sie zögert wegen Papá.«

»Geht es ihm nicht gut?«

»Doch, mach dir keine Sorgen. Es ist schwer für sie.«

Carla reichte ihr ein Glas. »Er möchte nicht kommen?«

Isabel roch mit geschlossenen Augen am Weißwein, nippte und ließ den Schluck im Mund kreisen, bevor sie ihn in den Holzbottich spuckte. »Frisch und spritzig. Für meinen Geschmack fehlt ihm ein wenig Körper. Wie lange hast du ihn reifen lassen?«

»Vier Monate.« Carla servierte ihr den Vorjahreswein, den sie einen Monat länger kultiviert hatte. »Dein Vater scheut die Reise?«

»Er muss überredet werden. Sie leiden unter Valentinas Tod. Dann der Verkauf der Fabrik. Von Rodrigo hören sie selten.« Isabel kostete den zweiten Weißwein. Noch bevor sie ihn ausspuckte, zog sie die Augenbrauen nach oben. »Der ist gut, genau richtig. Christopher wird ihn mögen. Ich schicke ihn nachher vorbei.«

»Den Reserva habe ich eingereicht.« Carla goss ihr ein frisches Weinglas ein. Die beiden leeren gab sie in den Bottich mit Spülmittel, um sie im Anschluss abzuwaschen.

»Ihr seid uns jederzeit willkommen. Das wisst ihr.« Mit neugierigem Blick begutachtete sie das Glas mit dem tiefroten Cabernet Sauvignon. Sie roch daran. »Das Bukett ist herrlich, wenn er so schmeckt, wie er riecht, könnte er prämiert werden.«

Carla lachte. »Von wegen.«

»Ich meine es ernst.« Sie probierte einen größeren Schluck, verkostete ihn behutsam, gurgelte und spuckte ihn nicht aus. »Vollmundig, fruchtig, leichtes Eichenaroma. Mit einer Spur nach schwarzer Johannisbeere. Im Abgang die feine Paprikanote.«

Carla traute ihren Ohren kaum, als sie hörte, was Isabel alles aus ihrem Wein herausschmecken wollte. Sie hatte nie in ihrem Leben schwarze Johannisbeere gekostet. Und die Paprikanote nahm sie als würzig wahr. »Wie kannst du diese unterschiedlichen Nuancen ausmachen?« Diese Fähigkeit fehlte Carla.

»Liegt das nicht in der Familie?« Isabel hielt ihr das Glas hin. »Schenkst du bitte nach? Ich muss ihn Christopher bringen.«

»Seid ihr zu zweit am Stand?« Carla bedauerte, allein am Tisch zu sein. Wie sollte sie auch nur einen Bruchteil von dieser Ausstellung sehen, wenn sie festsaß?

»Ja, so kann einer sich umsehen. Es gibt hier so viel zu entdecken. Sie haben sogar Viehwettbewerbe, bei denen die edelsten Tiere prämiert werden.« Sie zeigte nach draußen. »Viele Regionen haben einen eigenen Pavillon mit ihren Spezialitäten, ganz zu schweigen von den neuesten Geräten für die Landwirtschaft. Ich habe in den beiden Stunden mehr über meine Wurzeln erfahren als all die Jahre zuvor.«

»Dann geh bei Antonia Capllonch vorbei. Sie hat wundervolle Webstoffe.« Carla überlegte. »Such dir etwas für deine Mutter aus. Ich möchte es ihr gerne schenken. Sie tragen denselben Namen. Das werte ich als Zeichen. Ich würde Tonia heute Abend zum Essen einladen, wenn das in Ordnung ist.«

»Natürlich. Kann auch sein, dass wir einen Geschäftspartner mitbringen. Dazu sind Messen da. Kontakte knüpfen.« Isabel nahm das Glas. »Bis später.«

Die Mittagszeit lockte Gäste an Carlas Weinstand. Die meisten tranken den Wein, nur ein Dutzend spuckte ihn aus. Die Käufer, die sich hier aufhielten, konnten unmöglich alle Proben trinken. Geschäftlich wäre das wenig zuträglich. Einige Privatiers lobten den *La Reina* und bestellten für sich mehrere Kisten von Carlas Reserva. Auch der Prensal Blanc *Flor de Verano* wurde gut angenommen. Mit dem Mantonegro *Bon Negre* tat sie sich schwer, irgendwie fehlten ihrem Crianza die Harmonie und das typische Raucharoma. An ihm musste sie noch arbeiten.

Xisca besuchte den Stand am späten Nachmittag. »Und? Wie läuft es? Soll ich dir helfen?«

»Gerne.« Sie wies auf einen grauhaarigen Herrn, der unschlüssig vor ihrem Tisch wartete, bis Carla frei wäre.

Ein Paar aus Bilbao verkostete ihre Weine, aß dazwischen die Galletas María und schwärmte von beidem. Die Dame bevorzugte den Weißwein, der Herr den Reserva. »Kann man diese leicht salzigen Kekse ebenfalls erstehen?«

»Natürlich.« Carla reichte ihm den Werbezettel mit den Kontaktdaten. »Rufen Sie Jaime Doménech an, er wird mit Vergnügen Ihren Auftrag ausführen. Sie können aber auch bei mir bestellen.«

»Ich erledige das hier bei Ihnen, dann geht die Lieferung zusammen auf den Weg.« Carla hatte darüber noch gar nicht nachgedacht, Jaime würde ihr die Kekspackungen sicherlich vorbeibringen. »Wir ordern acht Kisten vom *Flor de Verano* und acht vom *La Reina*. Dazu ... sagen wir fünfundzwanzig von den Galletas María.« Er schob sich einen weiteren Keks in den Mund. »Unverschämt gut. Nachbestellungen sind möglich?«

»Bei den Galletas ja, beim Wein kann ich nichts versprechen.« Die Kisten stapelten sich in ihrer Bodega an der Wand bis unter das Dach, doch das musste dieser Mann ja nicht erfahren. »Sollte er ausverkauft sein, nehme ich natürlich Bestellungen für das Folgejahr an.«

»Dann verdopple ich die Weinbestellung.«

Carlas Plan ging auf. Er notierte die Lieferadresse, zahlte die Rechnung in bar und schlenderte mit seiner Ehefrau zufrieden davon.

»Geht es den ganzen Tag schon so?« Xisca pfiff leise durch die Zähne. »Ich wollte mit dir wechseln, damit du Zeit hast, dich ein wenig umzusehen.«

»Vielleicht eine Stunde vor Schließung.« Zu gerne hätte sie auch den Stand der Fitzgeralds gesehen. »Wäre das möglich?«

»Sicher. Ich helfe dir bis dahin, und lerne, wie du deiner Kundschaft doppelte Abschlüsse entlockst.« Sie beugte sich zu Carla. »Ist der Reserva ernsthaft fast abverkauft?«

»Wo denkst du hin?«

Xisca lachte schallend los.

Zwei Stunden arbeiteten sie Hand in Hand, bis Xisca sich sicher genug fühlte, um Carla würdig zu vertreten. »Nun geh schon. Sieh dich um.«

Carla küsste sie auf die Wange. »Danke. Ich bin bald zurück.«

»Ich komme zurecht.«

Zuerst schaute sie bei Antonia Capllonch vorbei. »Wie läuft es bei dir?«

»Es geht so. Die Stoffe kommen gut an. Der Preis ist aber einigen zu hoch.« Tonia trank direkt aus der Wasserflasche. »Und bei dir?«

»Meine Nichte war morgens bei mir, ich habe sie bei dir vorbeigeschickt.« Carla griff sich eines der hübschen Kissen mit Zungenmuster. »Sie sollte eines kaufen.«

»Noch verkaufe ich sie nicht. Erst am letzten Tag. Sonst habe ich keine Musterstücke.« Tonia zeigte auf die ausgestellten Produkte. »Ich habe eines für sie reserviert.«

Die Zungenstoffkissen nahmen viel Platz ein. Ein zwei Meter langer Stoffballen lag quer auf dem Ausstellungstisch. Ein Schaukelstuhl stand in beige-weißem Zungenstoff bezogen daneben.

»Ihr bezieht auch Möbel?«

»Ja. Einige Aufträge sind eingegangen. Bisher leider nur von Mallorca-Touristen, die sich an ihre Reise erinnern wollen. Manche erwerben sechs Kissen, andere bestellen einen Bettüberwurf.« Tonia zuckte die Achseln. »Es war den Versuch wert. Ob ich die Kosten einspiele, muss sich zeigen. Bei dir wird es besser laufen. Getrunken wird immer.«

»Das stimmt. Für den ersten Tag bin ich sehr zufrieden.« Carla setzte sich in den Schaukelstuhl und ließ ihre schmerzenden Fußknöchel kreisen. »Den würde ich dir abkaufen. Gleich. Dann hätte ich einen Sitzplatz.«

»Das haben andere vor dir versucht.«

»Abendessen um neun Uhr?« Carla stand wieder auf, sie wollte weiter zu den internationalen Ausstellern. »Mit meiner Familie?«

»Wenn ich nicht störe.« Sie sah sie fragend an. »Ich kann auch allein zu Abend essen.«

»Das kommt gar nicht infrage, Tonia.«

Die Beschilderung erleichterte es Carla, den Weinstand der Fitzgeralds zu finden. Isabel sah sie nicht. Dafür einen hochgewachsenen Mann mit freundlicher Miene. »Welcome. Lo siento. Mein Spanisch ist nicht gut. Probieren Sie unsere Weine?«

»Gerne. Im Vergleich zu meinem Englisch sprechen Sie perfekt.« Sie reichte ihm die Hand. »Carla Delgado Ramis. Ich bin Isabels Tante.«

»Die Tante mit dem hervorragenden Cabernet Sauvignon.« Er kam um den Tisch herum, umarmte sie und küsste sie auf die Wangen. »Da hast du mich ziemlich neugierig auf eure Insel gemacht. Wenn da so köstliche Weine gedeihen, muss ich euch bald einen Besuch abstatten.«

»Ihr könntet nach der Messe kommen.« Carla kam die Idee spontan.

»Das wäre wundervoll. Die Lese steht vor der Tür, besser im Anschluss.« Christopher goss ihr von einem Rotwein ein. »Bitte, probiere.«

Carla probierte. Fruchtig und würzig zugleich. Ein Geschmack, den sie noch nie gekostet hatte. »Und Isabel lobt meinen Reserva.« Sie nahm die Flasche in die Hand. »Pinot Noir. Die Traube kenne ich gar nicht.«

»Ursprünglich französisch, aber die kalifornische Erde verleiht ihm etwas Typisches. Die Früchte, die du schmeckst, gibt es in Spanien ebenso wenig wie die Gewürze. Umso mehr freut es mich, dass du ihn magst. Für mich ist es unser bester Wein. Ihn haben wir eingereicht für den Wettbewerb.«

»In meinen Augen ein Gewinner.« Carla rechnete mit einer hohen Bewertung für diesen Wein. Er schmeckte einzigartig.

»Abwarten. Ich rechne deinem Reserva sehr gute Chancen aus.« Christopher zeigte auf sein leeres Glas. »Wir haben uns darum gestritten. Isabel ist während der Schwangerschaft etwas streitlustig.«

»Sie ist schwanger?«

Er strahlte sie an.

»Davon hat sie mir gar nichts gesagt!«

Einige Kunden traten heran.

Carla machte Platz. »Wir sehen uns später.« Sie nahm sich eine Broschüre vom Tisch. Aus zwei Metern Entfernung betrachtete sie den Bereich, in dem sie ausstellten. Plakate, übergroße Weinflaschen, dazwischen exotisch aussehende Gewürze in durchsichtigen Tütchen. Alles sah hochprofessionell aus. Im Vergleich beeindruckte ihr eigener Weinstand wenig.

Carla ließ sich an den Ausstellern vorbeitreiben. Die Dekoration unterschied sich je nach Herkunft. Manche wirkten ländlicher, die kulinarischen Tische gemütlich, eher wie ihr Stand, die internationalen groß und mächtig. In den Pavillons fanden Folkloreveranstaltungen statt. Carla blieb einige Minuten stehen, bevor sie zurückschlenderte, um Xisca nicht zu lange allein zu lassen.

Der erste Messetag ging zu Ende. Carla war zufrieden, das sagte sie auch Francisco bei dem raschen Telefonat, das sie mit ihm vor dem Abendessen führte.

Bei Tisch saß Carla neben Isabel. Es fühlte sich ungewohnt an, mit jemandem zu sprechen, der ihre Schwester so viel besser kannte als sie selbst. Fast vierzig Jahre hatten sie sich nicht gesehen. Briefe und kurze Telefongespräche reichten nicht aus, um am Leben eines Menschen teilzunehmen. Es fehlte der persönliche Kontakt.

»Mamá hat sich nie um irgendwelche Konventionen gekümmert. Sie hat frisch verwitwet in einer eigenen Wohnung allein gewohnt. Das war damals nicht leicht, weil man für eine Prostituierte gehalten wurde. Dort hat sie auch Magdalena kennengelernt. Ihre Freundschaft mit ihr war skandalös. Sie betrat als einzige Schwarze ein Herrenhaus, um die Bewohner zu besuchen, und nicht, um bei ihnen zu putzen.« Isabel nippte an ihrem Glas. »Ich habe sie dafür bewundert. Mamá hat ihr sogar das Schwimmen beigebracht, weil sie es im Jachtklub als Negra nicht lernen durfte.«

Carla staunte. Über ihre Schwester sowie die extremen Rassenunterschiede auf Kuba. »Ist das immer noch so extrem?« Immerhin waren die Spanier die Zuwanderer und die Cubanos die Inselbewohner. Sie sollten alle die gleichen Rechte haben. »Darüber hat sie nie geschrieben.«

Isabel bejahte. »Die ursprünglichen Cubanos sind die Arbeiterklasse. Dann gibt es die hellen Nachkommen. Die stehen höher im Rang. Und die Politiker und der Präsident sind amerikanische Marionetten. Das sagt mein Bruder zumindest, wenn er über Batista spricht. Er ist deshalb nicht mit zu uns gezogen.«

»Was sagt er noch?« Carla interessierte sich sehr dafür. Erst in den letzten Jahren spürte man die Auswirkungen des Bürgerkriegs nicht mehr an jeder Straßenecke.

»Die Revolution ist nah. Die Landbevölkerung hungert, das befeuert den Mut. Rodrigo will seine Freunde unterstützen.«

»Ist das nicht gefährlich?«, fragte Xisca. »Revolution hört sich nach Gewalt an.«

»Da gibt es keine Gewinner. Hoffentlich finden sie eine andere Lösung als einen Putsch. Die Bauern müssten ihre Waren abgeben, also noch mehr hungern. Das geht nicht gut aus.«

»Vermutlich nicht«, gab ihr Isabel recht. »Lasst uns nicht über Politik sprechen.« Sie wandte sich an Christopher auf Englisch. »Verstehst du uns einigermaßen?«

»Nicht bei dieser Geschwindigkeit. But it is okay.« Er tätschelte Isabels Hand. »Du erzählst mir später davon.«

Carla entschuldigte sich. »Mein Englisch ist kaum vorhanden. Da ist mein Deutsch besser, weil wir deutsch-jüdische Nachbarn hatten.«

Isabel lächelte. »Christopher wird es lernen. Jetzt, wo meine Eltern bei uns sind. Wir sprechen nur noch Spanisch mit ihm.«

»No, por favor«, flehte er.

»Te lo prometo.« Sie wandte sich an Carla. »Er will dein Weingut sehen.«

»Da gibt es nicht viel zu sehen.« Carlas Weinfeld war klein. Sie musste Land kaufen, doch dazu benötigte sie den Abverkauf der ganzen Ernte. »Dein Mann stellt sich das zu groß vor. Ich habe nur drei Hektar.«

»Das ist in der Tat wenig.«

»Dann werden wir deine Mutter begleiten, um die Erde zu prüfen. Wenn sie gut ist, investieren wir in Mallorca.« Christopher goss nach. Der Rotwein im Hotel hatte eine angenehme Qualität, reichte aber weder an die Weine der Fitzgeralds noch an ihren eigenen heran. Dafür lag er preislich darunter.

Isabel bekräftigte Carla gegenüber den Reisewunsch.

Sie wollten alle kommen? »Das wäre herrlich!«

Ihre Nichte überlegte. »Wobei? Ob ich danach noch reisen darf?«

»Das wird wohl nicht gehen.« Carla beglückwünschte sie zu ihrer Schwangerschaft. Eine leichte Enttäuschung breitete sich aus. Dann bliebe auch Antonia in Kalifornien.

»Chris kann euch mit meinen Eltern besuchen.«

Isabel schien die Vorstellung, von ihrem Mann getrennt zu sein, nicht zu stören, was Carla wunderte. Sie hätte das frisch entbunden nicht gebilligt. Die lockere Einstellung der jungen Leute befremdete sie. Xiscas Mann kümmerte sich um das gemeinsame Kind, während die Mutter hier am Tisch saß, um eine Reportage zu schreiben. Isabel schlug vor, ihren Ehemann unbegleitet nach Mallorca reisen zu lassen. »Wir würden uns freuen.« Ein Treffen zwischen ihrer Schwester und Carla war überfällig. Sie hätten sich so viel zu erzählen. Ob sie sich noch vertrugen? Die Zeit und die Erfahrungen veränderten einen Menschen. Carla erfuhr an diesem einen Abendessen mehr über Antonia als aus all den geschriebenen Briefen oder den kurzen Telefonaten.

Die Rechnung übernahm Christopher. Einwände ließ er nicht gelten.

»Dann lade ich euch morgen Abend ein.«

»Das kommt gar nicht infrage.« Isabel schüttelte den Kopf. »Das würde mein Mann nicht zulassen. Wieder neun Uhr?«

»Perfekt.« Sie trennten sich mit Gutenachtwünschen.

»Es war spannend. Deine Familie hat es weit gebracht.« Antonia Capllonch nahm Carla beiseite. »Ich will euch nicht erneut stören.«

»Tonia, du störst nicht.« Carla fand ihre Rücksichtnahme reizend, jedoch unnötig. »Wir plaudern keine Familiengeheimnisse aus, wenn es auch so wirken muss, weil für mich das alles neu ist.« Sie legte ihr den Arm um die Schultern. »Du bist herzlich willkommen.«

»Danke. Dann komme ich mit Freude.«

Xisca lächelte sie an, während sie auf ihr Zimmer gingen. »Du bist toll. Habe ich dir das schon einmal gesagt?«

»Nein, hast du nicht.« Carla freute sich über das Kompliment ihrer Adoptivtochter.

»Ich kenne niemanden, der so uneigennützig ist. Du könntest egoistisch deine Familie für dich haben wollen. Tust du aber nicht.« Xisca schloss die Zimmertür auf. »Du schließt Tonia nicht aus.«

»Wie könnte ich? Sie ist ohne Begleitung hier.« Carla mochte sich nicht vorstellen, wie verloren sie sich in Tonias Situation vorkäme.

»Das meine ich.« Xisca legte ihre Handtasche auf den Stuhl. Sie küsste sie auf die Wange. »Mich habt ihr auch ohne zu zögern aufgenommen. Ihr habt mich nie spüren lassen, dass ich nicht euer Kind bin.«

»Ach, Xisca. Für mich warst du das immer.« Carlas Herz quoll über vor Liebe. »Du hast mir mehr das Leben gerettet als ich dir.«

Xisca ließ die Worte stehen und machte sich bettfertig. Carla ebenso. Ihre Gedanken gingen zurück in die Zeit, in der sie sich sehnlichst ein Kind gewünscht hatte. Die abgelehnte

Adoption, die eigene Kinderlosigkeit hatten ihr schwer zugesetzt. Natürlich stand es außer Frage, Xisca nach dem Tod ihrer Eltern aufzunehmen und ihrer Nichte ein liebevolles Zuhause zu geben.

Sie kuschelte sich unter die Decke und löschte das Licht.

Carla verbrachte die Nacht in kurzen Schlafetappen. Die anstehende Prämierung der besten Weine verhinderte ein Durchschlafen. Als der Morgen graute, stand sie leise auf. Ihre Frisur bräuchte erneut die Hand eines Friseurs. Die Wellen saßen nicht mehr. Carla kleidete sich an und bat an der Rezeption um einen weiteren Termin auf ihrem Zimmer.

Der livrierte Mann versprach es.

Nach dem Frühstück eilten sie aufs Messegelände. Am zweiten Tag herrschte reger Andrang, was sich in zahlreichen Bestellungen niederschlug. Vor allem der *La Reina* erfreute sich größter Beliebtheit. Carla schrieb es der Tatsache zu, dass der Reserva auf der Liste der eingereichten Rotweine stand. Ihr Plan ging auf. Meist kauften die Interessenten noch je eine Kiste vom Mantonegro und Prensal Blanc. Die Messe lohnte sich. Ob sie auch nachhaltig Lieferaufträge erhalten würde, musste sich zeigen.

Die Prämierung sollte nach Messeschluss auf dem Gelände stattfinden. So konnten Aussteller und Besucher teilnehmen. Carla hakte sich bei Xisca unter. »Ich bin neugierig, ob der Pinot Noir der Fitzgeralds prämiert wird.«

Xisca hielt die Kamera in die Höhe. »Ich bin viel gespannter, ob du einen Preis bekommst. Das will ich festhalten.« Sie sah sich in der Menge um. »Von Isabel und Christopher möchte ich ein Erinnerungsfoto schießen.« Sie zog Carla mit sich. »Dort hinten sind sie.«

Carla entdeckte sie im Gespräch mit anderen Ausstellern. Isabel sah sie auf sich zukommen. »Da kommt Carla Delgado, ihren Wein solltet ihr kosten, ihr werdet ihn lieben.« Sie wandte sich an Carla. »Manuel Vallejo Prado aus Córdoba. Er stellt einen Jamón Ibérico her, nachdem man sich die Finger leckt. Er überlegt, einigen seiner Schweine nur Eicheln zu füttern, was einen noch besseren Schinkengeschmack hervorbringen soll.« Isabel lachte. »Das kann ich mir kaum vorstellen. Wir haben mehrere der ganzen Hinterschinken bestellt. Hattest du die Möglichkeit, den Schinken von Schwarzschweinen zu probieren?«

»Bedauerlicherweise nicht, sollte ich aber.« Carla hatte zwar davon gehört, jedoch noch nie gekostet.

Manuel reichte ihr die Hand. »Encantado, Señora Delgado. Isabel schwärmt von Ihrem Wein. Ich komme morgen bei Ihnen vorbei.«

»Danke, und ich bei Ihnen, um mir eine Kostprobe abzuholen.« Es wäre eine Sünde ihn nicht zu verkosten, um sich selbst eine Meinung zu bilden.

Xisca verabschiedete sich. »Ich gehe ein paar Fotos schießen.«

»Eine Pressefrau.« Manuel zeigte sich beeindruckt. »Ob ich Sie wohl ebenfalls an meinen Stand locken kann?«

»Auf jeden Fall.« Xisca tippte auf die Kamera und ging in Richtung der aufgebauten Tribüne.

Ein ohrenbetäubendes Quietschen hallte über das Gelände. »Entschuldigung.« Ein Mann stand auf der Bühne und sprach in ein Mikrofon. Das Geräusch hörte auf. »Herzlich willkommen und danke für das zahlreiche Erscheinen. Wir begrüßen alle Aussteller und Besucher, die der diesjährigen

Weinprämierung beiwohnen. Und wir spannen Sie auch gar nicht lange auf die Folter.« Er wies auf einen Herrn in Frack und Zylinder. »Señor Montserrat hat die Blindverkostung überwacht, die Wertungen entgegengenommen und überaus sorgfältig ausgewertet. Begrüßen Sie mit mir Señor Montserrat.«

Applaus brandete auf, ebbte ab, als der Mann das Wort ergriff. »Sehr freundlich. In diesem Jahr fiel die Wahl ausgesprochen schwer, nur wenige Punkte Unterschied gab es bei den Prämierungen.«

Carlas Herz schlug heftig in der Brust. Erst wurden die Weißweine ausgezeichnet. Zwei Preise gingen nach Frankreich, einer an ein Weingut in Ribera del Duero. Die Gewinner nahmen auf der Bühne die Urkunde in Empfang.

»Nun kommen wir zu den diesjährigen Rotweinen.« Er zog einen Zettel aus einem Umschlag, ließ das Kuvert zu Boden gleiten und faltete das Papier auseinander. »Der dritte Platz geht an eine mir unbekannte Bodega. Der Reserva …«

Carla kippte fast um, weil sie die Luft anhielt.

»… *La Reina* ehrt seinen Namen. Er schmeckt wahrlich königlich. Vom Weingut Delgado auf Mallorca werden wir noch viel hören.«

Isabel fiel Carla um den Hals. »Ich wusste es!«

Carla brachte keinen Ton heraus. Ihre Fassungslosigkeit machte sie sprachlos. Gebannt lauschte sie den Worten des Sprechers. »Die weite Anreise aus Kalifornien war nicht umsonst. Die Bodega Fitzgerald erhält für ihren Pinot Noir *1949* den zweiten Preis.«

Isabel hüpfte in die Höhe. »Das ist unserer! Wer hätte das gedacht?«

Die Geschenkflaschen des Weins standen unberührt in Carlas Hotelzimmer. »Das ist großartig!«

Carla und Isabel lagen sich in den Armen. »Wir haben ihn nach dem Jahr unserer Hochzeit benannt.«

Eine außergewöhnliche Idee.

Das Händeschütteln und die Gratulationen fesselten Carla so sehr, dass sie den ersten Platz nicht mitbekam. Erst auf der Bühne beglückwünschten sie einen Mann aus Rioja, der die Goldauszeichnung erhalten hatte.

Trunken vor Freude verließ sie die Bühne. Die Verleihung erlebte sie wie in einem Rausch. Carla tanzte, lachte, konnte kaum ruhig auf einem Stuhl sitzen. Selbst nicht, als sie im Hotelrestaurant zu Abend aßen.

Francisco würde sie davon in Begleitung einer Weinflasche der Silberauszeichnung der Fitzgeralds erzählen.

Durch Xiscas Artikel würden alle auf Mallorca von Carlas Triumph einer Bronzeprämierung für ihren *La Reina* erfahren. Die Feier zog sich bis tief in die Nacht hinein.

Den letzten Tag absolvierte Carla ohne Müdigkeitserscheinungen. Dafür ließ der Freudentaumel, der Carla weiterhin in seinen Bann zog, keine Zeit.

20

Mallorca 1951

Auf Palmas Caféterrassen saßen fröhlich plaudernde Besucher. Der Frühling lockte viele nach draußen. Auf den Sitzbänken der Rambla fand sich kaum noch ein freier Platz. Ein schwedisches Mädchen in kurzem Rock und engem T-Shirt fuhr balancierend auf Rollschuhen ein Tablett über die Prachtstraße und bot Wermut zum Probieren an. Als Alba sie entdeckte, bot sie einem Greis ein Glas an. Der sah sie an, als käme sie von einem fremden Stern. Den Kräuterwein konnte er vermutlich gut vertragen, um diesen Anblick zu verdauen. Alba schüttelte bei so viel Freizügigkeit den Kopf. Wenn ihre Tochter so herumliefe, würde sie sich in Grund und Boden schämen.

Die milde Frühlingssonne schickte ihre Strahlen durch die Blätter der hochgewachsenen Platanen. Alba bog an der Bar Bosch ab, folgte der befahrenen Straße und erklomm vor dem Stadttheater die Stufen, die ihr einen kürzeren Weg zu ihrer Kunstgalerie ermöglichten. Mit jedem Schritt nahm die Schwermut zu.

Ob sie das Richtige tat?

Es ging nicht anders. Sie konnte unmöglich drei Hotels führen und eine Galerie. Nicht, nachdem Gerado tot und Marisol nicht mehr ihre Freundin war. Wem sollte sie die Galerie anvertrauen? Besser, sie gab sie in erfahrene Hände.

Ihre Bilder müsste sie im Las Rosas unterbringen. In den vergangenen zwei Jahren hatte sie ihre Trauer und ihre Einsamkeit auf Leinwand gebannt. Ihre Gemälde besaßen trotz der Schwere eine farbenfrohe Leichtigkeit. Die Kombination machte sie besonders. Sie verkauften sich gut. Und vielleicht würde dieser Deutsche sie in Kommission nehmen. Das würde ihr das Ausräumen ersparen.

Alba sperrte auf, öffnete die Tür und ließ sie geöffnet, um frische Luft hineinzulassen. Es kam ihr fast wie Verrat an ihrer Kunst vor, die Galerie einem Kaufinteressenten zu zeigen. Hoffentlich sprach er klares Deutsch. Das verstand sie gut. Ihre eigene Aussprache war stark mit spanischem Akzent versehen. Um dem Alleinsein zu entkommen, hatte sie Privatunterricht genommen. Durch den regelmäßigen Kontakt mit deutschen Touristen unterhielt sie sich relativ flüssig, wobei das Schriftliche ihr Probleme bereitete, da ihr die Übung fehlte.

»Señora Colom Pons?« Ein hochgewachsener, schlanker Mann mit grauem Haar stand im Eingang.

»Herr Carstens? Kommen Sie bitte herein.« Alba trat auf ihn zu und reichte ihm die Hand. Blaugraue Augen musterten sie freundlich.

»Danke.« Herr Carstens sah sich um. »Eine herrliche Galerie. Und Sie wollen sie tatsächlich aufgeben?«

»Leider. Ich habe zu wenig Zeit, um sie so zu führen, wie sie es verdient.« Alba ließ ihm ein paar Minuten zum Umsehen.

Den Preis für die Übernahme kannte er. Der Käufer könnte in den laufenden Mietvertrag einsteigen. »Ich bin im Hotelgewerbe tätig.«

»Noch eine Gemeinsamkeit. Mein Sohn ist hier, um Auslandserfahrung in der Hotelführung zu sammeln. Er absolviert ein Praktikum im Hotel Victoria.« Herr Carstens blieb vor einem von Albas Gemälden stehen. »Kraftvoll und ambivalent. Es spiegelt die ganze Palette der menschlichen Gefühle.« Er trat einen Schritt zurück. »Darf ich die Kunstwerke übernehmen? Ich würde Ihnen einen Teil der Kommission abgeben.«

Alba überlegte. »Ihnen gefällt die Galerie?«

»O ja, mein Geschäftspartner in Hamburg führt die Hauptstelle weiter, und ich möchte hier eine zweite Filiale aufbauen.« Er ging zu einem anderen Bild von Alba. »Mein Sohn will auf Mallorca Fuß fassen. Er ist die einzige Familie, die ich habe. Ich möchte in seiner Nähe bleiben.«

»Das kann ich gut verstehen.« Was würde Alba für einen weiteren Tag mit Gerado geben.

»Sie haben Familie?« Er sah sie an. »Eine überflüssige Frage. Natürlich hat eine Frau wie Sie Familie.«

Alba hütete sich, ihm von ihrer Scheidung zu erzählen. »Eine Tochter. Mein Sohn verunglückte vor zwei Jahren.«

»Das tut mir sehr leid.« Herr Carstens begutachtete jedes ihrer Gemälde, bevor er zu einem kam, das Alba in Kommission genommen hatte. »Das hier ist auch schön. Klarer, sauberer, aber nicht so …« Er suchte nach dem passenden Wort. »… kraftvoll.«

»Wer ist ACP?« Er wandte sich Alba zu. »Können Sie mir den Kontakt herstellen? Ich würde gerne die Eröffnung mit einer Vernissage dieser Kunstwerke feiern.«

»Dann übernehmen Sie die Galerie?« In Albas Brust kämpften Freude wegen des Verkaufs und Trauer um die Kunstgalerie gegeneinander an.

»Absolut. Es ist die beste in Palma, die ich besichtigt habe. Die Ausleuchtung und die Lage sind ideal.« Er verschränkte die Hände hinter dem Rücken. »Sie haben mir meine Frage zum Künstler nicht beantwortet.«

»ACP ist die Signatur von Alba Colom Pons.«

»Sie?« Er sah sie voller Bewunderung an.

Alba lächelte. Die Freude gewann die Oberhand. Carstens wollte ihre Werke zur Eröffnung. »Ich habe weitere Bilder im Atelier.«

Wann hatte sie ein Mann in den letzten Jahren so angesehen? Seine Blicke und Worte schmeichelten ihr. »Ist das so ungewöhnlich?«

»Ich erkenne für gewöhnlich die Kunstwerke einer weiblichen Malerin.« Carstens zog die Augenbrauen hoch. »Sie haben einen außergewöhnlichen Stil.«

»Das werte ich als Kompliment.« Albas Selbstbewusstsein stieg, erneut wie eine Künstlerin behandelt zu werden. Nicht als Hotelbesitzerin, Mutter, Geldgeberin oder Problemlöserin.

»Unbedingt. Darf ich die Eröffnung mit Ihren Werken ankündigen? Ausschließlich mit Ihren Gemälden?« Er zeigte auf die Bilder, die Alba in Kommission hatte. »Die würde ich übernehmen, aber erst später wieder anbieten.«

Eine exklusive Ausstellung. Beim neuen Eigentümer der Galerie. Diese Vorstellung versöhnte sie mit dem Verkauf. »Sehr gerne.«

»Dann sind wir uns einig?« Carstens streckte ihr die Hand hin.

»Sind wir. Die Konditionen für den Bilderverkauf müssen wir noch besprechen.« Alba würde die Bedingungen vorschlagen, die sie bisher mit den externen Künstlern ihrer Agentur vereinbart hatte. »Ich biete Ihnen fünfzehn Prozent vom Verkaufspreis an.«

»Das ist gerecht.« Er lächelte sie begeistert an. »Die Abwicklung überlasse ich meinem Anwalt. Er ist im Besitz des Schecks. Ich möchte schnellstmöglich eröffnen. Haben Sie ein Wunschdatum? Oder passt für Sie Samstag in einer Woche?«

Das waren nur wenige Tage. Andererseits dauerte es nicht lange, um die Bilder thematisch zu arrangieren und mit Preisen zu versehen. Lediglich die Beleuchtung musste leicht verändert werden. »Wenn Sie so schnell die Einladungen versenden können. Mir soll es recht sein.«

»Abgemacht.« Carstens warf noch einen Blick in den hinteren Raum. »Perfekt. Schlicht perfekt.«

Er reichte Alba zum Abschied die Visitenkarte seines Anwalts. »Er hat eine Vereinbarung aufgesetzt. Sie erhalten den Scheck gegen die Schlüssel. Mit dem Vermieter ist so weit alles geklärt. Schaffen Sie es, heute vorbeizugehen?«

»Natürlich. Die Zeit für die Vorbereitung ist knapp.« Alba wollte diesem engagierten und attraktiven Mann nicht im Wege stehen. »Ich lasse Ihnen morgen die restlichen Bilder bringen.«

Gemeinsam verließen sie die Kunstgalerie. »Großartig. Nennen Sie mich bitte Joachim.«

Alba versuchte den Namen auszusprechen. Es hörte sich in ihren Ohren schrecklich an.

Joachim Carstens lachte. »Wie wäre es mit der katalanischen Variante meines Vornamens: Joaquim?«

Das ging Alba flüssig über die Lippen. »Danke. Ich bin Alba. Herzlichen Glückwunsch zur Galerie.«

Alba wandte sich zum Gehen. Nach einigen Schritten drehte sie sich noch mal zu Joachim um und blickte ihm in die Augen. Irritiert, weil er ihr nachsah, schenkte sie ihm ein unsicheres Lächeln und schlenderte davon. Der Mann brachte sie durcheinander, schon vom ersten Moment an. Ausgerechnet ein Deutscher ließ ihren Puls in die Höhe schnellen. Alba lächelte in sich hinein. Dieser Mann war der Erste nach Matías, bei dem sie sich vorstellen konnte, mit ihm auszugehen.

Im Las Rosas traf sie auf Alejandro. »Was machst du denn hier? Ich dachte, du wärst im Mariposas.« Nach Gerados Tod hatte sie ihm die Leitung des Hotels in Cala Mayor übertragen. Das Las Brisas lag zu weit von Palma entfernt. Alejandro unterrichtete weiterhin an der Universität Mode und Design, wenn auch in reduzierter Stundenanzahl, da die Hotelleitung viel Zeit in Anspruch nahm. Er gab Alba Halt, lieh ihr sein Ohr, unterstützte sie. In ihm sah sie einen Stiefsohn. Er in ihr eine Stiefmutter. Seine Eltern ignorierten ihn seit dem Tag, an dem sie herausgefunden hatten, dass er Männer liebte. Seither hatte er sein Heimatdorf nie wieder betreten und sich in der Anonymität von Palma versteckt, bis er Gerado kennengelernt hatte. Die Verbindung zwischen ihnen ließ sie den Verlust leichter ertragen.

»Ich wollte dir etwas zeigen.« Alejandro tat sehr geheimnisvoll. »In deinem Büro.« Er ging voran, öffnete die Tür und gab Alba den Vortritt.

Drei große Reisekoffer standen im Raum. Es musste etwas geschehen sein, eine unabgesprochene Reise passte nicht zu ihm. »Du willst verreisen? So plötzlich?«

»Nein.« Er zog den Stuhl hinter dem Schreibtisch hervor. »Setz dich.«

Alba befolgte seinen Wunsch. »Was hat es dann mit dem Gepäck auf sich?«

Er klappte den ersten Koffer aus. Sie sah farbenfrohe Muster. Kleidungsstücke, die Gerado gerne getragen hätte. Alejandro entnahm ihm ein zitronengelbes Hemd, hielt es vor sich. »Dazu eine dunkelbraune Krawatte.« Er zog den Schlips aus dem Reisekoffer. Ihm folgte ein Jackett in derselben Farbe. Von der Schulter bis zum Ende der Jacke leuchtete ein gelber, fünf Zentimeter breiter Einsatz. »Gerado würde eine gelbe Hose wählen. Ich habe braun und gelb entworfen.«

Alba verstand nicht, was Alejandro ihr zeigen wollte. Er trug wie Gerado auffällige Kleidung, wobei er weniger grelle Töne vorzog.

Alejandro legte das Ensemble auf den Schreibtisch. Er zog einen azurblauen Anzug mit Karomuster heraus. »Das habe ich nach einem Entwurf von Gerado gefertigt.«

Tropfenweise wie ein defekter Wasserhahn kam ihr ins Bewusstsein, was Alejandro ihr präsentierte. »Du hast seine Kollektion fertiggestellt?«

Er strahlte sie an. »Samstag nächste Woche möchte ich sie im Las Rosas präsentieren. Die Anzeige für die lokalen Zeitungen habe ich schon entworfen. Die Kollektion wird seinen Namen tragen.«

Gerührt rollten Alba ein paar Tränen über die Wangen. Alejandro musste ihren Sohn sehr geliebt haben, wenn er dessen Kollektion fertigstellte und sie in seinem Namen vorstellen wollte. »Er hätte keinen besseren Partner als dich haben können. Und ich auch nicht.« Sie stand auf, ging auf ihn zu und umarmte ihn fest. Die Art, wie er die Erinnerung an Gerado aufrecht erhielt, zeigte Alejandros edlen Charakter. Seine Eltern mussten Unmenschen sein, ihn wegen seiner sexuellen Ausrichtung zu verstoßen.

Sie lösten sich voneinander. »Dann bist du einverstanden?«

»Bin ich. Es geht nur der Freitag oder der Sonntag. Am Samstag ist die Vernissage meiner Bilder.«

»Ich dachte, du verkaufst heute die Galerie.« Alejandro sah sie bedauernd an. »Tut mir leid, dass es nicht geklappt hat.«

Alba erzählte ihm von Joachim Carstens. Verschwieg jedoch, wie sehr ihr der Mann gefiel. »Deshalb ist der Samstag unmöglich.«

»Kein Problem. Ich ändere die Anzeige und gebe sie nachher auf.« Alejandro führte ihr noch weitere Ensembles vor. »Gerado würden sie gefallen.«

Alba stimmte ihm zu. »Lassen wir die Modenschau im Speisesaal stattfinden?«

»Gute Idee. Meine Studenten gehen an den Tischen vorbei und sind so von jedem zu sehen.« Alejandro packte die Kleidung zurück in die Reisekoffer. »Kann ich die hierlassen? Ich muss die Stücke vorher aufbügeln.«

Alba stellte ihm Lilias früheres Schlafzimmer zur Verfügung. Die Uhr zeigte kurz vor zwei. Ihr Magen knurrte. Alba rief Carstens Advokat an, und sie vereinbarten einen Termin nach der Mittagspause. So blieb ihr Zeit, im Restaurant eine Kleinigkeit zu essen, bevor sie beim Anwalt den Scheck abholte und die Schlüssel übergab.

Die Tage bis zur Modenschau verliefen im üblichen Trott. Gästebetreuung, ein Plausch hier, eine Reklamation dort. Dienstags und donnerstags die Fahrt zu den Höhlen mit einem Stopp in Baltasars Laden. Die einzige Alltagsunterbrechung war die Lieferung ihrer Bilder in die Galerie. Doch die ließ sie von einem Angestellten durchführen. Alba hoffte, Lilia mit Marco und den Kindern folgten ihrer Einladung. Ob sie hier übernachteten? Vermutlich nicht. Entweder kämen sie zum Schaulauf oder zur Vernissage. Mit den Kindern wäre die Schau im Hotel die einfachere Veranstaltung. Außerdem fand sie zu Ehren ihres Bruders statt. Leo und ihr Sohn hatten sich nie nahegestanden. Wie sie ihn kannte, stünde ihm zusätzlich sein Stolz im Weg, und er bliebe fern. Seit seinem Auftritt bei der Hoteleröffnung in Cala Mayor hatte sie ihn nicht mehr gesehen.

Alba drehte eine Runde durch das vorbereitete Restaurant. Auf den Tischen standen Wasserkaraffen. Die Speise- und Getränkekarte brächten sie erst nach der Modenschau. Zur Feier des Tages würde Alba jedem Besucher ein Glas Cava reichen. Alejandro hatte die Stühle so weit abgerückt, als säße jemand darauf, und ging den Weg mehrfach ab. Das Arrangement der Tische ließ ausreichend Platz für die Models. Die Kristallgläser für den Schaumwein reihten sich auf der Theke. Die Kellner standen bereit.

Alejandro betrat den Speisesaal. Er trug den braunen Anzug mit den gelben Einsätzen. An ihm sah die Kombination sehr edel aus. Sein schwarzes Haar hatte er mit Pomade zurückgekämmt. Er erinnerte Alba an Cary Grant. Mondän. Elegant. »Die ersten Gäste sind angekommen. Können wir den Saal öffnen?«

»Du siehst fabelhaft aus.« Alba eilte auf ihn zu, richtete die Krawatte, obwohl es nichts zu richten gab, und drückte ihm zwei Wangenküsse auf. »Es kann losgehen.«

Er öffnete die großen Flügeltüren und bat die wartenden Besucher herein. Der Strom der Menschen schien nicht zu enden. Selbst am Barbereich nahmen junge Paare sowie einzelne modebewusste Männer Platz. Alba entdeckte Lilia und Marco. Ohne ihre Enkelkinder. »Habt ihr die Kleinen nicht mitgebracht?«

»Nein. Pablo zahnt. Das wollte ich euch nicht antun.« Lilia küsste sie auf die Wangen. Marco ebenfalls. »Deshalb fahren wir nach der Show zurück. Ich kann die Kinder nicht so lange bei Agata lassen. Das verstehst du doch, oder?«

»Natürlich.« Enttäuschung breitete sich in Alba aus. Sie hatte gehofft, ihre Enkel zu Gesicht zu bekommen und Zeit mit ihrer Tochter zu verbringen. Sie höchstens alle acht Wochen zu sehen, verschlimmerte Albas Einsamkeit.

»Wohin sollen wir?«

Alba führte sie an den reservierten Tisch. »Ich setze mich gleich zu euch. Alejandro wird die Moderation übernehmen. Er hat die Kollektion im Namen deines Bruders fertiggestellt. Bedient euch an der Bar.«

Alba drehte sich zum Eingang, entdeckte Carla, Francisco und Xisca. Sie wies ihnen einen Tisch mit freiem Blick auf die Modelle zu. So konnte Xisca ungestört fotografieren.

»Ich bin so gespannt.« Xisca legte ihre Kamera ab.

»Kommst du zur Vernissage?«

»Hast du etwas anderes erwartet?« Carla drückte Alba an sich. »Ich begleite sie.«

»Danke. Dann stehen wir wenigstens nicht allein in der Galerie.« Alba konnte nicht einschätzen, ob die Palmesaner der Einladung eines Deutschen folgen würden. Die Freude über die Ausstellung mischte sich mit Angst vor dem

Versagen. Was, wenn ihre Bilder nicht ankamen? Die Leute ihren neuen Stil nicht mochten?

»Die Inselbewohner kennen dich. Sie werden sich das nicht entgehen lassen.« Carla tätschelte beruhigend ihre Hand. »Sitzt du bei uns?«

»Nein. Ich sitze bei meiner Tochter. Wir sehen uns später. Oder morgen. Genießt die Modenschau.«

Alba begrüßte Bekannte, schlenderte von Tisch zu Tisch. Die Kellner arbeiteten zuverlässig. Jeder Gast hielt ein Cavaglas in der Hand, als Alejandro um Ruhe bat und die Besucher willkommen hieß.

Alba huschte zu ihrer Familie. Lilia schob ihr ein Glas zu. »Danke.« Lilias Aufmerksamkeit freute sie.

»Einige von euch kannten Gerado Delgado Colom. Entweder aus der Uni oder aus den Hotels der Familie. Seine Kreativität war grenzenlos wie seine Freundlichkeit. Er schenkte allen ein gutes Wort, ein Lächeln oder eine kleine Verrücktheit. Leider konnte er seine Kollektion nicht mehr umsetzen. Sein plötzlicher und früher Tod hat ihm nicht die Zeit gelassen, die Kleidungsstücke zu schneidern. Als bester Freund habe ich diesen Teil nach seinen Entwürfen für ihn übernommen. Das Ergebnis präsentieren Ihnen die Studenten des Studiengangs für Design, die Gerado als kreativen Kopf sehr verehrten. Sein Mut, mit Stilrichtungen und Farben zu spielen, ist einzigartig. Aber sehen Sie selbst.«

Das war das Signal für die ersten Models. Die Männer trugen Gerados Mode, inklusive der von ihrem Sohn so geliebten Gamaschen über den blank polierten Schuhen. Für den Schaulauf hatte Alejandro den Stoff der Kleidung für die Gamaschen gewählt. Gerado hätte es im Alltagsleben nicht zu tragen gewagt, um sich vor Angriffen zu schützen. Alba beobachtete die Reaktion der Gäste. An manchen Tischen tuschelten die Paare. Die jüngeren Herren, die an der Theke auf den Barhockern saßen, wirkten fasziniert und begeistert. Für diese Kollektion setzte Alejandro all die fantasievollen Entwürfe seines Partners um. Ohne Rücksicht auf Spott oder Verwunderung, wenn er mit modischen Konventionen brach. Während das letzte Männermodel das Restaurant verließ, brandete Applaus auf. An den Tischen etwas verhaltener als an der Bar. Die Studenten betraten im Abstand von zwei Metern erneut den Speisesaal. Die Modelinie zusammen zu sehen, ließ Alba vor Stolz auf ihren Sohn weinen. Er hätte nicht so früh gehen dürfen. Noch immer verstand sie nicht, wie es zu dem Sturz hatte kommen können. Gerado kannte sie als umsichtigen Menschen. Und doch hatte er eine kleine Unaufmerksamkeit, einen Schritt rückwärts, mit dem Leben bezahlt.

Alejandro trat zu seinen Studenten, bedankte sich bei ihnen und beim Publikum. »Bestellungen nehmen wir in der Lobby auf. Und nun wünsche ich Ihnen guten Appetit, sollten Sie zum Essen bleiben.« Er verbeugte sich und erntete von Neuem Applaus.

Alba ging zu ihm, umarmte ihn fest und wischte sich die Tränen von den Wangen. »Das war wundervoll. Ich danke dir vielmals. So bleibt von meinem Sohn etwas, woran ich mich festhalten kann.«

»Mich hat es auch getröstet. Während der Arbeit war er mir nahe. Erst hat es mich Überwindung gekostet, danach hat es mich befreit.« Er lächelte sie an. »Nun kann ich in Dankbarkeit für die gemeinsame Zeit an ihn denken und nach vorn sehen. Er wird immer in meinem Herzen sein.«

Alba stimmte ihm zu. Die rührenden Worte machten sie sprachlos. »Ich kümmere mich um die Bestellungen. Geh du zu deiner Familie. Genießt das Abendessen.«

Alba sah ihm hinterher, bevor sie zurück an den Tisch kehrte. »Ihr bleibt zum Essen, ja?«

Lilia nickte. Ihr Gesicht wirkte wie eine Maske.

»Ist dir nicht wohl?«

»Doch. Es ist nur ...«

Ihre Tochter rang mit sich. Alba sah sie verständnisvoll an. »Ich weiß. Es ist in Ordnung zu trauern. Gerado war dein Bruder.«

Marco legte seine Hand auf die von Lilia. »Die Kollektion ist interessant. Für Stadtmenschen durchaus tragbar.«

»Bis auf die bunten Gamaschen.« Alba wollte die Situation ein wenig auflockern. Die Stimmung am Tisch schien sehr getrübt. »Die trug selbst Gerado nicht.«

Während des Essens sprachen sie über Gerado. Lilias Blick wirkte oft traurig, was Alba verwunderte. Ihre beiden Kinder hatten kaum Gemeinsamkeiten, auch waren ihre Bande nie eng gewesen. Im Gegenteil. Sie gingen von klein auf getrennte Wege. Dies änderte offenbar nichts an der tiefen Trauer ihrer Tochter.

Die Dämmerung brach herein. Die Kellner schalteten die Lichter an.

Lilia sah zu ihrem Mann. »Wir sollten aufbrechen.«

Marco stimmte zu. »Danke für deine Einladung. Das nächste Mal bringen wir die Kinder mit. Komm uns doch besuchen.«

»Genau.« Lilia stand auf und schob den Stuhl zurück. »Vielleicht kommende Woche Sonntag?«

»Gerne.« Alba verabschiedete sich.

Der Speisesaal leerte sich. An manchen Tischen saßen Hotelgäste, die für den Abend keine weiteren Pläne mehr hatten. Alba nickte ihnen beim Hinausgehen zu.

In der Hotellobby traf sie auf Alejandro. Die Studenten unterhielten sich bei den Sesseln des Wartebereichs. »Wie läuft es?«

»Zufriedenstellend. Die ganz ausgefallenen Stücke werden nur selten bestellt. Aber die einfarbigen Anzüge und die karierten Hemden sind erfolgreich.« Er setzte sich auf eine Sessellehne. »Das war nicht anders zu erwarten.«

»Sind Xisca und ihre Familie schon gegangen?« Alba entdeckte sie in der Lobby nirgendwo.

»Gerade eben.« Er reichte ihr sein Wasserglas. »Du solltest dich ausruhen. Du siehst müde aus. Morgen ist dein großer Tag.«

»Ich gehe gleich nach oben. Ich muss nur mit Eric noch etwas klären.« Alba sah den Master Domo bei Eduardo an der Rezeption stehen.

»Eric. Haben unsere Gäste die Einladung zur Vernissage auf den Zimmern?«

»Selbstverständlich.«

In derselben Sekunde war Alba die Kontrolle peinlich. Eric arbeitete zuverlässig, es gab keinen nachvollziehbaren Grund, außer ihrer eigenen Nervosität, an der Ausführung ihrer Bitte zu zweifeln. »Danke, und entschuldigen Sie meine Nachfrage.«

Er sah sie abwartend an. »Haben Sie noch einen Wunsch?«

Alba bejahte, drehte sich um und blickte direkt in die Augen von Matías. Ihn unerwartet hier zu sehen, ließ sie versteinern.

»Gerado war für mich wie ein Sohn. Das weißt du. Kann ich dich sprechen?«

Die Erstarrung wich. Alba erlangte ihre Souveränität zurück. »Immerhin besitzt du so viel Anstand, Marisol nicht mitzubringen.« Die beiden als Paar zusammen im Hotel anzutreffen hätte sie um ihre Fassung ringen lassen.

»Können wir privat reden?« Er sah sich in der gefüllten Lobby um. »Bei dir oben?«

Das würde ihm so passen. Alba glaubte nicht richtig gehört zu haben. Ihre Privaträume blieben für diesen Mann verschlossen. »Im Büro.« Alba ging voraus. Mehr als ein paar Minuten ihrer Zeit wollte sie ihm nicht gewähren. Da er aber noch Teilhaber war, konnte sie ihm ein Gespräch nicht verweigern.

Matías folgte ihr. Alba ließ ihn eintreten und schloss die Tür. »Worum geht es?«

»Um uns.« Er stand inmitten des Zimmers.

»Es gibt kein Uns. Das hast du mit Marisol zerstört.«

»Ich liebe nur dich. Das weißt du.«

Alba unterdrückte ein bitteres Auflachen. »Und deshalb lebst du mit Marisol zusammen. Verschwinde. Sonst erzähle ich ihr von deinem Besuch.«

»Tu das, solange du mich im Anschluss wieder in dein Leben lässt.« Er trat auf sie zu, nahm sie bei den Händen und zwang sie, ihn anzusehen. »Ich vermisse dich. Dein Lachen, deine Widerworte, deinen Scharfsinn.«

»Das hättest du dir früher überlegen müssen.« Alba entzog sich ihm, ging zur Tür und öffnete sie. »Geh. Wenn du etwas Geschäftliches mit mir besprechen willst, lass dir bei Eric vorher einen Termin geben.«

»Du hast kein Herz. Du kannst keines haben.« Matías wirkte wie ein geprügelter Hund.

»Sagt der Mann, der mit einer anderen Frau zusammenlebt und annimmt, ich vertraue seinen lauwarmen Liebesschwüren.« Sie lachte verächtlich, um sich selbst zu schützen. »Werde glücklich mit Marisol. Ihr habt einander verdient.«

Matías verließ das Büro.

Alba schloss die Tür, lehnte sich dagegen, um nicht umzukippen. Sie fühlte sich nach dem Gespräch völlig ausgelaugt.

Wie konnte er zu ihr kommen, von Liebe sprechen und noch mit Marisol zusammenwohnen?

Wie konnte er ihr das antun?

Alba ging zum Aktenschrank, in dem sie eine Flasche Hierbas aufbewahrte. Sie goss sich ein Glas ein und trank es auf einen Zug leer. Der Alkohol beruhigte ihre flatternden Nerven. Stolz auf sich, ihm nach seinem niederträchtigen Betrug nicht nachgegeben zu haben, schenkte sie sich nach. Diesmal nippte sie an dem Kräuterschnaps. In ihren schwächsten Momenten der Einsamkeit malte sie sich aus, wie es wäre, wenn sie ihm verzeihen und er zu ihr zurückkehren würde. Dann hatte sie wieder die Szene vor Augen, die sich ihr ins Gedächtnis gebrannt hatte: Marisol und er eng umschlungen, sich auf offener Straße küssend. Dieses Bild vertrieb ihre romantischen Fantasien. Alba sammelte sich, bevor sie aus ihrem Büro in die Lobby trat. Zu ihrer Überraschung herrschte normaler Betrieb. Die Modelle waren ebenso verschwunden wie Alejandro. Erleichtert, mit niemandem sprechen zu müssen, ging sie in ihren Wohnbereich hoch.

Im Badezimmer ließ sie sich eine heiße Wanne ein. Das warme Wasser entspannte ihre Muskeln und ihren Geist. In ihre

Gedanken schob sich die morgige Vernissage. Darauf sollte sie sich konzentrieren. Matías würde es nicht wagen, dort aufzutauchen. Nicht nach dem Gespräch vor einer Stunde. Alba verteufelte sich, erneut an ihn zu denken. Das Gesicht von Joachim Carstens tauchte vor ihrem geistigen Auge auf. Es gab auch andere attraktive Männer als Matías. Mit diesem beruhigenden Gedanken legte sie sich schlafen.

Und mit dem Bild von Carstens wachte sie auf. Ein Lächeln umspielte ihre Lippen. Sie musste von ihm geträumt haben. Für ein paar Minuten blieb sie liegen und versuchte den Traum einzufangen. Vergeblich.

Alba widmete sich dem Tagesgeschäft, bis es Zeit war, sich für die Ausstellung umzuziehen und herzurichten. Sie deponierte die Brennschere auf den Herd, um sie zu erhitzen. Die Zwischenzeit nutzte sie zum Umziehen. Das flaschengrüne Kleid schmeichelte ihrer hellen Haut und ihrem blonden Haar, in dem die grauen Strähnen kaum auffielen. Seit der Trennung von Matías trug sie eine kinnlange Frisur. Es war praktischer und mit der Brennschere schnell frisiert. Alba klemmte eine breite Haarsträhne zwischen die an den Schenkeln der Schere angebrachten Röhren und drehte Strähne für Strähne auf, bis Wellen wie die der berühmten Marlene Dietrich ihr Gesicht umspielten. Anschließend schminkte sie sich kurz nach, legte Parfüm auf und verließ das Hotel.

Vor der Galerie prangte ein ausladendes Plakat auf einer Staffelei. Ihr Name kündete in großen Lettern das Ereignis an, um auch flanierende Gäste darauf aufmerksam zu machen. Alba ging am Schaufenster entlang. Carstens leistete beeindruckende Arbeit. Albas Gemälde hingen thematisch sortiert an den Wänden. Jetzt, wo die Bildserie ihre Trauer um den Verlust von Gerado und Matías dokumentierte, erkannte Alba, wie im Laufe der Zeit die Schwere aus den Bildern gewichen war. Es fehlte zwar die Leichtigkeit der Jugend, doch dafür enthielten ihre Werke mehr Kraft und Ausdruck.

»Alba, kommen Sie doch herein.« Joachim Carstens stand neben ihr. Alba bemerkte ihn erst, als er sie ansprach.

»Joaquim, Sie haben tolle Arbeit geleistet.« Sie wies auf das Arrangement. »Ohne die Intention hinter meiner Serie zu kennen, haben Sie die Gemälde perfekt angeordnet.«

»Das erleichtert mich.« Er reichte ihr den Arm.

Alba hängte sich ein.

»Ich fürchtete, es könnte andersherum gedacht sein.« Er zeigte auf die farbenfroheren Bilder. »Zunächst die Leichtigkeit mit einem Hauch Melancholie, die dann in den Abgrund führt.«

Alba lächelte. Es fühlte sich großartig an, wieder über Kunst zu sprechen. Wie sehr sie das vermisst hatte, wurde ihr jetzt bewusst. »Stimmt. Auch das wäre eine Möglichkeit gewesen.«

»Darf ich Ihnen ein Glas Cava anbieten?« Er wies auf eine neue Sitzecke.

»Gerne.« Alba setzte sich auf das ausladende Sofa.

»Kurt, bringst du bitte Schaumwein?« Ein junger Mann tauchte mit einem Tablett auf. »Die Künstlerin?«

»Ja.« Joachim nahm zwei Gläser. »Alba Colom Pons.« Er deutete auf den Unbekannten. »Mein Sohn Kurt.«

»Freut mich sehr.« Alba erkannte die Ähnlichkeit zwischen ihnen. Vor allem die blaugrauen Augen und das verschmitzte Lächeln verliehen beiden den gleichen Gesichtsausdruck. Daran änderten auch das graue Haar und die Falten bei Joachim nichts. »Sie sind im Hotelgewerbe tätig?«

»Ja, hat mein Vater wieder geplaudert?« Kurt stellte das Tablett auf den Tisch vor den Sitzmöbeln. »Ich arbeite im Victoria an der Uferpromenade. Ist Ihnen das Hotel bekannt?«

Natürlich kannte Alba das vornehme Haus. »Ich hätte mein Las Rosas gerne Victoria genannt, um den Straßennamen aufzugreifen, kam aber einige Jahre zu spät.«

»Ihnen gehört das Las Rosas?«

»Ja. Es ist in meinem Besitz.«

»Dort wollte ich zuerst anfangen, weil ich das Konzept mit den Hochzeitsreisen interessant fand.« Kurt sah sie bedauernd an. »Leider sagte man mir bei meinem Anruf, Sie würden niemanden benötigen.«

»Es würde sich bestimmt etwas für Sie finden, sollten Sie das Victoria verlassen wollen. Ich kenne die Besitzerin.« Sie zwinkerte ihm zu. Im Las Mariposas in Cala Mayor könnte er unter Alejandros Aufsicht viel lernen. »Ich werde das intern besprechen, wenn Sie mögen.«

»Das wäre ausgezeichnet. Mein Praktikum endet in vier Wochen.« Sie merkte ihm die Freude über das Angebot an.

Joachim sah Kurt tadelnd an. »Deshalb wollte ich keine Vernissage veranstalten. Ich hoffe, Sie nehmen es meinem Sohn nicht übel.«

»Im Gegenteil.« Alba fand daran nichts Anrüchiges, verstand jedoch die Sorge des Vaters. »Initiative ist eine Eigenschaft, die ich sehr schätze.«

Das Eintreffen der ersten Gäste unterbrach ihre Unterhaltung. Joachim stand auf, um die Besucher zu begrüßen. Es waren Landsleute von ihm. Für Albas Sprachkenntnisse redeten sie zu schnell. Die Galerie füllte sich. Carstens musste auf der Insel gut vernetzt sein, da viele deutsche Interessenten kamen. Alba erkannte einige aus ihrem Hotelrestaurant, trotzdem erleichterte sie die Ankunft von Carla und Xisca. »Schön, dass ihr hier seid. Ich komme mir vor wie im Ausland.«

Carla küsste sie auf die Wangen. »Ich hätte wohl besser den Sprachkurs mit dir gebucht.«

Mit der Kamera im Anschlag winkte Xisca ihr zu und ging an die Arbeit. Sie plauderte mit den Gästen.

»Spricht Xisca Deutsch?« Alba zog verwundert die Augenbrauen nach oben.

»Ja, und Englisch.« Carla sagte es mit Stolz in der Stimme. »Wegen des Shops hat sie Kurse belegt. Und sie hat eine deutsche Freundin aus Kindertagen, der sie schreibt.«

»Das wusste ich gar nicht.« Das Mädchen überraschte Alba erneut. Alba sollte ihre Tochter dazu anhalten, Sprachen zu lernen. Mit der Zunahme an Touristen gewannen Sprachkenntnisse immer mehr an Bedeutung.

Kurt schlenderte mit dem Tablett durch die Galerie. Carla und Alba bedienten sich. »Das ist Joaquims Sohn.« Alba zeigte Carla den neuen Galerieinhaber. »Er macht das wirklich großartig. Einen besseren Nachfolger hätte ich nicht finden können.«

»Joaquim? Ernsthaft?« Carla prostete Alba zu.

Alba nippte am Cava. »Nein, er heißt Choatschim. Das klingt grässlich, wenn ich es ausspreche, also darf ich ihn so nennen.«

Carla prustete los. »Du bist einmalig! Zeigst du mir deine Gemälde?«

Alba ging mit Carla von Bild zu Bild. An einigen hing bereits ein Schild *vendido*. Die Gäste schauten nicht nur, sie kauften auch. »Sie sind anders als meine früheren Arbeiten.«

»Kein Wunder. Du musstest Gerados Tod und eine Scheidung verkraften.«

Alba ließ Carlas Aussage unkommentiert. Die Trennung von Leo hatte höchstens dazu geführt, die fröhlicheren Farben anzuwenden. Seither fühlte sie sich befreit. Nur wusste sie nicht, was sie mit ihrer neuen Freiheit anfangen sollte.

Joachim sprach mit Xisca. Er schien völlig in seiner Tätigkeit aufzugehen. Alba beobachtete ihn. Seine Leichtigkeit, mit den Kunden umzugehen, begeisterte sie. Ein interessanter Mann.

Xisca zeigte auf Alba und Carla. Gemeinsam kamen sie auf sie zu. »Joachim möchte, dass ich dich als Künstlerin vorstelle. Sein Spanisch ist nicht gut genug. Ist dir das recht?«

Alba hatte sich unerkannt in der Menge wohl gefühlt. So erfuhr sie die ungefilterte Meinung der Besucher. Die Reaktionen fielen unterschiedlich aus. Manche fürchteten sich vor ihren düsteren Gemälden, obwohl sie abstrakte Motive gewählt hatte. Andere faszinierten genau diese auf Leinwand festgehaltenen Abgründe. »Muss das sein?«

Xisca sah sie verwundert an. »Natürlich. Die Malerin ist vor Ort, und das sollen die Anwesenden erfahren, findest du nicht?«

Joachim Carstens klopfte mit einem Stift an sein Glas. »Silencio, por favor.«

Er ließ ihr keine Wahl. Xisca übernahm das Wort. »Im Namen von Joachim Carstens heiße ich Sie alle herzlich willkommen zur Ausstellung. Alba Colom Pons ist eine lokale Künstlerin, deren Werke weit über die Landesgrenzen bekannt sind. Bis nach New York verkauft sie ihre Bilder.« Xisca legte eine künstliche Pause ein, bevor sie das

Gesagte auf Deutsch wiederholte. »Da die Malerin unter uns ist, möchte ich sie Ihnen vorstellen.« Nach der Übersetzung zeigte Xisca auf Alba, die den Kopf neigte und den aufbrandenden Applaus mit einem Lächeln quittierte. »Falls Sie Fragen zu ihrer Kunst haben, stehe ich Ihnen gerne als Übersetzerin zur Verfügung.«

Einige nahmen das Angebot an. Der Großteil beließ es bei Komplimenten zu ihrer Malerei, andere lächelten sie freundlich an. Als die Gäste sich gegen zwanzig Uhr verabschiedeten, trat Joachim neben Alba. »Ein voller Erfolg. Fast alle Arbeiten sind verkauft.« Er übergab Alba ein gefülltes Glas. »Die verkaufe ich nach den Presseberichten.«

»Ich bin überwältigt.« Niemals hätte Alba mit diesem Ergebnis gerechnet. »Ich sollte mehr malen.«

»Ich bitte darum.« Er stieß mit ihr auf das Resultat an. »Kurt wird hierbleiben. Darf ich Sie zum Essen einladen?«

Alba verspürte Appetit. Die gereichten Häppchen reichten nicht aus als vollwertige Mahlzeit, also sagte sie zu. Joachim strahlte sie an. »Kennen Sie das Can Eduardo? Von dort hat man einen bezaubernden Blick über den Hafen. Außerdem ist es für seinen exquisiten Fisch bekannt.«

»Ich habe es bisher nicht besucht.« Alba ging nicht oft zum Abendessen aus. »Das hört sich verlockend an.«

Das Blut schoss ihr in die Wangen, was ihre Hände kalt anfühlen ließ. Die Linke legte sie sich zum Aufwärmen in den Nacken. Joachim fuhr souverän und parkte zwei Querstraßen vom Restaurant entfernt. Wie sich herausstellte, hatte er im Vorfeld einen Tisch reserviert. Obwohl man sein Spanisch nicht fortgeschritten nennen konnte, bestellte er mit einem Selbstbewusstsein, das Alba noch mehr für ihn einnahm.

Alba verbrachte den ersten schönen Abend mit einem Mann seit vielen Monaten. Sie genoss die Gespräche, den köstlichen Wein und den gut gebratenen Fisch. Auf dem Weg zum Auto hakte sie sich bei Joachim unter, und vor dem Hotel, als er ihr den Wagenschlag öffnete, gestattete sie ihm eine Umarmung und einen Kuss auf die Wange. Er hielt sie einige wenige Sekunden zu lange, um es als freundschaftlich anzusehen. »Darf ich dich kommenden Samstagabend einladen?«

Sein intensiver Blick ließ Albas Herz schneller schlagen. »Gerne.«

»Ich hole dich um neunzehn Uhr ab.« Er küsste sie erneut auf die Wange. »Gute Nacht.«

Alba verabschiedete sich. Beschwingt betrat sie das Hotel. An der Rezeption begrüßte sie Eduardo. Er reichte ihr einen Umschlag. »Der wurde für Sie abgegeben.«

»Danke. Buenas noches.« Alba erkannte die Handschrift. Bereits auf dem Weg nach oben schlitzte sie das Kuvert auf. Die Nachricht von Matías war kurz, aber eindeutig: *Ich habe mich von Marisol getrennt. Bitte vergib mir. Ich liebe dich. Dein dir für immer verbundener Matías.*

21

Der Rückschnitt der neuen Pflanzung schritt weiter voran. Die milde Spätsommersonne kündete harte Arbeit an. Die Weinlese ihres Hauptfeldes stand bevor. Die ertragreiche Vorjahresernte sicherte ihnen die Raten für die Rückzahlung des Kredits. Lilia blinzelte in die Sonne und streckte ihren Rücken durch. Ihre Hände schmerzten von den widerspenstigen Reben. Die Baumschere zuzudrücken kostete viel Kraft. Sie lockerte ihre Finger, bevor sie ihre Tätigkeit fortsetzte. Ihr Vater erntete die Trauben auf Fernandos Feld, was dieses Jahr durch den prallen Fruchtstand früher erfolgte.

Jeden Morgen prüfte Lilia Carlas Rosen auf Befall. Nie wieder wollte sie ihre Tante unterschätzen. Der Hass von Lilias Vater ihrer Tía Carla gegenüber steigerte sich, seit sie erfolgreich prämiert aus Madrid zurückgekommen war. Der Zeitungsbericht über die Landwirtschaftsmesse führte dazu, dass alle Winzer der Insel die Delgado-Bodega kannten. Carlas Weine standen nun für Qualität. Lilia glaubte wegen der geringen Flaschenanzahl nicht an einen kommerziellen Erfolg. Carla las pro Hektar etwa die Hälfte an Beeren wie Lilia. Das konnte sich nicht rechnen. Die Insulaner zahlten keine hohen Preise. Davon waren ihr Vater, Marco und sie selbst überzeugt.

Der Hausbau auf dem Nachbargrundstück ging nur schleppend voran. Jede Pesete steckten sie in ihr neues Weinfeld. Die Pflanzung besaß Vorrang. Da konnte Lilia sich noch so sehr ein eigenes Heim wünschen. Ihre Mutter würde sie nicht um finanzielle Hilfe bitten. Das brachte sie nicht fertig. Nicht, nachdem sie ihren Bruder aus genau diesen Gründen über die Klippe gejagt hatte. Ihre Scham und ihr schlechtes Gewissen setzten Lilia zu. Seither aß sie mit geringem Appetit, schreckte trotz der harten Arbeit schweißgebadet aus dem Schlaf, und die Vorführung von Gerados Kollektion, fertiggestellt von seinem Freund Alejandro, hielt ihr auch zwei Jahre später vor Augen, wie sehr die Menschen Gerado gemocht hatten. Ob jemand für sie so etwas tun würde? Ihren Traum verwirklichen? Lilias müßige Gedanken begleiteten sie Tag für Tag. Marco schob ihre mangelnde Lebensfreude auf den Verlust der vorletzten Ernte, was Lilia nur recht war. Die Wahrheit konnte sie ihm nicht sagen.

Ihm nicht.

Ihrem Vater nicht.

Ihrer Mutter ebenso wenig.

Sogar im Beichtstuhl wagte sie es nicht, darüber zu sprechen. Niemand würde ihr vergeben. Auch Gott nicht. Und ein Pfarrer schon gar nicht. Sie vergab sich ja selbst nicht.

Die Abenddämmerung kündigte sich an. Lilia betrachtete ihre von Blasen übersäten Hände. Sie brannten. Heiß. Sie ging zum Wasserbecken und hielt ihre Hände hinein. Die Kälte ließ die Haut kribbeln. Ihre Schmerzen ebbten ab. Behutsam trocknete Lilia sie an ihrem Arbeitskleid. Die prallen Wasserblasen würde sie zu Hause aufstechen. Sonst könnte sie am nächsten Tag nicht weiterarbeiten.

Marco fuhr am Weinfeld vor, drückte die Hupe, um auf sich aufmerksam zu machen.

Lilia winkte ihm, bevor sie die Hütte mit dem Werkzeug verschloss. Die beiden Helfer befanden sich seit einigen Minuten auf dem Nachhauseweg. Müde schlenderte sie zum Wagen. »Haben wir Jod im Haus?«

»Ja.« Marco sah sie von oben bis unten an. »Hast du dir wehgetan?«

Sie zeigte ihm ihre Hände. »Ob ich mich jemals an diese Arbeit gewöhne?«

»Hattest du keine Handschuhe an?« Er betrachtete mit schmerzverzerrtem Gesicht Lilias geschundene Haut. Die Fingerballen leuchteten rot, als hätte sie sich verbrannt. »Das sieht übel aus.«

»Doch, anfangs. Aber das Reiben hat es nur schlimmer gemacht.« Lilia verschwieg ihm, Leos Handschuhe getragen zu haben, da sie ihre nicht hatte finden können. Ein großer Fehler. »Ich steche sie auf, desinfiziere sie, und morgen geht es wieder.«

Marco seufzte. »Du solltest zu Hause bleiben. Wenigstens ein paar Tage.«

»Unmöglich.« Lilia wandte sich ab und setzte sich in den Wagen. »Lass uns fahren.«

Marco stieg ein, startete das Fahrzeug und fuhr los. Lilia spürte seinen Blick auf sich ruhen. Er war mit ihrem Ehrgeiz nicht einverstanden, hielt sich aber zurück, da er wusste, dass er sie nicht umstimmen konnte. »Ich habe Hunger und könnte ein ganzes Schaf verdrücken.«

»Ich auch.« Lilia überlegte, was sich an Lebensmitteln im Haus befand. Ein Brot vom Vortag, Kartoffeln und Eier, vielleicht noch etwas Gemüse. »Wir sollten einkaufen, sonst reicht es nur für eine Tortilla.«

»Tortilla ist großartig.«

»Lügner.« Lilias Mann war genügsam wie kein zweiter. Ihre Kochkünste beschränkten sich auf einfache Gerichte, dabei kochte Agata hervorragend. An ihre Schwiegermutter würde sie nie heranreichen.

»Wir könnten uns bei meinen Eltern einladen.« Marco grüßte einen Nachbarn aus Binissalem. »¿Qué tal?, Jaime.«

»Ausgezeichnet, ich komme gerade von Carlos. Dein Vater sitzt dort bei einem Bier.« Jaime bückte sich und sah in den Wagen. »Du bist hier?«

Lilia verstand die Frage nicht. »Ich arbeite auf dem Feld. Warum verwundert dich das?«

»Weil ich Agata beim Krämer gesehen habe.« Jaime zuckte die Schultern. »Sind eure Kinder bei Marina?«

»Das nehme ich an«, sagte Marco leichthin. »Wir holen sie gleich ab.«

Lilia fand das ungehörig. Die Nachbarin musste auf die Kinder achten, weil ihr Schwiegervater in der Dorfschenke saß?

Sie verabschiedeten sich. Marco fuhr die drei Straßen bis nach Hause. Lilia stieg aus, und Pablos herzzerreißendes Weinen drang bis auf den Hof hinaus. »Wenn deine Mutter unsere Kinder allein gelassen hat, dann …« Den Rest schluckte sie hinunter.

»Das würde sie nicht tun.«

Marco nahm ihre Schwiegermutter in Schutz. Das tat er immer, was Lilia mehr zur Weißglut brachte als der Schmid ein Hufeisen.

Lilia stürmte ins Wohnzimmer. Der vierzehn Monate alte Pablo hielt sich am Gitterbett fest und brüllte sich die Seele aus dem Leib. Paulino schien verschwunden, bis sie ihn aus der Ecke beim Kamin hörte. »Mamá?«

Lilia bog um die Zimmerecke und sah, was Agata getan hatte. Sie hatte das Sofa so weit wie möglich an die Wand gerückt und Paulino mit dem Hintern zwischen Wand und Sofarücken eingeklemmt. Ihr Sohn strampelte vergeblich mit den kurzen Beinen über die Sofalehne, um sich aus der unkomfortablen Lage zu befreien. »Das ist ...« Ihr fehlten die Worte.

Marco trat hinter sie und lachte.

Lilia fuhr herum. »Findest du das lustig?« Sie eilte auf ihren Ältesten zu und zog ihn heraus. Paulinos Weinen endete augenblicklich, und er kuschelte sich in Lilias Arme. »Nun bin ich ja hier.«

»Das hat meine Mutter mit mir auch gemacht.« Marco grinste immer noch. »Es hat mir nicht geschadet.«

»Offensichtlich schon. Sonst würdest du das nicht sagen.« Lilia stellte Paulino auf dem Fußboden ab und ging zu Pablo, der sich am Gitter festhielt, die krummen Beinchen wackelten unsicher. Sie nahm ihn hoch und stapfte davon in ihren Wohnbereich. »Wir werden hier ausziehen. Das Feld ist mir nun egal. Wir bauen das Haus fertig, und sollte ich eine Kindsmagd einstellen müssen, dann tu ich das. Hier bleiben wir nicht!«

Marco folgte ihr. Das Lachen hatte sie ihm aus dem Gesicht gewischt. »Jetzt übertreibst du.«

»Ich übertreibe?« Sie funkelte ihn mit wütendem Blick an. »Deine Mutter gefährdet das Leben unserer Kinder. Paulino hätte sich befreien können! Du weißt, wie aktiv er ist.«

»Es ist aber nichts passiert. Also beruhige dich.« Marco trat auf Lilia zu, sie wich ihm aus.

Auf den Moment, bis etwas geschah, wollte sie nicht warten. Marco musste das einsehen. Sie beruhigte sich, zog sich um und begab sich in die Küche, um das Abendessen vorzubereiten. Zu ihren Schwiegereltern würde sie an diesem Abend nicht gehen, und wenn sie nur altes Brot essen müsste.

Marco deckte schweigend den Tisch. Er schien über ihre Forderung nachzudenken. Lilia wusste selbst nicht, wie sie den Hausbau vorantreiben könnte, um endlich unabhängig zu leben. Vielleicht reichte die nächste Weinlieferung an die Hotels ihrer Mutter für einen Teilausbau ihres Hauses. Das würde sie prüfen. Gleich morgen. Der Transport war für die kommenden Tage vorbereitet, nun würde sie die Lieferung vorziehen und die Bezahlung der Rechnung sofort einfordern. Ihren Prensal Blanc und ihren Cabernet Sauvignon servierte ihre Mutter als Hauswein. Jeweils zweihundertundvierzig Flaschen für jedes Hotel. Die Zahlung würde für den Innenausbau des Wohnhauses auf ihrem neuen Feld genügen. Die noch ausstehenden Kleinigkeiten für die Bodega mussten warten. Ihre Kinder gingen vor.

Ihre Pläne teilte sie Marco während des Abendessens mit. »Wenn du das für notwendig erachtest. Ich finde es übertrieben.«

»Ich halte es für angebracht.« Lilia schnitt einen Teil der Tortilla für Paulino auf. Sie schob den Teller vor ihn. Sein Kinn lugte trotz zweier Sitzkissen nur wenig über die Tischplatte. Ihr Sohn aß entgegen seiner Gewohnheiten artig. Er schien die Spannung im Raum wahrzunehmen. Lilia stocherte in ihrem Essen.

»Gut. Dann ist es entschieden.« Marco wies auf ihren Teller. »Und nun iss, du wirst immer dünner.«

Lilia zwang sich, einige Gabeln hinunterzuwürgen, um Marco einen Gefallen zu tun. Er sollte sich nicht um sie sorgen.

Nach dem Essen legte sie die Kinder ins Bett. Paulino las sie eine kurze Gute-Nacht-Geschichte vor, anschließend kümmerte sie sich um den Abwasch. Das heiße Spülwasser weichte ihre Haut auf. Die Nähnadel drang problemlos in die Wasserblasen. Die Flüssigkeit tupfte sie mit einem Stofftaschentuch trocken, bevor sie die brennende Jodtinktur auftrug. Nun würden ihre Hände doch einen oder zwei Tage Pause bekommen.

Trotz des vorangegangenen Streits kuschelte sich Lilia zum Schlafen an Marco. Die regelmäßigen Atemzüge ihres Mannes beruhigten sie. Die Tagträume eines baldigen Umzugs und die Erschöpfung der körperlichen Arbeit forderten schnell ihren Tribut. Lilia glitt in Morpheus' Arme.

Die Sonne stand niedrig am Himmel, als Lilia ihre Kinder zu Marina brachte und versprach, sie am frühen Nachmittag wieder abzuholen. Lilia bereitete die Rechnungen vor und fuhr frühmorgens mit Marcos Wagen vom Hof. Ihren Vater traf sie auf dem Feld in Sencelles. »Papá, ich bräuchte einen von euren Männern und den Lieferwagen, um die Weinlieferung für Mamá zu erledigen.«

»Wolltest du nicht erst die jungen Pflanzen zurückschneiden?« Ihr Vater schnitt die Trauben ab und warf sie hinter sich in den Korb auf seinem Rücken.

Lilia zeigte ihm ihre Hände. Die Haut der ausgetrockneten Blasen wellte sich und ließ das rohe Fleisch darunter erkennen. »Ich brauche eine Pause und nutze die Zeit für den Transport.«

»Ay, mi niña, du solltest dich nicht so zurichten.« Er sah sie trotz seiner tröstenden Worte mit stolzem Blick an. »Lass mich den noch füllen und zur Sammelstation tragen. Dann kümmere ich mich um alles.«

»Danke.« Lilia ging zur Bodega, setzte sich auf den dreibeinigen Melkschemel unter dem Olivenbaum und wartete auf ihren Vater.

Lilia hoffte, ihre Mutter hätte ausreichend Bargeld in ihrem Büro, um sie komplett zu bezahlen. An solchen Tagen verteufelte sie den Umstand, ohne Telefon zu leben. Andernfalls hätte sie ihre Mutter angerufen und um Bereitstellung der dreitausendzweihundertundvierzig Peseten gebeten. Sie hatten einen Preis von vier Peseten fünfzig pro Flasche vereinbart. Ihre Mutter zahlte mehr als ein anderer Abnehmer. Lilia verstand das als die unauffällige Art, sie und ihre Bodega zu unterstützen. Sie nahm es, weil sie es brauchte. Sie konnte sich kein schlechtes Gewissen leisten. Nicht wegen ihrer haltlosen Unterstellung, ihre Mutter unterhielte ein Verhältnis mit Matías, noch wegen Gerados Tod.

Die Zahlung würde ausreichen, um Küche, Badezimmer und Schlafzimmer innen fertigzustellen. Anschließend wäre es nicht weniger komfortabel als im Anbau von Marcos Eltern.

»Es geht in Ordnung. Dario fährt und hilft beim Laden.« Er wies auf Marcos Wagen. »Du kannst ihn zurückfahren. Dario holt dich in einer Stunde zu Hause ab.«

»Vielen Dank.« Lilia küsste ihn auf die linke Wange. »Wie läuft es mit der Lese?«

»Gut. Übermorgen sind wir fertig. Dann komme ich wieder rüber zum Helfen.« Er schulterte den leeren Korb. »Ich mache weiter.«

Lilia verabschiedete sich und sah ihrem Vater hinterher, wie er schweren Schrittes zurück aufs Weinfeld ging. Er sollte nicht mehr so hart schuften. Wann würden sie genug Erfolg haben, um Arbeiter einzustellen? Neues Land zu kaufen? An manchen Tagen kamen Lilia die Strapazen sinnlos vor. Seitdem der Echte Mehltau ihre Ernte vernichtet hatte, zweifelte Lilia daran, ob ihr Traum vom erfolgreichen Winzerbetrieb jemals in Reichweite rückte. Vielleicht hatte ihre Mutter recht, und sie wäre im Hotelbetrieb besser aufgehoben.

Auf dem Rückweg fuhr sie bei Marco vorbei. Ihr Mann freute sich, den Wagen zur Verfügung zu haben, da er die Einkäufe erledigen wollte. Marco kochte, kaufte ein, unterstützte Lilia, wo immer er konnte. Das ließ sie die gemeinsame Plackerei aushalten. Sein Optimismus und sein Tatendrang richteten sie in Momenten des Zweifels wieder auf. »Der Wein wird gut. Vater hat mir zugesichert, mir nach der Ernte das Nordfeld für den Weinanbau zu geben.«

Lilia staunte. »Das ganze Feld?«

»Ja, dann haben wir drei weitere Hektar.« Marco strahlte sie an. »Ich wollte dich damit überraschen. Aber nun sage ich es dir besser gleich.«

Marco kannte sie zu gut. Genau diese Nachricht hatte sie gebraucht. Seine Zuversicht übertrug sich auf Lilia. »Dann besitzen wir bald die größte Anbaufläche in der Umgebung.«

»Das hoffe ich sehr.« Marco hielt vor dem Haus. »Deine Mutter wird den restlichen Wein demnächst bestellen. Die Bezahlung stecken wir in die Bepflanzung. Das ist dann wenigstens ein Anfang. Einen erneuten Kredit wird uns die Bank nicht geben.«

»Sicher nicht.« Davon war Lilia überzeugt. Zudem wollte sie sich nicht überschulden. Lilia küsste ihn und verließ das Fahrzeug.

Wenig später kam Dario. Lilia schnappte sich ihre Handtasche, die Lieferpapiere sowie die Rechnungen und stieg auf der Beifahrerseite ein. »Danke für die spontane Unterstützung.«

»Schon in Ordnung. Dein Vater ist ein feiner Kerl. Der packt auch bei mir mit an, wenn ich Hilfe brauche.« Er legte den Rückwärtsgang ein und fuhr zu ihrem Weinfeld.

Die Arbeiter schnitten weiterhin auf dem Feld die jungen Pflanzen zurück. Lilia holte sie für die Beladung des Wagens. Sie achtete darauf, dass der Lastwagen der bestellten Lieferungen entsprechend bepackt wurde. Die Weißweinkisten links, die Rotweinkisten rechts. Zwischen den einzelnen Ablieferungsstationen brachte sie eine Plane an. Damit musste sie beim Abladen nicht mehr auf die Kartonanzahl achten. Der Lieferwagen rumpelte nach der Beladung langsam den Feldweg entlang, bis sie die asphaltierte Straße erreichten und er das Tempo beschleunigte.

Vor dem Las Rosas schaltete Dario die Warnblinkanlage an. Lilia stieg aus und ging schnurstracks ins Büro ihrer Mutter. Sie telefonierte, bedeutete ihr aber, Platz zu nehmen. Sie setzte sich ihrer Mutter gegenüber, holte die Lieferscheine und die Rechnungen aus ihrer Tasche.

Ihre Mutter beendete das Gespräch. »Was für eine Überraschung!« Sie stand auf, umrundete ihren Schreibtisch und küsste Lilia auf beide Wangen. »Bringst du die Weinlieferung?«

»Ja, wir wollen den Hausbau vorantreiben, und dazu brauchen wir das Geld für die Arbeiter.« Lilia übergab ihr die Papiere. »Geht das?«

Sie besah sich die Rechnungen. »Ja, kein Problem.« Ihre Mutter zog eine Schreibtischschublade auf. Sie zählte die Summe ab und reichte sie Lilia. »Bitte, zeichne die Belege ab.«

Lilia quittierte den Erhalt des Betrags. »Schickst du jemanden zum Ausladen?«

»Selbstverständlich.« Sie hob den Telefonhörer ab, wählte und bat an der Rezeption um das Abladen der Weinkisten. »So, das wäre erledigt.« Ihre Mutter lehnte sich an die Schreibtischkante. »Darf ich dich etwas fragen?«

»Natürlich.« Lilia fühlte sich unwohl. Am liebsten hätte sie im Wagen gewartet, bis sie weiter nach Cala Mayor fahren konnten.

»Warum machst du es dir so schwer und lehnst meine Hilfe ab?« Sie tippte auf ihre Schreibtischschublade. »Lass mich euch beim Hausbau helfen.«

»Ich will es allein schaffen. Deshalb.«

Das war zwar gelogen, aber eine bessere Ausrede fiel ihr nicht ein.

»Du musst mir nichts beweisen.«

»Doch.« Lilia erhob sich. »Und mir selbst auch.«

»Das ist etwas anderes. Dabei hast du allen Grund, stolz auf dich zu sein.«

Die Worte ihrer Mutter schmerzten sie stärker als eine saftige Ohrfeige. Sie hielt es in ihrer Nähe nicht mehr aus. »Ich muss los. Bis bald.«

Alba begleitete Lilia zur Tür und drückte sie zum Abschied. »Ich wünschte, du wärst weniger eigensinnig.«

»Adiós, Mamá.« Lilia löste sich aus der unangenehmen Umarmung und wünschte, sie könne den Tag mit der Schlange ungeschehen machen. Dann wäre Gerado am Leben, und sie könnte die Nähe ihrer Mutter genießen.

In Cala Mayor traf sie auf einen jungen Mann, der sich vor dem Hoteleingang vertieft im Gespräch mit Alejandro befand und ihre Ankunft nicht bemerkte. »Ah, Lilia, schön, dich zu sehen.« Er wies auf den Fremden. »Das ist Kurt. Er ist der Sohn von Joachim Carstens, der die Galerie deiner Mutter übernommen hat. Er wird bald mein Stellvertreter.« Er zeigte nun auf Lilia. »Das ist Albas Tochter, eine erfolgreiche Winzerin. Ihre Weine kennst du.«

Lilia freute sich über die Art, wie Alejandro sie vorstellte. »Dann werden wir öfter miteinander zu tun haben.«

Kurt entschuldigte sich für sein gebrochenes Spanisch. Lilia winkte ab. »Ich spreche keine Fremdsprache. Das möchte ich aber ändern.« Die Behauptung ging ihr leicht über die Lippen.

Alejandro befahl einigen Angestellten das Ausladen der Weinkisten.

»Soll ich dich gleich bezahlen?«

»Das ist erledigt.«

Sie plauderten noch ein wenig oberflächlich, bis Dario sie zur Weiterfahrt aufforderte. »Vielleicht wäre es eine gute Idee, wenn wir einen Sprachaustausch machen. So lernst du schnell Spanisch und ich Deutsch.«

Kurt stimmte begeistert zu. »Gerne.«

Alejandro sah von ihr zu Kurt, enthielt sich jedoch eines Kommentars. Seine hochgezogenen Augenbrauen reichten aus, um seine Meinung zum Ausdruck zu bringen.

Lilia winkte zum Abschied. »Bis bald!« Kurt besaß etwas, das Lilia irritierend und gleichzeitig überaus anziehend fand. Das war ihren Streitereien mit Marco geschuldet. Sie verbot sich, das Gefühl zuzulassen.

Gelöster Stimmung setzten sie die Fahrt fort. Ihre Mutter hielt sie oft dazu an, wenigstens die englische Sprache zu lernen. Bisher hatte Lilia abgelehnt, weil sie dafür keine Notwendigkeit sah. Nun kam ihr selbst der Gedanke. Oder lag das nur an dem jungen Mann, der sie mit diesen hellblauen Augen angestrahlt hatte?

Lilia fröstelte, als sie das prächtige Eingangsportal der Hotelzufahrt passierten. Das geschah jedes Mal, wenn sie das Gelände betrat. Die Angst kroch ihr die Wirbelsäule hoch. Ihre Dämonen holten sie ein, so schnell konnte sie gar nicht davonlaufen. Sie fuhren zum Lieferanteneingang. Ein Küchenjunge stand auf dem Hof und rauchte eine Zigarette. »Hol den Sumiller.« Nur das Las Brisas beschäftigte einen eigenen Weinkellner, der für die Bestellungen und die Empfehlungen der korrespondierenden Weine an die Gäste zuständig war. Esteban vermochte nicht nachzuvollziehen, warum die Chefin Lilias Weine zum Hauswein erwählt hatte. Der Geist verstand es, sein Gaumen nicht. Lilia mochte den Mann nicht. Seine Hochnäsigkeit vermittelte ihr ein Minderwertigkeitsgefühl, obwohl sie das als Tochter der Besitzerin nicht haben musste.

Lilia ging auf dem Lieferantenhof auf und ab. Sie wollte schnellstmöglich wieder weg. Aus einem der Räume im ersten Stock schüttelte ein Zimmermädchen ein Staubtuch aus. Sie entdeckte Lilia, stutzte und beugte sich leicht über die Brüstung, um besser sehen zu können.

»Señora Delgado Colom. Die Tochter des Hauses besucht uns höchstpersönlich. Was für eine unverhoffte Ehre.« Estebans Stimme klang dienstbeflissen, doch glaubte Lilia, dazwischen Misstöne zu erkennen wie bei einem verstimmten Klavier.

Selbst das Zimmermädchen blickte sie verwundert an.

Lilia überhörte den Kommentar. »Bitte, laden Sie zügig ab, ich habe es eilig.«

»Natürlich, Señora.« Esteban wandte sich ab und verließ den Hof. Offenbar war ihm das Abladen eine zu niedere Tätigkeit.

Warum ihre Mutter diesen aufgeblasenen Mann beschäftigte, würde sie nie verstehen.

Lilia wartete auf die Angestellten, an die Esteban zweifelsohne die Aufgabe delegierte. Dann könnte sie endlich fahren.

Das Zimmermädchen, das eben noch im ersten Stock gearbeitet hatte, kam nun über den Dienstbotenausgang nach draußen. Die junge Frau ging schnurstracks auf sie zu. »Sie sind Señora Albas Tochter?«

»Ja, das bin ich. Warum?« Lilia wunderte sich darüber, dass das Mädchen sie ansprach.

Ihr unsicherer Blick ließ Lilia weich werden. Sie schien Angst vor Lilia zu haben. »Soll ich meiner Mutter etwas bestellen?«

Das Zimmermädchen verneinte. »Können wir dort drüben reden?« Sie zeigte auf eine abgelegene Ecke, die von einer hohen Hecke aus Zypressen den Dienstbotenbereich vom Garten des Hotels abgrenzte. Diesen Weg war Lilia gelaufen, um Hilfe für Gerado zu suchen. Widerwillig stimmte sie zu. »Aber nur kurz. Ich habe es eilig.«

»Es dauert nicht lang.« Der Atem der jungen Frau ging hektisch.

»Also, worum geht es?« Lilia fröstelte am ganzen Körper. Es kostete sie große Überwindung, souverän stehen zu bleiben.

»Ich habe Sie gesehen.«

Lilia verstand nicht.

»Mit Ihrem Bruder.«

Lilia begriff.

Alles.

Auch, was nun kommen würde.

»Meine Eltern sind krank, ich verdiene hier nicht viel.« Das Mädchen sah sie unschuldig an, dabei sprach sie die ersten Worte einer Erpressung. »Helfen Sie mir?«

»Wie? Ich bin keine Ärztin, sondern Winzerin.« Lilia gab vor, nicht zu verstehen.

»Finanziell.«

Nun kam sie doch auf den Punkt. »Warum sollte ich Ihnen Geld geben?«

»Weil ich gesehen habe, was Sie getan haben.« Nur der einfältige Augenaufschlag der Frau hielt Lilia gerade noch davon ab, sie zu schlagen. »Ich brauche das Geld, sonst würde ich das hier nicht machen. Sie sind kein schlechter Mensch. Ich ebenso wenig. Sie haben einen Fehler begangen. Wie ich jetzt.«

Lilia schwieg. In ihrem Kopf jagten die Gedanken wild durcheinander. Wenn sie ihr nachgab, bliebe sie ewig erpressbar. »Was soll ich deiner Meinung nach getan haben?«

Das Zimmermädchen verschränkte ihre Arme hinter dem Rücken und sah zu Boden. »Sie haben eine Schlange nach ihrem Bruder geworfen.«

So hätte es Lilia nicht ausgedrückt. »Sie ist mir entglitten.«

»Helfen Sie mir, und ich behalte mein Wissen für mich.« Sie betrachtete immer noch ihre Füße.

»Wie viel?«

»Dreitausend Peseten. Ich will mit meiner Familie zurück aufs Festland.« Mit unsicherem Blick sah die Frau hoch.

»Wie heißt du?« Lilia haderte damit. Sollte sie wegen dreitausend Peseten ihre eigene Zukunft ruinieren? Sie traute dieser kleinen Kröte durchaus zu, die Wahrheit herauszuposaunen, jetzt, wo sie wusste, wer Lilia war.

»Eva Peréz Montana.«

»Warum sollte ich dir über den Weg trauen, Eva Peréz Montana?« Lilia trat einen Schritt auf sie zu, blieb dicht vor ihr stehen. Obwohl die Frau größer als sie war, sah Lilia auf sie herunter, als sie den Rücken durchstreckte. »Und wer sollte dir Glauben schenken?«

»Jeder.« Sie wich zurück. »Ich habe den Sack, in dem Sie die Schlange hatten. Darauf steht der Name des Weinguts.«

Daran hatte Lilia nicht gedacht, als sie den Beutel ins angrenzende Gebüsch geworfen hatte. Wobei es sich um den Namen von Fernandos Weingut handeln musste. Sie selbst besaß keine personalisierten Säcke. »Warum hast du bis jetzt gewartet?«

»Mein Leben war sorgenfrei. Ich wollte keinen Ärger. Trotzdem habe ich ihn mitgenommen.« Eva nagte auf ihrer Unterlippe. »Letzten Monat war ich in der Bodega Fiol, da gab es niemanden mit Ihrem Aussehen. Also verwarf ich den Gedanken, um Ihre Hilfe zu ersuchen.«

Lilia lachte bitter auf. »Das ist Erpressung! Dafür kommt man ins Zuchthaus.«

»Für das, was Sie getan haben, ebenfalls.« Ihr Blick wurde störrisch. »Mir bleibt keine Wahl. Und Sie haben ebenso wenig eine.«

Eva lag richtig. »Bring mir den Sack, und ich gebe dir das Geld.«

»Ich kann in einer Stunde zurück sein.«

»Dann lauf. Mehr Zeit schenke ich dir nicht.« Lilia sah zu, wie Eva mit ausladenden Schritten davonging, ihr Fahrrad zwischen den anderen Rädern suchte, aufstieg und davonradelte.

Gab es eine Möglichkeit, sich der Zahlung zu verweigern, ohne Konsequenzen zu erleiden? Hätte Eva den Sack nicht, würde sie es riskieren. Jeder kannte die tragische Geschichte vom Unglück. Sie hätte Eva als vom Neid zerfressenes Wesen darstellen können. Nur könnte Lilia den Sack mit dem Aufdruck der Bodega Fiol nicht erklären. Das würde Evas Aussage die notwendige Glaubwürdigkeit verleihen.

Lilia ging zum Lastwagen. Die Männer luden immer noch ab. Sie stieg auf den Beifahrersitz, zählte Zweihundertundfünfzig Peseten ab, steckte sie in die Hosentasche und beließ die Dreitausend im Umschlag.

Die Kisten waren ausgeladen, und sie schickte Dario für eine Essenspause in die Dienstbotenküche. »Ich habe noch Geschäftliches zu tun.«

Das Angebot nahm er dankbar an. Lilia blieb allein zurück. Sie spazierte zur Klippe. Der Überlaufpool wirkte, als könnte man in den Horizont hinausschwimmen. Die alte Kiefer war verschwunden. Ob gefällt oder umgepflanzt, vermochte Lilia nicht einzuschätzen. Mehrere Bänke luden zu einem Cocktail zum Sonnenuntergang ein, wobei man durch die

Südost-Ausrichtung nur das bunte Farbenspiel am Himmel genießen konnte.

Eine weiße Marmorplatte bildete einen leuchtenden Erinnerungsstein an Gerado. Vermutlich war diese Zahlung die gerechte Strafe für ihre Tat. Vielleicht konnte ihre Seele anschließend Frieden finden. Wenn das auch bedeutete, den Ausbau von ihrem Wohnhaus auf dem Weinfeld zu verschieben. Er musste ebenso warten, wie sie ein weiteres Jahr bei ihren Schwiegereltern ausharren musste. Den Preis bezahlte sie nun für ihre Tat. Er wog schwerer als das verlorene Geld.

22

Napa Valley – Mallorca 1952

Lautes Geschrei weckte Isabel aus dem Schlaf. Draußen herrschte noch tiefe Nacht. Christopher regte sich ebenfalls neben ihr. Eine leichte Übelkeit überkam sie. »Was ist los?«

Christopher knipste die Nachttischlampe an. »Ich sehe nach.«

»Ich komme mit.« Die Rufe stammten von ihrer Mutter. Es musste etwas geschehen sein. Isabel schlüpfte in ihre Pantoffeln, stand auf und taumelte. Sie hielt sich am Bettpfosten fest. »Mir ist schwindelig.«

Die Schlafzimmertür schwang auf und wieder zu. Isabel setzte sich hin. »Geh. Es geht mir gut.«

Christopher schien die Situation zu überblicken. »Keine Angst. Ein Erdbeben. Ein sehr starkes Beben. Es kommt selten vor, dass wir hier die Ausläufer spüren.«

Isabel hatte davon gehört, auch Bilder von den schrecklichen Schäden gesehen. Erlebt hatte sie bisher noch keines. So fühlte es sich also an. Die Erde schwankte und brachte sogar Zimmertüren in Bewegung. Sie stand auf, als sie ihre Mutter nach einem Arzt rufen hörte.

Ihr Mann verschwand eilig durch die Tür.

Isabel zog sich ihren Morgenmantel an, band ihn über ihrem gewaltigen Bauch zusammen und sah ins Kinderzimmer. Robert schlief. Erleichtert schloss sie die Tür und eilte zum Wohnbereich ihrer Eltern.

Vater lehnte sitzend an der Wand zum Wohnzimmer. Kreidebleich. Ihre Mutter kauerte neben ihm. Christopher beugte sich über ihn.

»Ein Herzinfarkt«, flüsterte ihr Vater. »Die Schmerzen klingen bereits ab.«

Das Beben hörte auf. Isabel bemerkte, wie sich die Erdschichten unter ihren Füßen beruhigten. Ihre Mutter hob hilflos die Hände. »Was war das?«

»Ein Erdbeben.« Christopher ging in die Hocke. Er wandte sich an Federico. »Das war kein Infarkt. Dein Körper hat die Erdstöße gespürt. Du konntest es nicht einordnen. Das geht vielen Menschen so bei ihrem ersten Erdbeben. Mit deinem Herz ist alles in Ordnung.«

Seine Worte beruhigten Isabel augenblicklich. »Gott sei Dank!« Antonia sank neben ihrem Mann auf den Boden. Sie trug weder Morgenmantel noch Schuhe. Ebenso wenig ihr Vater. »Also so etwas ist mir bisher nie passiert.«

Isabels Schwindel ließ nach. »Wie geht es dir jetzt?«

Ihr Vater sah zu ihr hoch. »Ich habe wohl übertrieben.« Verlegen lächelte er und rieb sich das Kinn.

»Was ist hier denn los?« Peter tauchte hinter ihnen auf. »Hat euch das Erdbeben geweckt?«

»Aus dem Bett gescheucht, trifft es besser.« Antonia schüttelte den Kopf. »Ihr hättet uns vorwarnen sollen, dann hätten wir nicht das ganze Haus zusammengeschrien.«

Christopher zuckte die Schultern. »Das letzte Beben, das wir hier draußen gespürt haben, war das von Lompoc. Und ich war neun.« Er zwinkerte Isabel zu. »Ist also einige Tage her. Wir haben im Valley Glück und noch nie Schäden davongetragen. Hoffentlich wurde niemand verletzt.«

»Ich erinnere mich daran.« Peter sah seinen Sohn an. »Du bist aufgewacht und völlig verschreckt in unser Schlafzimmer gerannt, weil du geträumt hast, ein Riese würde unser Haus davontragen.«

»Danke, Vater. Die Geschichte hättest du gerne für dich behalten können.« Christopher verdrehte die Augen.

»Ein Riese?« Isabel schmunzelte. »Du warst ein fantasiereicher Junge.«

Federico stemmte sich auf die Beine. »Und ich bin zu alt für solche Abenteuer.« Er wirkte, als wäre nichts geschehen. »Lasst uns wieder schlafen gehen.«

»Erholt euch gut von dem Schrecken.« Peter drehte sich um, um in seinen Wohnbereich zurückzukehren. »Und denkt daran, es kann Nachbeben geben. Erschreckt euch also nicht.«

»Danke für die späte Warnung.« Federico hob die Hand und ging zurück ins Schlafzimmer. »Tut mir leid, dass ich euch geweckt habe.«

»Ist schon gut.« Christopher zog Isabel an sich. »Wir sind ebenfalls erschrocken. Die Beben richten bei uns nie Schäden an. San Francisco und die Region um Los Angeles trifft es häufiger. Im Valley bleiben die Leute in den Betten liegen, außer man hat Verwandtschaft im Erdbebengebiet, dann versucht man natürlich sie zu erreichen.«

»Gute Nacht«, wünschte auch ihre Mutter.

Isabel hörte sie hinter verschlossener Tür lachen. »Herzinfarkt. Wir sind zwei alte Angsthasen geworden.«

Das amüsierte Timbre in der Stimme ihres Vaters beruhigte sie. »Alt sind wir, aber doch keine Hasenfüße.«

Christopher führte sie hinaus auf den Flur, schloss die Tür und sah sie ruhig an. »Alles in Ordnung bei dir?« Er legte seine Hand auf ihren runden Bauch. »Bei euch?«

»Ja, und Robert schläft wie ein Manati.« Isabel warf trotzdem nochmals einen prüfenden Blick ins Kinderzimmer. Ihren Sohn schien nichts aus seinen Träumen zu reißen.

Christopher trat neben sie. »Mal sehen, ob unsere Tochter einen ebenso tiefen Schlaf hat.«

»Und wenn es ein Junge wird?«

»Dann wird eben das nächste ein Mädchen.« Christopher gähnte. »Wobei ich mir schon eine kleine Ausgabe von dir wünsche.«

Isabel folgte ihm ins Schlafzimmer, zog sich den Morgenmantel aus, schlüpfte aus den Schuhen und unter die Decke. An ihren Mann gekuschelt, beruhigte sie sich schnell wieder. Die erholsame Nachtruhe ließ dennoch auf sich warten. Ihre Eltern hatten sich sehr erschrocken. Trotzdem nahmen sie den Schrecken mit Humor.

Alles ertrug sie leichter, als einen Herzinfarkt ihres Vaters. Sie wollte ihn noch nicht verlieren. Die Befürchtung allein zeigte ihr, wie vergänglich das Leben war. Tränen stiegen ihr in die Augen. Ihre Schwester fehlte ihr. Und doch hatte ihr Tod Isabel die Eltern wiedergeschenkt. Ein bitteres Geschenk. Seit sie erneut schwanger war, weinte sie häufig. Christopher tröstete sie dann, ohne Fragen zu stellen. Das hatte er ein einziges Mal getan, was eine Springflut über ihn hatte hereinbrechen lassen. Isabel hoffte, das würde sich nach der Geburt wieder geben, denn sie war nie eine Heulsuse gewesen.

Am kommenden Morgen kam sie so schwer in die Gänge wie ein altersschwacher Motor. Ihr Kind käme zur Weinlese in zwei Monaten. Mit etwas Glück danach, wobei sie hochschwanger nicht mit anpacken konnte. Christopher und ihre Mutter mahnten sie zur Schonung, also tat sie ihnen den Gefallen, sich mit dem morgendlichen Aufstehen Zeit zu nehmen.

Mit einer Kaffeetasse in der Hand trat Isabel auf die Veranda hinaus. Ihr Vater hielt den kleinen Robert auf dem Schoß. Jung und Alt beisammen. Die beiden trennten fünfundsechzig Jahre, und dennoch gab sich ihr Vater Mühe, sich mit seinem einjährigen Enkel in Babysprache zu unterhalten. Ihre Mutter saß in einer Hollywoodschaukel und trank ebenfalls Kaffee.

Als ihre Eltern ins Haus eingezogen waren, hatte Isabel befürchtet, Valentinas Tod hätte auch jegliche Lebensenergie aus Antonia und Federico gerissen. Erst Monate später kehrte der Glanz in ihre Augen zurück.

Vor allem, sobald ihre Mutter mit Tante Carla telefonierte, blühte sie auf. Sie sollte endlich diese Reise in ihre Heimat antreten, sonst würde sie es nach dem Tod ihrer einzigen Schwester bereuen. Isabel bereute die wenige gemeinsame Zeit, die sie mit Valentina hatte verbringen können, nachdem sie sich in den letzten beiden Jahren besser verstanden hatten. Ihre Interessen hatten sich erst im Erwachsenenalter angeglichen.

Christopher führte Antonia regelmäßig in die Weinberge und erzählte ihr viel über das Weingut. Die Ablenkung sowie die Erinnerung an ihre Jugendzeit auf Mallorca taten ihrer Mutter wohl, zumal sie die Mutterweinstöcke aus Kuba mitgebracht hatte. Nun konnte sie beobachten, wie die Zöglinge mit mallorquinischen Wurzeln heranwuchsen und gediehen.

Ihr Vater jedoch bereitete Isabel Kopfzerbrechen. Er saß den ganzen Tag auf der Terrasse und ging nur noch selten spazieren, was seiner körperlichen Verfassung abträglich war. Es schmerzte Isabel zuzusehen, wie er sich vom agilen Geschäftsmann in einen alten, verbitterten Mann verwandelte. Einzig seine Enkelkinder vermochten ihn aufzumuntern und brachten ihn dazu, ein wenig am aktiven Leben teilzunehmen.

Isabel trat an den Tisch im Garten und schenkte ihrem Vater nach. »Mutter, möchtest du auch?«

»Ja, eine Limonade wäre herrlich.«

Isabel goss zwei Gläser ein und reichte eines ihrer Mutter. Die Hollywoodschaukel befand sich im Schatten eines großen Ahornbaums. Von dort führte der Ausblick weit über die Weinfelder und sanften Hügel. Isabel liebte diesen Blick. Er erfüllte sie mit Frieden und Zuversicht. Dem zufriedenen Gesichtsausdruck ihrer Mutter nach zu schließen, empfand Antonia ähnlich. »Gibt es eigentlich Neuigkeiten von Rodrigo?«

Ihre Mutter nippte an der Zitronenlimonade. »Leider nicht. Er scheint wie vom Erdboden verschluckt. Federicos Schwester geht regelmäßig zu unserem Haus, doch ihre hinterlassenen Nachrichten liegen ungeöffnet auf dem Esszimmertisch.«

Isabels Wut auf ihren Bruder stieg. Wie konnte er seinen Eltern das nur antun? Sie nicht wissen lassen, dass es ihm gut ging? Er blieb selbst nach seinem Unfall ein egoistischer Kerl.

»Fernanda wird mit ihrem Mann nach Spanien zurückkehren. Die Stimmung auf Kuba ist trügerisch. Der Putsch verschlechtert die Situation weiter. Castro hat wegen des Militärputschs Klage eingereicht, weil er nicht der gültigen Demokratie entspricht. Außerdem will Castro die Ausländer aus dem Land treiben. Noch kämpft er gegen Windmühlen, aber er findet Anhänger in der frustrierten Landbevölkerung. Ich fürchte, Rodrigo unterstützt Castros Leute, was immer die auch vorhaben.«

Isabel setzte sich zu ihr. »Er handelt falsch.«

»Er ist ein Dickkopf. Selbst mit der Aussicht auf eine Weiterreise nach Mallorca konnte ich ihn nicht dazu bewegen, uns zu begleiten. Carla hat auf Wein umgestellt. Sie wird den Boden in einigen Jahren ohne Hilfe nicht mehr bewirtschaften können.«

»Chris sprach darüber, nach Mallorca zu fliegen, um zu prüfen, ob wir den Weinanbau in Europa ausweiten sollen.« Isabel sah den sehnsüchtigen Ausdruck in den Augen ihrer Mutter und drückte ihre Hand. »Ihr solltet endlich deine Familie besuchen. Nach der Weinlese stößt Christopher zu euch. Er wollte sich das Land und die Infrastruktur sowieso ansehen, bevor man in Absprache mit Tante Carla weitere Pläne schmiedet.«

»Meine Heimat wiedersehen?« Antonias Blick richtete sich in die Ferne. »Die Familie?« Dann seufzte sie.

»Mit den Flugzeugen ist die Anreise nicht mehr so beschwerlich. Und leisten können wir uns das.« Isabel sah ihrer Mutter an, wie sehr sie der Gedanke begeisterte.

Dennoch schüttelte sie den Kopf. »Für Vater ist es zu anstrengend. Und ich kann ihn nicht allein lassen.«

Isabel verstand ihre Mutter. Sie würde Chris fürchterlich vermissen, wenn er nach Spanien reiste. Doch mit zwei kleinen Kindern könnte sie ihn und ihre Eltern unmöglich begleiten. Ihren Mann reizte es, selbst etwas ganz Neues aufzubauen. Und auf Mallorca hätte er die Chance dazu.

»Wir können Carla und Francisco auch zu uns einladen«, sinnierte Isabel. »Ich bespreche das mit Chris.«

Ihre Mutter schenkte ihr ein Lächeln, bevor sie ihren Blick wieder über die weite Ebene schweifen ließ. »Ich überlege es mir.«

Das hoffte Isabel, und sollte sich ihre Mutter dagegen entscheiden, würde sie ihr die Reise zu Weihnachten schenken.

»Willst du uns nachher helfen?« Isabel arbeitete nachmittags auf dem Feld. Je dichter der Geburtstermin rückte, desto mehr mahnte Christopher Isabel zur Schonung. Dabei ging es ihr prächtig. Außerdem blieb ihr nicht verborgen, wie häufig Olivia Davis sich auf dem Weinfeld aufhielt, seitdem sie von Isabels Schwangerschaft wusste. Früher hatte Olivia niemals bei den Stöcken geholfen. Nun hielt sie sich täglich auf dem angrenzenden Feld der Nachbar-Bodega auf, brachte Isabels Mann Erfrischungen und Snacks. Er glaubte tatsächlich, sie handelte aus reiner Menschenfreundlichkeit. Isabel traute dieser Frau zu, einer Schwangeren den Ehemann auszuspannen. Seit drei Jahren scharwenzelte sie um ihn herum, immer von der Hoffnung getragen, doch noch zum Zug zu kommen. Und machte sich lächerlich in ihrem Unterfangen. Zumindest behauptete das Antonia.

Sie zweifelte nicht an der Liebe ihres Mannes, dennoch wollte sie nicht unvorsichtig sein. Also unterstützte sie ihn nach dem Mittagessen, und an den meisten Tagen packte auch ihre Mutter mit an.

Antonia sah von Federico zu Robert. »Ich werde mit deinem Vater wegen der Reise sprechen. Und ich möchte bald fahren.«

Isabel fragte nicht weiter nach, warum ihre Mutter es nun doch eilig hatte, nach Mallorca zu reisen. »Ich hoffe, ihr entscheidet euch dafür. Und wenn deine Schwester im Anschluss hierherkommen will, ist sie herzlich willkommen. Das weißt du. Es ist hier euer Zuhause.«

Antonia tätschelte ihr die Hand. »Das weiß ich doch, meine Kleine.«

An manchen Tagen war sich Isabel in diesem Punkt selbst unsicher, obwohl mehr als genug Platz in ihrem neuen Zuhause war. Dennoch fühlte sie sich manchmal fremd im eigenen Haus. Cate lebte mit ihrem Mann in San Francisco. Sie betrieb dort ihre eigene Galerie, stellte ihre Bilder aus und verkaufte erfolgreich. Ihr Wohntrakt hatte bis zum Umzug ihrer Eltern leer gestanden.

Nach einem leichten Mittagessen fuhren sie auf das hintere Weinfeld. Bereits von Weitem erkannte sie Olivia. Selbst ihre Arbeitskleidung wirkte mondän. Als wollte sie die Reben beeindrucken. Isabel verkniff sich einen giftigen Kommentar. Keinesfalls sollte Christopher von ihrer Eifersucht erfahren. Sie wusste, wie sehr sich diese Frau nach ihm verzehrte. »Hallo, Olivia!«

»Du willst dein Kind wohl auf dem Feld bekommen«, stichelte Olivia. »Schone dich besser.«

Das könnte ihr so passen. »Das tue ich doch. Sonst wäre ich vormittags auch hier. Ich fühle mich prächtig. Deine Sorge um mich ist unbegründet.«

»Wenn du meinst.«

Isabel ballte eine Faust in ihrer Hosentasche. »Du musst es ja perfekt einschätzen können. Wie viele Kinder hast du geboren?«

Olivia wandte sich ab, um eine Rebe festzubinden. »Hauptsache, du weißt, was du tust. Ich würde so etwas nicht riskieren.«

Am liebsten hätte sie ihr eine reife Traubendolde an den Kopf geworfen. Der dunkle Traubensaft würde schön in ihrem blonden Haar aussehen. Um keinen Streit mit Christopher zu provozieren, ging Isabel an die Arbeit, drehte Olivia den Rücken zu und pfiff provokativ den Hit von Vic Damone: »You're Breaking My Heart«.

Isabel hörte Olivia wütend aufschnauben, gefolgt von sich schnell entfernenden Schritten. Sie sah auf, in Christophers Augen. »Was? Darf ich jetzt nicht mal mehr pfeifen?«

»Doch. Ich freue mich über deine ausgezeichnete Laune.«

Der amüsierte Ton in seiner Stimme blieb ihr nicht verborgen, was sie nun den Text singen ließ. Wenn so ein Liedtext Olivia aus der Fassung brachte, dann sollte sie sich mal überlegen, wie sehr sie selbst Isabels Geduld strapazierte. »Wann wird Frank Schoomaker uns besuchen? Wollte er nicht diese Woche den Cabernet kosten und darüber schreiben?« Ein Artikel im *Napa Valley Register* versprach die beste Werbung, die man sich wünschen konnte. Kostenlos. Einige Bodegas begannen mit größeren Werbekampagnen. Vielleicht wäre es eine schöne Idee, von Cate für eine Sammleredition eigene Weinetiketten mit ihrer Kunst entwerfen zu lassen.

»Nächsten Mittwoch.« Christopher kontrollierte den Fruchtstand der Reben.

»Und Cate?«

»Keine Ahnung. Sie ist mit der Galerie beschäftigt.« Er ging auf sie zu. »Was geht in deinem Kopf vor?«

»Das erfährst du, wenn ich mit Cate sprechen konnte.« Isabel lächelte ihn kokett an. »Du wirst deine Neugierde wohl zügeln müssen.«

»Diesen Zug hast du von deiner Mutter. Die brütet auch erst ihre Gedanken aus, bevor sie sie mit anderen teilt.«

»Ich kann also gar nichts dafür, wie du siehst.« Isabel folgte ihm im gleichen Tempo durch die Nachbarreihe. Die Trauben sahen gut aus. Prall, noch klein, aber sie würden wachsen. Und reifen. Der Sommer versprach bisher eine reiche Ernte.

»Immer eine Ausrede parat.« Er wedelte sich mit seinem Hut Luft zu. »Was hältst du davon, wenn wir heute früher Feierabend machen und zum See hinunterfahren?«

»Ohne Badesachen.« Sie sah an sich hinunter. »Ich passe sowieso in keinen Badeanzug.«

»Darum fahren wir auch an einen einsamen Abschnitt. Da sieht uns niemand, wir schwimmen und kühlen uns ab, bevor wir nach Hause gehen.« Er setzte sich den Hut wieder auf, was ihn in diesem Hemd und den Jeans wie einen Cowboy wirken ließ.

»Abgemacht!« Isabel ging die Reihe entlang, den Blick kontrollierend auf die Trauben gerichtet. »Und im Anschluss hilfst du mir dabei, meine Eltern zu überreden, nach Mallorca zu fliegen.«

»Spätestens nach der Lese bringe ich sie dazu, mich zu begleiten. Das können sie nicht ablehnen.«

Isabel freute sich über seine Unterstützung. Schweigend arbeiteten sie weiter, bis ihr der Schweiß auf der Stirn stand.

»Lass uns für heute aufhören. Du holst dir sonst noch einen Hitzschlag.« Christopher spazierte zum Jeep voraus.

Isabel folgte ihm. Die Sonne sank bereits am blassblauen Himmel, dennoch herrschte eine brütende Hitze.

Er stieg in den Wagen und startete ihn.

Isabel erklomm den Beifahrersitz. »Warum möchtest du nach Europa fliegen?« Sie ahnte die wahren Gründe, ausgesprochen hatte er sie jedoch bisher nicht.

»Um dir deinen Herzenswunsch zu erfüllen? Dafür würde ich einmal um die Welt reisen.«

»Lügner.« Isabel boxte ihn in die Seite. »Du willst ein neues Weingebiet aufbauen, um es hier allen im Valley zu zeigen. Gib es ruhig zu.«

Ihr Mann lachte und fuhr in Richtung des Sees. »Darf ich nicht das Angenehme mit dem Nützlichen verbinden?«

»Absolut.« Sie zuckte kurz zusammen, als ihr Kind sie trat. »Und dem Rabauken in meinem Bauch werde ich eine Abkühlung verpassen.« Die Sommerhitze vertrug sie gut. Solch hohe Temperaturen war sie aus Kuba gewöhnt. Mit dem zusätzlichen Gewicht geriet sie dennoch schneller ins Schwitzen.

Der Fahrtwind kühlte sie etwas ab, doch die in der Ferne glitzernde Wasseroberfläche verlockte zu einem kühlen Bad. Christopher kannte die Ecken am See so gut wie die Reihen auf dem Weinfeld. Er stellte den Wagen im Schatten einer ausladenden Kiefer ab, zog sich aus und sprintete nackt in den See. Dort tauchte er unter, schwamm hinaus und wartete, bis Isabel sich ebenfalls entkleidet in den See gleiten ließ. Das erfrischende Wasser schlug über ihr zusammen, und sie fröstelte, bevor sie mit kräftigen Zügen zu Christopher hinausschwamm, sich auf den Rücken legte und toter Mann spielte. Ihr Bauch ragte in die Höhe wie ein blasser Felsen in einem Flussbett. Lange durfte sie so nicht liegen, um keinen Sonnenbrand zu riskieren. »Chris, was geschieht, wenn dir Mallorca für den Weinanbau zusagt?« Sie trieb wieder in Richtung Ufer.

»Dann hole ich euch natürlich nach. Aber zerbrich dir nicht über Dinge den Kopf, die noch gar nicht spruchreif sind. Vielleicht taugt das Land nichts. Oder die Anbaufläche ist zu klein.« Er kraulte auf sie zu. »Oder willst du hier weg?«

»Nein. Ich liebe es hier.« Sie zeigte auf das bewaldete Seeufer. »Es ist wie im Paradies. Warum sollte ich hier wegwollen? Drängt es dich so sehr, etwas Eigenes auf die Beine zu stellen? Du leistet so viel hier auf dem Weingut.«

»Ich möchte es mir nur ansehen. Mehr nicht.« Er verließ den See und legte sich zum Trocknen in die Sonne.

»Gut. Meine Eltern begleiten dich.« Isabel setzte sich auf einen Stein im Schatten. Gerne würde sie mitreisen. Irgendwann wollte sie die Heimat ihrer Mutter sehen. Sobald die Kinder größer waren.

»Das werden sie. Ich kann doch nicht allein bei deiner Tante vorsprechen.« Er zwinkerte ihr zu. »Mach dir keine Sorgen.«

Das tat sie nicht. Zumindest gab sie es Christopher und sich selbst gegenüber nicht zu. Seit dem Tod ihrer Schwester beschäftigte sie sich mehr mit ihrer Familie und damit, wie schwer es für ihre Mutter gewesen sein musste, all ihre Familienmitglieder zurückgelassen zu haben. Isabel wünschte sich nichts sehnlicher, als dass ihre Mutter und ihre Tante sich in diesem Leben wieder begegneten. Wenigstens ein weiteres Mal.

»Lass uns zurückfahren. Wenn wir zu spät sind, dreht uns Loreen den Hals um.« Christopher schlüpfte in seine Kleidung.

Isabel zog sich ebenfalls an. Die Haushälterin hatte sich nur mit großer Mühe mit den Neuerungen im Haus anfreunden können. Zwischenzeitlich schien Loreen sich daran gewöhnt zu haben, die Reste am nächsten Tag zu servieren. Ob als Häppchen für die Mittagspause oder für eine Vesper. Isabel war glücklich, das durchgesetzt zu haben, bevor ihre Mutter zu ihnen gezogen war.

Das Abendessen nahmen sie im Speisezimmer ein. Peter und Caroline sowie Isabels Eltern saßen bereits am Tisch, als sie den Raum betraten. Peter bediente sich aus den bereitstehenden Schüsseln, die in der Tischmitte standen.

»Wir sind spät. Entschuldigt bitte.« Isabel setzte sich.

»Wir waren am See.« Christopher fuhr sich mit den Fingern durch sein blondes Haar. »Wie war euer Tag?«, fragte er seine Schwiegereltern.

Federico brummte, während Antonia ihm Kartoffeln und Fleisch auf den Teller schöpfte. »Meine Frau will nach Spanien, und ich soll mitkommen.« Er trank einen Schluck Rotwein und sah missmutig auf die Salatschüssel. »Das Geld sollten wir besser für die Suche nach unserem Sohn verwenden.«

»Wenn ihn bisher niemand gefunden hat, werden wir ihn auch nicht finden.« Antonia presste die Lippen zusammen. »Er versteckt sich vor uns.«

»Warum bist du davon so überzeugt?«

Christopher räusperte sich vernehmlich. »Habt ihr daran gedacht, dass er sich vermutlich Castros Rebellen angeschlossen hat?« Die Frage kam leise, dennoch wirkte sie, als würde ein weiteres Erdbeben die Hausmauern erschüttern.

Federico funkelte ihn an. »Wage es nicht, so etwas zu behaupten!«

»Es tut mir leid.« Christopher befüllte seinen Teller. »Rodrigo war seit über einem Jahr nicht mehr im Haus. Die engagierten Anwälte haben eindeutig geklärt, dass er in keinem Gefängnis sitzt. Welche Möglichkeiten gibt es sonst noch?«

»Rodrigo hat seine Entscheidung getroffen.« Isabel legte das Besteck beiseite. »Ihr solltet das ebenfalls tun.« Sie blickte ihren Vater an. »Gönne Mamá ein Wiedersehen mit ihren Geschwistern. Willst du nicht ihre Heimat kennenlernen? Ihre Familie? Du hattest deine Schwester immer um dich. Sie nicht.«

Peter und Caroline aßen schweigend weiter. Sie wirkten peinlich berührt, dieser Unterhaltung beizuwohnen.

Betreten sah Federico zu seiner Frau. »Du möchtest gehen, richtig?«

»Ja, das will ich. Aber nur, wenn du mit mir kommst.«

Isabel schickte ein Stoßgebet zum Himmel.

»Dann fahren wir.« Ihr Vater stimmte endlich der Reise zu. »Nach der Geburt unseres Enkelkindes.«

»Nein. Ihr fahrt vorher«, widersprach Isabel. Sie wollte ihrem Vater keinen Aufschub gewähren. Sie traute ihm zu, später eine Ausrede zu präsentieren, warum sie nicht fliegen könnten. »Christopher bleibt bei mir. Er reist euch hinterher, und ihr kommt zusammen wieder nach Hause. Davon hat euer Enkel mehr. Und ich auch.«

Ihr Vater seufzte ergeben.

Isabel gewann dieses Duell. Den Lohn des Kampfes erhielt sie beim Blick in das strahlende Gesicht ihrer Mutter.

23

Seit der Zwischenlandung in Barcelona tobte eine nie gekannte Unruhe in Antonia. Im Flughafenrestaurant warf sie die Kaffeetasse um. Seither zierte ein dunkler Fleck den Rocksaum ihres naturfarbenen Baumwollkleids. Dazu gesellte sich ein Fettfleck, nachdem von ihrem belegten Brötchen ein Stück Käse auf ihren Schoß gefallen war. »Meinst du, ich kann mich im Flughafengebäude umziehen?«

»Deine Schwester wird es gar nicht bemerken.« Federico tätschelte beruhigend ihre Hand. In der Ferne zeichnete sich hinter den dichten Dunstwolken die zerklüftete Küstenlinie Mallorcas ab. Das Meer schimmerte in blaugrünen Nuancen.

»Sie wird ebenso aufgeregt sein wie du.«

»Fast vierzig Jahre.« Antonias Herzschlag fühlte sich an wie der Gang eines stolpernden Pferdes. Immer wieder schien es auszusetzen, um dann mit einem harten Schlag die gewohnte Arbeit aufzunehmen. »Ob ich sie erkenne?«

»Ganz gewiss.« Federico reichte der Stewardess das Geschirr. »Danke.«

»Ich bin so nervös wie bei unserer Hochzeit.«

»Der Tag bleibt mir ewig im Gedächtnis. Du wolltest wegen Carlas Krankheit die Trauung platzen lassen.« Er lächelte. »Das hätte ich deiner Schwester nie verziehen.«

»Nach all der Zeit lernt ihr euch endlich kennen.« Antonia sah aus dem trüben Fenster. Das Flugzeug erreichte nun die Küstenlinie. »Francisco sehe ich in zu kurz geratenen Hosen vor mir stehen, allerdings war er damals noch ein Schuljunge.«

»Er holt uns ab?«

»Ja, Carla wird nicht mitkommen, sonst wird es im Wagen samt Gepäck möglicherweise zu eng.« Antonia verstand den Einwand. Ihre Schwester wollte nicht allein fahren, weil sie ebenfalls nervös war und fürchtete, einen Unfall zu verursachen. Sie schien im Autofahren ebenso ungeübt zu sein. Wie es auf ihrer Heimatinsel nun aussah? Vermutlich hatte sich in den letzten Jahren einiges verändert.

Der Flughafen Son Bonet kam in Sicht. Er lag im Inselinneren, so viel erkannte sie, doch wo genau? Als sie die Insel verlassen hatte, befand er sich erst in Planung. Damals reiste man beschwerlich mit dem Schiff in winzigen Kabinen. Sie dachte an die Überfahrt nach Kuba, auf der sie Federicos Schwester Fernanda kennengelernt und sich mit ihr angefreundet hatte. Zu dem Zeitpunkt hatte sie an eine wundervolle Zukunft mit Mateo geglaubt. Sie hätte sich nicht mehr irren können. Ob Mateos Geschwister noch auf Mallorca lebten? Sie hatte unzählige Fragen an Carla.

Die Landebahn tauchte vor ihr auf. »Wir sind gleich da.« Sie betrachtete ihren Mann. »Von hier oben kann ich dir nicht einmal sagen, wo wir wohnen. Die Umgebung sieht so fremd aus.«

»Wir haben viel Zeit, alles zu erkunden. Bis Christopher ankommt, vergehen zwei Monate. Sei nicht so ungeduldig.« Federico versuchte sie zu beruhigen.

Antonia sah ihm aber die Anspannung an: gerötete Wangen, glänzende Augen, und er knetete immer wieder seine Hände. Zugeben würde er es niemals, so gut kannte sie ihn. Vermutlich fragte er sich, ob er sich mit Carla und ihrem Mann verstehen würde. Andernfalls wäre der Aufenthalt sehr lange.

Die Maschine setzte auf, rollte aus und fuhr in gemächlichem Tempo auf das Gebäude zu.

Einige Menschen warteten hinter einer Absperrung. Antonia verzichtete darauf, sich den Hals nach Francisco zu verdrehen, sie würde ihn nicht erkennen. Die letzten Fotos, die Carla geschickt hatte, lagen schon eine Weile zurück.

Ein untersetzter Mann schob eine Treppe an den Ausstieg. Die Tür stand bereits offen. Die vorderen Gäste stiegen aus. Federico nahm die kleine Reisetasche aus dem Gepäckfach über sich. Antonia umklammerte ihre Handtasche. In weniger als einer Stunde würde sie ihre Schwester wiedersehen. Der Gedanke trieb ihr die Tränen in die Augen. Mit zusammengepressten Lippen folgte sie Federico. Als sie den ersten Fuß auf die Gangway stellte, erkannte sie den Geruch der Insel. Es roch nach Kiefernnadeln, warmem Harz, und sie glaubte Salzgeruch in der Luft zu erkennen. Der Duft der Heimat umarmte sie wie eine sehnsüchtige Mutter. Sie verharrte einige Sekunden, bevor sie die Stufen hinabging.

Um das Gepäck kümmerte sich ein halbes Dutzend Arbeiter. Sie wuchteten die Koffer auf Rollkarren, zogen sie zum Gebäude, und die Flugpassagiere gingen ihnen hinterher.

Eine Frau riss eine Hand in die Höhe. Sie stand hinter dem Sperrzaun. Für einen Augenblick schien es Antonia, der stürmische Gruß gelte ihr, bis sie sich erinnerte, dass Carla zu

Hause auf sie warten wollte. Der kurze Freudentaumel wich unberechtigter Enttäuschung.

»Antonia!« Die Frau rief ihren Namen. Es musste ihre Schwester sein. Sie rannte auf den Zaun zu, ein Blick in die warmen Augen genügte.

»Carla! Du bist hier?« Sie warf sich über die hüfthohe Absperrung in Carlas ausgebreitete Arme. Beide weinten vor Freude.

»Ich konnte nicht anders. Wir werden im Auto zusammenrücken müssen.« Carla schniefte und wischte sich über die tränennasse Wange. »Francisco.« Sie wies auf einen stattlichen schlanken Mann, der keine Ähnlichkeit mehr mit dem Knaben von damals hatte. »Meine Schwester Antonia.«

Sie löste sich aus der Umarmung, gab Francisco die Hand. »Es freut mich, dich endlich kennenzulernen.«

»Lo mismo digo.« Francisco zog sie zu sich und küsste sie rechts und links auf die Wangen. »Wir kommen nach vorn und helfen euch mit dem Gepäck.«

Federico stand hinter Antonia. »Buenos días. Ich kümmere mich um die Koffer.« Er reichte Francisco die Reisetasche und ging zu den aufgereihten Gepäckstücken.

Gemeinsam schlenderten sie an der Abzäunung entlang, bis der Zaun endete und sie sich ohne Hindernisse in die Arme fielen. Zu viel Zeit war verstrichen. Von Gefühlen überwältigt, schickte sie einen stummen Dank an Isabel ins Valley. Der Starrsinn ihrer Tochter hatte sie nach Mallorca gebracht. Zu ihrer Schwester. Die sie viel zu lange nicht mehr gesehen hatte.

Immer wieder sahen sie sich ungläubig in die Augen. Beide sprachlos. Carlas Mann half Federico mit dem Gepäck. Sein Wagen parkte bei einem der Nebengebäude.

»Ich kann es kaum glauben.« Antonia hakte sich bei ihrer Schwester ein. »Wir sind alte Schachteln geworden. Dabei sehe ich dich noch als das aufsässige kleine Mädchen mit geflochtenen Zöpfen, das sich beharrlich mit Leo in den Haaren lag und mich vom Schlafen abgehalten hat.«

»Der Streit mit Leo ist leider weiterhin wahr, der Rest vergangen.« Carla sagte es leichthin, dennoch bemerkte Antonia eine leichte Bitterkeit in ihrem Blick. Es musste schwer sein, sich all die Jahre mit dem einzigen Bruder zu zanken. Antonia wollte Leo besuchen, mit ihm reden. Er hatte damals einen Fehler begangen, den sie ihm nicht verzeihen konnte, aber die Zeit heilte die Wunden, zumindest verschorften sie, wenn man sie nicht beständig neu aufkratzte.

Die Männer standen mit der Reisetasche und den beiden Koffern vor dem Opel. »Und wohin mit dem Gepäck?« Federico betrachtete den Wagen.

»Sitz du vorn bei Francisco«, schlug Carla vor. »Einen Koffer und die Taschen bekommen wir in den Kofferraum, und den anderen packen wir auf die Rückbank und setzen uns darauf. Für das kurze Stück muss es gehen.«

Antonia lachte. Carla kamen wie früher die verrücktesten Ideen. »So machen wir das.«

Francisco verstaute die Gepäckstücke. Die Differenz zwischen Sitzbank und Dach nahm beängstigend ab. Antonia sah skeptisch zu ihrer Schwester, doch die ließ sich nicht von dem spärlichen Sitzraum beeindrucken.

Francisco öffnete das Verdeck. »So, nun sollte es klappen.«

Daran hegte sie keine Zweifel. »Los geht's!« Sie setzte sich auf Federicos Koffer. Ihr Kopf ragte über das zurückgefaltete Dach hinaus, sie sah sogar über die Windschutzscheibe hinweg. »Ich fürchte, wir müssen schweigen, bis wir bei euch sind, sonst haben wir mehr Fliegen im Mund als Zähne.«

Carla lachte. »Ach was, das überleben wir schon.«

»Im Gegensatz zu den Insekten«, feixte Federico.

Die Fahrt nach Binissalem verlief vergnüglich. Antonia saugte jeden Eindruck wie ein ausgetrockneter Schwamm in sich auf. Der weite Blick in die Tramuntana, die mit Steinen eingefriedeten Felder, auf denen Schafe die letzten trockenen Halme fraßen und sich im Schatten der Mandelbäume ausruhten. Hin und wieder kam ihnen ein Fahrzeug entgegen. Francisco lüftete seinen Hut – als ob er alle ihm entgegenkommenden Fahrer kannte. Oder sie hatte vergessen, wie freundlich die Menschen auf dem Land zueinander waren. »Steht unser Elternhaus noch?«

»Ja, die Familie, die es damals gekauft hat, bewohnt es noch.« Carla sah nach Osten, wo Sencelles lag, während sie weiter in Richtung Norden fuhren nach Binissalem. »Ein neuer Schuppen steht auf dem Weinfeld und eine kleine Bodega.«

»Ich bin so neugierig.« Antonia freute sich, alles wiederzusehen, obwohl die anstrengende Reise ihr in den Knochen steckte. »Können wir morgen hinfahren?«

»Natürlich. Du wirst es kaum wiedererkennen. Weniger Weinfelder und mehr Agrarwirtschaft. Die Landschaft wirkt ganz anders als früher.«

Obwohl Carla sich unbeschwert gab, schien sie etwas zu bedrücken. Vielleicht ergab sich am kommenden Tag eine

Möglichkeit, darüber zu sprechen. Und wenn nicht, dann am darauffolgenden. In zwei Monaten konnte man viel besprechen. Und Antonia wollte jeden Augenblick davon genießen.

Vor ihnen tauchte der hoch in den Himmel ragende Kirchturm aus hellem Sandstein auf, der Binissalem sein unverwechselbares Gesicht verlieh. Auf den ersten Blick hatte sich im Ort nicht viel verändert. Die Häuser lagen am Fuße der Tramuntana, deren Berge nur noch spärlich mit grünen Punkten verziert waren. Das winterliche Grün war den trockenen Farben des Sommers gewichen. Außerhalb zeigte sich jedoch ein neues Gesicht: weit ausladende Weinfelder, dazwischen Felder mit Mandelbäumen, Orangen- und Zitronenbäume oder knorrige Johannisbrotbäume. Als sie eine Windmühle entdeckte, ging ihr das Herz auf. Nichts untermauerte das Bild von Antonias Heimat deutlicher als die allgegenwärtigen Windmühlen. Sie spürte, wie sie glücklich lächelte. »Ich hatte vergessen, wie schön es hier ist.«

Federico drehte sich zu ihr um. »Das hast du mir verschwiegen. Es sieht ganz anders aus als in meiner Region. Wir hätten früher herkommen sollen.«

»Das finde ich auch.« Carla winkte jemandem aus dem Dorf. »Meine Schwester ist endlich mit ihrem Mann gekommen!«

»Bienvenidos!«, rief die Frau.

»Das ist Sofía, sie wohnt gegenüber von uns.« Carla zeigte auf ein Haus. »Dort drüben. Mit ihr habe ich einiges getauscht. Eier gegen Zucker. Wir sind Freundinnen. Du wirst sie noch kennenlernen.«

Antonia entdeckte ein Schild: *Maestro Cantero de Binissalem.*

»Wir sind da.« Carla wirkte aufgekratzt.

Antonia sah ein zweistöckiges Haus, das links vom Hof lag. Geradeaus ging es durch ein großes Rolltor in die Werkstatt. Francisco hielt vor dem Wohnhaus. Federico stieg aus, half Antonia und Carla von der Rückbank.

Carla wies in den ersten Stock. »Dort habt ihr euer eigenes Reich. Eine separate Haustür führt nach oben.« Sie zog Antonia mit sich. »Ich zeig dir alles.«

Francisco lachte. »Besser, wir trinken ein Glas Wein und lassen die Frauen machen.« Er zeigte auf das Gepäck. »Das bringe ich rasch hoch. Geh schon mal in den Patio hinaus, ich bin gleich da.«

»Danke, Francisco.«

Carla zog Antonia mit sich. »Komm mit.« Sie drängte ins Innere. Das Haus war gemütlich, aber einfach. Kein Vergleich zu ihrem Anwesen in Havanna oder jetzt bei den Fitzgeralds, wobei es dort deutlich zu üppig für Antonias Geschmack war. In der Küche blieb sie stehen. Es lag ein Geruch in der Luft, der verschüttete Erinnerungen wachrief. Augenblicklich sammelte sich Wasser in ihrem Mund. »Rieche ich hier frische Ensaïmada?«

»Sofía hat Wort gehalten. Sie hat versprochen beim Bäcker eine zu holen.« Zwei weiße Schachteln mit blauen Verzierungen standen auf dem Küchentisch. Carla klappte die Deckel auf. »Eine mit Cabell d'àngel mit Puderzucker und eine traditionell gebackene. Perfekt.«

Antonia starrte auf die riesigen Schnecken aus Weizenmehl und Schweineschmalz. Die Engelshaar genannte Masse hieß so, weil die Füllung mit der Kürbiskonfitüre lange goldfarbene Fäden zog. »Auch auf die Gefahr hin, dass du mich jetzt auslachst: Ich muss auf der Stelle ein Stück essen.« Sie konnte es nicht abwarten, den Geschmack ihrer Kindheit auf der Zunge zu spüren.

»Ich wusste es. Du warst früher verrückt danach.« Carla holte ein Messer, schnitt das Gebäck an und gab Antonia eine Portion auf den Teller. »Es gibt Dinge, die ändern sich nie.«

Antonia wartete nicht ab, bis Carla sich ebenfalls abgeschnitten hatte. Sie biss hinein und schloss die Augen. Bilder ihrer Eltern tauchten vor ihr auf, wie sie gemeinsam in der Küche saßen. Ihre Mutter gab Zucker über das Backwerk und reichte jedem ein Stück. Sie biss erneut ab. Der Puderzucker bestäubte ihr Kinn, rieselte auf ihr ohnehin beschmutztes Oberteil und hinterließ eine weiße Spur der Beweise für ihre unkontrollierbare Begeisterung. »Wie habe ich das vermisst!«

»Ich bringe Francisco und Federico einen Teil hinaus.« Carla machte sich an die Arbeit. »Bedien dich, ich komme gleich wieder.«

Antonia setzte sich auf den Holzstuhl, schnitt sich eine weitere Ecke ab und aß mit Genuss. Jeder Happen ließ Bilder aus der Zeit aufsteigen, die sie längst vergessen geglaubt hatte. Leo, wie er Carla neckte und altklug von Wein sprach. Ein halbwüchsiger Bub, der glaubte, mit dreizehn Jahren ein Mann zu sein. Wie er wohl nun als Erwachsener war? Carlas Worten zufolge schien er immer noch hasserfüllt, obwohl er durch eigene Schuld das Erbe verspielt hatte. Vielleicht machte ihn das Alter aber auch milder, wie die meisten Menschen. Sie wischte sich über den Mund und klopfte sich ihr Kleid sauber.

Carla kam zurück. »Die Küche kennst du nun.« Sie wies in den Nebenraum. »Hier ist unser Wohnzimmer, oben schlafen wir. Das Haus ist nicht groß, wie du siehst. Wir halten uns meist in der Küche auf.«

Zwei Schaukelstühle und ein Sofa standen vor dem offenen Kamin.

»Die Toilette befindet sich hinter dieser Tür.« Sie ging auf die Hintertür zu. »Hier ist der Patio, mein Lieblingsplatz.«

Ein großer Zitronenbaum wuchs in einer Ecke. An seinen Zweigen hingen reife Früchte, deren Duft Antonia in die Nase stieg. Auf der rückwärtigen Seite war ein hübsches Gärtchen angelegt. Der runde Holztisch mit sechs Stühlen dominierte den angenehm kühlen Innenhof. Francisco und Federico saßen bei einer Karaffe Wein und aßen die Ensaïmadastücke.

Die Männer schienen sich gut zu verstehen. Sie folgte Carla zum Nebeneingang und stieg mit ihr die Treppe hinauf. Ein schlichtes Schlafzimmer, ein leeres Zimmer, eine funktionstüchtige Küche sowie ein Badezimmer befanden sich in diesem Teil des Obergeschosses.

»Dort war früher Xiscas Dunkelkammer. Wir verdanken Samuel sehr viel. Das habe ich dir ja geschrieben.«

Antonia wusste, wie schwer es die beiden zu Beginn ihrer Ehe gehabt hatten. Samuel hatte ihnen nicht nur Arbeit gegeben, er hatte ihnen ein Heim geschenkt.

Bescheiden, sauber und ausreichend.

»Schön habt ihr es.« Freundliche Vorhänge und die bunten Keramikschalen machten die Räume gemütlich.

»Es ist einfach, ich weiß, aber es ist bezahlt, und das ist das Wichtigste.« Carla öffnete das Fenster zum Patio. »Und jetzt zeige ich dir Franciscos Werkstatt, oder willst du dich lieber ausruhen?«

»Auf gar keinen Fall. Ich möchte alles sehen!« Antonia fühlte sich trotz der Schwere in ihrem Körper hellwach. Carlas Energie steckte sie an.

Ihre Schwester eilte die Treppenstufen hinunter, als wäre sie kaum älter als achtzehn Jahre. Antonia folgte ihr etwas langsamer. Carla überquerte den Hof, schob das Holzrolltor beiseite und zeigte Antonia eine ihr unbekannte Welt. Steinblöcke reihten sich wie hingeworfen aneinander. An manchen erkannte sie, was es werden sollte. Eine Figur auf einem Sockel schien fertiggestellt. Mehrere Marmorwaschbecken standen poliert und abholbereit auf Holzkisten. Antonia ging auf die Steinbecken zu. »Die sind wundervoll gearbeitet.« Sie strich mit den Fingern über die Oberfläche. Die feinen Marmoradern durchzogen den Stein, der von cremefarbenen Naturtönen bis ins Graue schimmerte. »Die hat dein Mann hergestellt?«

»Jedes einzelne.« In Carlas Stimme schwang Stolz mit. »Alba hat sie für die Renovierung einiger Hotelzimmer in Auftrag gegeben. Du lernst sie bald kennen.«

»Ihr habt engen Kontakt zu Leos Frau?« Diese Nachricht überraschte Antonia. So ausführlich hatten sie darüber nie geschrieben. Andere Punkte waren in ihren Briefen in den Vordergrund gerückt.

»Ja, du wirst sie mögen.« Carla lehnte sich an einen mannshohen Sandstein. »Sie hat es nicht leicht. Leo macht ihr das Leben schwer. Lilia nicht weniger. Gerado stand ihr nahe, aber der ist ja verunglückt. Sie hat sich in ihre Arbeit gestürzt, unterstützt Lilia und Leo, doch die scheinen das nicht sehen zu wollen.«

Das klang nach einer unglücklichen Ehe. »Wie ist Leo so?«

»Ein Sturkopf. Ich habe dir ja vom Brunnenbau erzählt. Sie haben so viel Wasser abgepumpt für ihre eigenen Reben, dass meine fast vertrocknet sind.« Carla seufzte. »Er hatte kein Einsehen, bis ich rechtlich gegen ihn vorgegangen bin. Das nimmt er mir persönlich übel. Lilia war da verständiger. Es hätte den beiden ebenso wenig gefallen, wäre es andersherum gewesen.«

Das hörte sich nach verhärteten Fronten an. Immer noch. Fast vierzig Jahre später. Vielleicht konnte sie die Wogen glätten und die Familie wieder vereinen.

Antonia entdeckte eines der Weinfässer, die sie Carla geschickt hatte. »Ihr habt das aufbewahrt?«

»Natürlich. Es fiel mir schon schwer, die anderen ins Weinlager zu bringen. Wegwerfen hätte ich nie über mich gebracht. Eure Zuckerlieferungen waren unsere Rettung. Ich wollte das Fass hierbehalten.« Carla ging hinüber und klopfte auf den Deckel. »Sobald es eng wird, komme ich hierher, setze mich darauf, um mir vor Augen zu halten, dass wir alles schaffen können, wenn wir an einem Strang ziehen.«

»Und trotzdem versöhnst du dich nicht mit Leo?«

»Es geht nicht.« Carla schnaubte auf. »So sehr ich mir Frieden wünsche.«

Antonia ließ das Thema ruhen. »Lass uns zu unseren Männern gehen.«

»Ja, ich bereite uns Abendbrot vor, und du erholst dich draußen bei einem Glas Wein.« Carla hakte sich bei ihr unter. Gemeinsam schlenderten sie über den Hof zurück ins Haus. Sie saßen bis tief in die Nacht zusammen, aßen, lachten, redeten, bis Antonia und Federico sich nach oben verabschiedeten. Die Müdigkeit umfing sie wie ein schwerer Mantel, und sie schief augenblicklich ein.

Am kommenden Morgen erwachte Antonia früh. Der Zeitunterschied setzte ihr zu. Federico schlief noch friedlich. Sein leises Schnarchen ließ sie im Bett ausharren, bis die Sonne die dunklen Schatten der Morgendämmerung vertrieb. Behutsam stand sie auf, zog sich an und ging hinunter ins Erdgeschoss. Vielleicht wäre Carla inzwischen wach.

Nebenan in der Küche traf sie auf Francisco. »Buenos días. Kaffee?«

»Gerne.«

»Gut geschlafen?« Er goss ihr eine Tasse ein, reichte sie ihr und setzte sich zu ihr an den Tisch. »Carla wird erst gegen sieben Uhr aufstehen. Dann bereitet sie das Frühstück vor und holt mich aus der Werkstatt, bevor wir im Anschluss beide an die Arbeit gehen.«

Sie nippte an dem frisch gekochten Kaffee. »Ist sie immer noch ein Morgenmuffel?«

Francisco lachte. »Früher hat sie Xisca für die Schule fertig gemacht. Nachdem Xisca ihre Ausbildung begonnen hatte, hat es sich eingeschlichen, dass sie später aufsteht. Jetzt, mit dem Weinfeld, steht sie wieder zeitig auf. Ungern allerdings.«

Antonia schmunzelte. »Heute kümmere ich mich um das Frühstück. Da ich auf den Beinen bin, kann ich das übernehmen.«

»Wie du möchtest.« Er stand auf, nahm seine Tasse und ging zur Haustür. »Ich gehe rüber in die Werkstatt. Ich muss noch zwanzig Waschbecken herstellen.«

»Die sind wundervoll.« Antonia bewunderte Franciscos handwerkliches Geschick. »Sind die alle für Albas Hotel?«

»Ja. Du wirst Palma kaum wiedererkennen.« Er tippte sich an die Stirn. »Bis nachher.«

Antonia trank ihren Kaffee und legte sich einen Tagesplan zurecht. Erst wollte sie die Weinfelder und ihr altes Elternhaus sehen, vielleicht gab es auf dem Feld Arbeit. Mit etwas Glück blieb Zeit für eine Fahrt nach Palma, um Alba kennenzulernen. Eventuell ließ sich mit ihrer Schwägerin ein Plan ersinnen, wie die Familie wieder zusammenwachsen könnte. Sie wollte Christopher keine zerrüttete Familie präsentieren.

Im Vorratsraum entdeckte sie die Zutaten für ein herzhaftes Frühstück, wobei die Vorräte eher spärlich waren. Eine Mietzahlung für ihre Aufenthaltsdauer würde Carla nicht akzeptieren, aber Lebensmitteleinkäufe konnte sie nicht ablehnen. Unter diesem Gesichtspunkt fühlte sie sich frei, ordentlich Eier, Tomaten und Kartoffeln für eine Tortilla mit Olivenöl zuzubereiten. Brot fand sie abgedeckt in einem Korb. Vermutlich buk Carla selbst, etwas, das Antonia seit Jahrzehnten nicht mehr getan hatte. Vielleicht brachte Carla es ihr wieder bei.

Nach den Vorbereitungen ging sie hoch, um Federico zu wecken. Sie traf ihn auf der Treppe. »So früh auf den Beinen?«

»Wenn meine Ehefrau nicht neben mir liegt, muss ich sie suchen gehen.« Er küsste sie zur Begrüßung.

»Deine Frau macht desayuno, und du kommst gerade richtig.«

Er schnupperte. »Der Kaffeeduft zieht durchs ganze Haus. Ich fühle mich müde und munter zugleich.«

»Mir geht es ähnlich. Am liebsten würde ich alles zeitgleich ansehen.« Antonia schlenderte voraus. Sie zeigte zur Werkstatt. »Holst du Francisco?«

»Er arbeitet vor dem Frühstück?« Federico zog die Augenbrauen nach oben, bevor er den Hof überquerte.

Früher war Federico ebenfalls mit dem ersten Hahnenschrei auf den Beinen gewesen. Das hatte sich seit dem

Umzug nach Kalifornien geändert. Zudem trennten die beiden Männer vierzehn Jahre. Da durfte der Rhythmus unterschiedlicher sein.

Zurück in der Küche, traf sie auf Carla. »Das musst du nicht tun.«

»Ich konnte nicht mehr schlafen. Wenn hier Abend ist, ist bei uns Morgen und andersherum. Es wird eine Weile dauern, bis ich mich daran gewöhnt habe.« Antonia gab die Tortilla in die Pfanne. Die Tomaten, das Brot und Olivenöl standen auf dem Tisch. Ebenso die übrige Ensaïmada vom Vortag.

Wie selbstverständlich änderte sie die Zutaten für ihr Frühstück. »Mal sehen, wie mein Mann mit der mallorquinischen Variante zurechtkommt.«

»Morgens essen wir selten Tortilla. Auch nicht zu den Zeiten, in denen wir es uns leisten können.« Carla zwinkerte ihr zu. »Aber solange sie dir schmeckt, ist das in Ordnung. Ich muss nachher sowieso auf den Markt, und die Eier hole ich drüben bei Sofía.«

»Das ist die Frau, die wir gestern im Dorf gesehen haben?«

»Genau.« Carla setzte sich mit ihrer Tasse an den Tisch. »Du wirst sie bald kennenlernen.«

Die Männer betraten die Küche.

Carla servierte ihnen Kaffee, während Antonia die Eierspeise fertig briet. »Desayuno a la Antonia.«

Antonia kippte die Tortilla auf einen Teller, bevor sie sie zum Anbraten der Rückseite zurück in die Pfanne gab. »Mach dich ruhig lustig über mich.« Sie lehnte sich an die Küchenzeile. »Woher soll ich wissen, wie man zurzeit auf Mallorca frühstückt? Früher waren es Brot, Olivenöl und Tomaten.«

»Daran hat sich nicht viel geändert. Die Bollerías sind in Mode gekommen.« Carla nahm sich eine Scheibe Brot, träufelte Olivenöl darauf und schnitt eine Tomate in Scheiben. »Ich mag diese Süßwaren sehr, aber nicht morgens. Da verklebt es mir den Magen.«

»Ich esse alles«, sagte Federico und bediente sich an der Ensaïmada. »Selbst durcheinander.«

Francisco lehnte sich zurück. »Ich warte, bis die Tortilla fertig ist. Der Rest läuft mir nicht weg.«

Das Frühstück begingen sie mit ausgelassenem Lachen, kleinen Anekdoten aus ihrer Kindheit sowie Geschichten über Xisca, die Antonia gerne in ihrem Souvenirshop kennenlernen wollte. Was sie da wohl anboten?

Carla stellte das Geschirr in die Spüle. »Darum kümmern wir uns später. Jetzt zeige ich dir die Felder. Möchtet ihr anschließend mit nach Palma?«

»Nein, ich habe zu viel zu tun«, gab Francisco zu bedenken. »Ich kann nicht bei Alba Kaffee trinken, während sie auf die Lieferung der Waschbecken wartet.«

Federico beschloss, mit seinem Schwager in der Werkstatt zu bleiben, um ihm zur Hand zu gehen. Seine Neugierde auf die Handwerkskunst siegte über die auf die Weinfelder. Antonia vermutete jedoch, er hielt sich zurück, um ihr und Carla einen Tag zu zweit zu gönnen, was sie ihm hoch anrechnete. Palma konnten sie immer noch gemeinsam erkunden. »Schön, ich nehme den Admiral.« Carla sah ihren Mann an. »Und du denkst an unser Abkommen.«

Er schnaubte auf.

Antonia bemerkte den Blick zwischen den beiden. Sie holte ihre Handtasche aus dem oberen Stockwerk und ging hinaus in den Hof, wo Carla bereits auf dem Fahrersitz saß. »Dann mal los.«

»Ist Francisco gesund?«

Carla startete den Wagen. »Er übernimmt sich gerne.«

»Und das ist alles?«

»Nicht ganz. Er hatte vor ein paar Jahren einen Herzinfarkt. Der Arzt mahnte ihn zu mehr Pausen. Und daran erinnere ich ihn regelmäßig.« Carla fuhr in gemächlichem Tempo durch die Straßen und verließ in Richtung Südosten den Ort. »Er hält sich immer noch für einen jungen Kerl.«

Warum hatte Carla ihr das bisher verheimlicht? Die Antwort kannte sie. Sie schrieb ihrer Schwester selten schlechte Nachrichten, um sie nicht zu beunruhigen. Francisco hatte sich erholt. Also gab es nichts zu berichten.

Antonia genoss die Fahrt an Mandelbäumen und grasenden Schafherden vorbei. Sie erreichten den Ort Biniagual. Antonia erkannte den zauberhaften Ort kaum. Die Gebäude wirkten ungepflegt, teilweise unbewohnt, die früher so belebte Dorfkneipe schien geschlossen. Wo damals Leben herrschte, gähnte nun Leere. Niemand war auf der Straße. Schon zuvor hatte sie die vielen brach liegenden Felder gesehen und sich gewundert, was aus den großzügigen Weinfeldern geworden war. »Lebt hier noch jemand?« Sie passierten ein schmuckloses Klostergebäude.

»Nur ein paar Obstbauern. Die Weinbauern mussten aufgeben. Die kamen nicht mehr auf die Beine. So langsam bewegt sich was, weil in Sencelles und Binissalem vermehrt Wein angebaut wird. Den meisten fehlt aber das Geld, um neu zu pflanzen.« Carla fuhr den schmalen Weg hinaus aus dem trostlos wirkenden Dorf. »Da hatten wir in Sencelles

Glück. Obwohl es für uns ja auch sehr hart war, nachdem das Festland sich von der Reblaus erholt hat.«

Ob dieser Umstand für Christophers Familie zum Vorteil gereichte? Unbewirtschaftetes Land, unweit von ihren Feldern vor Sencelles. Sie behielt den Gedanken für sich. Es käme ihr zynisch vor. Hinter jedem verlassenen Hof steckte ein trauriges Schicksal.

Je näher sie ihrem Heimatort kam, desto häufiger entdeckte Antonia bewirtschaftete Bodenfläche. Obstbäume, Olivenbäume, Mandelbäume sowie vermehrt Weinfelder. Ihr Herz klopfte immer schneller. Ob der knorrige Johannisbrotbaum noch stand?

Carla hielt am Rand des Grundstücks.

Der Baum überragte die Weinstöcke. »Er steht noch. Und ein Schuppen?«

Ihre Schwester stieg aus. »Ja, nachdem Leo die Lagerhütte beim Ort angezündet hat, haben wir hier neu aufgebaut.«

Ihr Vater war vor der alten Hütte ums Leben gekommen. Sie schluckte hart. »Das hatte ich vergessen.«

»Du warst weit weg.« Carla sagte dies ohne Bitterkeit. »Die Entfernung ist manchmal ein Segen.« Sie zeigte auf das Holzhaus. »Mit der Umstellung auf Wein mussten wir sie erneuern.«

Die Weinblätter trugen bereits die ersten hellen Stellen. Traubendolden hingen an den Rebstöcken. Vereinzelt entdeckte Antonia einen kümmerlichen Rosenstock. Zwei Männer arbeiteten am Ende des Feldes.

Carla folgte ihrem Blick. »Sie wollen hier einfach nicht wachsen. Die eine Hälfte ist vertrocknet, die andere trägt kaum Blüten.«

»Sie sollen ja auch nicht zur Zierde dienen, sondern vor Befall warnen.« Antonia betrachtete die Rosen. Die Blätter wirkten gesund, ein wenig trocken, aber frei von Läusen oder Schädlingen. Sie schlenderte eine Reihe entlang. »Die Trauben sehen prall aus. Daraus wird ein guter Wein.«

»Das stimmt. Wir haben viel zurückgeschnitten. Was uns Ärger eingebracht hat. Das erzähle ich dir ein andermal. Das Problem ist gelöst, und das ist die Hauptsache.« Carla spazierte neben Antonia her.

»Ich hatte vergessen, wie atemberaubend schön es hier ist.« Sie ging auf den alten Johannisbrotbaum zu. »Oh, ihr habt Bänke und einen Tisch hierhergebracht?« Antonia setzte sich auf die grob gezimmerte Sitzbank. Ihr Blick schweifte ab zum Brunnen, und längst verschüttete Bilder suchten sich ihren Weg in ihr Gedächtnis. Wie Leo dem Esel Brunnenwasser gegeben hatte, nachdem er für die Familie den Krug gefüllt hatte. Ihr Vater, wie er mit dem Rücken am Baumstamm lehnte. »Es sieht aus wie damals.« Sie vernahm leise Stimmen und sah auf.

Carla reckte ebenfalls den Hals. »Lilia und Marco.«

»Albas Tochter?«

»Und ihr Ehemann.« Carla schien zu zögern, ob sie grüßen wollte, hob dann jedoch die Hand. »Hola! Lilia! Kommt rüber. Ich will euch jemanden vorstellen.«

Antonia sah eine junge Schönheit mit dunklem Haar auf sich zukommen. Die feinen Gesichtszüge musste sie von Alba geerbt haben. Die drahtige Gestalt des Mannes überragte Lilia beinahe um einen Kopf. Beide trugen sie Arbeitskleidung, was Antonia sympathisch fand.

Lilia begutachtete Antonia neugierig.

»Hola. Ich bin deine Tía Antonia.« Sie ging auf die junge Frau zu, gab ihr rechts und links ein Küsschen auf die Wange und drückte sie kurz. »Es freut mich sehr, dich endlich kennenzulernen.«

Etwas schüchtern rückte Lilia von ihr ab. »Ich habe gehört, dass du kommst. Papa sagt, du wirst hier Weinfelder anlegen.«

Antonia überraschte diese Offenheit. »Ich bin auf Familienbesuch. Mein Schwiegersohn wird nach der Weinlese in Kalifornien hierherkommen, um bei der Lese hier zu helfen. Wenn du magst, stelle ich euch vor, und ihr könnt euch über die unterschiedlichen Methoden des Weinanbaus unterhalten.« Vielleicht interessierte sich das Mädchen ebenso für den Weinanbau wie Isabel. »Meine Tochter hat deswegen sogar Kuba verlassen. Der Wein liegt unserer Familie im Blut.«

Lilia lächelte. »Das stimmt.« Sie wischte sich die erdigen Finger an der Hose ab. »Das hier ist Marco, mein Mann.«

»Encantado.« Er reichte ihr die Hand. »Und ich bin noch recht neu im Winzerbereich tätig, was mir oft den Spott meiner Frau einbringt.«

»Ich necke dich nur.« Lilia zog entrüstet die Stirn kraus. »Du bist richtig gut.«

»Weinausbau ist vielfältig. Man lernt nie aus. Das habe ich bereits gelernt.« Antonia zeigte auf die Holzbank. »Wollen wir uns setzen?«

Lilia schüttelte den Kopf. »Wir haben viel Arbeit. Ein anderes Mal gerne.«

»Sie haben sie gehört.« Marco hob die Schultern. »Das holen wir nach.«

»Kommendes Wochenende zum Abendessen?« Carla setzte sich auf die Bank.

»Ich melde mich, sobald es passt. Einverstanden?« Lilia hob die Hand zum Abschied. »Es gibt zu viel zu tun.«

Antonia insistierte nicht weiter. Sie würden sich früher oder später kennenlernen. »Ich bin bis nach der Lese hier, wir finden einen passenden Tag.«

»Sicher«, sagte Lilia und wandte sich ab.

»Grüße deinen Vater von mir. Ich komme ihn bald besuchen.« Antonia sah in die überraschten Augen der jungen Frau, die sich auf dem Absatz umgedreht hatte.

»Ich richte es ihm aus.« Die Verwunderung stand Lilia immer noch ins Gesicht geschrieben, als sie sich abwandte und zügig zurück auf ihr Weinfeld ging.

»Hasta luego.« Marco folgte ihr.

Carla wirkte wenig begeistert. »Du gehst zu Leo?«

»Leo ist mein Bruder.« Sie zeigte auf Lilia und ihren Mann. »Wir sind eine Familie. Es ist Zeit, den alten Streit beizulegen.«

»Das schaffst du nicht.« Carla sah sie zweifelnd an. »Niemals.«

»Lass es mich wenigstens versuchen.« Antonia erhob sich. »Fahren wir nach Palma?«

»Gerne.« Sie sah auf die Uhr. »Sollen wir ins Albas Hotel zu Mittag essen?«

»Nur, wenn ich dich einladen darf.« Antonia wollte ihrer Schwester die Gastfreundschaft mit solchen Kleinigkeiten vergelten. Im Gegensatz zu Carla war sie vermögend. Sehr sogar.

Carla setzte sich hinter das Steuer. »Aber nur heute.«

Antonia blieb ihr eine Antwort schuldig.

»Ich nehme den Weg durchs Dorf an unserem ehemaligen Elternhaus vorbei.«

»Danke.« Im Ort hatte sich nur wenig verändert. Ihr Elternhaus besaß neue Fensterläden und einen frischen Anstrich, sonst sah es wie früher aus. Als könnte jeden Moment ihre Mutter aus dem Haus kommen und nach ihr rufen. Es schien, als wäre die Zeit stehen geblieben.

Als sie den schmalen Feldweg entlangfuhren, entdeckte Antonia ihre Nichte und winkte ihr. Lilia erwiderte den Gruß.

»Sie mag dich.« Carla bog auf die asphaltierte Straße in Richtung Palma ab. »Wir vertragen uns auch, solange Leo nicht dazwischenfeuert.«

»Was tut Leo?« Normalerweise trugen bei Streitereien beide Parteien Schuld. Natürlich hatte Leo unrecht gehandelt, als er den Schuppen anzündete. Niemals wünschte er jedoch den Tod des Vaters. Leo hatte ihn geliebt. In der Folge verlor er das Erbe, was zum nachhaltigen Streit geführt hatte.

»Wie schon gesagt, er hat mir mit seinem zu tief gebohrten Brunnen das Grundwasser abgegraben.« Carla wich einem Radfahrer aus. »Ich habe das rechtlich klären lassen. Lilia hat versucht zu vermitteln, kam gegen ihn aber nicht an.«

»Und was ist geschehen?«

»Das Recht lag auf meiner Seite. Er musste neu bohren.«

»Was ihm nicht gefallen hat«, mutmaßte Antonia. Die Regelung des Brunnenrechts war so alt wie die Brunnenbohrungen. Niemand durfte tiefer als erlaubt bohren oder mehr Wasser entnehmen. »Er hält sich nun daran, oder?«

»Ja, das tut er.« Carla erzählte Antonia von dem Ärger mit der Abrechnung der Flaschenabfüllung, wo Leo forderte, Carla müsse mehr pro Flasche bezahlen, da sie kleinere Mengen abfülle. »Ich schneide so zurück, wie du es mir geraten hast, und unser Wein ist prämiert und auf dem Festland sehr beliebt. Der Ertrag ist geringer, aber wir wollen ja die Fehler von damals nicht wiederholen.«

»Jeder kann für sich selbst entscheiden. Das sollte kein Streitgrund sein.«

Antonia hing ihren Gedanken nach, bis sie die Stadtgrenze von Palma erreichten. Die Stadt breitete sich aus. Wo früher auf Wiesen Schafe gegrast hatten, wohnten nun Menschen. Die Straßen waren verbreitert, die Anwesen in der Innenstadt gepflegt. Sie fuhren durch das Nordtor auf die Plaza Mayor. Carla stellte den Wagen in eine der freien Parkbuchten. Den Platz säumten herrschaftliche Kolonialhäuser. Nur an den Ein- und Ausfahrten wurden neue Häuser gebaut, als wollte man das rechteckige Gelände komplett einfassen und die Zufahrt unter Arkadenbögen, die überall die Erdgeschosse der Gebäude zierten, ermöglichen.

Inmitten der Plaza Mayor standen Verkaufsstände. Die Verkäufer boten Obst, Süßigkeiten oder Erfrischungsgetränke an, um sich nach den Einkäufen in den platzsäumenden Läden, die sich wie ein Collier um den Hals einer attraktiven Frau legten, zu erholen. Kinder spielten am angelegten Wasserbecken, aus deren Mitte sich eine Fontäne in die Luft erhob und die erfrischenden Tropfen vom Wind auf die vorbeigehenden Spaziergänge sprühte. Antonia konnte sich an diesen Platz nicht erinnern. Er musste neu gestaltet worden sein. »Hübsch ist es hier.«

»Die Innenstadt wird dir gefallen. Überall gibt es nun Cafés, Geschäfte und Hotels. Palma ist ein regelrechtes Urlaubsziel geworden. Alba hat mit ihrem Las Rosas in der Calle Victoria großen Erfolg. Sie hat sogar weitere Hotels an den Küsten gebaut.« Carla ging voraus. Durch das Südtor verließen sie die Plaza Mayor.

Die Straße in Richtung der Plaza Cort hatte sich kaum verändert. Vom Rathaus wehten die Landesfahnen sowie die Inselflaggen. Anstelle der Pferdegespanne fuhren nun Autos durch die breite Carrer de Colom.

An jeder Ecke saßen Gäste an Tischen unter ausladenden Sonnenschirmen bei einem Getränk. Antonia hörte englische und deutsche Sprache, und irgendeine Nordsprache, die sie nicht erkannte. »Das sind alles Touristen?«

»Wer kann es sich sonst erlauben, mitten am Tag im Café zu sitzen?« Carla hängte sich bei Antonia ein. »Man fühlt sich fast selbst wie im Urlaub. Zumindest ist es für mich eine andere Welt, sobald ich in die Stadt fahre.«

So war es ihr zu Beginn in Havanna gegangen. Die Größe und der Komfort unterschieden sich gänzlich von ihrem Leben, das sie in Pinar del Río geführt hatte. Auch darin glichen sich die Schwestern. »Ich weiß, was du meinst. Ging mir auf Kuba ebenso.«

Sie passierten das Rathaus. Carla hielt an einem Eckhaus, in dessen Erdgeschoss ein Restaurant untergebracht war. Die Tische schmückte jeweils eine Vase mit einer einzelnen Rose. »Wir sind da.«

Sie bogen links in die Straße ein. An der Fassade prangte ein Reklameschild. *Hotel Las Rosas*. Antonia betrachtete das stattliche Gebäude. Die französischen Balkongeländer zierten Schmiedearbeiten mit ineinander verschlungenen Rosenzweigen. Der Name passte hervorragend zum Kolonialstil des Anwesens und den verzierten Balkonen. »Das gehört Alba?«

»Das und zwei weitere Hotels.« Carla betrat die Lobby und meldete sich an der Rezeption an.

»Un momento, por favor.« Der livrierte Herr eilte durch eine Tür in die hinteren Zimmer.

»Wollen wir uns setzen?« Carla zeigte auf die Sitzecken.

»Gerne.« Antonia setzte sich und bestaunte die geschmackvoll eingerichtete Eingangshalle. Mit Spannung erwartete sie Alba.

Die breite Holztür schwang auf. Eine attraktive Dame in einem weißen Sommerkleid mit Blumenmuster und Pumps trat durch die Tür. Ihr dunkelblondes Haar zierten erste graue Strähnen, die ihrer Attraktivität keinesfalls abträglich waren. Die kunstvoll gesteckte Hochfrisur schmeichelte ihren weichen Gesichtszügen. Ihre Lippen formten ein Lächeln. »Ihr seid hier!« Sie eilte auf Carla zu, drückte ihr zwei Küsschen auf die Wange und postierte sich vor Antonia, die ebenfalls aufstand. »Du bist also Leos Schwester. Antonia, nicht wahr?«

»Richtig.« Antonia sah in das offene Gesicht ihres Gegenübers. Sie reichte ihr die Hand. »Wie schön, dich nach all den Jahren kennenzulernen.«

»Allerdings. Möchtet ihr etwas trinken? Oder wollen wir zusammen zu Mittag essen? Seid meine Gäste.« Alba ging voraus ins Restaurant, wies auf einen Tisch. »Einen Eistee? Der würde uns bei dieser Hitze guttun.«

Eistee? Antonia hatte noch nie einen getrunken, nickte jedoch zustimmend. »Sehr gerne.«

Alba bestellte an der Bar, kehrte freudestrahlend zurück und setzte sich. »Wann bist du angekommen?«

Antonia erzählte von ihrem Ankunftstag und davon, Lilia und ihren Mann kennengelernt zu haben.

»Ach, warum meine verwöhnte Tochter nun in der Erde herumwühlen will, werde ich nie verstehen.« Alba spielte mit ihrer Serviette.

»Der Wein liegt uns im Blut.«

Der Kellner servierte den Eistee. In dem Krug schwammen aufgeschnittene Zitronenscheiben. Alba goss ihnen ein. »Ja, das sagt Leo auch.«

Der Tee schmeckte fruchtig, leicht gesüßt und wunderbar kühl. Antonia leerte die Hälfte in einem Zug. »Ausgezeichnet. Danke. Wo finde ich Leo?«

Alba überlegte. »Vermutlich auf dem Weinfeld. Seit der Scheidung sehe ich ihn selten. Versuche es vormittags.«

Antonia sah zu Carla. »Wir arbeiten morgen auch auf dem Feld, richtig?«

»Sag nicht, du plagst dich selbst ab?« Alba schüttelte ungläubig den Kopf.

Antonia schloss Alba augenblicklich ins Herz. »Natürlich. Ich liebe es.«

Ihre Offenheit und Freundlichkeit waren einnehmend. Kein Wunder, dass Leo sich in sie verliebt hatte.

Alba gab dem Kellner ein Zeichen, bestellte dreimal das Tagesmenü, dazu eine Flasche Cabernet Sauvignon und Wasser. »Jetzt möchte ich gerne alles über dein aufregendes Leben auf Kuba und in Kalifornien erfahren. Ich bin ja noch nie von dieser Insel fortgekommen!«

Bei einem Glas Rotwein erzählte Antonia von ihren Anfängen auf Kuba. Der Jahrgang stammte Albas Aussage zufolge von Leos Weinfeldern. Ihm fehlte es an Körper, wenn sie ihn mit den kalifornischen Abfüllungen verglich. Doch sie behielt ihre Meinung für sich. Höflich lobte sie den Wein.

»Du hast in einer Zigarrenfabrik vorgelesen?« Alba riss die Augen auf. »Vor all den Männern! Wie kühn!«

»Es war vor Frauen, also gar nichts Besonderes. Das Zigarrendrehen lernte ich nie, was mein Chef bemerkte und mich anderweitig einsetzte.«

»Den hat sie später geheiratet«, plauderte Carla aus dem Nähkästchen.

»Viel später«, wandte Antonia ein.

Der Kellner brachte die Vorspeise, einen würzig duftenden Eintopf. »Und du bist Künstlerin?«

Alba erzählte von der Kunstgalerie, den Verkäufen in die Staaten und davon, wie sie nun ihre Bilder beim neuen Galeristen und in den Hotels ausstellte.

»Cate, die Schwester meines Schwiegersohns, ist ebenfalls Malerin. Sie hat eine Galerie in San Francisco. Ihr solltet euch mal unterhalten.«

»Oh, das wäre fantastisch!«

Sie plauderten bis weit über den dritten Gang hinaus. Die ersten Gäste kamen bereits, um ihren Nachmittagskaffee zu trinken. »Wir sollten aufbrechen. Wir müssen noch Vorräte besorgen«, sagte Carla mit einem Blick auf die Uhr.

»Stimmt. Sonst sind uns unsere Männer böse.« Albas Mann wäre mit einem Brot zufrieden gewesen, doch sie wollte die Gelegenheit nutzen, um einen Großeinkauf zu tätigen.

»Auf dem Mercado der Plaza Mayor bekommt ihr alles, was ihr braucht. Er liegt direkt um die Ecke. Der Markt hat letztes Jahr eröffnet.« Alba hob die Hand und winkte einen Kellner zu sich. »Wir nehmen drei Café con leche.« Dann wandte sie sich an ihre Gäste. »Er ist den ganzen Tag geöffnet, wir haben also Zeit. Einverstanden?«

»In Ordnung«, lenkte Carla ein.

»Das Hotel zeige ich dir ein andermal. Du besuchst mich doch wieder?«

Antonia bedankte sich für die Einladung und sagte zu.

»Ich habe eine noch bessere Idee. Ich lade euch mit euren Männern für ein Wochenende in das Strandhotel in Cala Mayor ein.«

»Das können wir nicht annehmen«, lehnte Carla ab.

»Ach was, es ist nicht ausgebucht. Ihr kommt am Samstagmittag und bleibt über Nacht. Ich komme dann dazu. So kann ich Arbeit und Vergnügen verbinden.«

»Einverstanden.« Die Liebenswürdigkeit von Leos Ex-Frau stimmte Antonia zuversichtlich, in Leo keinen verbitterten Mann vorzufinden. Wer jahrelang an der Seite einer so lebensfrohen Frau verbrachte, dem blieb für lang gehegten Groll kein Raum.

Nach dem Kaffee verabschiedeten sie sich mit Umarmungen, Küsschen und dem Versprechen auf ein baldiges Wiedersehen. Auf dem Weg zurück zur Plaza Mayor platzte es aus Antonia heraus. »Ich muss eure Rotweine verkosten. Alle.«

Carla grinste. »Der Hauswein hat dir nicht geschmeckt, richtig?«

»Ihm fehlen Körper, Frucht. Das kann unmöglich an der Erde liegen. Dein Cabernet Sauvignon von gestern schmeckte viel vollmundiger.« Antonia folgte Carla zum Wagen.

»Leo setzt auf Masse.«

Sie erstanden Gemüse, Fisch, Kartoffeln und Fleisch. Antonia zahlte, trotz des Einspruchs ihrer Schwester. »Du bist gefahren, und wir wohnen kostenlos bei euch. Da werde ich wohl den Einkauf übernehmen dürfen.«

Letztlich gab sie nach.

Auf der Rückfahrt kam das Thema wieder zurück auf den Weinausbau. »Der Hauswein ist nur unwesentlich besser als damals der von Vater. Heute haben wir ganz andere Möglichkeiten. Warum lässt Leo die ungenutzt?«

»Maximaler Gewinn.« Carla fuhr auf den Hof und stellte den Wagen ab. »Er hat aus Vaters Fehler nichts gelernt. Qualität wird sich immer durchsetzen. Die Flasche kostet mehr, und die Leute, die gerne guten Wein trinken, zahlen den Preis. Das weiß ich seit der Prämierung in Madrid.«

Diese Erfahrung hatte Antonia ebenfalls gemacht.

»Ich laufe rasch zu Sofía rüber, um Eier zu holen.« Carla wandte sich zum Gehen. »Möchtest du mitkommen?«

»Ein andermal, ich lade die Einkäufe aus und bereite das Abendessen vor.« Antonia wollte mallorquinischen Fischtopf zubereiten, nachdem sie einen frischen Petersfisch erstanden hatten. Ihre Mutter hatte das gekocht, als Diego Teile seines Fangs zu Hause abgeliefert hatte. Das Rezept hatte sie lange verdrängt, es hätte sie immer an den Tod ihres Bruders erinnert. Doch auch hier legte die Vergangenheit das Tuch des Vergessens über den viel zu frühen Tod Diegos. Das Essen sollte ihn ehren, auf Mallorca schien es Antonia eine passende Geste, ihm auf diese Weise zu gedenken.

Sie bereitete alles vor, schob das Brot mit Olivenöl beträufelt in den Ofen, bis es knusprig war und legte es in die Suppenteller. Den Fischeintopf gab man im Anschluss auf das kross gebackene Brot.

Der Duft hing in der Küche. Offenbar tratschte Carla mit ihrer Nachbarin, denn sie kehrte erst zurück, als Antonia fertig gekocht hatte. »Holst du unsere Männer?«

»Oh, ich wollte dir doch helfen.« Carla schnupperte. »Den Duft kenne ich. Du weißt noch, wie Mutter immer diesen Fischtopf gemacht hat?« Ihre Augen wirkten riesig. »Weißt du, dass sie das Gericht nach Diegos Tod nie wieder gekocht hat?«

»Nein. Auf dem Markt habe ich mich daran erinnert und wollte damit Diego gedenken.« Antonia stellte die Suppenteller auf den Tisch.

»Du musst mir das Rezept verraten.« Carla verließ die Küche, um die Männer aus der Werkstatt zu holen.

Antonia lachte bei ihrem Anblick. Sie waren mit feinem Steinstaub bedeckt. »Besser, ihr wascht euch erst. Ich ziehe den Topf vom Herd.«

Carla öffnete zwei Flaschen Rotwein. Den Reserva *La Reina* sowie den *Bon Negre* aus der Mantonegrotraube. »Und du kostest beide. Vom Cabernet Sauvignon hast du den Crianza schon am Abend getrunken.«

»Der von gestern war rund.« Antonia nippte am *Bon Negre*. Der samtige Geschmack breitete sich vollmundig aus. Sie schmeckte ein wenig Barric heraus, dazu die unverwechselbare erdige Note, die nur die Weine der Insel trugen. »So muss er schmecken.«

Carla strahlte glücklich.

Der prämierte Rotwein überzeugte Antonia vollständig. »Nun weiß ich, warum meine Tochter so vom *La Reina* schwärmt. Den Preis hast du zu Recht verdient. So ein Bukett mit diesem Abgang erreichst du auf kubanischer Erde nicht.« Antonia trank noch einen Schluck. »Ich bin sicher, dass Christopher hier Land kaufen wird.«

»Das bedeutet, ihr zieht hierher?« Carla leerte ihr Weinglas in einem Zug. »Das hätte ich mir nie zu träumen gewagt.«

»Vielleicht.« Antonia konnte so eine Entscheidung nicht treffen, erwärmte sich jedoch zusehends für den Gedanken, ihre letzten Jahre auf Mallorca zu verleben. »Es liegt nicht an mir.«

»Vielleicht überzeugt euch ja die Gewinnabrechnung.« Carla goss nach. »Die kann sich nämlich sehen lassen.«

Ihre Ehemänner betraten nacheinander die Küche. Antonia hob ihr Glas an. »Dieser Wein ist hervorragend.«

Francisco schenkte sich ein Glas ein. »Mir schmeckt er. Mehr ist für mich unwichtig.«

»Ich bin in dem Bereich auch ein Banause.« Federico klopfte seinem Schwager auf die Schulter. »Das verbindet uns und trennt uns von unseren Frauen.«

»Wenn es nur das ist.«

Antonia schöpfte den Fischtopf in die mit Brot ausgelegten Teller. Sie aßen, tranken und unterhielten sich bis spät in die Nacht. Erzählten von Diego, den seine Leidenschaft für die Fischerei das Leben gekostet hatte und wie er ihnen fangfrischen Fisch näher gebracht hatte. Selbst ihr Vater hatte ihn nach einigen Versuchen gegessen, obschon ihm der Fischgeschmack immer fremd geblieben war.

Müde fiel Antonia ins Bett. Francisco wollte ihr für die Fahrt aufs Weinfeld morgen den Wagen leihen. Carla verzichtete darauf, sie bei ihrem Besuch von Leo zu begleiten. Sie verstanden sich nicht, und daran würde auch Antonias Anwesenheit nichts ändern. Federico wollte mit ihr fahren, obwohl ihm die Steinmetzarbeit in der Werkstatt viel Freude bereitet hatte.

Trotz der Aufregung, nach all den Jahren ihren Bruder wiederzusehen, schlief Antonia in dieser Nacht tief und erwachte erst mit dem Krähen der Hähne zum Morgengrauen.

Verschlafen rieb sie sich die Augen. Für einen Moment wusste sie nicht, wo sie sich befand, bis es ihr einfiel. Mit einem zufriedenen Lächeln stand sie auf, um sich für den Tag fertig zu machen. Ihrem Mann würde sie einen Kaffee hochbringen. Ein kleiner Luxus, den sie ihm nach der harten Arbeit schenken wollte.

In der Küche traf sie auf Carla. »Buenos días. Ich bringe Federico eine Tasse Kaffee hoch.«

Carla goss ein. »Klar, in dreißig Minuten gibt es Frühstück.«

Francisco schien bereits in der Werkstatt bei seinen Steinmetzarbeiten zu sein. Natürlich sorgte sich Carla um ihn.

Im Anschluss deckte Antonia den Tisch in der Küche. »Du willst wirklich nicht mitkommen?«

»Nein, besser, ihr trefft euch ohne mich.« Carla sah zu Boden. Ihr Widerwille, sich mit Leo auszusöhnen, stand ihr auf die Stirn geschrieben.

Antonia gab auf. Vielleicht konnten sie sich langsam wieder annähern. Federico kannte keine der Geschichten um ihren Bruder. Er wusste weder vom Schuppenbrand noch von Leos Aufenthalt im Gefängnis oder vom Familienstreit. Und das war gut so. Ohne dieses Wissen ginge er unbefangen an das Kennenlernen mit Leo heran.

Während des Frühstücks bemerkte Antonia an ihren fahrigen Bewegungen ihre Nervosität. Würde Leo auf dem Feld sein? Mit ihr sprechen? All die vergangene Zeit, in der sie nie ein Wort gewechselt hatten. Zu Beginn war Leo mit dreizehn Jahren zu jung. Danach hatte es sich nie ergeben. Noch immer sah sie das Bild des halbwüchsigen Mannes vor sich, der damals schon verrückt nach Wein gewesen war und sich gerne überschätzte. Ein Charakterzug, der vielen Burschen in dem Alter das Leben schwer machte, bis sie verstanden, dass ihnen doch nicht die ganze Welt zu Füßen lag und man für Erfolg hart arbeiten musste.

Carla stand auf. »Ich kümmere mich um den Abwasch.«

Die Schonfrist war vorüber. Antonia trug bereits ein Arbeitskleid, auch Federico war ebenfalls passend für die Arbeit auf dem Weinfeld gekleidet. Der feine Steinstaub, der noch im Stoff hing, würde der von der Tramuntana herunterwehende Wind vertreiben und Antonia nicht weiter zum Niesen bringen. »Wie heißen die beiden Helfer?«

»Paco und Juan. Erinnert sie daran, die Rosenstöcke zu wässern. Das vergessen sie gerne.«

»Das sieht man.« Antonia stellte die Teller ineinander.

Federico nahm den Korb mit den Erfrischungen, brachte ihn ins Auto und wartete dort auf sie.

»Viel Glück.« Carla rang sich ein Lächeln ab.

Antonia hoffte, kein Glück nötig zu haben. »Danke.« Ob sie Leo erkennen würde? Seine dunkelbraunen Augen hatten früher vergnügt gefunkelt und Feuer gesprüht, sobald er Pläne schmiedete. Am Gesichtsausdruck hatte Antonia schon ausmachen können, ob ihr kleiner Bruder etwas ausheckte. Seither waren fast vierzig Jahre vergangen. »Bis später.«

Antonia setzte sich auf den Beifahrersitz.

Federico startete das Fahrzeug. »Du kennst den Weg?«

»Natürlich.« Antonia leitete ihn aus dem Ort, weiter den schmalen Weg nach Sencelles bis vor ihr Weinfeld. Er hielt den Wagen am gleichen Platz an wie tags zuvor Carla.

Antonia reckte den Hals. Auf dem Nachbarfeld entdeckte sie keine Menschenseele. Enttäuscht betrat sie durch das Gatter ihr Grundstück.

Plötzlich sah sie einen Kopf zwischen den Reben auftauchen. Das dunkle Braun schien von Grau durchzogen. Die Sonne ließ die Strähnen hell aufleuchten. »Ich würde gerne erst allein mit ihm sprechen, einverstanden?«

»Selbstverständlich. Ich frage die Arbeiter, wobei ich behilflich sein kann.« Federico zeigte auf die Bänke und den Tisch unterm Johannisbrotbaum. »Ich stelle den Korb dort ab. Ihr könnt es euch da gemütlich machen, und ich komme später dazu.«

»Danke.« Antonias Hände waren eiskalt, obwohl die Berge bereits aufgrund der Sommerhitze mit dunstigen Schleiern unscharf wirkten. Sie schlenderte durch die Reihen, überquerte die tiefe Furche, die beide Grundstücke voneinander trennte und ging auf den kräftig gebauten Mann zu. »Leo? Bist du das?«

Der Kopf des Mannes fuhr herum. Für einen Moment starrte er sie wie einen Geist an. »Antonia?«

»Ja.« Sie lachte. »Wir sind alt geworden, was?«

Leos Hals entwich ein heiseres Grollen. »Du vielleicht.«

»Immer noch gleich frech.« Antonia trat auf ihn zu und breitete die Arme aus.

Leo zögerte nur kurz, bevor er sie umarmte. »Ich hätte nicht gedacht, dich in diesem Leben noch mal wiederzusehen.«

»Du hast dich geirrt. Ich bin nun da.« Sie zeigte auf den Johannisbrotbaum. »Wollen wir uns setzen?«

»Lilia und Marco arbeiten am anderen Feldende.« Er zuckte die Schultern. »Sie kommen auch ohne mich zurecht.«

Antonia versuchte, die kindlichen Gesichtszüge in denen des vor ihr stehenden Mannes wiederzuerkennen. Vergeblich. Auf der Straße wäre sie weitergegangen.

»Du hast dich kaum verändert«, sagte Leo. »Älter geworden, das schon, aber ich hätte dich überall wiedererkannt.«

»Ich dich nicht. Tut mir leid.«

»Ich war damals ein dürrer Bursche. Kein Wunder.« Er folgte ihr, und sie setzten sich.

»Wie geht es dir?« Antonia sah ihn neugierig an.

»Um ehrlich zu sein, bin ich überrascht, dass du mich sehen willst.« Leo wischte sich die Erde an seiner Hose ab und besah seine schmutzigen Hände.

»Ach Leo, es sind viele Jahre verstrichen. Papá ist tot. Er hätte nicht gewollt, dass die Familie sich entzweit.« Antonia fiel es schwer, die passenden Worte zu wählen.

»Ihr habt mich um mein Erbe gebracht.« In Leos Stimme klang eine tiefe Kränkung mit. »Das war nicht richtig.«

»Ich war fort.« Antonia sah ihn für einige Sekunden ruhig an. »Du hast Fehler begangen. Tragische Fehler. Das war der Preis. Du hast ihn bezahlt. Und damit sollte die Vergangenheit ruhen. Findest du nicht?«

Leo scharrte mit seinen Schuhen unter dem Tisch. »So einfach ist es nicht. Carla hasst mich.« Es hörte sich jedoch mehr so an, als wäre es andersherum.

»Das stimmt nicht. Und das weißt du. Sie hat dich gehasst, für das, was du getan hast. Sie hat dir längst verziehen.« Antonia zog zwei Gläser aus dem Korb und goss Wasser ein. »Es ist an der Zeit, dir selbst zu vergeben.«

»Das habe ich.« Er kniff die Augen zusammen, was die Falten in seinem Gesicht vertiefte. »Aber sie gibt keinen Frieden.

Zuletzt hat sie mir wegen des Brunnens die Polizei auf den Hals gehetzt.«

»Weil die Entnahme ihr Land ausgetrocknet hat. Es war zu viel. Das wolltest du nicht hören. Was hätte sie tun können? Zusehen, wie ihre Stöcke vertrocknen?«

Leo schwieg.

»Hättest du das getan?« Antonia sah ihm fest in die Augen. »Bestimmt nicht. Ihr seid beide sture Esel.«

Leo kämpfte mit sich. Sie konnte es ihm förmlich ansehen. »Vertragt euch. Eurer Familie zuliebe. Ich habe Alba kennengelernt. Ich mag sie. Lilia ebenfalls. Deine Tochter hat bei Carla gewohnt. Willst du nicht endlich Frieden?«

»Alba hat sich von mir getrennt.«

»Und dennoch bleibt ihr eine Familie.«

Ihr Bruder schwieg.

Die Fronten mussten behutsam aufweichen, das erkannte Antonia. »Schau, wir alle haben eines unserer Kinder verloren. Ihr Gerado, Carla ihr kleines Baby, ich Valentina.«

»Wie viele Kinder hast du?« Leo trank das Wasser und betrachtete den knorrigen Stamm, unter dem sie viele Jahre zuvor gemeinsam gesessen und die Ernte eingebracht hatten.

»Vier. Valentina wurde in Chicago erschossen.« Antonia schluckte hart. Darüber zu sprechen, kostete sie unglaubliche Überwindung.

»Das tut mir sehr leid.«

»David lebt mit seiner Frau in Kalifornien. Sie haben mir einen Enkelsohn geschenkt. Rodrigo war Rennfahrer, ist schwer verunglückt und gilt auf Kuba nun als vermisst. Ich weiß nicht, wo er sich befindet.« Antonia dachte oft an ihren Sohn, ob es ihm gut ging, ob er sich tatsächlich den

Rebellen angeschlossen hatte, um Kuba von den Amerikanern zu befreien. »Meine Jüngste, Isabel, sie ist gerade zum zweiten Mal schwanger. Ihr Mann wird nach der Lese hierherkommen und helfen, vielleicht kauft er sogar Land. Wenn du möchtest, kann ich euch vorstellen. Ich kenne niemanden, der sich so ausgezeichnet beim Weinausbau auskennt, wie Christopher. Seine Weine gewinnen regelmäßig Preise.« Antonia zeigte auf die Rosenstöcke. »Der Trick ist zum Beispiel von ihm.«

Leo grunzte. Die Aussicht auf einen professionellen Austausch ließen seine Augen leuchten. Augenblicklich erkannte sie ihren Bruder in diesem Mann. Das Feuer der Begeisterung brannte immer noch in ihm. »Hat er mehr solcher Frühwarnsysteme?«

»Das weiß ich nicht. Frag ihn selbst.« Der Gedanke an ein Gespräch mit Christopher hatte die gleiche Wirkung wie eine vor ein Pferd gebundene Karotte. Er ging in ihre Richtung.

»Setzt Carla deswegen auf hohe Qualität?« Leo sah nun belustigt aus. »Als ob die Bauern hier das zu würdigen wissen.«

»Es gibt andere Käufer.« Antonia registrierte die verschiedenen Ansätze. »Du gehst auf Massenproduktion?«

»Nur so rechnet es sich. Die Inselbewohner wollen wenig ausgeben. Mit teuren Weinen kultivierst du am Markt vorbei.«

»Vielleicht«, blieb Antonia vage. »Vielleicht auch nicht.« Sie hatte die Kundschaft in Albas Hotel gesehen. Feine Leute. Mit Geld. Sie schmeckten den Unterschied und zahlten den höheren Preis. Um keinen Streit zu provozieren, behielt sie ihre Meinung für sich. »Meinst du, ihr könntet euch vertragen?«

Leo zögerte. »Da verlangst du viel.«

»Das erbitte ich von dir wie von ihr. Euren Kindern zuliebe. Tu es für mich.« Ob sie ihn erreichte, wusste sie nicht. Sie spürte jedoch, dass für Leo das Thema erledigt war, und ließ ihn von der Angel. »Überleg es dir, ja? Nach der Lese möchte ich ein Fest organisieren. Für alle Helfer und die ganze Familie. Vertragt euch, um mehr bitte ich euch nicht.«

24

Wie es die Tradition verlangte, stampften sie einen Teil der geernteten Trauben mit bloßen Füßen, bevor sie weiterverarbeitet wurden. Lilia liebte diese Arbeit, stand sie doch für die jedes Jahr sicher eingeholte Ernte. Kräftig trat sie die Beeren im Bottich. Die Schalen der zerquetschten Früchte drückten sich zwischen ihren Zehen hindurch, und der Saft färbte ihre Haut purpurn.

Marco kam von der Baustelle ihres neuen Wohnhauses zu ihr. »Willst du nicht herauskommen?« Er reichte ihr die Hand.

»Wir sollten unser Glück nicht herausfordern. Du kennst die Gebräuche, und noch steckt viel Saft in ihnen.« Lilia ignorierte seine angebotene Hand. Die Erntehelfer saßen unter einem ausladenden Olivenbaum auf den Bänken und genossen ihre Feierabendmahlzeit. Die eingebrachte Ernte wartete in der Bodega auf ihre Weiterverarbeitung. Ihr Vater und Marco wollten sich darum kümmern. Jetzt konnte Lilia endlich etwas langsamer machen und ihre Kinder betreuen, die sie in den vergangenen Monaten nebenher verpflegt hatte. Lilia arbeitete unermüdlich, um möglichst schnell das Wohnhaus auf dem Weinfeld beziehen zu können. Vor Weihnachten könnten sie einziehen, obwohl noch nicht alles perfekt eingerichtet wäre.

Marco bemerkte ihre Anspannung, gab sich jedoch mit ihren Ausflüchten zufrieden. Selbst die erdachte Notlüge, ihre Mutter hätte einen finanziellen Engpass und könne deshalb die Lieferung aus dem letzten Jahr nicht bezahlen, akzeptierte er, ohne sie zu hinterfragen. An manchen Tagen fragte sie sich, ob Marco es tatsächlich glaubte oder die Wahrheit schlicht nicht sehen wollte.

Eva Peréz Montana arbeitete weiterhin im Hotel Las Brisas. Ihre Eltern hätte sie angeblich zu Verwandten aufs Festland gebracht. In dem Ort gäbe es für sie keine Arbeit, weswegen Lilia ihr regelmäßig begegnete. Den verräterischen Jutesack mit dem Aufdruck von Fernandos Bodega hatte sie längst den Flammen übergeben. Der aufsteigende Rauch hatte sich mit der klaren Landluft vermischt und sein Geheimnis mit sich in die Hemisphäre geweht. Trotzdem störte sich Lilia allein an Evas Anwesenheit und hätte sie gerne wie in der Bibel aus dem Paradies vertrieben.

Mehr Traubensaft bekäme sie nur maschinell aus den Früchten. Sie stieg aus dem Bottich und ließ den hochgebundenen Rock über ihre bis zu den Knien verfärbten Beine gleiten.

Vor dem neuen Wohnhaus saß ihr Vater. Er hielt Pablo auf dem Schoß. Paulino spielte mit einer Kurzhacke, die Lilia ihm wegnahm. »Das ist kein Spielzeug für dich.« Sie sah ihren Vater an. »Lass ihn nicht mit so gefährlichen Werkzeugen spielen.«

Er seufzte. »Was soll denn passieren?«

War sie zu überempfindlich? Ihr Vater verhielt sich manchmal ebenso gedankenlos wie ihre Schwiegereltern. »Nichts. Darum nehme ich es ihm weg.«

»Hast du diesen Christopher Fitzgerald schon gesehen?« Leo wedelte sich mit seinem Strohhut Luft zu.

»Nur von Weitem. Wir waren mit der Lese beschäftigt.« Lilia scheute sich davor, mit Carlas Familie engeren Kontakt zu pflegen. Ihr Vater drängte darauf, es dennoch zu tun. Er wollte die Pläne der Fitzgeralds erfahren.

»Und die beiden anderen Amerikaner?« Leo setzte Pablo auf den Boden. Der Junge nahm einen abgebrochenen Ast und schlug damit auf die Erde.

»Welche anderen?« Lilia wusste nicht, wovon er sprach.

»Die Frau ist hellblond. Genauso wie der Mann, der sie begleitet.« Leo stand auf. »Man sagt, sie würden wie die Fitzgeralds Land kaufen wollen.«

»Land? Hier?« Lilia überlegte. »Warum sollten sie das tun?«

»Das frage ich mich auch.« Leo setzte sich den Hut auf und holte sich aus der bereits installierten Küche ein Bier. »Guillem hat auf unser Angebot nicht reagiert. Ich hoffe, die pfuschen uns nicht ins Handwerk.«

»Was suchen diese anderen Amerikaner auf Mallorca?« Lilia runzelte die Stirn.

»Das gilt es herauszufinden. Morgen Vormittag fahren wir zu Guillem.«

Aus dem Wohnhaus drangen Hammerschläge. Marco kümmerte sich weiterhin um den Ausbau. Der Innenausbau würde bis kurz vor Weihnachten dauern. Sie lagen im Zeitplan. Ihre Gedanken schweiften zu all den Dingen, die noch fehlten, um aus diesem Haus ein Heim zu machen. Eines, in dem sie sich die nächsten Jahre wohlfühlen konnten. Eines, in dem sie bereits seit vielen Monaten leben sollten, wäre Lilia nicht erpresst worden. Die erste Zeit hatte sie Nachsicht mit ihren

Schwiegereltern geübt. Diese verschwand im gleichen Verhältnis wie ihr schlechtes Gewissen. Gerados Tod war ein Unfall gewesen. Ein dummer Scherz. Mit tragischem Ausgang. In den vergangenen Wochen hatte sie sich selbst vergeben. Vielleicht lag es auch an der unbeschwerten Art von Kurt, den sie manchmal in Palma zum Sprachaustausch traf. Er heiterte sie auf. Die Nachmittage, die sie mit ihm verbrachte, vergingen rasch. Ob sie auf dem Markt unterwegs waren oder durch die Straßen spazierten und sich gegenseitig Vokabeln abhörten oder neue Wörter erklärten: Kurt brachte sie zum Lachen. Etwas, das ihr zu Hause nicht mehr oft gelang. Das Geheimnis um Gerados Tod hatte ihre Unbefangenheit mit sich ins Grab gerissen. Kurt erweckte sie erneut zum Leben. An manchen Tagen lachte sie sogar zu Hause wieder.

»Wir sollten Antonia und ihre Familie einladen. Ein zwangloses Essen. Ich muss wissen, was dieser Kerl vorhat. Fitzgerald weiß bestimmt, was die anderen Amerikaner im Schilde führen.« Ihr Vater leerte die Flasche und stellte sie neben die Haustür. »Antonia hat die Bitte um Familienfrieden nicht nur an mich, sondern auch an Carla herangetragen. Geschickt, denn so traut sich keiner von uns, das abzulehnen.«

»Du bist darauf eingegangen? Du hasst Tía Carla.« Lilia konnte seine Gedanken nicht nachvollziehen. »Warum bist du bereit einzulenken?«

»Es ist besser, seine Feinde nah zu haben.«

Tía Carla als feindlich zu betrachten, kam Lilia übertrieben vor. »Ich möchte das nicht.«

»Du musst.« Ihr Vater trat vor sie, nahm sie an den Schultern und zwang sie, ihn anzusehen. »Wenn ich das kann, schaffst du das ebenfalls.«

»Wie lange soll das Theaterspiel dauern?«

»Solange es nötig ist.« Er ließ die Arme sinken. »Ich will Carla vernichten. Und sollte es Antonia und den Rest ihres Clans mit in den Abgrund reißen, dann ist das so. Sie hat vierzig Jahre keinen Kontakt zu mir gesucht. Ich bin ihr nichts schuldig.«

Lilia senkte den Blick. Die Folgen eines solches Vorgehens waren unberechenbar. Ihr reichte das Unglück, das sie verursacht hatte. »Ich kann es dir nicht versprechen, Papá. Keinesfalls werde ich eine Freundschaft vorspielen, die ich nicht empfinde, damit du deinen Vernichtungsfeldzug führen kannst. Ich bin dort, achte darauf, was sie sagen, aber mehr Unterstützung kann ich dir nicht bieten. Das darfst du von mir nicht verlangen.«

Er hob ihr Kinn an.

Lilia blickte ihm erneut in die Augen.

»Doch, genau das verlange ich von dir. Du bist meine Tochter, und du wirst mir gehorchen.«

Aufsteigende Tränen fluteten ihre Augen. Der Kloß in ihrem Hals schnürte ihr die Atemluft ab. Ein Schluchzen entrang ihrer Kehle.

»Nimm es leicht.« Er ließ sie los. »Es ist bald vorüber. Dann kannst du tun und lassen, was immer du möchtest.«

Als ob sie das jemals hätte tun können. Lilia zog die Nase hoch und wischte sich mit dem Handrücken über das Gesicht. So wollte sie sich Marco nicht zeigen. »Pass du auf die Kleinen auf, ich muss mir die Beine vertreten.«

Lilia drehte sich um, schlüpfte in ihre Schuhe und verließ ihr Grundstück. Erst auf dem Feldweg holte sie tief Luft. Konnte sie sich ihrem Vater verweigern? Wie sollte sie das anstellen?

Gedankenverloren ging sie den Weg entlang. Marco würde sie einholen, sobald er mit dem Wagen nach Hause fuhr. Die Vorstellung, eine Stunde nur mit sich und den eigenen Gedanken zu sein, verschaffte ihr eine Verschnaufpause. Viel zu selten war sie mit sich allein, um nachzudenken. Immer befand sich jemand in ihrer unmittelbaren Umgebung. Ihr Vater. Marco. Die Kinder. Die Schwiegereltern. An solchen Tagen fühlte sie sich erschöpft. Unendlich müde. Wie in diesem Augenblick.

Ein Radfahrer tauchte am Horizont auf. Hoffentlich niemand aus dem Dorf, den sie kannte. Lilia wollte ihre Ruhe. Keine Menschenseele sehen oder sprechen. Der Radler entpuppte sich als eine Frau. Ihr Rock wehte sanft im Wind. Lilia sah zu Boden, presste einen Gruß durch die Lippen und ging weiter.

Sie hörte, wie das Fahrrad leise quietschend zum Stehen kam. »Lilia Delgado?«

Der Klang der Stimme stellte Lilias Nackenhaare auf. »Du wagst es, hier aufzukreuzen?« Sie drehte auf dem Absatz um und stemmte die Hände in die Hüften.

Eva Peréz Montana schob ihr Rad auf Lilia zu.

Sie sah verschwitzt aus und schien den ganzen Weg vom Las Brisas bis nach Sencelles gefahren zu sein. Eine lange Strecke. Lilia ahnte, weswegen sie diese Strapaze auf sich nahm. »Wenn du Geld willst, kannst du umdrehen. Sei froh, dass du die Arbeitsstelle behalten hast.«

Fast schon aufsässig hob sie das Kinn. »Geben Sie mir noch zweitausend Peseten, und Sie sind mich für immer los. Das Geld brauche ich dringend. Ich muss mich um meine Eltern kümmern.« Sie kickte mit der Fußspitze einen Stein zur Seite.

»Ich finde in dem Ort keine Arbeit. Damit kann ich bei ihnen bleiben, bis sie sterben.«

»Das geht mich nichts an. Löse deine Probleme selbst.« Lilia wandte sich ab und schritt aus, um schnell eine Entfernung zwischen ihnen herzustellen. Sie würde ihr keine lumpige Pesete zahlen.

»So, wie Sie Ihre Probleme lösen?«

Heiße Wut kochte in Lilia hoch und erhitzte ihr Gesicht mehr, als es die hochsommerliche Augustsonne jemals könnte. Sie widerstand dem Impuls, sich zu dieser Person umzudrehen und die Frau zu ohrfeigen. Mit hochgerecktem Kinn stolzierte sie weiter.

Aufspritzende Kieselsteine ließen Lilia achtsam bleiben. Sie wartete, bis Eva dicht hinter ihr fuhr, wirbelte herum und stoppte das Rad mit einem Griff an die Lenkstange. »Wenn du nicht augenblicklich verschwindest, wirst du es bereuen.«

Evas Blick verfinsterte sich. Seit der ersten Erpressung schien sie selbstbewusster, entschlossener. »Wenn Sie mir das Geld nicht geben, werden Sie es bereuen. Das ist ein Versprechen.«

Lilia lachte kurz auf. »Du drohst mir?« Sie ließ den Lenker los. »Der Sack ist verbrannt, du hast nichts in der Hand, außer deinem Wort. Wem wird man wohl glauben?«

Eva schob ihr Rad an ihr vorbei, stieg auf und fuhr davon.

In Lilia tobte es. Am liebsten hätte sie der Frau einen Stein nachgeworfen. Sie zügelte sich. Reagierte ihren Zorn mit ausladenden Schritten ab.

Eine halbe Stunde marschierte sie, bis sie das Motorengeräusch von Marcos Wagen hörte. »Wieso gehst du zu Fuß? Du musst müde sein.«

»Bin ich auch. Aber ich brauchte einen Moment für mich.« Lilia setzte sich in das Fahrzeug. Sie nahm Marco den zweijährigen Sohn vom Schoß und hielt ihn fest. Ihr Ältester saß zwischen ihnen und grinste mit dem bezauberndsten Zahnlückenlächeln der Insel, was Lilia etwas mit diesem Tag versöhnte, obwohl ihr Mann sie fragend ansah.

Was sollte sie ihm sagen? Die Wahrheit? Lilia schwieg und gab vor, seinen Blick nicht zu bemerken. Er durfte nie erfahren, was damals geschehen war. Ihre Ehe war seither schwierig genug, trotz der Liebe, die sie füreinander empfanden.

»Ist alles in Ordnung?« Marco ließ nicht locker.

Lilia seufzte. »Der Streit mit Vater und der restlichen Familie setzt mir zu. Ich weiß manchmal nicht, wie ich reagieren soll.« Einen Teil ihrer Sorgen konnte sie ihm mitteilen.

»Carla ist eine feine Person. Und wie ich ihre Schwester kennengelernt habe, scheint mir auch ihre Familie ehrenwert zu sein.« Marco steuerte den Wagen durch Binissalem.

Auf dem Hof hielt er an.

»Vermutlich. Ich will in diesen Zwist nicht hineingezogen werden.« Lilia verstand ihren Vater. Man hätte ihm das Erbe nicht wegnehmen dürfen. Trotzdem waren seither Jahrzehnte vergangen. Sie lebten in derselben Region. Betrieben beide eine Bodega, die es voranzubringen galt. Zu viel Streit würde sie alle zurückwerfen, da sie ihre Energie nicht ins Weinfeld steckten. »Vater will bei Guillem vorbei. Er hat unser Angebot immer noch nicht angenommen.«

»Im Dorf erzählt man sich, die Amerikaner wollen bei uns Land kaufen.« Marco parkte den Wagen und stieg aus. »Ob es stimmt oder nur ein Gerücht ist, weiß ich nicht.«

»Ich fahre mit Vater morgen zu Guillem. Dann erfahren wir mehr.« Lilia nahm Pablo auf den Arm. Paulino kletterte aus dem Fahrzeug. »Wann können wir umziehen?«

»In sechs Wochen.« Marcos Gesichtsausdruck verfinsterte sich. »So lange wirst du es aushalten. Mutter hat uns heute zum Abendessen eingeladen.«

Lilia wollte niemanden sehen. Schon gar nicht ihre Schwiegereltern. Sie sehnte sich nach Entspannung. Ruhe. Frieden. »Geht ohne mich. Ich nehme ein Bad, esse ein Brot und erledige die Näharbeiten.« Paulino zerriss sich regelmäßig die Hosenbeine, weil er überall hinüberkletterte, was selten folgenlos blieb. Ständig neue Hosen zu kaufen, konnten sie sich nicht erlauben.

»Wie du meinst.«

Lilia hörte die Gekränktheit in Marcos Stimme. An diesem Tag konnte sie ihm nicht entgegenkommen. Sie musste ihren Frieden finden, und das konnte sie nur allein.

Marco ging mit den beiden Kindern zu seinen Eltern. Lilia ließ sich ein Bad ein. Das heiße Wasser würde lediglich die erste Schicht ihrer vom Wein verfärbten Haut verblassen lassen.

Sie glitt hinein und schloss die Augen.

Eva Peréz Montana.

Ihr unschuldiges Gesicht tauchte vor ihr auf. Lilia musste sie loswerden. Welchen Entlassungsgrund könnte es geben? Lilia drehte und wendete ihre Ideen, wie ein nicht passendes Kleidungsstück, an dem selbst eine erfahrene Näherin nichts ausrichten konnte.

Vielleicht gab die Frau nun Ruhe.

Lilia hoffte es, zweifelte jedoch daran.

Wie eine dunkle Wolke hing dieser Gedanken am kommenden Morgen in ihrem Gemüt. Ihre Stimmung schwankte im Sekundentakt. Jede noch so kleine Änderung in ihrem gewohnten Arbeitsablauf ließ sie übellaunig reagieren. Erst recht die Fahrt zu Guillem mit ihrem Vater. Missmutig saß sie auf dem Beifahrersitz, als er auf den Hof des Bauern fuhr und den Wagen abstellte.

Der Sohn des Hauses kam aus dem Kuhstall. »Leo. Buenos días.«

»Ist dein Vater hier? Ich muss ihn sprechen.«

Lilia stieg aus und hob die Hand zum Gruß.

»Meinen Padre findest im Stall. Eine Kuh kalbt.« Er zeigte hinter sich und schlenderte auf das Wohnhaus zu.

»Danke.« Leo tippte sich an den Hut.

Lilia folgte ihrem Vater. Das Brüllen der kalbenden Kuh ließ sie zusammenfahren. Sie konnte den Schmerz fast körperlich fühlen, so laut schrie das Tier. Eine Fleckkuh lag mit ausgestreckten Gliedmaßen auf der Seite. Ihr Atem ging angestrengt. Guillem beobachtete den Geburtsstand. Mit einer Wehe schoben sich die Hufe des Kälbchens heraus. »Gleich hast du es«, beruhigte Guillem die Mutterkuh. Er fasste die Vorderbeine des Kalbs und half der Kuh bei der nächsten Presswehe mit einem sanften Zug.

Lilia betrachtete den Vorgang mit Faszination. Sie kannte den Geburtsvorgang bei Schafen. Da ging es ungleich schneller. Ein Lämmchen war viel kleiner. Wenige Minuten später lag das frisch geborene Kalb im Stroh.

Guillem streifte dem Tier die Schleimblase ab und rubbelte es trocken. Anschließend tätschelte er den Hinterlauf der Kuh, die im Begriff war aufzustehen, um nach dem

Nachwuchs zu sehen. »Jetzt muss noch die Nachgeburt raus, dann ist es geschafft.«

Kurz darauf hatte die Mutterkuh es überstanden und stand auf. Das weiß-braune Kälbchen drückte sich auf die staksigen Beinchen hoch, fiel auf die Seite. Es wiederholte den Versuch, bis es ihm gelang und es zum Euter der Mutter wackelte und trank.

»Leo, zu dir wollte ich auch.« Guillem verließ die Abkalbebox und lehnte sich ans Holzgatter, um die Tiere zu beobachten.

Lilia schien es, als wollte Guillem das Gespräch hinauszögern. Das Kalb trank, die Kuh stand, und beide waren wohlauf.

Er würde die Grundstücke behalten und ihr Angebot abschlagen.

»Freut mich zu hören.« Leo stellte sich neben ihn ans Gatter. »Glückwunsch zum Kalb.«

»Danke.« Guillem wandte sich nun Leo zu. »Ich habe verkauft. Tut mir leid.«

Lilia traute ihren Ohren nicht. »Wie das? Unser Preis ist gerecht und entspricht dem Verkehrswert.«

Guillem grunzte. »Das ist richtig. Aber die Amerikaner haben mir dreißig Prozent mehr geboten. Wollt ihr das zahlen?«

»Joder!«, fluchte Leo. »Diese Teufel!«

»Das kannst du nicht machen.« Lilia stemmte die Arme in die Hüften und streckte den Rücken durch. »Wir müssen zusammenhalten.«

»Sag das meinem Bankkonto.« Guillem wusch sich die Hände in einem Holzeimer. »Ich verkaufe das Land, weil ich es muss. Da kann ich nicht großherzig gute Angebote ausschlagen.«

Lilias Vater ballte die Fäuste. »Das wirst du bereuen. Die Leute im Dorf werden dich verachten.« Er spuckte Guillem vor die Füße. »Verräter.«

Lilia konnte Guillems Entscheidung nachvollziehen. Niemand wäre so dumm, eine solche Offerte zu ignorieren. »Lass uns fahren.« Sie zog ihren Vater am Arm mit sich. »Wir sehen uns nach anderen Feldern um. Komm.«

Er widersetzte sich, bis er schließlich nachgab. »So geht man mit Freunden nicht um.«

»Ihr seid keine Freunde. Ihr kennt euch aus der Schule, das ist alles.« Lilia versuchte, ihren Vater zu beruhigen. »Du hättest genauso gehandelt.« Sie überlegte kurz, einen Vergleich mit dem Verkauf des Küstengrundstücks zu einem überhöhten Preis zu erwähnen, verwarf den Gedanken aber, um eine weitere Grundsatzdiskussion zu verhindern.

»Das ist Carlas Schuld.«

Lilia verdrehte die Augen. »Antonia ist auch deine Schwester. Und wie du sagst, treiben sich noch andere Amerikaner hier herum. Woher willst du wissen, wer das Angebot unterbreitet hat?«

Ihr Vater schwieg.

Bis zum Weinfeld in Sencelles. Seine Miene verfinsterte sich, als sie an Guillems Grundstücken vorbeifuhren, die südlich an ihres grenzten, aber auch östlich an das von Tía Carla. »Sie steckt dahinter. Ich weiß es.«

Lilia ließ ihn zürnen. Sie begab sich an die Arbeit in der Bodega. Sie musste den Wärmegrad der Maische überprüfen und den Gärprozess überwachen. Das verlangte ihre volle

Konzentration. Mithilfe der elektrischen Pumpe reduzierte sie die Temperatur. Die Gärung schritt gut voran. Die Verfärbung der Flüssigkeit war ansprechend. Sie überprüfte den Alkoholgehalt. Am nächsten Tag müsste sie keltern. Das Auspressen der Masse musste schnell gehen, um einer Vergärung vorzubeugen. »Papá?«

Er kam zu ihr. »Was brüllst du denn so?«

»Morgen keltern wir.« Sie reichte ihm eine Schöpfkelle. »Sind wir einer Meinung?«

Ihr Vater prüfte die Farbe, den Alkoholpegel und den Geschmack. Anerkennend lächelte er sie an. »Du wirst immer besser. Die Maische kommt morgen in die Presse. Ich informiere die Arbeiter.«

Sein Kompliment erfüllte Lilia mit Stolz. Bisher waren sie selten einer Meinung gewesen. Sie vertraute auf sein Urteil, mit dem er nie danebengelegen hatte. Und endlich erwischte sie den richtigen Zeitpunkt. »Dann haben wir einen langen Tag vor uns.«

»Ruh dich aus. Ich sage den anderen Bescheid. Morgen früh um vier Uhr hole ich dich ab.«

Lilia ließ sich nach Hause bringen. Auf dem Hof befand sich ein fremdes Fahrzeug. »Besuch? Zu dieser Zeit?«

Ihr Vater hupte zum Abschied und fuhr davon.

Lilia ging in den Wohnbereich ihrer Schwiegereltern. Schon vor der Wohnzimmertür erkannte sie Xiscas Stimme. Sie spielte mit den Kindern. »Buenas tardes.«

»Oh, du bist zurück?« Xisca stand vom Fußboden auf. »Ich wollte zu dir aufs Feld fahren.«

»Den Weg kannst du dir sparen.« Lilias Verhältnis zu ihrer Cousine hatte sich seit der Hochzeit nicht verbessert. Den

Zeitungsartikel über den Brunnenbau trug sie ihr immer noch nach. »Was willst du von mir?«

»Mit dir reden.« Xisca sah zu Agata. »Unter vier Augen.«

Lilias Schwiegermutter hob die Augenbrauen. »Ich höre nicht zu. Lasst euch nicht stören.«

»Wir gehen zu uns einen Kaffee trinken.« Lilia küsste ihre Kinder. »Seid brav und ärgert die Abuela nicht.«

Lilia ging hinüber. »Du machst es ja spannend.« Sie ließ Xisca eintreten. Ihr ernster Gesichtsausdruck gefiel Lilia nicht. Was konnte sie wollen? »Setz dich«, bat sie. »Kaffee?«

»Gerne.« Xisca setzte sich. »Ich habe eine delikate Frage.«

Lilia nahm die Kaffeebox, öffnete sie und löffelte Kaffeebohnen in die Handmühle. »Dann stelle sie.«

»Bist du schuld an Gerados Tod?«

Die sechs Worte donnerten, als hätte Xisca eine Revolvertrommel leer geschossen. Lilia entglitt die Box. Das Porzellan zerbrach in mehrere Teile. »Verflixt. Das war es mit den Bohnen.« Lilia versuchte Zeit zu gewinnen. Ihre Gedanken überschlugen sich. »Was für eine absurde Idee!«

Xisca sah sie forschend an. »Ich bin dir etwas schuldig. Deshalb bin ich hier. Der Artikel damals. Er sollte später erscheinen.«

Lilia schwieg, überlegte. »Ich weiß, wer das behauptet. Eva Peréz Montana. Diese kleine Mistkröte.«

»Wie kommst du auf sie?«

»Sie war gestern bei mir. Wollte Geld.« Lilia nahm den Handfeger und kehrte die Scherben mitsamt der Bohnen zusammen. »Weißt du, was sie gesagt hat?«

Ruhig saß ihre Cousine auf dem Stuhl und wartete.

Also sprach Lilia weiter. »Gerado hätte sie vergewaltigt.«

Xisca sog hörbar die Luft ein. »Mir gegenüber hat sie etwas anderes beteuert.«

Lilias Gehirn arbeitete auf Hochtouren, um eine plausible Geschichte zu ersinnen. »Ausgerechnet Gerado. Allein das ist absurd. Ich habe sie davongejagt.«

»Wie kam sie auf die Idee, ihn zu beschuldigen?«

Lilia leerte die gefüllte Schaufel in den Aschekübel. »Woher soll ich das wissen? Sie braucht Geld für ihre Eltern. Das hat sie gesagt. Vermutlich dachte sie, ich besorge das Geld bei meiner Mutter, um die Anschuldigung unter Verschluss zu halten.«

Auf Xiscas Stirn erschien eine tiefe Falte. »Weißt du, was sie mir berichtet hat?«

»Woher sollte ich? Sie rief mir hinterher, ich würde es bald bereuen, wenn ich ihr die Zahlung verweigere.« Lilia holte einen Krug mit Wasser und goss ein. »Ich werde dafür sorgen, dass meine Mutter sie hinauswirft. Da gibt sie einem Mädchen Arbeit, und das ist der Dank.«

»Hast du sie nicht darüber aufgeklärt, dass Gerado homosexuell war?« Xisca trank einen Schluck. »Damit hätte sie keine Handhabe mehr gehabt.«

»Doch, sie hätte seinen Ruf in den Dreck gezogen. Das konnte ich nicht zulassen.« Lilia war stolz auf ihr Lügenmärchen, das sich gut fügte. Aufmerksam beobachtet sie Xiscas Reaktion, die unschlüssig schien, ob sie Xiscas Version glauben sollte.

Xisca verschränkte die Arme vor der Brust. »Sie behauptet, du wärst an Gerados Tod schuld. Sie hätte es gesehen.«

»Ach, die Geschichten werden ja immer wilder.« Lilia spürte, wie ihr das Blut in die Wangen schoss. »Soll ich ihn gestoßen haben?«

»Nein. Aber du hättest die Schlange nach ihm geworfen.« Xiscas Mund umspielte ein Lächeln. »Ich habe das nicht geglaubt. Warum solltest du das tun?«

»Hast du sie das gefragt?«

»Natürlich.«

»Und?« Lilia drehte das Wasserglas in der Hand. Ihr Plan funktionierte.

»Sie hatte keine Begründung.« Xisca schob ein paar Brotkrümel, die vom Frühstück auf dem Tisch lagen, hin und her. »Wie auch? Und ich bin dir noch etwas schuldig. Mein Chef hätte den Fall sofort gedruckt. Ich konnte das verhindern.«

In Lilia kochte es. Der Vorfall in der Zeitung? Das wäre ihr Ruin gewesen. »Und was geschieht jetzt?«

Xisca strich die Krümel in ihre Handfläche, stand auf und leerte sie zu den Porzellanscherben im Aschekübel. »Sie hat gesagt, du hättest einen Sack mit Nattern gehabt und die Tiere nach Gerado geworfen.«

»Einen ganzen Sack voll?« Lilia wunderte sich wegen der Übertreibung. »Und wo sollte ich den hernehmen?«

»Kenne ich deine Hobbys?« Xiscas Augen blitzten vergnügt. »Weißt du, die Leute kommen oft mit den wildesten Behauptungen in die Redaktion. Ich glaube nicht alles, was man mir erzählt.« Sie setzte sich wieder zu Lilia an den Tisch. »Allerdings wusste ich nicht, warum sie sich so etwas ausdenken sollte.«

Lilia schwieg. Ihr Körper vibrierte vor Aufregung.

»Nun weiß ich es.« Xisca leerte ihr Wasserglas. »Ihr hätte gleich die Geschichte mit der Schlange einfallen sollen. Obwohl ich daran auch gezweifelt hätte. Aber dich erst mit einer Vergewaltigungsgeschichte um Gerado erpressen wollen? Das grenzt an Dummheit.« Sie stand auf. »Ich muss dann los.«

Lilia erhob sich ebenfalls. »Danke, Xisca, für dein Kommen. Ich möchte nicht wissen, wie die Dorfbewohner reagiert hätten, wenn das in der Zeitung erschienen wäre.«

»Das war ich dir schuldig.« Xisca reichte ihr die Hand. »Wieder Freunde?«

»Natürlich.« Wellen der Erleichterung schlugen über Lilia zusammen wie die Sturmwogen über einem Schiff auf dem tobenden Mittelmeer. Nun stand Lilia in Xiscas Schuld. Wie sehr sollte ihre Cousine nie erfahren.

»Was wirst du jetzt unternehmen?«

»Ich werde Mutter die Geschichte erzählen, damit sie die Lügnerin entlässt.«

»Du zeigst sie nicht wegen Verleumdung an?« Xisca wirkte überrascht.

Auf die Idee, Eva Peréz Montana anzuzeigen, käme sie in ihrer Situation nicht. Sie wollte keinen Kontakt mit der Polizei. Wer konnte wissen, was sie zutage förderten. »Nein, sie zu entlassen, reicht aus.«

»Ich weiß nicht, ob ich die Größe hätte.« Xisca umarmte sie. »Ich sollte dich zum Vorbild nehmen.«

Lilia verabschiedete sich von Xisca. Sie beobachte vom Fenster ihre Abfahrt vom Hof. Dieses Mal war sie mit einem Gespräch davon gekommen. Ob sie in Zukunft so viel Glück haben würde, vermochte sie nicht zu sagen.

25

Die Wochen zogen schneller dahin als die Wolken am Himmel, die der von der Tramuntana wehende Wind vor sich hertrieb. Carla überprüfte den Geschmack des Prensal Blanc, der für eine kurze Zeit in den Eichenfässern reifte. Ihr *Flor de Verano* erfreute sich großer Beliebtheit. Die Vorbestellungen erreichten inzwischen zwei Drittel der Flaschenabfüllung. Christopher Fitzgerald nahm die von ihr angebotene Weinprobe des diesjährigen Weißweins. Mit Spannung erwartete sie sein Urteil.

Er roch daran, nippte, ließ ihn im Mund kreisen und spuckte ihn aus. »Der wird sich gut entwickeln.«

»Da sind wir einer Meinung.« Carla zeigte auf den gekelterten Rotwein. »Der zweite Abstich ist fertig. Ich habe unvergorenen Traubenmost dazugegeben, da er zu süß war. Der Zucker ist nicht vollständig vergärt, warum auch immer.«

»Das kommt bei unseren Weinen häufig vor.« Christopher schöpfte die rote Flüssigkeit mit einer Kelle in zwei Gläser, und probierte. »Er ist gut. So kann er ins Fass.«

»Das habe ich heute Morgen in Auftrag gegeben.« Carla freute sich über seine Zustimmung, vertraute inzwischen trotzdem auf ihre eigene Einschätzung. Sie lehnte sich an das Kelterbecken. »Darf ich dich etwas fragen?«

»Selbstverständlich.« Christopher legte das Probierglas in das mit Wasser gefüllte Plastikbecken. »Bereitet der Mantonegro Probleme?«

Carla schmunzelte. »Nein, es hat nichts mit dem Wein zu tun.« Sie dachte an die Gerüchte im Dorf, die ihren Weg wie ein abgerichtetes Trüffelschwein in die Werkstatt Franciscos gefunden hatten. »Es ist eine Amerikanerin hier. Ein Mann ist bei ihr.«

»Amerika ist groß. Woher stammen sie?« Christopher setzte sich auf ein leeres Weinfass. »Besuchen sie auch ihre Verwandten?«

»Das ist noch unklar.« Carla hatte zwei Tage überlegt, ob sie sich einmischen sollte, doch nachdem ihre Schwester die Frau erkannt hatte, als sie sie auf dem östlichen Nachbarfeld hatte herumspazieren sehen, blieb ihr keine andere Wahl. »Hat Olivia Davis Familie auf Mallorca?«

»Olivia?«

Der überraschte Gesichtsausdruck überzeugte Carla, dass Christopher ahnungslos war. »Ja. Sie ist mit einem Mann hier. Und im Dorf erzählt man sich, sie würden sich nach Land umsehen.«

»Was sollte Olivia hier wollen?«

Carla hatte da eine leise Idee, auch Antonia schien die gleichen Gedanken zu hegen. »Antonia sagte, Olivia sei in dich verliebt.«

»Das ist lange vorbei.« Er hüpfte vom Fass. »Ich bin mit Isabel verheiratet.«

»Was diese Olivia offenbar nicht abhält, dir nachzustellen.« Carla mochte ihre Nichte. Sie konnte nicht zulassen, dass sich eine andere Frau in Isabels Abwesenheit Christopher näherte.

»Du irrst dich.«

Carla kontrollierte die Anzahl der Fässer. Die Männer würden den gekelterten Wein komplett abfüllen, bevor sie die verbleibenden Stiele und Beerenhäute als Dünger auf die Felder ausbrachten. »Warum ist sie dann hier?«

»Das werde ich sie fragen, sobald ich sie sehe.« Er sah sich in der Bodega um. »Die Fässer reichen. Mach dir keine Sorgen.«

Carla zählte dennoch lieber nach, um sicherzugehen. »Sie wohnt im Hotel meiner Schwägerin. Ich habe Alba angerufen und nachgefragt.«

»Kannst du mich hinbringen?«

»Jetzt?« Carla fand es übereilt. Sie wollte die Abfüllung überwachen. »Wie wäre es mit heute Abend? Dann melde ich uns alle dort zum Abendessen an, und wir überraschen deine Freundin.«

»Danke.« Nachdenklich verließ er die Bodega.

Ob Antonia recht hatte? War Olivia Christopher nachgereist, um ihn für sich zu gewinnen? Gab es Frauen, die solche Umstände auf sich nahmen? Wer war der Mann, der sie begleitete? Carla blieb keine Zeit, darüber nachzudenken. Die Abfüllung in die Fässer musste erledigt werden. Das war auch mit fünf Männern ein Tagwerk. Christopher half, wo immer eine Hand benötigt wurde. Carla konnte Isabels Wahl nachvollziehen: Er packte an, traf Entscheidungen und sah unverschämt gut aus mit diesem blonden Haarschopf, den man auf der Insel höchstens bei den wenigen nordischen Touristen zu sehen bekam, die Mallorca besuchten.

Zufrieden mit ihrer Arbeit fuhren Christopher und Carla nach Hause. Antonia und Federico saßen im Patio und tranken Kaffee. »Oh, ihr seid schon hier? Ich habe am Abfülltag nicht so zeitig mit euch gerechnet.« Antonia stand auf, nahm ihre Tasse und war im Begriff, den Innenhof zu verlassen. »Ich kümmere mich ums Abendessen. Wenigstens das darf ich tun, oder?«

Carla verneinte. »Wir gehen heute in Palma essen.«

»Ich bezahle«, fügte Christopher hinzu. Er wandte sich an Antonia. »Warum hast du mir Olivias Ankunft verschwiegen? Ist sie mit Jason hier?«

»Ja.« Antonia sah ein wenig betreten aus. »Ich wollte sie erst allein sprechen, anschließend hätte ich dich informiert.«

»Tut mir leid«, mischte sich Carla ein. »Ich wollte dir nicht zuvorkommen.« Sie hätte abwarten oder sich zumindest mit ihrer Schwester austauschen sollen. Nun hatte sie sich wie die neugierige Frau des Bäckers verhalten, über die sie mit Francisco immer scherzte.

»Ich bin froh, dass ich Bescheid weiß.« Christopher goss sich eine Tasse Kaffee ein. »Ich muss mit ihr reden.«

»Das solltest du.« Antonia ging zurück zum Tisch und setzte sich wieder. »Isabel würde es dir sonst sehr übel nehmen.«

Christophers Gesicht verfinsterte sich. »Du hast geglaubt, ich würde Isabel hintergehen? Sie hat gerade unser Kind geboren!«

»Bei Schmeicheleien begehen Männer manchmal Fehler.« Federico bedachte Antonia mit einem tadelnden Blick.

Carla hoffte, es gäbe nun keinen Streit. »Es ist außergewöhnlich, dass eine Frau über den halben Erdball reist, um einem verheirateten Mann nachzustellen. Das musst du zugeben.«

Christopher verdrehte die Augen. »Es ist nicht meine Schuld.«

Federico räusperte sich. »Ein bisschen schon.«

»Wie meinst du das?«

»Du schenkst ihr zu viel Aufmerksamkeit. Das versteht sie falsch.« Federico verschränkte die Arme vor der Brust. »Du lässt dich von ihr auf dem Feld verwöhnen. Hier ein Glas Wasser, da ein Sandwich. Sobald meine Tochter nicht bei dir ist, legt sie sich ins Zeug. Und dir will das nicht auffallen?«

Carla las in Christophers Gesicht ehrliche Verwunderung.

»Sie ist nett. Freundlich. Wir kennen uns ewig.« Er sprach leiser. Seine Wut über die Unterstellung war verschwunden. »Vielleicht habt ihr recht.«

Antonia lachte. »Und ob wir recht haben. Schick sie nach Hause. Mit deutlichen Worten.«

»Nach meiner Dusche fahren wir nach Palma.« Christopher verließ den Patio. Ging hoch. Er schlief in Xiscas alter Dunkelkammer.

»Männer.« Carla sah Antonia amüsiert an. Olivia müsste sich Christopher auf den Schoß setzen und ihn küssen, bevor er ihre Zuneigung bemerkte. An Isabels Stelle hätte sie ihn nicht unbegleitet nach Mallorca reisen lassen. Wobei? Isabel wusste vermutlich nichts von Olivias Aufenthalt. »Ich gehe mich auch waschen.« Sie wandte sich an Federico. »Holst du bitte Francisco aus der Werkstatt?«

Ihr Mann kam überrascht ins Badezimmer. Carla trocknete sich ab. »Warum fahren wir nach Palma?«

Carla erzählte ihm die Hintergründe, während er sich duschte.

»Kann er nicht ohne uns hinfahren?«

Carla lachte. »Du glaubst doch nicht, dass wir ihn allein zu Olivia lassen?«

»Wo ist dein Vertrauen?«

Carla blieb ihm die Antwort schuldig. Sie wusste nicht nur von der Affäre zwischen Alba und Matías, die mehrere Jahre gedauert hatte. Es gab auch in ihrem Dorf einige, die es mit der Treue nicht so genau nahmen. Das zeigte sich bei jedem Sommerfest. Mit ausreichend Alkohol und süßem Geplauder kam es dazu, dass am kommenden Tag die Haustür für den Ehemann verschlossen blieb. Einen Eimer kaltes Wasser aus dem Obergeschoss gab es über den erhitzten Kopf gratis obenauf.

Christopher schwieg die meiste Zeit der Autofahrt. Als hätte er Furcht vor dem Gespräch. Unangenehm wäre es auf jeden Fall.

Alba begrüßte sie freudig. »Soll ich Señorita Davis auf ihrem Zimmer anrufen? Sie ist vor wenigen Minuten von einem Bummel zurückgekommen.«

»Danke. Das wäre sehr freundlich.« Christopher wies auf die Sessel in der Lobby. »Ich erwarte sie dort.«

»Wir gehen ins Restaurant. Sollen wir mit dem Essen auf dich warten?« Antonia sah ihn fragend an.

»Nein. Bitte fangt an. Wer weiß, wann ich dazustoße.«

Alba informierte Eduardo von der Rezeption, der umgehend den Hörer in die Hand nahm. Anschließend brachte sie alle an den reservierten Tisch. »Ich habe euch ein Menü zusammenstellen lassen. Ich hoffe, das war nicht übergriffig.«

»Ganz und gar nicht.« Antonia strahlte. »Beim letzten Mal hast du genau meinen Geschmack getroffen.«

Federico stimmte ihr zu.

Antonia tat ihrer Familie gut. Seitdem sie mit Leo gesprochen hatte, grüßte er Carla freundlich, wenn sie sich begegneten.

Auch Lilia schien zugänglicher. Trotzdem blieb Carla auf der Hut. Sie traute dem Frieden nicht. Oder sah sie finstere Schatten hinter ihrem Bruder, die es nicht gab?

Mit Alba verstand sich Antonia hervorragend. Carla bemerkte eine Veränderung an ihrer Schwägerin. Sie wirkte fröhlich. Die wie ein trüber Schleier über ihrem Gesicht hängende Trauer war verschwunden. Ihre Augen leuchteten. Sie sah jünger aus. Frischer. »Entschuldigt mich einen Moment.« Carla erhob sich. »Kann ich dich kurz sprechen?«

Alba sagte zu. Sie gingen an die Bar. »Was gibt es?«

»Ich bin nur neugierig. Bist du verliebt?«

»Wo denkst du hin?« Eine zarte Röte überzog ihre Wangen. »Ich treffe mich mit jemandem. Aber verliebt?«

Carla dämmerte es. »Der Deutsche von der Galerie?«

»Er umwirbt mich. Das tut mir gut.«

»Hat sich Matías nicht von Marisol getrennt?« Carlas letzter Stand schien nicht mehr aktuell zu sein.

»Doch.« Alba lächelte verschmitzt. »Dennoch bedeutet das nicht, dass ich ihm umgehend in die Arme sinke.«

»Liebst du ihn noch?«

Alba überlegte. »Ich bin mir unsicher.«

»Wegen Joaquim?« Carla konnte die Kränkung nachvollziehen. »Du magst ihn?«

»Ja. Ich mag ihn.« Alba seufzte. »Matías habe ich geliebt.« Sie zuckte mit den Schultern. »Wer weiß, was kommt.«

»Dann bring Joaquim zu unserem Weinfest mit.« Carla lud ihn spontan ein. »Nächsten Samstag, du erinnerst dich?«

»Natürlich.« Ein Barkellner trat hinzu und sprach Alba an. »Moment. Ich komme gleich.« Sie wandte sich an Carla. »Kann ich seinen Sohn mitbringen?«

»Sehr gerne.« Carla kehrte an den Tisch zurück.

»Was gab es denn?« Antonia musterte sie neugierig. Es war wie früher. Seit Antonia bei ihr lebte, erzählten sie sich alles.

»Ich habe einen Bekannten von Alba mit zum Fest eingeladen. Wir haben ihn schon lange nicht mehr gesehen.« Die kleine Flunkerei vor ihren Männern würde Antonia ihr vergeben. Albas neue Liaison sollte ein Geheimnis zwischen den Frauen bleiben. Antonia würde sie später davon berichten.

Sie saßen beim letzten Gang, einer wundervoll nach Vanille schmeckenden Crema Catalana, als Christopher an ihren Tisch trat. »Olivia ist unglaublich.« Er ließ sich auf den freien Stuhl fallen und winkte den Kellner zu sich. »Einen doppelten Whiskey.«

»Gerne.« Der Ober entfernte sich.

»Erzähl«, forderte Antonia ihn auf.

»Ihr hattet recht. Sie ist mir nachgereist. Gegenüber ihrem Bruder Jason und ihren Eltern hat sie behauptet, ich hätte von diesem Weinland geschwärmt, und sie müssten es sich selbst einmal ansehen. Wenn die Fitzgeralds investierten, müsse es lukrativ sein.«

Der Kellner brachte den Whiskey. Christopher trank einen kräftigen Schluck. »Und sie hat Jason tatsächlich zu einem Kauf überredet. Sie haben die östlichen Grundstücke von euch gekauft.«

»Darum habe ich sie dort gesehen!« Carla traute ihren Ohren kaum. »Sie hat sie Guillem abgekauft? Ich war mit ihm wegen einem Hektar in Verhandlung.« Die Ackerflächen schlossen sich unmittelbar an ihrem an, die Erde war ertragreich. Guillem bewirtschaftete sie seit Jahren nicht mehr. »Was für ein Mist.«

Christophers Mund umspielte ein Lächeln.

»Was gibt es da zu lachen?« Carlas Stimmung kippte. Sie hatte Befürchtungen gehabt, Leo könnte ihr zuvorkommen und das Feld erwerben. Aber eine amerikanische Familie, die mit Mallorca nichts zu tun hatte?

»Ich hatte ein langes Gespräch mit Olivia. Am Ende hat sie es eingesehen. Die Grundstücke werden auf euch eingetragen. Der Notar hat die Umschreibung noch nicht vorgenommen. Nur die Zahlung erhalten.« Christopher leerte sein Glas. Mit dem Finger tippte er dagegen, als der Kellner vorbeikam. »Sie werden im Familienbesitz bleiben.«

»Alle?« Carla legte den Dessertlöffel beiseite. »Was hat sie bezahlt?«

»Achtunddreißigtausend Peseten.«

»Das ist weit über dem Verkehrswert. Das kann ich nicht bezahlen.« Woher sollte sie das Geld nehmen? So viel besaß sie selbst nach dem Verkauf des gesamten Lagers nicht.

»Ich habe dem Preis zugestimmt. Also begleiche ich ihn auch.« Christophers Tonfall duldete keinen Widerspruch. »Wir sind eine Familie, wir finden eine Lösung für alle.« Er zwinkerte Antonia und Federico zu. »Wenn Isabel zustimmt, möchte ich hier eine Bodega aufbauen.«

»Du willst herziehen?« Antonias Stimme vibrierte wie eine zu lange Gitarrensaite. Ihr Blick wanderte zu Federico.

Der lachte. »Du wolltest sowieso nicht zurück. Mir soll es recht sein. Dieses Mal schaffe ich es nicht, Fernanda in Bilbao zu besuchen, aber bei der nächsten Reise.«

»Dazu wärst du bereit?« Antonias Augen leuchteten.

Carla konnte kaum folgen, so schnell überschlugen sich die Ereignisse. »Wenn ihr herzieht …« Sie sah von Antonia zu

Christopher. »Dann überschreibe ich euch mein Weingrundstück, samt Bodega. Die könnt ihr erweitern, falls nötig.« Sie wandte sich an Antonia. »Bist du einverstanden, immerhin hast du damals auch in die Reben investiert?«

»Es ist dein Besitz.« Antonia nickte jedoch zustimmend. »Xisca sollte finanziell an den Gewinnen beteiligt sein.«

»Das ist mehr als fair.« Christopher stimmte ihr zu.

Carla wusste, dass sie die richtige Entscheidung getroffen hatte. Xisca wollte das Grundstück nicht. Die Gewinnbeteiligung würde ihre Familie weiter absichern.

Antonia suchte Carlas Blick. »Dann ist es entschieden?«

Carla sagte zu. »Ihr wohnt hier bei uns, außer ihr möchtet etwas Eigenes.«

»Für uns auf jeden Fall.« Christopher blickte von Antonia zu Federico. »Wenn eure Tochter mitkommt. Das ist die Voraussetzung.« Er trank seinen Whiskey leer. »Sonst noch jemand einen Schluck, um das zu begießen?«

»Eine Flasche Cava«, bestellte Antonia beim Kellner. »Darauf müssen wir anstoßen.«

Francisco hielt sich bei den alkoholischen Getränken zurück. Er trank generell sehr wenig. Carla stieg der Sekt zu Kopf. Trotzdem genehmigte sie sich ein zweites Glas. Die Freude, ihre Schwester bald täglich und nicht nur für einen befristeten Zeitraum bei sich zu haben, ließ sie ihre Zurückhaltung vergessen. Ausgelassen feierten sie den Entschluss. Ein Teil ihrer Familie käme nach Mallorca. Dahin, wo alles begonnen hatte. Ob sie Davids Familie auf die Insel locken konnten? Carla hoffte es. Sie könnten wenigstens zu Besuch kommen, sollte er in Kalifornien bleiben wollen. Nun blieben ihnen nur noch die letzten Vorbereitungen für das große

Weinfest, das am kommenden Wochenende stattfand. Eine Feier, der sie mit gemischten Gefühlen gegenüberstand. Gäbe es Streit mit Leo? Oder mit Lilia? Oder vermochte Antonia tatsächlich, Frieden in die Familie zu bringen?

Diese Frage stellte sie sich mehrmals täglich. Hatten sie zunächst geplant, vor ihrer kleinen Bodega zu feiern, verlegten sie es letztlich nach nebenan auf das östliche Grundstück, das zwischenzeitlich auf Christopher umgeschrieben war. Olivia Davis hielt Wort. Sie schien Christophers Absage ernst zu nehmen. Carla würde die Frau während des Fests im Auge behalten.

In zwei Tagen reisten alle zurück nach Kalifornien. Antonia und Federico zwar nur, um ihre Sachen zu packen, und per Seeweg auf die Reise zu schicken, bevor sie mit dem Flugzeug wiederkämen. Das milderte die Wehmut, die Carla erfasste, wenn sie an den Tag der Abreise dachte.

Die weißen Tischdecken wehten im lauen Septemberwind. Ein buntes Geschirrsammelsurium stand darauf. Wie es üblich war, brachte jeder vorbei, was er benötigte, da kein Haushalt über so viele Teller und Gläser verfügte, dass es für ein großes Weinfest ausreichte.

Die ersten Nachbarn trafen ein, stellten die mitgebrachten Speisen auf den Tisch. Abgedeckt mit Tüchern, wirkte es wie auf einem Markt.

Alba kam in Begleitung von Joachim und Kurt Carstens. »Hola, Carla. Das sieht fantastisch aus.«

Selbst in dem einfachen Kleid sah Alba mondän aus. Sie strahlte glücklich. Ein Umstand, den Carla Joachim zuschrieb.

»Schön, dass ihr gekommen seid. Wie läuft die Galerie?« Carla hatte Joachim zuletzt bei der Vernissage gesehen. Seither wusste sie nicht viel über dessen Geschäft.

»Sehr gut. Danke.« Er wies auf seinen Sohn. »Kurt ist nun Alejandros Assistent. Die Entscheidung, uns auf Mallorca niederzulassen, war goldrichtig.«

»Das freut mich.« Carla konnte nicht an sich halten und die Neuigkeiten zu verbreiten. »Meine Schwester und Federico werden hierher ziehen. Sie reisen zurück nach Kalifornien, um alles in die Wege zu leiten. Und wenn meine Nichte Isabel einverstanden ist, kommt auch ihre Familie.«

»Das ist wundervoll!« Alba umarmte Carla innig. »Was für herrliche Nachrichten. Ich mag deine Schwester.« Sie stupfte Joachim an. »Das dort drüben ist sie.« Sie hakte sich ein. »Ich stelle euch vor. Die Schwester von Antonias Schwiegersohn ist ebenfalls Malerin mit eigener Galerie in San Francisco. Ihr solltet unbedingt Kontakt miteinander aufnehmen.«

Kurt stand etwas verloren herum. »Ich bringe dich zu den jungen Leuten. Da findest du Anschluss.« Carla brachte ihn zu zwei von einer Steineiche beschatteten Tischen. »Wein und Gläser sind hier, Bier steht dort.« Sie zeigte auf die Bodega. »Da bleibt es kühl.«

»Oh, Kurt, was machst du denn hier?« Lilia sah den Mann mit großen Augen an.

»Ihr kennt euch?« Carla überlegte, wie das möglich sein konnte. Lilia ging selten in die Stadt. Dann fiel ihr ein, dass er im Las Mariposas in Cala Mayor arbeitete und Lilia die Weinlieferungen übernahm.

Lilia erhob sich vom Stuhl, um Kurt zu begrüßen. »Hola.« Sie drückte ihm ein Küsschen auf die Wange. »Ja, er bringt mir ein wenig Deutsch bei, wenn ich es nach Palma schaffe.«

Carla runzelte verwundert die Stirn. Bisher hatte Lilia keine Anstalten unternommen, eine Fremdsprache lernen zu wollen.

»Sprachaustausch.« Kurt sah Lilia begeistert an. »Mit Lilia spreche ich Spanisch viel schneller. Auf dem Markt zeigen wir uns gegenseitig, wie die Gemüsesorten heißen.«

»Das wusste ich nicht.« Die beiden blickten sich einen Hauch zu intensiv an.

»Ich ebenfalls nicht.« Marco stand plötzlich hinter Carla.

»So oft war es nun auch wieder nicht.« Lilia wiegelte ab, ihre Wangen röteten sich verdächtig.

»Das ist mein Mann Marco«, stellte Lilia ihn vor. »Die Kinder sind bei deinen Eltern?«

»Die und alle anderen aus dem Dorf.« Marco legte besitzergreifend den Arm um Lilia. »Was arbeitest du, Kurt?«

Carla wandte sich ab und ließ die Gruppe allein. Um neugierig zu lauschen, blieb ihr keine Zeit.

Leo saß bei Fernando und Nachbarn aus Binissalem, trank Rotwein und gab vor, sich gut mit Carla zu verstehen. Er lobte ihre Bodega, ihren Wein. Als sie am Tisch vorbeiging, hob er sein Glas. »Carla, stimmt es, dass ihr Guillems Grundstücke gekauft habt?«

Die Art, wie er es sagte, klang freundlich. Dennoch hörte sie den lauernden Ton zwischen den einzelnen Worten. »Eine krude Geschichte.« Sie sah sich um, ob sich Olivia in der Nähe befand. Die Frau saß mit ihrem Bruder und einem Anwalt aus Palma zusammen. Zu weit entfernt, um sie zu hören. Eigentlich sollte sie es nicht erzählen, doch wenn sie die Hintergründe für sich behielte, würde Leo annehmen, sie hätte ihn erneut übergangen. Den neuen Frieden wollte sie nicht gefährden. »Die beiden Amerikaner. Die Familie Davis hat Guillem die Grundstücke abgekauft, um in Wein zu investieren. Olivia ist in Christopher verliebt. Er ist aber mit unserer Nichte verheiratet. Sie wollte in seine Nähe ziehen, also hat sie Guillem jeden Preis gezahlt.«

»Dann gehört das Land gar nicht euch?« Leos Miene hellte sich auf.

»Doch.« Carla goss sich ein Glas ihres *La Reina* ein, trank einen Schluck und hoffte, es käme nun nicht zum Streit. »Christopher kam hinter den Kauf, hat mit Olivia gesprochen und ihr den anvisierten Plan ausgeredet.« Sie räusperte sich. »Olivias Familie hat ein riesiges Weingut im Napa Valley.« Sie zeigte auf die östlichen Felder. »Selbst acht Hektar sind ein Taschentuch, wenn man in ihren Dimensionen rechnet. Christopher hat es ihr abgekauft.«

»Also ist es doch deines.«

Fernando klopfte Leo auf die Schulter. »Hörst du nicht zu? Es gehört dem Amerikaner.«

Leos Augen verengten sich zu Schlitzen, was ihm einen lauernden Ausdruck verlieh. »Das ist doch dasselbe.«

In dem Fall gab ihm Carla recht. »Stimmt. Die Felder werden von einer Bodega bestellt. Von seiner. Ich ziehe mich zurück.«

Ihr Bruder schwieg. Carla kannte ihn gut genug, um zu sehen, wie es in ihm arbeitete. Er kochte innerlich. Und trotzdem sagte er kein böses Wort. »Dann auf gute Nachbarschaft.«

Carla stieß mit ihm an. »Salud.« Äußerlich schienen ihn die neuen Besitzverhältnisse nicht zu kümmern. Für Carla fühlte es sich wie die Ruhe vor einem mächtigen Sturm an, der bald über sie hereinbräche.

Die Musikkapelle spielte auf.

Fernando klopfte im Takt auf den Tisch. »Ein tolles Fest.«

»Ja, das ist es.« Leo erhob sich. »Ich gehe hinüber zu Antonia. Meine Schwester reist übermorgen ab. So schnell werde ich sie nicht wiedersehen. Ihr entschuldigt mich.«

»Antonia wird hierherziehen.« Carla stand ebenfalls auf. »Sie will wieder auf Mallorca leben.«

Leo lächelte schief. »Noch eine Neuigkeit. Der Tag wird immer besser.«

Carla hoffte, der Sturm bräche nicht schon an diesem Festtag los. Diese für Leo untypische Ruhe musste ihn unbändige Kraft kosten. Was hatte Antonia ihm gesagt, damit er so besonnen reagierte?

Die Gäste tanzten. Lilia wirbelte mit Kurt zur Musik auf der aus Brettern zusammengezimmerten Tanzfläche. Marco saß brütend am Tisch. Alba tanzte mit Kurts Vater. Sie sah sich nach ihrem Mann um. Er stand mit Federico beisammen und rauchte eine Cleopatra. Sie ging auf ihn zu. »Wenn du ausgeraucht hast, würde ich auch gerne eine Runde drehen.«

Francisco reichte Federico die Zigarre. »Ich rauche sie später fertig. Meine Frau will tanzen.«

Federico sah zu Antonia, die Olivia beobachtete. Die wiederum sprach mit ihrem Bruder Jason, dem Anwalt und Christopher. Carla folgte Olivias Blick. Es wirkte, als kokettierte diese mit dem Rechtsanwalt aus Palma. Zumindest warf sie ihr Haar zurück und lachte über etwas, das der Mann gesagt hatte.

Carla ließ sich von Francisco auf die Tanzfläche führen. Die Musiker spielten eine Sevillana. Carla hob die Hände, klatschte im Rhythmus mit und drehte sich um ihren Mann. Die ausgelassene Stimmung übertrug sich auf Carla.

Federico kam mit Antonia, blieb jedoch am Rand stehen. Die Sevillana schien er nicht zu kennen. Sie klatschten mit und tuschelten miteinander.

Zu ihrem großen Bedauern konnte Xisca nicht hier sein. Ihre Tochter Maria lag mit Fieber zu Hause, was ein Kommen unmöglich machte. In dem Alter fieberten Kinder häufig. Ruhe reichte meist aus, damit sie am nächsten Tag wieder aus dem Bett krabbelten, als wäre nichts gewesen.

Hinter Carla brach Tumult aus. Lilia schrie auf. Carla fuhr herum. Marco stürzte sich auf Kurt, verpasste ihm einen Kinnhaken, der den jungen Burschen fast aus den Schuhen hob. Er krachte auf den Holzboden, rieb sich das Kinn, stand auf und spuckte fluchend Blut aus. »Was soll das?«

Marco holte erneut zum Schlag aus, den Kurt problemlos parierte.

»Fass Lilia noch einmal an und ich prügel dich durch, dass du freiwillig nach Deutschland abhaust.« Marco versuchte, einen Faustschlag zu platzieren.

Vergeblich.

Leo tauchte auf, riss Marco zur Seite. »Beruhige dich. Der Kerl ist das Zuchthaus nicht wert. Oder glaubst du, ich würde seinen Vater nicht gerne verprügeln, seit er Alba nachstellt?«

Lilia stellte sich zwischen die beiden Kampfhähne. »Seid ihr verrückt geworden?«

»Du bist meine Frau. Warum tanzt du mit dem?« Er wollte sich losreißen, Leo hielt ihn zurück.

»Weil du nicht mit mir tanzt. Was ist schon dabei?« Lilias Augen funkelten zornig. »Du bist betrunken. Geh nach Hause.«

Marco tobte. Leo zog ihn mit sich.

»Tut mir leid«, wandte sich Lilia an Kurt. »Er hat zu viel Wein getrunken. Marco ist sonst nicht so.«

Kurt hob abwehrend die Hände. »Es war nur tanzen.«

Der Tumult ebbte ab. Die Gäste tanzten bis in den späten Abend. Einige Lagerfeuer sorgten für gemütliche Beleuchtung, bis auch sie nach und nach erloschen. Lilia musste das Fest ebenfalls verlassen haben. Carla entdeckte weder sie noch Leo oder Marco.

Hatte Carla eher mit einem von Leo verursachten Zwischenfall gerechnet, so hatte er stattdessen sogar deeskalierend eingegriffen – ein Verhalten, das sie von ihm nicht kannte.

Was Carla in fast vierzig Jahren nicht geschafft hatte, war Antonia bereits nach kurzer Zeit gelungen. Endlich herrschte Frieden in ihrer Familie.

Nachwort und Danksagung

Historische Romane leben von der Authentizität der geschichtlichen Begebenheiten. Das nahm uns als Autorinnen auch bei Band 3 mit auf eine spannende Reise durch die Zeit.

Der Tourismus nahm zu, die ersten Hotels wurden gebaut. Die Agrarfläche wurde hauptsächlich landwirtschaftlich genutzt, der Weinbau war in den Hintergrund geraten. Aprikosen, Mandeln, Oliven und Gemüse standen im Vordergrund. Gerade in der Zeit nach dem Bürgerkrieg ging es um die Selbstversorgung der Bevölkerung.

Nicht wenige litten auf Mallorca unter den politischen Gegebenheiten, auch auf Kuba standen die Zeichen auf Revolution. Historisch spannend, für die zunehmend verarmende Bevölkerung ein Drama. Dennoch war es auch eine Zeit des Aufschwungs, der Freude und des Genusses. Schicksalshafte Zeiten. Träume erfüllten sich, andere wurden zerschlagen. Die junge Generation übernahm das Ruder und ging eigene Wege. Der wenig ertragreiche Weinanbau auf Kuba lockte die nächste Generation nach Kalifornien. Das Napa Valley zählt zu den Wiegen des großflächigen Weinanbaus. Doch nichts lockt so sehrwie die Heimat, was einen anderen Teil wieder nach Mallorca bringt, und den Weinanbau auf der Insel vorantreibt.

Auch in diesem Band haben wir uns die Freiheit genommen, manche Ereignisse an die fiktionale Realität des Romans anzupassen. Die Landwirtschaftsmesse in Madrid fand zwei Jahre später statt. Ein richtiges Krankenhaus gab es auch zu dieser Zeit noch nicht in Inca. Das haben wir uns schon zu Band 2 einfallen lassen. Eine Notfallpraxis gab es natürlich, aber keine Unfallklinik. Telefonanschlüsse in den Ortschaften waren noch nicht weit verbreitet, sie existierten, aber eben selten. Die Ufo-Sichtungen gab es laut Zeugenaussagen ab 1950. Ob die ersten Aussagen die Häufigkeit der Sichtungen vervielfacht haben? Wenn man an die ersten »Fake-News« der Radiosendung »Krieg der Welten« von Orson Welles 1938 denkt, wo zahlreiche Radiohörer dem Nervenzusammenbruch nahe waren, wäre das gut möglich. Nur eines ist gewiss: Noch heute erzählt man sich davon im Tal von Sóller.

Wir hoffen, Sie sehen uns die Anpassungen nach.

An dieser Stelle entschuldigen wir uns bei Jordi Llabrés i Sans, dem Stadthistoriker von Sencelles, für kleine Ungenauigkeiten, die handlungsbedingt manchmal für den Verlauf der Geschichte notwendig waren. Herzlichen Dank für die Fülle an Informationen und den einmaligen Ausflug in die Vergangenheit. Ebenso danken wir dem Historischen

Museum und seinen Mitarbeiter*innen auf Kuba für die erklärenden Ausführungen. Großartig unterstützt hat uns auch Martin Breuninger mit einer Sammlung von alten Postkarten, Büchern, Material und seinem Wissen. Weiterer Dank gebührt Ana Gázquez Valverde für ihr profundes Wissen über das Brunnenrecht und den Brunnenbau auf Mallorca, das sie mit uns geteilt hat.

Wir danken den Literaturbegeisterten der Literarischen Agentur Kossack für die unermüdliche Unterstützung während der langen Reise. Wir freuen uns über die Begeisterung für unsere Delgado-Familie im Heyne Verlag und bedanken uns für das stets offene Ohr, den Elan und den Einsatz. Allen voran: Nora Haller, Sarah Mainka und unserer Redakteurin Ingola Lammers.

Lilly Hess Antic, Andrea Becker, Silvia de Couët du Vivier und Martin Köhler: Fühlt euch fest umarmt, weil ihr trotz unkorrigiertem Skript die Leser*innen und Kritiker*innen der ersten Stunde gewesen seid.

Besten Dank den Mitarbeiter*innen aus dem Stadtarchiv von Palma für das Schleppen der unglaublich schweren Zeitungsbücher aus dem Archiv, damit wir in den Nachrichten der damaligen Zeit stöbern konnten. Wir wissen den Kraftakt sehr zu schätzen.

Wir erheben unser Glas auf das Wissen der Önologen Henri Fink und Carlos Feliu, die geduldig unsere Fragen beantwortet haben sowie den unzähligen Bodegas, deren Weine wir bei einer informativen Runde gekostet haben.

Zuletzt, aber nicht weniger von Herzen, danken wir Ihnen, liebe Leser*innen. Sie haben bis hierher gelesen, was keine Selbstverständlichkeit ist. Wir hoffen, Sie hatten viel Freude beim Lesen der ersten Bände, und wir konnten Ihre Neugierde wecken, wie die Geschichte um die Familie Delgado im letzten Band enden wird.

Ihre Carmen Bellmonte (Elke Becker und Ute Köhler)